Angélique à Québec
2

ANNE ET SERGE GOLON

Anne et Serge Golon

Angélique
à Québec
2

Éditions J'ai lu

Précédemment paru sous les nᵒˢ 1410, 1411 et 1412

SEPTIÈME PARTIE

LE JARDIN DU GOUVERNEUR

50

Quelques jours après la Chandeleur, à la sortie de la grand-messe, Monsieur le Gouverneur décida de se rendre en son jardin.

« Avec toutes ses dames... », aurait dit la chanson.

Le temps était pur et beau. On venait d'entrer dans cette période de l'hiver où les jours s'égrenaient si clairs et si sereins qu'il ne paraissait pas un nuage en trois semaines.

Le cortège remontant de la cathédrale passa devant le château Saint-Louis et traversa la Place d'Armes. Un peu plus haut, l'on atteignait le jardin qui avait été dessiné par M. de Montmagny, deuxième gouverneur de la Nouvelle-France, et dans les allées duquel M. de Frontenac, se promenant, se sentait un peu Louis XIV à Versailles.

Toutes proportions gardées.

Cependant, quant à la beauté et à la grâce des dames du cortège, la prestance et l'entrain des messieurs, le luxe de leurs vêtements auxquels les capes et manteaux de fourrure, les manchons, les bonnets ornés de plumes, les bottes travaillées à l'indienne ajoutaient une note somptueuse, la petite cour du gouverneur valait bien celle du Roi-Soleil. Les gentilshommes portaient l'épée. Certains, comme Ville d'Avray, appuyaient sur une canne à pommeau d'or ou d'ivoire une main gantée de peau fourrée.

Le chemin qui serpentait entre deux murets de neige donnait moins d'assurance à une noble démarche que les allées sablées des parterres royaux mais l'on pouvait encore se distinguer par des propos choisis et de la gaieté. C'était la Cour au Canada.

De même, le jardin du gouverneur dont le tracé à la française présentait une certaine rigueur avec son labyrinthe de buis taillé par lequel on avait cherché à lui donner un petit air de Versailles, perdait de sa solennité lorsque l'on arrivait devant ce qui faisait la fierté de Frontenac : son carré de choux.

Il y en avait là une réserve pour l'hiver entier, affirmait-il, car il en avait fait planter plusieurs arpents. Aux premières gelées, on coupait les choux, on les retournait cul par-dessus tête dans les sillons où la neige et le froid les conservaient. Quand il s'en faisait besoin, le cuisinier du château envoyait ses aides s'approvisionner.

Ce jour de février, en cette promenade, presque toute la haute société de Québec escorta le gouverneur, officiers, conseillers, nobles et marchands étaient là et jeunes gens et jeunes filles de leurs parentés, ainsi que quelques enfants.

Honorine donnait la main à Angélique.

On s'exclama sur le charme du buis sous la neige et un peu plus loin sur l'ampleur du carré de choux.

— Les horizons de Versailles ne sont-ils pas plus exaltants ? demanda derrière Angélique la voix du duc de La Ferté.

Le froid avivait un peu de couperose aux ailes de son nez. La lumière crue du soleil nordique nuisait aux complexions congestives des gros buveurs.

— Les horizons de Versailles sont fort beaux, mais ceux-ci me charment aussi, répliqua-t-elle, en désignant le désert blanc que l'on envisageait des hauteurs du cap.

— Peuh! De la sauvagerie! Quelle déchéance pour une femme vers laquelle tout Versailles tournait les yeux.

— Quelle déchéance pour vous aussi, Monsieur de La Ferté, qui devez cacher votre superbe sous un nom sans éclat!

— Ce n'est que provisoire, vous le savez. En attendant avez-vous réfléchi à mes déclarations dernières?

— Lesquelles?

— Que nous pourrions nous désennuyer ensemble.

— Monsieur, je crois que nous avons déjà tout dit à ce sujet.

— Il me passionne...

— Vous radotez...

Elle s'écarta.

La superbe de Vivonne n'avait pas résisté à l'atmosphère du Canada. Il en avait été singulièrement diminué et comme terni, comme un métal non noble ne peut résister à des agressions par trop violentes et contraires de la nature.

Privé d'honneurs, de flatteries, du jeu des intrigues, de l'auréole dont l'entouraient la gloire de sa sœur et l'amitié du Roi, écarté d'une charge qu'il ne remplissait pas sans talent, celle d'amiral des galères du Roi, inoccupé, ressassant ses inquiétudes, ne pouvant trouver en lui-même, pour ne s'être jamais préoccupé de les y mettre, les ressources suffisantes pour lutter, il vieillissait. Il avait su à l'avance qu'il s'ennuierait, mais pas qu'il souffrirait. Et en effet, rien ne serait arrivé s'il n'y avait pas eu cette surprise inouïe de voir surgir Angélique. Sans elle, ç'aurait pu être acceptable.

Mais elle l'empêchait d'oublier. Elle éveillait ses regrets et les rêves en sommeil avaient resurgi avec plus d'acuité. Chaque matin, au réveil, il se disait : elle est là dans cette ville : la plus belle. Et cela suffisait à transformer la petite ville ennuyeuse en un réceptacle d'une aventure qui le faisait frémir d'impatience et d'une attente qui l'exaspérait d'autant plus qu'il savait qu'il n'y aurait rien, qu'il n'y aurait jamais plus rien entre eux. Sa présence était pour lui aussi inutile que celle d'un fantôme, comme s'il l'eût contemplée inaccessible derrière une vitre. Chaque échange qu'il avait avec elle lui laissait une impression pénible, irritante. Il se répétait que, la prochaine fois, il lui dirait ceci et cela, qui la blesserait et le vengerait.

Les groupes s'égaillèrent à travers les allées et beaucoup se rendaient visiter le labyrinthe de buis que Frontenac faisait déblayer aussi souvent que nécessaire par les soldats.

Prenant garde de se tenir à l'écart des oreilles dévotes et ecclésiastiques, Ville d'Avray racontait des histoires lestes.

De son côté Mme de Mercouville faisait part à ses amis de sa victoire. M. Gaubert avait cédé et lui avait donné le nom des prisonniers anglais qui étaient esclaves au village des Hurons et qui connaissaient les secrets de teintures végétales pour la laine. Si on pouvait les faire venir en ville et les employer, le Canada n'aurait plus besoin d'importer des étoffes de France. En attendant, on tisserait le lin dont on avait vu une première récolte cette année sur les rives du Saint-Laurent.

Les menuisiers construisaient des métiers sur le modèle de celui qu'elle avait fait venir d'Aunis.

— J'aime avoir plusieurs fers au feu...

M. de Peyrac, M. de Frontenac et l'intendant Carlon s'entretenaient de mines de potasse et de goudron.

Bérengère Tardieu de La Vaudière, avec cette sorte de naïveté qui lui était coutumière, ne voilait plus qu'elle ferait tout ce qu'elle pourrait afin de se faire aimer du comte de Peyrac. Son minois enfantin émergeait d'un grand capuchon bordé de fourrure grise, mais Angélique nota avec satisfaction que le nez de la ravissante était un peu rouge. Elle se garderait de lui communiquer des compresses d'eau de mélisse et de bigaradier qu'elle s'appliquait sur le visage au retour des promenades.

M. de Bardagne conduisait Mme Haubourg de Longchamp, une femme douce et distinguée, très érudite, qui était le bras droit de Mme de Mercouville dans l'administration de la Confrérie de la Sainte-Famille. L'envoyé du Roi semblait vouloir se consoler avec elle de son inguérissable blessure d'amour. Il salua de loin Angélique d'un air distant. Le chevalier de Loménie parut aussi se dérober intentionnellement et elle en ressentit un peu de peine.

Puisque ses galants préférés semblaient décidés à lui battre froid, Angélique accepta la compagnie de M. Gaubert de La Melloise. Elle éprouvait quelques préventions à son égard depuis qu'elle savait qu'il se faisait faire des gants dans des peaux d'oiseaux par l'eskimo du sorcier de la Basse-Ville. Mais il la débarrassait de la compagnie de Vivonne.

Les principaux capitaines indiens Hurons et Algonquins se joignaient au cortège, fumant et discourant dans leur langue avec M. de L'Aubignière ou le baron de Maudreuil.

Piksarett se pavanait dans son habit rouge anglais soutaché de dorures, un chapeau au bord galonné, garni de tours de plumes posés sur des tresses d'honneur. Les mitasses et les mocassins qui complétaient son habillement ne l'empêchaient pas d'être fort glorieux. Jamais il n'était resté si longtemps à Québec et n'avait négligé les belles forêts du pays des Narrangasetts.

Les filles aînées de Mme de Mercouville étaient là et

celles de Mme Le Bachoys aussi. Les jeunes gens tels que Florimond, Anne-François, Cantor et leurs amis du même âge jouaient au petit jeu d'essayer de les soustraire aux assiduités des compagnons du duc de La Ferté, Martin d'Argenteuil et le mûr baron Bessart qui, plus par habitude de galanterie que par conviction, tentaient d'accaparer l'attention des fraîches demoiselles canadiennes.

On intervint pour empêcher le dogue agressif de M. de Chambly-Montauban de se colleter avec celui, pacifique, de l'abbé Dorin.

Le Révérend Père de Maubeuge et l'aumônier du Marquis, M. Dagenet, étaient absorbés dans une grande conversation à propos des missions iroquoises.

Il y avait là le médecin veuf et le marchand Basile avec ses deux filles et son commis. Mme Le Bachoys distribuait à beaucoup ses faveurs mais, pour l'instant, c'était M. Guérin, l'un des premiers échevins de la ville qui semblait avoir décroché la palme et être l'amant en titre. On aurait dit qu'il n'en revenait pas d'une telle promotion.

Il tenait Mme Le Bachoys en levant haut sa main comme s'il eût voulu la présenter à la compagnie et dire « Voyez, n'est-elle pas admirable ! »

Sa femme, Mme Guérin, un peu plus bas, était engagée dans un dialogue animé avec Mme de Mercouville. Elles parlaient des métiers à tisser et de la nécessité de mettre les femmes oisives de l'hiver au travail. Mme Guérin, accorte et aimable femme au demeurant, ne paraissait pas se préoccuper outre mesure de porter si ouvertement les cornes. Effet de l'habitude ou d'une convention informulée, on ne semblait pas considérer à Québec qu'un adultère avec Mme Le Bachoys mît en cause l'honneur des dames et la paix de leur ménage.

On aurait plutôt éprouvé quelque inquiétude à se sentir dédaigné par elle... Avoir plu à Mme Le Bachoys était comme un certificat de virilité rassurant...

Elle avait toujours autour d'elle une cour assidue et, dans cet instant encore, tout un groupe d'hommes jeunes et moins jeunes qui riaient de ses plaisanteries et se tenaient dans la chaleur rayonnante de sa bonne face rouge et gaie.

Angélique ne pouvait s'empêcher de suivre de loin le manège de Bérengère-Aimée de La Vaudière, tout en rendant à Joffrey cette justice qu'il n'accordait pas plus d'attention à l'évaporée jeune femme qu'aux autres personnes du sexe qui cherchaient à s'attirer ses bonnes grâces. Elle ne pouvait lui reprocher de se montrer galant avec de jeunes femmes gracieuses, il l'avait toujours été. Il l'avait même été avec Ambroisine, jusqu'au jour où il lui avait assené des paroles terribles qui la condamnaient.

Il l'était avec toutes les femmes, jeunes ou vieilles, belles ou non, avec dans le choix de ses attentions des préférences qui ne pouvaient qu'apaiser les craintes d'un cœur soupçonneux.

Par exemple, il se montrait fort empressé auprès de Mme Le Bachoys et auprès de Mme de Beaumont et fort attentif à prêter l'oreille aux discours de Mme de Mercouville sur ses métiers à tisser.

Avec Bérengère, il paraissait amusé, mais sans indulgence excessive.

Elle lui aurait plutôt reproché un excès de douceur grave, des plus troublants, vis-à-vis de l'exquise Mme de Beaumont mais celle-ci n'avait-elle pas plus de cinquante ans...

Même avec Sabine de Castel-Morgeat qui avait tiré sur ses navires, il ne s'était jamais départi d'une attitude polie et n'avait rien changé à son comportement après avoir appris qu'elle était la nièce de son ancienne maîtresse Carmencita. Etait-ce bien intelligent de la part d'Angélique de lui avoir révélé cela ? Il était évident que Mme de Castel-Morgeat le dévorait de ses grands yeux noirs. Depuis qu'elle ne se fardait plus à tort et à travers, on pouvait constater qu'elle savait être très belle avec une peau d'une blancheur dorée qui compensait le modèle un peu anguleux de son visage. Le comte ne semblait pas prêter plus d'attention à ses regards qu'à ceux de Bérengère. C'était Mme Le Bachoys, si carrée et rougeaude qu'elle fût, qui parfois inquiétait Angélique. Car la Polak disait que c'était une drôle et elle avait le charme de l'être vraiment, drôle. On pouvait rire de ses frasques, les blâmer ou faire comme si cela, chez elle, ne prêtait pas au blâme, de toute évidence son tempérament révélait un cordial appétit de l'amour, ce qui n'est jamais sans déplaire aux hommes d'expérience. Joffrey était-il scrupuleux sur le chapitre de l'amour? Il aimait les femmes qui le faisaient rire.

Mme Le Bachoys et la Polak apparurent donc à Angélique sous un jour moins serein. Mais comme, d'autre part, elle ne doutait pas de la loyauté de ces deux femmes à son égard, elle leur faisait confiance. Si bien que, comme il arrive à un cœur épris, lorsque Angélique avait fini de passer en revue ses possibles rivales, il n'y avait guère parmi les dames de Québec aucune dont elle n'eût, par un aspect ou l'autre, sujet de craindre, mais aussi de se rassurer.

Ce qui prouvait qu'elle était ridicule.

A Québec, on pouvait badiner, conter fleurette, mais la solide armature des consciences, la difficulté de passer outre devaient maintenir l'aventure entrevue dans les limites de la sagesse.

D'autre part, Ville d'Avray disait que Québec était une ville pour y consommer des adultères délicieux. D'autant plus délicieux qu'ils étaient guettés par des regards plus farouches.

Les consommait-on?

Là était la question.

Une question qui s'entrelaçait comme un voile vaporeux entre ces couples s'en allant en riant par les allées du jardin du gouverneur. Avec ces Français, l'on ne pouvait jamais se porter garant qu'un sourire, une pression de main, une tendresse du regard ne fussent que de pure courtoisie et non signe discret et prometteur pour un rendez-vous ardent.

Le Révérend Cotton Matther de Boston, toujours hanté par le diable rôdant autour de ses ouailles, avait-il tellement tort de lui prêter, peu ou prou, l'accent français et la tournure papiste ?

Quand elle avait rencontré à Gouldsboro le pasteur puritain, Angélique l'avait jugé outrancier, fanatique et tout à fait ignorant des subtilités du caractère français, beaucoup plus vertueux que ne se l'imagine l'étranger.

Aujourd'hui, elle ne savait plus...

Le Mont-Carmel, traversé d'un vent si pur qu'il en paraissait virginal, baignait dans une lumière qui n'était pas loin de faire penser à celle qui règne à l'entrée des parvis célestes, et ce rayonnement semblait absoudre et transmuer en vertu tout désir de bonheur.

Mais quelle sorte de bonheur ?

En tout état de cause, celui qui innocente l'amour et lui rend sa sublimité première semblait animer, en ce matin de février, l'aimable société de Québec qui s'en allait admirer en son jardin les buis et les choux de Monsieur le Gouverneur.

On apercevait le ciel bleu rosé à travers le voile mauve des branches et des rameaux entrelacés jusqu'à ne former qu'un fin treillis arachnéen où les gouttes du gel faisaient étinceler les feux de mille diamants.

Le tronc des ormes et des érables du jardin était d'un violet argenté harmonisé à celui plus profond de leurs ombres courant sur la neige.

De l'autre côté de la vallée blanche du Saint-Laurent s'apercevaient le clocher neuf de la paroisse de Lévis et un autre plus petit sur le versant de la côte de Lauzon égratignant le ciel de leurs croix de métal.

Ayant dépassé le jardin, la compagnie s'échelonna le

long d'une piste contournant le Cap Diamant et, passant au pied de la redoute de bois, belvédère érigé là pour surveiller le tournant du fleuve en amont et garder le magasin aux poudres, bâtisse au flanc du Mont-Carmel que les gouverneurs avaient voulu isolée de la ville et à demi enfouie sous terre.

Cette promenade hors de la ville fouettait le sang. Le Cap Diamant résonnait de l'écho des rires et des voix.

Le petit ruisseau, non loin, sanglotait dans son écrin de glaçons. Les osiers, les bouquets de saules qui l'escortaient, éclataient en gerbes d'or pâle et de corail.

Sur la droite, une croix immense dressée au bord du ciel, entre un gibet et le poteau où l'on exposait le corps des condamnés, donnait au Mont-Carmel une allure de Golgotha. Un vol d'oiseaux noirs glissant alentour, suivant les courants glacés, aurait accentué l'impression macabre, sans la présence d'un petit moulin à farine qui, à deux pas, tournait ses ailes.

La candeur des lieux rachetait les marques sinistres apposées par l'homme.

Comme on arrivait à l'extrémité du Cap Diamant, le comte de Loménie vint prendre Honorine par la main et l'amena au bord de la falaise. Penché vers elle, il lui expliquait que, par là, en amont du Saint-Laurent, s'ouvrait à quelques lieues une rivière appelée la Chaudière. C'était en descendant son cours que l'an dernier, M. de Loménie, quittant Québec, avait pu venir visiter demoiselle Honorine en son port de Wapassou. Ne se souvenait-elle? Les petits yeux d'Honorine guettèrent l'immensité blanche. De l'île d'Orléans bouchant le goulet du fleuve au nord, ils firent le tour de l'horizon et revinrent à la perspective que lui désignait le chevalier de Malte vers le sud.

Il était visible qu'elle s'efforçait de cacher sa satisfaction, mais M. de Loménie par ses informations géographiques venait de lui ôter un gros poids du cœur. On pouvait donc, pensait-elle, trouver une route pour regagner Wapassou. Depuis le retour du glouton Wolverines, Honorine avait été saisie de nostalgie à la pensée de son ourson Lancelot. Elle éprouvait de l'appréhension devant le Saint-Laurent figé dont elle se rendait bien compte qu'il retenait prisonniers les vaisseaux de son père et, levant son petit nez, il lui était arrivé d'envier les oiseaux tournoyant dans le ciel. Comment s'évader autrement de ce Québec planté au milieu de nulle part?

— Ne pourrait-on partir en traîneau par la Chaudière? demanda-t-elle. Dès maintenant?...

— On le pourrait, répondit-il. Mais en plein hiver c'est une dure expédition. Une pionnière comme vous a assez d'expérience pour le comprendre. Rappelez-vous dans quel triste état nous nous trouvions, mes compagnons et moi, lorsque nous sommes parvenus à votre fort. Heureusement, vous nous avez bien soignés.

— Oui! Oui! se souvenait Honorine en hochant la tête.

— Il est préférable d'attendre le printemps pour se mettre en chemin, assura M. de Loménie. L'hiver exige de la patience. Ne vous trouvez-vous pas bien en notre compagnie, Mademoiselle?

Le chevalier de Malte parut très heureux d'avoir pu lui arracher un sourire condescendant mais affirmatif.

De si haut, l'on voyait l'étendue blanche du fleuve sillonnée par les traîneaux entre les balises. Des promeneurs traversaient à pied, de Québec à Lévis. Il y avait sur les deux rives un véritable fourmillement de personnes et de véhicules que le procureur Tardieu de La Vaudière observa en fronçant ses beaux sourcils de jeune dieu grec.

— Ce n'est pas jour de marché, que je sache. Pourquoi cette agitation? Ma parole toute la ville est dehors. Quand donc ces gens-là travaillent-ils?

— C'est à cause de la Sainte-Agathe, lui dit Ville d'Avray. La fête est chômée.

Le procureur continua d'observer avec contrariété cette foire joyeuse de la Basse-Ville qui lui donnait des aigreurs d'estomac. Puis il alla prendre par le bras M. de Frontenac et lui fit remarquer combien, de cet emplacement où ils se trouvaient, on pouvait juger de ce scandale intolérable que représentait l'amas de bicoques sordides accumulées comme un dépôt d'ordures contre la falaise et qui grimperaient bientôt jusque sous le fort. Habitations de bois, bancales, pourries, au sommet desquelles, pour ajouter le comble à l'insalubrité, se trouvait le repaire d'un sorcier, lui avait-on dit, échafaudage branlant et que le poids des glaces rendait plus instable encore. Tout allait, un jour, s'écrouler, entraînant un incendie géant.

— Les fumées, les odeurs, les exhalaisons nauséabondes qui montent de ce cloaque juste au-dessous du château Saint-Louis ne vous gênent-elles pas, Monsieur le Gouverneur ?

— Non ! dit Frontenac.

— Madame de Castel-Morgeat qui habite sous votre toit s'est plainte d'en être importunée.

— Oh ! Elle, elle se plaint toujours.

Au retour, des groupes se reformèrent çà et là dans le jardin. Derrière les bosquets l'on se réchauffait de quelques lampées d'eau-de-vie, discrètement bues au goulot de gourdes de peau.

Dans les allées du labyrinthe, entre deux hautes parois de neige, Ville d'Avray s'en était allé deviser avec son ami préféré, M. Garreau d'Entremont, le lieutenant de police civile et criminelle.

Il ressortit peu après et vint dire à Angélique d'un air mystérieux.

— Monsieur Garreau d'Entremont désirerait vous parler en privé.

— A moi ?

— Oui. Surtout ne lui refusez pas. Vous savez combien il m'est cher.

Ville d'Avray aimait laisser planer en toutes ses relations amicales un soupçon quant à la nature des liens sentimentaux qu'il entretenait avec ladite personne : homme ou femme. C'était une de ses manies. Il laissait à ses interlocuteurs perplexes le soin de décider à leur convenance.

En l'occurrence Garreau d'Entremont que la Polak surnommait « le Ronchon », bourgeois austère, courtaud, toujours vêtu de sombre et sans apprêt, et Lieutenant de Police de surcroît, ne devait pas prêter aux soupçons d'une idylle avec le fringant marquis. Mais c'est très sérieusement que celui-ci insistait, souhaitant voir Angélique accéder à la requête de M. d'Entremont.

— C'est un homme charmant, érudit...

Percevant son hésitation, il protesta qu'il ne voyait pas les raisons de son déplaisir. Elle devait comprendre.

Timide, comme le sont souvent les bourrus et les personnes qui du fait de leur profession se trouvent obligés de se présenter d'emblée sous un jour désagréable, Garreau d'Entremont avait beaucoup hésité, disait le Marquis, à aborder directement Angélique qui l'impressionnait. Il avait fait appel à M. de Ville d'Avray, comme à un séducteur capable d'obtenir cela d'elle sans la contrarier.

— Mais que me veut-il, ce lieutenant de police ?

— Il vous le dira lui-même.

Feignant de se méprendre sur les raisons de sa méfiance, il se récria.

— Il ne s'agit pas de galanterie, ce n'est pas son genre. Il veut vous demander quelques renseignements.

— A quel propos ?

— Je l'ignore. Mais je suis certain qu'il ne s'agit que d'une formalité.

— Ne serait-ce pas plutôt à mon mari qu'il désirerait parler ?

— Mais non ! A vous ! A VOUS ! Que se passe-t-il, Angélique ? Je ne vous reconnais plus. Que craignez-vous ?

Il était difficile à Angélique de lui expliquer que ses rapports avec la police, au cours de son existence, l'avaient amenée à éprouver une certaine réticence à l'égard de ses représentants.

Cette convocation — car elle ressentait la requête de Garreau d'Entremont comme une convocation — ne lui disait rien qui vaille. Elle fit quelques pas pour se donner le temps de la réflexion.

Le paysage avait soudain viré. La lumière si pure et éclatante lui parut assombrie d'un voile noir. Elle se sentit oppressée. Que se passait-il ?

Tout marchait si bien. Tout était si beau et aimable. Les événements s'agençaient harmonieusement. Les rencontres qui auraient pu leur amener le plus d'ennuis avaient tourné à leur avantage. L'hiver se révélait un allié plein de charme et de surprises heureuses. Une vibration particulière, proche de celle de l'amour, régnait en sourdine, traversait toutes choses, atteignait et transfigurait les êtres à leur insu.

Et voilà... L'enchantement allait-il se briser comme un verre fragile ? On ne pouvait jamais être tranquille !

— Pourquoi me serres-tu la main si fort, maman ? demanda Honorine.

Ville d'Avray n'avait cessé de marcher dans leur sillage. Il était chagriné. Il ne comprenait pas pourquoi Angélique se montrait si peu empressée à lui faire plaisir. Elle voulait le déconsidérer aux yeux de Garreau d'Entremont. Démontrer ouvertement combien à Québec, lui, Ville d'Avray, avait peu de poids et peu d'amis. Après tout ce qu'il avait eu à endurer, lui faudrait-il entériner une déception de plus ? Qu'avait-elle à craindre d'un homme si aimable ?

— De quoi s'agit-il ?

— Je l'ignore, gémit-il.

Mais elle croisa l'éclair de son œil bleu qui lui parut froid, inquisiteur. Et elle fut persuadée qu'il soupçonnait, s'il ne le savait, de quoi le lieutenant de police voulait l'entretenir.

« Toi, mon bonhomme, si tu m'entraînes dans des ennuis, tu me le paieras », pensa-t-elle.

— Je suis certain que ce n'est rien de grave, affirmat-il ouvrant tout grand ses yeux candides.

— C'est bien, fit-elle se décidant, avertissez Monsieur Garreau que je le verrai quand il le voudra. Mais retenez bien que je n'agis ainsi que pour vous faire plaisir.

Ville d'Avray, qui tenait beaucoup à la réussite de sa mission diplomatique, lui baisa la main avec effusion.

Il partit, en sinuant, à travers le labyrinthe de buis, dut retrouver Garreau qui s'y cachait. Peu après le marquis revint tout heureux lui transmettre le lieu et l'heure du rendez-vous que proposait le lieutenant de police. Pour ne point déranger Mme de Peyrac en ses tâches et divertissements du jour, M. d'Entremont proposait de la rencontrer dans l'heure suivante, dès qu'elle aurait terminé sa promenade, en son salon de la Prévôté. Il allait s'y rendre pour l'attendre.

C'était à deux pas. Autant en avoir fini tout de suite.

Mme de Mercouville invitait Honorine à venir jouer avec ses filles jusqu'aux vêpres. On servirait aux enfants une bonne tasse de chocolat pour les réchauffer. Ils se divertiraient ensuite près du feu, sous la surveillance de Perrine. Un des garçons de Mercouville avait un cheval de bois à bascule qu'Honorine affectionnait. Elle partit de bon cœur avec la petite troupe.

Angélique n'eut pas un long chemin à parcourir pour se retrouver aux abords de la Place d'Armes. Sur la gauche s'ouvrait la Grande Allée et, juste en face de l'ancienne maison de Mme de La Peltrie, s'érigeaient les bâtiments de la Sénéchaussée. Les membres du Conseil Souverain y siégeaient souvent. Le Lieutenant de Police civile et criminelle et le Procureur y rendaient la justice au nom du Sénéchal, Monsieur de Masset, qu'on y voyait rarement et qui préférait habiter sa seigneurie de Saint-Cyrille. Il avait cédé ses appartements du palais de justice à M. d'Entremont.

Un archer introduisit Angélique dans un salon tendu d'une tapisserie sombre. Les fenêtres donnaient sur la rue et, à cette heure du début de l'après-midi, seul l'arrière des maisons recevait les rayons du soleil.

Une partie des murs de la pièce était couverte de rayonnages soutenant des livres reliés. Point de tableaux à part un portrait du Roi presque aussi sombre que les tentures et, au-dessus d'un grand bureau aux ornements de bronze doré, un écusson représentant les armes de famille du Lieutenant de Police civile et criminelle et qui était « d'argent au sanglier de sable, accompagné en chef d'un lambel de gueules, et en pointe de trois fers de lance de sinople, rangées de face ».

Angélique en attendant l'arrivée du Lieutenant de Police se plongea dans une méditation distrayante sur les analogies que l'on pouvait trouver parfois entre la symbolique d'un blason et le caractère ainsi que l'apparence de celui qui en avait l'apanage : « Un sanglier noir parmi des lances dressées d'un beau vert... » Cela convenait assez.

Il ne lui plaisait guère de se trouver là. Angélique

s'arrangea pour s'asseoir le dos à la fenêtre dans un fauteuil à dossier raide, qui tendait ses accoudoirs à volutes pour inviter la personne convoquée à se détendre durant son interrogatoire.

Ce faisant, elle remarqua, ouverts sur le bureau du Lieutenant de Police, deux gros volumes, et dès qu'elle les eut reconnus, elle comprit pourquoi le responsable de l'appareil judiciaire au Canada tenait tellement à la rencontrer en privé. Les avertissements de Guillemette la Sorcière auraient dû plus ou moins lui faire envisager une anicroche de cette sorte. L'un de ces volumes était *Le Traité des sorcières* de Jean Bodin. L'autre c'était le redoutable *Malleus Maleficarum*. Depuis bientôt deux siècles, ces deux livres servaient de Bible aux Inquisiteurs catholiques et protestants, pour étayer leurs accusations contre sorciers et sorcières.

Ecrit en 1484 par « les fils bien-aimés » du Pape Innocent VIII, les révérends Sprenger et Kramer dont l'un était dominicain, ce dernier ouvrage prétendait présenter un recueil de recettes destinées à indiquer aux juges comment reconnaître les magiciens et les démons. On y avait consigné également tous les moyens permettant de débusquer, sous des apparences normales, une sorcière ou un sorcier et aussi les pratiques les meilleures pour leur faire avouer leur crime. C'était en fait une compilation d'insanités cruelles. Mais depuis le XIIIe siècle, ce livre avait permis de faire suivre aux accusations de sorcellerie une procédure légale.

Tous ceux que calomnies ou dénonciations avaient amenés devant le Saint-Office pouvaient se considérer comme perdus dès que les juges plongeaient leur nez entre les pages de ces ouvrages.

Malgré leur réputation plus marquée de la griffe du diable que de la bénignité de l'Eglise, Angélique fut soulagée de voir qu'il ne s'agissait que de cela. Elle supposa que M. d'Entremont avait entendu parler de ses activités auprès des malades.

Un signet soulignait une phrase dans la page ouverte du *Malleus Maleficarum*. Elle se pencha et lut : « Quand une femme pense seule, elle pense mal... »

L'axiome lui amena un sourire aux lèvres, qui parut accueillir le plus aimablement du monde l'entrée du Lieutenant de Police par la petite porte dissimulée dans la tapisserie.

Ce qui parut évident dès le premier abord, c'est qu'il était très embarrassé. Il la pria de s'asseoir, fit de même. Il assura qu'il ne savait comment remercier Mme de Peyrac d'avoir eu la grâce de se déranger. D'autant plus qu'il ne s'agissait que de vétilles. Mais voilà, il avait pensé qu'elle pouvait lui rendre un grand service dans une enquête délicate qu'il menait actuellement.

— Je vous écoute, dit-elle, étonnée.

Après avoir hésité, jeté un regard vers les livres sataniques comme pour y puiser un encouragement, taillé une plume qu'il reposa, le lieutenant de police se décida.

— Madame, ayez l'obligeance de me dire tout ce que vous savez sur le comte de Varange.

Angélique resta indécise. Ce nom ne lui disait rien, encore qu'il ne lui semblât pas tout à fait inconnu.

— Le comte de Varange..., répéta-t-elle, pensive, ai-je connu ce gentilhomme ?

— Sans doute, confirma-t-il.

— Excusez-moi. Je ne vois pas de qui il s'agit. On m'a présenté tant de monde à Québec.

— Ce n'est pas à Québec que vous l'auriez rencontré.

— Et où cela ?

— A Tadoussac.

— Tadoussac !

Elle comprenait de moins en moins.

— A notre venue en novembre ?

Puis un souvenir remonta comme émerge d'une eau sombre un cadavre. Et c'était bien d'un cadavre qu'il s'agissait. Lesté d'une pierre au cou et que les hommes du comte de Peyrac avaient balancé dans le fleuve parmi des cris délirants d'oiseaux de mer voletant dans la nuit et le brouillard.

Le comte de Varange! L'homme qui les avait attirés dans un guet-apens et qu'elle avait abattu d'un coup de pistolet au moment où il attaquait Joffrey.

Angélique reporta sur M. d'Entremont un regard qui demeurait incertain.

— Tadoussac! C'est déjà bien loin dans ma mémoire.

M. d'Entremont se renversa contre le dossier de son fauteuil. Il parut traiter plus légèrement la question. Il lui expliqua que le comte de Varange était arrivé à Québec quatre ou cinq ans plus tôt, afin de tenir près de l'intendant Carlon quelques fonctions concernant la trésorerie. A vrai dire c'était un « relégué », de ces personnages qui grâce à leurs relations échappent à la Bastille et à des condamnations plus infamantes en allant se faire oublier au Canada... Ce qui n'était pas sans compliquer la tâche du Lieutenant de Police.

— Je vous comprends.

Jusqu'alors M. de Varange, homme d'âge, discret et fort recommandé en haut lieu ne lui avait causé aucun ennui. Il s'était si peu fait remarquer à Québec qu'il avait pu disparaître depuis novembre sans que personne ne s'en aperçût.

— Disparaître?

Ce n'était que vers la mi-janvier qu'il avait été alerté grâce à Mme de Castel-Morgeat.

« De quoi se mêle-t-elle encore celle-là? » s'interrogea Angélique avec humeur.

M. de Varange habitait une maison située à l'écart un peu au-delà de la Grande Allée, où il vivait avec son valet, son cocher et deux petits Savoyards qu'il avait amenés avec lui de France et qui lui servaient de marmitons et d'aides à l'écurie pour son cheval. M. et Mme de Castel-Morgeat se trouvaient être ses plus proches voisins. A la suite du... bombardement — M. d'Entremont baissa pudiquement les paupières — ils étaient allés habiter au château Saint-Louis. Cependant Mme de Castel-Morgeat se rendait souvent jusqu'à son ancienne demeure afin de surveiller des travaux entrepris pour la réfection intérieure et la protection contre la neige de la partie de la maison qui demeurait intacte. C'est ainsi qu'elle remarqua un jour l'abandon dans lequel se trouvaient les deux petits laquais savoyards. Depuis la disparition de leur maître et des autres domestiques, les deux enfants erraient, vivant de larcins et d'aumônes. Ils vaguaient, couchant dans la maison, abandonnés, n'allumant le feu que dans la cuisine où ils dormaient blottis sur la pierre de l'âtre.

— Madame de Castel-Morgeat s'est préoccupée du sort de ces enfants et a prévenu Monsieur le procureur Tardieu de La Vaudière qui m'en a ensuite saisi. Après enquête, j'ai déterminé que l'on n'avait plus vu leur maître à Québec depuis environ la mi-novembre.

Le Lieutenant de Police s'interrompit. Il semblait attendre de la part d'Angélique une réflexion. Comme elle se taisait, il reprit :

— ... J'ai pu déterminer qu'on l'a vu partir à bord d'une grosse barque chargée d'habitants qui regagnaient Tadoussac. C'est là que sa trace se perd et celle de son valet.

— Se serait-il noyé en route ?

— Après être parvenu à Tadoussac, alors ? Car M. de Ville d'Avray m'a dit l'y avoir rencontré, lors de votre escale à Tadoussac.

« Ce n'est pas vrai ! » faillit riposter Angélique. Elle savait, elle, que M. de Varange était déjà mort, au rendez-vous de la Mercy en aval de Tadoussac lorsque leur flotte avait mouillé dans la rade du premier poste français sur le Saint-Laurent.

Elle se contint et espéra que son mouvement n'avait pas été remarqué par le policier.

— Etes-vous certaine de ne pas l'avoir reçu à votre bord ? insista celui-ci.

— Pas que je sache.

Après un silence, elle suggéra :

— Vous êtes-vous informé auprès de mon époux ? Il me semble qu'il serait plus habilité que moi-même pour vous répondre... si tant est que ce comte de Varange souhaitait le rencontrer.

— Je le ferai. Mais j'ai préféré vous entendre avant lui.

— Pourquoi donc ?

Il eut une moue qui ne le rendit pas plus beau et parut soupeser les risques de ce qu'il allait avancer.

— Tout est bizarre dans cette affaire. Figurez-vous, Madame, qu'en cours d'enquête quelqu'un est venu me trouver et m'a déclaré tout de go : « C'est Madame de Peyrac qui a tué le comte de Varange, je le sais de source sûre. »

Angélique poussa une exclamation.

— Qui ?... Qui a pu vous dire cela ?

Sa pâleur et sa colère pouvaient être mises sur le compte d'une émotion indignée.

— Le comte de Saint-Edme.

— Le comte de Saint-Edme ! Mais comment...

Elle avait été sur le point de laisser échapper : comment l'a-t-il su ?

Une fois encore, elle se rattrapa.

— ... Le comte de Saint-Edme ! mais qui est-ce ? Ah ! oui, ce vieillard qui accompagne Monsieur de La Ferté. Quelle mouche le pique pour répandre des bruits aussi calomniateurs ? Je le connais à peine. Nous n'avons pas échangé trois mots. Il perd la raison...

Garreau la contemplait d'un œil sans expression.

« Tous les mêmes, songeait-elle avec rage, ces grimauds de malheur ! »

Elle retrouva son sang-froid, se disant que la force de Joffrey était inébranlable. Ses fidèles étaient autour de lui comme un rempart et se tairaient. Chacun jouait sa partie pour tous. Malgré son habileté, Garreau d'Entremont ne pourrait rien prouver. Il battait du vent...

Ne venait-il pas de le comprendre ?

Tout à coup il la remerciait de lui avoir accordé de son temps et la priait encore de l'excuser de l'avoir retenue et pour de si tristes discours. Il répétait que tout était bizarre dans cette affaire.

— Monsieur de Saint-Edme vous a-t-il confié d'où il tenait ces renseignements étranges ?

Le Lieutenant avoua que non. Il la pria encore de l'excuser. Angélique ne se fiait pas à ses protestations. Le visage rougeaud et malgracieux semblait peu disposé aux subtilités de l'esprit. Mais elle avait appris à se méfier des apparences. Les regards atones, les lenteurs de raisonnement, les soudaines démissions ne la rassuraient pas. Comme un sanglier M. Garreau d'Entremont suivait la piste que son flair lui indiquait.

Cependant ils firent effort pour rompre une tension qui, en principe, n'avait plus d'objet.

Sur le point de prendre congé, Angélique ne put empêcher son regard de revenir aux deux gros volumes traitant de démonologie, posés sur le bureau. Il n'y avait fait aucune allusion.

— Est-ce vous, Monsieur d'Entremont, qui vous intéressez à la magie au point que vous consacriez votre temps à la lecture de tels ouvrages ?

Le Lieutenant de Police, qui venait de contourner son bureau dans l'intention de la raccompagner, regarda avec étonnement ce qu'elle lui désignait et parut embarrassé.

— A vrai dire non ! Je suis peu versé dans ce genre de sciences. Mais je vais être obligé de m'y mettre ; car on m'a fait mander de Paris que les crimes de sorcellerie, de sacrilèges, de sortilèges, se multipliaient, qu'il fallait que j'y porte attention aussi en Nouvelle-France. Monsieur de La Reynie m'a fait envoyer ces livres afin que je me mette au courant et puisse juger plus nettement des cas qui me seront soumis. J'aurais préféré, je vous l'avoue, que pour des délits de cette sorte on continue à s'en référer à l'évêque et au Saint-Office, mais il paraît que les tribunaux ecclésiastiques ne sont plus habilités. L'Inquisition a commis trop d'abus et les nouvelles dispositions de justice estiment que le grand nombre d'assassinats et d'empoisonnements qu'entraînent ces pratique les font relever du bras séculier.

Il prit sur le bureau une feuille couverte de chiffres et d'écriture.

— ... Voyez! J'ai là un rapport qui m'est parvenu avec les navires de l'été. Il paraît qu'on soupçonne dans Paris plus de trois cents officines de magiciens et de magiciennes dont le commerce entraîne la mort. Toutes sortes de personnes s'y rendent pour obtenir leur aide criminelle parmi les plus élevées dans le rang. On empoisonne, on égorge, on immole, c'en est une folie...

» Et justement, sur le mystère de la disparition de Monsieur de Varange vient se greffer une vilaine affaire d'opération magique qui n'a pas, hélas! la simplicité des accusations de noueurs d'aiguillettes ou de jeteurs de sorts au bétail qui nous arrivent des campagnes de temps à autre. C'est plus grave. Vous ayant déjà beaucoup importunée, je ne voulais pas entrer dans le détail, mais puisque vous m'en parlez la première vous allez comprendre pourquoi je vous ai dit que tout dans cette histoire était bizarre. Plus je tire le fil et plus j'amène au jour des révélations effarantes. Il semble que le comte de Varange pratiquait la magie noire. Un peu avant son départ pour Tadoussac, il se serait livré dans sa maison de la Grande Allée, là, à deux pas de la Prévôté, à une horrible représentation destinée à obtenir l'aide des démons.

» On ne peut guère tirer d'indications des petits Savoyards qui baragouinent à peine quelques mots de français et me paraissent tout à fait débiles. Mais le cocher en fuite et qui s'est réfugié chez les sauvages aurait dit en passant à un habitant de la paroisse de Saint-André qu'il partait parce qu'il avait peur. Il a raconté que le comte, certaine nuit, voulut faire parler un miroir magique et lorsqu'il fut parvenu à l'ensorceler, il s'y entretint avec une prêtresse du diable qu'il attendait à Québec pour l'automne et qui ne venait pas. Il voulait savoir où elle se trouvait, être renseigné sur des projets qu'il avait en train avec elle. Pour la réussite de l'opération magique, un chien noir fut immolé, crucifié vivant, dont on ouvrit le ventre, prit le fiel et dont... — Garreau vérifia d'un coup d'œil sur un papier —... dont le sang devait couler sur un crucifix, placé au-dessous. Voilà ! J'ai pu mettre la main sur le garçon qui avait fourni le chien. Des voisins s'étaient plaints du remue-ménage et d'avoir entendu des hurlements... Cependant, comme la demeure est assez isolée...

— Mais c'est horrible, dit Angélique.

Elle s'interrogeait :

« Est-ce Ambroisine qu'il a vue dans le miroir magique ? Ambroisine qui devait le rejoindre à Québec après nous avoir achevés. »

— Qu'a-t-il vu d'autre dans ce miroir qui l'a poussé à s'embarquer aussitôt pour Tadoussac ? continuait le Lieutenant de Police.

C'était surtout pour éclaircir ce point qu'il avait souhaité parler avec Mme de Peyrac car, répéta-t-il, « elle aurait pu à Tadoussac avoir vu, ou entendu parler de quelque chose ».

Ce « quelque chose » et sa façon de le prononcer hérissaient Angélique de la tête aux pieds.

— Dieu me préserve d'avoir eu jamais affaire à un

aussi ignoble individu, jeta-t-elle avec feu. Je ne comprends pas pourquoi vous vous désolez tant de sa disparition ? Vous devriez, au contraire, vous féliciter qu'il se soit volatilisé définitivement comme les vapeurs délétères de ses maléfices.

— Je ne me désole point...

Garreau d'Entremont affecta un air rogue.

— Je ne me désole point, Madame, mais je suis le Lieutenant de Police. Cet homme a disparu. Je dois savoir ce qu'il est devenu, car mon rôle est de veiller à ce que les crimes qui se commettent sur le territoire de la Nouvelle-France soient dénoncés et ne demeurent pas impunis. Or, la disparition de Monsieur de Varange est suspecte. Tout suppôt du diable qu'il est, s'il a été assassiné, je dois trouver ses assassins...

Il assena ces derniers mots avec force et fermeté. Angélique se souvint de la réflexion de la Polak. « Pas mauvais bougre, le Ronchon ! Mais c'est un homme à principes... Les plus dangereux. »

Malgré cette suprême escarmouche, ils se quittèrent sans acrimonie. Presque bons amis.

52

L'esclave noir, Kouassi-Bâ, attendait assis sur les marches de la Prévôté. Il leva vers elle sa face emmitouflée. Elle le recueillit dans ses yeux, avec le déroulement lointain des montagnes embuées de lumière et reprit possession de toute sa richesse présente : le Nouveau Monde, la liberté...

Elle soupira.

— Rien de grave, fit-elle, répondant à l'interrogation muette du fidèle ami. Mais je désire rentrer en me promenant un peu.

— Retourne à Montigny où le comte t'attend.

Le grand Noir la quitta rassuré. Angélique prit, à l'angle de la maison de Mme de La Peltrie, la rue des Parloirs, et après avoir dépassé le portail des ursulines continua par une piste qui faisait le tour du parc du monastère.

Elle allait. Les bords de sa jupe soulevaient une neige duveteuse dont les paillettes demeuraient longtemps suspendues, ne retombant que lentement. Tout brillait. Les arbustes et les taillis au bord du chemin paraissaient filés dans le verre. Au loin l'Angélus de midi carillonnait.

La neige durcie du chemin couinait sous ses pas. Par instants, elle s'arrêtait.

De cette histoire sinistre, et plus encore que la crainte de voir Garreau découvrir la vérité — il ne pourrait rien prouver — lui restaient les visions des petits Savoyards, domestiques de cet affreux comte de Varange. C'était une vision familière pour elle, qui avait connu les bas-fonds de Paris. Les petits ramoneurs savoyards avec leurs brosses et leurs échelles arrivaient en automne dans la capitale fuyant l'hiver de leur Savoie déshéritée.

Vêtus de noir, coiffés de noir, barbouillés de suie, amenant avec eux un petit animal des hauteurs, une marmotte qu'ils faisaient danser pour distraire les passants, ils parcouraient les rues de Paris, criaient dans leur patois inspiré d'italien « ramonia ! ramonia ! la chemina... »

Il arrivait qu'endormis, engourdis par le froid dans une encoignure de porte, ils étaient victimes des marchands d'enfants qui les enlevaient et les revendaient à de grands seigneurs pour leurs plaisirs. N'était-ce pas pour eux préférable, disait Jean-Pourri, que de mourir de froid, par une nuit de gel, avec leur marmotte ?

Telle avait dû être, à peu de chose près, la destinée

des petits laquais du comte de Varange qui, suivant leur maître, s'étaient retrouvés au Canada.

Les navires apportaient marchandises et bienfaits du Vieux Monde et aussi perversion. Un homme déchu, suivi d'un valet à mine patibulaire et de deux petits laquais, débarque, un jour, à Québec, et personne ne sait que le Mal vient d'entrer dans la ville.

Si Ambroisine, éclatante, avait posé son petit pied mignon sur le rivage, l'aurait-on su ?

« Ma parole ! il semblait y croire, ce Garreau. Il me regardait comme si j'avais tué M. de Varange... »

Et, en effet, c'était bien elle qui l'avait tué.

Mais, de ce côté-là, aucune crainte à avoir. Garreau se heurterait au mutisme de Joffrey et de ses hommes.

La seule chose inquiétante parce que inexplicable c'était la dénonciation de M. de Saint-Edme, déclarant que « c'était Mme de Peyrac qui avait tué son ami, à lui, le comte de Varange ».

Comment et pourquoi, ce vieillard avec son masque fardé enfoui sous des perruques trop opulentes, ses gants bleutés qui lui faisaient des pattes de lézard blafard, ces allures hagardes de luxueux épouvantail, se trouvait-il mêlé à ce galimatias ?

Pourquoi était-il venu trouver le lieutenant de police pour lui déclarer : « C'est Madame de Peyrac qui a tué le comte de Varange... » ? Et comment pouvait-il le savoir ? A partir de cette question, Angélique se sentait gagnée par la crainte. Car il n'y avait qu'une seule réponse : Le comte de Saint-Edme avait partie liée avec Varange dans ses pratiques de sorcellerie. Comme lui, il attendait l'arrivée d'Ambroisine à Québec. Avait-il participé à la conjuration satanique ? Dans le miroir magique avait-il vu apparaître le visage ensanglanté de la Démone ?

Horrible prodige ! Puissance du Prince des Ténèbres, qui ne peut se frayer passage à la surface de la terre que par un boyau de sang et de profanations. Un cruci-fix souillé, un chien martyrisé...

Une chapelle solitaire à la croisée des chemins, appuyée d'un bouquet d'arbres aux branches fleuries de neige.

Un campanile de bois abritait une petite cloche, la chapelle comportait deux fenêtres sur les côtés, une porte en ogive au centre de la façade. Ce sanctuaire était dédié à sainte Foy.

Angélique leva le loquet et pénétra à l'intérieur. La pénombre lui fit du bien, après la lumière crue du dehors qui blessait les yeux. Elle ne distingua tout d'abord dans cette douce obscurité que l'or du tabernacle qui luisait au fond et le rubis de la veilleuse, étoile vacillante dans sa coupelle de verre. Elle se signa et avança de quelques pas. C'est alors qu'elle aperçut un homme qui priait agenouillé sur la première marche, devant l'autel.

C'était le chevalier de Loménie-Chambord. Discrète-ment, Angélique demeura près de la porte. Elle ne vou-lait pas le déranger dans son oraison. Mais il se retourna et l'aperçut. Elle le vit se signer aussitôt et, après une génuflexion hâtive, il vint à elle de ce pas souple et silencieux que tous les guerriers français avaient acquis dans les forêts indiennes. Une expres-sion inquiète marquait ses traits tandis qu'il se pen-chait vers elle.

— Que se passe-t-il, mon amie? chuchota-t-il. Qu'est-il arrivé? Vous êtes bouleversée!

Son regard clair l'examinait et elle se laissa happer par sa lumière rayonnante.

— ... Qu'est-il arrivé? insistait-il, pressant. On vous a fait du mal? Dites-le-moi. Dites-le-moi, mon amie ché-rie...

— Ce n'est rien.

Elle avait envie de lui crier « Ce n'est rien, ce n'est que la douleur du monde... » Elle soupira :

— ... Ce n'est rien... Mais c'est quand même terrible !

Il l'attira contre lui d'un mouvement instinctif et protecteur et elle s'abandonna contre son épaule, soudain lasse, les yeux fermés.

« Oui, oui, c'est cela », pensait-elle. « Serrez-moi fort. Serrez-moi dans vos bras, vous, le Saint, vous le Pur, vous le Tendre, vous qui rachetez les péchés des hommes. »

Son souffle l'effleurait, tandis qu'à voix basse, comme un secret, il lui murmurait des mots de réconfort.

— ... Il ne faut pas... Non, il ne faut pas... Ne craignez rien... Dieu vous protège... Vous si belle ! Vous qui apportez la joie et l'espérance... Ne craignez rien. Dieu vous aime.

C'était comme s'il lui avait dit : « Je vous aime. »

Une aura de lumière baignait son clair visage et l'étreinte ferme de ses bras abolissait en elle le souvenir de la peur et du dégoût. Elle voyait briller ses lèvres proches sous la petite moustache châtaine. Elles se posèrent sur les siennes comme en songe.

Lorsqu'ils se virent sur le seuil de la chapelle, lèurs mains qui se frôlaient et se tenaient, se séparèrent d'un commun accord. Ils émergèrent de l'instant de grâce avec la sensation de quitter une pièce illuminée pour retrouver au-dehors froidure et ténèbres. Pourtant le soleil brillait toujours en plein ciel. Mais déjà, sans qu'on pût discerner à quels signes, la lumière du jour tombait en langueur.

Ils demeurèrent silencieux et, du regard, rassemblaient autour d'eux les éléments du paysage les environnant : les parois de neige, les plaines scintillantes, le miroitement des glaçons aux branches des arbres, les alignements lointains des cheminées d'où s'étiraient des rubans de fumée blanche.

— Finalement, le lui donnerai-je ? fit soudain Loménie d'un air pénétré.

— Quoi donc ? A qui ?

— Son couteau à scalper... A Honorine. Je le lui ai promis implicitement puisque je m'étais engagé à lui donner ce qu'elle me demanderait. Et je sens qu'elle ne me tient pas quitte. Elle n'accepterait pas un canif, ni un couteau-jambette... Non ! Elle veut un vrai couteau à scalper. C'est une arme dangereuse. A la réflexion, je me suis demandé si je ne pourrais pas convenir avec elle d'un arrangement... Quel est son rêve ? De s'identifier à un invincible Iroquois... Peut-être la belliqueuse personne se suffira-t-elle d'un petit arc et d'un carquois de flèches de sureau ! Qu'en pensez-vous ?

Angélique se mit à rire.

— Monsieur de Loménie, vous êtes un homme charmant. Et beaucoup trop indulgent pour cette petite fille.

— On aime à combler l'innocence, dit-il avec douceur. Elle seule le mérite.

Puis s'inclinant avec déférence il effleura de ses lèvres sa main.

— ... Réfléchissez à la question, Madame, et si vous désirez me donner sans tarder votre réponse, nous pourrions convenir d'un rendez-vous demain dans les allées du jardin du gouverneur. Ce jour-là il n'y a personne, nous pourrons faire quelques pas de promenade... C'est un endroit paisible pour y deviser de choses graves.

53

L'amour de Loménie lui donnait des ailes. Elle rectifia dans son esprit. « Non, ce n'était pas de l'amour, mais un sentiment délicieux, consolant » qui laissait loin derrière la sombre vision du Lieutenant de Police parlant de crimes répugnants et de personnages immondes. Le chevalier l'aimait-il? Il l'avait embrassée comme pour la réconforter.

Un pas rapide d'homme derrière elle, faisant crisser la neige, l'alerta. M. de Bardagne la rejoignait.

— Cette fois, vous vous défendrez en vain de n'avoir pour Monsieur de Loménie-Chambord que des sentiments de simple amitié, lança-t-il avec agitation. Quand je pense que vous allez jusqu'à lui donner rendez-vous dans une chapelle...

— Vous êtes fou, je ne lui ai donné aucun rendez-vous.

— Comment puis-je vous croire? Je vous ai vue arriver et entrer dans la chapelle quelques minutes après lui.

— Je vous répète que c'est le hasard. Je revenais chez moi en suivant ce chemin derrière les ursulines. J'ai voulu entrer pour prier.

— Et le chevalier de Loménie se trouvait là comme par hasard?...

— Il s'y trouvait... Un sanctuaire n'est-il pas un lieu où tout un chacun a le droit d'entrer?

— Votre recueillement ne m'a pas paru très profond. De temps à autre, je vous entendais chuchoter. Vous parliez tout bas... Pourquoi?

— Il y avait les Saintes Espèces.

— Et cela ne vous empêche nullement de badiner avec un chevalier de Malte! Vous ne respectez rien.

— Je vous en prie, cher Nicolas. Tempérez un peu votre jalousie. A force de ragots et de soupçons, vous allez finir par me jeter dans les bras du chevalier.

— Mais vous y étiez dans ses bras! s'écria-t-il indigné. Je vous ai vus.

Elle lui jeta un regard inquiet. Avait-il osé se hisser jusqu'à la fenêtre de la chapelle pour regarder à l'intérieur? Un envoyé du Roi, c'était impensable. Mais au point où il en était on pouvait s'attendre à tout.

— Et lorsque vous êtes sortis de la chapelle ensemble vous lui teniez la main.

Angélique haussa les épaules. Elle ne se souvenait absolument pas avoir tenu la main de M de Loménie-Chambord. Elle prit la chose en riant.

— Décidément c'est merveilleux d'être tant aimée. Monsieur de Loménie, vous...

— ... Monsieur de Ville d'Avray, continua-t-il, Monsieur de La Ferté, le jeune et fou Anne-François de Castel-Morgeat, et le vieux aussi fou Bertrand de Castel-Morgeat son père, Basile, Monsieur de Chambly-Montauban...

— Vous exagérez. Votre imagination tourmentée vous égare, pauvre Nicolas ! Et pourtant vous me faites plaisir. Comme c'est agréable de se sentir aimée lorsque tant de dangers et tant de haine bouillonnent par le monde... Mon cher amoureux de La Rochelle, merci !

— Ne me regardez pas avec ces yeux étincelants, fit-il d'une voix frémissante. Vous savez bien que cela me transporte.

Mlle d'Hourredanne les vit passer, riant et se donnant le bras. Elle nota qu'ils ne prenaient pas congé l'un de l'autre devant la maison de Ville d'Avray, mais continuaient dans la direction du boqueteau derrière lequel se dissimulait la résidence de M. de Bardagne.

— Vous n'êtes jamais encore venue en ma demeure, avait-il dit à Angélique tandis qu'ils montaient la rue en échangeant des propos pleins de gaieté.

— C'est que vous passez tout votre temps devant la mienne... Et puis je ne tiens pas à rencontrer chez vous certains de vos amis.

— Il n'y a personne aujourd'hui.

Du chemin, une allée s'ouvrait entre les arbres de la Closerie et l'on apercevait au bout une jolie bâtisse à deux étages avec l'habituel toit d'ardoises, flanqué de ses cheminées carrées.

Le soleil éclairait encore la façade mais, dans le

sous-bois, une ombre froide régnait piquetée de ronds de lumière qui se déplaçaient suivant l'heure comme les reflets tressautants d'un miroir.

Une haleine glacée sortait d'entre les troncs et les broussailles. Nicolas de Bardagne attira Angélique dans ses bras, l'enveloppant de son manteau qu'il referma autour d'elle et l'on ne savait si c'était pour la défendre de ce brusque assaut polaire ou pour la soutenir car le chemin qui remontait vers la maison était plus glissant qu'une patinoire.

— ... C'est une situation insoluble, désastreuse, murmurait Bardagne. Sans issue... Et pourtant je ne peux la trancher. Vous voir, entendre votre rire par-dessus les frondaisons... Et puis marcher un peu à vos côtés comme en cet instant, ce sont là des bonheurs dont je m'aperçois qu'ils sont plutôt des tortures... Espérer? Mais quoi donc... Il m'arrive de décider de ne plus vous revoir au moins d'une journée. Alors je me sens libre, calme, redevenu moi-même. Je me plonge avec joie dans mes lectures, mes travaux et mes plaisirs. Et puis soudain, je suis saisi par la folie de ma résolution... Il m'apparaît que vous êtes là, dans cette ville, à deux pas, vous que j'ai tant pleurée, vous que j'avais perdue. Et je me juge dément de vouloir fuir une si miraculeuse réalité. Même si je n'en recueille que des miettes. Je vous ai trop aimée pour que vous ne m'apparteniez pas un peu, n'est-ce pas? Alors, je m'élance à votre recherche. Mon cœur s'arrête de battre à votre vue et ce que j'éprouve fait de cet instant et du lieu où je vous rencontre le siège de délices incommensurables. Devrais-je les payer de souffrances plus amères encore que je ne peux les regretter.

— Monsieur de Bardagne, votre éloquence dont j'apprécie la fougue me touche, mais je pense aussi qu'elle risque de nous faire trébucher, dans le sens propre du terme, soit dit...

Pour éviter de tomber, elle se cramponna à lui.

— Que je vous aime! Que je vous aime! murmura-t-il.

— Cette allée est trop glissante... Nous ne parviendrons jamais jusqu'à la maison.

— Qu'importe! Nous sommes bien ici et hors de vue, venez par là.

Il l'entraîna sous le couvert des arbres, dans l'ombre bleue et froide du sous-bois, mystérieuse à force d'être insondable, et la reprenant dans ses bras d'autorité, il s'empara de ses lèvres.

Durant un long moment, leurs bouches se répondirent, se séparant et se rejoignant avec chaque fois un élan plus avide.

Ce n'était pas la première fois que la passion de Nicolas de Bardagne éveillait celle d'Angélique, l'entraînant malgré elle comme une lame de fond. Déjà à Tadoussac, il l'avait subjuguée en un long baiser dévorant. La houle de sensualité qui les emportait était bien à l'image de cette vague sournoise qui passe par-dessus la rambarde du navire, prend par surprise l'équipage, noyant tout, assommant et renversant au hasard, avant de se retirer avec une souple hypocrisie pouvant faire croire que l'on a rêvé, si ne demeuraient les traces du saccage et si Angélique, lorsque leurs deux visages s'écartèrent, enveloppés de la vapeur tiède de leurs souffles, n'avait entendu battre la chamade en son cœur, ni ressenti au creux des reins la brûlure irradiante, bien connue, du désir.

Le fait est, qu'haletants, ils n'éprouvèrent pas la force ni l'envie de prononcer un seul mot. Ils revinrent vers l'allée et se quittèrent au seuil de la propriété, sans plus d'échange ni de commentaire.

Après cette plongée dans les profondeurs sous-marines de la convoitise, profondeurs sourdes, bleues, traversées d'éclairs, à l'image de la pénombre du petit bois qui les avait dissimulés, Angélique s'étonna de retrouver la clarté du jour encore guillerette. Il n'était pas si tard. Et le ciel très bleu commençait à peine de pâlir prenant vers l'occident une nuance de porcelaine.

Angélique marcha jusqu'au carrefour de l'orme, où se tenait le petit campement des Indiens avec leurs cabanes d'écorce en taupinière sous la neige, leurs feux et leurs chiens frisés.

Au lieu de rentrer chez elle, elle bifurqua et prit le sentier de traverse qui pouvait la conduire par le champ montant jusqu'au manoir de Montigny. Si l'idée l'effleura qu'après le baiser qu'elle venait d'échanger avec M. de Bardagne, partir à la recherche immédiate de son mari était faire preuve de légèreté, elle la rejeta comme inopportune. Echanger un baiser avec un amoureux transi ne tirait pas à conséquence. Non seulement, elle n'éprouvait ni remords ni crainte mais, au contraire, elle se félicitait de cet intermède car elle avait l'impression satisfaisante qu'elle venait de s'offrir une excellente diversion à d'insupportables chagrins.

Il lui semblait maintenant qu'elle avait retrouvé la légèreté, c'est-à-dire la force voulue pour y faire face et qu'elle pourrait entretenir Joffrey des menaces qui pointaient derrière l'enquête du Lieutenant de Police. Elle se sentait gagnée par une ivresse bienfaisante, puérile, à laquelle, se voyant seule sur le chemin, elle eut envie de s'abandonner.

Avec un grand geste des bras qui fit voler au vent les pans de son manteau, elle s'élança en courant vers le sommet de la colline, escortée, à son insu, par les bonds lourds des chiens indiens que son exubérance soudaine avait eu le don d'arracher à leur apathie.

Ils la rejoignirent et se tinrent en rond autour d'elle, remuant un bout de queue, surpris de la voir s'arrêter, tandis que d'en haut, elle observait le manoir de Montigny en contrebas.

Elle ne savait pourquoi, mais les abords du manoir autour duquel s'affairaient d'habitude les hommes d'équipage ou de nombreux visiteurs lui parurent anormalement calmes. Son excitation tomba, remplacée de nouveau par le malaise. A part les modulations du vent le silence était total.

Angélique entreprit de descendre vers le château. Déçus de son immobilité, les chiens indiens l'avaient quittée et avaient regagné le campement.

La demeure semblait à demi désertée. Il y avait du mouvement du côté des cuisines et de la fumée s'élevait des cheminées mais dans les salons du rez-de-chaussée où d'habitude, surtout vers la fin de la journée, on pouvait observer un remue-ménage d'officiers comme Urville, Barssempuy, Erikson, venant aux ordres ou retrouvant leurs « quartiers », elle ne rencontra âme qui vive.

Dans un cabinet d'études, elle aperçut, disposés sur une table, les plumes, les rouleaux de cartes et de papiers, les instruments de mesure dont Florimond se servait pour rédiger la « relation » de ses explorations de l'été, tâche à laquelle il consacrait plusieurs heures par jour, mais lui aussi était absent.

— Où sont-ils donc passés, tous ?

Elle monta à l'étage, espérant trouver Joffrey dans la pièce qu'il se réservait et qu'il appelait sa « chambre de commandement ». Elle n'y avait pénétré qu'une fois. C'était là aussi qu'il dormait lorsque des travaux ou des assemblées tardives le retenaient trop avant dans la nuit.

Angélique, lorsqu'elle avait vu l'ameublement bien choisi de cette pièce, s'était demandé si ce n'était pas celle qui avait été aménagée plus spécialement pour la duchesse de Maudribourg.

Fut-elle influencée par cette pensée lorsque, après avoir gratté à l'huis sans recevoir de réponse, elle y pénétra ? Mais elle se persuada qu'il flottait dans cette pièce, pour l'heure vide d'habitants, les effluves d'un parfum féminin. Ce n'étaient pas des traces bien précises. Il fallait des narines exercées. Elle n'aurait pu dire non plus s'il s'agissait du parfum de Bérengère-Aimée. Ce qui la remit de meilleure humeur après qu'elle eut fait trois ou quatre fois le tour de la pièce en flairant comme un chat, ce fut de décider qu'il s'agissait, selon toute vraisemblance, de plusieurs parfums féminins. Un grand nombre de personnes, dont des femmes, avaient dû se tenir récemment dans cette pièce.

— Où sont-ils passés ?

Elle regagna le rez-de-chaussée et poursuivant son inspection découvrit, dans l'une des grandes salles à manger, les reliefs apparents d'un festin dont les convives devaient s'être levés de table peu de temps auparavant.

— Il y a eu collation au château, lui dit un marmiton enfin rencontré dans la cour.

Il lui désigna l'amorce d'un chemin qui pénétrait dans la forêt.

— Ils sont partis par là.

Angélique s'engagea suivant la piste qui sinuait à travers les troncs des bouleaux et des épinettes. Le sousbois était assez clairsemé. Sur la neige rose, le soir commençait d'allonger des ombres couleur de lavande.

Elle arriva peu après aux abords d'une vaste clairière. Un grand nombre de personnes s'y tenaient rassemblées, le visage tourné vers Joffrey de Peyrac. Celui-ci, dans une position plus élevée, sur une légère éminence, leur faisait face et leur parlait.

Parmi les assistants, Angélique reconnut M. et Mme de Castel-Morgeat, Bérengère-Aimée de La Vaudière, mais son mari le procureur n'était pas là. Avec étonnement, elle nota aussi la présence de cette femme de l'île d'Orléans, à l'opulente chevelure brune, Eléonore de Saint-Damien qu'on appelait Eléonore d'Aquitaine, qu'on disait avoir eu trois maris et qui était venue pour la messe de minuit.

Il y avait beaucoup d'officiers, dont Melchior Sabanac, mais aussi de simples soldats.

Angélique ne sut quelle sorte d'instinct la retenait de descendre le talus et de s'introduire dans cette assemblée parmi laquelle beaucoup de personnes étaient de ses amis et que son mari présidait.

Ce fut le sentiment qu'elle s'y trouverait déplacée.

Elle tendait l'oreille et essayait de comprendre ce que disait Joffrey. Elle l'entendait assez distinctement, mais ne comprenait pas, à part de temps à autre un mot dont la signification lui était plus nette sans qu'elle fût bien certaine de l'avoir saisi.

Brusquement, la raison de sa perplexité lui apparut. Elle ne comprenait pas, parce qu'il ne parlait pas français. Il parlait en langue d'oc, la langue des régions méridionales de la France. Et il n'y avait pas à s'étonner de voir dans cette assemblée la belle Eléonore de Saint-Damien, puisque se tenait là, à n'en pas douter, une assemblée de Gascons.

A partir du moment où la vérité lui apparut, Angélique demeura comme frappée par la foudre. Elle se tint plus immobile qu'une statue derrière les arbres, le cerveau aussi gelé que les pieds et les mains. Fallait-il croire que Mlle d'Hourredanne avait raison lorsqu'elle disait : « Depuis que M. de Peyrac est dans nos murs, les Gascons sortent de tous les trous. On ne s'imaginait pas qu'il y en eût tant en Nouvelle-France. »

Cela expliquait aussi la présence d'officiers et soldats, la plus grande partie appartenant au régiment de Carignan-Salières était recrutée dans les contrées du Sud-Provence et d'Aquitaine.

Elle prit à peine garde que tout le monde se séparait et s'égaillait avec de grands saluts joyeux et fit tout un détour afin de regagner sa maison sans avoir à repasser devant le château de Montigny.

La neige devenait phosphorescente. La nuit s'annonçait glaciale. Angélique toucha ses lèvres et les trouva sensibles, ayant oublié les baisers de Bardagne.

Levant les yeux vers le firmament, elle se dit que

c'était une nuit à voir passer les canots en feu de la « chasse-galerie », annonciateurs de phénomènes sismiques, de folie dans les esprits et de bouleversements dans les âmes. En passant près de la cour de Banistère, la chaîne du chien maigre tinta sur la glace, et elle vit se profiler, tournée vers elle qui approchait, sa triste silhouette.

Pauvre bête innocente !

Dans la maison, était-ce un cauchemar ? Là aussi, il n'y avait personne. Elle dut se rappeler que la nuit tombait à peine. Suzanne venait de repartir chez elle en laissant contre les cendres une marmite bouillonnant doucement et après avoir disposé sur la table familiale la vaisselle du souper.

Une partie de la maisonnée devait être chez Mlle d'Hourredanne pour écouter la lecture de *La Princesse de Clèves.*

Les autres vaquaient à leurs occupations dans la ville. Sire Chat lui-même était absent.

Debout au milieu de la grande salle qu'elle aimait tant, Angélique ne reconnut plus le décor de son bonheur.

Elle était sur le point de se laisser aller à un désarroi aux multiples causes lorsqu'elle réalisa que la première de ces causes venait de l'épuisement physique dans lequel elle se trouvait car elle mourait de faim et de soif.

De tout le jour, elle n'avait rien mangé, et même depuis la veille, car elle était partie ce matin à jeun pour communier à la messe de Sainte-Agathe, ensuite Monsieur le Gouverneur avait entraîné toute sa Cour dans son jardin. Au retour de la promenade, Monsieur Garreau d'Entremont l'avait retenue près de deux heures dans son cabinet d'instruction. En la quittant, lui, il avait dû se rendre illico dans sa salle à manger où un archer transformé en valet de pied lui avait servi un repas substantiel. Tandis qu'elle, Angélique, s'en allait par les chemins méditer de sinistres histoires et se faire embrasser par les uns et par les autres à titre de réconfort, ce qui l'avait menée jusqu'à une heure avancée de l'après-midi pour découvrir, dans le soir tombant, Joffrey de Peyrac discourant en langue d'oc, entouré de Gascons et de ces belles femmes d'Aquitaine, dont à Toulouse sa blondeur poitevine avait redouté l'ascendant.

Et maintenant, le soleil était couché. Il faisait nuit. Elle avait les pieds gelés et l'estomac vide.

Avec des mouvements énergiques dans lesquels elle fit passer une partie de sa rage et de son indignation, Angélique commença par remonter du puits le seau où miroitait l'eau très fraîche qu'elle but longuement à même le récipient.

A la suite de quoi, elle se tailla une énorme tranche de pain bis et étala dessus, largement, du beurre. Elle y ajouta une tranche de jambon et son assiette en main alla s'asseoir à l'extrémité de la table.

La soif n'étant pas encore étanchée, elle se releva pour verser de l'eau dans une cruche vernissée qu'elle posa sur la table, à portée de main. Tentée de se rendre à la réserve dans les caves pour s'y verser un bol de lait, elle renonça. Elle était trop fatiguée.

Tandis qu'elle mordait dans sa tartine à pleines dents elle commença de trier les divers événements de la journée.

Elle aurait souhaité parler avec Joffrey de son entrevue avec le Lieutenant de Police, sachant qu'il la rassurerait. Il ne craignait rien. Garreau pourrait jeter à ses pieds le cadavre décomposé de Varange qu'au plus il sourirait et l'autre briserait ses défenses de sanglier sur la maîtrise inébranlable du comte de Peyrac. Celui-ci était sûr du silence de ses hommes. Une circonstance de plus où il s'affirmerait en prince indépendant. Elle ne savait que penser de cette réunion de Gascons dans les bois, où il les avait convoqués afin de leur parler la langue de leur province... Une province annexée depuis deux siècles par les « barbares du Nord » et qui restait ombrageuse.

Leur parlait-il de revanche ? De liberté ? C'était folie !

Mais il ne lui dirait RIEN à elle, car il lui cachait TOUT, en fait. Ce serait inutile d'aborder le sujet de front avec lui... et, pour tout avouer, jamais elle n'oserait. Jusque dans l'abandon du plaisir, elle le sentait toujours plus fort qu'elle. Il ne se laissait jamais asservir par quiconque et il se l'attachait, elle, par cette fascination qu'il exerçait sur son entourage. « Esclave ! Je suis son esclave. Et il le sait... »

Comme il en est souvent pour les personnes très vivantes, robustes et amoureuses de l'existence, c'était le présent qui comptait pour Angélique, et le présent lui montrait un Joffrey inquiétant, inexplicable, inaccessible.

Il se gardait d'elle pour réunir ses amis et leur parler en langue d'oc, tandis qu'elle affrontait le Lieutenant de Police.

Car lui, « on » n'osait pas le convoquer ainsi.

Eh bien, soit ! elle devrait régler seule cette affaire. Pour commencer elle allait faire rendre gorge au comte de Saint-Edme.

54

Sitôt la première messe entendue, elle était partie à travers la ville à la recherche du comte de Saint-Edme.

Angélique avait mal dormi. Tout d'abord, le comte de Peyrac lui ayant fait savoir qu'il ne pourrait la rejoindre ce soir-là, elle avait imaginé le pis, c'est-à-dire Bérengère triomphant dans ses bras, pour ensuite se calmer et décider qu'elle se montait la tête sans raison. Et se féliciter de son absence.

S'il était venu ce soir-là ne se serait-elle pas montrée un peu incohérente?

Il n'était pas venu...

« Tant mieux! » se dit-elle en se regardant dans la glace.

Ne devait-elle pas à Bardagne et à la rudesse de sa moustache quelques rougeurs au bord des lèvres?

Il était des circonstances où il y avait avantage à ne pas vivre trop étroitement sous le regard l'un de l'autre. Regard d'autant plus enclin à se montrer soupçonneux que l'on est amoureux. Des légèretés comme celles qu'elle avait commises la veille y gagnaient de ne pas tourner à la tragédie. Car les baisers fort conscients qu'elle avait rendus à Bardagne n'avaient aucune importance. L'absence de Joffrey permettait à sa conscience de les oublier.

Aujourd'hui où elle voulait rencontrer Vivonne et ses complices, personne ne savait où les trouver. Elle finit par aller sonner chez Mme de Campvert qui depuis qu'Angélique avait sauvé son petit singe était prête à lui rendre tous les services.

Elle lui indiqua le *Chien qui tourne,* un établissement à mi-chemin dans la côte du Palais, mi-taverne, mi-rôtisserie, qui pouvait être, selon la clientèle, un tripot où l'on jouait gros jeu.

M. de La Ferté et ses compagnons s'y montraient assidus.

Comme Angélique descendait la rue escarpée en se retenant à tout ce qu'elle pouvait, Ville d'Avray la croisa, remontant allégrement — peut-être venait-il du *Chien qui tourne* où l'on jouait dès le matin — et lui jeta :

— Tout s'est bien passé? Chez Garreau?

— Il a été odieux... Jamais de ma vie je ne me suis

trouvée dans une position aussi blessante. Il ne s'agissait que de ragots et de calomnies.

— Lesquels?

— Vous le savez fort bien. Et pourquoi ne m'avez-vous pas prévenue qu'il s'agissait de ce comte de Varange? Varange était l'un de ceux qui attendaient ici Madame de Maudribourg.

— Ce n'est pas moi qui ai signalé sa disparition, mais Madame de Castel-Morgeat.

— Encore une qui ferait mieux de ne pas se mêler des problèmes des autres... C'est fort ennuyeux de voir soulever cette affaire car l'on raconte qu'il serait parti vers le nord, soit au-devant de la duchesse, disent certains, soit au-devant de notre flotte, disent les autres... Ensuite, il a disparu et nul ne s'en souciait jusqu'au moment où Sabine est intervenue... Elle avait bien besoin de se préoccuper de cet individu qui avait, paraît-il, des mœurs dissolues et convoquait le diable.

— A l'image de notre chère duchesse! Qui se ressemble s'assemble... Vous êtes-vous bien défendue au moins?

— De quoi aurais-je dû me défendre? Et pourquoi est-ce moi que Garreau a voulu entretenir? Plutôt que n'importe quelle autre personne qui se trouvait à notre bord? Je me le demande.

— Je me le demande aussi, avoua Ville d'Avray qui parut cette fois sincèrement intrigué.

La taverne du *Chien qui tourne* était un établissement de moyenne importance qui n'avait ni le renom du *Soleil Levant* ni la qualité d'accueil et de gaieté du *Navire de France*.

Angélique était allée s'y asseoir une fois avec M. de Loménie, car le patron, originaire de Marseille, y servait du café turc. Elle n'avait pas aimé la salle sombre et enfumée d'où l'on ne pouvait contempler aucun horizon car elle donnait sur une rue étroite bordée des deux côtés de maisons assez hautes qui la rendaient étroite et sombre comme une crevasse.

Les vins de la taverne étaient de médiocre qualité et la broche de la rôtisserie était mue par un chien qui, galopant toute la journée dans une cage ronde en forme de tonneau à un côté duquel était fixée la broche, entraînait celle-ci dans un mouvement de rotation.

La Polak disait que ce système-là était tout ce qu'on pouvait trouver de mieux pour faire brûler une rangée entière de chapons quand la bête s'arrêtait épuisée. Mais ces tenanciers étaient de Marseille. Peu courageux à l'ouvrage. Elle, elle était d'Auvergne. Ces déclarations soulevaient toujours un tollé chez les nombreux Méridionaux de sa clientèle. « Alors, pourquoi venez-vous chez moi ? leur criait-elle, et non chez Laverdure ? »

Le chien qui tournait la broche avait donné son nom au tripot-cabaret qu'aucune enseigne n'indiquait.

Dès l'entrée, Angélique aperçut à une table le duc de Vivonne et nota avec satisfaction que si le comte de Saint-Edme était là, le baron Bessart, dont elle redoutait la prudence calculatrice, manquait à l'appel. Les quatre larrons n'étaient que trois et jouaient aux cartes.

Angélique attira une chaise et s'assit en face d'eux, repoussant l'offre du patron qui s'approchait avec une cruche de vin. Il se contenta de lui verser, selon la coutume adoptée, un verre d'eau fraîche, et ce n'était pas à refuser car la chaleur était étouffante. Le feu dans la cheminée flambait trop haut, et la Polak avait raison, la brochée de chapons qui y tournait risquait fort de brûler.

Après avoir noté machinalement, en ancienne aubergiste qu'elle était, ce détail, Angélique prit la parole.

— Ce n'est pas vous, Monsieur le duc, que je cherchais mais Monsieur de Saint-Edme.

En quelques mots et dédaignant les protestations galantes que le vieillard se croyait obligé de lui adresser, elle exposa les raisons de sa démarche. M. le Lieutenant de Police prétendait que M. de Saint-Edme était venu le trouver et lui avait dit sans détour : « Madame de Peyrac a tué le comte de Varange. »   C'était de cette parole insensée qu'elle venait lui demander raison. Tout d'abord elle ignorait qui était ce comte de Varange que soudain un lieutenant de police apparemment sérieux et non pris de boisson l'accusait d'avoir assassiné. Secundo, elle souhaitait savoir pourquoi M. de Saint-Edme, qu'elle connaissait d'autre part fort peu, se permettait de se servir de son nom et de l'impliquer dans des plaisanteries de mauvais goût, à moins qu'il ne s'agisse de folie de sa part, ce qui était à examiner, ou d'hostilité déclarée sur la raison de laquelle il devait alors s'expliquer. En résumé : Quelle mouche l'avait piqué ?

Les yeux de M. de Saint-Edme devinrent aussi froids que ceux d'un serpent. Mais il parut qu'une jubilation secrète animait d'un frisson rapide sa peau parcheminée. Il répondit de cette voix de crécelle qui, passant entre ses lèvres minces, paraissait provenir d'une autre créature invisible.

— N'est-ce pas vous qui l'avez tué ?

Les yeux verts d'Angélique s'efforcèrent de capter, malgré sa répulsion, ces prunelles mortes dans leur cercle de khôl.

Il y eut ensuite entre eux un dialogue qui ne manqua pas d'intensité.

— Qui vous l'a dit ?
— Le sorcier de la Basse-Ville, le Bougre Rouge.
— Comment l'a-t-il su ?
— Par magie.
— Est-ce vous qui lui aviez demandé cette opération de magie ?
— Oui.
— Pourquoi ?

— Notre ami le comte de Varange avait disparu et nous voulions savoir ce qu'il était devenu.

Angélique s'accorda un moment de réflexion. Elle but une gorgée d'eau pour se remettre.

— Ne vous ai-je pas entendu répéter maintes fois, Monsieur, que les sorciers de Nouvelle-France ne valaient rien ? Ce sont vos propres termes. Je ne discuterai pas de votre jugement en la matière, mais si telle était votre opinion, pourquoi apporter créance aux racontars de l'un d'eux ?

— Parce qu'il m'a prouvé par cette révélation qu'il était très fort.

— Je me serais plutôt méfiée. D'après les précisions que m'a données Monsieur le Lieutenant de Police — lequel à mon avis ne se doute pas d'où vous tenez vos renseignements — lorsque votre Varange a disparu, notre flotte n'était pas encore parvenue à Québec.

— Précisément.

La voix de Saint-Edme devenait sifflante et son regard luisait.

— ... Il était parti au-devant de votre flotte... Fou de douleur.

— De douleur ? répéta-t-elle ébahie.

— Il avait vu dans le miroir magique le visage de celle qu'il attendait, ensanglanté, meurtri, vaincu... Elle avait prononcé deux noms : Peyrac, Angélique... Aussi, comprenez, Madame, que lorsque le sorcier vous nomma, tout devint clair à nos yeux.

Angélique se rejeta en arrière et s'appuya contre le dossier de sa chaise.

— Je vois que Monseigneur l'Evêque a été bien avisé de nommer un grand exorciste en son diocèse du Canada, fit-elle après avoir paru méditer les paroles qu'elle venait d'entendre, l'ouvrage ne lui manquera pas.

Le comte de Saint-Edme la sidérait comme en une vision de cauchemar, avec en arrière-fond les flammes de l'âtre, le miroitement des poulets embrochés, et à travers les barreaux de sa cage tournante l'ombre du chien esclave qui galopait sans fin.

— Vous vous égarez! dit-elle. Je vous en prie, cessez de jouer avec ces crimes de magie et de sorcellerie, sinon cela surgira au jour, et vous serez jugé et condamné.

Ils échangèrent un regard amusé.

— Mais, ma chère enfant, dit Saint-Edme, d'un air patelin, d'où sortez-vous? Vous n'êtes au courant de rien. On n'est plus jugé de notre temps ou condamné pour crime de sorcellerie ou de magie. L'Inquisition a fait son temps. La nouvelle police ne se préoccupe pas des distractions ésotériques auxquelles les esprits inspirés aiment se consacrer. Elle a assez à faire à nettoyer Paris de ses classes dangereuses et les grands chemins de leurs bandits.

— La nouvelle police intervient s'il y a meurtre derrière vos amusements ésotériques, Monsieur.

Le comte de Saint-Edme étira ses lèvres fardées en une grimace froide qui était sa façon de sourire, mais portait plutôt à frémir.

— Qui parle de meurtre, à part vous, Madame? Monsieur de Varange a-t-il tué quelqu'un? Non, je le pense à l'abri d'une telle accusation. Tandis qu'il n'en serait pas de même pour vous si l'on en croit le Bougre Rouge, ha! ha!

— Et il n'en serait pas de même aussi pour vous, Monsieur de Saint-Edme. Combien de personnes avez-vous envoyées à la mort par vos incantations, vos messes noires ou le poison? Je l'ignore, mais il me serait facile de le savoir, et de recueillir au moins le nombre des enfants immolés dans vos sacrifices au Diable. Pas besoin d'opérations magiques pour cela, j'ai mille sources de renseignements qui me donneraient de quoi réjouir à votre sujet Monsieur de La Reynie et Monsieur François Desgrez. Et sur vous, Monsieur le duc, et vous aussi, Monsieur d'Argenteuil. J'ai su avant la police elle-même à quelles expériences se livrait votre chère marquise de Brinvilliers... Je l'ai su par les coquillards de Paris, les mendiants qui l'avaient surprise à l'Hôtel-Dieu glissant des poudres dans les bouillons ou les tisanes des pauvres malades... Il s'agit bien de crimes, n'est-ce pas, d'assassinats ?

— Alors c'est vous qui l'avez livrée au policier ? demanda-t-il avec une lueur dans les yeux. Je m'en doutais... Et savez-vous que, bien qu'elle ait avoué, ils l'ont soumise à la « question ordinaire » ?

Elle haussa les épaules. Celui-là était vraiment fou.

Elle revint à Vivonne.

— Quelle perversion vous habite pour que vous vous livriez ainsi au Mal ? Vous, Monsieur le duc, que le Roi a élevé si haut dans des fonctions de son Etat et votre sœur qu'il aime d'une si grande passion, comment avez-vous pu, vous comme elle, vous laisser aller à d'aussi basses actions... Aviez-vous vraiment besoin, Monsieur l'Amiral, de vous y livrer pour conserver votre rang, vos avantages, les faveurs du Roi ? Ne peut-on trouver le salut que dans le poison, les aphrodisiaques, la sorcellerie et les crimes ? Pourquoi faites-vous cela ?

Vivonne qui l'écoutait en brassant ses cartes avec une indifférence affectée eut une réponse surprenante.

— Tout le monde le fait.

C'était une mode. Un mondain se doit de suivre la mode. La voyant coite, il ajouta :

— A la Cour, qui n'empoisonne pas est empoisonné. Qui n'écarte pas un rival disparaît à son tour... C'est le jeu !

— Non ! Pas le Roi. Le Roi n'a jamais empoisonné, ni fait empoisonner personne, que je sache ! Et il y a du mérite car ce ne fut pas toujours le cas de ses prédécesseurs. Mais il est vrai qu'il est petit-fils d'Henri IV qui lui aussi était un honnête homme. Cette lignée neuve de nos rois a rompu avec les mœurs dépravées des autres dynasties. Mais vous, les Grands du royaume, ne l'imitez point.

La belle bouche du frère d'Athénaïs se tordit dans une grimace.

— Le Roi peut se permettre d'être honnête, fit-il avec amertume. Pour la vertu dans son royaume, il ne fait la part belle qu'aux bourgeois... Quant à nous, peuple de courtisans à sa merci, il s'est vengé de la Fronde des Princes en nous émasculant. Nous privant de nos fiefs, de nos provinces, de notre pouvoir sur nos terres, il ne nous a laissé que les armes fatales!...

Avec soulagement, elle retrouvait dehors l'or et le rose de praline de l'hiver sur la neige des toits et des rues. Elle retrouvait l'air pur et glacé et la surprise, comme sur un coup de baguette magique, d'être transportée au Canada... « Ce ne serait pas la peine d'être venue si loin, si je devais encore me taire... et les craindre... »

Elle courait presque en approchant du jardin du gouverneur dans son impatience d'apercevoir la silhouette de Loménie vêtue de gris dans la blancheur entrelacée de mauve des parterres.

Il était là. Il l'attendait. Son regard se posait sur elle et, comme la veille, elle ne prenait garde qu'au plaisir d'être en sa compagnie.

Elle marcha près de lui dans un rêve paisible et heureux, le regardant par moments parce qu'elle était consciente du charme qui émanait de son visage et qui la rendait indifférente quelques secondes aux mots que prononçait cette bouche dans le désir d'y poser la sienne.

Heureuse du plaisir éprouvé à sentir le mouvement de sa marche près d'elle, à croiser son regard, à attendre l'instant où, prenant congé d'elle, elle sentirait autour de sa main la préhension de cette main qu'elle n'aurait cessé de désirer retenir et presser tout au long de leurs allées et venues dans le jardin.

— L'amour avec vous n'a plus le même visage, dit-il.

Angélique se récria.

— Monsieur, je ne suis pas parfaite.

Devant lui, avec ses lèvres qui restaient encore meurtries par les baisers sauvages et interdits de Bardagne, elle se sentait un peu pécheresse.

« Que savait du désir ce bel homme aux doux yeux ? »

Ces mains qui savaient manier si bien l'épée, le sabre et le mousquet, s'étaient-elles jamais posées sur le corps d'une femme ? Elle pouvait supposer que non car le vœu de chasteté entrait dans la règle de l'Ordre de Malte.

— Et vous ? Avez-vous peur de la Femme, Monsieur le chevalier ?

— Quand elle prend vos traits, certes non, répliqua-t-il en riant.

Son existence de moine guerrier dans le monde lui avait appris l'art de la repartie.

Une bouffée de neige arrachée d'un arbre par le vent leur poudra le visage comme le froid baiser d'un rêve.

Ils rirent. D'un doigt, Loménie écarta la neige des sourcils d'Angélique. Leur courbe dorée au reflet de soie n'avait cessé d'attirer ses regards. Le geste lui fut si naturel qu'il n'aurait pas voulu s'en défendre.

Lorsqu'ils s'entretinrent d'Honorine, il lui dit combien il aimait les enfants. Il les avait enseignés et avait aidé à leur survie à Ville-Marie. Dans les expéditions ou les escarmouches contre l'Iroquois qu'il menait avec une poignée de soldats-laboureurs, il pensait toujours aux enfants qui, ignorants les horribles dangers planant sur eux, attendaient avec confiance dans le fort ou dans les maisons de rondins l'issue des combats. Cette pensée décuplait ses forces.

Il avait de l'estime pour ces petits êtres. Il admirait

leur sagesse et leur innocence. Et il enviait les joies élémentaires et presque divines qui étaient l'apanage de cet âge béni. Il se souvenait de son enfance comme d'un hymne perpétuel à la joie de vivre.

Elle aima l'entendre parler de sa mère et de ses sœurs avec lesquelles il gardait des liens d'amitié.

Ce fut une promenade merveilleuse qui avait un goût de paradis.

Le petit moulin tournait au sommet du Mont-Carmel. La croix, le poteau et le gibet auréolés de lumière avaient l'ingénuité d'une image pieuse.

Au loin, l'île d'Orléans, pastellisée de bleu doux, poursuivait son dialogue avec Québec. Entre elle et le Roc, les traînes et les traîneaux tissaient un réseau animé. Ils marchaient, goûtant la tiédeur du soleil avec la reconnaissance de convalescents. Elle lui avoua qu'elle avait craint de sa part des solutions radicales. Qu'il décidât, par exemple, que leur amitié ne pouvait se poursuivre. Or, elle avait besoin de son amitié. Elle avait besoin, ne serait-ce que de pouvoir le rencontrer au hasard des rues, de savoir qu'il existait dans la ville, car il lui offrait aussi une image si sereine et si juste de l'homme qu'elle sentait ses rancœurs et ses craintes inexprimées s'apaiser, mieux, s'effacer à jamais. Il la rendait meilleure.

En revenant de sa promenade avec Loménie au jardin du gouverneur, Angélique trouva le lieutenant de Barssempuy qui l'attendait devant sa maison pour lui remettre une lettre du comte de Peyrac. Il était sur le point de repartir ne l'ayant pas trouvée.

Angélique rompit aussitôt le cachet et lut avec déception que Joffrey était passé le matin pour l'avertir qu'il partait en tournée le long du Saint-Laurent avec M. de Frontenac. Le temps était si constamment beau que cela permettait d'entreprendre, sans danger, quelques parcours en suivant les pistes du fleuve. Ils visiteraient des seigneuries dont le gouverneur souhaitait présenter à Peyrac les propriétaires, seigneurs pour la plupart entreprenants, soucieux du bien-être de leurs censitaires, et qui avaient le mérite et la conscience de vivre sur leurs terres même l'hiver. Ils inspecteraient aussi quelques redoutes de bois abandonnées que le comte de Peyrac proposait de remettre en état, car il n'y avait jamais assez de tours de guet le long du fleuve pour surprendre à temps une expédition des Iroquois. L'une d'elles, à l'embouchure de la Chaudière, route du Midi, pouvait être empruntée aussi par les sournois et haineux ennemis de la Nouvelle-France.

Joffrey lui expliquait tout cela avec sa minutie et sa gentillesse habituelles, protestant de son regret de ne l'avoir pas trouvée lorsqu'il était venu lui faire ses adieux. Il fallait se hâter de partir car les journées étaient courtes et, en dehors des environs d'une seigneurie bien peuplée, les pistes du fleuve n'étaient pas balisées.

Malgré les phrases aimables dont il enroba ses adieux, Angélique ressentit un sentiment de frustration car il s'y mêlait, en dehors du fait qu'elle voulait le VOIR et lui parler au moins des soupçons du Lieutenant de Police, un malaise qui lui restait à propos de l'assemblée des Gascons... Tourmentée, elle s'apercevait que, dans les derniers temps, elle s'était assez bien accommodée de le voir moins souvent. Les jours passaient, riches pour elle d'un bonheur très certain et très substantiel. Ne dit-on pas que la vraie signification du bonheur c'est qu'il délivre du malheur? De quel malheur la délivrait cette liberté qu'elle avait réclamée? Elle ne savait, mais elle en ressentait le bienfait.

Cependant, en cette occasion elle déplora de s'être trouvée absente toute la matinée. Devant Barssempuy elle ne voulut pas montrer sa contrariété.

Elle profita qu'elle le voyait tranquillement pour lui demander de ses nouvelles. Elle avait pris en pitié ce jeune homme sachant combien il avait souffert de la mort de la jeune fille qu'il aimait, Marie-la-Douce. Elle lui sourit et s'informa de sa santé, de son bien-aise et de l'état de son cœur dont elle espérait qu'après quelques mois à Québec il était moins endolori. On lui avait conté qu'une charmante demoiselle s'intéressait à ses beaux yeux. Tout cela avec une grâce et une expression charmeuse, mi-maternelle, mi-galante, qui fit noter à Mlle d'Hourredanne de son alcôve :

« J'ai appris hélas! de Mme de Peyrac en l'observant lorsqu'elle s'adresse à quiconque devant sa maison, où une sorte de cour des plus variées se succède, comme les courtisans et les quémandeurs dans l'antichambre du Roi, j'ai donc appris, vous dis-je, toutes les nuances de l'art de s'adresser à un être humain, homme, femme, enfant, vieillard, noble et pauvre, et de toutes les races ou couleurs que nous avons en notre cité, de s'adresser à lui en le charmant, ce qui n'est pas sans me causer une douleur assez cruelle et que vous comprendrez vous qui aimez vous pencher sur les subtilités du cœur humain, car si j'avais su en pratiquer les règles au temps de ma jeunesse, il me vient l'idée qu'en bien des occasions il m'aurait été donné de vivre de ces aventures de cœur, d'amour et de tendresse dont je vois passer le reflet sur son beau visage lorsqu'elle le lève sur un autre visage, serait-il celui de cet ivrogne d'Heurtebise ou de son Indien aux longues dents, le Narrangasett, au lieu de n'être aujourd'hui qu'une vieille femme dans son lit, que l'on n'aime point et dont la vie est bien pauvre en souvenirs aimables. »

Barssempuy avait remercié Angélique de son intérêt. Tout allait bien pour lui, affirma-t-il, et pour son cœur aussi... bien que... Un éclair passa dans les yeux du jeune officier dont il ne fallait pas oublier qu'il avait été sous les ordres de Barbe d'Or, un franc pirate. « Ceux qui l'ont tuée, celle que j'aimais, n'ont pas été assez châtiés, Madame... Mais, pour l'instant, Dieu m'a demandé de me résigner. » La vie était plaisante à Québec, et il fallait reconnaître que M. de Peyrac était un chef qui ne laissait guère chômer les hommes de sa recrue ou de ses équipages. Barssempuy disposait de peu de temps pour s'appesantir sur ses peines de cœur.

Ayant donc « pris sur elle » comme le lui recommandait autrefois sa tante Pulchérie, car c'était le premier devoir d'une dame de qualité de savoir « prendre sur soi » dans le monde, afin de ne jamais rien laisser transparaître de son déplaisir, Angélique regagna la cour à l'arrière de la maison et rentra chez elle, le message de Joffrey à la main et sans être tout à fait sûre qu'elle n'était pas au bord des larmes.

M. de Ville d'Avray et Mme de Castel-Morgeat l'attendaient dans le petit salon assis tous deux sur le canapé. Ils se levèrent.

— Sabine s'est émue d'apprendre que vous la blâmiez d'être intervenue dans l'affaire du comte de Varange, dit le marquis. Elle souhaite s'en expliquer et je vous l'ai amenée.

Angélique le foudroya du regard. Ce que voyant le marquis s'esquiva avec un sourire hypocrite.

— Je vous laisse !

Le manteau de Mme de Castel-Morgeat était doublé de couleur prune. Debout dans le demi-jour qui venait de la rue, avec sa pâleur chaude, elle était décidément très belle.

— Monsieur de Ville d'Avray me rapporte qu'en m'intéressant au sort des petits Savoyards de Monsieur de Varange je vous ai contrariée, entama Sabine, dont les yeux andalous s'agrandirent sous l'effet de l'anxiété. Angélique, je suis très peinée. Vous auriez énoncé contre moi des accusations.

— Quelles accusations ?

— Que j'avais sciemment soulevé le cas des petits Savoyards pour vous mettre en cause près du Lieutenant de Police.

— Ah ! Ne tournez pas tout au tragique !

— Ma vie est tragique, s'écria Sabine de Castel-Morgeat.

— Alors que dirais-je de la mienne ! Asseyez-vous !

Mme de Castel-Morgeat reprit place sur le canapé tandis qu'Angélique s'asseyait à l'autre extrémité.

La femme du gouverneur militaire s'efforça au calme afin d'expliquer qu'elle n'avait jamais songé à causer le moindre tort à Mme de Peyrac. Elle avait été simplement la première à remarquer l'absence, dans le quartier où il habitait, de M. de Varange.

— Monsieur de Varange était notre voisin le plus proche avant que notre maison ne soit démolie. Nous le fréquentions peu mais j'observais les allées et venues de sa domesticité. Un temps, je lui fis observer qu'il devait envoyer ses petits laquais au catéchisme. Il me dit qu'il le ferait. Je ne sais s'il y a pensé par la suite. Les enfants sont originaires du pays de Savoie. Ils parlent à peine le français.

Un jour récent, elle avait constaté qu'il ne restait dans la demeure vide que les deux domestiques dont l'errance et l'état misérable avaient attiré son attention. Elle avait averti de ce fait étrange M. le procureur Tardieu qui lui-même en avait avisé M. Garreau d'Entremont. On découvrait alors que cela faisait des semaines et même des mois que le comte avait disparu. Quant aux enfants elle les avait tout d'abord recueillis au château Saint-Louis où ils pouvaient manger aux cuisines, puis M. Tardieu avait eu l'excellente idée de les prendre au greffe, pour le contrôle du ramonage des cheminées qui est le métier habituel des enfants savoyards. Petits et minces, se faufilant dans tous les orifices, ils accompagnaient les archers de contrôle et pouvaient témoigner prestement du bon état de nettoyage du conduit qui devait être ramoné tous les deux mois aux frais de l'habitant, sous peine d'une amende sévère. Les enfants restaient donc au greffe, entre les étalons de poids et de mesures d'après lesquels on établissait les fraudes commerciales. La gardienne du greffe les logeait et les nourrissait. Carbonnel, le greffier royal, les avait pris en charge. Il leur constituerait un petit pécule, en tant que fonctionnaires de l'Etat. Angélique était consciente de ne pouvoir expliquer à Sabine les vraies raisons de sa contrariété.

— Vous avez eu raison, dit-elle tout haut. Je n'ai pas mis en cause votre charité, Sabine. Je sais que vous êtes très bonne.

— Bonne, mais maladroite, ce qui revient à n'être point bonne...

Angélique ne sut que répondre.

— Il me semble, murmura Sabine de Castel-Morgeat, qu'on me tienne grief plus encore de mes actes de bonté que de mes interventions de colère ou de révolte. Comme si, en me permettant d'être bonne, je contrariais l'ordre des choses.

— Mais non ! Vous vous faites des idées.

— Pouvais-je laisser ces petits malheureux à l'abandon ? s'anima Sabine. Ils étaient d'une maigreur pitoyable. Les voisins de la Grande Allée sont pour la plupart des anciens « voyageurs » ou interprètes enrichis dans le commerce de la fourrure, et qui ont fait bâtir maison. Des gens durs à eux-mêmes et aux autres. Ils se contentaient en les voyant errer de leur jeter un quignon de pain ou de les frapper s'ils les surprenaient à rapiner dans les poulaillers. Même à Noël personne ne s'est préoccupé de savoir comment ils vivaient la fête bénie du Divin Enfant... Une fois au courant d'un tel état de choses, je ne pouvais m'en désintéresser. N'est-ce pas votre avis ?

— Mais oui ! Vous avez eu cent fois raison, répéta Angélique d'un ton si excédé et tourmenté qu'il annulait tout l'effet lénifiant de son approbation, atterrant Sabine de Castel-Morgeat et la laissant sans voix et presque sur le point d'éclater en sanglots.

— Ils ne pouvaient rester plus longtemps dans cette demeure sinistre, glaciale et humide, continuait Sabine, ils ne faisaient du feu que dans la cuisine, couchaient devant l'âtre sur un peu de paille. Monsieur Carbonnel n'est pas un mauvais homme. Le dimanche, il les emmènera manger chez lui à la table de famille. J'ai cru bien faire...

— Mais oui, vous avez bien fait. Mais taisez-vous, pour l'amour du ciel..., s'écria Angélique.

Et comme dans sa nervosité, elle tripotait l'accoudoir du canapé elle crut, à un craquement du meuble, que le mécanisme allait se mettre en marche. A la pensée qu'elle risquait de se retrouver basculant à la renverse avec Mme de Castel-Morgeat, elle éclata de rire, ce qui, pour lors, était déplacé.

Sabine se leva, blême.

— Vous vous moquez de moi !

— Je vous promets que non, affirma Angélique.

Le visage de sa visiteuse s'adoucit et elle sourit presque à son tour, en la regardant.

— Vous riez toujours !

Ç'avait été un des reproches d'Ambroisine, encore qu'Angélique ne se souvenait pas d'avoir été tellement gaie en sa présence.

— ... Je vous observe. Vous êtes gaie comme une femme qui... qui sait... qu'elle aura de l'amour quand viendra la nuit. Et qu'elle s'éveillera chaque matin, riche d'une encore nouvelle munificence, sûre d'être belle, d'être femme, d'être aimée. Et non pas s'endormant chaque soir et se réveillant chaque matin en exilée éternelle de ce paradis auquel tous les humains ont droit sur cette terre : l'Amour.

— Qui vous empêche d'y accéder, à ce paradis ?

— Je n'attire pas l'amour.

— Parce que vous ne l'aimez point, et vous ne vous aimez point vous-même. Quelle maladresse envers la vie vous a donc poussée à vous haïr ainsi ? Savez-vous que moi que vous prétendez avoir tout reçu des fées à mon berceau, j'envie votre belle taille et votre poitrine sculpturale et vos cheveux noirs, si vous ne les cachiez point ? Vous êtes désirable, Sabine. Vos amants ne vous l'ont-ils jamais dit ?

— Des amants ! se récria-t-elle indignée. Qu'osez-vous dire ? Ah ! Je reconnais bien là la légèreté de votre morale.

— Alors, tant pis pour vous ! A vous fréquenter, je me demande si la vertu la meilleure n'est pas encore celle qui consiste à être heureux, à jouir des plaisirs de ce monde. Vous vous êtes laissé enfermer dans votre amour brisé comme dans une maladie... Vous avez voulu vous venger de l'amour en le reniant, mais maintenant c'est lui qui se venge de vous...

Sous son regard — ce regard qu'elle estimait triomphant — Sabine se sentait comme une lépreuse.

Elle se maudissait aussi de ne pouvoir jamais s'entretenir de sang-froid avec Angélique.

Chaque fois qu'elle lui parlait, elle finissait toujours par souffrir comme une damnée de regrets et de jalousie.

— On voudrait pouvoir vous haïr, murmura-t-elle.

— Il me semble que vous ne vous en privez pas, riposta Angélique. Et tout cela parce que vous prétendez que je vous ai « pris » l'homme que vous aimiez ! Que savez-vous de cet amour ?...

— Dès que je vous ai vue sur le chemin de Toulouse, atroce, j'ai su que j'avais perdu la partie parce qu'il ne pouvait échapper à un charme comme le vôtre. J'ai su que vous alliez l'enchaîner totalement, lui cet homme de goût, ce sensuel qui aimait les femmes comme de beaux objets mais qui ne s'était encore jamais rendu à aucune. Et cela était si injuste que ce fût vous, une Poitevine ! Vous, si éloignée de notre civilisation.

— Parlons-en de votre civilisation ! s'exclama Angélique qui s'enflamma. Voici des sornettes dont j'aimerais mieux le voir se détourner et qui lui ont coûté assez cher.

Angélique jeta un regard autour d'elle afin de vérifier que personne ne se trouvait à portée de voix.

— Je trouve que mon mari s'intéresse beaucoup à votre civilisation depuis que nous sommes à Québec...

— Vous ne pouvez lui demander de renier la culture des troubadours.

— Il n'y a plus de troubadours ! Cela ne vous suffit-il pas qu'il ait été torturé, condamné, et banni, sans que vous le remettiez en danger maintenant qu'il parvient, après des années, à être reconnu et peut-être réhabilité ?

— En danger ? répéta Sabine. Que voulez-vous dire ?

— Que nous ne sommes pas venus en Nouvelle-France pour donner au comte de Peyrac le loisir de comploter contre le Roi, dit précipitamment Angélique qui regrettait ses mots au fur et à mesure qu'ils lui sortaient de la bouche. Faudra-t-il que je découvre que l'injustice de notre souverain à son égard n'était pas sans fondement ?

— Que me baillez-vous là ? Vous perdez l'esprit ! Angélique, qu'allez-vous imaginer ? Nous sommes tous fidèles sujets du Roi de France.

— Je vous ai vus dans le bois rassemblés et il vous parlait en langue d'oc.

Mme de Castel-Morgeat sourit et cela irrita Angélique, car, à ce moment-là, elle se sentait très amoindrie.

— Nous nous réunissons souvent ainsi pour parler

notre langue familière, celle de l'enfance et du pays, cela est doux aux exilés. Monsieur de Frontenac lui-même, qui est gascon, aime se joindre à nos colloques. Monsieur de Peyrac en nous conviant ainsi m'a rappelé de lui sa qualité la plus exquise, quoique la moins reconnue peut-être derrière son apparence parfois mordante. Il est très bon.

— Ce n'est pas vrai. Il n'est pas bon du tout. Il est même très méchant.

— Vous le connaissez peu décidément.

— Je le connais mieux que vous, il me semble. C'est mon mari ! Et tous vos souvenirs de lui n'y changeront rien, c'est moi qui suis sa femme. C'est moi qui ai pâti avec lui de sa disgrâce, et qui ai dû subir le sort des réprouvés parce que je portais son nom. Vous, vous l'aimiez parce qu'il était riche et fastueux, parce que vous vous croyiez régnant sur Toulouse, présidant les jeux floraux. Mais auriez-vous supporté de voir sa réputation, sa fortune s'effondrer ? Sa grandeur jetée à bas, ses amis se détourner de lui et vous-même livrée au plus affreux dénuement ?

— Et vous ? L'avez-vous supporté ?...

Sabine se dressait et l'affrontait, les yeux étincelants.

— ... Vous aussi vous l'aimiez parce qu'il était riche et fastueux ? Et vous n'avez pas supporté de le voir tomber de son piédestal ? Voilà ce que je sens derrière vos paroles... Vous lui en voulez toujours de l'abaissement auquel il vous a condamnée... Vous n'étiez même pas capable de souffrir avec lui et pour lui l'éclipse qu'il subissait.

Angélique se dressait à son tour.

— Sotte ! ne vous mêlez pas de comprendre quelque chose aux sentiments ! de jurer de mon amour pour lui... On l'avait brûlé en place de Grève. Je n'ai su que plus tard que ce n'était qu'en effigie. Je l'adorais, je l'aimais, et il avait disparu à jamais. Une éclipse, dites-vous ? vous en parlez à votre aise. Vous berciez votre petit Anne-François à l'ombre du château de Monsieur de Castel-Morgeat que vous aviez épousé par dépit, tandis que moi je pataugeais seule dans ma misère avec mes enfants en haillons...

— Qui vous dit que tout fut si facile? Mon époux a pris fait et cause pour Monsieur de Peyrac et quand ces remous se sont calmés en Aquitaine nous avons reçu l'exil du Canada pour notre punition. C'est vous, quoique vous vous en plaigniez, qui avez reçu la meilleure part. Vous l'aviez aimé, il vous avait aimée. Etre liée à un homme que l'on n'aime pas et qui vous répugne est bien la pire des misères.

— Qui vous obligeait à contraindre ainsi votre cœur et vos sens? Vous êtes une sotte! une sotte! Monsieur de Castel-Morgeat a toutes les qualités pour se faire aimer d'une femme et de bien des femmes.

— Oh, certes! Il ne se prive pas de courir les putains!

— C'est vous qui l'avez envoyé à elles en vous refusant à lui. C'est vous qui le ridiculisiez par votre rancœur injustifiée et votre hargne. Pour moi, je le juge fort plaisant, courageux, fougueux et de bonne compagnie. J'ai beaucoup d'estime pour lui.

— Et vous vous croyez autorisée à le lui faire entendre afin de compter une victime de plus à votre tableau de chasse de séductrice? Laissez mon mari tranquille, je vous prie!

— Et vous, de même pour le mien!

— N'est-ce pas suffisant qu'Anne-François, mon fils, se languisse pour vous d'un amour qui le ronge? Il vous faut le père?

— Je ne suis pas responsable des folies qui peuvent germer dans la cervelle de ce jeune homme, votre fils... Pour ma part je n'en éprouve qu'ennui... En revanche, l'intérêt qui vous fait vous pencher sur les travaux de mon fils Florimond me semble moins pur. Vous le flattez en vous intéressant à ses cartes, ses voyages, mais ne vous laissez-vous pas attirer par le jeune pagecontent-de-soi qui ressemble un peu trop à son père pour ne pas vous émouvoir ?

— Vous divaguez ! Je ne suis pas une dévergondée comme vous pour m'intéresser à votre fils...

— Vous m'accusez bien de séduire le vôtre ! En vérité, vous en voulez à Anne-François et vous m'en voulez parce que, en étant amoureux de moi, il vous échappe.

— Oui ! éclata Sabine avec rage. Je n'avais que lui au monde, mon fils ! A son retour des bois je ne l'ai plus reconnu. Il vous avait rencontrée à Tadoussac et il était entièrement changé. J'ai cru qu'il allait me haïr. Il s'est mis à vivre au château de Montigny, dans l'ombre de Florimond parce que c'était encore une façon de se rapprocher de vous. Ai-je commis une action si vile en m'intéressant à leur expédition commune à lui et à Florimond, afin de me rapprocher de mon fils unique ?... Ces deux garçons étaient fort contents de l'intérêt que je portais à leurs récits car la jeunesse aime parler de ses exploits et de ses travaux. Je ne pouvais supporter de perdre Anne-François tout à fait, c'était trop me demander. Sans lui il ne me restait plus rien. Pouvez-vous le comprendre ?

— Je comprends surtout que vous êtes une femme jalouse et qui vous accaparez tout le monde.

— Je vous retourne le compliment. Il ne vous sied guère de m'adresser ce reproche alors que vous n'avez cessé de drainer après vous l'amour de tous les hommes y compris les ecclésiastiques ou religieux comme Monsieur de Loménie, Chevalier de Malte.

— Vous n'êtes guère en reste là-dessus, vous non plus. Votre passion pour votre confesseur est assez connue.

— Mon confesseur ! s'écria Mme de Castel-Morgeat en portant la main à sa poitrine comme si elle allait s'évanouir. Quelle est cette nouvelle calomnie ? De quel confesseur voulez-vous parler ?

— Le très saint Père Sébastien d'Orgeval, naturellement... Vous n'allez pas nier que vous étiez folle de lui.

— Lui! jamais l'idée ne m'a effleurée de le regarder autrement que comme un guide de mon âme! Comment osez-vous imaginer?

— Je n'imagine rien! Les manifestations de votre attachement n'ont leurré personne. Toute la ville s'en gausse...

— Vous êtes une vipère!

— Je suis franche. Je ne déguise pas sous des reniements vertueux des attachements venus du cœur et même de la chair et qui contiennent beaucoup plus de vertu à mon sens que vos hypocrisies stériles. Vous vous détruisez, Sabine, en voulant croire que nos élans d'amour ne viennent que de Satan. Car vous êtes une passionnée, une amoureuse, vous aussi...

Cette fois, Mme de Castel-Morgeat et Mme de Peyrac se quittèrent brouillées à mort. Ce n'était pas la peine de s'être réconciliées, d'une façon si éclatante et surprenante au bal de l'Epiphanie.

Le monde, qui est lent à comprendre, ne s'aperçut de rien. On en restait à la réconciliation du bal de l'Epiphanie qui plaisait par son côté mystérieux qui n'avait jamais été éclairci.

Personne ne soupçonnait leur dernière querelle qui avait éclaté soudain, aussi stupide que violente, mais Angélique en gardait mauvaise conscience et Sabine était désespérée.

Dans cette même soirée, peu après le départ de Sabine, un message du chevalier de Loménie vint la distraire de ses remords. Il la conviait à partager son traîneau pour une grande promenade avec pique-nique que l'on ferait le lendemain dimanche aux chutes de Montmorency.

Pour racheter l'abandon dans lequel « ces messieurs », partis pour la Chaudière en amont du fleuve, avaient laissé « ces dames » attachées à leur piquet dans Québec, quelques-unes d'entre elles dont Mme de Mercouville et Mme de La Vaudière avaient organisé une grande partie à quelques lieues en aval. La moitié de la ville y serait. On passerait la journée au pied des chutes. On patinerait, on ferait des glissades sur le Pain de Sucre.

M. d'Arreboust avait laissé son traîneau à la disposition de M. de Loménie. Celui-ci priait donc Angélique de l'agréer comme chevalier servant. Elle s'empressa d'accepter par un mot qu'elle lui fit porter sur-le-champ. M. de Bardagne, M. de Ville d'Avray, M. de Chambly-Montauban, venus mettre leurs équipages à sa disposition, arrivèrent trop tard.

HUITIÈME PARTIE

LES CHUTES DE MONTMORENCY

56

Sous le soleil d'or, le traîneau glissait le long de la piste du Saint-Laurent entre les balises de branches de cèdre ou de sapin et les sonnailles des deux chevaux attelés en flèche scandaient le rythme de leur course. Les Canadiens avaient pris l'habitude d'accrocher des grelots aux harnais des chevaux de traîne, un équipage glissant sous une tombée de neige ne s'annonçait pas plus qu'un fantôme. Les passants, les véhicules ne s'entendaient pas venir et il y avait eu des accidents.

Angélique assise aux côtés du chevalier de Loménie, sous les fourrures, se laissait envahir par l'euphorie de cette promenade, où la sensation de brusque espace découvert, alors qu'avec un mouvement de tangage le traîneau avait quitté la rive de Québec et s'était lancé sur la piste glacée de la plaine étendue à perte de vue, se mêlait au vertige de partager ces moments limpides et grisants d'évasion avec le rassurant comte de Loménie.

Rassurant n'était pas le mot. Elle l'employait faute d'en trouver un autre qui traduisait le plaisir qu'elle éprouvait en sa présence, plaisir léger et sans nuage comme ce ciel si incroyablement pur où le bleu intense affrontait l'envahissement du soleil avec une allégresse combative. A qui serait le plus fort du saphir ou de l'or. On avait quitté la ville vers la fin de la matinée et, pour l'instant, les armées du soleil paraissaient gagner la bataille.

La tête renversée en arrière, Angélique respirait l'air glacé. L'encadrement de sa capuche d'épaisse fourrure blanche la protégeait des morsures du vent. Sous les couvertures de fourrure, elle avait glissé sa main dans celle du chevalier et son cœur avait tressailli de douceur en sentant cette main gantée se refermer autour de la sienne d'une pression naturelle, ferme et tranquille.

Tout était bien et reposant.

A petites phrases, les yeux à demi fermés sous les flèches du soleil, elle faisait part au chevalier du mécontentement qui lui venait d'elle-même, à avoir cru discerner dans son comportement, qu'elle s'efforçait autant que possible de maintenir juste et équitable, d'affreux motifs de rancœur, qui l'entraînaient à se réjouir de faire souffrir.

— Vous? dit-il.

Elle allait s'expliquer sans juger nécessaire de lui dire que son examen de conscience avait pour cause la réflexion jetée par Sabine de Castel-Morgeat : « Et vous ? L'avez-vous supporté ? » Elle revint à son passé, lui exposant la chute terrible qu'elle avait faite, des sommets d'un rêve d'amour et de richesses sans pareil, aux fins fonds les plus noirs de la misère et de l'abandon.

— ... Quels reproches vous adressez-vous ? s'informa-t-il.

Il l'écoutait avec une attention si totale et indulgente qu'elle était prête, pour continuer à se noyer dans la lumière de ce regard où admiration et attendrissement se mêlaient, à prolonger ses confessions des heures.

— J'étais très jeune à l'époque... Trop jeune... Vingt ans à peine... Je pense aujourd'hui que ce que j'ai affronté fut au-dessus de mes forces... Et que j'en ai gardé quelque chose de mauvais, comme des écrouelles froides et dures.

Elle avait lutté avec bec et ongles mais, de ce combat, n'avait-elle pas gardé au fond d'elle-même le souvenir d'une promesse répétée bien souvent les dents serrées : les hommes paieront pour cela.

— ... Et à la réflexion, même vis-à-vis de l'homme que j'adore, mais dont la chute m'a livrée à tant de malheurs, j'ai cru voir, parfois, se dresser quelque chose qui ne lui pardonnait pas.

Il l'écoutait gravement. Tristesse et commisération passaient sur son sensible visage au récit des épreuves qu'elle laissait entrevoir mais aussi une nuance légère de blâme.

— Vous voulez vous venger des hommes, dit-il, et cela se conçoit. Mais... ce n'est quand même pas bien. C'est même très vilain.

Elle laissa aller sa tête contre son épaule.

— Oui !... Grondez-moi, Monsieur de Loménie. J'ai besoin que quelqu'un me gronde...

Elle ferma les yeux et, à travers l'emprise glacée du vent, la tiédeur du soleil sur ses paupières fut comme une caresse.

— Je me revois égoïste, dure, implacable...

— C'est fort bien !

Rouvrant les yeux, elle lui vit une expression mélancolique mais dans le regard une lueur d'humour comme s'il venait de la taquiner.

— Egoïste, dure, implacable, répéta-t-il, comme la jeunesse. Comme, hélas ! la jeunesse doit trop souvent l'être pour survivre en abordant la vie. Qu'est-ce donc que des forces de vingt ans ? Celles d'une très jeune femme qui est la proie des hommes ou celle du jeune guerrier qui se rend au combat pour y donner la mort ?

Ce n'est pas la moindre des gageures qui nous sont demandées que de garder au-delà de ces épreuves notre tendre et joyeux cœur d'enfant de Dieu. Cela dit, ne soyez pas trop sévère envers vous-même et votre image ancienne... qui a dû être délicieuse.

Et il sourit. Et elle crut qu'il allait l'embrasser.

Elle avait gardé sa tête contre son épaule. Parfois, lorsqu'un cahot les secouait, elle se redressait l'espace d'un instant, attentive à guetter l'impassibilité du cocher dont le dos engoncé dans sa houppelande de peau doublée de fourrure ne bronchait pas, carré, à peine dépassé au centre par le sommet de sa toque de laine rouge canadienne. Il fumait car on voyait des petites bouffées bleues jaillir par à-coups et se mêler à la buée miroitante de son souffle. Il était tout à fait indifférent à ce qui se passait derrière son dos et l'on allait s'enfonçant dans le paysage d'or où grandissait l'ombre de l'île d'Orléans, tandis que sur la gauche défilaient les premiers contreforts de la côte de Beaupré. Déjà visible, le clocher de la paroisse de Beauport piquait de son aiguille d'argent le ciel pervenche. Et l'on pouvait apprécier le bel alignement régulier des bandes censitaires, grimpant des bords du fleuve vers le sommet boisé, avec chacune en leur milieu la maison unique, carrée, au toit en cloche dont les cheminées laissaient tranquillement s'étirer tout droit leur ruban de fumée blanche.

Après les avoir si souvent contemplées d'en haut, elle les voyait d'en bas ces maisons volontairement écartées les unes des autres et elles avaient l'air, plus que jamais, de sentinelles patientes.

— Car pour ma part, continuait Loménie, je vous dirai, au contraire, que j'ai été souvent ému de remarquer combien vous êtes scrupuleuse de ne causer à quiconque aucune peine, désireuse d'encourager, d'alléger les gens de votre entourage de leurs soucis. Et peut-être ce sens d'une charité si rare est-il dû aux blessures d'injustice et d'humiliation que vous avez vous-même subies. Sauriez-vous me dire quelles actions de votre part vous ont amenée à penser que vous cherchiez à vous venger et en particulier de celui que vous reconnaissez aimer plus que tout au monde et auquel vous lient de longues années d'un amour commun? Même si, comme vous me l'avez conté, le hasard vous a de nombreuses fois séparés.

Angélique interrogea sa conscience. Ce besoin qu'elle avait ressenti en arrivant à Québec de s'isoler, de dissocier un peu sa vie de celle de son époux, n'était-il pas un signe?

Loménie sourit.

— ... Ma chère enfant, voilà un point sur lequel je serais plutôt tenté de vous féliciter. De longues années à Montréal, m'occupant de conserver l'harmonie des ménages dans ce petit poste où la vie était pénible, si menacée, mais les âmes de bonne volonté, j'ai souvent déploré de ne pouvoir conseiller à l'un ou l'autre des conjoints de se livrer à la sainte discipline de ce que nous appelons nous, dans nos ordres séculiers ou monastiques : faire retraite. Nul religieux qui ne doive s'y livrer au moins une fois l'an. Silence, recueillement, solitude, méditation sur soi-même, révision de nos rapports non seulement avec Dieu, mais avec ceux qui nous entourent et que nous aimons. Or, dans l'agitation de la vie mondaine, comment deux êtres liés l'un à l'autre, jour et nuit, n'éprouvent-ils pas, s'ils sont de qualité, une aspiration à se dégager un peu l'un de l'autre, ne serait-ce que pour mieux se servir mutuellement ensuite. Je pressens que vous avez obéi à une attirance de cette sorte et que Monsieur de Peyrac, le comprenant, n'en a pas pris ombrage. Sagesse rare! Car j'ai pu constater que ce n'est pas tant la rigueur des lois conjugales qui retiennent l'un près de l'autre les époux et les portent à ne point s'accorder de liberté mais la jalousie la plus irraisonnée et une âpreté de propriétaire allant parfois jusqu'à la férocité.

Le chevalier s'interrompit comme s'il craignait d'avoir exagéré son jugement.

— ... Il est vrai qu'il n'est pas facile de se défaire de l'être qui vous appartient charnellement, soupira-t-il.

Elle laissait les mots qu'il prononçait à mi-voix et que le vent hachait voleter autour d'elle. Elle en captait l'essence et ses pensées à la fois engourdies et agiles lui murmuraient d'agréables approbations intérieures.

« Il a raison... C'est bien ainsi que je sentais les choses... »

Elle avait été tentée de faire halte avec elle-même, de se reconnaître, de se mouvoir à nouveau en toute liberté à travers la vie et les autres, s'emparant du plaisir qui passe, fût-ce l'hommage d'un galant, la douceur d'une passion suscitée, comme d'une nourriture aussi nécessaire que passagère. Et de ces légèretés, elle ne se sentait pas coupable, satisfaisant ce besoin de se venger ainsi, d'une part, des torts que les hommes lui avaient causés, d'autre part, de ce pouvoir que Joffrey avait sur elle, pouvoir oppressant à force d'étreindre son cœur, et qui pourrait un jour lui peser à lui aussi. « Une femme heureuse, une femme libre et sans angoisse, n'était-ce pas ce qu'elle pouvait lui donner de mieux ? »

Aussi ne se sentait-elle pas coupable d'être aussi heureuse de se trouver dans le traîneau aux côtés de Loménie, à glisser sur le Saint-Laurent par une pure journée d'hiver. Une ligne de lumière soulignait le fin profil du chevalier et, considérant le dessin de sa bouche, elle se demandait à nouveau si, hors le baiser qu'il lui avait donné l'autre jour dans la chapelle, cette bouche avait connu d'autres lèvres.

— Dites-moi, mon cher Claude... En toute amitié... Et ne répondez à ma question que s'il vous sied... Mais vous venez de prononcer un mot : charnellement...

Pour parler de l'amour avec une si fine compétence, devrais-je croire que... peut-être avant d'entrer dans les ordres... vous auriez acquis certaines connaissances dans...

Claude de Loménie sourit.

— Vous me demandez si je suis vierge ? Ma foi ! Que vous répondrais-je ? Oui et non...

— Qu'est-ce à dire ?

— La chasteté est un état. En s'engageant au service de Dieu qui l'exige, on a prescience qu'il vous convient. Cependant, un peu avant d'entrer dans l'Ordre de Malte et alors que je préparais un examen de théologie en Sorbonne à Paris, je fus pris d'un scrupule. Je me persuadais que si j'avais décidé de prononcer mes vœux, c'était peut-être par peur. Peur de cet être créé dont on n'avait cessé de nous inspirer la plus grande crainte : la Femme. Mon confesseur, qui était un jésuite, comprit que ce doute sur les motifs de ma vocation risquait de me hanter par la suite, et nanti de sa permission, je m'en fus à la recherche d'un bordel rue de Glatigny.

— Derrière Notre-Dame !

— En effet ! Grande ombre de la cathédrale sur cette triste rue...

— Et... de cette incursion dans les bas-fonds de la luxure, quel sentiment en avez-vous gardé ? Le dégoût ?

— Que non pas ! Ma curiosité fut requise par trop de découvertes pour s'arrêter au décor sordide ou aux bizarreries d'une entreprise dont un de mes compagnons de basoche, étudiant en médecine, m'avait soigneusement décrit à l'avance les étapes nécessaires. Cette incursion, comme vous le dites, rue de Glatigny m'apporta autre chose et me fut des plus bénéfiques. Découvrant la femme, mais dans sa condition la plus abjecte, mon regard se posa à la fois sur la misère, la fragilité et le charme de ces créatures et je compris ainsi tout ce qui se cachait derrière ce mot Femme :

séduction, faiblesse, condamnation. J'en gardai un sentiment de compassion et de compréhension envers toutes les femmes. J'appris aussi dans ce bouge sordide le prix d'une qualité somme toute banale mais combien utile pour vous aider à franchir des situations humiliantes ou embarrassantes : la gentillesse. Vous voyez que j'ai tiré de cet unique souvenir de bien précieux enseignements.

Angélique l'écoutait et elle le trouvait exquis. Il parlait avec une légèreté souriante mais l'expression de son regard gris la troublait lorsqu'il le tournait vers elle et elle alla jusqu'à souhaiter qu'il posât la main sur son sein.

« Il ferait très bien l'amour », songea-t-elle.

Un cahot lui fit craindre que le cocher ne se retournât et elle s'écarta un peu.

— Ainsi cette expérience de l'amour ne vous a pas détourné de votre vocation ?

— Ce n'était pas l'expérience de l'amour, répliqua-t-il vivement, mais seulement l'expérience de la chair.

Il murmura, comme à part lui.

— ... C'est maintenant l'expérience de l'amour.

Il dit cela si bas qu'elle put feindre de ne pas entendre. Car les chutes de Montmorency se découvraient au détour d'un promontoire et le grondement des eaux s'enflait brusquement, accompagné d'une rumeur de cris d'enfants joyeux.

Au pied du célèbre sault et de son non moins célèbre appendice de l'hiver, le Pain de Sucre, grouillait la moitié de la ville.

Des files de traîneaux commençaient à se ranger à l'écart, ainsi que les véhicules les plus variés dont certains, composés d'une traîne de bois plate et d'une rambarde, pouvaient transporter jusqu'à six ou sept personnes s'y tenant debout.

Les hennissements des chevaux se mêlaient aux

appels joyeux des amis et aux rires perçants des enfants et des demoiselles.

Le comte de Loménie sauta à terre et vint de l'autre côté lui ouvrir la portière et l'aider à descendre.

Angélique se fit la réflexion qu'elle marchait à la surface de ce grand fleuve Saint-Laurent aux si profonds abysses. Or, dès les premiers pas, la glace céda et sa jambe s'enfonça jusqu'au genou. Elle poussa un cri.

Loménie la retint et l'aida à s'extirper en la priant de l'excuser de l'avoir insuffisamment soutenue. Il riait. Le fleuve, expliqua-t-il, remué de vagues et de courants, gelait de façon irrégulière, fût-il saisi brutalement par le gel. Çà et là demeuraient des poches de vide. Cela craquait parfois mais ce n'était qu'une fausse peur. Il n'y avait rien à craindre. En cette saison trois couches au moins de glace se superposaient.

— Trois couches ! Dieu soit loué !

Avant d'être entourés par les amis et connaissances qui, les ayant aperçus, venaient à leur rencontre, ils levèrent la tête afin d'appréhender du regard la beauté d'un spectacle que la nature, dans les convulsions de son enfantement, avait laissé là et qui éveillait l'admiration.

La chute d'eau, à l'échancrure noire de la forêt d'où elle surgissait pour se jeter d'une hauteur de près de trois cents pieds, offrait l'image d'une haute et impressionnante tour de cristal dominant la plaine du fleuve gelé

L'hiver ralentissait à peine son débit. Entre les colonnades de glace couvrant la roche, ses flots continuaient à se déverser en un grondement ininterrompu, éveillant l'écho des hautes falaises de la côte de Beaupré. Au pied de la chute, des myriades de gouttelettes dispersées en vapeur d'écume furieuse cristallisaient dans le froid, formant une poudre brillante qui, retombant sans cesse comme une pluie et s'accumulant sur la rive, finissait par ériger, en face d'elle, un cône que sa forme avait fait appeler : Pain de Sucre, assez élevé pour que les silhouettes qui atteignaient son faîte parussent minuscules.

D'une matière glacée dure et comme poreuse qui faisait songer aussi à du sucre, ce mont artificiel ne cessait d'être revêtu d'une poudre neigeuse brillante et douce comme du velours de soie. Si l'ascension n'en était pas facile, la descente, en revanche, pouvait s'effectuer avec une vertigineuse rapidité. Les cris des enthousiastes, qui à quatre ou cinq accroupis les uns derrière les autres sur leurs traînes sauvages dévalaient en trombe, résonnaient à tous les échos.

En ces jours de pique-nique, de diligents commerçants, ne dédaignant aucune occasion de profits, tel le sieur Gonfarel entre autres, avaient l'idée de faire dresser sur la glace de petites cabanes-tavernes où l'on vendait aux promeneurs des saucisses grillées et où l'on débitait bière, limonade et, à qui n'avait pas emporté sa provision coutumière, quelques roquilles ou demiards d'eaux-de-vie diverses.

Un emplacement, soigneusement égalisé et raclé, permettait à ceux qui en avaient la pratique de se livrer aux joies du patinage. Tandis que d'autres, chaussant des sabots et se tenant par la main, se lançaient en d'énormes glissades de farandoles. Là encore, chutes et rires ne manquaient pas.

M. de Ville d'Avray, avec l'aide de Chambly-Montauban, comme lui très versé en l'art du patinage, y faisait évoluer Honorine et Chérubin qui poussaient des cris de joie.

La promenade aux chutes de Montmorency, c'était enfin pour tous l'agrément de se rencontrer ailleurs que sur la place de la Cathédrale, en la Haute-Ville, où sur la place du Marché, en la Basse-Ville, et les groupes se formaient allant à petits pas en devisant dans le soleil.

Au flanc du Pain de Sucre, des marches avaient été

taillées dans la glace « pour les dames ». Angélique, échappant subrepticement à l'attention de la trop nombreuse compagnie, décida d'entreprendre pour son plaisir personnel l'ascension du cône de glace.

On éprouvait à s'élever en solitaire vers ce sommet d'une blancheur immaculée, enveloppé d'un brouillard éclatant, on ne sait quelle réminiscence biblique : le mont Tabor ou le Sinaï.

Parvenue au faîte, elle se vit à peu près à mi-hauteur de la cataracte. Le point culminant du dôme se présentait comme une esplanade assez vaste et aplatie et non pas, comme il en semblait d'en bas, pointu et arrondi, ainsi qu'un vrai pain de sucre dont il avait la forme presque parfaite.

On pouvait s'y tenir à une dizaine de personnes en toute stabilité, mais Angélique s'y trouva seule. En dessous d'elle, du gouffre qui la séparait de la chute, des nuages de vapeur miroitante ne cessaient de monter des profondeurs, en volutes sans cesse renouvelées.

Angélique serrant son manteau autour d'elle, le visage mouillé par l'haleine humide exhalée, s'absorba dans la contemplation du mur liquide dressé devant elle. Le rugissement de ces tonnes d'eau se fracassant sur les rochers après un tel à-pic couvrait tout autre bruit.

Pourtant elle perçut, ou entendit peut-être, parce que proche, un choc léger à quelques pas d'elle. Tournant la tête, elle vit une flèche indienne, plantée dans la neige presque à ses pieds.

Au flanc de la falaise, juste en face et presque à sa hauteur, une silhouette bougeait, un Indien et son arc. Mais au même instant, il arrivait quelque chose d'abominable. Deux mains puissantes, gantées de rouge, sortaient de la brume pailletée qui l'environnait, un visage hideux au regard fou perçait l'aura lumineuse. Dans cette face, la bouche grande ouverte, carrée comme celle d'un masque de tragédie antique, hurlait des mots inaudibles.

— ... question ordinaire... question ordinaire... Vous l'avez livrée... au policier. Vous allez... mourir...

Martin d'Argenteuil titubait vers elle. Il voulait l'étrangler. Mais ce n'était pas la peine, il pouvait d'une bourrade la jeter dans le vide. D'en bas, personne ne verrait rien. Crier ? Inutile dans ce fracas infernal. Ces pensées ne furent qu'un éclair. Ce qu'il advint se passa si vite qu'elle n'eut même pas le temps d'ébaucher le moindre mouvement. Dans ce silence créé par le bruit forcené de la chute d'eau, elle voyait l'homme hoqueter, sauter comme un poisson ferré, s'abattre à ses pieds puis glisser et soudain se fondre, dissous dans la buée lumineuse. On eût dit une ombre s'évanouissant au sein d'un nuage de myriades de gouttelettes de vermeil. Mais elle avait eu le temps d'apercevoir une autre flèche plantée entre ses omoplates. Le brouillard se referma en mille formes mouvantes, denses, traversées d'or par le soleil.

A travers les pins noirs rabougris accrochés au moindre ressaut de la roche, la fourrure d'ours noir de Piksarett se déplaçait. Par-dessus l'abîme, l'Indien lui adressa un signe, lui intimant de redescendre, ce en quoi elle n'avait pas besoin d'être encouragée. Pourquoi était-il venu se poster là ? Lui seul savait, qui consultait les meilleurs « jongleurs » indiens de la contrée, interprétait les songes et se fiait à ses prémonitions...

Elle commença à descendre les marches de glace, et le fracas de la chute s'estompant, elle essayait de reconstituer ce qui s'était passé.

La première flèche de Piksarett avait été pour l'alerter. La deuxième pour suspendre le geste criminel de Martin d'Argenteuil, dont l'Indien devait suivre, de la falaise, la progression.

Montant vers elle, elle aperçut le chevalier de Loménie et, quand il l'eut rejointe, elle accepta volontiers l'appui de sa main pour achever la descente.

— La tempête arrive, lui dit-il, tout le monde plie bagage.

Angélique interrogeant le ciel n'y vit qu'un peu de nuages dispersés en bouquets de plumes blanches. Mais la tempête arrivait, les augures l'avaient dit. Les taverniers ambulants démontaient leurs cabanes. Les gens se précipitaient dans les traîneaux. On y hissait ceux qui étaient venus à pied. Et l'un après l'autre les équipages s'élançaient vers Québec.

— J'ai déjà fait partir vos enfants avec leurs domestiques, l'informa M. de Loménie.

Elle le remercia et le pria de l'attendre un instant car elle voulait dire deux mots à M. de La Ferté. Rejoignant celui-ci au moment où il allait monter en traîneau, elle le prit à l'écart.

— Ne vous avais-je pas averti? lui dit-elle tout bas, tremblant autant de rage que de peur rétrospective. Est-ce vous qui l'avez envoyé pour me tuer?

— Quoi? De qui parlez-vous?

— De votre Martin d'Argenteuil, ce dément! Il a essayé de m'étrangler. Etait-ce sur vos ordres?

— L'imbécile!

Le duc se reprit.

— Qu'imaginez-vous, ma chère? J'ai trop bon espoir de vous reconquérir un jour pour lui donner des ordres de ce genre.

— Ne plaisantez pas. Cette fois, je peux avertir de vos agissements Monsieur de Frontenac. N'oubliez pas que le gouverneur a les pouvoirs du Roi en Nouvelle-France et que, dans l'impossibilité de s'en référer à Sa Majesté durant les glaces, ses décisions quelles qu'elles soient seront entérinées et approuvées à Versailles.

— Calmez-vous, pria le duc. Vous savez que Martin est fou et le climat le rend plus fou encore.

— Soit! Je veux bien admettre qu'il a agi sur sa seule

impulsion dans une crise de folie. Mais ne cherchez plus à attenter à ma vie, Monsieur de Vivonne, ni vous, ni vos amis, ni votre sœur...

Elle le bravait encore de ses yeux d'émeraude.

— ... Vous ne comprenez donc pas que vous ne pouvez rien contre moi ? Je suis la plus forte ! Si vous vous attaquez à moi, vous disparaîtrez tous !

— Ne criez pas si fort, dit le duc en regardant autour de lui avec inquiétude, car dans sa colère elle l'avait appelé plusieurs fois Monsieur de Vivonne...

Il ajouta :

— Où est-il ?

— Qui cela ?

— Martin d'Argenteuil.

Angélique, alors, réalisa le sens de la dramatique pantomime qui s'était déroulée sous ses yeux, tout à l'heure, au sommet du Pain de Sucre : Martin d'Argenteuil, frappé d'une flèche, était tombé dans le gouffre.

— Il est mort, répondit-elle. Mais ce n'est pas moi qui l'ai tué... Il a glissé et il est tombé dans les chutes.

Elle le quitta, le laissant interdit et épouvanté.

Le chevalier de Loménie l'aida à s'installer dans le traîneau. Sans en comprendre la raison, il la voyait pâle et bouleversée et ne disait mot. Avec soin, il ramena les fourrures autour de ses épaules. Puis il prit place à ses côtés. Le chemin de retour se fit en silence.

Il n'en était pas de même pour les autres participants de cette joyeuse journée. Les cris et les appels voguaient à travers la plaine cahotique du Saint-Laurent où des ombres s'allongeaient dans une lumière soudain plus glauque.

Aujourd'hui, les emprisonnés du Nouveau Monde avaient un peu tiré sur la corde autour de leur piquet. Ils s'en revenaient vers leur port d'attache, la petite cité de Québec, mi-normande, mi-bretonne, aux allures de Mont-Saint-Michel, cerné par les étendues d'un océan livide. Ils s'en revenaient la bouche pleine de saucisses et si réchauffés par le calvados, le gin, le rhum, l'eau-de-vie de noyau, de seigle, d'orge et l'eau-de-vie pure, simple et meurtrière des gourdes canadiennes, qu'il y eut des carambolages et que le traîneau de M. de Chambly-Montauban faillit passer sur le corps de Jean Prunelle, le mercier, couché en travers de la piste, le véhicule d'où il avait été éjecté emportant un bouquet de chants sonores.

Comme le traîneau dépassait sur la gauche la pointe de l'île d'Orléans, Angélique pensa avec rancune à la sorcière Guillemette.

« Ne devait-elle pas m'avertir quand un danger me menacerait ? »

Ce qui l'effrayait le plus dans ce qui venait d'arriver, ici, au Canada, c'était l'indifférence avec laquelle elle avait vu un homme s'engloutir dans ces bouillonnements de chaudière d'un Tatar glacé. N'était-ce pas déjà la Cour, où entre deux portes, on empoisonnait comme on ajouterait du sucre dans un breuvage, pour reparaître souriant et secouant ses manchettes... « Tout le monde le fait. »

Elle continuait à se heurter à son dilemme intérieur. Parlerait-elle de ces événements à Joffrey ? Dès qu'elle l'envisageait, des impossibilités se dressaient, compliquées d'un sentiment qu'il s'éloignait d'elle et qu'elle ne pouvait à l'avance être garante de ses pensées, à lui. C'était un homme secret et s'il s'était mépris sur son cœur à elle, elle de son côté avait de sa vie intérieure une image confuse, qui l'effrayait quelque peu et qu'elle n'avait jamais cherché à définir que par rapport à elle.

Cela voulait-il dire qu'elle l'avait mal aimé ? Un millier d'aiguilles parurent lui hérisser la chair dans le frisson qui la saisit à l'énoncé d'une telle hérésie. Car c'était bien en leur chair que commençait le mystère qui la reliait à lui, comme d'ailleurs toute passion amoureuse.

Elle découvrait des choses banalement évidentes. Ce n'en était pas moins crucifiant et difficile à franchir.

Québec était en vue. Angélique eut pour Loménie un sourire d'excuse et il lui répondit par un sourire si doux qu'elle en fut consolée. Il l'excusait en tout. Il n'exigeait rien d'elle.

La tempête arrivait. On la devinait avançant en noirs galops derrière une barrière de nuages d'un bleu d'ardoise frappés d'étincelles de rubis par le couchant et qui montaient du nord-est. L'animation et la bousculade étaient intenses aux abords du rivage où les traîneaux se heurtaient aux coques des navires et barques immobilisés dans les glaces du port. Il fallut prendre rang et se mettre en file pour remonter, par le chemin le plus praticable, sur la rive.

On apprit que l'expédition qui s'était rendue à l'embouchure de la Chaudière était de retour dans le même temps. Ce qui causait ce tohu-bohu. Elle n'avait guère pu dépasser l'embouchure de la rivière et Mme Le Bachoys avait dû renoncer à se rendre jusqu'au manoir de sa fille, faute de piste praticable.

En apprenant ce retour Angélique se ranima et ses yeux brillèrent de joie.

— Et Monsieur de Peyrac ? héla-t-elle.

Il n'était pas loin. On venait de le voir passer avec ses Espagnols...

Elle l'aperçut. Les premières rafales de neige cinglèrent la ville alors qu'elle se jetait dans ses bras.

A l'abri de l'alcôve, leurs baisers eurent la saveur des secrets inavoués.

Bien des choses en eux couvaient, qu'ils essayaient de se dire dans cet échange de lèvres. Des secrets, des secrets trop lourds ou trop imprécis qu'aucun mot ne pouvait, ne devait énoncer.

C'était toute l'ardeur des passions contenues, des

interrogations anxieuses, des promesses apaisantes, des engagements irréversibles, des tendresses trop profondes et trop voluptueuses pour être exprimées qui affleuraient au seuil de leurs lèvres en ces baisers, infiniment répétés, au cœur de la nuit, bouche contre bouche, corps contre corps, et dont, enivrés et absents de ce monde, ils ne parvenaient pas à se lasser.

Elle rêva d'eau et de fleuve et qu'elle se noyait.

Elle était sur les bords de la Seine, en train de se baigner avec la Polak, dans l'un de ces établissements de bains que l'on trouvait le long des rives, les jours de canicule. Des pieux, plantés çà et là et cernés par de grands pans de toile, permettaient aux Parisiens de se rafraîchir hors des regards indiscrets, hommes d'un côtés, femmes de l'autre.

Dans son rêve, le policier Desgrez rôdait sur la berge.

Effrayée, elle glissa, perdit pied et se débattit tandis que l'eau lui entrait par la bouche et la suffoquait. « Pourtant, je sais nager », se disait-elle.

Joffrey se dressait non loin, mais il ne lui tendait pas la main. D'un suprême effort, elle réussit à sortir de l'eau et se réveilla, haletante.

Elle mit un certain temps à réaliser où elle se trouvait et elle se cramponnait à Joffrey. Elle caressait sa nuque, glissant ses doigts dans ses épais cheveux. Des gestes de tendresse qu'elle n'avait pas souvent.

— Comme je t'aime ! Comme je t'aime !

— Mon bel amour, qu'arrive-t-il ?

— N'êtes-vous pas heureuse dans votre petite maison ?

— Oh ! si ! je suis heureuse, heureuse !

Elle se rendormit et rêva encore d'eau et de fleuve.

Cette fois, c'était le Saint-Laurent, elle était assise sur un rocher qui partait à la dérive. C'était une plaque de glace. Elle appelait Joffrey, mais il ne l'entendait pas. « Je dois m'en tirer seule », se dit-elle.

Elle aurait voulu plonger. C'était interdit, elle savait

qu'elle ne retrouverait jamais l'eau première, l'eau de la liberté. Elle s'aperçut qu'elle était redevenue enfant, avec ses jupes courtes et ses pieds nus. Elle était calme et libre et sans aucune crainte comme lorsqu'elle était enfant.

Une lueur l'éveilla. Elle crut que c'était le soleil, mais la nuit était encore profonde, la maison silencieuse.

Joffrey avait allumé le réchaud de porcelaine et une enivrante odeur de rhum à la cannelle s'élevait de la cassolette posée dessus.

— Il faut vous réchauffer.

Ils allaient boire ensemble tous les deux, en riant, chacun tenant une anse de la tasse de vermeil, le « chaudau », destinée à recevoir le brûlant breuvage qui réconforte les amoureux.

De ces deux songes où elle avait vu Joffrey inatteignable, ou ne pouvant percevoir ses appels, Angélique ne garda qu'une impression : « Je dois m'en tirer seule ! » Et elle retrouvait la tranquillité de son enfance. Elle s'en tirerait seule et c'était pour cela qu'elle était venue à Québec y retrouver son passé comme pour un défi. Le temps était venu de son combat avec l'Ange. Celui que chaque être doit mener un jour seul à seul, comme Jacob. Elle ne savait pas très bien pour quelle victoire, mais elle n'avait plus peur.

Sans comprendre très bien comment, elle devinait que tout ce qui arrivait en cet hiver béni camouflait la longue marche secrète qu'ils avaient entreprise l'un vers l'autre pour se mieux connaître et s'aimer d'un plus grand amour.

Comme il en avait été pour Varange, on serait assez longtemps avant de s'aviser de la disparition de Martin d'Argenteuil et plus longtemps encore avant de s'en émouvoir. Vivonne devait se terrer avec son complice autour de sa table de jeu chez Mme de Campvert, tout en maudissant l'idée qu'il avait cru si bonne de venir se faire « oublier » au Canada.

Angélique n'osait plus parler de lui maintenant à Joffrey. Mais elle décida de lui relater la conversation qu'elle avait eue avec le Lieutenant de police. Or, elle apprit qu'après l'avoir reçue M. Garreau d'Entremont avait demandé un entretien à M. de Peyrac.

Comme Angélique s'y attendait, celui-ci ne se montra nullement ému des soupçons que nourrissait contre eux le Lieutenant de Police concernant la disparition du comte de Varange. Fort de la certitude que rien ne pouvait transpirer de leur secret, il avait opposé aux questions du magistrat une sereine indifférence. Mais il retenait que ce comte de Varange avait eu partie liée avec la duchesse de Maudribourg. Là encore Garreau d'Entremont était revenu à la charge pour obtenir des éclaircissements sur le naufrage de La *Licorne* mais il n'avait pas insisté et c'était Joffrey qui avait fini par apprendre de lui que tout n'était pas blanc comme neige du côté de la bienfaitrice. Le Lieutenant de Police avait reçu, dans l'été, un dossier établi sur elle, où l'on parlait des bruits qui avaient couru au moment de la mort de son vieil époux. Rien de plus. Et les gens de la Compagnie du Saint-Sacrement la soutenaient, certains de bonne foi. Mais s'il y en avait d'autres de l'acabit de ce comte de Varange, la réputation de la séduisante duchesse aurait fini par en souffrir.

L'allusion à l'opération de magie menée par Varange laissait Peyrac indifférent. Elle ne voulut pas lui montrer combien elle en était impressionnée. Il l'accuserait peut-être d'être superstitieuse, comme tous les habitants des sombres forêts celtiques. En effet, « comme ils sont différents de nous ces gens d'Aquitaine », se disait-elle en regardant Joffrey.

Jamais autant qu'à Québec, elle n'avait saisi cette différence qui résidait moins dans le comportement des individus que dans la mentalité, la conception qu'ils avaient de la vie. La civilisation du Nord — langue d'oïl, la sienne — plaçait en premier lieu la soumission aux forces de l'Au-delà, d'où une application rigide et primordiale de la religion. Quels étaient les concepts qui avaient régi l'ancienne civilisation du Sud — langue d'oc —, et qui donnaient aux Gascons une légèreté parfois scandaleuse : Amour et faste, liberté à l'égard du Ciel et de l'Enfer, du Bien et du Mal ?

— Ce Varange me paraît un triste personnage, dit-il. Mais je lui ai de la reconnaissance. Il m'a révélé les liens mystérieux que votre cœur avait pour moi. Puisque seul un instinct, très fort, a pu vous avertir que j'étais en danger, à sa merci.

— Comment en pourrait-il être autrement ? Vous êtes ma vie. Et je me sens très proche de vous... bien que je ne sois qu'une petite Poitevine, étrangère à votre province, à votre race et à votre culture, acheva-t-elle avec un soupir.

Surpris et intrigué, il lui releva le menton.

— Quelle est cette humeur ?

Mais elle ne se sentait pas en état de lui fournir une explication ou de lui en demander... Tout était trop confus. Elle craignait des paroles qui précipiteraient les événements et donneraient consistance à ce qui n'était peut-être encore qu'imagination de sa part.

Pourquoi parler de Bérengère-Aimée ? Des réunions de Gascons dans les bois ? Pourquoi en révélant ses doutes risquer par-dessus tout des divergences entre eux ? Mieux valait s'aimer et se taire.

Dès le retour du beau temps, voulant revoir M. de Loménie, elle se rendit à son domicile, souleva le heurtoir de la porte de la petite maison, proche de la Prévôté, que M. d'Arreboust avait mise à la disposition du Montréalais exilé.

— Monsieur le chevalier est parti, lui dit le valet qui ouvrit.

— Parti ? répéta Angélique dont le sang ne fit qu'un tour. Où cela ?

Où pouvait-on partir lorsque le sort vous avait laissé choir sur un point du globe cerné par la plus cruelle sauvagerie polaire ?

Le valet eut un geste vague vers l'horizon d'or et de rose infini.

— Hors les murs.

— Quels murs ? s'écria-t-elle, folle d'inquiétude.

Hors les murs de glace et de neige qui gardaient la cité, où pouvait-on partir ? Sinon vers le désert ? Où pouvait-on s'enfoncer ? A quelle recherche sinon celle du martyre ou de la mort par le gel dans la tempête aveugle.

Elle se précipita chez les Jésuites.

— Alors, lui aussi vous l'avez envoyé aux Iroquois ? demanda-t-elle fébrilement au Père de Maubeuge.

Le supérieur des Jésuites la fit asseoir et lui posa quelques questions avec calme afin d'orienter sa gouverne.

— Les chevaliers de Malte ne relèvent pas de notre direction, répondit-il après l'avoir écoutée. Leurs déplacements et leurs affectations dépendent du grand maître de l'ordre qui réside à Malte et qui délègue ses pouvoirs aux grands maîtres des huit divisions territoriales appelées « langues », soient-elles de Provence, d'Auvergne, de France, d'Italie, d'Allemagne, de Castille et d'Angleterre. A Québec, Monsieur de Loménie-Chambord, en l'absence de tout courrier provenant du commandeur de la « langue » de France à laquelle je suppose qu'il est rattaché et pouvant lui assigner d'autres tâches ou d'autres lieux de résidence, est seul juge de ses actes et de ses décisions. Il lui arrive de venir me demander conseil, mais je n'ai point à intervenir dans sa conduite. Voici plusieurs semaines que je ne l'ai vu et j'ignore où il se trouve. Voyez donc Monsieur de Frontenac, ajouta-t-il comme elle se levait en se mordant les lèvres de dépit et de chagrin. Il se peut que lui soit au courant...

— Monsieur de Loménie est aux récollets, la renseigna le gouverneur. Il souhaitait faire retraite pour se préparer au Carême, atténuer, m'a-t-il dit, la dissipation que toute cette période mondaine a entraînée pour lui. Il est venu me trouver afin de savoir si en tant que membre du Grand Conseil, je n'aurais pas à le convoquer durant cette quinzaine... Bienheureux chevalier !... soupira Frontenac en voyant le visage d'Angélique s'illuminer. Comme j'aimerais de même retenir votre attention...

— Mais vous l'avez, l'assura-t-elle. Et si je ne m'inquiète pas de vous c'est que je sais où vous trouver.

La gloire du soleil étincelant dans les arbres enrobés de cristal des vergers, tout au long du chemin qui descendait vers l'estuaire de la Saint-Charles sur les rives de laquelle était édifié le couvent des récollets, insultait à son inquiétude, se disait Angélique. La dérobade du chevalier de Loménie ne lui disait rien qui vaille.

Les petits clochers des paroisses de Beauport, l'Ange-Gardien, Château-Richier, dressés dans le matin, avec la pointe de leur flèche miroitant comme si le faîte eût été piqué d'une étoile de Noël éternelle et qui semblait crier « Nous sommes là ! Nous sommes là ! » d'un air fiérot, l'exaspéraient, car rien n'était plus précaire que leur existence de petites paroisses catholiques du Nouveau Monde et ils auraient dû le savoir...

Dans la cour du couvent des récollets, un autre équipage attendait. Elle reconnut le traîneau de Ville d'Avray. Le marquis était venu sans doute surveiller l'avance des travaux de son cher Frère Luc.

Du parloir où on la fit entrer, elle entendit les échos de sa voix qui discourait et sans doute s'extasiait. Mais presque aussitôt, un frère en bure grise vint la chercher et la conduisit dans un autre parloir plus petit à l'écart où l'attendait M. de Loménie-Chambord.

Une table, une chaise, un prie-Dieu, un crucifix au

mur, au-dessus du prie-Dieu. Et sur la table posée devant la fenêtre, une écritoire et les feuilles pour écrire. Oratoire modeste, humble d'une sérénité ineffable.

Par la fenêtre on voyait, à quelque distance du couvent, un troupeau de vaches, qui avait traversé le fleuve depuis Beauport par les chemins balisés, prendre pied et se diriger vers le couvent, guidé par un bouvier en capot et robe de bure retombant sur ses bottes algonquines.

Souvent les paysans se rendaient entre eux le service de faire marcher les troupeaux à travers le Saint-Laurent afin de tasser la neige fraîchement tombée sur les pistes. Ce qui aérait et donnait de l'exercice au bétail enfermé tout le long de l'hiver dans les étables.

L'image était calme aussi et familière. Le meuglement des bêtes montait par intervalles dans l'air cristallin.

La porte de la cellule s'était refermée derrière Angélique. Elle se tint devant le chevalier de Loménie qui était debout près de la table. Elle ne voyait pas son expression car il se présentait à contre-jour, mais elle sentait sur elle son regard attendri et ardent. Elle sut qu'il était heureux qu'elle fût venue. D'un bonheur qu'il acceptait pour l'instant sans mélange.

Elle dit enfin après un long silence.

— Pourquoi êtes-vous parti ?

Il répondit.

— Vous le savez bien.

Sa voix était calme et assurée. Elle commença de craindre que la force d'âme de cet homme doux et lucide ne l'eût déjà entraîné vers un domaine dont elle était rejetée.

— N'auriez-vous pu au moins me faire porter un mot ?

— La décision que je prenais de faire retraite aux récollets ne concernait que moi. Je n'estimais pas nécessaire de vous en avertir, me reprochant déjà d'avoir quelque peu troublé votre conscience par mes confidences.

Angélique secoua la tête avec impatience.

— Ce n'est pas vrai, dit-elle d'une voix qui s'étranglait comme sous une brusque montée de larmes. La vérité est que vous m'abandonnez.

— Vous êtes assez forte pour être abandonnée. Et moi... Moi, je suis faible. Faible comme Adam aux premiers jours, lorsqu'il découvrit la Femme que Dieu lui avait donnée pour sa joie et sa consolation.

— Vous prenez des prétextes pour renier votre amitié. Et pourtant elle a été spontanée dès la première rencontre. Vous souvenez-vous de Katarunk ?

— Oui, dès Katarunk, je vous ai « vue ». Et ce qui s'est passé alors je n'en ai l'explication qu'aujourd'hui. Au long des jours j'ai ressenti votre absence comme un aiguillon et je ne comprenais pas. Ma très chère, je devrais me sentir coupable d'avoir éprouvé pour vous tant d'attirance, tant d'inexprimable tendresse, tant de dévotion pour ce que vous êtes, pour ce que vous signifiez. Mais je ne le puis. Rien de ce qui nous a rapprochés n'a été sans saveur et je remercie Dieu de m'avoir accordé de quelque façon de participer au festin du monde. J'ai appris par vous la valeur de ce que j'avais sacrifié sur l'autel de la chasteté... C'est beaucoup ! Avant je ne le savais pas...

— Je vois, dit Angélique. Vous aussi vous regrettez que j'existe.

Il lui sourit.

— Certes ! La vie serait plus simple sans vous, Madame. Mais combien moins merveilleuse ! La vie ! Soudain on voudrait en goûter tous les fruits. On découvre sa splendeur. On se demande parfois si ce n'est pas cela que Dieu a voulu en nous entourant de tant de beauté, en nous rendant dépositaires d'une si naturelle aptitude au plaisir de l'amour et si l'on ne le servirait pas mieux en passant par la joie de vivre selon la chair, plutôt qu'en y renonçant. Je ne renie rien. Et je dois m'incliner et reconnaître la joie déraisonnable qui m'envahit à la pensée que j'ai pu vous émouvoir et que vous vous attristez de ne plus me voir. Mais, enfin, soyons modeste! Soyons modeste, répéta-t-il. Que suis-je et que serais-je en tant qu'homme, qu'amant et même en tant que compagnon de vie pour vous auprès de celui que vous aimez, de celui qui occupe votre cœur, captive votre corps, même lorsque vous êtes séparés, même lorsque vous vous croyez en désaccord. Lui, il est planté au milieu de vous comme une montagne brûlante, indestructible et inébranlable, de même que vous êtes plantée au milieu de lui.

Il prit sa main et porta à ses lèvres les doigts qu'elle serrait convulsivement autour des siens.

— ... Tout serait bien pâle... bien pâle, murmura-t-il.

Angélique aurait voulu le supplier d'être moins sévère. De rester au moins son ami. Pourquoi se refuser une douceur qui aide à vivre si l'on ne peut s'accorder que cela? Mais elle comprit que pour l'instant c'était impossible... Plus tard, peut-être...

Il avait laissé retomber sa main, et se tenait immobile les yeux baissés.

— ... C'est aux rencontres que nous faisons qu'il nous est donné, chaque fois, de voir plus clairement où est notre cœur, notre voie, notre destin, dit-il encore. Je le sais aujourd'hui et je ne pourrais passer outre. Ma vie, tout mon être appartiennent à Celui qui a versé son sang pour l'Humanité : « Servir Dieu et mon Roi » dans les armes que j'ai toujours portées... mais je vous ai aimée...

— Venez voir, cria Ville d'Avray en entrant à toute volée dans la cellule, venez voir ces œuvres admirables que le Frère Luc a peintes pour moi...

Dans son atelier le moine était occupé à réaliser le blason de M. de Ville d'Avray. Un grand pan de bois sur lequel étaient ébauchées les lignes d'une composition picturale où l'on devinait la mer, des tritons, des personnages aux vêtements gonflés par le vent, était dressé contre le mur. Le cadre une fois peint serait transporté jusqu'au navire de Ville d'Avray et on le fixerait sous le château arrière à l'emplacement appelé « tutelle » d'où on pourrait l'admirer et l'apercevoir de loin en mer.

— Regardez bien Madame de Peyrac, mon Frère, pria Ville d'Avray en présentant Angélique à l'artiste. J'aimerais que vous donniez les traits de son visage à la figure féminine principale de votre tableau.

— Ah ! non, je vous en prie, se rebella-t-elle. Cela me suffit d'être déjà représentée sur la tutelle du *Cœur de Marie.* Je sais que vous jalousiez Colin pour la beauté de cette peinture. Si vous aviez pu la lui arracher de son navire et l'emporter sous votre bras, vous l'auriez fait.

— Oh ! certes, convint Ville d'Avray.

Il renifla à petits coups comme pour dissimuler un sourire, parut réfléchir, et d'un air faussement innocent :

— ... Alors c'est donc bien vous qui étiez représentée sur le *Cœur de Marie ?* Mes sens ne m'avaient pas trompé. Mais comment cela pouvait-il se faire ? Ce pirate aux robustes épaules, Colin Paturel, vous aurait-il connue jadis, avant de venir se faire capturer à Gouldsboro ? Vous me raconterez, n'est-ce pas ?

» J'emmène Madame de Peyrac, dit-il en s'adressant au comte de Loménie. Vous ne m'en voulez pas, chevalier ? Vous l'avez assez accaparée l'autre jour, aux chutes de Montmorency... Belle promenade, n'est-ce pas ?

Il jubilait en l'aidant à s'installer dans le traîneau.

— ... Plus je vous connais et plus votre vie me semble receler des mystères qui ne font qu'attiser ma passion pour vous. Je voudrais que vous m'apparteniez... Oui, vraiment, c'est le mot exact, que vous m'apparteniez.

— Comme vos tableaux ou vos verreries de Venise ?

— Oui, vous seriez le fantastique et le plus précieux de mes objets d'art... Un automate que j'aurais rapporté d'Allemagne, dirais-je. La plus jolie femme du monde. Il semble qu'elle soit vivante. Elle sourit... quand on a fini de l'admirer on tourne la clef et crac, elle raconte ses secrets...

Il était assommant, mais drôle.

57

Le lendemain, M. de Loménie fit porter à la maison de Ville d'Avray un présent enveloppé de peaux cousues, qui, une fois découpées, révélèrent un petit arc dans son carquois brodé de perles et de pointes de porc-épic, bien garni de flèches, aux empennes de plumes bariolées. Le tout était adressé à demoiselle Honorine de Peyrac.

La réception d'un tel cadeau aussi somptueux qu'inattendu la plongea dans une extase silencieuse.

Elle posa l'arc et le carquois sur un tabouret et resta à les contempler longuement, tandis qu'Eloi Macollet et Piksarett se proposaient pour lui donner des leçons de tir et que Chérubin brûlait d'envie de toucher seulement du doigt ce beau jouet.

On alla jusqu'au carrefour de l'orme où un premier essai eut lieu sous l'œil intéressé des Indiens du campement.

Honorine, grâce à Loménie, possédant une arme contre ses ennemis, se sentit-elle assez forte désormais pour affronter le vaste monde en dehors des murs de sa maison et du cercle familial ?

Toujours est-il que, le jour suivant, la Haute-Ville fut secouée par un événement d'importance.

Accompagnée de sa mère, de ses frères, de ses serviteurs, de ses amis petits et grands, de personnalités en vue telles que M. de Bardagne ou Piksarett, ou plus humbles en la personne rugueuse de Nicaise Heurtebise, ou des Indiens du campement avec leurs chiens jaunes, damoiselle Honorine de Peyrac s'en fut aux ursulines pour y apprendre à lire.

La main dans celle de sa mère, et tenant sous le bras son arc et ses flèches, tout enturbannée de lainages et de fourrures qui ne laissaient voir que ses yeux bridés et son nez rouge, et nantie dès le départ de son imposante escorte, elle quitta la maison par la grand-porte, passa devant celle de Mlle d'Hourredanne, les demeures de la famille Gaubert de La Melloise, de la Dentellière et du bonhomme Loubette, fut saluée par les clients de la forge et ceux de l'auberge du *Soleil Levant*, traversa la place de la Cathédrale après avoir franchi le ruisseau sanglotant sous ses bouillons de glace. Les enfants se rendant à l'école arrivaient de toutes parts dans leurs cabans et leurs capots et leurs bottes sauvages, car il faisait un de ces grands froids mauves et vaporeux.

La rumeur se répandait : Honorine de Peyrac va aux ursulines.

Tout juste si l'on ne sonna pas les cloches.

.On parvint en foule au monastère où les dames ursulines attendaient.

Honorine, très droite, abandonna la main d'Angélique et sans daigner jeter un regard en arrière, son arc et ses flèches au poing, elle franchit la porte du cloître et descendit les degrés de pierre qui menaient au premier vestibule.

Accueillie, embrassée, engloutie dans les plis des chapes noires, des lourdes jupes, blanches pour les novices, noires pour les mères, où bruissaient de longs chapelets de buis, elle disparut, s'enfonçant dans les profondeurs du couvent sous les regards protecteurs de l'Incarnation dans son cadre et la double haie des cœurs de Jésus et de Marie couronnés d'épines et percés de poignards.

Déraisonnablement angoissée et le cœur brisé comme si elle n'aurait jamais dû la revoir, Angélique passa sa matinée dans les combles de la maison avec Suzanne et Yolande à guetter de la dernière lucarne la cour de récréation des ursulines. Elle y distingua à l'heure où les enfants viennent s'y ébattre la silhouette de sa fille. Celle-ci se tenait dans un coin, entourée à distance d'un cercle de fillettes. La tourmentait-on ? La repoussait-on ? Suzanne fut envoyée aux nouvelles. On la vit peu après pénétrer avec une Mère dans le jardin, parlementer, repartir. Tout allait pour le mieux, affirma-t-elle en revenant. Honorine régnait déjà sans conteste dans son nouvel univers. Les fillettes lui faisaient des grâces dans l'espoir d'obtenir d'elle de pouvoir tirer à l'arc. Mais elle n'accordait qu'avec parcimonie ses autorisations.

Angélique, le premier déchirement passé, fut soulagée de sentir qu'Honorine était mise sous la protection divine en ce même temps où elle était elle-même sollicitée et tourmentée par diverses choses.

Elle se reprochait de n'avoir pas mieux expliqué à M. de Loménie, lorsqu'elle l'avait vu aux récollets, les dangers qui rôdaient autour d'elle. Elle aurait dû lui raconter l'attentat dont elle avait failli être victime de la part de Martin d'Argenteuil. S'il l'avait su, il ne l'aurait pas abandonnée. Il aurait voulu revenir à Québec pour veiller sur elle, ne serait-ce que de loin. Mais n'avait-elle pas Piksarett, sanglé dans sa redingote rouge d'officier anglais, ou engoncé dans sa peau d'ours noir, selon les décisions d'une humeur sur laquelle il ne s'expliquait pas, elle le trouvait souvent dans les parages. Parfois bavard, il l'accompagnait; d'autres fois, il était si discret, si invisible, qu'elle sursautait en le découvrant dans son dos.

Et le chevalier avait raison. C'était surtout en son âme à elle que se trouvaient les pièges.

L'effacement de Loménie-Chambord, son refus de la rencontrer désormais lui fut sensible. Tout en reconnaissant que « c'était bien ainsi », elle avait des rêves troublés. Elle ne se dissimulait pas que — nonobstant les obstacles insurmontables qui les séparaient — elle n'aurait pas trouvé sans charme la reddition de cet homme chaste et doux entre ses bras. Il aurait pu découvrir par elle l'éblouissement de l'amour. Il n'aurait pas été maladroit, seulement hésitant et comme suffoquant sous le poids d'un trop vaste bonheur. N'était-ce pas merveilleux ? Combler de joie ! Où était le péché ?

Quelques jours après la promenade aux chutes de Montmorency, M. Garreau d'Entremont vint la voir. Elle crut un peu sottement qu'il allait lui parler de Martin d'Argenteuil. Mais il n'en était rien. Son flair ne l'avait pas encore averti. Il s'occupait toujours du dossier de Varange. Il voulait la tenir au courant. Il lui dit qu'il était à la recherche du soldat qui avait fait la conjuration sur le crucifix. Il avait une piste. On croyait l'avoir vu dans un fort du côté de la rivière Saint-François. Qu'un soldat fût chargé de la sacrilège besogne ne l'étonnait pas. Les militaires que l'on envoyait aux colonies avaient roulé leur bosse un peu partout. Ils étaient souvent hâbleurs et s'amusaient à mystifier les paysans chez qui on les logeait. Ils étaient surtout malfaisants. La plupart des crimes dont le rapport parvenait sur le bureau de Garreau étaient commis par eux, l'opinion catégorique du Lieutenant de Police sur le militaire de la métropole s'expliquait. La Nouvelle-France ne possédait pas encore de « classe dangereuse ».

En cette période de grands froids où l'on chauffait à mort dans les maisons, Noël Tardieu de La Vaudière continuait à être hanté par la moindre étincelle annonciatrice d'incendie... « Nous y passerons tous ! »... Sans cesse il faisait compter les seaux de cuir, effiler le tranchant des haches, débarrasser les toits pour découvrir si l'échelle était bien là et non pourrie. Chaque jour, les petits Savoyards s'introduisaient dans les cheminées et les gens se plaignaient qu'on les fît geler sur pied, car il fallait, pendant le ramonage, éteindre les foyers de la maison et attendre en claquant du bec dans la rue que les conduits soient refroidis.

« Oui-da ! Le temps d'attraper la mort », grommelaient les habitants.

Les petits Savoyards faisaient bien leur métier. Ces enfants n'étaient pas débiles comme l'avait dit Garreau, mais seulement abrutis. C'étaient des petits Savoyards perdus. On les avait vendus, violés, exploités, emmenés au bout du monde. On leur avait tout pris et jusqu'à leurs marmottes.

On les employa à nettoyer et à décoincer les girouettes, ainsi que les croix et les instruments de la Passion, qui se trouvaient au sommet des clochers qu'ils escaladaient de bon cœur.

Le Carême s'ouvrit, précédé des trois jours du carnaval, et dont l'appellation qui signifiait dans son étymologie latine : *carnelevare* = ôter la viande, avait perdu de son sens puisque ces trois jours au contraire étaient devenus prétexte à « désordres impies », comme disait l'Evêque et que l'on s'empressait de s'y bâfrer de viande et de charcuterie en vue des quarante jours d'abstinence annoncés.

Le lendemain, mercredi des Cendres, tout Québec s'en revint des églises marqué au front d'un noir stigmate destiné à rappeler à chacun qu'il n'était que poussière et retournerait en poussière.

En Carême, un seul repas était admis par jour, de préférence à midi... Les laitages et les viandes interdits, que restait-il ? Le pain, les poissons, les légumes, les boissons aussi par bonheur. Il se ferait donc une consommation redoublée d'eau-de-vie, de vin d'Espagne, de Ténériffe, Malaga, boissons « réchauffantes » et, sous les toits plus rustiques : de bière, de cidre, de cervoise, ce « bouillon » de pâte fermentée, de bière d'épinette ou de sureau.

Trois jours plus tard, la première querelle du Carême éclata et elle fut d'importance. Elle resterait dans les annales de Québec sous le nom de querelle d'Aquitaine. Elle eut lieu chez M. Haubourg de Longchamp, premier conseiller.

Mme Haubourg de Longchamp était une femme effacée et recevait peu. En revanche, M. Haubourg, qui appartenait à la Compagnie du Saint-Sacrement, aimait profiter de la période de pénitence pour susciter ces réunions de beaux esprits où l'on pouvait discuter théologie, morale, destinée de l'homme; réunions qui, par la grande culture de la plupart des invités, atteignaient un haut niveau d'intérêt. Les dames y étaient naturellement conviées. Les temps n'étaient plus où une société masculine, encore particulièrement grossière, reconnaissait-on, car soumise au fracas des coups d'estoc et de taille contre les lourdes cuirasses antiques, écartait de son cercle paillard la femme jugée servante, sotte et juste bonne à procréer.

Depuis deux siècles, au moins, les mœurs avaient changé. Les hommes avaient appris, surtout en France, à rechercher la société des femmes pour d'autres plaisirs que ceux de la chair, c'est-à-dire de l'esprit. La Renaissance, sous des rois raffinés tels que François Ier, avait commencé à mettre à l'honneur la femme cultivée et les charmes de son esprit.

Or, la querelle partit de là. Quelqu'un ayant avancé qu'une telle transformation chez les Barbares du Nord avait été due à l'effort de la civilisation occitane, celle des cours d'amour du Languedoc, peu à peu assimilée par ses vainqueurs. Aussitôt tout le monde se prononça.

La contrepartie des connaissances variées et de l'érudition de la plupart des personnes présentes était que chacun savait de quoi il discourait. D'où un feu roulant de précisions historiques, théologiques ou politiques, qui fusèrent afin d'étayer ou démolir la thèse émise et l'on se retrouva vite au temps de Charlemagne, puis à celui de l'époque romaine quand les Césars s'étaient engoués de ces terres récentes du sud de la Gaule où régnait la « *prima lingua occitana* ».

Cela avait donné le royaume de Provence. La subdivision d'Aquitaine et du Languedoc ne changeait rien à ce que les mœurs et la langue, demeurée très latine, fussent les mêmes. Au xe siècle, les Arabes en allant jusqu'à Narbonne et en y demeurant plus d'un demi-siècle avaient appris aux Provençaux du Sud-Ouest des plaisirs plus doux et plus raffinés, les sciences, la poésie... De ces apports était née une civilisation charmante et riche, que personnifiaient dans sa forme doctorale les cours d'amour des troubadours, maîtres à penser, grands esprits, grands poètes. En ce royaume, les litiges se réglaient avec courtoisie.

— A leur façon, coupa M. Haubourg interrompant le major Sabanac qui avec lyrisme venait de tracer un tableau succinct mais hautement coloré du passé de sa province, vous ne me direz pas que dans ces cours d'amour où, paraît-il, on apprenait à copuler, la mystique...

— On apprenait aussi à parler galamment aux dames, à leur « faire la cour »... En ce royaume, les litiges se réglaient avec courtoisie, justice. Les classes inférieures elles-mêmes étaient très peu grossières. Il était de réputation qu'un laboureur d'Aquitaine avait plus d'aisance, de lettres, et de beau langage, qu'un baron normand, ou bourguignon, répondit M. de Dorillac, un officier du régiment de Carignan.

Les fronts s'assombrirent, essayant de rétablir l'équité. La conversation se maintenait dans les limites de la bienséance. On laissait la partie belle aux gens du Sud car beaucoup de fonctionnaires parmi les « hommes du Nord » se souvenaient à temps que leur gouverneur, lui aussi, était gascon. Mieux valait ronger son frein que risquer d'irriter la susceptibilité méridionale d'un puissant.

— Terre élégiaque soit ! dit Carlon, mais qui par trop d'aménité entraînait des abus, des faiblesses... Indifférence ou respect de l'autre ? Les sectes, les hérésies y étaient tolérées et ne se privaient de se multiplier, bafouant la doctrine de l'Eglise. Jusqu'à ces sombres Cathares, dans l'Albigeois, et qui se présentaient comme l'envers de la civilisation libérale et sensuelle dont ils étaient issus, car ils professaient que, le monde matériel étant l'expression du mal, il y avait péché à vivre et surtout à procréer.

— N'était-ce pas le devoir de l'Eglise que de réduire cette immonde hérésie ?

Les Cathares étaient fervents, purs et ne gênaient personne, ripostèrent les Gascons, ils avaient servi de prétexte à la voracité des gens du Nord.

On cita des faits encore vivaces. Les récits d'horreur de la guerre menée contre les Albigeois par Simon de Montfort, croisé, et le grand saint Dominique, le moine à la bure blanche, fondateur de l'Inquisition, faisaient dresser les cheveux sur la tête et quelqu'un raconta qu'aujourd'hui encore après quatre siècles, dans les campagnes du Languedoc lorsqu'on voulait effrayer un gamin turbulent, on lui disait : « Simon de Montfort va venir te prendre ! »

Aussi bien, il ne s'était pas agi de guerre mais de

massacre. Pas de croisade mais d'extermination : hommes, femmes, enfants, vieillards, et nouveau-nés, tous parmi les Cathares avaient été passés au fil de l'épée ou jetés au feu. La croisade sanglante s'était poursuivie au-delà de la destruction de l'hérésie. La destruction de la civilisation méridionale avait suivi.

Les Cathares n'avaient été qu'un prétexte. C'était le marquisat de Provence, le comté de Toulouse que visaient les reîtres bardés de fer.

Dans le salon de M. Haubourg, au Canada, ces réminiscences à odeur de sang et au nombre inquiétant de bûchers dressés et crépitant parurent soudain faire obstruction à toute conciliation possible entre personnes mêmement coiffées de perruques ou parées de dentelles, mêmement affables d'éducation et de caractère et qu'enfermaient l'exil et l'hiver canadien.

— On ne pouvait tout de même pas tolérer..., maugréa M. Garreau d'Entremont après un temps consacré à savourer le rossoli.

Une voix de femme claire et harmonieuse s'interposa :

— On peut tout tolérer de ce qui n'entraîne pas la conquête par la violence.

C'était Mme de La Vaudière, Bérengère-Aimée, qui montait aux remparts. Et comme la remarque était judicieuse et qu'elle la jeta d'un petit air crâne, Joffrey de Peyrac lui octroya un sourire et un signe d'approbation. Elle en rosit de plaisir

— Avouez que vous êtes bizarres vous autres, gens d'Aquitaine, dit M. Le Bachoys, bonhomme et conciliant. Le vainqueur vous a laissé vos formes de gouvernement, vos coutumes, votre langue, et vous en abusez pour sauvegarder votre liberté de mœurs scandaleuses. Même encore aujourd'hui, vous agissez comme si vous faisiez fi du péché, comme s'il n'existait pas.

— Si... Il existe... Mais il n'est pas celui que vous dénoncez, vous les gens du Nord...

— Hérésie! marmonna M. Magry de Saint-Chamond, on voit que vous venez d'une source corrompue : la Rome païenne, l'Islam licencieux, que vous plongez vos racines dans un sol différent...

— On ne vous le fait pas dire, crièrent les Gascons.

Les arguments s'entrecroisaient.

— Et vos guerres Baussenques(1)... vos anti-papes?

— Mes ancêtres ont été du parti des rois et d'Alexandre IV, dit Peyrac.

— Les miens aussi! cria Castel-Morgeat.

M. Haubourg de Longchamp, profitant d'un instant d'accalmie où les adversaires reprenaient souffle, voulut trancher.

— Nos propos ne mènent à rien car cette querelle est sans issue. Les siècles futurs eux-mêmes ne pourront l'épuiser car nos antagonismes résident dans une conception différente du péché.

— En effet, approuva M. d'Avrenson qu'Angélique découvrit gascon, notre civilisation proposait d'atteindre Dieu par l'amour charnel vécu en transcendance, chemin de communication avec le divin, et non par sa suppression et son rejet.

— Alors que se serait-il passé si la civilisation du Nord n'avait pas triomphé? demanda encore Bérengère de La Vaudière en se tournant vers le comte de Peyrac avec une expression d'innocence exaltée.

Angélique, que cette altercation avait inquiétée, remarquait les femmes qui autour de Joffrey s'étaient comme groupées, guettant ses paroles et levant sur lui ces regards énamourés qu'elle estimait être la seule à pouvoir lui adresser.

Parmi elles, on découvrait Mme de Saint-Damien, la belle Eléonore de l'île d'Orléans que l'on voyait décidément beaucoup plus à Québec cet hiver.

(1) Guerres nombreuses entre les seigneurs provençaux et les seigneurs des Baux.

« Oui, toutes ces dames d'Aquitaine étaient folles de lui et sans savoir pourquoi!... Oh! si, je sais pourquoi... »

Sabine de Castel-Morgeat se tenait la plus proche de lui, très droite et grande, dans l'attitude d'une femme qui est prête à défendre jusqu'au bout son seigneur et maître.

Or, c'était à Angélique que cette place revenait. Et d'en être dépossédée sans que personne ne songeât à le remarquer lui parut le comble de l'impertinence.

— Sauriez-vous nous répondre, cher suzerain? demanda Eléonore de Saint-Damien avec une œillade incendiaire.

— Oui! répondez, prièrent des voix impatientes. Si les rois de Provence avaient triomphé du roi d'Ile-de-France et, de ce fait, détruit la civilisation du Nord, que se serait-il passé?

Au cours de la soirée, Angélique avait noté que Joffrey répondait légèrement comme ne voulant pas donner à ses paroles un tour trop sérieux. Mais il répondait ce qu'il voulait et ce n'était jamais anodin.

Cette fois, il laissa passer un temps avant d'énoncer :

— Peut-être y aurait-il eu la réconciliation de l'AMOUR et de l'EGLISE!

— Voilà qui est agréable à entendre, dit Ville d'Avray.

— Avancez-vous que la vérité aurait été autre et sans doute aussi les dogmes? Vous blasphémez! Notre royaume serait tombé dans l'hérésie, comme les Anglais...

Laissant une tempête de protestations se déchaîner, Angélique n'y pouvant plus tenir préféra s'éloigner et gagner un petit boudoir voisin. Elle eut le soulagement de s'y trouver seule. « Par bonheur, songeait-elle, M. de Bardagne, l'envoyé du Roi, n'était pas présent, ni le duc de Vivonne. »

Dans le salon la bataille continuait.

« ... On pouvait gagner Dieu avec l'Amour. »

« ... Avec l'amour ou contre l'Amour ! »

— ... Reconnaissez au moins le jugement de l'Histoire, disait M. de La Melloise... La victoire de Simon de Montfort avait décidé : contre l'Amour.

Angélique se sentait très bouleversée. Elle n'avait plus le courage de rien écouter et resta dans le boudoir en se cachant derrière les rideaux.

Au-delà de l'imprudence des propos qu'avait tenus Joffrey, prenant la défense d'une province dont la rébellion latente contre le Roi était loin d'être apaisée, c'était l'attitude des dames d'Aquitaine qui l'ulcérait.

Fallait-il comprendre qu'elle était déjà trompée et depuis longtemps par le Gascon au cœur frivole et ces femmes sans scrupule ? La pensée du corps gracieux de Bérengère-Aimée dans les bras de Joffrey lui fit passer un frisson glacial dans la nuque. Il avait penché sur elle son sourire. Elle ne pouvait supporter l'idée que Joffrey eût pour une autre femme le même sourire que pour elle.

Avec un trémolo dans la voix, le marquis de Ville d'Avray s'écriait :

— Ah ! que n'ont-ils gagné, ces joyeux Occitans et leur belle devise : *Delectus coïtus*.

— Marquis, un peu de décence, protesta le maître de maison. Nous sommes en Carême.

La sortie fut houleuse. L'hôtel du premier conseiller se perchait à mi-côte du chemin de la Montagne. La marge qui séparait son seuil du précipice se révélait étroite. Si l'on sortait en groupe compact et animé, il y avait toujours risque de voir un ou deux ivrognes basculer par-dessus bord.

Lorsque les équipages en attente s'en mêlaient l'entreprise de se séparer après une bonne soirée devenait périlleuse.

La lune éclairait un désordre de carrosses et de chaises à porteurs. Il y eut des cannes levées sur les cochers et les valets. Et les échos résonnèrent de cris et de hennissements, charivari peu propice au recueillement exigé par la période de Carême, dont M. de Bernières, Supérieur du Séminaire, qui logeait dans le voisinage, fit, le lendemain, rapport à l'évêque.

Angélique, poussée par le flot, s'était trouvée brusquement devant le comte de Peyrac et sa colère ne s'étant pas calmée, elle lui jeta :

— Vous êtes fou! Tenez-vous tant à vous aliéner l'Eglise par vos déclarations? Ne vous suffit-il pas, déjà, d'avoir le Roi contre vous?

Il eut un sourire caustique et haussa les sourcils comme surpris et amusé de sa violence.

— Seriez-vous un agent du Roi, Madame du Plessis-Bellière? Et chargée de soutenir sa politique contre les rebelles du Sud?

Elle fut sans parole.

Angélique demanda à Ville d'Avray de la reconduire avec son équipage jusqu'à la maison. Elle y attendit Joffrey. Elle était bien décidée à s'expliquer. Il ne suffirait pas cette fois de caresses et de mots tendres, alors qu'il se moquait d'elle avec cette Bérengère. Il ne vint pas. Elle passa une nuit blanche à se retourner sur sa couche, car jamais elle n'aurait pu croire que Joffrey lui parlerait sur ce ton. Son « Madame du Plessis-Bellière » était particulièrement venimeux.

Elle ne doutait plus, après le lui avoir entendu lancer, d'un ton mi-provocant, mi-taquin, qu'il savait tout sur la présence du duc de Vivonne à Québec, qu'il l'avait connu sous ce nom. Alors qu'elle était allée jusqu'à risquer sa vie en se taisant afin qu'il n'apprît pas qu'elle avait retrouvé des personnes de ce temps où elle avait régné à la cour de France, période dont il semblait éprouver amertume et jalousie...

Au matin dans un souci de réconciliation, elle se précipita vers le manoir de Montigny. Elle apprit que M. de Peyrac était absent de Québec. Il inspectait ses forts du côté du Cap Rouge et de Lorette.

A tort ou à raison, elle s'imagina que la situation était catastrophique. Elle courut jusqu'au couvent des jésuites.

Lorsque le Père de Maubeuge recevait Mme de Peyrac au tribunal de la pénitence, la cérémonie se déroulait suivant un rite établi, mais qui n'avait rien de traditionnel.

Angélique était introduite dans la belle et savante bibliothèque. Elle s'asseyait dans un fauteuil à haut dossier de tapisserie et le supérieur à quelques pas prenait place sur un modeste tabouret. Ils se signaient. Le Père prononçait une brève prière en latin. Ensuite ils causaient à bâtons rompus. Un jour, ils s'entretenaient de la transmission de la pensée, une autre fois, la conversation portait sur le gin-seng, une racine aux propriétés médicinales dont les Chinois faisaient grand usage, et que l'on pouvait trouver en Amérique aussi. Un des Pères en avait ramené de ses voyages et l'étudiait afin de décider s'il s'agissait de la même plante qu'en Asie ou d'une variété.

Après quoi le Père de Maubeuge se levait, la priait de s'agenouiller, de réciter l'acte de contrition et lui donnait l'absolution.

Ce jour-là, elle ne savait par quel bout commencer pour rendre justifiables ses larmes. Elle se sentait en danger, expliqua-t-elle... Un homme avait essayé de la tuer sans raison. Un sort rôdait autour d'elle et elle craignait d'y retrouver un signe de la volonté constante à la détruire d'ennemis anciens qui ne désarmaient pas et qui même à distance continuaient à la persécuter. Et surtout, son mari et elle n'étaient pas de la même province... De là venait tout le mal.

Lorsqu'elle se tut, il laissa passer un long moment de

réflexion, qu'elle respecta. Elle reconnaissait qu'il aurait du mérite à y comprendre quelque chose.

— Les femmes qui ont reçu en apanage le don de la beauté, dit-il enfin, posent au reste des hommes une interrogation mystérieuse. Car elles vivent quelque chose de singulier et dont il leur est difficile de mesurer l'ineffable. La vie leur est à la fois plus facile et plus ardue. N'ayant pas à subir le sort commun, elles sont souvent écartées des bonheurs communs. Messagères de l'enchantement et du rêve de perfection et de ravissement dont chaque humain porte en lui la nostalgie, prêtresses désignées par leurs suffrages de ce rêve, il leur arrive de subir un destin où leur être intime se trouve oublié, méconnu et parfois immolé. Il est fréquent qu'elles se tiennent auprès des princes et des rois chargées par la folle illusion des hommes d'une responsabilité sans mesure avec la fragilité de leur esprit et la tendresse féminine de leur cœur. Grisées par les hommages et une adulation qui s'adressent moins à elles qu'au reflet qui les marque, il n'est pas rare que leur cœur se dessèche et qu'elles sombrent dans la sottise.

— Si c'est à moi que vous vous adressez, dit Angélique qui l'avait écouté avec surprise, et si c'est pour moi, me plaçant parmi ces femmes qui ont reçu comme vous le dites « l'apanage de la beauté », que vous brossez ce sinistre tableau, je vous dirai, mon Père, que j'ai toujours lutté pour demeurer un être humain et préserver mon droit à vivre selon mon cœur et penser selon mes goûts. Cela dit, sachez que je suis heureuse d'être belle, ajouta-t-elle en le regardant avec défi.

— Et bien faites-vous, approuva le Père de Maubeuge, car vous ne m'avez pas laissé achever, Madame... En revanche, j'allais vous dire que les très belles femmes sont assurées en toutes circonstances de plaire, c'est-à-dire de ravir ceux à qui elles se présentent. C'est en cela qu'elles vivent un destin singulier.

Constater, chaque fois qu'on aborde autrui, le rayonnement d'une heureuse surprise, d'un doux enchantement, d'une gaieté bienfaisante éclairant les visages et savoir que vous en êtes la cause, est sans conteste une aventure plus plaisante que d'y lire, sans faute de votre part, répugnance, froideur, antipathie ou méfiance. Telle est la bonne fortune des femmes belles qu'elles puissent plaire sans y tâcher. Le monde leur sourit. Or, telle autre femme qui n'a pas moins de mérite que vous verra, pour ses traits ingrats, le monde lui faire grise mine. Songez, Madame, à ces faveurs du Ciel que vous avez reçues, et qu'il n'est que justice, pour vous, de les parfois payer... un peu.

Il fit une pause et reprit.

— ... Quant à vos craintes de tomber dans les pièges d'ennemis qui chercheraient à attenter à votre vie soit par violence soit par magie, la lumineuse santé de votre aura m'indique que vous devez en triompher et — un éclair ironique filtra entre ses paupières étirées — je vous dirai que je me sens porté à les plaindre car il m'apparaît qu'ils risquent fort, s'ils persistent dans cette entreprise de s'attaquer à vous, d'y laisser leur vie, sinon leur âme. D'autre part, je ne saurais trop vous recommander de faire diligence pour régler avec Monsieur de Peyrac cette « querelle d'Aquitaine » dont on m'a rapporté les échos et dont vous vous montrez blessée. Comme il est commun dans ces escarmouches entre époux, on prête à l'autre plus qu'il n'en pense. Je suis persuadé que vous vous exagérez l'importance que Monsieur de Peyrac apporte à ces débats et que vous accordez à ces réunions qu'il se plaît à tenir avec des amis un but qu'elles n'ont pas. De même qu'il n'imagine pas que vous puissiez en être piquée. Voici deux points sur lesquels il serait bon que vous vous éclairiez mutuellement et sans tarder.

— Il est absent de Québec, dit Angélique d'un ton lamentable. Il est parti.

— Il reviendra... ce soir... ou demain... En cette saison, nul ne peut partir bien loin... A deux lieues d'ici... il n'y a plus rien...

Le Père de Maubeuge se moquait d'elle. Elle partit, rassérénée.

<h2 style="text-align:center">58</h2>

Soit ! Elle n'ignorait pas qu'elle venait d'une province où l'on croyait aux fées, au loup-garou, aux maléfices de la forêt qui partout oppressait l'humain de sa voûte obscurcie, quand elle n'était pas coupée de marécages hantés de feux follets, où l'on s'égarait. Dans les châteaux du bocage on ne parlait pas d'amour courtois mais l'on évoquait Gilles de Retz qui avait immolé au diable en les torturant des centaines de petits garçons. Elle avait peu de connaissances dans le domaine des belles-lettres, des arts et des sciences, mais de cela elle ne pouvait que s'en accuser elle-même et battre sa coulpe, car elle le devait à sa paresse quand elle était au couvent des ursulines. Elle n'était qu'une étrangère, une Poitevine. Mais... Elle l'aimait.

Mais... elle l'aimait plus que tout le monde ! Il fallait qu'il le sache. Il fallait qu'il la croie. Bien qu'elle fût poitevine

Joffrey de Peyrac se prit à rire si fort qu'il en étouffait. Ils se trouvaient tous les deux, vers la fin de la matinée, dans la « chambre de commandement » du château de Montigny. Lorsqu'il eut retrouvé son sérieux, il voulut savoir ce qui avait pu lui mettre en tête d'aussi absurdes et folles idées et commença de la questionner.

Elle lui parla de ces réunions où il rassemblait ses compatriotes et d'où elle se sentait exclue. Ces colloques lui avaient inspiré des craintes. En les voyant rassemblés, en écoutant les griefs et accusations qu'ils se jetaient à la face, elle n'avait pu s'empêcher de revivre les disputes de Toulouse dont elle avait dû apprendre par la suite combien elles étaient dangereuses pour leur bonheur et pour leur vie. Or, la sagesse et l'expérience acquise lui montraient combien, aujourd'hui, elles étaient vaines.

Leurs efforts ici ne tendaient-ils pas à circonvenir, sinon séduire le Roi de France et à rappeler ce qui pouvait susciter son ombrageuse inquiétude à propos de son autorité dans le royaume; ne risquait-il de ruiner une tentative qui ne visait en premier lieu qu'à obtenir droit de bon voisinage avec la Nouvelle-France, la paix en Amérique?

— C'est bien ainsi que je conçois notre présence ici, affirma-t-il, et j'essaye de vous faire saisir pour calmer vos alarmes combien peu me tourmente cette hégémonie sur l'Aquitaine qui fut reconnue à mes ancêtres, que j'ai dû porter par loi d'héritage, mais qu'après les suprêmes combats auxquels elle a donné lieu, il n'est plus question de revendiquer. Je ne discuterai même pas si c'est en cela un bien ou un mal, car c'est un jeu naturel à l'humanité que de sans cesse brasser et redistribuer les cartes... Et c'est ce qu'on appelle l'Histoire... Il faut savoir l'enfourcher comme un cheval au galop et ne point trop la détourner du chemin qu'elle veut suivre, quitte à trouver à son goût les perspectives nouvelles.

Cela n'empêchait pas chacun de conserver ce qui lui était cher, ce qui le composait. Ainsi du plaisir qu'il éprouvait à la vie agréable de Québec lui permettant de partager avec des frères de race, d'anciennes émotions littéraires et poétiques.

— Combien volontiers je vous aurais conviée parmi nous, mon amour, si j'avais seulement pensé que vous en seriez heureuse.

» Mais il me semblait que les activités que vous vous étiez choisies à Québec emplissaient votre vie de satisfactions et combien je me réjouissais de vous savoir libre et vivant comme une enfant à laquelle on accorde de faire ce qui lui fait plaisir. Ma chérie, à vous aimer plus que mon âme, j'ai appris que c'est de vous voir heureuse, peu à peu libérée d'oppressions qui avaient détruit votre joie de vivre, oubliant les injustices qu'on vous a fait subir, redevenant vous-même par le plaisir d'exister en épanouissant ce qui vous complaît des qualités que vous avez reçues à disposition par le Ciel, comme chacun de nous, que je puisais mes joies les meilleures et vous rejoignant le plus sûrement dans ma jalouse aspiration à vous connaître mieux, à percer vos mystères. Une femme heureuse se révèle mieux qu'une femme qui, pour une raison ou une autre, se sent prisonnière. Il m'arrive de vous souhaiter dans ces murs, de trouver aux heures privées de votre présence une absurde inutilité. Mais je refrène cette égoïste et tyrannique exigence masculine. Et je ne goûte qu'avec plus de transport le charme de vous retrouver dans votre petite maison où je me glisse enivré de n'y respirer que votre présence, le signe, la marque comme d'un parfum, oui, qui est à vous, et par les choix que vous faites de ce qui vous environne ou de ceux que vous admettez dans votre intimité. Je vous découvre, je vous apprends comme un livre aux images nouvelles, aux pages tournées chaque jour. Et là, quand je viens, je ne vous sais que pour moi et que l'un et l'autre nous fermons la porte sur le fracas du monde et la servitude de nos charges. Je crois au bienfait d'un peu d'égoïsme. Etre deux amants, conscients de leur vie mutuelle, voilà peut-être le secret du bonheur.

— C'est pourquoi je tremble, dit-elle, de voir se briser une si fugitive et si complète sécurité.

» Je sors de la maison et je vous découvre vous exposant au danger. Ou, puisque vous l'affirmez, je m'imagine que vous vous mettez en danger. Les épreuves qui nous ont accablés et les événements qui les ont provoquées sont encore trop vivants dans ma mémoire. Quoi que vous en disiez je ne suis pas encore guérie et je me souviens que c'est le premier seigneur d'Aquitaine que le Roi de France a voulu abattre...

Il se levait et la grondait gentiment en la prenant dans ses bras.

L'autre soir chez M. Haubourg de Longchamp n'avait-elle pas vu qu'il s'était efforcé de répondre sur ces choses graves en badinant, car en fait, elles n'étaient pas graves ?

— Ce ne sont que joutes plaisantes pour délier l'esprit et lui éviter de s'engourdir dans la paresse qu'engendre un long hiver.

N'avait-t-elle pas remarqué qu'en ces tournois du langage les opinions se retrouvaient « cul par-dessus tête » que c'en était un plaisir, et c'est ainsi qu'on avait vu vers la fin de cette mémorable soirée des gallicans défendre le Pape, des jansénistes les jésuites, des licencieux la vertu et... Mme du Plessis-Bellière, la Révoltée du Poitou, prendre le parti du Roi de France.

— C'est vrai, dit-elle... Et c'est alors que l'on s'aperçoit que les années passent. Que les révoltes s'estompent et que les blessures se guérissent. La vie que l'on veut vivre vous contraint à jeter le regard sur un monde que l'on a cru immuable et l'on s'aperçoit qu'il se façonne sans nous et change. L'on a cru traverser l'existence en gardant le même cœur, la même âme... L'on se retourne et l'on s'aperçoit que certaines idées qui nous composaient sont devenues futiles. Certains êtres sont morts et ne peuvent ressusciter.

— Croyez-vous que je l'ignore, ma chérie, et que je me leurre sur les temps qui s'annoncent ?

Des deux mains posées sur sa taille, il la rapprocha de lui avec douceur.

— Je sais! Il n'y a plus de troubadours. Et il n'y a plus de fées...

Les yeux sombres et ardents plongeaient dans les siens, verts, au reflet de source.

— Si! dit-elle. Il y a NOUS.

C'était agréable de faire l'amour dans la lueur du soleil d'hiver. Le jour qui passait à travers les vitres en losange cloisonné de la fenêtre était couleur de perle rose ou dorée. Teint de pêche du lointain, blondeur blanche du ciel.

La lumière miroitait dans les torsades du ciel de lit.

Son corps, à lui, était couleur de bois brûlé contre la blancheur des draps et elle se sentait claire, lisse et pulpeuse entre ses bras. Elle aima cette chambre paisible imprégnée de sa présence. Elle aurait pu la partager quotidiennement avec lui. L'idée d'une installation au château de Montigny l'effleura... mais elle l'écarta. Joffrey avait raison. Les choix de leurs vies risquaient d'imposer à l'autre des obligations dont respectivement ils n'avaient que faire. Ils reconnaissaient qu'il leur était bon de vivre librement, puisqu'ils pouvaient se voir chaque jour, parler et s'aimer, et s'entretenir de leurs projets et de ce qu'ils avaient accompli dans la journée.

Joffrey aimait la petite maison où il la retrouvait jalousement loin des regards et pour lui seul. Et elle, elle se dit qu'elle aimerait revenir parfois ici... comme chez un amant.

« Ai-je jamais été aussi heureuse dans une étreinte qu'aujourd'hui? » se dit-elle.

Pourtant, il lui sembla que depuis cette querelle d'Aquitaine tout n'était plus tout à fait comme avant et de cet après-midi éblouissant commença à la tourmenter le souvenir de ce qu'elle nommait un recoin très, très secret de son cœur, « le recul ».

Pour la première fois au cours de leur vie amoureuse, tandis que ce jour-là ils se caressaient, elle avait cru percevoir de sa part... un recul... Etait-ce un recul ? Non... Mais, imperceptiblement, elle avait senti quelque chose de cette sorte, si peu de chose...

Elle se demanda et se redemanda si cela avait eu lieu ? Pourtant, elle cherchait, elle creusait... Perdue dans ce brouillard voluptueux que lui laissait le souvenir de ces quelques heures d'amour, elle retrouva, peu à peu, l'instant... Et peu à peu il se détachait prenant une importance, un relief et une signification plus grands chaque fois qu'il repassait en son esprit... Tout à coup, elle avait ouvert les yeux. Elle n'avait pu faire autrement que d'ouvrir les yeux comme si la force du déferlement qui s'annonçait en elle, ainsi que la vague dévastatrice d'un mascaret, l'arrachaient à l'engourdissement du plaisir, tendaient sa chair à la surface, tiraient ses paupières fermées malgré elle, les ouvraient toutes grandes. Et elle avait vu ses yeux fixés sur elle. Dans cette eau noire, dans ce feu rouge, la vie s'abolissait. Elle s'était sentie partir... partir dans ce regard insondable et qui paraissait découvrir dans le sien le même abîme. Tout au fond, elle crut voir la contemplant et la découvrant, l'Homme inconnu, l'Etranger qui n'a pas de nom, le plus Proche...

Maintenant qu'elle essayait de se souvenir, elle reconnaissait qu'elle avait éprouvé un instant de terreur sacrée.

Elle s'était entendue dire d'une voix changée... étonnée, extatique.

— TOI ! TOI !...

C'est alors qu'il avait eu ce recul qui n'était peut-être pas un recul. Il avait seulement bronché et elle avait repris conscience comme si elle tombait d'un astre et leur étreinte s'était poursuivie, enchanteresse et fort réussie.

Mais plus elle revenait sur ce mouvement, plus elle se persuadait qu'il s'était passé quelque chose. Et son cœur battait, comme alors, d'un sentiment de regret et de frustration qu'elle ne s'expliquait pas. Malgré cela, son inquiétude était d'une sorte particulière, où n'entrait pas la crainte de ne plus lui plaire ou qu'il cessât de la désirer. Elle savait qu'elle n'avait jamais été plus belle. Son miroir le lui disait. Il y avait en elle une lumière qui irradiait et dont elle voyait le reflet dans les yeux ravis de ceux qui la rencontraient, comme dans ce miroir sur lequel elle se penchait. Elle passait un doigt sur ses sourcils, sur la ligne de ses lèvres. Non certes, elle ne regrettait pas d'avoir reçu ce don de beauté. Et le Père de Maubeuge avait eu raison de le lui rappeler. C'était le don le plus merveilleux. Elle lui devait au moins de n'avoir jamais souffert du doute de soi, ce doute qui tourmente tant de femmes, de ne s'être jamais sentie trahie, désavouée par son apparence, de n'avoir pas eu à redouter des regards indifférents ou dédaigneux.

Pour tout l'agrément qu'elle en avait reçu dans son existence, ne serait-ce que de pouvoir se dire, en ces jours troublés, qu'elle possédait l'arme la plus efficace pour retenir l'amour de Joffrey et aussi de penser que le jour où elle remonterait la Galerie des Glaces, elle pourrait livrer sans crainte son visage aux regards avides et envieux des courtisans, et que celui que le souverain poserait sur elle ne serait pas déçu, elle remerciait le ciel. Et, s'il le fallait, elle était prête à payer... un peu.

Elle était heureuse d'être belle. Sa vie avait été tourmentée, mais elle préférait être à sa place plutôt qu'à celle de Sabine de Castel-Morgeat qui se desséchait, qui n'avait jamais connu le plaisir... ce départ fou et délirant vers Cythère...

Soucieuse, elle s'attarda à réfléchir sur Sabine et elle eut des remords en se rappelant ce qu'elle lui avait jeté au visage l'autre soir et qui avait paru l'atteindre si douloureusement.

59

La dernière altercation que Sabine avait eue avec Angélique chez les Haubourg de Longchamp avait causé dans l'âme de Mme de Castel-Morgeat de terribles ravages. Après avoir cru un temps qu'elle allait renaître, l'état dans lequel elle se trouvait retombée était pire que celui dans lequel elle avait tant bien que mal passé sa vie tourmentée et déçue. Pourquoi avait-il fallu qu' « ils » reviennent l'achever : Lui, Elle. L'achever, lui arracher son masque et qu'elle se découvre lépreuse.

Voilà pourquoi on la fuyait. Voilà pourquoi on ne lui accordait pas de sympathie et que l'amitié qu'elle portait aux êtres ne provoquait de leur part que froideur.

Elle savait qu'Angélique avait dit vrai, que cet amour brisé à peine né en son cœur, à l'aube de sa jeunesse, l'avait rendue malade pour la vie. Elle s'était enfermée dans sa maladie. Elle avait fui l'amour, elle avait tué l'amour. Elle s'était vengée de l'amour en le repoussant, en le chargeant d'opprobre, en lui donnant un visage hideux, celui du péché, se mentant à elle-même lorsque des nostalgies inavouables venaient tourmenter ses nuits maussades, haïssant ses désirs, appelant vertu l'éloignement qu'elle éprouvait pour la chair, alors qu'elle se montrait coupable envers elle-même. Pour avoir été frappée, injustement, lui semblait-il, par le sort, pour avoir été trahie par la vie puisqu'une autre lui avait pris l'objet de ses espérances, elle s'était volontairement mutilée.

Et maintenant, comme une aube qui étend lentement, puis brutalement, sa lumière, à l'instant où le poignard du soleil transperce l'horizon, le goût et l'appel de l'amour s'étaient réveillés en elle avec la venue de celui qui avait hanté ses rêves. Personnage de légende qu'elle croyait disparu à jamais et avec terreur elle avait vu s'avancer cette flotte où l'on disait qu'il se trouvait, ressuscité des morts, et elle l'avait vu, elle l'avait reconnu. Elle aurait pu être guérie d'un seul coup devant la matérialité d'un songe qu'elle n'avait cessé d'embellir et de parer de chimères. Au contraire, elle était retombée sous le joug d'une présence où se reconnaissait, enrichie et comme fortifiée d'une chaleur plus humaine, la séduction du grand seigneur inoublié. Le halo de la tragédie dont triomphait sa volonté, cette marque grise aux tempes qui trahissait les épreuves et la marche du temps, avaient ajouté à la passion vaine et folle qu'elle lui vouait. Or, maintenant qu'Angélique avait parlé, Sabine s'apercevait qu'il était trop tard. Elle s'apercevait qu'elle avait dressé comme une haie d'épines autour d'elle. Ce n'était pas seulement parce que le passage des années avait marqué son visage et son corps. Mais elle s'était enlaidie à plaisir, elle avait voulu éloigner d'elle tous hommages.

Et maintenant, maintenant qu'il était là, c'était elle qui n'existait plus. Elle avait posé un masque d'absence sur son être. Ce vivant fougueux et avide qu'était Joffrey de Peyrac, qu'avait-il à faire d'un fantôme amer ? La haie d'épines la préservait. Et s'il fallait en croire Angélique, il ne se souvenait pas d'elle... Il ne l'avait pas remarquée jadis et pourtant elle était déjà fort jolie et même belle. Angélique mentait. Lui, si attentif au charme des femmes, n'avait pu l'ignorer. Ou alors, il fallait croire qu'elle portait déjà en elle cette tare secrète qui écartait d'elle l'amour et retenait l'amitié à son égard.

Quel supplice ! Maintenant que son corps s'éveillait au point que certaines nuits elle se retournait sur sa couche, souffrant d'une faim qu'elle ne pouvait assouvir d'aucune façon. Maintenant il était TROP TARD.

Avec lui... Avec lui... combien l'amour aurait pu être merveilleux ... Elle se serait embrasée. Mais tout de lui était pour Angélique. Malgré sa courtoisie, on sentait que lorsqu'elle était présente les autres femmes lui importaient peu. Combien de fois, en les suivant des yeux lorsqu'ils sortaient ensemble d'une réception, avait-elle songé avec déchirement : « Ce soir, ils vont s'aimer... »

De longs instants elle s'arrêtait devant son miroir, elle touchait du doigt ses tempes pour éprouver la finesse de sa peau, du bout de l'ongle elle suivait la trace d'une ride au coin de la paupière.

Angélique avait beau lui dire qu'elle était belle, qu'elle avait du charme et de la prestance, elle savait bien qu'il était trop tard. Elle ne guérirait jamais de cet amour et elle ne guérirait jamais de son silence frustré.

Elle s'était fait détester des hommes. Elle n'avait eu de cesse de passer dans la catégorie des femmes qu'ils redoutent et qu'ils fuient comme la peste et aucun miracle ne pourrait entamer et ébranler la dure forteresse édifiée par ses soins et qui dirigeait désormais ses gestes, ses paroles, comme si elle ne pouvait s'empêcher d'y ajouter chaque jour une pierre, à ce mur intérieur la scellant aux regards de tous.

Angélique! Elle avait le don du bonheur. De ses cheveux blancs elle faisait une parure de fée. Tandis que Sabine, horrifiée, arrachait les premiers fils d'argent qui se mêlaient à sa sombre chevelure, jusqu'alors d'un ébène profond.

L'espérance de l'amitié l'avait effleurée. Et dans ces réunions de Gascons au manoir de Montigny, elle s'était sentie mêlée à la chaude entente que le comte de Peyrac avait recréée pour eux. Parfois, il lui avait parlé. Elle avait répondu sans effort et de façon intelligente. Elle avait vu l'approbation de son regard. Sous ce rayonnement la vie prenait forme, couleurs... Elle n'en était retombée que de plus haut et pour s'apercevoir que sa condition était devenue plus épouvantable encore.

Joffrey de Peyrac et Angélique avaient achevé de détruire l'équilibre précaire de sa vie.

De même, des Indiens si ingrats et versatiles, Angélique n'avait-elle pas obtenu comme en se jouant un succès qu'on ne pouvait attribuer qu'à ce don d'enchanter sans effort, dont Sabine manquait singulièrement? Qu'avait-elle fait, Angélique, pour s'attirer l'attachement des sauvages? Sabine s'interrogeait en vain. La puissance de son charme échappait à l'analyse. Il fallait s'incliner. Sabine, jadis, avait enseigné le catéchisme à Piksarett et l'avait préparé au baptême. Aujourd'hui, il ne la reconnaissait même pas dans les rues, alors qu'il s'était constitué le gardien et le défenseur de cette intrigante, cette Angélique qui drainait tous les cœurs, tous les êtres, elle n'avait qu'à paraître. Elle, Sabine, n'avait qu'à paraître pour exaspérer les gens. Ou alors on l'effaçait. Et pourtant, elle avait tant aimé ce pays de Canada pour le meilleur et pour le pire. Elle s'y sentait devenue étrangère. Jusqu'aux quelques amis ou amies de choix qui appréciaient naguère sa conversation, comme Mme de Mercouville, M. Gaubert de La Melloise, etc., qui avaient pris prétexte de son coup de canon pour lui tourner le dos. Le procureur Tardieu était le seul à lui porter considération. Mais elle avait vite compris qu'il ne voulait que sa complicité pour un projet qu'il avait de faire abattre les maisons de bois perchées contre la falaise, sous le fort. Afin de lui faire plaisir ou pour s'en débarrasser, elle avait fini par se plaindre à Frontenac des fumées et des mauvaises odeurs qu'entraînait le quartier pourri de la Basse-Ville et le gouverneur s'était fâché et lui avait répondu tout à trac que si elle trouvait le château Saint-Louis inconfortable, elle n'avait qu'à retourner tenir ses quartiers dans sa maison ouverte à tous vents.

On ne s'adressait à elle, on ne faisait appel à son obligeance que lorsqu'on avait à lui demander un service, à se débarrasser d'une corvée.

Mme Favreau et deux habitantes de la banlieue refusèrent de se laisser installer des métiers à tisser dans leurs combles. Comme on ne savait où les mettre, on demanda à Mme de Castel-Morgeat de les entreposer dans une petite pièce, au rez-de-chaussée du château Saint-Louis, qui leur avait été attribuée comme débarras et qu'elle souhaitait transformer en oratoire. Personne ne l'en remercia.

Sabine n'existait plus. Il ne lui restait rien. Même pas son fils qui ne lui pardonnait pas d'avoir tiré sur la flotte de Peyrac. Il avait honte d'elle. Il lui échappait. Et c'était encore à cause d'eux, à cause d'elle : Angélique.

C'était atteindre le fond... Des pensées de suicide la hantèrent. Et si elle se jetait du haut du Sault-au-Matelot, ce coin de la falaise où le découvreur Cartier avait planté, à son premier voyage, une de ses croix géantes à l'écusson du Roi de France ? Elle s'imaginait au pied de cette croix rassemblant son courage avant de s'élancer dans le vide. La difficulté était de trouver le point de chute. De la Haute-Ville on finissait toujours par se retrouver sur les toits de la Basse-Ville.

Du greffe, perché en nid d'aigle, elle irait s'empaler sur les pointes aiguisées des troncs entiers formant la palissade du camp des Hurons.

De la terrasse du château Saint-Louis son corps bondirait sur deux seuils de roches et risquerait d'aller défoncer les masures du fameux quartier pourri qui ne semblaient plus tenir, en cette saison, que par le carcan des glaces.

Accablée de macabres visions, Sabine de Castel-Morgeat suivait son enterrement vers le cimetière de la Côte de la Montagne. On commenterait une fois de plus sa maladresse et celle ultime avec laquelle elle s'était donné la mort. L'évêque lui refuserait peut-être la sépulture chrétienne. Et l'on soupirerait qu'elle créait encore plus d'embarras morte que vivante.

Des cernes mauves se creusaient chaque jour plus sombres, sous ses yeux, dans son visage pâle.

Elle n'avait jamais connu l'amour. Elle ne connaîtrait jamais l'amour...

Un jour, seule dans son logis et presque en tremblant, elle se dévêtit et se regarda nue dans le miroir. Elle fut surprise de la rondeur de ses hanches, de la ligne en amphore de sa taille, de l'abondance de sa poitrine qui la choqua. Elle rougit d'y voir le petit scapulaire de toile blanche qu'elle portait en permanence. Mais ses seins de brune, aux mamelons trop larges et trop sombres à son goût, n'était-ce pas ce qui attirait la concupiscence des hommes ? Elle comprit qu'en un point de sa vie, elle avait été mystifiée.

« Je suis belle, pensa-t-elle. Et pourtant nul homme ne me l'a jamais dit... »

Ce qui était faux.

Des hommes le lui avaient dit ou le lui avaient laissé entendre avant qu'elle ne les décourage par son refus intérieur de s'accepter belle et d'être courtisée. Car ces aveux, elle n'aurait voulu les entendre que d'un seul homme, que d'une seule bouche.

Entêtée à ne pas se résigner, elle avait considéré comme une insulte, plus qu'un hommage, la passion fougueuse de Castel-Morgeat, Gascon, amateur de femmes, son empressement lui paraissait un signe insupportable de lubricité. Elle l'avait contraint par ses refus à déserter la couche conjugale, mais elle comprit, à s'examiner, que ce paillard n'y avait pas consenti sans regret. Elle eut une crise de larmes devant son miroir.

« Un corps inutile ! Méprisé ! » se disait-elle se prenant en pitié.

« Une seule fois, songea-t-elle, connaître l'amour... Une seule fois !... Avant de mourir ! Avant de vieillir !... » Elle arracha le scapulaire qu'elle portait au cou.

60

Les premiers jours de mars, la température fut des plus basses.

« Il faudrait avoir le sang d'eau-de-vie, le corps d'airain et les yeux de verre pour résister au froid qu'il fait, écrivit Mlle d'Hourredanne, et les rigueurs du Carême achèvent de nous pétrifier. »

Dans le paysage confondu de blanc, le Saint-Laurent raviné de dunes et de congères, traversé de pistes d'où s'élevaient les sonnailles des attelages, laissait oublier qu'il eût jamais été un fleuve.

Non! L'hiver n'était pas près de finir. Loin de là. Alternant avec ces jours glacés mais durs, des tempêtes se levaient pour une nuit, un jour, en poudreries cinglantes, sèches, dures, sifflantes, et vous coupaient en deux.

Dans la fièvre se montait la pièce théâtrale prévue pour la Mi-Carême qui tomberait le 12 mars.

Mme de Castel-Morgeat intervint avec âcreté à propos du choix de la pièce prévue. *Tartuffe* proposé par les esprits forts avait été écarté. Inutile de créer à Québec des remous qui avaient agité Versailles. On savait que le Roi qui soutenait Molière avait dû s'incliner devant la cabale des dévots. Mme de Castel-Morgeat parut prendre la tête de ceux-ci, aucune œuvre ne trouvant grâce à ses yeux. Des unes et des autres, elle prétendait que le Père d'Orgeval ne les aurait jamais tolérées.

Pourquoi reparlait-elle du Père d'Orgeval? On avait déjà bien assez de peine à supporter le Carême et l'hiver.

Elle proposait *Castor et Pollux* ou *Déjanire et Acheloüs* d'un auteur peu connu mais que M. Berinot, le secrétaire de M. de Frontenac, avec lequel elle s'enten-

dait bien, et qui même avait composé quelques œuvret-
tes, lui conseillait.

On en discuta chez M. l'intendant. Son goût pour le
théâtre étant connu et l'ayant désigné comme l'ordon-
nateur du spectacle. L'on discuta en soupirant des exigences de Mme de Castel-Morgeat qui, par bonheur,
était absente : *Castor et Pollux?* ou *Déjanire et Acheloüs?*

— Et si l'on demandait à M. Berinot de nous écrire
une œuvre inédite, trois actes, avec un ou deux petits
ballets, proposa Mme Le Bachoys.

— Et qu'il intitulerait *Sabine et Sébastien*, proposa
l'intendant.

Sa plaisanterie peu charitable provoqua une hilarité
énorme, disproportionnée, mais qui pouvait être excu-
sée venant de personnes dont les nerfs étaient mis à
rude épreuve. Le jour approchait où la pièce devait être
jouée, alors qu'il leur était impossible de commencer
les répétitions, le choix de ladite pièce n'étant pas fixé.
De plus, il faisait froid et l'on avait l'estomac creux.
M. et Mme Gollin, arrivant en retard, trouvèrent un
salon rempli de personnes qui se contorsionnaient
comme saisies du mal des Ardents tandis que sur des
joues coulaient des larmes et que d'autres avaient du
mal à ne pas suffoquer.

— Oh! Si vous saviez, s'écria Angélique, Monsieur
l'intendant nous fait mourir de rire...

Ce qui parut d'une folie encore plus intempestive car
oncques ne se souvenait avoir jamais vu l'intendant
Carlon mériter un blâme de cette sorte. L'air ahuri des
Gollin provoqua une nouvelle crise. Entre deux
hoquets, on leur rapporta l'anecdote, et le reste de la
réunion se passa à s'esclaffer.

Angélique n'était pas sans remords. Depuis quelque
temps, elle se sentait mécontente d'elle-même lorsqu'elle pensait à Sabine de Castel-Morgeat.

— Sabine m'inquiète, lui dit Mme de Mercouville en la rencontrant. Elle avait paru s'amender et devenir même charmante et puis, crac! La voici retombée dans ses humeurs. Elle a une mine à faire peur. Je suis persuadée qu'elle ne dort pas. N'auriez-vous pas une médecine à lui conseiller?

— Non, hélas! Je ne puis rien pour elle, moi moins qu'une autre.

— Je vais aller faire quérir Guillemette de Montsarrat-Béhars à l'île d'Orléans. On la dit très versée dans les plantes.

— Oh! Surtout ne mettez pas ces deux femmes en présence. Elles achèveront de se rendre folles mutuellement. Peut-être vais-je aller moi-même visiter Guillemette?

— Eh bien! Si vous allez la voir, dit Mme de Mercouville dont l'efficacité faisait flèche de tout bois, voici le scapulaire de Sabine qu'elle m'a jeté, je ne sais pourquoi, à la figure l'autre jour. Vous le remettrez à Guillemette. On dit que ces rebouteux ont besoin d'un objet ayant touché la personne malade pour leurs passes magiques.

Il se trouva que, le lendemain matin, Angélique qui se rendait au *Navire de France* fut hélée par Dame Eléonore de Saint-Damien. La belle femme, très séduisante dans l'encadrement d'une capuche amarante, se tenait sur le siège de son traîneau qu'elle venait d'arrêter près du vieux magasin du Roi.

— Guillemette vous salue, lui dit-elle, elle attend votre visite.

— Retournez-vous à l'île d'Orléans? s'informa Angélique prise d'une inspiration subite.

— Je comptais passer la journée ici et la nuit chez mon fils, le major Fabrice, répondit-elle, mais si vous êtes décidée à m'accompagner, je repartirai dans une heure. Le temps de quelques emplettes. Nous regagnerons Québec ensemble ce soir.

Angélique griffonna un billet sur un coin de table de la grande salle de l'auberge. Pour une fois, c'était elle qui avertissait Joffrey qu'elle s'absentait de Québec pour la journée. On n'allait jamais bien loin, mais cela donnait une bienfaisante sensation de liberté que de pouvoir galoper à travers la plaine après avoir laissé derrière soi la ville s'amenuisant.

Et elle s'assurait du même coup de la personne de la belle Eléonore qui n'aurait pas manqué de se rendre au château de Montigny pour y saluer celui qu'elle appelait son « suzerain ».

Le manoir de Guillemette, à mi-côte dominant l'Anse-aux-canots, où se perchait le clocher pointu de la paroisse de Sainte-Pétronille, se présentait comme une belle demeure, fort occupée. Des malades, des Indiens, des voisins, des enfants entraient et sortaient sans cesse.

Elle les recevait plus en seigneuresse qu'en guérisseuse, s'asseyant au bout d'une grande table dans un fauteuil à haut dossier sculpté, riant et devisant avec eux. Parfois, elle les entraînait dans son officine pour leur distribuer herbes et conseils.

Elle attira aussitôt Angélique dans une autre pièce plus calme, un salon bien meublé.

— Reste jusqu'à demain ou bien promets-moi de revenir. Nous avons trop de choses à nous dire...

Angélique lui fit observer que ces jours derniers elle avait été en danger, qu'on avait essayé de la tuer au « Pain de Sucre » et que Guillemette, malgré sa promesse, ne l'avait pas avertie.

— Es-tu morte ? s'enquit la sorcière. Non ! De quoi te plains-tu ? Tu es la plus forte. Tu es protégée...

Les heures passèrent, en effet, rapidement et lorsque le temps s'annonça de regagner Québec, les prémices d'une tempête, qui déjà là-bas effaçait la ville, décidèrent Angélique à demeurer pour la nuit.

Depuis trente ans que Guillemette était venue au

Canada accompagnant l'homme qu'elle avait épousé afin de pouvoir fuir l'Europe et qu'on l'avait accusée d'avoir assassiné peu après son arrivée, sa vie se confondait avec celle de l'île. C'était encore, quand elle y avait bâti sa première cabane, l'île déserte que Cartier avait commencé par nommer l'île Bacchus, à cause de ses vignes vierges. Puis l'île s'était peuplée.

Quinze ans plus tôt, Guillemette avait échappé au massacre perpétré par les Iroquois, dont la flottille était descendue venant de Tadoussac, parce qu'elle se trouvait à cueillir du serpolet sur les hauts de l'île avec quelques petits enfants. Elle les avait, par la suite, adoptés, leurs parents étant morts ce jour-là, ainsi que son second époux : Gilles de Montsarrat-Béhars, et la plupart des Hurons réfugiés qui y avaient un camp depuis l'exode de leur nation.

L'existence de la sorcière de l'île d'Orléans parut à Angélique plus sage et plus ordonnée que ce qu'on en disait à Québec. Elle gardait ses amants longtemps et ils ne la quittaient pas sans regret. Elle dit qu'elle leur enseignait de l'amour bien des choses plus précieuses qu'ils n'auraient pu en apprendre des sauvagesses des bois.

Son amant du moment, un jeune hercule rêveur, s'occupait des travaux de la seigneurie avec compétence.

Allant des tâches simples qu'il aimait : le bûcher, les bêtes, le fromage, le foin, au lit d'une femme qu'il aimait et le comblait, il offrait l'image d'un homme qui a trouvé son propre paradis et ne s'interroge pas sur celui des autres. C'était reposant de le voir entrer, sortir, s'asseoir à la table devant une assiette où l'attendait sûrement une nourriture de choix, sous le regard tendre de Guillemette, enfant gâté, heureux, mais si conscient de l'être que c'en était édifiant.

Une adolescente aux cheveux blonds presque blancs, belle, mais aux yeux vides, faisait avec des gestes d'enfant appliqué le service. Elle vint après le repas s'asseoir aux pieds de la seigneuresse appuyant sa tête sur ses genoux.

— C'est une innocente, dit Guillemette en caressant les cheveux trop pâles. Elle est atteinte du mal de Saint-Jean (1).

Elle était issue d'une paroisse de quelques censives disséminées, première seigneurie de la rive sud vers le nord dont le seigneur se désintéressait. On trouvait par là une recrue de paysans mêlés de l'ouest et du nord de la France. Des têtes « carrées » soupçonneuses. A cause de ses convulsions, manifestations de ce haut mal qui de tous temps était apparu comme une malédiction des dieux, on avait accusé la fille d'avoir fait roussir par sortilège la nouvelle récolte de lin dont ses cheveux avaient l'aspect et ils avaient demandé à Québec de leur envoyer un prêtre pour l'exorciser.

— Les terres étaient saumâtres, voilà pourquoi le lin avait roussi. De ce côté du fleuve la mer remonte loin encore, en amont. Rien d'étonnant à ce qu'à peine quelques lieues de Québec on trouve des « battures » profondément imprégnées de sel. Mais ils n'ont pas réfléchi si loin, les ignorants, avant de traîner leur pauvre possédée à l'église.

Guillemette était venue l'arracher à leurs griffes. Maintenant, l'enfant était au calme, dans l'île. Guillemette la soignait avec des extraits de rue et de valériane, ainsi que des infusions de « datura stramoine » dite « la pomme épineuse » à cause de son fruit couvert d'aiguillons. Les crises devenaient moins fréquentes.

— Cela lui a fait plus de bien que de se voir enfoncer des aiguilles par tout le corps afin de découvrir les « points » du diable.

Le récit rappela à Angélique le cas de Sabine de Cas-

(1) Nom donné à l'épilepsie.

tel-Morgeat pour lequel elle s'était déplacée. Elle traça un portrait qu'elle souhaita exact de cette dame de qualité d'un haut rang qui paraissait d'une bonne santé, mais que rongeait un désespoir intérieur qui lui faisait considérer son entourage et les personnes les mieux disposées à son égard comme autant d'adversaires acharnés à sa perte.

Elle hésitait à exposer ce qu'elle savait des vraies raisons qui inspiraient les tourments de la femme du gouverneur militaire de Nouvelle-France. C'était se lancer dans un récit bien compliqué, et elle préféra faire confiance aux dons supra normaux de Guillemette pour en deviner l'essentiel.

Celle-ci accompagnait son écoute de regards brefs qui semblaient lire ce qu'on ne disait pas. Puis elle eut son geste habituel, et qui la rendait rassurante, de mettre ses lunettes. Elle palpait et retournait de ses doigts fins le scapulaire de Mme de Castel-Morgeat que lui avait remis Angélique, l'approchait de ses narines.

— ... Belle femme, ardente et généreuse, murmura-t-elle.

— Oui, cela est vrai, convint Angélique, s'efforçant d'être équitable, et c'est pourquoi ses amis s'inquiètent... On craint qu'elle ne se porte à quelque extrémité fatale, avant la fin de l'hiver... Au dégel, il est fréquent que certaines personnes attentent à leurs jours sous l'effet d'une lassitude ou d'une tension excessive... Cela ne peut continuer ainsi... Il faut qu'elle soit sauvée...

S'arrêtant de parler, elle s'aperçut que la sorcière la fixait depuis quelques instants avec une expression qui lui parut ambiguë et lui causa un malaise. Sabine de Castel-Morgeat était-elle condamnée ?

Mais la sorcière détourna les yeux et dit d'un ton énigmatique.

— Ne t'inquiète pas ! Elle va être sauvée...

130

61

Il était fatal que la plaisanterie de Jean Carlon sur « Sabine et Sébastien » revînt rapidement aux oreilles de Madame de Castel-Morgeat, mais elle lui fut rapportée comme ayant été émise par les lèvres d'Angélique, ce qui causa à la femme du gouverneur une douleur sans pareille doublement vénéneuse.

Aveuglément blessée, elle attrapa son grand manteau et s'élança, plantant là sans férir la « bonne âme » qui l'avait renseignée et qui était, croit-on, Euphrosine Delpech.

Des deux poings elle tambourinait furieusement à la porte qui donnait sur la rue, entre les deux Atlas supportant le globe.

— Passez par-derrière, Madame, lui cria Suzanne des fenêtres du premier étage sur les rebords desquelles elle avait posé les paillasses à aérer.

Sabine de Castel-Morgeat trébucha dans l'escalier qui contournait la maison, faillit déboucher parmi les chaudières et détritus de la cour des Banistère. Suzanne l'introduisit dans la grande salle et lui expliqua qu'on n'entrait jamais par la porte qui donnait sur la rue. Où en sortait seulement et uniquement Mme de Peyrac, lorsqu'au matin elle allait sur son seuil regarder l'horizon.

— Où est-elle ? cria la visiteuse, hagarde.

— Elle est partie.

— Où cela ?

— A l'île d'Orléans, chez la sorcière.

— Sorcière elle-même, rugit Sabine de Castel-Morgeat en se rejetant au-dehors.

Parmi les mouvements de son grand manteau que ses gestes désordonnés projetaient en tous sens et qui lui donnaient des allures d'oiseau noir dans la tempête, elle mena entre les degrés de l'escalier, le campement des Indiens, la rue de la Cathédrale, une danse hésitation que Mlle d'Hourredanne, derrière ses carreaux, nota d'une plume intriguée.

Enfin, choisissant la piste à travers champs qui partait du carrefour de l'orme, elle s'élança vers le château de Montigny.

Elle connaissait les aîtres pour être venue souvent à ces réunions de Gascons qu'Angélique leur reprochait tant, où, bercée par les sonorités chantantes de leur langue, elle retrouvait l'écho des poèmes anciens que M. de Peyrac se plaisait à leur rappeler... Elle entra, monta l'escalier en courant, longea le couloir du premier étage, ouvrit la porte.

Joffrey de Peyrac la vit sur le seuil de son appartement, telle une veuve tragique car elle était pâle à faire peur et vêtue de sombre. Devant la fenêtre grande ouverte, il s'apprêtait à disposer une lunette astronomique sur un trépied.

Sabine ne se possédait plus.

— Votre Angélique est d'une méchanceté incroyable, lança-t-elle. Voyez comme elle me traite !

D'une voix hachée et tremblante, elle fit le récit de l'incident qu'on lui avait rapporté, protestant contre les brimades dont elle était l'objet de la part d'une femme qui se croyait tout permis, parce qu'elle était belle, parce que tous les hommes s'inclinaient devant sa séduction sans qu'elle eût même à faire l'effort de leur plaire et qu'elle était assurée de son indulgence à lui, quoi qu'elle fît...

Elle répéta la plaisanterie qui faisait d'elle, la femme du gouverneur militaire, la risée de la ville et jetait sur sa conduite des soupçons scandaleux, en mêlant son nom à celui de Sébastien d'Orgeval.

Le comte l'écoutait, les sourcils légèrement froncés, car son récit fort confus nécessitait de la part de l'interlocuteur une attention soutenue. Sabine était visiblement la proie d'un désordre anormal. Elle ne contrôlait plus ses éclats de voix. Il alla fermer la porte qu'elle avait laissée ouverte. Puis il eut un sourire qui porta à son comble la rage de la visiteuse.

— Ah! cela vous amuse! s'écria-t-elle, peu vous importe sa méchanceté!

— Ma foi! J'estime que cela sied à sa beauté plus que d'être victime. J'aime la voir planter ses petites dents blanches dans la chair de ceux qui la jalousent et essayent de lui causer préjudice.

Un poignard aigu s'enfonça dans le cœur de Sabine de Castel-Morgeat et lui parut trancher le fil de sa vie.

— Vous n'aimez qu'elle! exhala-t-elle d'une voix qui était comme un râle. Qu'ELLE!... Et moi... Je suis perdue.

Dans un paroxysme de désespoir, elle s'élança vers la fenêtre grande ouverte et elle se serait jetée au-dehors pour aller s'écraser sur les pavés de la cour, si deux bras vigoureux ne l'avaient ceinturée et retenue.

Elle se débattit avec des cris de refus et de protestation. Elle voulait lui échapper, elle voulait se frapper la tête contre le mur. Ses cheveux se défirent et croulèrent sur ses épaules. A travers leurs mèches retombées, elle crut voir d'autres personnes accourues qui la considéraient avec réprobation et cela la figea d'horreur, à la pensée que c'était elle Sabine de Castel-Morgeat qui se livrait à une scène d'aussi mauvais goût, devant témoins. Mais elle s'aperçut qu'il ne s'agissait que de sa propre silhouette et de celle du comte de Peyrac étroitement enlacées et se reflétant dans le grand miroir en pied dressé au mur.

C'est alors qu'elle se rendit compte à quel point il était obligé de la serrer contre lui pour la maintenir. Les bras forts, virils, autour d'elle lui parurent rayonner une chaleur insolite. Elle avait de la peine à respirer.

— Quelle mouche vous pique, espèce d'enragée ? interrogea-t-il quand il la vit un peu calmée.

— Laissez-moi mourir !

— Je n'en ferai rien. Croyez-vous que je tienne à ce que l'on dise que Monsieur de Peyrac a défenestré Madame de Castel-Morgeat parce qu'il lui en voulait d'avoir tiré sur ses navires ?

Sabine n'avait pas réfléchi à cet autre aspect de la question qu'entraînerait son geste de folie. Son excitation tomba et elle se sentit amèrement déçue... Ce n'est pas pour elle qu'elle avait tremblé mais pour lui. Et il pouvait lui reprocher à bon escient de ne jamais causer que des embarras.

— Pardonnez-moi, balbutia-t-elle.

— Je vous pardonne. A condition que vous m'exposiez les « vraies » raisons de votre conduite insensée.

Vidée de pensées, elle restait coite.

— Je vous déplais, murmura-t-elle enfin.

La physionomie du comte se radoucit et il eut un sourire apitoyé en l'examinant dans le miroir. Son expression accablée et le désordre de sa chevelure la révélaient ce qu'elle était en vérité derrière sa raideur et ses extravagances, une jolie femme désorientée.

— Pourquoi me déplairiez-vous, belle Toulousaine ?

Sabine ne se sentait plus la force de lutter.

— Je suis laide...

— Mais non. Vous êtes une très belle femme.

— Pourtant jadis au Gai Savoir vous ne m'avez pas remarquée.

— Peut-être étiez-vous moins belle ?

— Vous ne vous souvenez vraiment pas de moi ?

Il secoua la tête avec un sourire gentil pour atténuer la déception qu'il lui causait.

Elle se mordit violemment les lèvres, ne pouvant empêcher ses yeux de briller trop fort sous un afflux de larmes qu'elle ne pouvait retenir.

— Quelle sotte j'ai été ! Pendant des années je me

suis imaginé que vous aviez pensé à moi. Au moins, que vous m'aviez vue... J'ai vécu de ces souvenirs.

— Les femmes sont rêveuses, fit-il. C'est là leur moindre défaut. N'abîmez pas vos jolies lèvres en les mordant ainsi.

Une intonation nouvelle vibrait dans sa voix. Et elle fut troublée du regard qu'il posait sur elle dans la glace.

— Qu'importe le passé, maintenant je vous vois.

— Non! s'écria-t-elle avec désespérance. Maintenant, il est trop tard. Maintenant, je n'existe plus. Je n'ai plus de corps.

Il se mit à rire.

— Permettez, Madame, à un homme de goût de s'élever contre une telle assertion. Je vous tiens dans mes bras et il m'est difficile de vous croire. Pour ma part, je vois de larges yeux noirs, une chevelure de cavale espagnole, une taille souple, des seins fort beaux.

Et comme il soulignait d'un geste hardi ses paroles, elle défaillit.

— ... De quoi parlerai-je encore, Madame, dont vous vous prétendez dépourvue? Point de corps, dites-vous? J'aimerais m'en assurer de plus près...

Elle luttait de toutes ses forces pour ne pas succomber au vertige.

— Craindriez-vous l'amour, Madame?

— Je le crains et je le hais, répondit-elle d'une voix étouffée.

Le présent était en train de lui voler un passé dont elle s'était enveloppée comme d'un manteau brillant et protecteur. Elle ne voulait pas qu'on le lui arrachât. Il ne lui resterait plus rien. Elle se revoyait jeune dans la lumière de Toulouse et promise par sa beauté à une vie de bonheur et de ravissement.

Elle tremblait convulsivement, craignait d'éclater en sanglots.

Il resserra son étreinte autour de ses épaules et se penchant appuya sa tempe contre la sienne.

— Sœur de mon pays, fit-il avec douceur, que puis-je faire pour vous secourir ?

Tête basse, elle se détourna afin de lui dérober la vue de ses traits crispés. Mais sur sa nuque ployée, elle sentit l'effleurement de sa manche.

Puis il la retourna vers lui. Il lui serra les joues entre ses deux mains et la contraignant à renverser la tête, il posa ses lèvres sur les siennes. Elle suffoqua, comme sous un coup, paralysée par une transe qui ne lui laissait plus percevoir que le contact impérieux de cette bouche étrangère sur la sienne. Pour retrouver souffle, elle dut aller, dans une aspiration, à la rencontre de ces lèvres, de cette langue. En trouver le contact. Piégée, elle se révulsait toute, et pourtant elle savait que c'est ainsi qu'un homme doit embrasser une femme. Et que toute sa vie elle avait rêvé de recevoir un tel baiser, ce baiser du désir, spontané, brutal et aveugle de l'homme qui, en s'avouant sur ses lèvres à elle, faisait d'elle une femme et une femme désirable.

En éclairs la traversaient des pensées hagardes, comme des oiseaux se bousculant affolés : « Ce n'est pas vrai ! C'est affreux ! Il fallait s'arracher à une soumission si abjecte ! » Mais elle ne pouvait pas. Ainsi le sort en décidait... Elle ne mourrait pas, elle ne vieillirait pas sans avoir connu le secret des autres femmes, ce qu'Angélique avait connu, connaissait tout au long de sa vie, ce qui rendait si follement heureuses et lumineuses sa chair et sa carnation, au point que, sous ses vêtements même, dans tous ses gestes, elle paraissait imprégnée d'amour.

Le secret ! Le secret de vie des autres femmes. C'était comme une liqueur brûlante qui coulait dans sa gorge nouée, s'insinuait dans ses veines.

« Suis-je donc désirable ? Désirable ? Désirable ? »

136

répétaient ses pensées se heurtant aux parois de son crâne.

Et la certitude que la réponse enivrante lui était ainsi imposée la faisait défaillir. Une sorte de douleur douce-reuse lui tordait les entrailles et lui donnait envie de vomir et de gémir. Elle sentait une main chaude et impérieuse brûler sa chair, par endroits — son dos, ses épaules, sa taille — à travers l'étoffe de son corsage. Cette paume, au moite rayonnement, glissait partout et achevait de la subjuguer, de la livrer et, encore une fois, elle savait qu'elle avait toujours attendu de telles caresses, qu'il les lui fallait maintenant sur sa peau nue. Elle avait envie d'arracher ses vêtements comme une tunique de Nessus, sinon elle allait mourir. Seule cette main sur sa peau pourrait la soulager, la faire revivre, l'arracher à la mort.

« Une fois seulement ! » gémissait-elle en elle-même. « Une fois seulement, dans toute ma vie... pour savoir que je suis vivante... Suis-je vivante ? Suis-je vivante ? »

— Mais oui, vous l'êtes, petite bécasse ! dit la voix masculine, lointaine comme derrière un brouillard.

Elle ne savait pas qu'elle avait parlé tout haut. Elle voulut répondre. Elle serrait les dents pour retenir cette nausée qui lui ôtait toutes ses forces. Le sang bourdonnait à ses oreilles. Les lèvres la faisaient souf-frir. La langue était épaisse et dure comme la pierre. La frayeur et le désir la parcouraient de courants contrai-res épuisants. Lorsqu'elle prit conscience qu'elle se trouvait étendue sur le lit et, enfin, entièrement nue, sa reconnaissance d'un tel miracle fut comme une lame de fond qui la submergea, entraînant toutes défenses. Les mains habiles qui la caressaient ne lui laissaient pas le loisir de percevoir autre chose que la sensation d'un immense bien-être auquel se mêlait, s'enflant peu à peu, celle d'un triomphe éblouissant. C'était donc arrivé ! Elle le commettait enfin ce terrible péché, ce délicieux péché ! Elle franchissait la barrière de feu, le mur impavide auquel elle s'était si longtemps heurtée, déchirée, meurtrie. Et cela se faisait légèrement, comme porté par l'ondoiement harmonieux de la mer. Flux et reflux la soulevant hors de sa pesanteur amère et douloureuse.

Tout était simple! Le soleil éclatait dans son cœur, dans son âme, dans son corps surpris mais consentant.

Elle était libre.

Une femme, une vraie femme dont la beauté appelait au plaisir de l'amour. Il fallait croire qu'elle était belle et désirable puisqu'il prenait plaisir à l'aimer, lui, familier du corps de tant de femmes, et de la plus belle entre toutes. Elle sanglotait et riait à la fois, cramponnée des deux mains à quelque chose de dur et de tiède dont elle appréhendait par éclairs que c'était son corps à lui, au-dessus d'elle, ses épaules solides, sa nuque, ses bras musclés. Eperdue de découvrir si proche de la sienne sa face aux yeux brillants, acérés et moqueurs, et de le deviner attentif à exaspérer son délire en même temps que sa propre jouissance.

Sous l'effleurement de sa bouche, elle découvrit ses seins dressés, gonflés, la pointe ardente, tels deux êtres vivants détachés d'elle et elle crut qu'elle allait éclater de ravissement. Sa présence en elle l'habitait avec une ampleur qui la suffoqua, comme si elle en avait été envahie jusqu'à la gorge. Son corps désert s'emplissait de sources et d'échos, de mouvements anarchiques et profonds, comme une terre secouée par les convulsions d'un feu souterrain. C'était épouvantable, mais tellement bon! Elle pouvait mourir maintenant! Elle allait mourir!

« Merci, mon Dieu! Merci pour un tel homme sur cette terre! »

Pâmée, elle sentait la folie la gagner et elle cria presque. Mais la lumière fut si déchirante et éblouissante que, de longs instants, elle demeura arquée, palpitante, presque évanouie, seulement consciente de ce bonheur sans nom qu'elle goûtait pour la première fois et qui lui était arraché comme dans une naissance dans une débauche de sensations étranges et inconnues, un feu d'artifice dont les gerbes ne cessaient de fuser, les étoiles de retomber en pluie étincelante. Un frisson incoercible la redressa brusquement, et avec la même soudaineté la rejeta en arrière violemment. Sa tempe heurta une moulure ornementale du grand lit à colonnes. Cette fois, elle s'évanouit pour de bon.

En revenant à elle, elle sentait la nappe de ses lourds cheveux comme une soie sur ses épaules. Elle était à demi nue sur ce lit et, apercevant à son chevet le comte de Peyrac, vêtu de pied en cap, elle fut un moment à se demander si elle n'avait pas rêvé. Elle fut saisie d'effroi à la pensée que peut-être il ne s'était rien passé. Mais le bien-aise de son corps lui certifiait que ce qu'elle venait de vivre dans les bras de cet homme n'avait pas été un songe. Elle leva la main et du doigt toucha à sa tempe une meurtrissure qui lui faisait mal. Elle s'était ouvert le front contre le montant du lit.

— Comment vous sentez-vous, ma chère ? dit-il. J'ai dû jouer au Frère hospitalier.

Il lui expliqua qu'il avait appliqué une compresse d'eau froide sur sa blessure pour arrêter le sang, puis, ensuite, pour la tirer de son évanouissement lui avait fait respirer un flacon de sels révulsifs.

— Vous voyez..., fit-elle tristement, même en amour, je suis maladroite.

Mais il riait et la couvait d'un chaud regard.

— Vous êtes trop passionnée, ma chère. Il va falloir que vous appreniez à maîtriser les rênes des chevaux fougueux de la volupté.

— Suis-je donc une vraie femme ? demanda-t-elle humblement.

Il continuait de rire.

— Ma foi ! Il me semble que vous m'en avez donné toutes les preuves possibles.

Elle le regardait encore. L'ombre envahissait la pièce avec de grands éclats rouges du couchant sur les meubles, les bibelots, les beaux instruments de science. L'heure était venue. Il l'avait aidée à se revêtir. Et maintenant, elle se tenait devant lui, étonnée à la pensée qu'elle avait été, si peu de temps, mêlée à ce corps.

« Peau contre peau, souffle contre souffle, et la proie de ses mains, dont les gestes précis, quand il parlait, l'avaient toujours transportée. Jamais plus cela ne sera », se dit-elle.

Mais elle repartait ayant reçu de lui un trésor inestimable. Un monde la séparait de la femme égarée qui avait pénétré dans cette pièce au début de l'après-midi. Elle adorait cet homme. Il l'avait sauvée : d'elle-même, de tous, de la folie, du suicide, du ridicule et de la déchéance. Mais il n'était pas pour elle. Et ce qu'elle venait de vivre demeurerait unique.

— Il faut oublier, dit-elle en se tordant les mains. Vous oublierez, n'est-ce pas ?

— Certes, non ! Ce serait là montrer de l'ingratitude envers la bonté des dieux et la perfection de vos charmes.

Sabine se mit à rire. La réplique lui faisait plaisir et lui rendait un peu de la légèreté et de la gaieté inhérente à leur race occitane. Il souriait. Comme il souriait !

Elle glissa à genoux devant lui. Elle lui prit les mains, les baisant avec ferveur, les serrant contre sa joue, ses lèvres en balbutiant.

— Merci, merci ! Merci d'être un homme différent des autres. Un homme dont le cœur est chaud, le corps vivant, un homme qui n'a pas peur du péché. Oh ! Soyez béni pour cela, dit-elle, d'une voix brisée. Sans vous j'étais perdue, je le sais. Vous m'avez sauvée ! Merci d'être vous, de ne pas craindre, ni personne ni l'enfer.

— Il me semble, Madame, que vous faites bien fi de mon salut.

Il plaisantait.

Mais elle sentait son indulgence pour elle et la connivence entre eux d'un secret partagé. Jamais elle n'oublierait. Se relevant, elle lui dédiait le regard humide et reconnaissant de ses grands yeux noirs.

Jamais elle n'oublierait la gravité avec laquelle il lui avait dit, ce tantôt : « Vous êtes une très belle femme ! »

Dans l'impossibilité d'ajouter un mot, elle marcha vers la porte. Le loquet de celle-ci était mis. A quel moment le comte de Peyrac l'avait-il poussé ? Ce détail, lui confirmant qu'il avait la volonté délibérée de la prendre dans ses bras et d'en faire sa maîtresse, dissipait ses derniers doutes sur elle-même.

— Madame !

Sabine se retourna, l'interrogeant du regard.

— N'oubliez pas d'aller à confesse.

— Ah ! Vous êtes le diable ! s'écria-t-elle.

Elle tira la porte et s'enfuit. Mais elle riait intérieurement. La vie était devant elle et tous les jours qui viendraient désormais seraient riches de bonheur.

Sans prendre garde aux rafales de neige qui avaient commencé de tomber, Sabine de Castel-Morgeat était rentrée chez elle, au château Saint-Louis, et après avoir de nouveau arraché tous ses vêtements, avait enfoui son corps brûlant entre ses draps et avait sombré dans une voluptueuse rêverie.

— Qu'ai-je fait ? Angélique ne me pardonnera jamais.

Elle était atterrée et, en même temps, grisée d'un triomphe qui rachetait les échecs endurés. Revanche sur cette femme à la blondeur éclatante, qui, parée de tous les charmes, de toutes les grâces, s'était implantée dans sa vie comme un glaive et l'avait écartée du paradis terrestre. « J'ai été injuste ! J'ai été stupide ! » Ses folles rancunes s'émiettaient, tombaient en poussière... La glace de son cœur fondait au soleil de cette revanche qu'elle n'aurait jamais pu imaginer si précise et si totale. Revanche sans lendemain. Elle le savait. Mais suffisante pour briser le cercle maléfique dans lequel elle s'était enfermée...

Elle tomba dans une somnolence dont elle se réveilla brusquement, effrayée à la pensée qu'elle avait rêvé ces heures incroyables, trop belles, trop brèves, et que rien ne s'était passé, et qu'elle était encore enfermée dans son tombeau glacé, prisonnière de ses démons. Puis son corps se rappelait à elle. Lui promettait qu'il ne la trahirait plus. Les frémissements et tendres douleurs, comme des plaintes, des petits gémissements qu'elle sentait sourdre au fond de ses entrailles, lui chuchotaient que le plaisir est une magie aux mille nuances et qu'il ne dépendait que d'elle et de son consentement au désir d'un homme qu'il se renouvelât. N'importe quel homme, se dit-elle avec exaltation et déchirement, car elle ne devait plus songer à LUI.

62

On avait vu Mme de Castel-Morgeat sortir de l'appartement de M. de Peyrac en criant : « Vous êtes le diable. »

Et comme elle portait une blessure à la tempe, le bruit courut que le comte, cette fois, avait riposté à l'insolence hargneuse de la virago et l'avait frappée. La nouvelle n'était pas de celles qu'un début de tempête pût arrêter dans son cheminement naturel.

Elle parvint sans tarder à la Basse-Ville, rôda d'un estaminet à l'autre, s'insinua sans mal parmi les joyeux buveurs du *Navire de France* et atteignit les oreilles de M. de Castel-Morgeat au moment où, enflammé par des libations nombreuses et les charmes d'une accorte commère qui avait déjà eu pour lui des bontés, il s'apprêtait à poursuivre dans les profondeurs de l'auberge son aventure galante.

On ne lui laissa pas le temps de se ressaisir, et ses amis l'entourèrent, le priant avec véhémence, les uns de ne plus souffrir de voir sa femme nuire à sa carrière par ses agissements, les autres de provoquer en duel M. de Peyrac qui avait osé lever la main sur elle.

Partagé entre l'envie d'aller rosser son épouse et celle de venger son honneur, Castel-Morgeat se rua comme un fou hors de l'auberge, ivre de vin et de colère. La nuit et des cinglées de neige l'accueillirent dans leurs tourbillons. Négligeant les détours trop longs de la côte de la Montagne, il choisit le plus court chemin pouvant le conduire au château Saint-Louis, c'est-à-dire la ligne droite vers le sommet et, après avoir escaladé les maisons suspendues du quartier Sous-le-Fort, brisé des barrières, crevé le toit de la vieille voisine du Bougre Rouge, dépassé le repaire de celui-ci, il attaqua la falaise de plein fouet et se hissa, se cramponnant aux broussailles et aux arbres nains, dans une pluie de cailloux et de glaçons brisés, une avalanche de neige et de boue. Soutenu, porté, enlevé par on ne sait quelle transe diabolique, les chausses déchirées, le chapeau envolé, la moitié de son manteau arraché, il parvint aux abords de la demeure du gouverneur.

Les deux soldats qui veillaient dans le corps de garde du fortin de bois avancé l'entrevirent entre deux rafales et crurent être la proie d'une vision.

— As-tu vu ce que j'ai vu, La Fleur ? demanda l'un des gardes.

— J'ai bien vu, répondit l'autre les yeux écarquillés.

— Et qu'as-tu vu, La Fleur ?

— J'ai vu notre lieutenant général qui volait dans les airs...

M. de Castel-Morgeat tâtonnait de ses mains blessées contre les pierres rugueuses des contreforts du château, sous la terrasse. Il trouva les degrés de pierre abrupts par lesquels on gagnait les communs, atteignit une petite porte, pénétra dans le château, puis dans une pièce de réserve dont leur couple pouvait disposer et où s'amorçait l'escalier montant à leur appartement sans passer par le vestibule d'honneur. L'obscurité étant profonde, il trébucha dans un amoncellement de bois, de planches et de cordages dont il eut toutes les peines du monde à se dépêtrer. Assez contusionné, il jurait tous les jurons de Gascogne contre ces femelles démentes qui s'amusaient à jalonner sa vie d'obstacles malfaisants, tels que ces métiers à tisser qu'on avait entreposés là Dieu sait pourquoi. Ce fut dans un état de rage concentrée qu'il pénétra dans la chambre de Mme de Castel-Morgeat. La lumière d'une veilleuse éclairait l'alcôve.

Stupéfait, il s'arrêta. Dans le grand lit, une femme dormait à demi nue. Elle était d'une beauté troublante dans son abandon. Son sein, beau et ferme, se soulevait doucement au rythme de son profond sommeil. Il n'en croyait pas ses yeux.

Après avoir envisagé avec effroi qu'il perdait la raison, il finit par comprendre que c'était sa propre femme et, d'un seul coup, retrouva toutes les douleurs et tous les désirs qu'elle lui avait inspirés. Mordious! Etait-ce sa faute à lui s'il l'avait toujours aimée et désirée? C'était elle qui voulait son malheur, car il se serait bien contenté de ce corps magnifique et n'aurait jamais eu besoin de courir après les prostituées, si elle ne l'avait pas repoussé.

Elle sentit son regard et ouvrit les yeux. Tout d'abord elle ne le reconnut pas en ce spadassin espagnol dépenaillé — car il était en loques — qui se tenait à son chevet en haletant comme soufflet de forge. Puis le souvenir lui revint. Etait-ce hier ou aujourd'hui? Il était arrivé un miracle. Hier, la vie lui avait fait don du plaisir. Les joies aveugles de l'amour étaient dans son sang, prêtes à se déchaîner au moindre appel. Et tout en était transfiguré. Celui qui se tenait là n'était plus l'homme qu'elle avait cru tant haïr. C'était un homme, un HOMME, et son regard fou et avide ne l'insultait plus.

Elle comprit qu'elle n'avait qu'à se livrer à lui pour retrouver les transports entrevus, car cet homme était là et il la désirait.

Quand elle lui tendit les bras, Castel-Morgeat ne prit pas le temps d'ôter ses bottes. Il bondit et sauta sur le lit : Aïe ! ma jambe !

Tandis qu'il l'enlaçait, étonné de retrouver en cette longue odalisque, pleine de rondeurs imprévues, une femme nouvelle pour lui, il songeait qu'il lui arrivait là une fameuse aubaine. Il n'aurait plus besoin de descendre le soir en la Basse-Ville.

L'on remarqua par la suite qu'un bonheur serein et discret paraissait habiter Mme de Castel-Morgeat. Une attitude de bénignité et de patience avait remplacé sa nervosité habituelle. Au point que ses coups d'éclat finissaient par manquer. Mme de Mercouville soupçonnait une réconciliation entre les époux, car Castel-Morgeat aussi était devenu plus fréquentable. Frontenac, qui vivait dans leur intimité, dit : « Tiens ! Tiens ! Cela se pourrait bien ! » et les observa de plus près.

Sabine était assez indifférente aux commentaires. Elle vivait végétativement comme une plante qui retrouve le printemps. Elle s'évertuait à ne pas penser et montrait beaucoup de douceur envers les autres, car c'était au creux des nuits que sa vie reprenait un sens. Castel-Morgeat était un amant vigoureux et elle avait beaucoup d'années d'amour à rattraper.

Parfois, au sein de la volupté, une larme perlait à la soie de ses longs cils clos. Excès de plaisir, nostalgie des bonheurs perdus, regret des années avides et dilapidées dans une illusion, regret d'un rêve trop beau et qui avait été pour une autre.

Mais la vie ne s'était pas montrée marâtre avec elle. A la dernière heure, elle était sauvée du désastre de toute une existence sans amour, et cela sans presque avoir à commettre de péchés puisqu'elle vivait désormais cet épanouissement dans les bras de son époux, ce qui suffisait quand elle considérait l'enchaînement miraculeux des événements à la rendre merveilleusement heureuse et pénétrée de reconnaissance envers le Ciel.

Encore qu'elle éprouvât quelques scrupules à faire brûler un cierge pour en remercier Dieu.

NEUVIÈME PARTIE

LA PROMENADE
CHEZ LES BERRICHONS

63

Dans le matin plus dur, froid et étincelant qu'une armure, les chevaux piaffaient, impatients de s'élancer dans la blancheur immaculée de la neige fraîchement tombée. Angélique s'apprêtait à monter en traîneau pour regagner Québec qui, là-bas, brillait comme une perle sur son roc.

Elle et Guillemette de Montsarrat-Béhars avaient passé une partie de la nuit à parler, Guillemette fumant sa pipe d'un tabac si rustique qu'on tombait dans une hallucination légère.

Etrange Guillemette, aux yeux bleus, si savante, et qui redevenait faible quand dans la nuit la hantait l'insupportable vision : « Regarde ! Regarde, petite sorcière ! regarde ta mère qui brûle... »

— Mais ma mère était si bonne, disait Guillemette, tu ne peux pas savoir. Elle n'a fait que du bien, que du bien !

» Quand elle a été conduite au bûcher, elle me tenait par la main, mais c'était moi qui la guidais et la soutenais car elle était devenue folle. De tout ce qu'on

lui avait fait endurer et des interrogatoires et des tortures, pour qu'elle avoue... qu'elle avoue quoi ? qu'elle
avait copulé avec le Diable, qu'elle empoisonnait les
enfants, qu'elle détruisait les récoltes, que sais-je
encore ? J'étais petite, j'avais sept ans, mais je me suis
occupée d'elle jusqu'au bout. Ses pouvoirs sont passés
en moi...

Guillemette s'enveloppait de fumée. Puis elle reprenait son monologue, doucement.

— ... Ils nous haïssent... pour le bien que nous faisons plus encore que pour le mal. Parce que nous nous
occupons des corps et non pas de l'âme, des beaux
corps vivants, des pauvres corps malades... Pour eux, le
corps n'est que péché.

— Dans chaque homme il y a toujours un prêtre.

— Les prêtres nous tueront. Ils nous brûleront. Mais
ici dans mon île je suis à l'abri.

Du pied du bûcher où elle avait vu se consumer sa
mère au jour où elle avait posé son pied sur ce rivage,
elle ne gardait nul souvenir des pays parcourus et des
actes accomplis.

Elle avait commencé de revivre, à respirer l'odeur
suave qui s'exhalait des érablières au « temps des
sucres » lorsque les sauvages commençaient à inciser
les troncs des arbres pour en recueillir et faire bouillir
la sève. Une odeur de miel inconnu, suave et amère
comme celle d'un souffle dans un baiser.

Le grand calme de l'île et l'éloignement du lieu de
ses douleurs l'avaient guérie du plus aigu.

Ce pays grandiose, sans passé, la rassurait. Elle
regardait Québec au loin, comme un rêve, et ne lui en
voulait plus.

Elle s'était abandonnée au déroulement des jours et
des saisons ne lui apportant que baume, tendresse et
complicité, celles de la neige et des tempêtes qui abri-
tent, protègent. Et quand il fait beau, la folle gaieté de

148

l'hiver dans ses couleurs gris perle, rosée ou bleu lavande.

Elle avait moins peur des Iroquois que de ses souvenirs, moins peur de la solitude que des hommes.

Elle aimait les Indiens parce que leur vue lui rappelait qu'elle était loin du Vieux Royaume.

Les femmes qu'elle soignait, le goût des plantes et de ses travaux, l'amour des beaux gars, le pouvoir de rendre heureux apaisaient sa révolte.

Angélique regardait la grande femme debout sur la rive dans le soleil, avec ses yeux étonnamment bleus et elle lui rappelait alors Mrs Williams, la grande Anglaise au village de Newchewanik. Mais tandis que la raide dame puritaine hésitait à s'offrir la folie d'une coiffe de dentelle, Guillemette s'offrait toutes les folies.

Elle pouvait galoper à travers la grande étendue blanche et sans fin. Quand viendrait le dégel, en haut-de-chausses et mitasses comme un homme, elle irait tirer sa barque de la glace des chenaux, avec les beaux jeunes gens de l'île, hardis et vigoureux.

— Et lui? demanda subitement Angélique. Lui, l'homme que j'aime? Tu ne m'as pas parlé de lui.

— Je ne le connais point, répondit la sorcière.

Et elle détourna la tête avec un sourire.

— Tu devrais pourtant le deviner, il a tant de force.

— Il ne faut pas trop essayer. Il y a trop de choses autour de lui.

Elle restait songeuse à regarder vers la ville, comme sans y attacher d'importance, elle souriait d'un air indulgent. « Tu es une femme heureuse... », murmura-t-elle. Puis son visage s'assombrit et elle jeta comme malgré elle :

— Il ne faut pas qu'il aille à Prague!

— Prague! répéta Angélique ahurie.

— Oui, Prague!... La ville!... Tu es ignare?

Puis pour compenser l'inquiétude inutile qu'elle

venait de faire naître, maternellement, elle lui caressa la joue, voulant effacer les ombres.

— Mignonne ! ne crains rien !... C'est loin, loin. Et peut-être que cela ne sera pas... Et toi, sache-le, tu seras toujours la plus forte. Je le vois inscrit sur ton front. Et maintenant va, Angélique-la-Belle !...

A Québec Angélique apprit avec déception que M. de Peyrac était à Sillery.

Euphrosine Delpech, à guetter aux abords du château de Montigny la sortie de Mme de Castel-Morgeat qu'elle avait vue s'y engouffrer dans un état proche de l'hystérie, fut punie de sa démarche malveillante car elle eut le nez gelé.

Fort marrie, et après avoir consulté le médecin, les voisins et les sœurs de l'Hôtel-Dieu qui hochèrent la tête, elle se décida à se rendre chez Mme de Peyrac car elle avait, disait-on, des « remèdes magiques ».

Celle-ci venait de revenir de sa visite chez la sorcière de l'île d'Orléans, ce qui augmentait encore l'espoir d'Euphrosine de trouver un remède à ses maux. Son nez avait doublé de volume et présentait une variété de couleurs que n'aurait point désavouée la palette de Frère Luc : bleu, rouge, jaune, vert, violet.

Pour des raisons qu'elle gardait pour elle seule pour l'instant et qui lui étaient inspirées par les réflexions qu'elle s'était faites durant cette très longue visite que Mme de Castel-Morgeat avait rendue au comte de Peyrac et des déductions qu'elle en avait tirées, surtout après avoir vu le visage illuminé de la visiteuse lorsque celle-ci avait quitté le manoir, la demoiselle Delpech était très gênée de se présenter en face de Mme de Peyrac, et elle y aurait renoncé si elle n'avait pas eu si peur de perdre ce précieux appendice que tout humain porte au milieu du visage.

— Comment avez-vous pu vous laisser prendre ainsi par le gel, vous, une Canadienne ? s'étonna Angélique.

— Le soleil brillait et je me suis persuadée de sa tiédeur. Aussi suis-je restée un bon moment immobile sans y penser.

« Elle devait être en train de surveiller un voisin et a préféré se laisser brûler par la bise que de ne pas pouvoir satisfaire sa curiosité », pensa Angélique qui avait des antennes et connaissait la dame.

Des deux côtés de l'emplâtre qu'elle lui faisait maintenir sur son visage, les petits yeux de la commère l'examinaient, ne notaient qu'une tranquille assurance dans son maintien, et sur ses traits la sérénité animée qui en faisait le charme. Les traits d'Angélique se crispaient rarement : colère, joie se révélaient chez elle par l'expression des lèvres et l'intensité des yeux, leur éclat ou leur douceur. Tandis qu'une onde passait sur elle, ombre ou clarté, de joie ou de déplaisir.

Euphrosine nota pourtant un mouvement des blonds sourcils qui paraissait atténuer son habituelle expression ouverte et aimable.

— Euphrosine, ma chère, dit Angélique, vous qui savez tout mieux que la gazette du pays, pouvez-vous me dire ce qu'il en est de cette histoire de Sabine de Castel-Morgeat avec mon mari ?

S'il ne l'avait été déjà le visage d'Euphrosine Delpech serait passé par toutes les couleurs sous son masque. Mais ce n'était pas ce qu'elle croyait.

Par Janine Gonfarel, tandis qu'elle était à l'île d'Orléans, Angélique savait qu'on était venu chercher M. de Castel-Morgeat à l'auberge, l'appelant au duel contre M. de Peyrac qui, paraît-il, avait frappé l'épouse du lieutenant des armées royales en Amérique.

— Ce bruit absurde vient à peine de me parvenir aux oreilles et il y a eu, je m'en doute, quelque incident qui lui a donné naissance, mais de quelle sorte ? Je ne sais car je vous l'avoue je ne vois pas mon mari lever la main sur une femme, si insupportable qu'elle soit.

La honte s'empara d'elle, et voyant qu'elle était sur le

point de commettre encore un de ces péchés de médisance pour la pénitence desquels son confesseur lui donnait des aunes de chapelets à réciter, elle rougit ce qui augmenta ses douleurs et se mit à pleurer.

— Souffrez-vous beaucoup? s'enquit Angélique.

Et comme Euphrosine secouait négativement la tête.

— Alors pourquoi pleurez-vous?

— Parce que je ne suis pas une bonne femme, répondit la Delpech entre deux reniflements laborieux. Non, je ne suis vraiment pas bonne, et croyez que je le regrette. Vous êtes mille fois meilleure que moi, Madame, quoi qu'on en dise, et vous ne méritez point le mal qu'on vous veut, ni les trahisons dont on vous afflige. Pardonnez-moi, Madame, je vous prie. Pardonnez-moi, je vous le demande humblement.

Les protestations d'Euphrosine Delpech qui partit, un pot d'onguent sous le bras et noyée dans les larmes que lui faisait verser un mystérieux repentir, laissaient à Angélique une impression douteuse. S'il était déplaisant de passer pour une diablesse, il ne lui agréait pas non plus de passer pour une sainte. Qu'était-il donc arrivé en son absence, pourtant courte, qui mêlait l'incorrigible Sabine à leurs noms? M. de Castel-Morgeat s'était-il battu en duel avec Joffrey de Peyrac? Personne n'en parlait.

Elle se rendit au château Saint-Louis avec l'intention d'encourager Sabine à prendre des « simples » qu'elle rapportait de chez Guillemette et ainsi elle serait peut-être renseignée car l'impulsive Sabine ne savait rien dissimuler de ses émotions.

On lui dit que Mme de Castel-Morgeat était à l'église. Elle la rencontra sur le parvis et aussitôt son regard nota l'ecchymose qu'elle portait à la tempe.

— Que vous êtes-vous fait là? demanda Angélique, après qu'elles eurent échangé des salutations banales.

Sabine ne broncha pas.

— Oh! cela, dit-elle en portant un doigt à la blessure. Ce n'est rien, je me suis heurtée à l'angle d'un meuble.

Elle eut ce sourire trop rare qui la rendait belle en effaçant les plis d'amertume aux coins de sa bouche.

— ... Vous n'ignorez pas ma maladresse...

La voyant l'humeur accessible, Angélique lui remit le petit sachet que lui envoyait Mme de Montsarrat-Béhars.

— On raconte bien des choses sur elle, mais c'est une personne de cœur et fort savante, croyez-moi.

— Si vous la recommandez, je ne saurais penser autrement... Votre avis ne me surprend pas. Je sais que ceux qui la vouent au bûcher sont souvent les premiers à venir lui demander secours...

Elle prit le sachet que lui tendait Angélique.

— Votre bonté me touche, Angélique. Il n'y a pas au monde deux femmes comme vous.

— Elle est tout à fait transformée, lui dit peu après Mme de Mercouville. Les médecines que vous avez réussi à lui conseiller y sont peut-être pour quelque chose, mais je crois connaître le fin mot de cette conversion. J'ai tout su par le valet de M. de Frontenac. Il paraît qu'il y a eu une dispute terrible entre les deux époux — c'était la nuit de la tempête qui vous a retenue à l'île d'Orléans. Ils n'en étaient pas, certes, à leur première querelle et nous sommes accoutumés à voir Sabine nous revenir portant au visage les marques de ce brutal mais cette fois — et j'ai le témoignage du domestique — il y a eu réconciliation et réconciliation sur l'oreiller, qui est, vous n'en disconviendrez pas, la meilleure façon, quoi qu'en disent nos confesseurs. Et cela dure! C'est un miracle! Les dames de la Sainte-Famille et moi-même avions promis une neuvaine et vingt cierges à brûler au sanctuaire de Sainte-Anne-de-Beaupré si Sabine sortait du terrible état dans lequel elle se trouvait. Voyez, ajouta la pétulante et fervente Mme de Mercouville, à quel point le ciel se montre clément avec nous. Tout lui est bon et même les transports coupables de l'amour lorsqu'il s'agit de sauver une âme humaine !...

L'explication de Mme de Mercouville calma les appréhensions incertaines d'Angélique. En revanche, avait dit Mme de Mercouville, un sacrifice leur était demandé à toutes : il fallait renoncer à monter une pièce de théâtre pour la mi-carême. On avait trop atermoyé, l'évêque était trop réticent car ces festivités tombaient avec celles de la Saint-Joseph, patron de la Nouvelle-France et qu'il craignait de ne pas voir honorer assez solennellement et religieusement. Et puis... Il faisait trop froid, trop froid... Et ce froid ne fit qu'augmenter dans les jours qui suivirent. Aux plus actifs, les déplacements coûtaient mille morts, et les femmes craignaient de voir la peau de leur visage éclater sous le gel comme le bois des arbres dans les forêts.

Les chutes de Montmorency s'étaient arrêtées de couler. Tout à fait gelées. Le corps de Martin d'Argenteuil devait avoir été broyé derrière ces colonnades de glace.

M. de La Ferté avait dit que son écuyer était malade. Ce qui laissait tout le monde indifférent. A part Mlle d'Hourredanne qui blêmit : le mal napolitain !

— Par grâce ! Ne le soignez pas, supplia-t-elle Angélique.

Piksarett était absent. Il avait quitté la ville disant qu'il allait consulter un célèbre « jongleur », ainsi nommait-on les chamans indiens qui avaient le don d'interpréter les songes.

Le froid dura. On s'encapuchonnait aussi serré que des cocons et les rues étaient peuplées d'aveugles qui se heurtaient partout pouvant à peine risquer un œil pleurard dans la fente de leurs capuches.

154

Honorine pensait au chien des Banistère et tendait des bras suppliants vers Angélique.

— Va le délivrer! Va le délivrer!

— Les chiens résistent au froid!

— Pas lui, il est trop bête et trop maigre.

— La dernière tempête l'achèvera, annonçait Adhémar sinistre.

L'absence d'Honorine qui, dans la journée, était à l'école, donnait à Yolande plus de liberté et les dames ursulines avaient accepté de prendre aussi Chérubin qui s'ennuyait. Car elles recevaient à l'occasion quelques tout petits garçons de moins de six ans. Yolande avait mis à profit ses heures de liberté pour rencontrer ses compatriotes acadiens. Et Adhémar trouvait qu'elle prenait bien fréquemment le chemin de la rue Saint-Jean où ils se retrouvaient entre eux dans une grande auberge-caravansérail à l'enseigne de la *Baie Française*. Adhémar se sentait exclu et se demandait s'il n'avait pas, par une conduite trop respectueuse et qu'elle avait pu juger timorée, déçu les espérances de la solide fille de Marcelline.

Il retrouvait ses peurs irraisonnées et ses rêves prémonitoires, de préférence sinistres.

— Comment peut-on savoir que c'est la dernière tempête?

— Parce qu'elle est la plus terrible, m'ont dit les gens d'ici, on la reconnaît aux ravages qu'elle cause.

Angélique n'avait pas revu Joffrey à son retour de l'île d'Orléans et cela faisait près de quatre jours.

On le disait à Sillery.

Il était bien souvent à Sillery. Et Angélique ne poussait pas la sottise à penser qu'une de ces dames, et surtout Bérengère, pût le rejoindre dans ces forts inconfortables, mais ces absences ne marquaient-elles pas une désaffection? Avait-il été mécontent de son escapade à l'île d'Orléans? Voilà qui serait fort. Ou la

« querelle d'Aquitaine » laissait-elle plus de séquelles qu'il ne l'affirmait ? Quand elle pensait au « recul », elle éprouvait un petit choc, mais chassait très vite cette subtile inquiétude.

Barssempuy vint avec quelques hommes s'informer de son confort. Le comte lui en avait donné consigne. Le temps de venir du château de Montigny à la maison de Ville d'Avray réclamait de l'héroïsme. La bise les avait transformés en pantins de bois.

Eloi distribua son plus fort alcool.

M. de Peyrac était toujours à Sillery.

— Il est souvent à Sillery, dit Angélique avec rancune.

— Les hommes en garnison dans nos forts ont besoin de le voir aussi.

Le temps s'adoucit enfin et quand le dimanche vint, le soleil réchauffa quelques heures. Angélique était tracassée par l'idée de la coquette Bérangère tournant autour de Joffrey, guettant son retour et l'attendant, au moins avec autant d'impatience qu'elle.

Dans la maison, elle croisa Cantor qui, sa guitare sous le bras, se rendait au château de Montigny afin d'y chanter quelques chansons du Languedoc à la compagnie.

— Alors, toi aussi, tu vas à ces assemblées de Gascons ? lui dit-elle.

Il la regarda avec surprise et un brin de morgue.

— Mais je suis cadet de la maison de Peyrac, ma mère. Moi aussi, je suis d'Aquitaine.

Ce qui était l'évidence même.

Ce n'était pas parce qu'il rappelait à Angélique ses frères, les Sancé de Monteloup qui étaient poitevins, qu'il n'en avait pas dans les veines le sang de ce brun Méridional, grand seigneur de Toulouse, son père.

Un petit incident acheva de lui mettre les nerfs à fleur de peau.

Honorine était à la maison, ce dimanche-là.

156

— Viens, lui dit Angélique. Laissons les petits seigneurs d'Aquitaine et leur père à leurs assemblées. Nous qui sommes des Poitevines, allons nous promener dans la forêt.

Le soleil brillait et il faisait un « froid magnifique ». Dès qu'elle se vit marchant, tenant la main d'Honorine sur le sentier de neige durcie qui s'enfonçait à travers bois derrière la ville, Angélique retrouva sa bonne humeur.

Sa première intention était de se rendre aux récollets. Jolie promenade. Mais à quoi bon ? La porte, en Carême, lui resterait fermée. Chez Suzanne ? par les hauteurs ?... Bientôt elle comprit qu'elle avait dépassé la banlieue et se trouvait assez loin « hors des murs » de ce Québec qui n'avait point de murs, mais seulement quelques bastions de bois veillant aux points stratégiques. Marcher dans l'air pur et froid qui rendait la neige si dure que les sentiers tracés devenaient accessibles sans raquettes leur faisait du bien. Angélique oubliait l'absence de Peyrac et la conduite insolente de Bérengère, qui y avait peut-être contribué. Elles avançaient vers les bois qui se faisaient de plus en plus serrés. C'était un mouvement naturel lorsqu'on voulait s'évader de Québec et se donner l'illusion d'aller et de venir librement, que de tourner le dos au fleuve et, lorsqu'on habitait la Haute-Ville, on piquait droit, en suivant la crête du cap vers ce nord-ouest, domaine du couchant pourpre au creux duquel s'alanguissaient les Laurentides. Cette piste, par les piétinements qu'elles y voyaient, semblait fort suivie surtout ce jour-là.

Entre les arbres, elles aperçurent la silhouette furtive du greffier Carbonnel, seul, et portant un grand parapluie de toile gommée. Se voyant reconnu, il les rejoignit sur le sentier. Il paraissait embarrassé et crut devoir leur expliquer qu'il profitait du dimanche pour aller arpenter des concessions nouvellement distribuées sur Lorette et les îles Vertes.

Avait-on seulement planté les bornes? Tracé les clôtures? Respecté le passage pour le chemin du Roi?

Pourquoi le greffier se croyait-il obligé de lui fournir tant d'explications? Dimanche, il est vrai, montrait les gens sous un autre aspect. On découvrait d'eux des manies imprévues. Il avait pris son parapluie parce qu'il détestait recevoir dans le visage la poudrerie de la neige que soufflait le vent.

— Mais vous n'êtes pas vêtu! lui dit-elle.

Car il se promenait en redingote de solide lainage mais sans manteau. A quoi il répondit que, tout greffier qu'il était, il ne s'en reconnaissait pas moins canadien de souche, c'est-à-dire endurci de naissance aux températures les plus basses.

Elle le pria de ne pas se retarder pour elles et comme il marchait très rapidement, il eut bientôt disparu à un tournant.

Une brume légère commença de sourdre cachant peu à peu les pieds des arbres. Elles traversèrent une esplanade plantée de courtes épinettes et de petits mélèzes mauves et gris. L'air était pur encore et le soleil imprégnait la brume qui comme un halo s'élevait ras du sol et montait. Un homme qui sortait des arbres de l'autre côté de la clairière était plongé dans ce brouillard jusqu'à mi-cuisse. Il donnait l'impression d'avancer comme s'il marchait dans une eau lumineuse. Il prit de biais la clairière pour se diriger droit vers le sentier et comme il s'approchait, Angélique reconnut le Bougre Rouge.

Elle s'arrêta. Le lieu était désert. Il y avait beau temps qu'Angélique avait cessé d'accrocher un ou deux pistolets à sa ceinture. On ne s'introduit pas, dans les salons d'une ville raffinée, harnachée comme un corsaire. Le Bougre Rouge, lui, armé d'un épieu et d'une arbalète, revenait de la chasse. Il avait tué un loup dont il portait le cadavre en travers des épaules. Il avançait en se dandinant car il était chaussé de raquettes et le poids du loup qui était une bête de grande taille ralentissait sa marche. Manifestement, l'ayant aperçue, il voulait la joindre. Et puisqu'elle aussi méditait de lui rendre visite à brève échéance, autant l'attendre.

Vu de près, il paraissait plus court, plus trapu qu'elle ne l'avait cru. Un petit homme aux allures de coureur des bois dans son justaucorps de peau de caribou, le bonnet de laine rouge enfoncé jusqu'aux yeux, arrêté à quelques pas, il posait sur elle un regard perspicace et tranquille et un silence prolongé tint lieu de préliminaires.

Ce fut Angélique qui parla la première.

— Pourquoi avez-vous jeté une pierre à mon chat le jour de l'arrivée de notre flotte ?

— Les chats sont des bêtes magiques et l'on vous avait annoncés dangereux. J'ai voulu voir.

— Et qu'avez-vous vu ?

— La pierre a dévié. Le chat a un esprit.

Il eut une moue ironique de ses lèvres minces, qui constatait, approuvait.

— Voulez-vous une dent de loup ? Des poils de son museau ? On fait de bons charmes avec cela...

— Compère, vous ne m'aurez pas si facilement. J'ai encore une question à vous poser. Vous avez dit à Monsieur de Saint-Edme — car c'est lui qui me l'a rapporté — que j'avais tué le comte de Varange ?

— N'est-ce pas vrai ?

Les petits yeux brillants se vrillaient dans les siens. Devant l'extra-lucidité de ce regard, elle retenait encore sa question spontanée qui l'aurait fait ricaner : « Comment l'avez-vous su ? Qui vous l'a dit ? » Personne ne le lui avait dit. Il l'avait su par l'autorité d'une très vieille science dont les pouvoirs ne pouvaient être méconnus. Ils restèrent à se regarder sans broncher un long temps. Elle dit tout à coup :

— Que lui aviez-vous montré dans le miroir magique ?

— Ce qu'il voulait savoir. C'était une opération simple, mais il n'était pas assez fort pour la poursuivre jusqu'au bout.

Malgré le poids de ses armes et de sa capture, il ébaucha un mouvement d'épaules dédaigneux.

— ... Ceux qui viennent au jour d'aujourd'hui, nous embrouillent. Ils veulent s'asservir Satan comme on passerait contrat avec un engagé. Ce n'est pas si simple et vous le savez. Il a voulu user de ce qu'il avait appris pour perpétrer une vengeance grossière, un guet-apens ! Avec des armes... Peuh ! Toutes ces erreurs se sont retournées contre lui... C'était fatal ! Et il vous a trouvée sur son chemin, vous qui êtes née pour dénoncer l'imposture.

Son regard d'eau étincelant la traversait.

— ... Nous pourrions faire alliance, dit-il.

— Contre qui ?

— Maman ! J'ai froid aux pieds, s'écria Honorine.

Elle en avait assez de ces haltes et de ces conciliabules oiseux. Tout à l'heure avec l'homme au parapluie, maintenant, l'homme à l'arbalète... Si cela continuait, l'on n'arriverait jamais. Où ? Elle ne savait pas, mais elle voulait marcher. Sans compter ce pauvre loup, à la langue rouge pendante, qui la regardait d'un œil à demi fermé et qui lui navrait le cœur. Elle tirait de toutes ses forces pour entraîner Angélique.

— Venez me voir dans ma cambuse, dit le Bougre Rouge, je vous montrerai des livres...

Cet allié inattendu compensait une impression d'échec qui paraissait annoncer que sa chance tournait. Elle continua de marcher ainsi à l'aventure et s'enfonça dans le bois. Et de tenir la main de l'enfant ajoutait à son entrain. Il fallait vivre pour cette jeune vie. « Tu es née et tu dois vivre, petite fille. Je t'emmènerai, nous te bâtirons un royaume. Tu auras un destin heureux. »

« On aime à combler l'innocence », avait dit Loménie.

On aime à la défendre aussi. Une main d'enfant dans une main d'adulte oblige à la grandeur. « Tu m'as tant donné déjà, petit cœur. »

— Je n'ai pas pris mon arc et mes flèches, dit tout à coup Honorine.

La brume au sol s'était dissipée. Ce n'avait été que le temps de traverser un espace sans doute marécageux. Dans les branches dépouillées des arbres, on ne sentait que le mouvement des petits animaux à fourrure, pilleurs de poulaillers aux dents aiguës, qui se glissaient l'hiver dans les étables et les greniers.

Une martre fila le long d'un tronc et leur montra entre deux branches sa petite face plate et triangulaire. Dans l'ombre étincelaient ses yeux verts. Un farfadet !

Elles montèrent une côte où la neige était peu épaisse et le roc affleurait soutaché de lichens jaunes. Puis le brouillard revint, descendit du sommet et elles entendirent de la musique. A mesure qu'elles avançaient, la ritournelle se faisait plus fournie et plus entraînante, comme si des esprits invisibles s'amusaient à danser la bourrée et le rigodon au fond des bois. Attirées, elles quittèrent le sentier pour marcher dans cette direction et rejoignirent bientôt un chemin mieux tracé qui, au bout de quelques pas, les ramena devant un étang gelé, traversé de pistes. De l'autre côté de l'étang se dressaient quelques tipis et wigwams d'écorce et, dans le fond d'une clairière, une grande habitation devant laquelle des musiciens d'instruments campagnards, violes et violons, vielles à rouet faisaient sauter quelques couples forts joyeux. Une femme les aperçut et leur fit signe.

— Hé ! venez donc ! On va chez les Berrichons ! Ils

ont eu des viandes et de la volaille et invitent qui voudra.

Reconnaissant Angélique comme elle s'approchait, quelqu'un lui dit :

— Oh! Madame, vous ne nous dénoncerez pas à Monseigneur l'Evêque. Il faut bien s'ébaudir un peu le dimanche, Carême ou pas.

La grande salle-cuisine de l'habitation était déjà comble et parfumée d'odeurs délectables. Les musiciens furent acclamés. On les attendait avec impatience et l'on commença à dégager une partie de la salle pour danser. Beaucoup de fumée de tabac, de bruits de cornets de dés. Et Angélique aperçut le greffier Carbonnel, attablé une serviette au cou, devant une tranche de bœuf juteuse. Elle comprit pourquoi il avait paru embarrassé en la rencontrant. Cet ardent défenseur de la loi se rendait furtivement à de coupables agapes. Hors l'agglomération sanctifiée de Québec, rompre le jeûne était-il un péché? On pouvait se le demander. Privés de tous plaisirs et soigneusement surveillés par un personnel ecclésiastique nombreux et rigoureux, bien des Québécois avaient pris l'habitude d'aller faire ripaille chez l'habitant. On se passait le mot, on s'indiquait la bonne adresse. L'hôte, assez courageux pour braver les interdits et pour transformer sa maison isolée en auberge d'un jour, était récompensé de diverses manières : avantages administratifs ou financiers. La meilleure récompense était d'avoir encore trompé la longueur de l'hiver par une joyeuse journée de rencontre. Honorine était ravie.

— Moi aussi, je veux danser. Tu vas toujours danser sans moi.

La maîtresse de maison s'appelait Solange. Elle vint converser avec Angélique. Leur famille était du Berri et leur patois avait des consonances avec ceux des régions de l'Ouest. Elle proposa des ortolans qu'elle venait de sortir de leurs pots de grès et de rôtir avec des navets.

Angélique et sa fille se restaurèrent de bon cœur. Mais Angélique souhaitait ne pas s'attarder. Elle sentit un regard sur elle. Un soldat, dans un coin, l'observait. Il détourna vivement ses yeux luisants. Il jouait aux cartes avec d'autres soldats comme lui, mal rasés. Soldats, on ne les reconnaissait qu'à leurs uniformes plus ou moins accommodés à la façon indienne, mais dont ils conservaient le justaucorps gris-blanc et devenu plus gris que blanc, du régiment de Carignan-Salière, et le feutre brodé d'un galon déteint de passementerie, qu'ils se plantaient sur l'occiput, par-dessus un bonnet de laine. C'étaient à coup sûr des déserteurs qui, après s'être « habitués avec les sauvages », comme l'on disait, se rapprochaient des habitations l'hiver pour troquer des fourrures et retrouver un peu de civilisation originelle. Mais celui-ci lui parut, quoique négligé, différent, moins crasseux, moins grossier. Il avait un regard inquiet et lorsqu'il croisa le sien elle y lut de la peur.

L'idée lui vint qu'il s'agissait du soldat que recherchait Garreau, celui qui avait fait les conjurations sur le crucifix, dans la séance de magie.

Elle ne voulait pas non plus troubler plus longtemps la digestion de Nicolas Carbonnel qui avait longue mine en la reconnaissant. Elle lui adressa en se levant un sourire rassurant, mais elle n'en pensait pas moins que ce petit secret entre elle et lui pourrait le rendre un jour un peu plus souple dans l'application de ses ordonnances.

Elles reprirent le sentier qu'elles avaient suivi à l'allée. Honorine était très contente. Elle aimait les réunions enfumées et bruyantes qui lui rappelaient le fort de Wapassou.

Pour Angélique, cet intermède avait rempli son but. Elle avait oublié les raisons de son impatience et, par échappées, apercevait au loin les hauts de la ville. Les clochers de la ville entr'aperçus au flanc du Cap commençaient de dorer dans le lointain et lui envoyaient par bouffées des appels de cloches. Il n'était pas tard. Le ciel restait blanc à son zénith : une nacre. Mais par moments l'ombre s'épaississait sous une longue voûte de branches refermées et elle fut saisie de la peur du bois. En se retournant pour observer la marche du soleil entre les branches, elle crut distinguer une silhouette qui suivait le même sentier. Quelqu'un revenant de chez les Berrichons, sans doute.

Elle était impatiente d'arriver à la clairière où elle avait rencontré le Bougre Rouge. Quelques minutes de marche suffiraient ensuite pour atteindre la petite maison rassurante du marquis. Toutes deux, elles se déchausseraient, se frotteraient les pieds et les mains devant le feu, puis se changeraient et se mettraient en tenue de ville pour se rendre chez Mlle d'Hourredanne.

Elle se retourna encore. Dans la lumière filtrant des branches l'homme se rapprochait. C'était le soldat qui avait croisé son regard dans la grande salle des Berrichons.

Lorsque l'on commence à interpréter les faits comme relevant d'une possible action maléfique, tout s'y rapporte et l'on ne voit plus que la logique des coïncidences, claire à votre interprétation, invisible aux autres. Piège où l'on se débat seul, parce que seul à comprendre et à voir.

— Pourquoi marches-tu si vite, Maman ? se plaignit Honorine.

Angélique la prit dans ses bras.

La clairière était en vue. Maintenant, elle était certaine que c'était elle que le soldat suivait et s'efforçait de rejoindre. En se retournant, elle captait, bien qu'à distance encore, son regard qu'elle sentait faux et méchant. Elle le perdit de vue en traversant l'espace découvert, mais elle n'était pas arrivée à l'autre extrémité qu'il surgissait de nouveau.

Cependant les premières maisons n'étaient plus loin. Comme elle allait franchir un dernier boqueteau clairsemé, une silhouette massive s'interposa devant elle, éclaircie de face par le soleil qui commençait à décliner. Eustache Banistère se tenait en travers du chemin aussi grand et sombre qu'un ours.

Angélique s'arrêta, se retourna vers son poursuivant. Elle tenait Honorine ferme dans ses bras et son regard alla du massif individu au soldat qui se rapprochait, scrutant l'un et l'autre, cherchant à deviner leurs intentions.

— Bonsoir, voisin, dit Angélique s'adressant à Banistère d'un ton confiant.

Il ne la regarda même pas.

— Que veux-tu, toi, demanda-t-il au soldat qui l'apercevant s'était arrêté, indécis.

— Et toi que veux-tu ? répliqua l'autre, s'efforçant à l'insolence.

— Réponds, toi ! grommela Banistère en se renfrognant plus encore.

— Ecoute, Banistère, dit le soldat affectant de lui parler d'un air complice. Elle sait trop de choses sur nous. Voilà ce qu' « ils » m'ont dit... Parce qu'elle est sorcière ou magicienne.

— Veux-tu dire qu' « ils » t'ont payé pour nuire à cette dame ? Voilà pourquoi tu viens traîner ta casaque par ici, La Tour ?

— Elle peut nous conduire au gibet, voilà ce qu' « ils » disent parce qu'elle tient l'évêque, le gouverneur et l'intendant.

Comme il chuintait entre ses dents gâtées, brunies par le tabac, ce qu'il disait était assez inintelligible et Angélique qui en attrapait péniblement quelques bribes se demandait avec un mélange d'incrédulité et d'inquiétude si c'était bien d'elle qu'on parlait.

— Aide-moi, Banistère, insistait l'homme. Tu y as autant d'intérêt que moi... Je te promets. On partagera le butin... Et, s'il y a des écus, on partagera pour tes procès.

Le géant resta si longuement silencieux, immobile et impassible, qu'on pouvait se demander si les trois silhouettes qui se tenaient à l'orée du bois et dont l'une portait un enfant et qui se détachaient en sombre comme des statues de bronze sur la clarté du ciel, ne venaient pas de geler sur pied d'un seul coup. « Ce qui ne tarderait pas à arriver », se dit Angélique frigorifiée.

L'un de ces deux brutaux avait l'intention de lui faire un mauvais parti à deux pas de Québec et pourquoi ? et pour qui ? Et comme elle savait obscurément les réponses elle ne bougeait pas non plus. Québec proche ne signifiait pas le secours. La vie, la mort se côtoyaient et chacun vivait son destin dans le secret.

Au même instant, le soldat, impatient, ébaucha un mouvement en avant. Banistère le cloua sur place d'un seul grognement mauvais.

— Bouge pas !

Puis il eut un geste bref et sans appel du menton.

— ... Retourne d'où tu viens, La Tour. Et plus loin encore si possible...

— Tu es fou, Banistère... Tu sais ce que tu risques ? Pourquoi la défends-tu ?

— C'est ma voisine, répondit Banistère comme il aurait dit : c'est ma cousine, reconnaissant à ce lien des obligations inaliénables de se prêter assistance.

La clarté dorée du ciel derrière eux accentuait l'imprécis de leurs ombres respectives. On n'y voyait luire que les yeux. Mais Eustache Banistère n'en perçut pas moins le mouvement de la main de La Tour vers l'entrebâillement de sa casaque. D'un coup de pied il cueillit cette main, ne lui laissant pas le temps de révéler si elle comptait se saisir d'un pistolet ou d'un couteau. Puis attrapant le bonhomme par la nuque, il lui fit craquer les os, le rossa de trois coups de poing puis le lâcha en le projetant au loin, en direction de la forêt. L'autre se rattrapa tant bien que mal. Il n'était pas mort. Il n'avait pu pousser que quelques râles et reprenait souffle avec peine. On aurait dit qu'il ne savait plus que faire de ses bras.

— Je t'ai laissé tes jambes, dit le colosse, pour que tu puisses filer plus vite. Sinon on aurait dû te conduire à l'Hôtel-Dieu et le Ronchon aurait vite été au pied de ton lit...

— Ça ne t'aurait pas plus arrangé, cornard! Ton compte est bon, à toi aussi!

Mais prudemment le soldat s'éloignait en claudiquant.

— Qu'est-ce qui t'a pris, Banistère?

Son timbre rauque se perdit, tandis que l'ombre des bois happait sa silhouette, trébuchante.

Ayant retrouvé mouvement et déposé Honorine à terre, Angélique s'avança pour remercier Banistère de lui avoir assuré sa protection. Mais il leva une main large comme un battoir.

— C'est pas pour vous!... J'allais relever des pièges, j'ai rencontré le Bougre Rouge qui m'a dit : un danger attend la dame par là. Tiens-toi à cet endroit et arrange-toi pour qu'il ne lui arrive pas malheur. Faut jamais désobéir à un sorcier...

Puis il la précéda et elle marcha derrière lui, avec l'enfant, jusqu'aux abords de leurs demeures.

En apercevant le raidillon qui conduisait aux cours sur l'arrière de la maison et de la chaumière, Honorine s'élança appelant ses amis. Elle était ravie de sa promenade. Angélique moins.

— Méfiez-vous, dit Banistère avant de les quitter, « ils » veulent votre perte.

Les « ils », dont Banistère et le soldat parlaient, devaient être les amis de Vivonne : Saint-Edme, Bessart, et le duc lui-même, une fois de plus mêlé à leurs manigances d'apprentis sorciers. Avec une science insuffisante, rien n'était plus dangereux que de pénétrer dans le domaine maléfique. La désobéissance, la maladresse du conjurateur n'étaient pas seulement payées de l'échec, mais de maux indicibles qui se retournaient contre lui. L'opération magique à laquelle s'était livré Varange semblait destinée à entraîner une avalanche de cadavres. Il était notable qu'au centre de presque toutes les manipulations de magie noire on trouvait l'animal ou l'enfant immolé comme symbole d'innocence pour satisfaire le dieu cruel des Ténèbres.

Le seul initié, le Bougre Rouge, n'en était pas pour autant un être rassurant. Elle ne devait pas oublier qu'il avait aidé le comte de Varange à savoir ce qu'il était advenu d'Ambroisine par l'intervention du diable. Comme Angélique quittait la cour des Banistère le chien maigre sous l'arbre la regardait, et il paraissait de plus en plus amaigri avec un regard de plus en plus éteint dans le buisson d'aiguilles de glace de ses poils.

Elle rentra chez elle, oppressée d'un poids terrible.

Honorine était déjà dans un baquet d'eau chaude avec Chérubin et pérorait tandis que Yolande l'étrillait énergiquement.

— J'ai passé une très belle journée. J'ai mangé des ortolans et j'ai dansé.

— En Carême ! s'exclamait Yolande.

— Veillez bien sur elle, dit Angélique. Veillez bien sur les enfants... Et remettez-leur au cou les images de Monsieur de Loménie.

— Le chat ? Où est le chat ?

Elle le chercha de la cave au grenier et, ne le trouvant pas, se persuada qu'elle était arrivée trop tard. « Ils » s'étaient emparés de lui et étaient en train de l'écorcher vif pour l'offrir au démon.

Elle jeta un manteau sur ses épaules.

— Je sors, lança-t-elle à la cantonade.

— Maman, cria Honorine, n'oublie pas que nous

allons ce soir écouter l'histoire de la princesse de Clèves.

Comme elle se dirigeait vers la porte, Angélique aperçut le chat, dans les hauteurs, perché sur une tablette, à côté d'un crucifix et suivant ses allées et venues d'un regard olympien.

— Tu m'as fait une belle peur, petit pendard !

Puisqu'elle était sur le point de sortir elle décida d'aller jusqu'à la Prévôté. En chemin elle se souvint que c'était le dimanche du mois que M. Garreau d'Entremont consacrait à sa dévotion particulière de saint Michel Archange. Elle entra dans la cathédrale et trouva le lieutenant de Police en prière à l'écart. Quelle lumière demandait-il au ciel et pour éclairer quelle lanterne ?... Etait-ce la grâce de déceler le Mal qu'il devait pourfendre sous des masques souvent bien trompeurs ?

La tâche avait été plus simple pour l'archange saint Michel dont la petite statue de bois peint dominait, posée sur un socle de pierre, au-dessus d'un plateau de cierges. Le dragon représentant Lucifer était suffisamment hideux pour qu'il fût terrassé de bon cœur. Mais Angélique estima qu'on avait peint le monstre encore d'un trop beau vert.

Avertissant M. d'Entremont qu'elle avait à lui faire une communication urgente, elle l'entraîna sur le parvis. Elle pouvait, lui dit-elle, lui indiquer où trouver le soldat La Tour qui avait fait la conjuration sur le crucifix dans l'affaire Varange. Il avait parlé devant elle et, se devinant surpris, il avait essayé de lui faire un mauvais parti. Quelqu'un était intervenu à temps. L'homme était blessé et ne pouvait être allé bien loin. On le trouverait chez les Berrichons ou dans les parages.

Il nommerait sans difficulté ceux qui le payaient pour toutes sortes de manigances et de conjurations criminelles, les amis de ce Varange, dont ce Saint-Edme qui avait répandu des calomnies absurdes sur elle, un baron de Bessart, leur valet à la parfaite mine de bandit un nommé La Corne.

— Vous devriez les arrêter, au moins les mettre sous surveillance car ils sont dangereux.

— Mais ces gens appartiennent à la maison du duc de La Ferté, il me semble, émit Garreau d'Entremont en fronçant les sourcils. C'est un grand seigneur de l'entourage du Roi, à Versailles.

— Qui est ici sous un faux nom comme vous le savez sans nul doute. Ne serait-ce pas pour fuir les conséquences d'actes plus que répréhensibles ?

— Je ne le nie pas, Madame. Mais ces indésirables échappent à mon contrôle, encore que Monsieur le Gouverneur, auquel ils sont recommandés, soit très attentif à surveiller leur conduite. Mais nous avons consigne d'éviter de leur déplaire.

— Alors soyez vigilants. Car ceux-là sont de vrais assassins, je vous l'affirme.

M. Garreau d'Entremont plissa des yeux. Une expression assez fine passa sur son épais visage.

— Et qui placez-vous, Madame, dans la catégorie des « faux » criminels, disons, si je vous comprends bien, des criminels justiciers ? Vous, peut-être ?

— Ah ! vous en revenez toujours à ce soupçon étrange envers moi. C'est Monsieur de Saint-Edme, ce vieillard lubrique, mêlé à ces horribles orgies, qui est venu m'accuser après avoir lu peut-être cette révélation en signes cabalistiques dans le miroir magique ? Et c'est vous, un policier, qui réclamez des preuves et des cadavres pour accuser, qui ajoutez foi à des sorcelleries ? Eh bien ! oui, sachez-le, si j'avais eu l'occasion de tuer votre immonde Varange, je l'aurais fait cent fois et je m'en féliciterais.

— Mais vous ne le diriez pas...

— Monsieur d'Entremont, vous me blesseriez si je ne sentais que vous veillez sur nous comme Monsieur de La Reynie veille sur Paris, et c'est ce qui vous porte à ne négliger aucune piste... même des plus impensables. Eh bien! voyez, je vous apporte un renseignement : trouvez le soldat. Peut-être ses aveux vous conduiront-ils au cadavre de M. de Varange... ou à son assassin. Je vous pardonne. Votre tâche n'est pas facile. Maintenant que je vous ai vu, je me sens rassurée. Je suis désolée d'avoir ainsi troublé vos oraisons et vous supplie de m'accorder votre indulgence...

« Ces jolies femmes sont émotives », se dit Garreau en la suivant des yeux... « Mais combien charmantes... »

Il ne la voyait pas tuant quelqu'un.

Et pourtant...

En arrivant chez Mlle d'Hourredanne où la lecture était déjà commencée, Angélique trouva tout le monde en larmes y compris Honorine.

M. de Clèves venait de mourir.

Il était mort de désespoir d'amour. Les aveux que Mme de Clèves lui avait faits de sa passion pour M. de Nemours l'avaient frappé au cœur aussi sûrement qu'un poignard.

— Je vous l'avais dit : n'avouez jamais! s'écria Ville d'Avray. Cette sotte se confesse et tout le monde en meurt. Joli résultat : de toute façon, il n'y avait rien de grave dans tout cela... Rien!

En amour rien n'est grave, ni ne mérite qu'on se donne la mort et qu'on se prive des bienfaits de la vie...

On pensait trop dans cette ville. On y vivait trop. On y aimait trop. Le vent sifflait.

— Maman, intercédait Honorine, maintenant que Banistère est devenu gentil, peut-être pourrais-tu délivrer le chien?

Angélique avait la tête qui éclatait.

La confection d'une soupe aux fèves qu'elle élabora le lendemain avec la Polak lui ménagea un temps de répit.

A elles deux, elles dénudèrent activement plus d'un boisseau de fèves. La première peau enlevée, les légumes furent plongés dans l'eau bouillante salée où trempaient des brins de sarriette. Puis on les égoutta et une certaine quantité en fut réservée pour la garniture.

Energiquement, le reste fut pilé dans des mortiers de bois et la purée, ainsi obtenue, allongée avec l'eau de cuisson. Après un nouveau bouillon dans le chaudron, le potage fut passé à l'étamine dans un autre récipient.

Angélique et Janine discutèrent sur la quantité à délayer dans du lait froid d'une farine anglaise que La Polak gardait cachée et qu'elle ne réservait qu'à des préparations de qualité. Ce produit extrait d'un rhizome exotique et que les « yenglish » appelaient *arrowroot*, elle l'estimait meilleur pour « lier » les potages que les farines ordinaires.

Le dosage s'étant révélé juste après une nouvelle ébullition qui vit le potage s'épaissir et devenir onctueux comme une crème, quantité de jaunes d'œufs furent ajoutés, plus les fèves réservées et la moitié d'une motte de beurre.

La Polak avait sa façon à elle de mener le Carême de ses clients.

— Les curés n'y peuvent rien redire, c'est du potage de pénitence : légumes et laitage.

Tout en épluchant, pilant et tournant, Angélique mettait son amie au courant de ses déboires et de ses inquiétudes.

Ce qui était réconfortant lorsqu'on parlait à la Polak, c'est que tout lui était vraisemblable. Elle ne doutait pas. Ni de votre esprit, ni de votre bon sens, ni de ce que vous aviez vu et entendu, ni de l'interprétation que vous en donniez. Elle tenait pour évidentes, acquises, toutes les manifestations que peut prendre le drame humain et ne voyait pas d'obstacle à ce qu'elles se manifestassent toutes à la fois, le danger et le miracle, l'espoir et la victoire, l'intervention du diable comme celle de la maréchaussée. Elle adhérait à tout, vous suivait dans tous vos dédales, partageait, réfléchissait, souffrait et tremblait avec vous. Après quoi, elle s'employait avec plus de fougue encore que vous-même à faire le point et à tirer des plans d'attaque et de défense. Allant et venant de son mortier à ses marmites et, de là, à son oratoire où elle alluma deux chandelles dans les chandeliers de bois doré que lui avait offerts Angélique.

— Ne t'en fais pas, frangine, dit-elle. Y a des moments comme ça dans la vie où tout vous tombe sur le râble. Quand on vous veut du bien tout va bien. Mais quand on vous veut du mal, c'est signe qu'on dérange. Et quand on dérange c'est signe qu'on est plus fort que d'autres... Et qu'il y a quelque part un enjeu d'importance à gagner. Où sont-ils ceux qui veulent ta peau ou au moins te réduire au silence? De quoi ont-ils peur? Que tu deviennes trop puissante? Près de qui? Que tu révèles leurs manigances? A qui? Ce soldat, il a peur qu'on apprenne son sacrilège. Et le Ronchon, il veut savoir qui a assassiné le comte de Varange. De ce côté-là, je suis tranquille. Tout ce beau monde se mord la queue. Va voir le Bougre Rouge, il peut te dire de qui te méfier et de qui prendre garde, ou te faire une petite conjuration pour les décourager. Mais, si tu veux mon avis, ça ne tourne pas si mal pour toi et je te vois bien placée.

— C'est ce que m'a dit le Père de Maubeuge.

— M'étonne pas! Moi et les jésuites, tu vois on se comprend...

En quittant la Polak, elle leva les yeux. Au flanc de la falaise, la lune allumait des diamants aux guirlandes de glace et, sous des babines de neige, de longues dents de cristal pendaient dans l'ombre des cours et des recoins du vieux quartier Sous-le-Fort, au sommet duquel habitait le Bougre Rouge.

Elle irait demain.

64

Fut-elle déçue de la rencontre?

Elle avait devant elle un petit homme fort savant mais qui ne voulait rien lui dire.

La cahute du sorcier était éclairée par une lampe de fer forgé, de celle qu'on appelait « bec de corbeau », pendue aux solives, et dans une cuve de pierre de stéatite creusée, des mèches qui trempaient dans de l'huile de baleine répandaient une suffisante chaleur.

L'Eskimo dans un coin, celui qui fabriquait des gants en peaux d'oiseaux et des pansements en peaux de souris, surveillait, les yeux brillants.

Le Bougre Rouge disait qu'il n'avait pas assisté à la cérémonie que le comte de Varange avait tenue dans sa maison.

— Je lui ai indiqué ce qu'il fallait faire pour lire dans le miroir noir mais je ne sais pas ce qu'il y a vu.

— Qui le sait?

— Ceux qui étaient présents : les enfants, le valet, le soldat qui a fait la conjuration sur le crucifix... et maintenant le Lieutenant de Police s'il peut les faire parler, ajouta-t-il en reniflant et en passant sa main sous son nez pour dissimuler un sourire.

— Vous ne me dites pas la vérité...

— Vous n'avez pas besoin de la savoir. Lorsqu'on a le jeu en main, et vous l'avez, il est préférable de ne pas tout savoir. La créature est faible, il vaut mieux qu'elle soit un peu aveugle et qu'elle ignore la profondeur du précipice qu'elle côtoie. Ainsi marche-t-elle plus sûrement vers le but que ses ennemis redoutent de lui voir atteindre.

Il se moquait d'elle. Il reconnut cependant que la nuit qui avait suivi l'arrivée de leur flotte à Québec, M. de Saint-Edme et Martin d'Argenteuil étaient venus le trouver avec des hosties volées et qu'ils étaient prêts à le payer une fortune pour qu'il leur concoctât un charme assez puissant, capable de les faire entrer en communication avec leur complice en alchimie démoniaque, Varange, qui avait disparu.

— Ils m'ont fait rire avec leurs hosties. Ces gens-là dégradent les secrets. Ils touchent à des choses dangereuses, sacrées et difficiles pour satisfaire d'insanes questions de préséance ou de gratifications royales. L'autre, Varange, était plus sérieux. Il brûlait d'amour infernal pour un être infernal. Il s'était emprisonné de mille façons dans les rets de la concupiscence, celle qui dévore son propre feu. Il pouvait réussir l'opération.

— Vous avez dit : un être infernal. Vous savez donc qui il a vu dans le miroir magique ?

Il haussa les épaules avec agacement.

— Cessez donc de parler du miroir magique, c'est piteux ! Il s'agirait plutôt de ce que John Dee a vu dans la pierre noire d'Enoch... C'est beaucoup plus grave. Cela implique des rencontres sidérales...

— Qui était John Dee ?

Avec patience, il lui expliqua que c'était un Anglais, un scientifique du début du siècle, mathématicien distingué, spécialiste des classiques. Il avait inventé l'idée d'un méridien de base : le méridien de Greenwich. Mais il s'était fait arrêter pour conspiration magique contre la vie de la Reine Marie Tudor.

Plus tard, on lui prêta les pouvoirs du rabbin Jacob Loeb qui, à Prague, avait créé un être à distance par sa pensée, le Golem, dont les apparitions blêmes terrorisaient la ville. Prague était pourtant la ville la plus magicienne d'Europe, privilégiée des sciences occultes.

Quant à la pierre noire à travers laquelle il captait ce qu'il appela « les voix énochiennes », était-elle venue d'un autre monde ? Avait-il eu des émules qui en possédaient des fragments ?

Le sorcier retira, de sous une pile de manuscrits, des feuillets rongés au bord à croire qu'on avait essayé de faire de la dentelle et lui montra le titre du livre en question, qu'elle eut la surprise de déchiffrer en anglais « *A True and Faithfull relation of what passed between Dr. John Dee and some spirits* (1) ».

Les autres aussi, Saint-Edme, Argenteuil, ils lui faisaient pitié et même peur avec leur ignorance malhabile et leurs manipulations perverses, grossières. Il les avait renvoyés avec leur boîte d'hosties. Pour rien au monde, il n'y aurait touché.

— Ce Varange a commis une grave infraction, il a mêlé aux rites que je lui avais indiqués ceux de la conjuration de Belzébuth car l'être qu'il convoquait était un démon. Il a déclenché des forces dangereuses terribles. Et désormais la pierre noire est maudite, je ne peux plus m'en servir.

Il la regardait en clignant des paupières comme si chaque fois ce qu'il lisait en elle l'embarrassait.

— Dans toute conjuration de Belzébuth, l'animal doit être vivant.

— Le mal se repaît de la douleur des êtres vivants.

Le Bougre Rouge haussa les épaules.

— Mal ? Bien ? Ange ? Démon ? Ce ne sont que des mots qui dissimulent l'intervention des Invisibles. Les esprits mauvais veulent le sang vivant car c'est le rayon rouge de la vie, et ils veulent le souffle vivant qui l'anime, car ils sont jaloux du don des hommes qu'ils ont perdu ou ne posséderont jamais...

Angélique frissonnait.

« Oh ! Joffrey, ils ont voulu t'entraîner dans ces ténèbres, te condamner comme sorcier... Quelle aberration ! »

— Mais ici, les choses ne se passent pas comme dans

(1) La véritable et fidèle relation de ce qui s'est passé entre le docteur John Dee et quelques esprits.

l'Ancien Monde, continuait le sorcier. Nous ne sommes pas nombreux comme dans les campagnes d'Europe. Je suis seul ou presque seul à SAVOIR, Madame.

Il lui désigna les livres qui s'amoncelaient. On devait à peine s'étonner qu'en une ville où tous se piquaient d'instruction un sorcier possédât une bibliothèque de théologien.

Il lui montra une copie du *Livre de Toth*, *L'Apocalypse Alchimiste* de Basile Valentin, *Le Miroir des Secrets* de Roger Bacon, *Le Désir Désiré* de Nicolas Flamel, *Le Rosaire Philosophique* d'Arnaud de Villeneuve et, en anglais, *Le Livre des Douze Portes* de Ripley. Tous livres maudits, mais qui voisinaient avec *Le Paradis ouvert à Philagie* du jésuite Paul de Bary et de doctes essais de l'Université de Louvain. Où et quand s'était-il procuré tant de rares spécimens ? Elle retenait ces questions futiles auxquelles la poussait une féminine curiosité.

— Chaque temps est le temps d'une sphère, expliquait-il. Une fois la révolution accomplie il faut passer à une autre sphère car les sphères se rejoignent sans fin. Je dois maintenant me consacrer à l'étude. Il y a des choses nouvelles à découvrir ici que les prêtres ne prennent pas en considération.

— Vous renoncez à la magie noire ?

Il ricana.

— Magie noire ? Magie blanche ? Je vous ai dit que c'est tout comme. Les prêtres aussi ont fait couler le sang vivant et pendu l'innocent au croc du supplice.

Puis il ajouta dans un chuchotement complice.

— ... Vous le savez comme moi... Mais il ne faut pas le dire, sinon ils allumeront encore le feu des purifications... Et, maintenant, belle dame, remontez dans votre perchoir de la Haute-Ville. Car s'annonce la dernière tempête, la plus terrible.

65

Une poudrerie qui formait nuage tourbillonnait au sommet de l'île d'Orléans et de la côte de Lévis. Le soleil brillait encore, mais tout le monde se hâtait.

Dans la côte de la Montagne, Angélique aperçut la petite Ermeline qui venait à sa rencontre. La « miraculée » à plusieurs titres lui donnait du souci. Elle l'enleva dans ses bras. « Que je t'aime, petit bébé gourmand ! »

De noires nuées montèrent rapidement derrière la cathédrale et le soleil s'éteignit. Tout à coup ce fut la charge.

Pour nouer sa fanchon plus serrée sous son menton, Angélique eut l'imprudence de poser l'enfant à terre et Ermeline s'envola d'un coup, ses petites jupes gonflées par le vent formant cloche. Angélique la rattrapa au vol. Des charrettes, des paniers, des escabeaux, toutes choses oubliées par les rues commençaient leur sarabande, roulaient, tourbillonnaient, retombaient brusquement. Un chien hurla projeté contre un mur. Il se tapit à terre à l'abri d'une borne cavalière. Angélique traversa la place de la Cathédrale penchée comme une vieille, couchée à ras du sol, avec l'impression de cauchemar que le vent finirait par lui arracher Ermeline, trop frêle, comme il lui arrachait son manteau qu'elle ne sentait plus sur ses épaules. Ses jupes claquaient derrière elle et la secouaient à croire que des démons s'y cramponnaient. Au sommet des mâts et des édifices, les drapeaux et oriflammes que l'on n'avait pas eu le temps d'amener se déchiraient d'un coup avec un claquement sec d'arme à feu. Le maître d'hôtel des Mercouville vint au-devant d'Angélique dans le jardin, mais cet homme qui était âgé fut sur le point de ne pouvoir résister au vent et dut rester immobile, luttant sur place pour ne pas être jeté à terre. Heureusement, la neige qui commençait à s'amonceler redonnait aux êtres et aux choses un peu de pesanteur. Angélique poursuivit sa marche infirme jusqu'au seuil de la grande demeure des Mercouville où elle ne se rassura qu'en voyant Ermeline passer, par l'entrebâillement de la porte à laquelle se cramponnaient ses frères, dans les bras sûrs de la nourrice martiniquaise, tandis que M. le Juge qui était grand et de belle taille revêtait sa houppelande pour aller au secours de son maître d'hôtel.

— Restez ! Restez, Madame ! criait la famille toute rassemblée en cercle dans le vestibule.

Mais Angélique voyait l'amorce de sa rue non loin, au bout de laquelle se trouvait sa maison et elle voulait profiter de ce que la tempête n'était pas encore déchaînée pour l'atteindre. Le vent, sous l'afflux de la neige qui s'épaississait, marquait une accalmie. Elle put sans trop de mal repartir en sens inverse et entreprendre la montée de la rue de la Petite-Chapelle. Mais la poudrerie devint tellement cinglante, glaciale et suffocante qu'elle n'avançait plus que les bras croisés sur le visage. Un brusque coup de vent en tourbillon lui fit perdre l'équilibre. Elle jeta les mains en avant et se cramponna à un rebord de fenêtre qu'elle ne lâcha plus jusqu'à ce qu'elle sentît diminuer la fureur des rafales qui, comme le courant d'un fleuve, semblaient vouloir l'entraîner. Une accalmie se produisit et, entre les cataractes blanches qui se déversaient, Angélique voyait scintiller au-dessus d'elle un soleil d'or flamboyant avec un grand rire naïf et des yeux écarquillés : *Le Soleil Levant*. Une fente de lumière perça la tourmente, une main se tendit, la saisit au poignet et la tira à l'intérieur.

La main qui l'avait happée et ramenée dans cet antre de chaleur que représentait la grande salle du *Soleil Levant* était celle du cabaretier lui-même.

— Ah! Madame, disait-il en s'empressant, vous me dédaignez. Etes-vous seulement entrée deux fois dans mon établissement depuis que vous êtes à Québec? Il faut que la tempête vous jette sur mon seuil pour que vous me fassiez cette grâce de vous asseoir chez moi.

Il la débarrassait de son manteau lourd de neige. Il lui avançait une chaise à dossier devant une table qu'il faisait briller d'un coup de torchon. Il savait d'où venait le mal : Janine Gonfarel qui l'avait accaparée, avait déprécié son établissement en se moquant de son sirop d'orgeat. Elle n'avait pas trop de lazzis pour se moquer des boissons délicieuses qu'il préparait à ces dames charmantes de la Haute-Ville, dont elle n'avait pas voulu être quoique étant sa voisine à quelques maisons près.

— Eh bien! soit, donnez-moi de votre sirop d'orgeat, dit-elle tandis que Mme Boisvite lui apportait un linge pour s'essuyer le visage et les cheveux. Mais accompagnez-le d'une boisson chaude car je suis gelée.

— Ne craignez rien, ma grand-mère aubergiste avait une recette qu'elle m'a léguée. On mêle le sirop d'orgeat à du lait chaud et du café brûlant. Elle était normande mais son mari avait voyagé et lui avait appris à fabriquer le café.

Il fut prompt à rapporter un grand bol fumant où il avait mêlé ses divers ingrédients et à la surface duquel il avait ajouté une pleine louche de crème épaisse.

Croyant boire une boisson inoffensive, Angélique prit le récipient à deux mains et en quelques longues gorgées avala le breuvage brûlant, crémeux, au goût d'amandes douces et de sucre, un régal pour enfants, femmes ou chats gourmands, à s'en pourlécher les babines.

Or, comme la boisson martiniquaise de Mme de Mercouville qui cachait, sous un sirop de sucre, de fortes doses de rhum, le café de la grand-mère normande dissimulait une demi-pinte d'un alcool de poire dont

Boisvite montra avec fierté le flacon aux sémillants reflets d'une eau dorée qui méritait plus que jamais son nom latin *Aqua Vitae* : eau-de-vie; indien : eau-de-feu.

— En effet, cela réchauffe merveilleusement, eut le temps de s'écrier Angélique avant de se cramponner des deux mains à la table.

Ses prunelles vertes se troublèrent d'un voile languide. Et sa voix eut malgré elle une inflexion fléchissante pour dire :

— Monsieur Boisvite, vous êtes un traître...

Après quoi, elle vit ou crut voir Nicolas de Bardagne venir s'asseoir à sa droite et le duc de Vivonne à sa gauche. Cette taverne lui parut peuplée d'êtres incertains, mi-fantômes, mi-charnels, surgis pour la distraire. Elle vit tout d'abord quelqu'un qu'on ne se serait pas attendu à y trouver : la Dentellière.

— Moi ? Aller dans votre repaire de brigands d'Acadie ! disait celle-ci en renversant la tête en arrière avec un rire de gorge. Moi qui n'ai jamais bougé de Québec même pour aller à Montréal ou aux Trois-Rivières !

Vauvenart adressa un signe à Angélique. Etait-il là ? ou non ? Il déploya sa haute taille qui touchait les poutres du plafond pour venir lui baiser la main.

— Je la convaincrai...

Il tanguait un peu.

Une femme très blonde, l'air hardi, intéressante, pensa Angélique, une Guillemette plus jeune, tenait le bout d'une tablée autour de laquelle plusieurs hommes avaient pris place ne la quittant pas des yeux et riant de tout ce qu'elle disait. Parmi eux Grandbois, mais aussi le major d'Avrensson.

Le cabaretier qui voyait les yeux d'Angélique fixés sur elle vint la renseigner en se penchant à son oreille.

— C'est une seigneuresse du côté du lac Saint-Pierre, Madame de La Dauvernie.

Elle avait quarante ans. Un manoir, des centaines

d'arpents de belles terres en concessions. Encore une veuve! Pas pour longtemps. Elle était venue à Québec pour chercher son homme. Ici, au Canada, on vivait bien. Il n'y avait pas de veuvage sans rémission. Une femme accorte et bien pourvue ne restait jamais longtemps seule. Celle-ci voulait un compagnon et un amant pour les noires soirées en son manoir perdu. Pour diriger la seigneurie elle n'avait besoin de personne. Elle s'y entendait, fallait voir! On en trouvait beaucoup comme elle; des femmes au Canada — opinion de Boisvite — valaient mieux que les hommes. C'était connu et de valeur.

Un jeune homme était assis seul sur un tonneau tourné au coin de la grande cheminée, un pied s'appuyant au degré de pierre. Il fumait une longue pipe emplumée. Sa beauté était prodigieuse dans l'encadrement de longs cheveux noirs et lisses. Son regard sombre et pensif, rêvait. « Dieu du ciel, il m'inspire! » se dit-elle.

— Pourquoi regardez-vous ainsi ce sang-mêlé? demanda la voix du duc de Vivonne.

— Il est beau.

Mais le jeune homme se leva. Elle le trouva un peu court de jambes et son excitation tomba.

— Je ne suis guère partisan, déclarait la voix d'un jeune fonctionnaire qui se trouvait à leur table, de ces mariages qui ont donné des Français nouveaux qui ne sont bien ni dans la forêt ni dans nos salons. Mais pour la guerre iroquoise, certes, ils valent les meilleurs soldats d'Europe.

Lui-même était canadien ce qui lui permettait de boire sec sans trop perdre la tête. Il se nommait Adrien Desforges. M. l'intendant Carlon, qui l'avait dans son état-major, l'avait mis à la disposition du duc de La Ferté dépourvu de son écuyer, pour lors indisposé et ne pouvant l'accompagner dans les tavernes.

— Si jamais, dit La Ferté-Vivonne d'une voix pâteuse

s'adressant à Nicolas de Bardagne, de l'autre côté d'Angélique, elle vous a regardé comme elle vient de regarder ce sang-mêlé, vous êtes un homme heureux. Mais je ne crois pas que vous puissiez vous en vanter. Elle est comme l'oiseau qui, évoluant avec grâce dans le ciel, se livre à l'admiration de vos regards et s'en grise, mais inaccessible, comprenez-vous ? C'est un oiseau libre, qui ne se laisse capturer que quand il le veut bien... Ah ! Que n'ai-je connu le moment où je l'ai capturée ! Je l'ai laissé passer sans comprendre... Je n'ai compris qu'ensuite... Elle ne pensait pas à moi... Elle était ailleurs... Elle s'est moquée de moi... Et pourtant elle aime bien faire l'amour. Son plaisir n'était pas une feinte et c'est sa force... C'est lui qui nous déchaîne... Elle aime bien faire l'amour...

— Taisez-vous, Monsieur, dit Nicolas de Bardagne la sueur au front, car toutes les images qu'évoquait le monologue du duc de La Ferté le jetaient dans des états alternés de fureur et de trouble.

Angélique commençait à retrouver l'usage de la parole.

— Par quelle damnation..., dit-elle, par quelle damnation faut-il que vous vous retrouviez toujours ensemble au même endroit... Vous ! Tous les deux ?

— Qu'est-ce qui vous lie à ce jean-foutre ? lui demanda Vivonne en désignant Bardagne du menton.

— Et tous les deux toujours à me poser les mêmes questions stupides : Qu'est-ce qui vous lie à celui-là ? Que vous veut-il ? Pourquoi lui ? Pourquoi pas moi ?

— Monsieur, est-ce à moi que vous venez de faire allusion en parlant de jean-foutre ? demanda Bardagne en fronçant les sourcils.

— A qui voulez-vous que je fasse allusion ?

— Vous êtes pris de boisson, je crois !

— Vous aussi !

— Peut-être, mais il ne m'arriverait jamais, dans le pire état, d'oublier la déférence que je dois à la fonction de certaines personnes. Je suis chargé de mission du Roi, Monsieur, et votre langage à mon propos me semble prouver que vous l'avez oublié...

— Oh! Vous vous voyez bien gros, Monsieur, persifla le duc. Et moi, je vous vois plutôt jobard en cette affaire. Je connais le Roi et quelque chose qu'il n'a point dit se cache derrière ce choix qu'il a fait de votre personne, car plus je vous connais, moins je comprends les qualités qui ont pu retenir son attention. Il a fallu que vous soyez très, très recommandé... Et je ne vois pas par qui? Qui, à ma connaissance, aurait pu prendre le risque...

Bardagne l'interrompit avec un froid mépris.

— Monsieur, vous vivez dans un monde où l'on ne peut guère monter sans être cautionné, car la valeur n'a point de part dans le motif de cette ascension. Il n'en est heureusement pas de même partout et ma carrière était suffisante pour me recommander au Roi et lui inspirer confiance en ma personne. Sachez, Monsieur, — et Nicolas de Bardagne se redressait avec dignité — que j'ai été plusieurs années représentant du Roi à La Rochelle pour les affaires religieuses et c'est une position dont vous ne pouvez contester la gravité... Surtout en notre temps où la conversion de tous les huguenots de France est souhaitée par le Roi, problème auquel il apporte tous ses soins...

— Qui donc m'a dit que vous aviez manqué d'énergie à La Rochelle? Vous peut-être, après tout! Un jour où vous étiez en veine de confidences. Pas assez d'abjurations, paraît-il, pas assez d'arrestations!

— Monsieur, ces questions de conscience religieuse ne peuvent se traiter brutalement. Pour une conversion, il faut le consentement intérieur. Je me suis évertué à me faire des amis parmi les huguenots...

— Et vous vous êtes retrouvé à la Bastille à ce que je crois... Oui, Monsieur, vos protections ne doivent pas être négligeables. Pour, après de si évidentes erreurs, vous avoir tiré de là et nanti d'une petite mission de consolation en Canada.

— Que savez-vous de l'importance de la mission dont Sa Majesté m'a fait l'honneur de me charger ? Elle est secrète et fort personnelle.

Vivonne haussa les épaules avec un sourire de pitié.

— Que croyez-vous donc ? Je sais tout sur la mission que vous avez si brillamment menée pour le Roi. Vous deviez le renseigner sur un gentilhomme d'aventure qui se faisait appeler le comte de Peyrac.

— Ne parlez pas sur ce ton de Monsieur de Peyrac, intervint Nicolas de Bardagne. Devant Madame de Peyrac, c'est indécent, déplaisant.

— Vous ne vous êtes pas montré si indulgent pour ce pirate dans votre rapport au Roi...

— Comment savez-vous ce que j'ai dit au Roi ? Et comment savez-vous que j'ai déjà envoyé un rapport à Sa Majesté ? s'étonna vivement l'autre. Lui avez-vous parlé de ma lettre écrite à Tadoussac ? s'informa-t-il, alarmé, tourné vers Angélique.

— Mais non... Je ne pense pas..., dit-elle.

Le duc de Vivonne secouait la tête.

— Mon cher, point n'est besoin des indiscrétions d'une maîtresse pour que la moindre des démarches d'un fonctionnaire comme vous soit connue de tous. Il suffit de graisser la patte de vos gens. Vous avez beaucoup à apprendre sur ce point... Si on vous en laisse le temps.... Donc, nous pouvons déjà imaginer le Roi tenant votre rapport en main... Je le vois..., murmura-t-il, je le vois déchiffrant vos lignes, et combien vous l'intéressez en lui parlant de la beauté de cette femme qui accompagne le pirate.

— Je n'ai fait aucune allusion à elle, rétorqua froidement Nicolas de Bardagne, et voilà bien la preuve que vous parlez sans rien savoir et que vous me faites douter en vain de la discrétion de mes serviteurs. Vous plaidez le faux pour savoir le vrai, Monsieur, dans quel but ? Je l'ignore, mais je ne vois pas pourquoi je vous célerais d'aussi insignifiants renseignements. Le Roi ne s'intéressait à la femme, épouse ou compagne, qui accompagnait Monsieur de Peyrac que pour être informé s'il ne se cachait pas derrière elle une personne fort recherchée par sa police, qui aurait porté les armes contre lui dans une rébellion de province. J'ai pu répondre à Sa Majesté que non... et c'est tout...

Le « c'est tout » fut noyé dans l'explosion de l'énorme éclat de rire qui s'empara de Vivonne et dont le fracas couvrit presque les miaulements, sifflements et roulements terrifiants de la tempête.

Après s'être tenu la panse à faire croire qu'il allait éclater, il émit, entre deux hoquets :

— Monsieur ! Monsieur, je réitère ce que j'avançais ce tantôt... Vous connaissez mal notre Roi.

— En quoi donc, je vous prie ?

— Assez ! dit Angélique.

Si elle n'avait pas été tellement ivre, elle aurait sauté toutes griffes dehors à la gorge de Vivonne pour le faire taire. Mais grâce à la boisson, elle pouvait considérer de haut les incidences d'un débat qui la mettait en cause de la plus inquiétante façon. Il fallait pourtant faire comprendre au duc que la plaisanterie avait assez duré.

— Si vous continuez de rire et si vous dites un mot de plus... Je vous... Je me vengerais de vous, assurat-elle en lui dédiant un regard meurtrier.

Sous ce regard Vivonne finit par se calmer, mais il pouffait, comme ne pouvant se retenir, et s'affalait exprimant qu'il n'en pouvait plus d'avoir trop ri.

— En quoi donc, je vous prie, mon rapport pécherait-il pour ne pas satisfaire le Roi ? insistait Bardagne, très nerveux.

— Eh bien ! disons... — Vivonne pouffa encore en regardant Angélique de côté —, il n'est peut-être pas assez... complet... Le Roi aime les détails... souvenez-vous, beaucoup de détails... surtout sur les jolies femmes...

— Assez ! répéta Angélique.

Le jeune Desforges riait bêtement et servilement car il ne devait pas plus comprendre que les autres ce qui réjouissait tant le grand seigneur.

— Je suis désolé pour vous, désolé, continuait ce dernier. Je ne peux m'empêcher d'avoir un pressentiment à votre égard, cher Bardagne. Parce qu'un calamiteux de votre espèce, lorsqu'il est au service du Roi, savez-vous ce qui lui arrive quand... il... déplaît... Ou je ne connais pas le Roi, ou...

— Laissez-le... Laissez-le à la fin, cria Angélique qui défendait Bardagne comme une femme défend un enfant timide, tourmenté par des gamins cruels. Avec un rire idiot le duc avança son bras à travers la table.

— Mon petit doigt me dit que vous irez aux galères, Monsieur de Bardagne, susurra-t-il.

Tous, d'un air hébété, contemplèrent cet auriculaire auquel brillait une bague et qu'Angélique trouva grassouillet et obscène. Puis Nicolas de Bardagne réussit à se dresser blanc de rage.

— Monsieur, viendra un jour où vous me rendrez raison par l'épée de vos insultes. A l'instant même, s'il le faut.

Le cabaretier Boisvite s'interposa.

— Pas chez moi, Messieurs les courtisans, pas de scandale chez moi. Tenez-vous tranquilles ou bien allez vous battre... DEHORS !

L'injonction avait de quoi calmer les plus audacieux. Le duc de Vivonne n'avait pas bougé.

— Quelle mélancolie ! murmurait-il. Les hurlements de l'Enfer nous encerclent.

— Venez vous asseoir près de moi, dit Angélique à Bardagne, en le tirant par la main. Et calmez-vous !

Elle lui caressa la joue.

— ... Ne l'écoutez pas. Il est très méchant. Je vous ai

vu à La Rochelle et je peux témoigner que vous étiez un représentant du Roi très aimé de la ville et respecté des huguenots eux-mêmes pour votre équité, car vous aviez tous les pouvoirs en main et n'en abusiez jamais.

— Que faisiez-vous à La Rochelle? demanda Vivonne.

Les hommes étaient insupportables. Les tempêtes se déchaînaient autour d'eux comme la fin du monde et ils ne pensaient qu'à s'entre-déchirer et à se nuire.

Une vieille femme, Mme Marivoine, se dirigea en trottinant vers la porte en traînant son époux que soutenait l'un des garçons.

— Je le ramène à la maison. Il est saoul. Et quand il est saoul, il sème la panique en poussant des clameurs d'Iroquois.

Il n'y avait rien à faire pour les retenir.

— L'Iroquois viendra! L'Iroquois viendra, marmonnait l'ancien.

— Vous feriez mieux de rester céans. L'Iroquois ne viendra pas par ce temps.

— Ils viennent par tous les temps, dit quelqu'un. Qu'il pousse son cri de guerre, votre Marivoine, cela ne nous gênera pas...

— Vous ne savez pas de quoi vous parlez, Messires, répondait la vieille. L'entendre dire cela glace le sang et vous sauterez sur vos armes... on n'y résiste pas...

Elle payait son écot gentiment, soigneusement, avant de s'emmitoufler dans des châles.

— Il y a une accalmie, lança une voix.

La porte fut tirée, en s'arc-boutant, par six hommes, le temps de voir passer démente et hurlante une rafale blanche, puis repoussée derrière les deux vieux cramponnés l'un à l'autre et happés aussitôt comme des fétus.

La dernière tempête!...

La vision du chien maigre la hanta, ses bons yeux

brillants, sinon d'intelligence au moins de tendresse et d'espoir, et les petits bras d'Honorine levés vers elle : « Va le délivrer ! Va le délivrer ! »

Angélique se leva en repoussant sa chaise qui tomba derrière elle.

— Monsieur Boisvite !

— Oui, Madame, s'empressa l'aubergiste.

— Vous êtes forgeron ?

— Oui, Madame.

— Il me faudrait une pince pour couper l'acier.

— A votre disposition, Madame...

Il ouvrit une trappe. Par une échelle, ils descendirent dans le sous-sol du *Soleil Levant*, où voisinaient des barriques et des fourrures, les plus belles pendues aux crochets des voûtes, d'autres entassées en ballots. La pelleterie était monnaie de troc et un habile commerçant se faisait souvent payer en peaux de castor. Boisvite mena Angélique dans une cave voisine où sur un établi étaient exposés des instruments divers, entre autres pinces et tenailles de toutes tailles.

— Voici ce qu'il me faut, dit-elle en s'emparant d'une grande pince étroite de deux pieds de long qu'elle pouvait tenir bien en main et qui présentait une tête petite et ronde, le bec mordant, affûté comme un rasoir.

— A votre service, Madame la comtesse.

En reprenant l'échelle, ils titubèrent et, retombant en arrière, s'écroulèrent sur les fourrures.

— ... Seigneur ! dit Boisvite, jamais je ne me suis trouvé avec une pareille déesse dans les bras. Ah ! Madame, depuis le temps que je vous vois passer devant mon établissement et que je vous admire... Permettez-moi de vous embrasser ?

— Eh bien ! soit, embrassons-nous, cousin... Votre sirop d'orgeat mérite son renom... et vous avez été splendide tout à l'heure...

Il l'embrassa sur les deux joues, ébloui.

— Et maintenant, aidez-moi à sortir de cette trappe.

Ils se retrouvèrent tant bien que mal dans la grande salle.

— Qu'allez-vous faire avec cette pince? interrogea Boisvite qui se demandait si elle voulait assommer quelqu'un.

— Donnez-moi mon manteau, je pars.

— Vous n'y songez pas.

— Les deux vieux Marivoine sont bien partis.

— Ils sont peut-être morts à l'heure qu'il est.

— Qu'importe!

— C'est de la folie.

— Angélique, je vous conjure, supplia Bardagne.

— Non! Je dois partir, ma demeure n'est pas loin.

— Je vous accompagne.

— Non, vous ne tenez pas debout et vous me lassez tous! Vous n'êtes pas chrétiens...

Aucun n'était en état de l'accompagner et elle n'en voulait pas.

— Demeurez ici pour la nuit, Madame de Peyrac, insista la femme de l'aubergiste. Nos chambres sont occupées mais j'ai pu trouver une soupente libre pour Mme de La Dauvernie. Vous partagerez son lit.

— Non, il me faut partir.

Et puis, Mme de La Dauvernie avait peut-être d'autres vues pour le partage de son lit. Ses affaires avec Grandbois semblaient fort avancées.

— Que vous dois-je, Monsieur? demanda-t-elle, en fouillant dans son aumônière qui était spongieuse.

— Rien! j'ai eu ma part, dit le cabaretier dont les yeux étaient aussi brillants que ceux d'un visionnaire.

— Arrête-la donc, dit quelqu'un.

— Laissez-la, dit Vauvenart, on n'arrête pas des femmes comme elle...

Angélique demanda ses gants, et un client attablé se précipita pour lui donner les siens qui montaient jusqu'au coude et la protégeraient mieux. Un autre tint à la coiffer d'un bonnet indien, pointu et doublé de fourrure, dont les pans rabattus en avant faisaient écran des deux côtés du visage.

— Vous les tenez d'une main et vous fermez bien.

Les yeux des buveurs la suivaient avec curiosité tandis qu'elle gagnait la porte.

— Où va-t-elle, celle-là, avec sa pince?

Nicolas de Bardagne était sans force pour la retenir. Il la regarda disparaître, comme s'il l'avait vue, impuissant, se jeter dans un gouffre.

— Qu'elle est belle! dit près de lui Boisvite. Nous sommes bien heureux de l'avoir reçue dans nos murs.

— Elle ne sera pas pour moi, murmura Vivonne. Mais tant pis, je l'aurai vue...

Il s'effondra, le front contre la table, et s'endormit d'un sommeil profond.

Angélique pénétrait dans la matière tangible d'un sifflement continu. Un feu merveilleux l'animait. C'était
sa deuxième grande saoulerie de l'année. Après celle
qu'elle avait partagée avec la Polak, le premier jour de
sa venue à Québec.

Saoule, elle l'était bien, mais sans cela elle n'aurait
jamais pu affronter ce qu'elle affrontait cette nuit-là,
qui n'était encore qu'un soir, mais plus effrayant et
noir que la plus noire des nuits. Faire un seul pas en
avant était exclu, or, elle en fit plusieurs. Ce qui démontrait l'excellence du breuvage que lui avait servi Boisvite.

Elle avançait, aveugle, dans les giclées frémissantes
et rageuses d'une neige plus blessante que le fil d'une
épée, dans la nuit et le hurlement farouche du nordait,
le plus cruel ennemi de l'humanité. Elle ne savait pas si
elle avançait. Elle mettait un pied devant l'autre, si
courbée qu'elle se demandait si elle ne marchait pas à
quatre pattes. Elle s'assurait aux murs des maisons,
reconnaissant au passage le bois d'un volet, un seuil
contre lequel elle trébuchait, les pieux d'une clôture.
Lorsqu'elle serait arrivée à la maison de Mlle d'Hourredanne, alors elle traverserait, et là c'était le désert à
franchir, car si elle tombait elle n'aurait plus qu'à mourir en plein milieu de la rue de la Closerie, à deux pas
des bornes des Atlas soutenant le monde et, au dégel,
on la retrouverait dans ce caniveau.

Un bruit sauvage de bois brisé éclata à ses oreilles et
quelque chose comme une immense aile de chauve-souris passa au-dessus de sa tête, se fracassa contre la
muraille. A deux doigts de la « chose » qui lui barrait le
passage, Angélique vit que c'était une aile arrachée du

moulin des jésuites. Encore heureux que le moulin ne suivît pas.

« Morte décapitée par une aile du moulin des jésuites. Cela manquait à mon destin... »

Elle était dégrisée. L'ivresse de la lutte insensée avait remplacé celle de l'alcool de poires.

Elle trouva les Atlas et, agenouillée, les serra sur son cœur comme des enfants bien-aimés.

En rampant elle gravit la côte au flanc de la maison de Ville d'Avray dont elle sentait la bienveillante présence indomptable, mais elle ne pouvait encore se réfugier en son sein tiède parmi le pépiement heureux des enfants qui l'aimaient.

Elle tomba dans la cour des Banistère comme dans la mer. Elle avait de la neige jusqu'au cou. Où était le chien ? Elle trouva sa forme glacée, squelettique. Il était mort ? Non... De la tenaille qu'elle avait glissée à la ceinture, elle s'escrima afin de couper la chaîne. Ses doigts étaient malhabiles dans les gants de peau.

« J'y arriverai ! Je romprai la chaîne ! » Comme elle tirait dessus, les anneaux vinrent avec un morceau de planche pourrie à laquelle elle était clouée. Ce n'était pas la peine de se donner tant de mal pour la couper.

Le chien eut une manifestation de vie quand elle voulut l'entraîner en le tirant par le collier. Il résistait...

C'est vrai qu'il était niaiseux. Niaiseux à ne pas vouloir être sauvé. Niaiseux à ne pas pouvoir fuir de lui-même.

« Viens ! Viens ! »

Elle tombait, ne trouvant aucun point d'appui, encombrée de cette masse qui ne trouvait de la vie que pour résister.

Une accalmie se produisit. Comme il y en avait parfois succédant à un paroxysme. Un moment de stupeur ! Et alors la neige se remettait à tomber droit comme des larmes intarissables. Une lueur venue des maisons, d'une fenêtre ou d'une porte ouverte lui montra une silhouette géante se dressant au rebord du cratère où elle se débattait.

« Vous ne me tuerez pas, Eustache Banistère ! »

Mais c'était Joffrey avec son caban noir, son bonnet

de fourrure enfoncé jusqu'aux yeux et qui riait. Elle ne pouvait le voir mais elle sentait qu'il riait.

Sa main la cramponna à la naissance du bras. Il la tirait avec force et elle tirait le chien. D'autres silhouettes apparurent, comme nageant dans le duveteux élément, l'enlevèrent et la portèrent, et elle se retrouva dans la grande salle de la maison devant le feu, Joffrey de Peyrac, les Espagnols, Yann Le Couennec et le chien avec sa chaîne et son morceau de bois, et qui fortement effrayé alla se terrer sous le four à pain.

— Oh! VOUS! Oh! VOUS! disait Angélique en le regardant sans en croire ses yeux.

Il expliquait que ne la trouvant pas chez elle et voyant la tempête monter, il était parti à sa recherche, avec deux Espagnols, Yann et Barssempuy, par les rues de Québec. Ils avaient appris qu'elle venait de quitter — follement — l'auberge du *Soleil Levant* avec une pince de forgeron en main.

— Oh! VOUS! Oh! VOUS!... répétait Angélique en se jetant dans ses bras.

Il la serrait contre lui.

— Ma petite fée!

La neige coulait sur leurs visages et tombait en paquets de leurs épaules, mais le feu de leurs cœurs était aussi brasillant que celui de l'âtre où Eloi Macollet entassait bûches et demi-troncs comme on bourre un canon.

— Oh! Vous! Oh! Vous! Mon amour!

Les tempêtes se révélaient toujours leurs meilleurs alliés. La joie d'Angélique à se dire : « Il est revenu », se doublait de la certitude de le tenir et de le garder, pour un temps, bien à elle, grâce à la fureur des éléments déchaînés à laquelle s'ajoutait l'épaisseur de la nuit, doublant la garde à leur seuil.

Mais, malgré elle, malgré son désir qu'il savait si bien faire naître en elle en la prenant dans ses bras dans un geste possessif qui ne souffrait pas de délai et en posant sur elle un certain regard, un subtil esprit d'indocilité, voire de méfiance, retint Angélique ce soir-là dans son élan.

En dépit de toutes ses résolutions qu'elle avait prises à part celle de ne pas se laisser entraîner au rôle de la femme revendicatrice, il lui fallait lui signaler qu'elle avait trouvé son absence à Sillery longue, inquiétante, désespérante. Elle n'ajouta pas que Satan tournait autour d'elle avec ses sortilèges, parce que c'était une affaire personnelle qu'elle devait régler seule et la question qui la préoccupait était d'une autre sorte. Mourir, ce n'était rien, mais perdre son amour, cela elle ne pouvait l'envisager sans défaillir d'agonie. La tempête, la boisson fulgurante d'Antonin Boisvite, son odyssée avec sa pince à cisailler pour la justice n'étaient pas un prétexte pour ne pas poser la question essentielle : pourquoi cette absence, ce silence ?...

Barssempuy avait fait allusion à la hardiesse de certaines dames canadiennes, le poursuivant de leur flamme.

Joffrey de Peyrac la regardait en riant car, échevelée, l'œil brillant, la voix un peu cassée et à demi dévêtue, elle témoignait encore pour l'excellence des boissons.

— Je ne cache pas qu'il m'est arrivé d'échafauder quelques ruses pour échapper aux entreprises de notre Bérengère, fit-il légèrement, mais les hommes du fortin de Sillery réclamaient ma présence. Des malades, un blessé, le froid soudain s'abattant, je suis resté encore pour les aider à franchir ce mauvais pas.

— Et le blessé ?

— Une chute du haut d'une vergue glacée, sur le pont, au cours d'une inspection d'entretien du navire.

— Et ?

— Impossible de le transporter. Il a duré quelques jours, puis il est mort. C'est le destin des gens de mer.

— N'auriez-vous pu me faire appeler ?

— Par ce froid terrible ! Où l'on hésitait de mettre un messager sur les routes ? Si courte que soit la distance, je n'aurais pas voulu vous imposer ce voyage. Et puis, très chère amie, n'aviez-vous pas décidé de faire trêve à votre vie de sœur de charité de Wapassou et de Gouldsboro ? Nous en étions convenus, il me semble... Abbesse, oui ! cela vous sied... mais ne brûlez pas les richesses de votre cœur à tort et à travers. Tous ces francs aventuriers de matelots ne gagneraient rien à voir trop souvent le ciel descendre dans leur cambuse. Ils ont besoin d'entretenir la solide carapace à l'abri de laquelle leur cœur d'homme se garde des regrets, et des nostalgies.

— J'aurais peut-être pu le soulager, dit-elle, en levant la main.

— Ils ne craignent pas la douleur. Ni la mort. En revanche, malade, blessé, le pauvre marin a besoin de son chef à son chevet. Besoin de recevoir encore une consigne : tu dois vivre ! Tu peux mourir !... Cela le soutient dans la guérison, cela l'aide pour le Grand Voyage. L'aumônier était là.

Il prit la main qu'elle avait levée et l'approcha pour y poser sa joue.

— Non... Cette petite main divine, permettez à ma jalousie de ne la garder, autant que possible, que pour moi !...

Elle regardait son profil rude mais racé incliné contre sa main tandis que les lèvres de Joffrey se posaient doucement au creux de sa paume.

« Quel homme êtes-vous ? pensait-elle. Parfois dur, implacable... Et pourtant, si tendre aussi, pitoyable aux faiblesses humaines ! »

Elle se remémorait la réflexion de Sabine de Castel-Morgeat. « Il est très bon... » Et c'était vrai. Bien qu'il fût capable également de faire montre, selon les cas, d'une insensibilité totale... rassurante à tout prendre.

— Mon amour, mon cher ami, fit-elle à mi-voix, je ne suis pas certaine de vous bien connaître.

— Est-ce nécessaire ?...

Il eut son sourire caustique qui s'accompagnait d'une sorte de clin d'œil complice.

— ... Il est bon que tout être ait ses recoins cachés. Ce n'est pas sans déplaisir que j'émets cette sentence. Moi-même, je l'avoue, je crains les méandres de votre cœur secret. Ils me mettent à votre merci. Les amants ne cessent de lutter entre l'âpre désir de possession et de tout savoir dans une cruelle lumière et le charme irrésistible qu'il y a à soupçonner l'inconnu en l'être qu'on adore.

» Je crois au bienfait d'un peu d'égoïsme. Les femmes n'en sont point assez pourvues. Etre deux, conscients chacun de sa propre existence, de son propre destin, mais sans chercher à se fondre ou se confondre, c'est là peut-être le secret du bonheur.

» Mais assez philosopher, Madame. Les minutes de la vie nous sont trop comptées pour que nous nous attardions à sonder l'inconséquence humaine, masculine ou féminine...

» Je vous tiens là et je suis à vous. A cette heure et dans cette conjoncture, ces débats n'ont à mon sens d'utilité que parce qu'ils me permettent de voir vos yeux verts se moirer d'ombre et d'éclairs au gré de vos pensées, vos lèvres s'entrouvrir et frémir sous l'effet de la surprise ou de l'émotion.

» Je n'admets de voir planer sur nous l'ombre des injustices qui accablent les femmes que si elles me donnent prétexte à vous prendre dans mes bras afin de vous en protéger et de vous en consoler par la meilleure philosophie qu'il soit au monde : l'amour.

— Et voici pourquoi, nous bénirons le sort pour la rencontre qui nous fut donnée...

Des cris d'enfants voguaient à travers la tempête inhumaine. Des âmes perdues, des oiseaux de mer égarés. Angélique se réveilla dans les bras de son mari où elle s'était endormie, heureuse. Le bruit était épouvantable. On se serait cru en plein océan. Mais cette fois ce n'était pas un rêve. Des cris d'enfants appelaient au secours.

En bas, Yann Le Couennec et Macollet, sorti de son banc-lit, essayaient de discerner d'où venaient les cris dans le tumulte de la nuit.

— On dirait que la masure des Banistère s'est envolée.

La tourmente avait arraché le chaume pourri. Banistère cramponné à son toit fut entraîné au loin et jeté au fond d'une ruelle où on le retrouva le lendemain. Jehanne d'Allemagne partit chercher du secours comme une folle, sombra dans la neige et mourut. On la retrouverait au printemps, en lisière des plaines d'Abraham.

Le plus hardi des coureurs de bois n'aurait pu se risquer dehors.

— Passons par les caves, dit Eloi Macollet. Monsieur le marquis a fait creuser presque jusqu'au bout. Avec quelques coups de pioche, on débouchera dans la remise de Banistère.

Ainsi fut fait. Ils pénétrèrent dans le repaire, sous la chaumière, qui était remplie de fourrures, de barriques de cidre et d'eau-de-vie, de quincaille, de pots de grès cachetés à la cire.

On repoussa la trappe par les interstices de laquelle sifflait le vent. On trouva les enfants blottis dans une encoignure des murs de torchis écroulés, ensevelis sous la neige, mais le cadavre de la vache les avait protégés. On les ramena par les caves dans la maison de Ville d'Avray et, tandis que l'on s'empressait de boucher les trous entre les deux caves mitoyennes, on les réchauffa devant le feu.

Débarrassés de leurs capots et de leur mitasses, nus et grelottants devant le feu, les quatre « terreurs » de Québec n'étaient plus que des enfants pâles et malingres parmi lesquels se révéla une fille. Le plus petit pleurait convulsivement. Il ne se calma que lorsqu'Eloi Macollet eut l'idée de lui donner du tabac à chiquer. Ces enfants étaient vraiment destinés à vivre parmi les sauvages. Il y avait eu maldonne en les faisant tomber chez des colons civilisés de race blanche. Qu'ils aillent aux bois ! Les Peaux-Rouges les dresseraient et ils seraient en accord de barbarie.

Le chien martyr sortit de sous le four à pain en reconnaissant ses tortionnaires, les enfants qu'il aimait, il remua la queue. C'était vraiment un chien niaiseux.

La tempête calmée, on commença cependant par confier la fille aux ursulines, les deux aînés aux prêtres du Séminaire, le plus petit à une brave voisine. Banistère, retrouvé blessé, mais non mort, fut porté à l'Hôtel-Dieu. Quand il eut repris connaissance il fit dire qu'il voulait voir Mme de Peyrac, mais elle seule.

Lorsqu'elle sortit on entendait encore siffler la tempête d'un petit sifflement aigu et modulé. Elle s'apaisait.

Entre les branches de l'orme, le soleil ouvrit, dans la nue d'un gris uniforme, un œil à l'ovale jaunâtre, à la pupille d'or. Prunelle curieuse d'un chat géant surveillant le chaos.

Angélique se rendit à l'Hôtel-Dieu dans une ville fantomale, mais où pelles et traînes se mettaient vite à l'ouvrage.

Les girouettes folles, coqs, flèches, roses des vents, les croix et les instruments de la passion, démantelés, arrachés, hérissaient un univers de taupinières blafardes.

Et l'on citait en témoignage de la violence du blizzard la croix de l'abside de la cathédrale, pourtant forgée par M. Boisvite, qui se trouvait tordue et courbée comme bâton de cire sous le feu. Maître Boisvite défendait son honneur en alléguant qu'une des cheminées de la maison des Mercouville dont on reconnaissait les moellons sur la place devait être la cause de cette torsion, la croix s'étant trouvée sur son passage.

Par la bizarrerie d'un destin qui au long de sa vie l'avait faite souvent la confidente des crapules repenties et dépositaire de leurs secrets, voire de leurs dernières volontés, Angélique se retrouva au chevet d'Eustache Banistère, dit le Cogneux.

Le robuste excommunié, quoique assez mal en point, n'avait pas l'intention de mourir. Mais, comme tous les autres avant lui : les Calembredaine, les Aristide, les Clovis qui, dans l'obscurité de leurs cerveaux sournois et de leurs âmes malfaisantes, avaient reçu le rayon de lumière unique leur montrant l'unique personne à laquelle ils pouvaient se fier sur cette terre et capable d'éveiller, sans qu'ils sachent pourquoi, une dernière aspiration à ce qu'on aurait pu nommer le meilleur d'eux-mêmes, Banistère s'était mis en tête qu'elle était la seule à laquelle il pouvait confier ses biens. Elle dut se pencher car il craignait que la sœur hospitalière n'en entende trop long.

— N' reste plus grand-chose de ma cabane, hein ? Mais la cave ! Dans la cave, y'a ma quincaille pour la course, du beau butin que j'ai rassemblé pour quand je pourrai repartir et puis dans les pots, sous les rillettes et les « cretons(1) », y'a de l'or, beaucoup d'or. J'en ai gagné avec tous ces « courtisans » qui voulaient faire venir le Diable. Un trésor... Et puis surtout y'a mes bottes. Je ne voudrais pas que mes bottes elles brûlent quand ils mettront le feu... Allez-y vous, vous seule, dans ma cave... Tous les autres me pilleraient.

Ayant dit, il poursuivit à voix haute la confession qui ne risquait rien, selon lui, à être entendue par les oreilles sereines de la Mère Augustine.

— ... Avouez que le marquis l'a creusée sous mon champ, sa cave ? Et les ursulines aussi. Ça c'est prouvé, arpenté. Si j'ai de quoi payer mon procès, je ne les laisserai pas quittes. Ce n'est que justice quand on vous a spolié. Et le Procureur ? Vous trouvez cela juste que je sois privé de mes lettres de noblesse parce qu'il a oublié de les faire enregistrer ? Pour sûr, je connais la loi, toute personne qui a détourné du castor sera privée de ses droits pendant cinq ans, mais comment ça se fait qu'il y a qu'à moi qu'on l'applique, cette loi ? Et l'eau-de-vie ? J'suis le seul à avoir porté de l'eau-de-vie aux sauvages ? Madame, vous qui êtes bien avec le Gouverneur, l'Intendant et l'Evêque, vous ne pourriez pas intervenir pour qu'on me rende mon congé ? Je m'en irai aux bois avec mon aîné et je n'ennuierai plus personne. En échange, je vous avertirai. Prenez garde à ceux-là dont parlait le soldat La Tour l'autre jour. Ceux qui m'ont demandé des hosties pour les affaires du Diable.

— Je sais leurs noms.

— Bougez pas !... « Ils » sont mauvais. « Ils » voulaient les hosties, et je les leur ai données... Mais, maintenant, c'est vous qu'ils veulent... Ils voulaient que je mette le feu à la maison du marquis... Ils m'ont donné de l'or pour ça... J'ai pris l'or, mais je leur ai dit : Attendez un peu, j'suis pas pressé de voir ma chaumière y passer aussi. Ça ferait trop plaisir à tout le

(1) Charcuterie — genre de pâté.

monde... Et maintenant, prenez garde à vous, j'vous ai prévenue.

En regagnant la maison de Ville d'Avray, Angélique se réjouissait à la pensée qu'ayant échappé à un si grand danger désormais le chien niaiseux qu'ils avaient recueilli dans leurs murs et qui avertissait du feu en voulant « se détruire » les mettait à l'abri d'un attentat de cette sorte.

66

Excepté la tempête, les ides de mars s'étaient passées sans catastrophe majeure. Mme de Mercouville se réjouissait. Il était inutile de regretter de n'avoir pu monter la pièce de théâtre, puisque, avec la tempête, elle n'aurait pu être jouée.

Le 18 mars, entre sept heures et huit heures du soir et les montagnes de neige put se faire, sur la place, le feu de joie de la Saint-Joseph. Monsieur le Gouverneur mit le feu. Les soldats firent trois saluts et quatre coups de canon furent tirés. Il y eut quelques fusées.

Le 19, quand on sonna l'angélus, on tira un coup de canon et, pendant la messe à l'élévation, encore trois ou quatre coups avec quelques saluts de mousquets.

Le 20, Mgr de Laval convoqua Mme de Peyrac au Séminaire. Dans la forme, il lui demandait d'avoir la bonté de lui rendre visite, mais il était évident que Monseigneur l'attendait ferme après les vêpres, vers les quatre heures.

C'était la première fois qu'elle revenait dans cette aile du Séminaire qui tenait lieu d'évêché, où elle avait été reçue par le prélat le surlendemain de son arrivée. Elle s'y rendit avec plus de tranquillité que ce jour-là.

On circulait avec difficulté encore dans les rues. Le soleil ne s'était montré qu'à peine, juste pour la Saint-Joseph. Le ciel, depuis le matin, se couvrait de nuages et comme elle franchissait la grille du Séminaire, des bourrasques de neige passèrent.

Elle fut introduite dans une pièce plus petite où l'Evêque s'était installé à la période du grand froid. Son entourage avait insisté pour qu'il veille un peu sur sa santé après avoir été arrêté par une mauvaise toux.

Après les préliminaires d'usage, il en vint vite au fait, qui, par ailleurs, se présentait : des faits.

Il y avait eu le plus récent et, à son sens, le plus incroyable, on l'avait vue rendre visite à ce personnage inquiétant qu'on appelait le sorcier de la Basse-Ville. A sa connaissance, jamais aucune dame de qualité n'avait eu l'idée d'entreprendre l'ascension du quartier Sous-le-Fort pour pénétrer dans un tel bouge. Quelques-unes de ces dames de la Sainte-Famille avaient confiance dans les « simples » de la sorcière de l'île d'Orléans, qui n'était cependant pas non plus une fréquentation qu'il recommandait à ses ouailles. Mais le Bougre Rouge, jamais ! Il ne leur recommanderait pas non plus trop d'assiduité à l'auberge du *Navire de France* où l'on voyait pourtant beaucoup Mme de Peyrac. Depuis des années, il atermoyait à statuer le cas de la patronne de cet établissement, femme généreuse pour les œuvres et même pieuse, mais que les membres de la Compagnie du Saint-Sacrement lui dénonçaient régulièrement comme ouvrant ses portes à des rencontres galantes.

— Ces Messieurs en ont-ils usé pour être si catégoriques ? intervint Angélique, en souriant.

Elle se demandait pour quelle raison l'Evêque semblait décidé tout à coup — alors qu'on était en plein Carême et à peine sortis d'une tempête épouvantable — à passer en revue ses « manquements », lesquels mis bout à bout amenaient à se poser des points d'interrogation.

Il y avait encore le point qu'Eustache Banistère l'avait demandée à l'Hôtel-Dieu. Il y avait aussi le rapport d'un curé du côté de Lorette. Celui-ci avait fait irruption dans une habitation à lui dénoncée comme abritant des ripailles le dimanche qui rompaient sans vergogne le saint jeûne du Carême. Les occupants originaires du Berry s'étaient défendus en arguant que leur ragoût ne contenait que des queues de castors, chair qui trouvait grâce devant les autorités ecclésiastiques comme appartenant au gibier aquatique. Pour preuve de leur innocence, ils disaient que Mme de Peyrac, qui avait grand renom, s'était assise à leur table ce jour-là.

— Je me promenais avec ma fille. Nous sommes entrées pour nous reposer.

— Etaient-ce vraiment des queues de castors ? demanda l'Evêque.

— Nous n'avons bu qu'un peu de lait, répondit Angélique prudemment.

Enfin, on arrivait à cette affaire la plus grave, douloureuse à son cœur de pasteur des âmes, de l'enquête du Lieutenant de Police sur la disparition du comte de Varange qui avait amené la découverte des sinistres turpitudes d'une cérémonie de sorcellerie perpétrée en plein cœur de Québec, accablante horreur dont il n'aurait pu croire que la lèpre s'étendrait un jour au Canada. Histoire d'autant plus sombre que son auteur, le comte de Varange, était un membre, qu'il avait cru dévot, de la Compagnie du Saint-Sacrement. Garreau d'Entremont semblait avoir fait diligence. Il annonçait pouvoir mettre bientôt la main sur un soldat déserteur, La Tour, qui avait été mêlé à la conjuration et qu'on avait vu rôder dans les environs. Le Lieutenant de Police se trouvant devant un cas d'opération magique avait longuement consulté l'Evêque. Les tribunaux religieux épiscopaux n'existaient que pour les clercs.

Il leur avait fallu étudier ensemble quelle forme donner à l'accusation pour que le bras séculier pût s'abattre sur le misérable auteur de ces horribles pratiques... lorsqu'on l'aurait retrouvé. Car il avait disparu.

— Le diable l'a enlevé, dit Angélique.

Là encore le nom de Mme de Peyrac avait été prononcé.

Angélique était en train de chercher quel prétexte donner à sa visite chez le Bougre Rouge. Invoquerait-elle l'achat de ces peaux de souris tannées par l'Eskimo et qui pouvaient servir de pansements sur des plaies de petite surface ?

Les explications de Mgr de Laval sur l'affaire Varange lui ouvraient une issue. N'était-ce pas sur une « dénonciation » du sorcier que son nom avait été prononcé? Voilà pourquoi elle s'était rendue à son domicile, pour lui demander raison de telles calomnies dont M. d'Entremont lui avait appris qu'elle était l'objet.

— Mais quel motif pouvait pousser ce devin à vous mettre en cause? s'étonna l'Evêque.

— La malveillance, sans doute. Qui sait ce qui se passe dans les esprits retors des sorciers? Une bourse bien pesante peut les aider aussi à voir ce qui arrange le donateur. Je serais plutôt portée à croire qu'un homme comme le Bougre Rouge profite de ses dons et de sa science pour mystifier le menu peuple et pour faire cracher au bassinet les gentilshommes animés d'intentions mauvaises envers leurs semblables.

Tout à coup, elle fut prise d'une inspiration, elle pouvait rassurer l'Evêque quant au sorcier. Sœur Madeleine lui avait raconté combien la nuit de leur arrivée les « airs » étaient troublés. La religieuse visionnaire avait vu en songe le saint Père Brébeuf, martyr des Iroquois, l'adjurant de se mettre en prières pour la conversion d'un sorcier. A n'en pas douter, il s'agissait du sorcier de la Basse-Ville, car lorsque Mme de Peyrac l'avait visité, elle n'avait trouvé devant elle qu'un homme sage, qui lui avait assuré :

« C'est bien fini. Je ne toucherai plus à un grimoire de magie. Je ne veux plus que me livrer à l'étude des livres anciens. »

Evoquant cette nuit-là, où il semblait décidément s'être passé bien des choses, il lui avait appris qu'on lui avait apporté une boîte d'hosties pour qu'il se livrât sur elles à des manipulations diaboliques. A coup sûr, les prières de la Mère Madeleine avaient été entendues et agréées par le ciel.

— Il est converti, je peux vous en assurer, Monseigneur.

L'Evêque parut ému. C'était, en effet, une heureuse nouvelle. Restait à trouver l'autre criminel : le comte de Varange. Le Lieutenant de Police se persuadait qu'il avait été assassiné.

— ... S'il en est ainsi, Monseigneur, ne pourrait-on penser que le bras qui l'a abattu peut être considéré comme le bras justicier?

L'Evêque eut un nouveau soupir et se tut. Il la considérait d'un air songeur. Dans son œil gris, dont la paupière tombante atténuait l'éclat inquisiteur, elle pouvait lire qu'il se demandait par quels hasards — puisqu'il s'agissait de hasards — cette femme mondaine, bienveillante, qui ne s'était fait que des amis, et dont son exorciste lui avait garanti la parfaite disculpation quant aux accusations de démonologie portées contre elle, se retrouvait mêlée à toutes les affaires un peu troubles, suspectes ou franchement inquiétantes qui lui avaient été soumises au cours de l'hiver?

Angélique avait l'intuition qu'il ne l'avait pas fait venir pour lui poser uniquement des questions à propos de ses visites chez le Bougre Rouge ou à l'auberge du *Navire de France*. Il regarda vers la fenêtre. Les zébrures blanches de la neige passaient sur l'écran noir de la nuit.

— L'hiver est encore rude! dit-il. Mais n'oublions pas, avril n'est pas loin et avec l'approche de ce mois nous pouvons entrevoir la fin de nos misères...

Il y eut un silence. Mgr de Laval ouvrit la bouche, hésita, puis changea de sujet.

— On m'a dit que vous aviez pris pour dévotion le Père Eternel.

Elle acquiesça.

L'Evêque se leva pour aller chercher des gravures du Père Eternel dans sa bibliothèque. Angélique regardait par la fenêtre si la neige se calmait, mais les giclées blanches continuaient à passer sur l'écran noir de la nuit. Il y eut un choc contre le carreau. Un gros pigeon venait de s'abattre là, dans l'angle du carreau. Comme la colombe de l'Arche, ne trouvant rien sur la terre désolée, il se réfugiait auprès des hommes. Il survivait grâce à la ville et ses milles abris, ses déchets de nourriture... Ses paupières à la membrane blanche clignotaient vite sur son petit œil rouge. Sans effroi, il la fixait d'un air familier et entendu.

— Il loge là, dit l'Evêque. C'est son nid. Par les plus fortes tourmentes, je le vois, blotti, satisfait. Le petit rebord de pierre, à peine plus large que ses deux pattes, représente pour lui la sécurité et il semble en remercier Dieu. Quelle leçon pour nous qui sommes si exigeants et si préoccupés de nos aises !

Comme si leur sympathie commune pour le pigeon l'avait encouragé, l'Evêque se décida :

— Veuillez vous rasseoir quelques instants encore, Madame, j'ai une communication importante et secrète à vous faire vous concernant, vous et votre époux.

67

Il commença par lui parler du Père d'Orgeval, ce qui lui fit dresser l'oreille et lui parut de mauvais augure.

Attirant à lui un sous-main de cuir qu'elle avait remarqué sur la table, il l'ouvrit. Il contenait trois missives qu'il prit une à une à mesure qu'il en nommait les auteurs.

Auparavant l'Evêque crut bon de rappeler que le Père d'Orgeval était fort bien en cour auprès du Roi. Il avait été reçu plusieurs fois par celui-ci et avait su retenir l'attention du souverain.

— J'ai là quelques extraits du rapport qu'il lui adressa. Il s'était efforcé d'intéresser le Roi à l'énorme réservoir de guerriers au service de la France que représentaient les Sauvages.

Il écrivait.

« ... Les Abénakis sont ennemis des Anglais pour des questions de religion. Rien n'est plus édifiant que leur piété lorsqu'ils marchent à l'ennemi... » Mais quelques lignes plus loin, il exposait son point de vue et pour quelle raison salvatrice il fallait entraîner les Abénakis à la guerre.

« ... Nous n'en ferons jamais des chrétiens. Même chez les baptisés, le sentiment religieux continue à s'entrelacer avec leurs superstitions grossières et les laissent aux mains de leurs sorciers.

« ... J'ai donc prêché que le salut éternel ne pouvait être obtenu que par la destruction des hérétiques et voilà un exercice de piété qui leur paraît clair et facile à exécuter. Ils se sont ralliés par milliers autour de mon étendard sur lequel j'ai fait broder cinq croix entourées de quatre arcs et flèches... »

La lettre de Colbert, Ministre du Commerce et de la Marine, que l'Evêque avait également dans son dossier notait l'appréciation du Roi.

« ... Prêtre de mérite, le R.P. d'Orgeval nous a paru remarquable car seul excellant à rallumer la guerre contre les Anglais avec lesquels Nous avons signé la paix, ce qui Nous empêche de continuer à les affaiblir et à rabattre leur superbe ouvertement. Mais transposer la lutte dans les forêts du Nouveau Monde n'est point malhabile. Le Père d'Orgeval doit continuer à empêcher toute entente possible avec les Anglais... Il ne marchandera pas son aide... »

A quoi le ministre avait répondu en soulignant qu'il avait bien compris les intentions de son souverain.

« Vous m'avez recommandé particulièrement de réveiller l'hostilité des Sauvages pour les Anglais, de harasser les colons anglais et, si possible, de les pousser à abandonner le pays ainsi qu'à renoncer à venir le peupler... »

Le Roi n'avait pas manqué d'entendre un langage qui lui convenait si bien.

— De quand date ce courrier ?

— Il nous est parvenu voici près de deux ans. Le Père d'Orgeval revenait dans le même temps et reprenait la tête des missions d'Acadie.

— Je ne m'étonne plus que nous ayons trouvé dès notre arrivée une campagne de guerre organisée et... je comprends mieux combien notre venue à Katarunk, à Gouldsboro a dû paraître à l'organisateur un obstacle fâcheux et..., aussi, je mesure le sens d'équité et... le courage dont tous les officiels de Nouvelle-France et vous-même, Monseigneur, aviez fait montre en répondant à nos propositions de paix.

— Le Grand Conseil de Québec doit, s'il veut bien remplir son rôle, être capable d'une certaine indépendance. Nous sommes isolés neuf mois sur douze.

— J'ai le sentiment d'avoir méconnu combien votre lutte avec le Père d'Orgeval a dû être âpre et délicate.

— Elle le fut... et elle n'est pas finie encore. Elle entre dans une nouvelle phase, bien que celui qui la dirige ait été contraint de quitter le champ du combat. Mais il a laissé des traces et préparé un piège...

L'Evêque remit dans le tiroir de son secrétaire le dossier contenant les lettres explosives, frappées au cachet royal.

— Voici : sur le point de quitter Québec, au moment de votre arrivée, le Père d'Orgeval m'a demandé audience. Il fut bref. Il partait, me dit-il. Il ne discutait pas sa défaite.

« Vous avez fait votre choix, Monseigneur, vous et les édiles de Québec. » Il s'effaçait devant celui qui avait ruiné son œuvre en Acadie, le comte de Peyrac, que nous nous apprêtions à recevoir ainsi que devant cette femme qu'il avait, en vain, combattue. Nous avions tous succombé à un mal dont nous nous repentirions un jour. Il nous laissait six mois — disons avril, précisa-t-il avec un sourire froid — pour que nos oreilles et nos yeux s'ouvrent et que nous connaissions la véritable nature de ceux que nous accueillions en ce jour. Si, de nous-mêmes, continuait l'Evêque qui ne paraissait pas s'être laissé très impressionner par ces menaces proférées par le jésuite, nous ne nous étions pas alors repentis de vous avoir ouvert nos portes à vous, Madame, et à votre mari, nous serions amenés à le faire. Il avait rassemblé des documents accablants vous concernant. « En avril, conclut-il. Le temps de la réflexion. Et ils seront remis à vous, Monseigneur, car vous êtes la conscience de l'Eglise de la Nouvelle-France. Vous y trouverez soit une preuve pour soutenir l'opinion que vous vous serez faite sur les dangers de traiter avec ces gens de Gouldsboro, soit la force d'aider vos ouailles, plus faibles à comprendre qu'elles se sont laissé abuser et entraîner dans une voie désastreuse. » Avril... Nous n'y sommes pas encore, mais l'échéance approche. C'est pourquoi j'ai voulu vous rencontrer, Madame, et vous mettre au courant.

— Qui doit vous remettre ces papiers compromettants ?

— Je l'ignore... Mais ce que je vous affirme c'est que

je n'en veux pas. Ni les voir ni les recevoir... Comprenez-vous ?

— Le Père d'Orgeval n'a-t-il fait aucune allusion à la nature de ces... dénonciations ?

L'Evêque secoua la tête.

— Il semblait seulement assuré qu'il me serait difficile après en avoir pris connaissance de vous conserver mon soutien.

Angélique pensait à la réflexion de Ville d'Avray à propos de « l'espion du Roi ». Il était plausible qu'un inconnu, dans la ville, attendît son heure pour se rendre chez l'Evêque et lui remettre ces rapports « accablants » dont le prélat ne voulait pas.

— Pourquoi n'avoir pas convoqué, de préférence, mon mari ?

— Pour soulever moins de curiosité. Il m'arrive de recevoir plus fréquemment ces dames de la Sainte-Famille, que Monsieur de Frontenac par exemple, ou Monsieur l'Intendant, car tout de suite l'on se demande quelle révolution de palais se prépare. Et puis, je voulais faire justice, avant de vous parler, de ces quelques histoires douteuses à votre sujet... Nous nous sommes expliqués. Vous voici donc avertie et Monsieur de Peyrac le sera par vous. Mais puis-je vous recommander la plus grande prudence, la plus grande discrétion.

— Que faire ? l'interrogea-t-elle avec angoisse.

— Je l'ignore. Pour ma part et après réflexion, je vous avoue que je ne saurais sur qui porter mes soupçons et ne veux pas m'entretenir de cela avec mes collaborateurs, car il est préférable qu'aucun bruit ne circule, je n'ai donc pu récolter leur avis. Je ne puis faire plus. Je vous ai parlé. Une femme observatrice, attentive à des nuances, peut avoir quelques idées... et aussi, pour l'avoir observé dans ses entreprises, je crois Monsieur de Peyrac fort habile à assurer lui-même sa protection.

Ce ne pouvait être plus clair.

« Trouvez ce complice du Père d'Orgeval », semblait dire l'Evêque... » Mettez-le hors d'état de nuire... »

Angélique se leva et après avoir rassemblé son manteau sur ses épaules baisa l'anneau de l'Evêque.

— Je suis touchée, Monseigneur, et mon époux, soyez-en assuré, partagera ma reconnaissance, que vous cherchiez à nous éviter de nouvelles avanies.

— Elles ne pourraient être qu'inutiles pour tout le monde et détruire ce fragile équilibre de paix que nous avons difficilement créé et réussi à maintenir quelques mois.

— Dois-je comprendre, Monseigneur, que nous avons répondu à la bonté de votre accueil par une attitude qui ne vous a pas déçu et que vous vous réjouissez de notre présence parmi vous?

Il envisagea sa beauté de femme qui semblait s'ignorer et n'en avait que plus de pouvoir. Elle était différente. C'était indéniable. Il ne pouvait s'empêcher de penser que grâce à elle l'hiver avait été moins gris, la joie des cœurs plus chaude. Il répondit avec un demi-sourire.

— Pour un hiver... oui!

La loyauté et la franchise de l'Evêque lui avaient fait plaisir. Il ne boudait pas son sentiment et sa raison qui lui faisaient trouver agréments et bienfaits en la présence du comte et de la comtesse de Peyrac. Il ne cachait pas non plus qu'il ne les considérait pas l'un et l'autre comme de tout repos, mais... « Pour un hiver... oui! »

L'été revenu, ils partiraient.

Vers quel horizon? Cela importait peu. L'Evêque souhaitait que la séparation se fasse dans la paix et accompagnée de projets positifs d'alliance. Pour lors, il n'était pas du tout disposé à voir surgir de nouveaux éléments de discorde.

Il fallait lui rendre le service de subtiliser à temps les pièces de ce dossier, mais malgré la confiance qu'il semblait avoir dans l'habileté de Peyrac à découvrir qui les possédait, c'était un peu rechercher « une aiguille dans une botte de foin ».

Avant d'en parler à son mari, Angélique songea au Bougre Rouge. « Il est voyant et tellement savant. Et il connaît tout de la ville et de ses mystères. »

Le quartier Sous-le-Fort avait souffert de la tempête. Des toits misérables avaient été arrachés, des pilotis rompus. Les résidents de l'endroit s'agitaient du haut en bas de leur falaise comme des fourmis, rapportant de la scierie des planches et des poutres neuves, jetant à bas la neige et la glace qui les avaient ensevelis.

Angélique, une fois parvenue chez le sorcier, lui fit part de ce que lui avait confié Monseigneur de Laval. Elle ne lui parla pas des démarches qui avaient été prévues contre lui puisque la question semblait réglée. Elle lui dit seulement que l'Évêque ne tenait pas à avoir entre les mains un document qui leur causerait à tous du tort, et qu'il serait obligé, une fois qu'on le lui aurait remis, de prendre en considération. La difficulté venait de ce que ni lui ni personne ne pouvait prévoir qui porterait le coup.

— Et vous venez me demander de vous indiquer qui est l'individu qui possède ces grimoires dangereux ? questionna le Bougre Rouge en la regardant avec ironie.

Il était assis, toujours à l'indienne, dans le fond de son antre sur des fourrures et tenant devant lui un grand volume ouvert.

— ... Comme ça ?! Je ferme les yeux, je le vois ?! Je le décris, je vous livre son nom ?!

— Vous m'avez bien vue à des lieues d'ici, une nuit, murmura Angélique.

— Je vous ai dit que je ne voulais plus m'occuper de voyance ! C'est fini ! Je ne veux plus me consacrer qu'à l'étude...

Et il tourna avec affectation une page de son livre dont les gravures sur bois, fort belles, représentaient les signes du zodiaque.

« Décidément, vous l'avez trop bien converti, ma petite mère ursuline », pensa Angélique.

L'Évêque pouvait être entièrement rassuré sur le compte de son sorcier.

Le Bougre Rouge lui lançait des regards moqueurs en paraissant se réjouir de sa déconvenue.

— Vous êtes comme les autres. Il vous faut tout sur un plat d'argent et par la magie encore ! Alors qu'il n'y a qu'à réfléchir un peu : » Qui possède ces lettres ? Demandez-moi plutôt qui les apporte... Pourquoi vous imaginez-vous que l'homme est dans la ville et attend son heure ? L'Evêque a dit : « La fin de l'hiver, fin mars ou avril... » Pourquoi ces précisions ? Savez-vous ce que cela signifie ?... Qu'il n'est pas là encore. Qu'il va venir.

— Mais d'où et comment ? Nous sommes dans les glaces. On ne peut envisager des nouvelles d'Europe avant juin ? La fin mai au plus tôt.

— Du côté de la Nouvelle-Angleterre et des côtes de l'Acadie, la mer est libre. Des bateaux peuvent commencer d'arriver, apporter des courriers d'Europe. Et dès le mois prochain, un bon « voyageur » exercé peut remonter vers le nord sans trop risquer de « s'écarter ». Les tempêtes se font plus rares, les fleuves comme le Pénobscot ou le Kennébec sont navigables...

— Alors ? Un messager qui viendrait du sud ? Après avoir pris livraison de ces documents dans un port de l'Océan ?

— Eh oui ! Informez-vous ! Guettez ! Vous avez vos armes. Ce sont les affaires des humains de se montrer vigilants et de déjouer les ruses de leurs ennemis. Au plus malin la victoire. Et les sciences dangereuses doivent être réservées à de plus graves communications.

— N'avez-vous aucune idée sur celui qui peut être ce messager ?

— Bien ! Bien ! Je réfléchirai. Revenez me voir. Mais rappelez-vous que j'en ai fini avec les conjurations. Ici, je vous l'ai dit, les choses se passent autrement, c'est donner des perles aux pourceaux. Il me reste mes livres et les mystères que j'ai décelés et que je serai seul peut-être à pénétrer. Ma chère dame, je peux encore, si je le veux, faire danser les vaches et maudire une étable au point que les bêtes crèveront toutes. Mais à quoi bon se donner tant de mal par ici ? L'ensorcelé s'en ira au bois traiter les pelleteries et reviendra plus riche qu'avant. Il faut garder seulement les grands secrets. Pour le reste, les « jongleurs » indiens en savent plus long que nous.

— Avez-vous appris quelques-uns de leurs tours ?

— Peuh ! A part deux ou trois pouvoirs que nous

avons en commun, c'est un autre enseignement, une trop longue recherche et qui a devant elle une trop courte vie. L'eau-de-feu est en train de détruire les pouvoirs des Indiens. Ils ont cru trouver en elle un moyen facile d'accéder aux songes et à la transcendance. Ce n'était qu'un artifice. Les grands pouvoirs vont s'effacer devant l'objet. Un mousquet, un canon causent plus de ravages mortels que ne le peut le mauvais œil du plus habile des sorciers... La magie résistera mal aux temps qui s'annoncent. Nous nous endormirons, nous nous glisserons sous la terre emportant le trésor des révélations. Toute magie blanche ou noire va s'abâtardir, perdre de son sens. Une bouillie infâme, grommela-t-il comme si ce qu'il entrevoyait pour les siècles à venir lui inspirait un dégoût profond.

Il cracha avec mépris.

— ... Il faudra attendre l'ère de l'Esprit, quand ressurgira la source, l'eau vivante du Signe.

Son index grisâtre à l'extrémité noircie par le tabac se posa brusquement sur la page du livre ouvert devant lui.

— Le Verseau..., marmonna-t-il. Voyez là ! Le sage vieillard versant l'eau de la Connaissance.

Comme elle se penchait pour examiner la représentation du signe zodiacal, un grand bruit au-dehors, mêlé d'éclats de lumière projetés par les flammes mouvantes des torches, vint interrompre leur contemplation.

La vieille femme qui habitait au-dessous du Bougre Rouge se mit à glapir comme une pie-grièche.

Angélique se leva pour aller s'informer. La porte s'ouvrit sur une apparition qui lui parut, pour l'endroit et le moment, des plus fantastiques. Sur fond de nuit éclairé par une torche tenue par un exempt de la Prévôté se dressait le procureur Tardieu de La Vaudière, très grand et très beau comme toujours. Il était revêtu de la sombre toge magistrale à rabat blanc de sa charge. Pour compléter son personnage officiel dans l'exercice de ses fonctions, il s'était coiffé de la haute perruque à rouleaux blancs très bien rangés, qu'il était de mise de revêtir pour les magistrats quand ils siégeaient au tribunal.

Sa surprise en se trouvant devant Angélique égala sans nul doute celle qu'elle éprouvait. Cependant il se ressaisit rapidement car il vivait l'un des grands moments de sa carrière et n'en voulait rien perdre.

Courbant sa haute taille, encore surélevée par l'imposante perruque, il pénétra dans l'antre du sorcier de la Basse-Ville. Sans jeter un regard autour de lui tant ce décor lui inspirait de mépris et de dégoût, il déroula un rouleau de parchemin surchargé de rubans et alourdi de cachets de cire. Il se rapprocha pour s'éclairer de la cuve de pierre tendre où brûlait l'huile de baleine. Il entreprit d'en donner lecture.

Avec les formules d'usage, le texte annonçait requérir le Sieur Jean-Marie-Louis-Thomas Jaumette de quitter les lieux et de se rendre sous escorte jusqu'à la Prévôté pour y être interrogé par le Lieutenant de Police. En cas de résistance de sa part, il était averti que des représentants de la maréchaussée, c'est-à-dire une escouade de six archers à hallebarde, et d'un sergent à hoqueton attendaient dans les escaliers du quartier afin de lui couper toute retraite.

Devant la porte où il n'y avait guère de place pour rassembler plus de monde, se tenaient un exempt de la Prévôté et le Greffier du Conseil royal venus l'assister dans sa démarche.

— Pourquoi l'arrêtez-vous ? De quoi l'accusez-vous ? demanda Angélique dès qu'elle eut saisi que le patronyme de Jean-Marie-Louis-Thomas Jaumette désignait officiellement le Bougre Rouge.

— Sorcellerie ! Madame, puis-je me permettre de vous faire remarquer que je suis choqué de vous découvrir dans ce sinistre bouge. Qu'y faites-vous ?

— Je venais porter à Monsieur Jaumette l'assurance que m'a donnée l'Evêque qu'il ne serait pas inquiété, n'ayant rien à retenir de probant contre lui. Reconnaissez que Monseigneur est seul habilité pour en juger. Et par ailleurs, Monsieur le Lieutenant de Police m'a répété à maintes reprises qu'on n'arrêtait plus de nos jours pour sorcellerie mais pour crime.

— Oh ! des crimes on en trouvera ! dit le Procureur, jovial. Ce qui importe c'est qu'il vide les lieux. J'ai enfin obtenu du Grand-Voyer qu'il me signe une ordonnance qui va me permettre de jeter à bas ce quartier insalubre.

— Et vous cherchez des prétextes pour justifier les expulsions ?

— Tout juste ! Un sorcier ! Personne ne peut y trouver à redire... De quoi vous mêlez-vous ? fit-il brusquement. Comment se fait-il que vous, Madame, et votre mari, on vous retrouve sans cesse mêlés à des affaires suspectes ? Le Gouverneur est aveugle !

— Le Gouverneur est surtout conscient des avantages que la Nouvelle-France peut retirer de l'amitié que nous lui portons, Monsieur de Peyrac et moi. Il a heureusement une conception de la façon dont il doit remplir sa fonction plus large que vous n'avez de la vôtre.

— Ce point n'est pas à discuter en pareil lieu. Si étroite soit ma conception de l'application des lois, je continue à trouver étrange qu'une personne de votre qualité se commette avec un aussi misérable et répugnant individu.

— J'ai pour lui la caution de l'Evêque. Vous pouvez vous rendre à l'évêché.

— Fariboles ! Moi, j'ai la caution du Grand-Voyer qui m'autorise à commencer la démolition de cette pourriture.

— Vous n'allez tout de même pas le chasser de sa maison ?

— Vous appelez ça une maison ! Ne voyez-vous pas que cet amoncellement de baraques est un fagot dressé pour l'incendie.

— En attendant, c'est vous qui allez mettre le feu à mon chaume avec vos torches, intervint le Bougre Rouge qui restait impassible, son livre ouvert sur les genoux... Et puis, écartez-vous donc un peu, Procureur, vous allez écraser mon Eskimo, là dans le coin, qui devient tout à coup dangereux comme un ours blanc quand il se fâche. C'est un Indien des banquises... Il vous dévorera tout cru.

Noël de La Vaudière abaissa son regard et découvrit contre sa jambe la face plate et brune de l'Eskimo et le rictus qui découvrait ses dents aiguës, limées avec soin.

Il fit un bond de côté et sa perruque de magistrat accrocha au plafond le « bec de corbeau » dans lequel brûlait la mèche à huile. L'huile se renversa. Les rouleaux blancs soyeux commencèrent à griller.

Angélique voulut se précipiter vers Noël Tardieu pour étouffer la flamme avec son manteau, mais il s'était jeté dehors par peur de l'Eskimo, ne sachant pas que sa perruque flambait. Son greffier Carbonnel l'apercevant et voulant le secourir s'élança et passa à travers la planche pourrie de la galerie de la vieille voisine. Le greffier poussa un cri terrible car il s'était cassé la jambe, cri auquel fit écho celui de M. le Procureur qui, comprenant ce qui lui arrivait à la morsure d'une brûlure sur la joue, arracha sa perruque et l'envoya au loin à toute volée. Telle une comète enflammée traversant un ciel d'été, elle décrivit une courbe gracieuse et alla tomber dans une courette dont tous les détritus entassés et la palissade prirent feu sur-le-champ. Un toit de bardeaux suivit et les habitants du taudis n'eurent que le temps de se jeter hors de leurs quatre murs de planches en feu, de sauter et de se recevoir sur les tas de neige, dans la rue Sous-le-Fort.

Les archers, étagés à mi-chemin avec leurs torches et leurs hallebardes, ne savaient s'ils devaient redescendre vers le point où le feu prenait, ou monter pour secourir là-haut le Procureur et son greffier qui poussaient des cris.

— Aidez-moi à sortir de là Monsieur Carbonnel, disait Angélique au mari de Bérengère.

Mais celui-ci, halluciné, contemplait au-dessous de lui l'effervescence subite de ces flammes qui, si souvent, avaient hanté ses cauchemars.

Enfin le sergent au hoqueton fit preuve de sang-froid. Après avoir donné l'ordre d'éteindre les torches dans la neige, — on y voyait assez clair comme cela maintenant — il prit deux hommes avec lui pour secourir le greffier, envoya les autres porter aide à la population de la falaise. De chaque cabane de planches ou de rondins, déjà atteinte ou menacée, les habitants sortaient en poussant des cris, essayant de sauver quelques hardes, une chaudière, une cassette. Il n'était pas question de rien essayer d'éteindre.

— Veillez aux vieux et aux enfants, cria le sergent. Portez-les...

Mais le vent emporta au-delà quelques bottes de chaume enflammé qui tombèrent dans la cour arrière du *Navire de France* et un valet accourut en disant que des barriques vides commençaient de flamber devant le magasin.

— Mes peaux de castor !... s'écria la Polak en se précipitant, mes meubles... ma maison...

On attaquait au pic la rive pour essayer de trouver de l'eau. Une traîne était partie avec un tonneau vers le trou où l'on taillait la glace dans l'espoir de l'y remplir plus facilement, mais le gel récent avait refermé toutes les issues.

— Les puits !

Des maisons, où il y avait des puits intérieurs, surgissaient des hommes et des femmes chacun chargé d'un seau clapotant.

— Les seaux !

Il n'y en avait pas assez. Les seaux de cuir de réserve pour l'incendie étaient entreposés dans le vieux magasin du Roi dont le greffier Carbonnel ou le Procureur avait la clé.

— Les haches !

Les haches aussi. On parla de monter au greffe. On ne savait pas encore que le Procureur, brûlé à la joue, et le greffier, la jambe cassée, se trouvaient sur les lieux, dans la Basse-Ville. Dans l'arrière-cour du *Navire de France* on parvenait à arrêter l'incendie.

Mais, dans des ronflements et des craquements le quartier Sous-le-Fort était livré à l'holocauste. Le vent se levait, entraînant les redoutables cerfs-volants de feu et nul ne pouvait plus prévoir où ils allaient retomber, allumant d'autres foyers.

La Basse-Ville allait être la proie des flammes.

La Polak, le visage barbouillé de suie, rentra en courant dans la grande salle de l'auberge, où Angélique aidait les archers à installer le greffier plaintif, sur un banc.

— Il t'appelle! lui lança-t-elle. Il t'appelle!

— Qui cela?

— Le Bougre Rouge! Il est resté là-haut!

Angélique courut sur le seuil. Les flammes atteignaient la cahute du Bougre Rouge, la dernière au sommet de l'échafaudage dans la falaise.

Elle l'aperçut debout sur le ressaut éclairé par les langues d'or géantes qui, en se tordant, se hissaient jusqu'à lui. Il serrait dans ses bras, sur sa poitrine, le grand livre de Toth, de cuir et de parchemin. Il regardait vers le ciel qu'il devait découvrir noir et piqueté d'étoiles à travers la hideuse approche du feu.

La Polak se jeta à genoux aux pieds d'Angélique.

— Dis-lui d'arrêter le feu! s'écria-t-elle. Lui seul peut le faire. Dis-lui d'écarter le fléau! Dis-lui! Toi seule le peux! Par l'Esprit!

On entendit craquer les soubassements de la cabane. Les poutres de soutien fléchirent et la façade s'inclina, devenue au-dessus de l'homme un portique d'or fluide. Une clameur monta de la foule qui instinctivement se reculait jusqu'au fleuve.

La cahute s'abattit.

Dans une gerbe d'étincelles, disparurent le Bougre Rouge, son Eskimo et ses livres maudits.

Mais en s'arrachant de la falaise, la maison du sorcier entraîna une énorme masse de boue, de roches et de glaces dont l'avalanche, dans un chuintement atroce de vapeur et d'émanations de matières calcinées, étouffa le gigantesque brasier qui se déchaînait au-dessous.

Il y eut une sorte de lutte titanesque entre les éléments, entre le feu et l'éboulement. Puis les derniers serpents rouges qui essayaient de s'insinuer hors du chaos furent arrêtés par les remblais de neige, aspergés d'eau à la volée, écrasés du talon. Et l'obscurité retomba. L'on sut plus tard que la tragédie n'avait duré que vingt minutes.

Les nuages de fumée épaisse et nauséabonde qui

s'élevaient des ruines et montaient en volutes vers le ciel finirent par incommoder les habitants du château Saint-Louis sur le Roc, Gouverneur, officiers, laquais, marmitons sortirent sur la terrasse.

Les soldats de la garde de M. de Frontenac, alertés, se ruèrent vers la Basse-Ville, appelant au feu. Le tocsin de la cathédrale se mit à sonner.

Les militaires défoncèrent la porte du vieux magasin du Roi. Les seaux de cuir, les haches, les crocs de fer, les échelles furent empoignés, distribués. Les sauveteurs débouchèrent sur la place de l'Anse du Cul-de-Sac où, devant l'auberge du *Navire de France* épargnée, la foule se tenait immobile, éberluée, toussant et crachotant sous une pluie de cendres.

— Comment le feu s'est-il éteint ? demandèrent-ils.

— Par magie ! répondirent les témoins.

Le Procureur refusa énergiquement pour sa brûlure toute aide et tout remède de la part de Mme de Peyrac, que sa femme pourtant sollicita à plusieurs reprises.

Il garda de ce jour une cicatrice qui, en le rendant moins beau, lui donna, on ne sait pourquoi, l'air plus intelligent.

Peu de gens le plaignaient.

— Eh bien, vous êtes content ? lui disait-on avec hargne. Vous l'avez nettoyé votre quartier Sous-le-Fort !

On remarquait que son supérieur hiérarchique, Garreau d'Entremont, ne lui votait pas de compliments. La hure bourrue du Lieutenant de Police laissait deviner un brin de contentement. La fatuité du jeune fonctionnaire et son zèle l'avaient souvent agacé.

— Il a voulu jouer son petit La Reynie montant à l'assaut du faubourg Saint-Denis et dispersant les derniers truands de la Cour des Miracles. Mais Québec n'est pas Paris !

Cette affaire hanta longtemps Noël Tardieu de La Vaudière.

A quelques oublieux qui, le rencontrant, s'informaient du souci qui l'assombrissait, du même ton accablé d'effroi qu'avaient dû avoir les Anglais s'écriant après le bûcher de Jeanne La Pucelle : « Nous avons brûlé une sainte », il répondait :

— J'ai brûlé un sorcier !

DIXIÈME PARTIE

LE MESSAGER DU SAINT-LAURENT

68

Et les citoyens de Québec connurent une ère de trêve dans les tracasseries habituelles dont les harcelait l'administration. Grincheux, Carbonnel se faisait porter chaque matin à son greffe par six forts lascars. Stoïque, il ne pouvait qu'opposer un silence maussade aux plaisanteries dont on ne se privait pas de l'abreuver. Non que personne eût le mauvais cœur de rire de sa jambe cassée... Mais de son Procureur, ah! oui!... Bien la peine de vous avoir picoré le crâne tout l'hiver avec sa peur de l'incendie — et de leur faire débarrasser les toits et de leur faire ramoner les cheminées — pour aller allumer lui-même l'incendie, de sa propre main. Car Nicolas Carbonnel ne pouvait pas le nier. Il l'avait vu de ses yeux, son Procureur, jeter sa perruque enflammée sur les toits de bardeaux du quartier Sous-le-Fort.

Et si lui, le greffier, préférait garder bouche cousue sur ce geste criminel, d'autres l'avaient vu et pouvaient en témoigner. On l'avait vu d'en bas, on l'avait vu d'en haut. On l'avait vu de partout.

Des échos filtrèrent d'une atroce dispute qui éclata au sein du jeune ménage Tardieu de La Vaudière.

— Je suis la risée de la ville, criait Bérengère hors d'elle, si ce n'est la brebis galeuse que l'on rendrait volontiers responsable du sinistre. L'on me tourne le dos ou l'on me pouffe au nez. Tout cela par votre faute, Monsieur. Je vous savais benêt, mais à ce point !... Quelle idée vous a pris de mener une opération de police en robe et perruque, à cette heure qui nécessitait les porteurs de torches...

— Je me tue à vous répéter que ce ne sont pas les torches qui ont mis le feu, braillait Noël Tardieu de La Vaudière. Dans ces bouges infects, il ne fait jamais jour. Ma perruque a accroché le bec d'une lampe à huile.

— Pourquoi fallait-il que vous y vinssiez dans ce bouge ? Et pourquoi, je le réitère, à cette heure, ce soir-là ?

Et comme il se taisait, tâtant d'un air sombre le bandage autour de sa brûlure.

— Je vais vous le dire, moi. C'est parce que vous aviez appris par vos espions que Madame de Peyrac s'y trouvait. Et vous aviez décidé de l'y surprendre — taisez-vous ! — de mélanger l'arrestation du sorcier en même temps que la sienne, afin de relancer la vieille querelle de sorcellerie contre elle, — non, laissez-moi parler !... et tout cela pour atteindre à travers elle et tout le mal que cela lui aurait causé, l'homme que vous haïssez mais que vous n'osez pas attaquer de front, Monsieur de Peyrac.

— L'homme avec qui vous vous affichez de façon éhontée, Madame, s'écria Noël Tardieu, blanc de rage, et à qui je dois de porter des cornes.

— Hélas ! Non ! Pour mon malheur ! riposta Bérengère-Aimée en levant vers le ciel ses souples bras de tragédienne. Hélas ! Il n'en est rien. Non ! Vous n'êtes pas cocu, Monsieur, et croyez que je le déplore. Mais tout n'est pas dit encore... Et j'y parviendrai peut-être, ne serait-ce que pour me venger de vous.

A la suite de la grande tempête suivie des aveux de Banistère, le comte de Peyrac avait fait bâtir sur l'emplacement de la chaumine détruite un petit bastion de bois qui veillait sur la maison de Ville d'Avray. Des hommes y montaient la garde nuit et jour. Leur vigilance soutiendrait heureusement celle du chien niaiseux, chargé de prévenir des débuts d'incendie par ses bonds désordonnés.

Mais l'on sentait que les flammes qui avaient ravagé le quartier Sous-le-Fort avaient exorcisé les mauvais esprits du feu pour l'année et il n'y avait qu'à regarder dormir le chien des Banistère sous le four à pain, pour comprendre que ce danger n'était plus à redouter.

Angélique avait fait part à son mari des avertissements de l'Evêque et de ce qu'en avait jugé le sorcier au cours de sa visite qui s'était terminée de façon si dramatique.

Maintenant qu'il n'était plus là, il serait difficile de découvrir par divination celui qui, le mois prochain, devait remettre à l'Evêque une dénonciation contre lui.

— Nous devons à Monseigneur notre Prélat de lui éviter de nouvelles affres de conscience à notre propos. Il s'est montré un trop parfait et trop loyal ami envers nous, avait-elle dit à Joffrey en lui rapportant son entretien avec Mgr de Laval.

L'interprétation du sorcier qui, se basant sur cette date du mois d'avril, parlait d'un messager ayant pu toucher un courrier d'Europe dans le Sud et assez hardi pour le ramener vers les régions presque inaccessibles l'hiver du bas Saint-Laurent, était à envisager. Il ne fallait pas exclure non plus la possibilité que ces papiers se trouvassent à Québec même, entre les mains d'un ami du Père d'Orgeval qui les révélerait après avoir respecté les consignes de délai demandé par le jésuite.

— Peut-être le Père de Guérande, qui était son coadjuteur en Acadie ? suggéra-t-elle. Il nous est tellement hostile.

— Je parlerai à Maubeuge, dit le comte.

Un premier indice leur vint de façon inattendue par le bonhomme Loubette.

Le vieil homme, qui ne bougeait point de son grabat, avait cet avantage d'être au courant de tout car on venait à lui. Les fragments d'information, il les collectait, bien rangés dans sa mémoire qui n'avait rien d'autre à faire.

D'anciens compagnons de traite, de plus jeunes qui

ne manquaient jamais de venir le visiter quand ils passaient par Québec et les dames de la Sainte-Famille étaient ses meilleures sources de renseignements.

Il se méfiait des ecclésiastiques qui ne disent que ce qu'ils veulent bien dire.

Depuis la première semaine de son arrivée où Ville d'Avray le lui avait recommandé, Angélique avait continué de visiter Pierre Loubette et lui, de longtemps, avait continué de la soupçonner de venir pour lui subtiliser à l'intention du marquis son calumet de pierre rouge et jusqu'à son vaisselier de chêne massif.

Il s'était peu à peu laissé apprivoiser et lui racontait maintes histoires du passé, car il avait fini par comprendre que cela l'intéressait.

— Je vous ai apporté du tabac, lui annonçait Angélique.

— Je ne peux plus fumer.

— Vous pouvez chiquer et même priser, cela soulage les humeurs.

Avec ses remèdes il toussa moins. Et de temps en temps quand elle venait, il fumait un calumet bourré d'un tabac de Virginie qu'elle lui préparait.

— Vous me plaisez, déclara-t-il un jour. Alors je vais vous dire où s'en est allé Pacifique Jusserant.

— Qui est Pacifique Jusserant?

Le vieillard était appuyé à ses oreillers et tirait quelques bouffées de son calumet.

— Le « donné » du Père d'Orgeval.

Angélique dressa l'oreille et alla s'asseoir au chevet du vieillard. Elle devinait que derrière cette annonce elle allait apprendre quelque chose d'important.

Les « donnés » étaient des civils qui servaient les missionnaires jésuites sans avoir à émettre de vœux religieux, mais dans un esprit de sacrifice. C'étaient des serviteurs dévoués ainsi appelés parce qu'ils se donnaient par contrat pour plusieurs années ou pour la vie, sans recevoir aucun salaire. La mission profitait de leur travail et s'engageait à pourvoir à leur entretien. Ils suppléaient les frères convers ou coadjuteurs de la Compagnie de Jésus, avec l'avantage de pouvoir en plus se servir d'un mousquet ou d'une arquebuse.

Ce nom de Pacifique Jusserant n'était pas inconnu à Angélique.

— Vous le connaissez, dit le vieux, vous l'avez soigné et sauvé de la cécité blanche, l'an dernier, dans votre fort de Wapassou.

Alors elle se souvint de l'individu en question. En plein hiver, chaussé de raquettes et escorté d'un Indien, il s'était présenté au fort porteur d'une lettre du Père d'Orgeval pour le comte de Loménie-Chambord. La réverbération du soleil sur la neige pendant la marche lui avait brûlé les yeux au point de le rendre aveugle. Elle l'avait soigné avec une décoction de pousses d'aiguilles de pins. C'était un homme jeune encore, mais farouche et, tout dévoué au missionnaire qu'il servait, il avait embrassé sa cause contre les gens de Wapassou. Pendant le temps de son séjour au fort, il ne s'était pas départi de son attitude méfiante.

— Il s'en est allé vers le sud, jusqu'aux rivages où la mer reste libre l'hiver et où les navires continuent d'aborder, possible même que ce soit du côté de Pentagouët ou plus bas encore, du côté de la Nouvelle-Angleterre. Il va chercher quelque chose pour le Père d'Orgeval qu'un courrier doit lui amener de France. Quelque chose de mauvais pour vous et votre époux.

— Comment savez-vous cela ?

— Il est venu me voir avant de partir. Quand j'étais moi-même « donné » nous avons partagé pas mal d'aventures ensemble. Il est né à l'île d'Orléans et il a une concession sur la côte de Lauzon du côté de Lévis. Mais il a tout quitté depuis longtemps pour suivre le Père d'Orgeval. Il est parti à l'été.

— Quand doit-il revenir ?

— Me paraît difficile qu'il puisse atteindre Québec avant le dégel. A supposer que le navire attendu soit parvenu aux côtes en janvier. Les traversées sont rares l'hiver, mais les Hollandais et les Anglais s'y risquent puisqu'ils ont la mer libre. Le Père avait des intelligences avec eux et se faisait ainsi envoyer toutes sortes de correspondance de sorte que, par l'Acadie, il gagnait souvent de vitesse les courriers qui arrivaient ici.

— Qu'apporterait-il qui pourrait nous nuire ?

— Je n'en sais rien. Mais Pacifique affirmait que si cela explosait, vous les étrangers ennemis de son jésuite, vous seriez détruits sans recours. Je lui ai dit qu'il était fou de se mêler de tout cela. Mais il l'a toujours été, un peu fou. Les Abénakis l'avaient surnommé « Orignal-Têtu », et ceux qui ne l'aimaient pas « Orignal-Fou ». Dès que le jésuite le regarde dans les yeux, il est prêt à marcher sur les braises.

A la suite de la révélation du vieux Loubette, ils tinrent conseil un soir dans la petite maison avec Barssempuy et Urville, Piksarett, Eloi Macollet et Nicaise Heurtebise, qui tous connaissaient bien le serviteur du Père d'Orgeval.

Le raisonnement du Bougre Rouge se révélait juste.

Mais une fois en possession de ce « quelque chose » qu'il était allé attendre sur les rivages de la mer libre, Pacifique Jusserant avait-il pu se lancer en plein hiver dans sa remontée vers le nord ? Même pour un homme entraîné et fanatique, traverser en raquettes cent à deux cents lieues de territoire désert était une entreprise qui comportait plus de chances d'échec que de réussite. Pris dans la tempête, il devait se terrer dans un trou. Il pouvait s'écarter, c'est-à-dire perdre la piste et alors il périrait, une fois sa provision de pemmican épuisée. Ou saisi par les grands froids, il tomberait gelé vif. Il lui serait difficile en cette saison de trouver un sauvage pour l'accompagner.

Joffrey de Peyrac pensait également qu'il n'était pas facile à un navire français ou étranger de parvenir l'hiver sur les côtes du Maine ou dans un port de l'Acadie péninsulaire : Port-Royal ou La Hève.

Même libre, la mer frappait de ses vagues les rivages enneigés. Elle était sinistre, démontée, souvent charriant des glaces.

Il pouvait aussi réussir. Et il fallait demeurer en alerte, essayer de prévoir cette arrivée et l'intercepter.

Ce soir-là Piksarett ne prononça pas un mot. Il se montrait distrait et différent depuis qu'il était revenu des environs de Lorette après avoir consulté ce « jongleur » qui interprétait les songes. Assis à terre, les jambes croisées, son calumet aux lèvres, il avait fumé au moins deux pains de pétun du poids d'une livre chacun, de sorte que les plus endurcis en avaient la gorge brûlante d'avoir discuté dans cette tabagie de plus en plus dense et les paupières rougies. Le conseil s'était conclu dans une brume épaisse aux effets légèrement hallucinatoires, le pétun étant un tabac grossier et, en réalité, une autre plante, de cette sorte qu'on appelait « herbe de la reine » et dont on se sert pour composer des poudres calmantes. Joffrey de Peyrac qui fumait un cigare de tabac de Virginie ainsi que le comte d'Urville, les autres qui fumaient qui leurs calumets qui leurs pipes d'écume de mer, n'avaient pas paru incommodés, mais Angélique, vers la fin du conciliabule, n'était guère plus en état d'y prendre part. Elle se sentait flotter au sein de ces nuages bleus d'où émergeait seul Piksarett fumant avec une inébranlable constance mais son regard était impénétrable et, par instants, il la fixait comme s'il avait vu à travers elle des choses étonnantes.

L'affaire de Pacifique Jusserant l'assombrissait. Derrière le « donné » que l'on appelait « Orignal-Têtu », c'était encore la silhouette du jésuite que Piksarett avait si longtemps accompagné dans ses guerres. Et le « Grand Baptisé » ne finissait-il pas par être troublé par l'acharnement avec lequel le jésuite, même absent, poursuivait son combat. Il avait dû obéir et partir aux Iroquois, mais il avait ménagé son dernier brûlot et voici que celui-ci commençait de dériver vers eux à travers les déserts blancs.

Au moment où elle se disait que le contact était coupé entre elle et l'Indien et qu'ils commençaient pour des raisons obscures à s'éloigner l'un de l'autre dans leur complicité, elle vit un éclair de gaieté passer sur son visage et, soudain, il avait l'air très content comme s'il s'était écrié en lui-même : « J'ai trouvé. Je sais ce que je dois faire. »

Il lui adressa un clin d'œil malicieux.

Par quel chemin arriverait Pacifique Jusserant ?

Par quel point essaierait-il d'entrer dans la ville ?

Eloi Macollet savait que le « donné » avait une petite concession à Lévis bâtie d'une maison. On pouvait supposer que, venant du sud, il commencerait par s'y arrêter. Il ignorait sans doute que le Père d'Orgeval ne résidait plus à Québec.

Le vieux coureur de bois décida d'aller rendre visite à son fils et à sa bru et de leur recommander de surveiller la demeure de Pacifique Jusserant, qui était dans leur voisinage.

L'essai de réconciliation que le vieil entêté avait eu avec sa famille à Noël s'était soldé par un échec. Son fils qui était déjà un homme de près de quarante ans, bon corroyeur de son métier, mais indolent, peu causant, grand, gros et lourd, n'avait jamais eu des rapports très amicaux avec ce père auquel il ressemblait si peu. Sa femme lui menait la vie dure. C'est elle qui tenait la ferme.

Pour faire plaisir à Mlle Bourgeoys, Macollet s'était rendu à Lévis pour passer Noël avec eux. Parti avec le ménage ouïr la messe de minuit en une petite chapelle de paroisse sur la côte de Lauzon, il y avait rencontré une veuve de ses anciennes connaissances qui avait deux filles attrayantes et il s'était laissé entraîner à venir réveillonner chez elles. Vexée, sa bru, le lendemain, avait refusé de lui ouvrir sa porte. La chose s'était envenimée par la suite, l'une des filles s'étant trouvée enceinte hors du mariage et Sidonie Macollet avait répandu le bruit que c'était des œuvres de son beau-père. Eloi Macollet haussait les épaules : « C'est à la mère que je fais la cour. »

Macollet passa outre à ce mauvais souvenir.

— Tant pis si elle crie, la Sidonie! Il faudra bien qu'elle obtempère. Je ne peux pas rester à faire le guet là-bas pendant que Pacifique va peut-être s'amener par un autre côté.

Il se rendit à Lévis, se disputa avec sa bru, alla rôder dans les environs de la maison de Pacifique Jusserant dont on n'apercevait derrière l'amoncellement des neiges que le filet de fumée, trahissant la présence des gardiens, et revint après avoir fait à son fils et à Sidonie des recommandations draconiennes.

Un réseau de surveillance s'établit. Il fallait autant que possible éviter que le messager n'atteigne Québec.

Si jamais il y parvenait, bon nombre de guetteurs aux yeux aiguisés, et qui pouvaient le reconnaître, se chargeraient de l'empêcher d'atteindre l'évêché.

— Les caves ? suggéra quelqu'un.

On mit sous surveillance les maisons dont les caves avaient communication avec celle du Séminaire.

Il ne pourrait pas franchir le filet.

Après quelques jours, la tension se relâcha. Une forte tombée de neige resserra la sensation d'isolement. Le verrou du désert blanc parut se refermer avec plus de rigueur encore. Des petites tribus de chasseurs algonquins apportèrent à l'Hôtel-Dieu leurs vieillards épuisés par le froid. Eux-mêmes s'installèrent aux abords de la ville. Ils n'avaient plus la force de chasser. La neige, molle et tombée en trop grande quantité, rendait exténuantes les étapes quand le village décabanait à la recherche du gibier devenu rare. On commença à parler de famine.

Pâques furent là. Pâques en Canada n'étaient jamais fleuries.

Le Vendredi Saint, l'intendant Carlon, représentant le gouverneur Frontenac et accompagné de quelques principaux du gouvernement, vint à l'Hôtel-Dieu distribuer le bouillon aux malades et laver les pieds des pauvres.

Touchante cérémonie remontant aux anciens rois et empereurs chrétiens désireux de s'incliner au moins une fois l'an devant le Roi des Rois et ceux qu'il aimait de prédilection : les pauvres.

Durant cette période de hargne et de chicane, qui marquait la fin du carême, la sérénité et le caractère égal de Mme de Castel-Morgeat furent pour toute la ville un sujet d'édification. Et les dames de la Sainte-Famille, navrées de sentir parfois sous les coups de la fatigue leur résistance morale fléchir dans ce domaine de la charité et de la douceur, devaient s'incliner devant celle qu'elles avaient, non sans raison, tant décriée.

— Sabine est un ange, disaient-elles. On se demande où elle puise sa force.

Elle souriait à demi, cachant on ne sait quelle inexprimable joie. Parfois quand elle se trouvait seule dans son appartement du château Saint-Louis, elle prenait entre ses paumes une petite coupe en or massif représentant un coquillage et dont le pied était formé par le groupe composé et merveilleusement ciselé d'une tortue incrustée d'écaille et d'un lézard de jade vert.

Elle contemplait l'objet merveilleux, le chérissait et le baisait, trouvant à le tenir entre ses mains, à poser contre l'or sa joue, cette force que ses amies lui enviaient et qui lui permettait désormais de tout traverser, de tout vivre.

Quelques jours après ce qui s'était passé entre elle et M. de Peyrac, il lui avait fait porter ce bibelot d'origine italienne et d'une grande valeur. Dans le coffret de cuir doublé de velours, elle y trouva une étiquette d'une encre plus ancienne : Pour Madame de Castel-Morgeat.

Les larmes de Sabine tombèrent sur l'or incorruptible qu'elle serrait contre son sein avec ferveur. Quelle signification devait-elle lire derrière son geste? Que contenait encore la petite coupe italienne? Un pardon? Un adieu? Elle n'osait se dire dans son humilité : un remerciement galant.

Elle conserva aussi la lettre, la relisant, posant ses lèvres sur les lignes, la signature prestigieuse, envoûtante, puis comprenant qu'elle risquait de réveiller et d'entretenir en elle d'inutiles espérances et qu'elle se faisait du mal, elle la brûla.

69

Avril était là, déjà entamé. Pas de nouvelles du messager, le guet ne se relâchait pas.

La seconde fois que le nom de Pacifique Jusserant se trouva prononcé, confirmant que leurs pressentiments étaient justes et que c'était bien lui le messager annoncé à l'Evêque par d'Orgeval, ce fut par le plus imprévu des revenants.

Un vent aiguisé râpait la surface de la neige. Une femme de la Basse-Ville, selon une coutume de sa province d'origine, balayait soir et matin son seuil pour en chasser les esprits. Un matin, elle y versa un grand seau d'eau pour faire bonne mesure. Le marquis de Ville d'Avray vint à passer par là, glissa sur cette patinoire, tomba et ne put se relever.

Angélique, appelée d'urgence, le trouva au *Navire de France,* entouré de ses amis dont il avait fait convoquer aussitôt le ban et l'arrière-ban. Si l'on considère qu'il n'était pas facile par ces jours de verglas de se déplacer dans Québec et si l'on constatait l'importance de la foule qui envahit en un temps record l'auberge de Janine Gonfarel, il fallait reconnaître que le marquis ne se vantait pas lorsqu'il assurait être très aimé et avoir beaucoup d'amis.

Tous étaient là y compris son préféré, le rude et bourru Lieutenant de Police civile et criminelle Garreau d'Entremont.

Ville d'Avray le prit à partie.

— Vous voyez ce qui arrive avec vos ordonnances que vous ne pouvez pas faire respecter. Des rues où l'on se fait renverser par les traînes des garnements.

— Vous avez été renversé ?

— Non ! Mais j'aurais pu l'être.

Les Acadiens, sortis de leurs cercles secrets, étaient là pour entourer leur gouverneur.

On s'écarta devant Angélique, avec autant de respect que de foi comme si elle avait pu, d'un coup de baguette magique, le remettre sur pied.

De sa visite à la Prévôté où elle avait vu le livre *Malleus Maleficarum,* bible destinée à confondre les sorcières, Angélique avait gardé l'arrière-pensée que le Lieutenant de Police l'avait convoquée pour lui reprocher ses activités de guérisseuse. Aussi fut-elle ennuyée de voir Garreau d'Entremont au chevet de Ville d'Avray.

— M'autorisez-vous à le soigner, Monsieur le Lieutenant de Police ? lui demanda-t-elle tout à trac.

— Mais oui, pourquoi pas ? Au contraire, bredouilla d'Entremont, surpris de l'attaque.

Dans ce même instant Angélique se souvenait que le *Malleus Maleficarum* ne s'était trouvé là que par hasard et que tout autre était la raison de la convocation.

Mais il était trop tard pour rattraper la maladresse. Le pauvre Garreau s'en fut très déconfit, ne comprenant pas l'hostilité que lui témoignait Mme de Peyrac. Il y avait peu de femmes qu'il estimait autant qu'elle dans la ville, et il n'était pas insensible non plus à sa grande beauté. Il croyait le lui avoir fait comprendre. Certes, il était persuadé qu'elle mentait à propos de l'affaire Varange, comme cette clique de Gascons aventuriers, écumeurs des mers et des côtes et qui se croyaient hors des lois communes. Mais cela était une autre question.

— Vous l'avez peiné, dit Ville d'Avray. Quelle mouche vous pique ? Oh ! ma chère, que je souffre ! J'ai sûrement la cheville brisée.

Elle n'était que foulée.

Après un examen au cours duquel Ville d'Avray gémissait, pleurait et n'avait pas assez de mains pour se cramponner à toutes celles de ses amis qui voulaient lui insuffler force et courage en ce dur moment, elle put lui assurer qu'il n'avait rien de cassé.

En revanche, il lui faudrait prendre patience, envisager au moins deux à trois semaines de repos, le pied bien bandé, reposant sur un coussin comme celui d'un malade frappé de la goutte.

— Je resterai au *Navire de France*, décida-t-il. Ainsi j'aurai de la compagnie. Vous voulez bien de moi, Janine ?

L'accident se révélant sans gravité, Angélique s'avoua qu'elle n'était pas trop mécontente de voir Ville d'Avray immobilisé dans la Basse-Ville. Le marquis avait un cœur innombrable. Il aimait aussi coqueter avec les femmes. Et Angélique, plaisante et intelligente, lui inspirait une passion qui allait jusqu'à le détourner de ses préférences pour les adolescents dont jusqu'alors il ne se cachait pas. Loin d'elle il s'ennuyait. Comme Nicolas de Bardagne, il la cherchait en tous les points de Québec, mais de plus il n'admettait pas qu'elle lui cachât un seul détail de son emploi du temps. Récemment, elle ne s'était pas dissimulé qu'il serait difficile de parvenir jusqu'au bout de l'hiver sans que la situation ne se détériore, l'obligeant à se montrer sévère, à rompre tout à fait avec lui, ce qui l'aurait navrée.

Maintenant qu'il était contraint à se montrer moins remuant, elle le verrait selon son agrément à elle et serait libre de prendre congé chaque fois qu'il deviendrait importun.

Ville d'Avray ne fut pas dupe, l'accusa de cruauté, mais force lui fut de se résigner car, maintenant qu'il ne pouvait plus se défendre, elle était bien capable de l'abandonner, refusant de le soigner pour le livrer aux mains de ce tortionnaire de chirurgien de navire Ragueneau qui se disait médecin et qui le rendrait sûrement boiteux.

— Ah! que j'aime votre main sur ma peau. Vos doigts sont si caressants.

Afin de conserver au moins le plaisir de sentir ses doigts légers sur sa cheville douloureuse, il s'avoua prêt à toutes les sagesses et à tous les sacrifices.

L'inactivité lui pesait. Ne pouvant plus tenir les guides de sa vie sentimentale, il se sentit le cœur vacant.

M. Dagenet, son aumônier, lui faisait la lecture. Mais Ville d'Avray l'envoya promener. Plus il le voyait et plus cela lui rappelait que son aumônier, qu'il appointait depuis des années pour veiller sur son salut spirituel, l'avait abandonné juste au moment où il avait eu affaire à une démone et à quatre-vingts légions de démons.

A force d'évoquer les péripéties de l'été, il fut pris de la nostalgie de revoir le jeune Alexandre de Rosny qui l'avait accompagné dans le début de sa tournée de gouverneur en Acadie mais qui, par caprice, avait refusé de remonter avec lui sur Québec.

— Oh! Chère Angélique, supplia-t-il, l'on dit que vous avez des dons pour appeler les gens à distance. Je vous en prie, faites-moi revenir mon Alexandre...

Deux jours plus tard, Alexandre de Rosny se trouvait

là, dans la grande salle du *Navire de France*. On ne prit pas garde tout d'abord à ce voyageur au nez et aux pommettes brûlés par le gel et le soleil, mais quand il eut enlevé ses fourrures et que l'on reconnut le bel éphèbe aux lèvres boudeuses que le marquis ne cessait de réclamer, ce fut une explosion de joie.

Tout à fait insensée, cette idée qu'il pouvait revenir d'Acadie en cette saison, et pourtant il était là. Il apportait des nouvelles de toute la côte du Maine, de l'Acadie, de la Baie Française et c'était comme si déjà se rompait le cercle de l'hiver.

Et le marquis, rayonnant, remerciait Angélique de ses dons supranormaux. Elle l'assura qu'elle n'y était pour rien. Vu la promptitude avec laquelle le jeune Rosny s'était trouvé parmi eux, il avait dû se mettre en chemin au moins plusieurs semaines sinon plusieurs mois auparavant.

Elle le fit asseoir sur un tabouret et oignit d'un baume les brûlures de son visage. Puis elle ébouriffa ses cheveux blonds avec affection. Ce mignon courageux était bien de la même race que celle des Philippe du Plessis-Bellière, qui dès quatorze ans guerroyaient en col de dentelles sur les champs de bataille d'Europe.

Le jeune homme, à sauter les rapides des rivières folles d'Acadie et à se lancer dans un pareil voyage, était devenu plus bavard et montrait moins de morgue.

Il disait qu'en certaines régions qu'il avait traversées, atteignant épuisé et se croyant sauvé des petits campements d'Indiens, il lui était arrivé en pénétrant dans les tipis ou les wigwams, d'en découvrir les habitants morts, soit de froid, soit de faim ou des deux ensemble, certains assis encore, figés devant les dernières cendres du foyer, le calumet en main, momies racornies, saupoudrées par la neige qui filtrait à travers les interstices des misérables abris d'écorce ou de peaux.

— Quelle folie! soupirait le marquis. Jamais tu n'aurais dû tenter une telle odyssée, même pour me revoir.

Alexandre haussait les épaules. Il n'était pas le seul.

Il y en avait d'autres qui se risquaient dans la traversée du grand désert blanc.

C'est alors qu'il prononça le nom de Pacifique Jusserant, le « donné » du Père d'Orgeval, qu'il avait rencontré à la mission de Saint-François des Abénakis et qui lui aussi remontait du Maine et se dirigeait vers Québec.

Le « donné » avait l'air, comme lui, d'avoir traversé de dures étapes. Il paraissait à bout de forces, mais poussé par la fièvre de continuer sa route. Il s'était arrêté quelques jours à la mission pour trouver une autre paire de raquettes et n'en ayant pas trouvé comme il voulait, il prenait le temps de les fabriquer. Il portait avec lui une sacoche dont il ne se départissait jamais, dormant avec. L'Indien qui l'avait accompagné jusque-là refusait de poursuivre. Le « donné » avait longuement observé Alexandre dans la salle commune du poste de traite, adjacent à la mission où les Indiens Abénakis venaient échanger leurs peaux et où les voyageurs pouvaient trouver un toit et la possibilité d'une halte. Déplaçant son écuelle de blé d'Inde et sa chope de bière pour venir s'asseoir à ses côtés sur le banc, devant la longue table, Pacifique Jusserant avait proposé au jeune homme qu'il avait reconnu de se joindre à lui pour la fin du voyage. Il savait qu'il remontait vers Québec. Il connaissait des pistes meilleures et plus courtes pour parvenir au but plus rapidement et il n'était pas prudent de voyager seul en cette saison, lui dit-il.

Feignant l'enthousiasme, Alexandre avait accepté de grand cœur. Puis le matin, tandis qu'avant de prendre la piste le « donné » servait la messe au jésuite de la mission, car il était d'une piété maniaque, le jeune garçon avait quitté le poste et était parti de son côté. Lui, voyageait toujours seul. Il préférait cela à la trahison d'un compagnon.

— Pour une fois ton esprit contrariant t'a sauvé, dit Ville d'Avray. Tu as bien fait de ne pas l'accompagner. Je suis persuadé qu'il voulait t'assassiner ou pis !

— De toute façon, il n'est plus loin, il ne va plus tarder, supputa Eloi Macollet lorsque ces propos lui furent rapportés, et je présume qu'il va se conduire comme cela. Il va arriver par Lévis comme prévu. Il va s'abriter une nuit dans son habitation. Puis il traversera le Saint-Laurent sous Québec et se rendra tout droit à l'évêché. Peut-être qu'il ne se méfie pas... mais peut-être qu'il se méfie car il a de l'instinct en diable... C'est pour cela qu'il voulait que le jeune Alexandre l'accompagne... pour qu'il ne risque pas de parler ou d'arriver avant lui... Et peut-être bien qu'il l'aurait tué... Il a tué pour moins... C'est une bête méfiante, rusée et qui ne connaît qu'un maître... qui obéit à ce maître à distance.

Ayant mis tout le monde sur les épines par ces avertissements au point que l'on guettait aux carreaux si la face ombrageuse du « donné » ne s'y collait pas déjà, Eloi Macollet entreprit de se rendre une nouvelle fois à Lévis pour avertir son fils et sa bru de redoubler de vigilance.

Tant d'événements et l'attention qu'une partie des habitants de Québec portaient à la venue de Pacifique Jusserant détournèrent les esprits d'une plus invisible et plus dangereuse conspiration qui à l'insu de tous avait pris corps et se développait sourdement. Eloi Macollet faillit en être la première victime.

Il revenait de Lévis après sa seconde visite. La nuit était belle et la lune brillait. Macollet traversait sous Québec le chemin balisé du fleuve, lorsqu'un subit instinct lui fit porter en avant son bâton ferré, et frapper un coup dans la glace.

Il s'arrêta figé d'épouvante. L'œil du serpent le regardait. Rond, luisant et recelant au fond de sa noire prunelle le reflet tremblant d'une étoile, il fascinait, attirait, ouvert sur les abîmes... L'eau...

Eloi n'osait plus ébaucher un mouvement. Il jeta un regard autour de lui sur la plaine blanche infinie, et perçut sa fragilité nouvelle, survenue à pas de larron. Ses oreilles s'emplirent d'un bruit ténu comme de brisures se répercutant de proche en proche. Les froides nuits avaient trompé sur la chaleur des jours. Le dégel commençait. L'homme immobilisé en plein milieu du fleuve qui se fendait leva les yeux vers le ciel fourmillant d'étoiles.

— Bonne sainte Anne, sauvez-moi ! s'écria-t-il.

Comment parvint-il à regagner la rive ? Il ne se souvenait pas. Son premier geste fut de se précipiter dans la Haute-Ville et de réveiller le sculpteur Le Brasseur.

— As-tu terminé ton retable de sainte Anne pour le sanctuaire de la côte de Beaupré ? On dit que tu attends pour le faire porter à dorer aux ursulines d'avoir réuni l'argent des donateurs. Je m'inscris pour dix livres tournois de dorure. Je ne suis qu'un mécréant, mais cette bonne mère de la Vierge m'a sauvé.

Le lendemain, escortés de la galopade des gamins et de l'admiration des badauds, les différents éléments du chef-d'œuvre, custode, reliquaire, coupoles, statues, etc., sur des brancards, la table de base qu'on appelait le tombeau et les gradins sur une traîne, furent portés à dorer aux ursulines comme autant de pièces de pâtisserie que l'on porterait à cuire au four du boulanger.

Dès que le travail des religieuses serait achevé et que le fleuve serait libre le retable serait porté en son nouveau sanctuaire au pied du Cap Tourmente.

Cependant le Saint-Laurent entrait dans les terribles douleurs du dégel. Le grand serpent froid allait s'éveiller. Il allait perdre sa peau de glace, muer vers la transmutation liquide, laissant apparaître à travers la carapace brisée des glaces, sa peau bleu sombre, foncée de vert glauque.

En trois jours et trois nuits tout changea.

Le jour, sous le soleil brûlant, la plaine commença de suer sa blancheur marmoréenne, se léprosant de vastes zones assombries qui révélaient une fragilité inquiétante, avant de se déchirer sur la plaie noire de l'eau.

La nuit, on entendit craquer et s'entrechoquer des pans de glace énormes, banquises remuées par le va-et-vient pénible et souterrain des marées les aspirant, suivant les heures, en amont, puis les renversant en aval, dans un mouvement épuisé de lave blanche qui, dans les semaines suivantes, allait rouler ses blocs puissants

237

les uns contre les autres, les poussant à se heurter, à s'affronter, à se chevaucher, dressés comme des monstres en amour, pour ensuite s'effondrer et repartir lentement à la dérive dans un entrelacs fluide qui les cernerait et les capturerait ainsi que les mailles d'un filet géant.

Semaines de dégel pendant lesquelles le fleuve et les glaces engloutiraient leur contingent de nautoniers trop hardis. Au début, nul ne voulait renoncer à passer d'une rive à l'autre comme on en avait pris l'habitude. De l'île d'Orléans, de Lévis, de Beaupré, on partait en traîneau après avoir guetté l'étendue sournoise en criant « A Dieu vat ! » et l'on se retrouvait, appelant au secours sur un radeau plus froid que la mort, tandis que les chevaux après s'être débattus dans la purée glacée disparaissaient au fond du Saint-Laurent et que le véhicule, broyé, craquait comme une vieille noix creuse et terminait sa carrière en épave flottante.

Les barques et les canots reparurent, et furent lancés dans les premiers chenaux ouverts. Leurs équipages les hissaient et les traînaient sur les étendues de glace encore solides, encore immenses, et les échos retentissaient des cris d'encouragement des équipages halant leurs chaloupes comme un attelage de chevaux se serait arc-bouté à tirer un tombereau ensablé.

— Ho ! Hisse ! Hisse ! Hardi les gars !

Carrioles à traînes ou barques à rames ? On ne pouvait décider encore. Il fallait risquer.

Le colon du Canada, bourré de forces accumulées par sa longue retraite de l'hiver, bondissait sur son fleuve en hurlant de défi, car venait le temps de se colleter avec lui dans la lutte la plus sauvage, paré qu'il était des deux éléments qui composaient son visage de Janus maudit : les eaux et les glaces.

Cependant l'hiver relâchait son étreinte. La neige continuait de couvrir la terre, mais glissait des branches des arbres.

L'île d'Orléans retrouvait son pelage de bois, son échine d'un fauve clair que jetaient sur elle ses forêts d'érables aux branches dépouillées, mais où n'allait pas tarder de monter la sève du « temps des sucres ».

Un matin, une femme vint frapper plusieurs coups du heurtoir de bronze qui ornait la porte sur la rue de la maison de Ville d'Avray. On eut beau lui crier par les fenêtres de l'étage de passer par-derrière, elle n'en voulut pas démordre et resta là à attendre, entre les deux Atlas et leurs globes qui émergeaient peu à peu des talus neigeux.

Il fallut, pour l'introduire, débarricader la porte, tourner les clés, tirer les targettes et les verrous.

Elle se nomma et l'on sut qu'il s'agissait de l'irascible belle-fille d'Eloi Macollet : Sidonie.

— Est-il là, ce pendard ? s'informa-t-elle d'un air rogue.

C'était une femme de petite taille, le visage fermé et qui ne montrait pas le côté enjoué des femmes d'origine canadienne bien qu'elle fût née sur un beau fief de Nouvelle-France, du côté des Trois-Rivières. Son père, boulanger des environs de La Rochelle, émigré en 1635 avec sa jeune femme, en avait reçu la seigneurie — cent arpents de front sur deux lieues de profondeur — pour ses mérites ayant été traitant, commerçant, agriculteur, puis syndic compétent à la nomination des premiers syndics gérants des bourgades nouvelles.

Angélique qui savait tout cela et qui se souvenait des soupirs de Marguerite Bourgeoys à propos de cette petite Sidonie la considéra avec curiosité.

Elle était bréhaigne(1), ce qui devait l'irriter dans un pays où, comme le soulignait le ministre Colbert dans un rapport sur la colonie « les femmes portaient tous les ans ». De famille nombreuse et déjà réputée, elle avait dû considérer comme une mésalliance d'épouser le fils unique d'un modeste censitaire et d'une Fille du Roy, si complètement délaissée par son époux, vagabond des grands lacs, qu'on la croyait veuve. Mais pourquoi l'avait-elle épousé si elle ne l'aimait pas ?

— On l'a vu, votre putois, Pacifique Jusserant, dit-elle en s'adressant à son beau-père après un bref salut. Comme vous l'aviez prévu il est venu rôder une nuit

(1) Terme ancien pour désigner les femmes stériles.

autour de son habitation, mais il n'y a pas pénétré, il se méfiait. Il a disparu soudain.

— Qui l'a vu?

— Moi, dit-elle.

Pressée de questions, elle dit qu'elle avait monté la garde quelques nuits dans un affût à canards rapetassé. Le jour, elle envoyait un gamin, pour la récompense de quelques sols. Bref, une nuit, elle l'avait vu le « donné » du Père d'Orgeval sortant des bois. Il avait surgi, venant du sud, en avançant péniblement sur ses raquettes qui enfonçaient dans la neige molle. Il s'était arrêté comme flairant le vent à quelque distance de son habitation, puis se ravisant il s'était reculé et était rentré sous le couvert des arbres.

— Il se méfie comme un renard, grommela Macollet en se levant et en commençant d'enfiler sa houppelande et ses mitasses. Et pourquoi? Qu'est-ce qu'il porte avec lui qu'il craint tant qu'on lui prenne? A-t-il déjà traversé le fleuve sous Québec? Il n'aurait pu le faire sans être signalé.

— Et aujourd'hui ça risque plus que jamais, dit la femme. Les courants vous entraînent et les glaces vous écrasent.

— Comment êtes-vous passée, vous? s'enquit le vieux en lui jetant un regard aigu sous la broussaille de ses sourcils touffus.

— Avec le canot du vieil Antoine, un fou de votre espèce. Mais savoir, ajouta-t-elle, s'ils avaient navigué ou joué au saut de la puce d'un glaçon à l'autre, ça elle n'en décidait pas.

— Vous auriez pu y laisser votre peau, ma bru, fit-il d'un ton acerbe.

— Et ça vous aurait fait bien plaisir, beau-père, répliqua-t-elle de même.

Angélique voulait la retenir, l'engageant à se restaurer. Mais elle refusa et elle redescendit vers la porte en ramenant autour d'elles ses châles. Son bonnet blanc, serré au menton, laissait entrevoir une chevelure châtain clair, mais déjà entremêlée de fils blancs. Pourtant elle ne devait pas avoir beaucoup plus de trente-cinq ans. Angélique l'accompagna jusqu'à la porte.

— Je suis contente de vous connaître, Sidonie, et je vous remercie. N'auriez-vous pu confier le message au vieil Antoine plutôt que de vous risquer à traverser le fleuve qui devient dangereux ?

— Le beau-père m'avait dit de ne jaser de l'affaire à personne, fit-elle en désignant du pouce derrière elle Eloi Macollet, et que cela ne devait pas sortir d'entre nous.

Elle examinait Angélique et la jaugeait d'un regard sans douceur.

— Ainsi c'est vous la Dame du Lac d'Argent ? Vous qui avez réussi à retenir ce petit vieux au logis ?

— Il n'est ni petit ni vieux, répliqua Angélique qui aimait son Eloi. Et je ne vois pas pourquoi vous voudriez lui faire mener une existence de vieillard. Il demeure d'une santé et d'une vigueur peu communes, il a encore tué au couteau, à l'automne, un de ces grands ours gris si dangereux. Et il pourrait en remontrer à bien des jeunes hommes...

— Oh ! ça oui ! A son gars, mon époux par exemple. Ça oui, après ce scandale de Noël avec la veuve et les deux filles, ça on peut le dire, il pourrait en remontrer à des jeunes.

Elle ajouta avec amertume.

— ... Avec lui, au moins, on peut être sûre de gagner un enfant.

70

Sur le mur du verger de Mlle d'Hourredanne se dressait dans l'ombre la haute stature du chef abénakis Piksarett. Il regardait au loin, vers le nord.

Le fleuve craquait, emplissant la nuit de sa rumeur. La lune n'était pas encore levée. Le ciel était d'un bleu sombre de métal, si bleu que les étoiles en portaient le reflet et brillaient bleues comme un regard pur.

Vêtu de sa grosse fourrure d'ours, Piksarett ressemblait à un héron avec ses longues jambes maigres d'échassier.

De sa lucarne, la servante anglaise l'observait. Elle songeait vaguement à ses enfants disparus et elle fut prise d'une nostalgie pour le bébé qu'un Indien, lors de sa capture, un Abénakis comme celui-là, lui avait arraché des mains, pour le fracasser contre un arbre.

Elle souhaita lire quelques versets de la Bible. Elle était effrayée des turpitudes papistes dans lesquelles elle se trouvait plongée et plus effrayée encore de sentir qu'elle commençait à y prendre goût, jusqu'à aimer ouïr la lecture d'histoires amoureuses en français.

A l'étage au-dessous, Mlle d'Hourredanne surveillait aussi le Narrangasett.

« Que se passe-t-il ? Que craint-il ? Il a marqué son visage de peintures de guerre. Ce n'est pourtant pas le temps où les partis iroquois commencent à entrer en campagne. »

Elle écrivit quelques notes, mais quand elle releva les yeux, la grande silhouette de héron s'était envolée.

Cantor ouvrant les yeux le vit à son chevet, ses tresses d'honneur hérissées de chaque côté de sa face anguleuse et les trois plumes d'aigle plantées dans sa chevelure effleurant les poutres du réduit où couchait le garçon.

— Celui qui apporte le malheur arrive, chuchota l'Indien. Viens sans bruit, je vais chercher ton frère.

Il disparut comme un fantôme. Cantor s'asseyant sur sa couche chercha ses bottes en tâtonnant et les enfila, se vêtit.

— Eh quoi ! lui chuchota Eloi Macollet en surgissant de son coffre banc-lit, alors qu'il traversait la grande salle à pas de velours, est-ce que ce renard rouge couvert de médailles et de chapelets s'imagine qu'il va m'éliminer comme un vieux croûton à l'heure où la chasse commence ? Hé, fieu ! C'est moi qui ai levé le gibier...

Mlle d'Hourredanne les vit passer tous les trois.

Piksarett descendait la rue de la Fabrique. A mi-côte, il s'insinua dans une ruelle adjacente, faisant signe à ses compagnons de l'attendre.

— Ces sournois d'Indiens, parfois, à faire les mystérieux, ils vous donnent envie de les tuer, chuchotait
Macollet impatient. Mais il faut les croire, mon garçon,
parce qu'ils ont le sens. C'est de nature. Tiens, regarde
où il est maintenant.

Piksarett surgissait au sommet d'un toit. Sans même
déplacer un souffle de neige, ni détacher un glaçon, à la
frange des gouttières, il gagnait la lucarne des combles
et grattait aux carreaux de papier huilé.

Florimond qui dormait du sommeil du juste, mais
sans perdre ce sentiment de veille qu'enseigne la vie
des bois, se dressa sur la couche de balle d'avoine où il
reposait près de la très accorte fille du mercier. Celle-ci
avait clos ses jolis yeux bleus. Quand, au début de la
nuit, il avait gratté aux carreaux, elle lui avait ouvert
sans trop de mauvaise grâce. Peut-être demain irait-elle
sangloter dans un confessionnal, mais pour l'instant,
elle dormait elle aussi du sommeil profond de la jeunesse avec sur son frais minois une expression de béa-
titude.

Florimond se leva sans bruit. S'agissait-il d'un nouveau galant de la belle que l'on disait peu farouche ? La
rencontre serait piquante.

Il découvrit la face bigarrée de Piksarett qui s'inter-
posait entre lui et la clarté opaline du firmament.

L'Indien ne fit qu'un signe : viens !

Au carrefour, Anne-François de Castel-Morgeat qui
promenait sa mélancolie par les rues, ou qui revenait,
comme son ami, d'un rendez-vous galant, les rencontra
et demanda à les accompagner.

— Où va-t-on et que sais-tu, capitaine ? interrogea
Eloi Macollet en guignant du coin de l'œil l'Abénakis.

— Il vient ! C'est tout ce que je sais, répondit Piksarett songeur. Mais sa ruse est grande. Pour commencer, il faut descendre au port.

Cette affaire le tourmentait.

Ils arrivèrent sur la place dans l'anse du Cul-de-Sac
et trouvèrent Janine Gonfarel à sa fenêtre engagée
dans une affaire de troc avec un Indien.

— Donne-moi un peu d'eau-de-vie, ma mère, suppliait l'Algonquin.

— Je ne suis pas ta mère, Dieu m'en garde, ripostait Janine Gonfarel, et tu sais bien que l'Evêque interdit de donner de l'alcool aux sauvages.

L'Indien tirait alors de sous sa couverture de traite dans laquelle il se drapait une ou deux pelleteries du maigre gibier qu'il avait pu piéger, et la Polak s'en allait en grommelant lui chercher une mesure d'alcool — un demiard, pas plus, un dé à coudre, l'Evêque ne pourrait rien dire — qu'il recueillait dans une calebasse de la contenance d'une demi-pinte qu'il ne désespérait pas de parvenir à remplir.

La diligente aubergiste avait donc réussi à mettre ainsi de côté une demi-douzaine de peaux de petites martres dans leur pelage d'hiver, un vison, un renard... Peu de chose.

Maintenant qu'il n'avait plus rien à troquer, elle se montrait incorruptible.

— Je n'ai pas envie d'être excommuniée.

De l'étage au-dessus, Alexandre de Rosny qui prenait l'air à sa fenêtre s'amusait à suivre le manège. Lorsqu'il aperçut les jeunes gens escortés de l'Indien et du coureur de bois, il descendit pour les rejoindre.

— Si vous allez sauter sur le fleuve, j'en suis.

— Qui cherchez-vous ? demanda la Polak.

Piksarett regardait avec répugnance le fleuve en dégel. Contre le môle, on entendait l'eau couler sous une glace encore épaisse mais, plus loin, passaient en furie les grands courants noirs, charriant des myriades scintillantes de glaçons broyés qui s'entrechoquaient avec un bruit de cailloux.

Il n'était plus question de traverser à pied vers Lévis et, pour les embarcations aussi, le passage devenait périlleux.

— Nous cherchons Pacifique Jusserant, répondit à mi-voix Eloi Macollet.

— On ne l'a pas encore vu par ici. De jour comme de nuit, il serait vite reconnu.

L'Algonquin s'approcha.

— Donne-moi un peu d'eau-de-vie, ma mère, et je te dirai où est l'homme que tu cherches.

Et quand elle lui eut versé une nouvelle mesure :

— Il est dans l'île d'Orléans.

Eloi Macollet rejeta en arrière son bonnet de fourrure et cogna du poing son front scalpé.

— L'île d'Orléans! Comment n'y ai-je pas pensé plus tôt! Pacifique Jusserant y est né. Sa mère y vit toujours sur la côte nord, dans sa ferme qu'elle a rebâtie après le passage des Iroquois, il y a quinze ans. Elle et son fils Pacifique avaient échappé au massacre parce qu'ils étaient venus ce jour-là à Québec pour se confesser.

Il rappela que Pacifique avait vu dans ce miracle le doigt de Dieu sur lui. De ce jour-là, il avait décidé de se consacrer au service et à la cause des missionnaires. C'est ainsi que le Père d'Orgeval se l'était attaché.

Ils regardaient en direction de l'île, qui se détachait trapue et sombre, énorme bouchon fermant le goulet à l'embouchure.

— Une barque vient, dit quelqu'un.

C'était une grosse chaloupe à rames. Il y avait longtemps, et même des heures peut-être qu'ils auraient pu la voir peiner, son équipage la menant tant bien que mal par les chenaux à découvert et les bancs de glace.

— Est-ce lui?

On pouvait en douter. Si la méfiance avait poussé le « donné » du Père d'Orgeval à se réfugier en l'île d'Orléans pour qu'on perde sa trace, la prudence lui conseillerait de ne pas aborder Québec par le port, serait-ce de nuit.

Le Sieur Basile, suivi de Paul-le-Follet, rejoignait le groupe. De sa maison sur la rive, il avait vu venir la barque, et après l'avoir observée à la longue-vue, il s'était équipé et botté comme en vue d'une expédition possible sur le fleuve.

Lorsque la barque toucha le môle, ils en virent descendre Maupertuis et son fils Pierre-Joseph.

La barque était montée par des hommes de l'île et par le jeune amant de Guillemette la Sorcière.

Celle-ci envoyait dire que Pacifique Jusserant était chez sa mère, sur la côte nord. On faisait surveiller la maison, mais elle pensait qu'il essaierait de traverser cette nuit le bras de mer qui séparait l'île de la côte de Beaupré. La glace était encore « honnête » par là et il pouvait réussir car il connaissait le fleuve et les meilleurs passages.

Eloi Macollet décida de remonter dans la Haute-Ville afin de prévenir M. de Peyrac et de faire envoyer des hommes vers l'Ange-Gardien et Château-Richier, qui surveilleraient le rivage et cueilleraient tout audacieux se risquant à traverser cette nuit. Il y avait beaucoup de chances de n'en voir qu'un seul et que ce fût lui.

Les autres repartiraient dans la barque et regagneraient l'île, courant la chance d'y arriver et de le surprendre avant qu'il n'entreprenne sa traversée.

— Viens, Follet, dit Basile à son commis, on peut avoir besoin de toi.

Le pauvre Parisien de la Cour des Miracles jeta un regard de désespoir sur ce magma de glaces et de courants furieux qui grondait à leurs pieds dans la nuit.

— Le surin, le stylet, le poignard, la rapière, le lacet autour d'un cou, je sais manier tout cela, mais je préférerais traverser tout Paris, avec les argousins à mes trousses, que d'aller galoper sur ton fleuve qui craque, Basile. Ah! combien la Seine me paraît gentillette lorsque j'y songe. Tout juste bonne à nous débarrasser d'un cadavre encombrant, facile à traverser, une amie...

Il prit place cependant à bord de l'esquif.

Un autre qui n'y montait pas de gaieté de cœur, c'était Piksarett.

— Je le dois à celui qui m'a baptisé, dit-il. Il faut essayer d'épargner la vie de son serviteur « Orignal-Têtu », car Orignal-Têtu et moi-même, nous nous sommes battus à ses côtés contre l'hérétique.

71

Dans sa basse maison de pierre, sur la côte nord de l'île d'Orléans, la mère du « donné » Pacifique Jusserant regardait son fils.

La vieille femme délaissa son rouet et vint jusqu'à la porte. Sur le banc où l'on posait, renversés, les seaux, elle prit une lanterne de fer aux parois de corne, bien affinée, qui pouvait garder la lumière d'une chandelle sans noircir. Par le haut percé de trous la chaleur s'évadait. Elle voulut l'allumer, mais son fils s'y opposa.

— Il fait assez clair. Je ne veux pas qu'ils me voient sortir.

— Qui peut te voir ? Personne ne s'occupe de nous. Personne ne sait même que tu es ici. Tu n'as pas cessé d'avoir peur depuis que tu es ici.

— Ils me guettent... Je sais qu'ils me guettent. Ils veulent m'empêcher de parvenir à l'Evêque.

— C'est ce long voyage qui t'a rendu fou. Tu vois des ennemis partout.

— Et toi, tu ne sais rien. Tu files ta laine, tu ranges tes pommes, tu fabriques ton fromage...

— Un fromage que tu es bien content de manger.

Pacifique Jusserant haussa les épaules. Son existence aux côtés du Père d'Orgeval, qui avait le don de voir à distance et de lire dans la pensée, avait aiguisé son sens de perception du danger. Le contact étroit avec les Indiens, grands pourvoyeurs d'annonces prémonitoires et d'interprétations de signes, l'avait doté d'un flair animal, que possédait tout coureur de bois digne de ce nom. Il se savait guetté.

— ... Un fromage que tu es bien content de manger quand tu reviens d'avoir traversé des lieues, sans autre chose à te mettre sous la dent que ta ceinture de cuir, continuait la vieille, fâchée.

Il lui tapota l'épaule pour la calmer. Il valait mieux qu'elle ne sache rien. Alors, il avait trouvé, à s'asseoir près de cette femme tranquille et laborieuse, un repos qu'il n'avait pas goûté depuis longtemps. Les femmes sont dangereuses et entraînent au mal. Il n'y a que les mères près desquelles on peut se sentir en paix.

Elle le trouvait maigre et malade. Elle était tentée de le lui reprocher comme une faute. C'était le seul fils qui lui restait et elle aurait voulu qu'il revienne au Canada soit pour l'aider à la ferme, soit pour exploiter sa concession de Lévis. Alors elle se souvenait que Dieu les avait tous deux sauvés d'être scalpés et brûlés vifs par les Iroquois, et, baisant la croix de son chapelet, elle se résignait.

Il lui avait demandé si elle savait où était le Père d'Orgeval. Se trouvait-il à Québec ? Elle avait répondu qu'elle ne s'occupait pas de ce qui se passait sur le « continent ». C'était une femme de l'île d'Orléans.

Sur son bonnet blanc de paysanne bretonne, elle jeta une ample couverture de traite, de celles qu'on vendait aux Indiens, rouge à bordure noire, et elle s'en enveloppa à la façon des femmes indiennes l'hiver. Elle avait perdu toutes ses hardes lorsque les Iroquois étaient venus il y a quinze ans et il avait fallu tout rebâtir, refaire la terre, racheter du bétail, rembourser les emprunts et les charités. Les voisins aidaient. Mais, au début, il n'y avait plus de voisins, à part la sorcière et les enfants qui avaient été sauvés, parce qu'ils cueillaient du serpolet dans les hauts de l'île.

Elle s'apprêtait à suivre son fils dehors, mais il refusa. Il ne voulait pas qu'on le reconnût sur le seuil éclairé. Il quitterait la demeure par la cave, un trou qui donnait dans les granges. Il se glisserait de là, à plat ventre, dans le sillon du chemin, et pourrait très vite se dissimuler dans l'érablière qui descendait vers les grèves. Il hésita à prendre son mousquet, y renonça.

Il ficela ses raquettes sur ses épaules, s'assura que sa hachette et son tomahawk étaient retenus à sa ceinture, puis, comme il se serait harnaché d'une armure pour partir au combat, il repassa par-dessus son épaule la courroie du sac où il avait rangé le paquet remis par un matelot hollandais, sur un rivage désert, un soir cinglant de pluie. Besace qui lui semblait chaque fois devenir plus lourde et habitée de malédiction.

La lune était à son zénith lorsque la grosse barque avait touché la pointe de l'île du côté de chez Guillemette.

La sorcière était là rôdant au bord des glaces avec toute sa maisonnée : la fille aux cheveux de lin, les enfants, les Indiens et la belle Eléonore de Saint-Damien, son fils de son premier lit et son troisième époux. Mais elle n'irait pas sauter sur les glaces comme Guillemette, elle. Fini de ces jeux-là !

Guillemette regardait la grande plaine chaotique et craquante du Saint-Laurent avec convoitise.

— Tant que les nuits gèlent, on peut encore passer.

Elle avait revêtu ses jupes courtes à mi-mollet et elle avait frotté ses bottes sauvages de résine. Elle irait courir sur les glaces s'il le fallait.

— S'il me voit, il aura peur. Il a toujours eu peur de moi.

Un habitant des hauts de l'île qu'elle avait mis à faire le guet envoya son fils avertir que Pacifique Jusserant s'apprêtait à quitter la maison de sa mère.

— J'irai lui parler, dit Piksarett. Nous avons combattu ensemble derrière la bannière du Père d'Orgeval. Il m'écoutera.

Ils se parlèrent dans l'érablière qui descendait à flanc de coteau. A part la blancheur de la neige, il faisait sombre, l'on apercevait entre les troncs des arbres, sur l'autre rive du Saint-Laurent, la côte de Beaupré tout éclairée par la lune montante.

Le silence de cette nuit était si complet que l'on pouvait entendre résonner le clop-clop léger de la sève d'érable s'écoulant par sa goulotte de sureau dans le gobelet de bois fiché au tronc de l'arbre.

— Traître! chuchota le « donné » lorsqu'il eut reconnu la silhouette du Narrangasett dans la pénombre. Je sais que tu es sur mes pas pour m'empêcher de parvenir jusqu'à l'Evêque comme il me l'a été ordonné par notre père très saint. Pourquoi entraves-tu ma mission, Piksarett, toi le Grand Baptisé?

— Parce que tu ne défends pas une cause juste. Tu apportes le malheur. Ce que contient ta carnassière pue comme une bête crevée. Je le sens jusqu'ici et le « jongleur » m'a averti. Passe-moi ta besace et ce qu'elle contient et tu pourras ensuite te rendre chez l'Evêque.

— Je n'ai rien d'autre à faire chez l'Evêque que de lui remettre ce que je porte là et je ne laisserai personne s'en emparer. Non, tu ne me feras pas trahir celui qui guide ma conscience comme tu l'as trahi, toi, le chef des Patsuikett, à Newchewanick, l'abandonnant dans la bataille pour suivre la femme blanche.

— N'essaye pas de m'embrouiller, Orignal-Têtu, ni de m'humilier. Le grand Narrangasett sait ce qu'il doit faire. Il est seul juge du chemin qu'il veut suivre. Il sait reconnaître les signes. Il n'est pas comme les Blancs, il n'est pas un enfant qui doit se suspendre à une main paternelle pour décider de ses actes. Les Fils de l'Aurore sont libres.

Pacifique Jusserant sentit la colère du sauvage. Il se félicita de l'avoir atteint. Il avait toujours été jaloux de l'estime que le jésuite Sébastien d'Orgeval portait au Grand Baptisé.

— J'ai toujours su que tu le trahirais, gronda-t-il avec haine. Où est-il maintenant ? Si Québec lui demeurait fidèle, il devait m'en avertir en plantant un signal à Lévis, près de mon habitation. Or, je n'ai point vu le signal. J'ai senti les pièges... J'ai senti son absence. Qu'a-t-on fait de lui ? Qu'a-t-on fait de mon père ?

— Il est parti aux missions iroquoises porter la parole de Dieu...

— Damnation ! Ses ennemis l'ont envoyé à la mort et ses frères y ont prêté la main... Et maintenant en la cité sainte règne la femme aux funestes perversions et tu y as succombé, toi aussi, Piksarett, toi le Grand Baptisé ?

— Tu oublies que cette femme a soigné tes yeux aveugles.

— Elle a aussi soigné Outtaké, l'Iroquois ton ennemi le plus cruel et celui des Français.

— Et cela a épargné beaucoup de vies de Français pour l'été.

— Tu parles comme une femme. Toi, le grand Abénakis. Pouah ! Le salut éternel ne se gagne que par la destruction des ennemis du Bien.

— Ta cervelle s'est dérangée, Orignal-Têtu, ta raison tourne à l'envers. Il n'est pas bon que le Bien combatte le Bien, et lorsque le Bien répond aux bienfaits par la vengeance, il devient le Mal.

— Voudrais-tu dire que notre Père très saint a commis le Mal ?

— J'ignore quel est le démon qui s'est emparé de l'esprit de notre Père très saint, mais je souhaite, ami, que tu ne sois pas victime aussi de sa folie.

— Tu blasphèmes, murmura Pacifique Jusserant horrifié. Comment peux-tu parler ainsi de LUI? N'as-tu pas été toi-même témoin de ses prodiges et de sa haute vertu?

— L'être le plus sage et le plus vertueux peut, un jour, être la proie des démons. Parce qu'il est écrit : Veillez! car vous ne savez ni le jour ni l'heure. Peut-être n'a-t-il pas veillé sur son cœur et sur ses pensées avec assez de vigilance?

— Malédiction! s'écria le « donné ». Tu l'abandonnes. Il est abandonné de tous... Ecarte-toi de moi, Satan!

Il lança son tomahawk dans la direction de Piksarett. Mais celui-ci sauta de côté. Il ne voulait pas engager le combat avec cet homme fou.

D'un bond, le serviteur du Père d'Orgeval s'élança, dévalant entre les troncs de l'érablière, puis arrivé au bord de la saillie rocheuse, il sauta sur la grève et toujours courant gagna les balises du fleuve. Piksarett ne le suivrait pas sur les glaces. C'était un Narrangasett du Sud, des pays de forêts. Pour traverser le Saint-Laurent en son dégel, il fallait être né comme lui, Pacifique Jusserant, sous Québec.

Il était seul. Seul et faible car il avait perdu son père. S'avançant maintenant à travers les monticules aux aspérités coupantes des glaces, il regardait avec espoir vers la côte de Beaupré. Bien qu'il n'ignorât pas le danger de la traversée du fleuve rongé par la violence du courant, la plaine blanche ne l'effrayait pas. Il la connaissait. Il passerait.

Soudain, il lui sembla distinguer débordant la pointe de l'île, celle qui regardait vers Québec, des silhouettes légères et comme auréolées de lumière qui couraient sur la glace et tout de suite il sut : les mauvais anges!

La peur le poigna. Ne lui avait-on pas dit que des mauvais anges l'attendraient à Québec?

Son jésuite, le Saint portant la Croix et le mousquet pour la gloire du Très-Haut, lui, le Voyant, l'avait prévenu avant de le quitter à Noridgewook.

« Peut-être rencontreras-tu des mauvais anges à Québec. Crains-les, fuis-les! La beauté est trompeuse, elle est celle de Lucifer. Je vois ces mauvais anges essayer de te barrer le chemin. Echappe-leur. Si tu peux parvenir jusqu'à l'Evêque et lui remettre l'enveloppe en main, tu auras accompli ta mission, et moi je pourrai reprendre mon combat. »

Dissimulé derrière un ressaut de glace, il les voyait agir et sauter de bloc en bloc, de jeunes hommes souples, aux visages frais et imberbes, la taille à peine épaissie par leurs capots de laine ou de peaux passées que serrait la ceinture indienne aux mille couleurs. Les mauvais anges, trop beaux, tout gâtés de péchés. N'en avait-il pas rencontré un déjà au poste de traite de Saint-François ? Et tout de suite, il avait senti le mal en ce trop beau jeune homme, qui avait de plus la hardiesse de traverser les déserts sans crainte. Il le connaissait, Alexandre de Rosny, il l'avait vu à Québec et avait craché sur son passage. Ange luxurieux, appartenant à cette espèce indocile qui ne respecte aucune loi, ni celles de la piété, ni celles de la vertu. On lisait la concupiscence sur ses lèvres. Pacifique Jusserant avait ourdi le projet de se l'attacher comme compagnon pour la fin du voyage. A une étape, dans son sommeil, il lui aurait brisé le crâne avec son tomahawk à l'épine d'ivoire, car moins ne demeurent en vie les exemples de la débauche, mieux est servi le Très-Haut. Le jeune homme lui avait donné son accord, mais le lendemain matin il avait disparu, comme un esprit.

Se trouvait-il parmi ceux-là qui là-bas couraient, puis s'arrêtaient examinant la plaine nue du fleuve ? Si c'était lui, Pacifique, qu'ils cherchaient ou attendaient, il saurait leur échapper. Au lieu de marcher vers Québec, il allait se diriger vers le Cap Tourmente. Il n'y avait plus de balise mais c'était encore le chemin le plus solide et le plus continu.

Il quitta l'ombre de la grève et s'engagea sur le fleuve. Un premier chenal se présenta. D'un saut il allait le franchir lorsqu'une masse sombre et luisante se gonfla hors des eaux et avec la souplesse de ce serpent dont on dit qu'il dort au fond des abysses obscurs du Saint-Laurent, un animal se hissa sur la glace devant lui.

Pacifique Jusserant recula, épouvanté. Les yeux brillants de la bête et l'éclat de ses dents aiguës lui donnaient envie de crier au diable. Il se signa. Puis la lune d'or, dépassant la crête de l'île, parut se mirer dans le flanc de l'animal, soulignant un croissant mordoré dans son pelage. Un glouton. Un Karkajou... Il n'en fut pas moins épouvanté pour cela. Un Karkajou ! La bête possédée par l'esprit des bois ! La bête dont le combat fait perdre la raison !

Le « donné » se retirait avec prudence. L'animal le guettait de ses prunelles pareilles à deux chandelles allumées, se tenant en arrêt sur la glace et fouettant de la queue qui dispersait des gouttelettes d'eau. Sans ce bruit d'aspersion et de fouettement, l'homme aurait cru être la proie d'un rêve. Il s'immobilisa encore, craignant de voir la grosse loutre dangereuse se propulser vers lui.

Levant les yeux, il contempla le flanc nord de l'île qui se dressait au-dessus comme une forteresse massive et noire, étendant sur lui son ombre protectrice. On entendait les sucres gouttant dans l'érablière. Peut-être, entre les troncs le Narrangasett l'observait-il, amusé de ses incertitudes ? Plus haut, dans la direction de sa ferme natale, il crut voir clignoter un œil roux, la lanterne de corne que sa vieille mère tenait à bout de bras. Elle avait entendu des cris, deviné un remue-ménage insolite, pressenti que son fils en faisait l'objet. Il ne lui avait pas caché que des malintentionnés, des ennemis de Dieu, essaieraient de l'empêcher d'atteindre Québec. Elle avait quitté son rouet et, la lanterne à la main, elle s'était avancée jusqu'au rebord du champ en surplomb.

Il fut saisi de la nostalgie de retourner s'asseoir dans cet asile sûr. Pourtant, il reprit sa marche en avant. Le glouton avait disparu. Les ombres lumineuses là-bas des jeunes gens s'arrêtaient, indécises. On le cherchait. Ils longeaient le rivage. Alors il fallait partir en courant comme courent les Indiens.

« Il faut que tu parviennes à l'Evêque », l'adjurait une voix intérieure. « Et si l'Evêque lui-même t'avait trahi ? » répondait-il. « Que dois-je faire si tous se détournent de moi ? Quand le Bien s'attaque au Bien, il devient le Mal... Pourquoi ? Pourquoi suis-je condamné ainsi ? Je vous ai juré obéissance mon très saint Père. Mais pourquoi, pourquoi voulez-vous la mort de la femme qui a soigné mes yeux ? »

La poigne fanatique qui avait oppressé sa vie serra sa gorge à l'étouffer. Il la sentait comme une main fantomale qui l'étranglait et la voix pressante le menaçait. Il ne devait jamais douter. Jamais... Sinon il irait en enfer. Aussitôt le dilemme qui torturait son cerveau simple s'évapora. Il avait failli succomber à la tentation la plus grave : douter. Seule l'obéissance aveugle permettait d'accéder au paradis. Ce n'était pas aux pauvres esprits incultes de choisir. « Père, pardonnez-moi, je remplirai ma mission. » Et il allait les prendre de vitesse, les mauvais anges.

A l'instant où il s'apprêtait à repartir il vit assez loin vers le nord, du côté de la paroisse de la Sainte-Famille, une barque qu'on mettait à l'eau. Peu après, ceux qui la montaient durent sauter par-dessus le bord et pousser l'esquif sur les glaces. Puis ayant trouvé un nouveau chenal, ils rembarquèrent et pagayèrent. Il comprit que cette manœuvre avait pour but de l'encercler.

S'il voulait atteindre Château-Richier, il ne lui fallait pas perdre une seconde. Il s'engagea sur le pont de glace dont il avait repéré l'amorce.

Mais, doublant un promontoire hérissé d'arbres morts, le terrible Basile se montra. Il était lourd, mais il savait diablement bien marcher sur les glaces, ce Basile, dont le jésuite disait qu'il était mauvais parce que plein d'idées « subversives ». Il ne courait pas, mais on aurait dit, quand il s'avançait à pas comptés, comme marchant sur des coquilles d'œuf, qu'il était fait de baudruche gonflée d'air chaud.

— Pacifique, lança-t-il. Renonce, mon gars. A Château-Richier et à Notre-Dame-des-Anges on t'attend aussi. Tu ne passeras pas et tu ne parviendras pas jusqu'à l'Evêque. L'Evêque ne veut pas te voir. Donne ta sacoche et rentre chez toi.

Figé, l'homme traqué regarda autour de lui, cherchant une issue. Se sentant perdu, il cria vers sa mère, la vieille, qui au sommet de la côte abrupte tenait haut sa lanterne de corne pour le guider. Sans comprendre, elle pouvait tout suivre de la chasse qui se déroulait à travers l'espace lunaire où les hommes, bondissant à la poursuite de son fils, étaient comme des ombres noires de loups silencieux. Elle ne pouvait rien pour lui.

Pacifique Jusserant regarda vers le Cap Tourmente. Là-bas, les bois... Ceux qui venaient sur sa droite avançaient péniblement en traînant leur grosse pirogue, tantôt la portant en trébuchant d'un trou à l'autre, tantôt la remettant à l'eau mais pour se faire entraîner à contre-courant car la marée se renversait. De la pointe sud de l'île, les autres qui convergeaient vers lui à pied ne pouvaient le faire rapidement car les abords étaient très chaotiques comme si le fleuve s'était figé en pleine tempête.

Au cours de l'hiver, s'y étaient ajoutées des masses de neige soufflée, des congères molles qui, dans les creux, dissimulaient parfois le péril mortel d'un trou d'eau.

Mais lui aussi, le « donné » du Père d'Orgeval, possédait la force spirituelle et connaissait le fleuve... Il lança vers Basile sa hachette indienne au tranchant aiguisé. Puis il se jeta en avant progressant par bonds. Une voix juvénile héla dans le lointain.

— Pacifique Jusserant! Pacifique Jusserant!

La voix se rapprochait et il ne savait plus de laquelle des silhouettes légères émanait l'appel.

— Rendez-vous! Remettez-nous le courrier dont vous êtes chargé, Pacifique Jusserant! Et vous aurez la vie sauve.

Il ricana. Il ne se laisserait pas convaincre car ils voulaient sa damnation, les mauvais anges. Quand il aurait franchi la crête de glace érigée devant lui, vague immobile, toute frangée d'une écume brillante, il trouverait un chemin plus sûr et pourrait courir sans discontinuer. Il en avait repéré le tracé le matin, des hauts de l'île, et le froid de la nuit avait dû ressouder les points fragiles.

Mais voici qu'il se figeait de nouveau, muet d'horreur...

S'élevant de derrière la cime étincelante de la vague, il voyait se dresser la sorcière avec tous ses cheveux blancs comme une auréole d'argent dans le clair de lune.

Elle se tenait devant lui, immense.

— Maudit! Jette le malheur que tu portes avec toi! Jette ta sacoche ou tu vas périr!

Terrifié, il commença d'arracher la courroie de la besace qui s'embarrassait dans les revers de son col. Le courrier chargé de condamnations et d'anathèmes avait le poids du plomb. L'homme voulait s'en délivrer comme d'un fardeau. Sous l'à-coup de ses gestes affolés, le sol instable, sur lequel il prenait appui, vacillait. L'eau clapotait et recouvrait par ondes de grandes surfaces planes autour de lui. Il allait la leur jeter cette damnée gibecière comme on jette une charogne à dépecer à une meute affamée, ou un tison enflammé pour suspendre l'élan des fauves.

De toutes ses forces, il lança le sac en direction de Guillemette, se rattrapa de justesse sous le balancement de la dalle qui le portait, bondit sur un autre radeau translucide plus vaste, qui dérivait. Il avait obtenu ce qu'il voulait. Les poursuivants s'arrêtaient, rompaient l'encerclement, et ceux qui progressaient sur sa gauche changeaient de direction et se précipitaient afin d'aller ramasser le sac avant que la glace où il avait chu ne fût entraînée par le courant ou qu'il ne glissât à l'eau.

Pacifique Jusserant, le « donné » du Père d'Orgeval, s'élança par la brèche ouverte. Il abandonnait Château-Richier. Il obliquait vers la droite. Là-bas, au loin sur l'autre rive, l'ombre du Cap Tourmente.

Au-delà, les bois. Les bois! Le salut! Ils ne le rattraperaient jamais. Il courait comme un fou, se répétant pour soutenir sa résolution :

— Les mauvais anges... Les mauvais anges...

Il les sentait volant vers lui, beaux et séduisants comme Lucifer, l'ange de la lumière, pour le faire périr et l'attirer dans les enfers. Il courait et sautait. La glace volait en éclats acérés, craquait et se fendait et il franchissait, comme en délire, les fissures béantes au fur et à mesure qu'elles s'ouvraient sous ses pas.

Le bruit grondant des courants nocturnes, charriant leur moisson de diamants, emplissait ses oreilles.

Vers le milieu du fleuve, il atterrit trop lourdement sur une dalle ovale, polie comme un miroir. Tel un piège mécanique bien huilé, la dalle bascula. L'homme poussa un cri terrible et disparut, englouti par les eaux.

72

En son manoir, Guillemette de Montsarrat-Béhars fit distribuer à tous les rescapés de la poursuite une boisson brûlante.

Ces sortes d'expéditions sur le fleuve, au dégel, comportaient toujours des semi-noyades. Rare était celui qui à un moment de la course ne sentait pas céder sous son poids la glace traîtresse.

Pour les plus chanceux, ils avaient pataugé dans des gerbes d'eau. Pour d'autres, ça avait été le plongeon, l'emprise froide de l'eau cerclant le ventre, la poitrine sous les aisselles. Il y avait toujours une poigne solide de compagnon pour vous attraper par le col, vous hisser à la surface ou dans la barque, les vêtements de peaux alourdis, visqueux, dégoulinant, ou les draps de laine, les capots imbibés comme des éponges et qui soudain se couvraient d'autant de glaçons étincelants comme l'habit d'un marquis, un jour de fête, à Versailles.

Heureusement pour Paul-le-Follet, dès les premiers pas pour suivre sur les glaces le terrible Basile, il était tombé à l'eau. On l'avait ramené raide comme barre, les dents claquantes, au manoir, où devant un bon feu, enveloppé dans une couverture, il avait attendu le retour de la compagnie.

« Où était la Seine? Seine guillerette! Gente demoiselle! »

Pour les jeunes gens souples et légers, les Indiens demi-nus, pour les hommes de l'île connaissant les passages demeurés sûrs et pouvant jauger d'un coup d'œil avant d'y poser le pied l'épaisseur de la glace, sa fidélité, son « honnêteté », la partie se soldait par des mitasses humides, des bottes pleines d'eau qu'on ôtait pour les vider, en riant. On déroulait les ceintures indiennes, on tordait les bonnets avant de les remettre sur les têtes, humides autant de l'eau reçue que de la sueur coulée. Les gens qui n'avaient jamais sauté sur le fleuve ne pouvaient pas se douter... On suait sa vie dans ce duel avec la mort.

Les lèvres étaient sèches et brûlées. La vapeur gelée du souffle haletant les blessait. La soif dévorait.

La buée s'éleva autour de la grande table du manoir où se tenaient debout les hommes chauffant leurs doigts gourds aux flancs de la jatte contenant le breuvage fumant, mixture de la sorcière, aux ingrédients pas « catholiques » à part une bonne dose d'alcool qu'on y discernait avec plaisir.

Comme des enfants dociles, chacun avalait à grandes lampées, sachant qu'il n'y avait pas meilleur que cette potion de la sorcière de l'île d'Orléans pour vous dégeler le sang, vous désaltérer de votre soif et vous « parer » à recommencer.

Ensuite on mangea du pain et du fromage de l'île, bien rond, bien puant : un délice.

La sacoche de Pacifique Jusserant avait été jetée en plein milieu de la grande table, où l'on contemplait sa forme épaisse, gonflée d'on ne sait quelle charge nocive, fruit de la haine et de l'intolérance.

— Cela vous concerne, mes petits gars, dit la sorcière avec un geste vers Florimond et Cantor de Peyrac.

Mais Florimond se déroba.

— Je vous en prie, Madame, veuillez avoir l'obligeance de l'ouvrir, vous.

Et on approuva le jeune homme. Toutes les personnes présentes ressentaient le besoin de voir des mains habituées à manier les pièges des sortilèges se charger d'ouvrir cette sacoche qui avait coûté tant de peines et un mort, et dont on leur disait qu'elle était venue du

Vieux Monde, ayant franchi en une saison dangereuse la Mer des Ténèbres, et ensuite, les espaces glacés interdits, réussissant au-delà de mille obstacles à les rejoindre, si retranchés du monde qu'ils fussent, dans l'intention de nuire.

Ils regardèrent Mme de Montsarrat-Béhars faire sauter les courroies et rejeter en arrière le rabat de la carnassière comme ils l'auraient regardée préparer ses filtres ou ses conjurations.

Elle tirait de la poche, à la lumière, un gros paquet arrondi enveloppé de toile gommée solidement cousue. De la pointe d'un couteau elle fit sauter les fils suifés. Apparut un rouleau pesant, composé de nombreux feuillets de parchemin que retenait entre eux un ruban de moire rouge dont les pans étaient réunis dans la plaque coulée d'un épais cachet de cire rouge. Les initiés pouvaient reconnaître le sceau de la Ville de Paris.

— S'il vous plaît, rompez le cachet, Madame, demanda encore Florimond.

Guillemette s'exécuta et ses doigts fins et longs déroulèrent les feuillets couverts d'une écriture serrée. Afin de les examiner, elle les reposa et chaussa ses lunettes. Puis elle étendit devant elle en le lissant de la main le manuscrit qui se défendait comme refusant de livrer son secret. Elle commença de lire. Soudain, lâchant tout ainsi qu'elle l'aurait fait d'une bête venimeuse, elle se recula voilant son visage de ses mains diaphanes et tremblantes.

— Ils sont toujours là! Toujours les mêmes! Les mêmes mots, toujours les mêmes cris...

Son jeune amant vint à elle et lui entoura les épaules de son bras. Cet orphelin de père et de mère, qu'elle avait élevé, l'adorait. Hors l'alcôve, rares étaient les moments où elle se montrait faible, s'abandonnant à sa virile et jeune force.

— Ne tremble pas, ma mie! murmura-t-il. Je te défendrai de tout.

— Oh oui! Défends-moi! Défends-moi des inquisiteurs! sanglota-t-elle.

Ils ne savaient que dire, inhabitués à la voir fléchir. Le rouleau de parchemin demeurait là, recroquevillé.

Cantor l'attira à son tour vers lui, mais dès qu'il y eut jeté les yeux, lui aussi sauta en arrière comme s'il avait ressenti la douleur d'une brûlure. Ce fut ensuite le tour de Florimond.

Le jeune homme pencha sur les lignes son fin visage brun. Ses longs cheveux noirs qui frôlaient ses joues lui donnaient, tandis qu'il lisait, un air d'écolier studieux. Il déchiffra la première page, en parcourut quelques autres, puis roula le tout soigneusement et le remit dans son enveloppe gommée.

— Cela concerne notre père, fit-il s'adressant à Cantor, nous devons le lui porter.

— Ne ferait-on pas mieux de les brûler tout de suite ? demanda Cantor effrayé.

— Je pense que notre père sera intéressé d'en prendre connaissance et c'est à lui de décider si ces pages doivent être brûlées ou non.

— Ah ! Tu lui ressembles bien ! s'exclama son frère avec un mélange d'admiration et de reproche.

Mais le sang-froid de Florimond et la désinvolture avec laquelle il traitait le détestable grimoire dissipèrent l'atmosphère oppressante.

Où était Basile ?

Paul-le-Follet se dressait, soudain terrifié.

On se rua dehors. On trouva Piksarett qui, passant outre à son horreur des glaces, s'était porté au secours de Basile, blessé par la hache lancée vers lui à la volée par le sauvage et intolérant visiteur du Très-Haut et qui le ramenait sur son dos.

La tranche aiguisée n'avait qu'effleuré la tempe mais le choc avait précipité le négociant à l'eau. Il était encore inconscient. Piksarett le trimbalait sur son échine maigre sans effort. La peau d'ours n'était que pointe de glace.

Il y eut une nouvelle distribution de boissons chaudes.

Le sang de sa blessure étanché, le solide Basile revint rapidement à lui.

L'aube entrait laiteuse et deux ou trois garçons se mirent à bâiller largement. Il n'était cependant pas question pour eux de retrouver leurs paillasses car les deux fils du comte de Peyrac, Basile, son commis devaient être ramenés à Québec et il allait falloir à nouveau s'élancer par les glaces et les eaux, traîner la barque à l'assaut des banquises, la pousser dans les courants, mais cette fois parmi les carmins et l'éclaboussure d'or de l'aube. « Ho ! Hisse ! Hardi les gars ! »

Piksarett demeurait dans l'île. Son indépendance était connue, et ses amis ne s'inquiétèrent pas. Les Narrangasett étaient du Sud. A franchir les « saults » de leurs rivières torrentielles, ou pister l'Iroquois en forêt, ou prendre d'assaut un village de Nouvelle-Angleterre, il n'y avait pas plus habile. Mais ils se méfiaient avec raison de ce grand monstre marin du Nord : le bas Saint-Laurent. Il en avait assez pour aujourd'hui. Il reviendrait quand il voudrait. Il repasserait quand cela lui chanterait.

Il fallait se hâter de ramener le butin à Québec.

— Je ne serai tranquille que lorsque ces maudites feuilles auront été brûlées, dit Cantor.

— Moi aussi, approuva Guillemette. Mieux aurait-il valu qu'elles allassent à l'eau !

— Et nous n'aurions jamais su, protesta Florimond. Non ! Mieux vaut savoir toujours de quelles armes disposent nos ennemis et ce qu'ils nous réservent.

Il bouclait la sacoche du défunt Pacifique Jusserant et s'en chargeait gaillardement.

— Prends garde que ces papiers parviennent sans encombre jusqu'à ton père, insista Guillemette. S'ils tombaient en d'autres mains que les siennes, ils pourraient causer plus de mal que le souffle de la peste.

Florimond tapa sur la gibecière gonflée et dit gaiement :

— Dame, ne craignez rien, s'il le faut je me noierai avec.

Cela faisait partie de la trame des nuits.

Le jour, les visages étaient lisses et gais. Des voix frivoles s'entretenaient de théâtre, de la querelle de l'Evêque et du Gouverneur à propos du pain bénit ou des encensements du thuriféraire.

Le limon des nuits recouvrait ce qui devait demeurer secret. Le jour effaçait les traces.

Angélique se trouvait chez Mme de Mercouville lorsqu'un homme du *Gouldsboro* vint la prier de la part de M. de Peyrac d'avoir à se rendre au manoir de Montigny. Elle y trouva dans l'appartement de Joffrey, en sus de celui-ci, Florimond et Cantor.

Au centre de la table il y avait des liasses de feuilles éparpillées. Lorsqu'elle y eut jeté les yeux, elle vit qu'il y avait là, soigneusement recopiées mot à mot, questions et réponses jour après jour, *les minutes du procès de sorcellerie* qui s'était déroulé à Paris, dans la salle du Palais de Justice, dont Joffrey de Peyrac avait été victime quelque quinze années auparavant.

Le dernier brûlot d'un combat sans merci avait donc dérivé vers eux et, en bons stratèges des mers, ils l'avaient intercepté avant qu'il n'allumât un nouvel incendie.

Mais comme tout cela était loin, songeait Angélique, tandis que le comte de Peyrac parcourait le dossier de ce vieux procès sans manifester de répugnance. Pourtant le Père d'Orgeval dans son habileté avait bien choisi le trait suprême à lancer et le lieu où le ficher, frappant au Canada un peuple exténué par son isolement.

Ce rapport aurait propagé l'effroi et le trouble en proportion de l'éloignement, de l'impossibilité qu'il y aurait eu de le « diluer » dans les courants nouveaux d'esprit de jugement, de savoir l'opinion du Roi.

Louis XIV s'était toujours montré réticent vis-à-vis du fanatisme religieux. Seule lui importait la docilité de ses sujets. Au début de son règne, il avait laissé se dérouler un procès inique qui le débarrassait d'un vassal trop puissant, mais il se préoccupait si peu des accusations de sorcellerie, qu'il l'avait gracié en secret à condition qu'il disparût. Aujourd'hui une telle affaire ne pourrait-elle se monter dans les mêmes formes?

Sans bruit, mais à petits décrets, le Roi avait démantelé le tribunal de l'Inquisition et réduit les prérogatives judiciaires des évêques. La Compagnie du Saint-Sacrement avait été dissoute. Cela ne l'empêchait pas de demeurer très influente et de faire d'autant plus d'adeptes qu'elle se transformait en société secrète.

Ainsi va le monde, ainsi va la vie...

Ils parlèrent longtemps devant l'âtre et la nuit les surprit tous les quatre au château de Montigny, faisant des projets d'avenir, supputant leurs chances qui paraissaient certaines aux yeux de Florimond de retourner en France. Tandis que Cantor continuait à se montrer plus méfiant. Même ici à Québec on ne pouvait savoir comment cela tournerait pour eux, disait-il.

— Mon père, je vous en supplie, brûlez ces feuillets. J'en vois le danger. Les esprits les meilleurs ne sont pas si libres qu'ils se l'imaginent. Seul le feu efface et purifie.

Joffrey de Peyrac commença de jeter une à une les pièces du procès dans les flammes. Le parchemin épais craquait et se consumait avec peine. Angélique éprouvait le même soulagement que son fils à voir chaque page disparaître, en se tordant douloureusement tout en exhalant une fumée bleue.

Certes, le monde changeait, les esprits éclairés essayaient de rationaliser les mystères, de se désolidariser de l'invisible, et, en passant avec Dieu et ses saints de solides traités de mutuelle assistance, d'échapper aux vieilles peurs ancestrales causées par le démon.

L'accusation de sorcellerie continuerait longtemps, et sans doute avec raison, à être la plus redoutable. Fugace et démente, elle réveillait « ce mal qui répand la terreur... », la peur du diable, le tout-puissant dieu du malheur.

Devant les minutes du procès aucun d'eux ne se leurrait.

Monseigneur de Laval s'était montré sage en refusant même de savoir de quoi il s'agissait. Ayant lu, n'aurait-il pas été ébranlé ? Aurait-il pu endosser la responsabilité de ne tenir aucun compte d'un document aussi accablant ?

Cela lui aurait été d'autant plus difficile que dans les jours suivants, alors que des vents mous parcouraient les rues à vous étourdir et à vous déprimer, que d'énormes stalactites de glace tombaient des toits en se brisant comme verre et en assommant les passants, que la neige en s'amenuisant paraissait ronger la terre, n'en laissant que les os, la pénible affaire Varange de conjuration diabolique, qui troublait les esprits et la conscience de la ville, arrivait à maturité.

Garreau d'Entremont avait réussi à appréhender le soldat La Tour qu'un Indien du campement où il s'était réfugié vint dénoncer pour un quart d'eau-de-vie à la Prévôté. Le soldat, déclaré coupable de pratiques sacrilèges, fut soumis à la question.

Encore une fois, on ne trouvait pas de bourreau.

— J'irai, moi, dit Gonfarel en retroussant ses manches. Pour ce beau sire, je reprends volontiers du service.

— Et moi, je te servirai d'assistant, lui dit Paul-le-Follet, le commis de Basile.

Sur le chevalet, le militaire commença par crier que c'était elle, elle, ELLE, qui l'avait dénoncé et qu'il avait prévenu Banistère qu'il fallait se méfier.

On le ramena aux premiers jours d'octobre, et à ce qu'il avait fait sur un crucifix dans la maison du Sieur de Varange.

Il cria qu'il n'avait tué personne, et qu'on n'avait pas le droit de l'inculper. En cela, il prouvait qu'il était un malin qui connaissait les lois nouvelles contre l'Inquisition.

Le Lieutenant de Police tint bon. Les pieds broyés par les brodequins et plusieurs pintes d'eau dans le ventre, La Tour commença de fléchir. Il reconnut avoir été présent dans la maison du Sieur de Varange. Lui n'avait rien fait. Tout avait été perpétré par le comte de Varange sur les conseils du Bougre Rouge.

Question : Alors pourquoi l'avait-on payé ?

Réponse : Pour préparer le crucifix.

Question : Reconnaissait-il avoir assisté à la cérémonie satanique.

Réponse : Oui.

Question : Qu'avait-il vu ? Entendu ?

Réponse : ...!

Il fut long à se mettre en condition, il ne savait pas

de qui il avait le plus peur, de la vengeance des démons ou de la punition des justiciers. Enfin, sous la torture, il avoua tout : les récitations et appels incantatoires adressés par le comte de Varange aux puissances infernales, les enfants profanés, le chien écorché vif et dont le sang avait ruisselé sur le crucifix, le miroir noir où était apparu le visage d'une femme ensanglantée.

Question : Qu'avait-il vu encore dans le miroir magique ?

Réponse : Des navires.

Question : De quel pavillon ?

Réponse : Il ne savait pas.

Question : Qu'avait dit l'apparition ?

Réponse : Elle avait prononcé un nom.

Question : Quel nom ?

Réponse : Il ne savait pas...

On donna un tour aux brodequins.

Il hurla. Il finit par dire le nom et nomma aussi un autre personnage de la ville qui avait assisté au sabbat. Mais ces noms ne furent point divulgués hors des murs de la prison. La curiosité publique ne pouvait parvenir à tout savoir et les bruits les plus fantaisistes et les plus terrifiants couraient. On guettait, sans avoir la hardiesse de l'aborder, M. d'Entremont qui allait d'un air sombre et rogue de la Prévôté au château Saint-Louis, puis de là au Séminaire et revenait. D'aucuns essayaient d'alléger le malaise de conscience général en disant que le Lieutenant de Police n'avait pas l'air plus sombre ni moins rogue que de coutume et qu'il n'y avait rien de sérieux dans ces ragots et pas de quoi mettre en branle la justice. D'autres, au contraire terrifiés, soudoyaient les « fabriciens » marguillier et bedeau pour obtenir un peu d'encens d'église à brûler dans leur maison.

En bref, on finit par arracher au soldat toutes sortes d'aveux que le pauvre Le Brasseur, promu greffier en lieu et place de Carbonnel, consigna, la sueur au front, d'une plume tremblante d'horreur.

Garreau d'Entremont soutira du prévenu tout ce qu'il put.

Question : Savait-il où était parti le comte de Varange ?

Réponse : Il ne savait pas.

Question : Savait-il ce qu'ils avaient fait du crucifix ?

Réponse : Il ne savait pas.

Question : Et de la pierre noire ?

Réponse : Ils l'avaient enterrée dans la cave.

On mit au jour un morceau d'anthracite, brillant et poli, que personne n'osa approcher. Les terrassiers qui avaient creusé le trou s'enfuirent comme les Philistins de la Bible, quand ayant trouvé dans un champ l'Arche d'Alliance abandonnée par les Hébreux, ils virent tomber raides morts les premiers qui y portèrent la main.

Didace Morillot, l'exorciste, fut appelé pour trancher le sort de l'objet. On ne l'enviait pas. Tant pis pour lui. C'était sa fonction. Il vint avec son livre le *Pontifical,* le rituel des exorcismes. On ne sut ce qu'il officia ni quelles prières il récita. Ce devait être un bon exorciste car, par la suite, il ne s'en porta pas plus mal.

Le crucifix fut retrouvé sous un tas de fumier dans la cour d'une habitation de la banlieue. L'engagé qui le découvrit se crut maudit. Tandis que le maître courait à Québec prévenir les ecclésiastiques, il ramassa ses hardes et s'enfuit aux bois.

Cette fois l'Evêque vint lui-même, assisté de deux prêtres et d'un thuriféraire, recueillir la pauvre relique.

« ... De cette affaire, l'Evêque a cru mourir de douleur », écrivit Mlle d'Hourredanne. « On le voit sécher sur place... »

Ramené en procession, le crucifix fut réclamé pour l'amende honorable par les saintes filles des deux communautés religieuses de la ville : les ursulines et les sœurs de l'Hôtel-Dieu.

— Confiez-nous notre cher Seigneur, suppliaient-elles. Nous saurons lui faire oublier par nos prières et nos larmes les outrages des impies.

Ce fut l'Hôtel-Dieu qui l'emporta. Entouré des plus beaux bouquets de fleurs de papier que purent composer les artistes nonnes, les prières d'expiation allaient désormais monter chaque jour dans les siècles vers l'image du divin condamné accompagnées des essences parfumées de rose, de myrrhe et de jasmin.

Le soldat fut pendu au gibet du Mont-Carmel. Son corps fut exposé aux corbeaux.

Personne ne voulait plus entendre parler de cette histoire. On laissait aux Parisiens de Paris, à la Cour et aux courtisans, leurs empoisonneurs et leurs magiciens. La vie était trop dure au Canada pour se distraire à ces jeux effrayants.

Dans l'âtre du manoir de Montigny les parchemins relatant le vieux procès de sorcellerie, de quelque quinze ans plus tôt, s'étaient racornis comme feuilles mortes et Pacifique Jusserant, le messager du Saint-Laurent, le dévoué serviteur du Père d'Orgeval, allait être encore un mort oublié.

Guillemette de Monsarrat-Béhars affronterait seule la mère du « donné »; seules les mères n'oublient pas. A elles deux, elles allaient peut-être entamer une longue histoire de vengeance dans l'île où les sorts et les neuvaines, les poisons et les malédictions se feraient surenchère, et qui étaient destinés à se continuer au-delà de la mort et des générations. Ou alors, l'esprit dépoussiéré par ces vents d'ailleurs qui vous décapent l'âme et la peau aux confins du Nouveau Monde, sauraient-elles, après avoir beaucoup crié et maudit, se rejoindre et s'apaiser.

La sorcière, qui connaissait tous les baumes pour soulager toutes les douleurs, recommanderait la première à l'autre, la dévote : Fais dire des messes... Fais dire des messes pour ton fieu... Mais ne continue pas le mal, si tu veux sauver son âme... Fais-moi confiance ! Prie ! Je te dirai moi quand il sera en paradis.

En tout état de cause, c'était une affaire entre isliens et isliennes de l'île d'Orléans et qui ne regardait pas ceux du « continent ».

Angélique fut la seule à connaître le nom que la femme défigurée, apparue dans le miroir noir, prononça. M. Garreau d'Entremont le lui confia sous le sceau du secret, un soir que sortant de sa dévotion à saint Michel Archange, il la rencontra sur le parvis de la cathédrale. Le soldat « questionné », n'en étant plus à vouloir s'en tirer avec des mensonges, n'avait rien celé de ce qu'il avait pu voir et entendre au cours de la cérémonie démoniaque.

D'un ton d'indicible haine et de rage, la femme blessée, mourante, n'avait prononcé qu'un seul nom : Peyrac.

Ainsi, pensa Angélique, la nuque hérissée d'un frisson, Satan avait fait apparaître le visage de la démone vaincue, déchirée et sanglante, à l'homme débauché qui avait été son amant à Paris et qui l'attendait, tremblant de la fièvre qu'elle avait allumée dans son sang.

Le reste se devinait aisément.

Le comte de Varange, sans prévenir personne, s'embarqua vers le nord.

Vieux Faust amoureux, éperdu de vengeance, nautonier tragique, il s'enfonçait dans les brumes du Saint-Laurent. Il était allé au-devant de la flotte de ce Peyrac maudit et avait disparu.

M. d'Entremont continuait à marmonner confidentiellement. Il disait qu'il avait été aidé dans ses conclusions personnelles par une découverte curieuse qu'il avait faite en perquisitionnant au domicile du vieux comte dans la maison de la Grande Allée. Sur des feuillets, il avait relevé des essais de l'écriture et de la signature de M. le gouverneur Frontenac. Comme si le comte de Varange s'était exercé à rédiger un pli pouvant passer pour avoir été écrit de la main du Gouverneur lui-même.

Dans des brouillons de lettre insuffisamment brûlés, le Lieutenant de Police avait pu déchiffrer quelques phrases et comprendre que le prétendu message était destiné au comte de Peyrac.

On avait également trouvé les débris d'un sceau imitant celui du Gouverneur, ce qui était très grave car cela amenait à soupçonner que le scripteur du faux avait réussi à se procurer l'empreinte à la cire du sceau en question, bien gardé cependant.

Le Lieutenant de Police en avait déduit que M. de Varange, par la présentation d'une lettre qu'il ferait croire émanant de Frontenac, avait l'intention d'attirer

M. de Peyrac dans un guet-apens. Mais, apparemment, c'était lui qui était tombé dans un piège.

Les petits yeux de sanglier fixaient Angélique tout droit dans les siens.

— Car, dit-il encore, ils ont été aperçus lui et son domestique à Tadoussac avant l'arrivée de vos navires et les gens ont témoigné que Varange est monté à bord d'une petite barque avec son seul valet comme pilote, ayant dit son intention de continuer à descendre le fleuve. Mais on ne le a plus jamais revus depuis.

— Je sais ce qui leur est arrivé, dit subitement Angélique.

Elle leva les yeux vers le ciel nocturne.

— Ils ont été enlevés par les canots de la « chasse-galerie ». Souvenez-vous ? On a signalé son passage au-dessus de Québec dans le même temps.

Elle fixait la nuit. Cette nuit d'où parfois surgissaient des lumières mystérieuses, telle une armada étincelante : les canots en feu de la « chasse-galerie ».

Emportaient-ils à leur bord, dans leur course enflammée, le magicien et le coureur de bois, le jésuite martyr et le sorcier, le soldat et le marchand, l'Indien et le laboureur, les saints et les maudits ? Elle les imagina. Tous ces vagabonds fous, lancés en comètes fulgurantes à travers le ciel du Nouveau Monde sous la bannière du Roi de France...

Garreau d'Entremont ouvrit la bouche. Puis, la voyant le nez en l'air avec une expression de ravissement inspiré, il hocha la tête ainsi qu'un grand-père ronchon devant une fillette désarmante et prit le parti de se taire.

Mais Angélique rêva du Roi. Elle le voyait, assis derrière son majestueux bureau, dans son cabinet de travail de Versailles, sur fond de tentures bleues frappées de fleurs de lys d'or.

Il avait l'air abattu. Elle lui disait : « Pourquoi nous as-tu repoussés ? Pourquoi as-tu voulu notre destruction ? Nous t'aurions défendu de ces rapaces dont tu es entouré... »

Ce qui l'étonnait le plus en s'éveillant, ce n'était pas

d'avoir vu au Roi cette expression vaincue, mais de l'avoir tutoyé dans son sommeil. C'était inconcevable et elle en fut choquée comme d'une malséance. Sa tendresse féminine, compatissante à l'homme, fût-il un Roi, quand il est menacé, lui avait tendu un piège. Elle savait bien que même dans la solitude de son cabinet de travail ou dans l'ombre du confessionnal, le roi Louis XIV n'avait jamais l'air abattu ou triste. C'était un acteur qui ne déposait jamais le masque.

Angélique avait toujours senti en lui une force inébranlable. Les grandeurs de Versailles lui avaient enseigné qu'un Roi ne peut se permettre d'être faible et tendre, et même qu'il ne peut y avoir de roi juste.

Elle se dit qu'il serait bon de s'en souvenir pour ne pas trop s'illusionner, ni espérer de réponse d'indulgence quand viendrait le printemps. C'était une situation qui s'établissait peu à peu dans les esprits qu'au printemps, avec les premiers navires, leur sort à elle et à Joffrey de Peyrac serait scellé et par le pardon du Roi. Or, rien n'était moins sûr.

Appuyée à ses oreillers, Angélique repensait au maître de Versailles, à l'homme qu'elle avait connu, deviné, atteint, derrière la majesté du prince. On pouvait tout attendre de lui, mais aussi ce qui était le plus dans sa matière, les dérobades et les faux-fuyants, mélange de promesses, d'assurances bénignes et de menaces voilées, qui mettraient tout le monde dans une position fausse et instable.

Ainsi régnait-il. Car sa plus grande passion était de régner.

— Mais, je te tiendrai tête, Sire, fit-elle, à mi-voix et cette fois en toute conscience, comme une femme qui a décidé qu'elle avait le droit de disposer d'elle et qui s'adresse à l'homme qui a voulu la briser.

« S'il n'avait été roi, l'aurais-je aimé ? » se demanda-t-elle encore.

Puis l'échéance lui parut lointaine. Elle se rendormit un sourire aux lèvres. Autour d'eux le Saint-Laurent, gelé, traçait, gigantesque et infranchissable, ce cercle de craie des vieilles légendes nordiques que nul ennemi ne peut franchir.

ONZIÈME PARTIE

LE SUPPLICE DE L'IROQUOIS

73

Piksarett avait disparu, on sut qu'il avait attendu que le fleuve fût plus navigable pour quitter l'île et aborder la côte sud vers Lauzon.

Angélique s'attendait à le voir reparaître. Un matin, une vieille Abénakise fort pieuse, que le Grand Baptisé honorait de sa considération, aborda la comtesse de Peyrac au sortir de la messe.

Son visage couleur de buis dans l'encadrement de ses deux nattes d'un blanc de neige avait toujours une expression sereine. Elle se drapait avec d'amples et harmonieux mouvements dans sa couverture de traite rouge à bande noire, par-dessus sa robe et ses bottes de peaux chamoisées. Elle avertit Angélique qu'en revenant de sa consultation chez le « jongleur » de Lorette, Piksarett était venu la visiter dans son tipi, toujours dressé depuis de longues années dans le verger des ursulines. Un malheur s'avançait et il lui fallait l'attendre afin d'en protéger ses amis. Mais, ensuite, il lui faudrait partir. Il aurait dû même partir aussitôt mais le « jongleur » avait atermoyé avec la nécessité où se trouvait le grand Narrangasett d'opposer sa force bénéfique au malheur qui s'approchait.

— Partir ? répéta Angélique. Que veux-tu dire ?

— Ne l'attend pas. Il ne reviendra plus.

Et comme Angélique restait sans voix ne pouvant

admettre comme inéluctable cette brusque disparition, l'Indienne lui dit que Piksarett avait obéi à deux impulsions auxquelles l'avaient entraîné les révélations du « jongleur » qui lisait l'avenir proche et lointain et était très versé dans l'interprétation du rayonnement de l'esprit vital.

Piksarett n'avait plus rien à faire à Québec. La dernière épreuve traversée, celle qu'il protégeait, Angélique, n'avait plus qu'à s'avancer sur la route ininterrompue du triomphe. Les ennemis tombaient comme l'herbe fauchée devant elle; il était préférable même qu'il s'éloignât, laissant les Blancs, les abandonnant loin de son œil trop perspicace qui pourrait leur peser ou les troubler, car ils avaient une façon bien à eux de se tresser les couronnes de la victoire et il préférait les laisser à leurs manigances. Elle surtout, sa captive, et mieux valait qu'il fût au loin. Ainsi, lorsqu'on veut éviter de porter sur ses amis des jugements auxquels la vue ou la connaissance d'un fait vous contraint, l'absence est-elle préférable, comme si l'on détournait pudiquement les yeux. Sa captive avait ses génies particuliers et il trouvait plus sage de la laisser s'en accommoder sans la troubler ou la distraire par sa présence. Car, si le « jongleur » avait dit qu'il y aurait triomphe, il n'avait pas dit que ce serait sans mal.

Mais elle triompherait. Et Piksarett s'éloignait.

— Maintenant, avait-il encore ajouté, je dois aller secourir la Robe Noire, Hatskon. Outsi, notre père, est en grand danger.

— Est-il blessé, malade, prisonnier des Iroquois ? avait demandé la vieille Indienne.

— Non, pis ! *Il est en train de perdre son âme !*

Piksarett lança son canot au gré des rivières ayant repris leur cours et dont les bruits grondants emplissaient la forêt, il s'était retrouvé moins d'une semaine plus tard aux abords du lac du Saint-Sacrement. Les arbres étaient plus hauts. La forêt commençait d'avoir son tendre feuillage. En suivant les crêtes des monts, on trouvait des sentiers à fleur de roc où l'on pouvait marcher avec la rapidité du sauvage lorsqu'il n'a plus sous son mocassin ou son pied nu que le sol de sa terre. Il n'avait cessé de descendre vers le sud-ouest.

Un soir, au détour d'un chemin sous les arbres, il tomba sur un éclaireur d'un parti de guerre iroquois nommé Sakahese. C'était à celui qui lèverait le premier son tomahawk.

En retrouvant le corps de Sakahese, le crâne brisé et proprement scalpé, Outtaké, le chef des Cinq-Nations qui menait ce parti de Mohaweks, sut que le grand Narrangasett était dans les parages. Car Sakahese était aussi le plus rapide de ses guerriers à lever son tomahawk et pour avoir été pris de vitesse ce ne pouvait être que par le Grand Baptisé, car il n'y avait que Piksarett, chef des Patsuikett, qui fût plus rapide que Sakahese.

La nuit, Piksarett entra dans leur camp, tua deux guerriers et enleva leurs chevelures. Il recommença cinq nuits de suite. Le jour, ils ne le trouvaient pas, il était dans les arbres. Il brouillait ses pistes car il marchait à reculons.

Le cinquième jour, Outtaké, fou de rage, fit envoyer un message aux différents partis des Cinq-Nations qui avec lui avaient quitté la ville des Iroquois et progressaient vers le nord. Il fit passer une consigne : « Sus à Québec ! »

74

De son expédition sur les glaces Paul-le-Follet avait ramené une bronchite qui mit ses jours en danger. Angélique alla le voir à l'Hôtel-Dieu et trouva à son chevet Basile.

Ils sortirent ensemble et Angélique parla de l'amitié qui unissait le grave marchand avec ce joyeux drille.

— C'est à cause du renfermement des pauvres, dit Basile.

— Je vous croyais le fils d'un magistrat au Parlement, s'étonna Angélique.

— Si fait. Et je me destinais étudiant à suivre ses traces quand survint le renfermement des pauvres.

Il raconta comment, au sortir de la Fronde, Paris était la ville des crimes, de la mendicité et de la truanderie.

Le Grand Coësre, le Roi de Thunes, prince des bandits y régnait aussi sûrement et plus sûrement que le jeune roi de France Louis XIV avec ses Egyptiens, ses cagoux, ses mercadiers, ses mercantisses polissons et autres coupe-bourses.

Pour assainir la capitale de ses miséreux qui représentaient le cinquième de sa population, il n'y avait d'autre solution que de les ramasser tous et de les enfermer hors de la vue des honnêtes gens.

Les hauts murs des cinq établissements de l'hôpital général avaient été dressés pour cela.

La Salpêtrière pour les femmes, Bicêtre pour les hommes et les jeunes garçons dangereux. La maison de Scipion pour les femmes grosses. A la Pitié, les jeunes filles de sept à seize ans et les vieilles que l'on occupait à filer. A la Savonnerie, les petits garçons à qui l'on apprenait à fabriquer des tapis de Turquie et de Perse.

Les escouades de militaires appelés « archers des pauvres » furent créées. De jour et de nuit, ils parcouraient la ville ramassant tout ce qu'ils trouvaient, coursant les récalcitrants et certains de ces gens d'armes étaient fort habiles à lancer un lourd filet pour ramener d'un seul coup une bonne pêche de mendiants et d'orphelins à charger dans leurs charrettes.

Un soir que l'étudiant Basile revenait de la Sorbonne, il prit fait et cause pour un pauvre hère qu'on poursuivait.

Il se retrouva avec son protégé, enchaîné à un anneau scellé, dans les caves de Bicêtre réservées aux fous. On l'avait mis là pour le calmer car, très vigoureux, il avait assommé un archer et blessé un autre.

Son compagnon, surnommé Popaul-le-fou, avait dans ces cachots sa place désignée. Basile conversa avec lui, le trouva fort intelligent, apte à apprendre le calcul, la lecture.

Pendant ce temps M. le magistrat cherchait son fils.

Il finit par le trouver et par le faire sortir d'une enceinte qu'on franchissait rarement dans ce sens-là. Mais de son séjour en enfer Basile avait gardé une solide haine des murs et de tout horizon borné.

Il ne pouvait supporter de laisser derrière lui ce jeune homme, enfermé comme une bête innocente, et qui n'avait d'autre perspective que de dépérir ou de devenir enragé. Il obtint l'élargissement de son pauvre et avec lui sauta sur le premier navire en partance pour le Canada. Son père, avec lequel il n'avait cessé d'avoir d'excellentes relations d'affaires, lui avait trouvé un poste dans la Compagnie des cent associés, dont il était actionnaire et au cours des ans, il était devenu M. Basile de Québec avec son commis, frère de geôle, sauvé du renfermement ou de la corde, Paul-le-Follet.

— J'ai toutes sortes d'ennuis avec lui. Il vole les autres, il s'attire des remontrances du clergé... mais il est libre et il m'est précieux. Il range la maison dont il connaît chaque objet, veille sur mes filles comme un frère et sait l'avoir et les comptes de chacun dans toute la ville.

— J'aime votre histoire, dit Angélique.

— Ne vous y trompez pas! Je suis un marchand retors.

75

Le printemps viendrait-il jamais?

— Le printemps, disait la Polak, on ne le voit pas. Tout de suite, c'est l'été. Le printemps? Il passe comme un sylphe. Il faut être attentif pour le saisir. Mais alors, de quoi se saouler.

Froid, gel, tombée de neige, jamais, jamais, la terre ne pourrait refleurir.

C'était un rêve trop lointain et on préférait l'oublier pour ne pas souffrir d'espérances vaines et gaspiller ses forces et ses réserves.

Jamais, au grand jamais, on ne pourrait s'imaginer

qu'un jour viendrait où le médecin Ragueneau, suivi de sa couvée de dix enfants, s'en irait porter à l'Hôtel-Dieu son impôt annuel d'un bouquet de fleurs naturelles, cueillies dans son jardin.

Pourtant le fleuve se libérait. De grandes surfaces dénudées recommençaient à réfléchir la lumière et les nuages se miraient avec volupté dans le reflet de l'eau reparue.

Les Indiens dans les bois levaient des écorces d'ormes et de bouleaux et sur les grèves d'où la neige s'était la première évaporée, les cousaient et les appliquaient, colmatées de résine, sur les carcasses en baguettes souples de leurs petits canoës. Bientôt toute une flottille serait prête à s'égailler vers le sud, vers le nord, vers le sud-ouest, les grands lacs, vers le sud-est, l'Acadie, la Baie Française.

Du chantier naval et des bassins de radoub près de la Saint-Charles montaient les bruits de marteaux, des odeurs de poix fondue. On réparait les coques des embarcations qui avaient souffert des glaces, pourries ou fendues par leur longue attente, prisonnières.

Sous le Cap Rouge, un matin de brume épaisse, humide et glaciale, une ombre bougea sur le pont démâté du *Saint-Jean-Baptiste* échoué. Flairant les odeurs de forêt, de gibier, un ours maigre pointait son museau vers les hauteurs invisibles des falaises. Mister Willoagby, intrigué, prenait le vent.

Les navires, retirés dans les criques et les anses, recommençaient à se balancer et à tirer sur leurs ancres.

Souvent le brouillard montait, animé par la suite de traînées de neige pluvieuse qui tombaient drues et serrées. Les jours de bise sèche et claire, les glaçons arrachés des toits tombaient et se brisaient comme verre. Il fallait prendre garde, un homme fut tué. Une masse de neige et de glace coula subitement d'un toit et l'assomma.

Noël Tardieu de La Vaudière, reprenant vigueur, promulgua des ordonnances. Chaque citoyen devait s'occuper de débarrasser son toit et de le faire couler, en prenant les précautions d'avertissement d'usage. Dans les endroits menacés, il fallait poser des planches afin d'obliger les passants à marcher au milieu de la rue.

Le fleuve avait recommencé son lent va-et-vient des marées. Les derniers glaçons étaient comme de grandes îles de verrerie, rôdant à travers la vaste étoile d'eau à nouveau rayonnante sous Québec, derniers survivants d'un troupeau qui ne se décidaient pas à quitter les lieux où ils avaient régné en maîtres. Ils s'en allaient vers le nord rejoindre la masse des glaces de l'estuaire encombré, ou disparaissaient, fondus avant de l'atteindre.

Les premiers jours de mai, les jeunes enfants du Séminaire, tout de noir vêtus, mais excités comme des oiseaux dont on ouvre la cage et parmi eux Marcellin, Neals Abbal, une trentaine environ, accompagnés du jeune Emmanuel et de deux ecclésiastiques, s'en allèrent à Saint-Joachim sous le Cap Tourmente pour y attendre le retour des oies sauvages, annonciatrices du printemps.

La neige couvrait encore une grande partie des hauteurs de la côte de Beaupré. Le temps des semailles serait reculé par cet hiver rigoureux. Mais la grande ferme et la petite ferme, propriété de Monseigneur de Laval et les bâtiments qui abritaient l'école des Arts et Métiers de Saint-Joachim, se trouvaient dans la longue plaine de battures et de prairies au pied des falaises et les enfants allaient pouvoir y commencer les travaux de l'été qui les changeraient des heures d'études et de messes entre les murs du Séminaire.

Ils redresseraient les barrières, nettoieraient les champs, s'occuperaient du bétail. Avec leurs aînés des ateliers d'art, ils apprendraient à menuiser, à sculpter, à peindre, à ferronner, travaux d'artistes et d'artisans qui pour ceux qui n'avaient pas de goût pour l'étude et la prêtrise les doteraient d'un métier citadin et les retiendraient de partir aux bois.

Les mois d'été se passeraient ainsi pour eux entre-coupés de longues promenades dans les forêts des monts dominants, de parties de pêche le long de la rivière Sainte-Anne.

Dans la ville, la neige en se retirant abandonnait au

sol, comme l'écume d'un naufrage, haillons, vêtements, de nombreux bonnets, mouchoirs, des bottes, des souliers, des missels, des parapluies, des outils, des objets de toutes sortes égarés, oubliés, arrachés, que des rafales de neige avaient ensevelis sous diverses couches et qui se retrouvaient là, échoués sur la grève de la terre reparue...

Des corps aussi...

On retrouva Jehanne d'Allemagne. Et l'on ramena à Québec le corps de Martin d'Argenteuil que la rivière Montmorency libéra de sa prison de glace et traîna jusqu'aux battures à proximité du Saint-Laurent. Sa mort avait été acceptée sans émoi. Un accident. Mais l'on s'interrogea sur la flèche indienne plantée dans son dos. Devant le corps de Martin d'Argenteuil, Vivonne impressionné, car il avait gardé longtemps ce garçon avec lui, se rappela quelque chose que lui avait raconté Athénaïs et qu'il avait jugé exagéré à l'époque.

Sa sœur assurait qu'Angélique avait fait assassiner son maître d'hôtel Duchesne. Son entourage voulait qu'on menât une enquête. Que signifiait cette flèche? Un assassinat par un Indien? N'était-on pas environné de tribus alliées? Aurait-il pu s'agir d'Iroquois? Où? Quand? Personne ne voulait se charger d'arracher cette flèche du corps qu'il fallait enterrer rapidement. Ceux qui pouvaient reconnaître les pennes de la flèche et l'attribuer à un Abénakis se turent. Les mains gantées de rouge qui pendaient, raides et boueuses, avaient déplu. On se souvenait que le maître paumier avait été soupçonné d'avoir étranglé une fille.

Et comme tout le monde parlait de cette flèche la confusion se fit dans les esprits car dans le même temps des Abénakis de la mission Saint-François amenèrent un prisonnier de la nation iroquoise des Ouneïouts qu'ils avaient capturé aux abords du poste de traite sur la rivière du même nom.

Les Abénakis parlaient d'une grande concentration d'Iroquois, se rassemblant aux sources de la Chaudière et de la rivière des Etchemins. Les uns disaient cinq cents, d'autres mille, d'autres deux mille...

Le captif iroquois fut amené devant le Gouverneur

qui n'en put tirer un mot. Ensuite, il le remit aux Hurons qui le réclamaient pour le faire périr selon leurs coutumes. Iroquois et Hurons, peuples frères devenus ennemis, plaçaient la torture au sommet des exigences qu'ils avaient à remplir dans leurs existences pour prouver la supériorité de leur race. Mourir dans les tourments les plus atroces par les mains de l'ennemi le plus haï et le plus courageux était le rêve de tout guerrier.

Pour les Iroquois et les Hurons c'était un devoir auquel ni les uns ni les autres n'avaient le droit de se dérober et auquel ils se préparaient dès l'enfance. Pour les Hurons, qui depuis un demi-siècle avaient été massacrés en masse et décimés par les féroces Iroquois, terme qui signifiait dans leur langue : vipère lubrique, et qui avait été adopté par les Français à force de l'entendre employer : préparer la mort de l'Iroquois sur son bûcher leur revenait de droit.

Et le prisonnier commença aussitôt à leur dire que ce qu'il trouvait de plus affreux dans cette mort qu'ils lui préparaient c'était que lui, un grand guerrier honorable, il devait mourir de la main de ces chiens galeux, les Hurons, si pantelants et minables qu'ils devaient se réfugier à l'ombre des Français pour survivre.

Le ton était donné. La surenchère allait s'élever entre les bourreaux exaspérés et les sarcasmes de leur victime les accusant de lâcheté, de pusillanimité et d'ignorance à savoir bien tourmenter.

Les Abenakis, qui l'avaient amené, se désintéressèrent de son sort. Les capitaines voulaient s'entretenir avec le Gouverneur et son conseil et savoir si Onontio était prêt à entrer en campagne. Alors les tribus alliées se joindraient à lui. Les Iroquois, qu'ils avaient vus rôder, n'avaient pas encore effectué de raid sur les villages indiens et les missions de jésuites, mais ils rôdaient. On ne savait quelles étaient leurs intentions. La forêt grouillait de leurs bandes de guerre. Ils semblaient se diriger vers Québec, puisqu'on en avait surpris transportant leurs canots dans les portages menant à la rivière de la Chaudière.

Les Hurons, après avoir offert un festin au prisonnier, l'emmenèrent vers le lieu du supplice en chantant les vertus des braves et en lui disant : « Mon frère, prends courage... »

Un peu à l'écart des dernières maisons de la Basse-Ville, par un chemin qui prolongeait la rue de l'Habitation, ils l'amenèrent jusqu'à une grève au bord du fleuve où était planté un poteau. Ils le lièrent, animés d'une joie cannibale, et allumèrent le feu pour y rougir les instruments du supplice. Pour les Hurons Iroquois, la torture, défi de l'être incarné à la servitude de la chair qui l'emprisonne, était un acte noble lorsque la victime était noble et digne d'assumer le défi. Aux raffinements les plus cruels, la victime opposait un sang-froid inaltérable, ne devant jamais donner un signe de douleur.

Angélique vit s'abattre chez elle Bérengère-Aimée folle, échevelée, et qui paraissait sur le point de sombrer dans une crise nerveuse.

— Angélique ! Venez ! c'est affreux ! Je ne peux plus supporter cette horreur !

Sa demeure en la Basse-Ville se trouvant non loin de l'endroit choisi par les Hurons pour supplicier l'Iroquois, il lui avait fallu, déjà, une nuit et un jour entiers supporter cette odeur de chair grillée, mais plus encore entendre leurs chants sinistres et les cris de fureur des bourreaux lorsque cet enragé d'Iroquois, au lieu de gémir et d'implorer la pitié, répondait par des insultes, chantant ses propres exploits, énumérant les parents et les amis des Hurons qu'il avait tués, détaillant les supplices qu'il leur avait fait subir, ce qui redoublait la rage des autres. Maintenant, il s'était tu, mais il vivait toujours et on entamait une deuxième nuit de sabbat.

De temps à autre, le Révérend Père Jorras, jésuite, était descendu afin d'examiner et voir s'il ne donnait pas des signes qu'il avait été touché par la grâce et désirait se convertir.

Les communautés religieuses s'étaient mises en prières afin que ce signe se manifeste avant son dernier soupir. Par le baptême du sang, l'Iroquois irait au ciel, mais l'on souhaitait que ce signe fût donné qui prouverait qu'il y était allé de son plein gré.

Bérengère avait abordé le Père Jorras en lui demandant d'intervenir afin qu'on hâtât la mort du malheureux. Mais le religieux avait secoué la tête. On ne pouvait s'opposer à la coutume des Hurons et l'Iroquois lui-même eût été indigné qu'on lui volât sa mort.

— Les hommes n'ont pas d'entrailles, dit Bérengère. Monsieur de Frontenac m'a opposé la même raison. Il est exaspéré, dit-il, car l'odeur monte jusqu'à lui et il déplore qu'ils se soient installés dans notre voisinage, mais il lui est difficile d'intervenir. Quant à votre mari, il me rétorque, et sans doute a-t-il raison, qu'il ne peut se mêler des affaires des Français et de leur entente avec leurs alliés sauvages.

— Pourquoi êtes-vous venue à moi ?

— Parce que vous êtes une femme et que l'on dit que vous savez parler aux Indiens.

Angélique réfléchit. Elle partageait les sentiments de Bérengère, mais l'intervention que demandait celle-ci, bouleversée dans sa sensibilité d'Européenne et non encore accoutumée à cette rude et terrible existence du Canada, forgée de feu et de sang, était difficile.

Si Piksarett avait été là, elle l'aurait prié d'aller, d'un coup de tomahawk, briser le crâne du supplicié, et les Hurons n'auraient rien osé dire car ils le redoutaient.

— Ce sont d'horribles sauvages, répétait Bérengère-Aimée en claquant des dents. Ah ! Pourquoi suis-je venue en Amérique. Ma mère me l'avait dit : Ne pars pas.

Elles montèrent dans le carrosse de M. de La Vaudière et redescendirent dans la Basse-Ville. A l'extrémité de la rue de l'Habitation qui finissait par un terrain herbeux, les flammes du foyer qui éclairaient le supplicié perçaient la nuit. Elles firent avancer le carrosse jusqu'au bout du chemin et mirent pied à terre.

Les laquais et le cocher qui étaient venus de France avec le jeune ménage Tardieu de La Vaudière et dont c'était le premier séjour en Canada, se montraient peu empressés de suivre ces dames, trop hardies à leur gré.

Le petit laquais seul les suivit de quelques pas puis s'arrêta.

Ils avaient peur de ces diables rouges, aux danses bizarres, aux chants lugubres qui se balançaient là-bas en tapant du tambour, dans les transes d'un plaisir de vengeance et de cruauté qui ne parvenait pas à atteindre son paroxysme.

En retrouvant ce spectacle et ces exhalaisons de chair brûlée, le courage de la pauvre Bérengère céda. Elle s'arrêta et se détournant se mit à vomir. Angélique dut continuer à s'avancer seule.

En approchant, elle essayait de ne pas regarder du côté du poteau de torture où pendait un être scalpé, taillé, brûlé, découpé en lanières. De son flanc ouvert coulait du sang noir. « On lui avait mangé quelque chose à l'intérieur », avaient commenté les badauds de la place du Cul-de-Sac. Il semblait impossible que le martyr respirât encore et cependant cela était. L'habileté de la nation huronne-iroquoise à maintenir ses victimes le plus longtemps en vie était le fruit d'une longue science.

Ainsi étaient morts les jésuites missionnaires Brébeuf et Lallemant, et d'autres encore.

Aux pieds de l'Iroquois, un foyer entretenu par les jeunes gens rougeoyait de toutes ses braises incandescentes. L'un après l'autre les guerriers venaient y plonger à rougir, qui une hache, qui une alène, afin de chercher, chacun à leur tour, ce qu'ils pouvaient encore lui faire.

Angélique s'arrêta à quelques pas de leur capitaine Odessonk, qu'elle connaissait.

Attiré par son regard, il l'aperçut et vint à elle d'un air hautain comme chez certains Indiens. Son visage imberbe, aux traits non accusés, aurait pu faire penser à celui d'une femme un peu grasse prenant de l'âge, sans le panache dressé, farouche, sur son crâne rasé et l'expression dure et sombre de ses yeux. C'était un guerrier de grande taille, vigoureux, aux muscles saillants.

Elle lui parla à mi-voix, sans passion.

— O Odessonk! Pardonne à ma faiblesse de femme. Je viens te demander d'adoucir ton cœur indomptable par pitié pour la souffrance du mien... Termine le supplice de l'Iroquois... Achève-le! N'as-tu pas contenté ton désir de vengeance? Et traité ton ennemi avec toutes les rigueurs qu'il exigeait de toi? Nul ne peut dire que tu l'as méprisé en ne lui accordant pas le supplice réservé aux plus courageux d'entre vos ennemis... Achève-le, je t'en prie. Ménage nos cœurs qui ne sont pas accoutumés à nourrir tant de haine... Pour n'avoir pas eu à s'endurcir dans les combats... Toi qui es chrétien, peux-tu comprendre que nous ne disposons pas de votre force, accoutumés que nous sommes à pleurer et à souffrir devant l'image de notre Dieu attaché au poteau de torture de la Croix? Achève-le, Odessonk. Achève sa vie d'un coup de ton tomahawk. Vous avez montré à tous votre vaillance...

Le Huron l'examinait, impassible. Ce qu'elle lui demandait était fâcheux. Il y allait de son prestige. Qu'il fît tomber sur lui le soupçon d'amollissement qui gagne ceux qui oublient leurs frères massacrés par l'ennemi, et ses guerriers le réprouveraient.

— Tu m'as blessé au saut du Katarunk! dit-il.

Et elle ne sut s'il lui rappelait cela pour lui signifier un refus ou pour lui reconnaître une supériorité devant laquelle il pouvait s'incliner. Elle soupira de soulagement quand elle le vit porter sa main à sa ceinture et détacher son casse-tête qui était composé d'une grosse boule de pierre blanche.

Tout en continuant de la fixer de son regard énigmatique, il fit sauter deux ou trois fois le manche de bois poli dans sa paume comme pour en assurer la prise.

— Je te serai reconnaissante, Odessonk, murmura-t-elle, humble, tandis que ses lèvres lui dédiaient un sourire, je n'oublierai jamais que tu as sacrifié à ma requête tes nobles aspirations de venger tes frères. Je saurai à mon tour t'écouter si quelque jour tu as besoin de ma parole.

Odessonk assura son tomahawk dans son poing. Il regarda vers le supplicié. Il hésitait encore. Angélique tournant la tête malgré elle rencontra dans une face sillonnée de sang l'éclat de deux prunelles vivantes. L'Iroquois avait suivi de loin leur mimique et compris le sens de sa démarche. Elle croisa ce regard d'eau noire, voilé et comme adouci par l'excès de souffrance. Elle y lut un aveu de reddition. L'Iroquois lui était reconnaissant. Grâce à elle, il n'avait plus à redouter de fléchir et de perdre sa mort, en gémissant comme une femme.

Il murmura quelques mots d'une voix rauque.

Voyant Odessonk résolu, un des Hurons, qui s'approchait du supplicié tenant une hache au tranchant rougi au feu et qu'il s'apprêtait à introduire lentement dans le sillon de la cuisse déjà ouvert jusqu'à l'os, s'interposa.

Odessonk, disait-il, n'avait pas à décider de suspendre un supplice avant que l'Iroquois ne rende de lui-même son dernier soupir.

Odessonk riposta qu'il se devait de respecter le cœur sensible des femmes blanches car il était lui-même un chrétien et qu'il vivait sous la protection d'Onontio. Il somma le Huron de s'écarter. Celui-ci voulut prendre à témoin les autres participants qui s'étaient arrêtés de danser et de battre du tambour. Mais personne ne releva la palabre. Les bourreaux aussi étaient las et ils n'étaient pas fâchés d'en avoir fini avec cet intraitable Iroquois qui, gardant toute sa virulence d'Indien des bois entraîné à la chasse et aux expéditions guerrières, était sur le point d'arriver à bout de leur résistance à eux, Hurons de Lorette, qui avaient un peu perdu l'habitude de ces terribles cérémonies.

Le guerrier à la hache s'inclina et jeta au loin sa hache inutile.

Dans ses liens, l'Iroquois attaché au poteau de torture parut faire effort pour redresser son corps en lambeaux, décharné, écorché vif et grillé de la tête aux pieds.

Odessonk, le tomahawk brandi, marcha vers l'homme qui allait enfin mourir.

76

L'Iroquois avait parlé avant de mourir. Il avait dit :
— Outtaké arrive. Il vous tuera tous, chiens !

On considéra cette annonce, cette sorte de renseignement que semblait lui avoir arraché l'intervention humanitaire d'Angélique, comme un signe de bonne volonté qui lui avait ouvert le ciel. Une âme de plus était en paradis.

Et M. de Frontenac ainsi que M. de Castel Morgeat s'apprêtèrent à aller au-devant du chef des Cinq-Nations.

On allait entendre parler des chaudières de guerre et les tambours résonnèrent aux alentours de Québec, rassemblant les guerriers algonquins, hurons et abénakis.

Odessonk adressa une harangue à ses jeunes guerriers : « Jeunesse, prenez courage, rafraîchissez vos cheveux, peignez-vous le visage, remplissez vos carquois. Faisons retentir nos forêts de chants de guerre, désennuyons nos morts et apprenons-leur qu'ils seront vengés. »

M. de Frontenac et M. de Castel-Morgeat demandèrent à M. de Peyrac de les accompagner. Ils voulaient s'avancer en force au-devant d'Outtaké, mais pour parlementer. Rien ne s'était passé méritant qu'on déterre la hache de guerre, solennellement enterrée aux abords de Fort Frontenac quelques années plus tôt. Pourquoi Outtaké voulait-il rompre la paix iroquoise ? La présence de son ami Ticonderoga, l'homme du tonnerre, aux côtés des Français et les colliers de Wampum qu'on lui présenterait faciliteraient une explication pacifique.

La difficulté serait de retenir les alliés sauvages toujours très excités. Ce n'était pas la première fois qu'on se trouvait devant cette situation. Frontenac était enchanté. Il raffolait des grandes rencontres avec les Indiens et surtout avec les Iroquois. Il aimait la beauté de leurs discours, leurs discussions retorses, et parvenir à les charmer et à les apaiser par son habileté et la compréhension qu'il avait de leur nature et de leurs sentiments.

Florimond demandait à prendre part à l'expédition. Sa « blonde » du moment, comme on disait communément, avait disparu et il n'était pas sans inquiétude. Ses parents la séquestraient-ils ? L'avaient-ils enfermée ?

Ils avaient été trahis par Euphrosine Delpech dont la maison surplombait celle du mercier Prunelle. Elle avait averti les parents. « J'ai vu des traces de pas sur votre toit, dans la neige. C'est un voleur ou un galant qui visite votre fille, la nuit. »

Le mercier Prunelle n'était pas un homme commode. Il cherchait à découvrir l'identité du chat de gouttière et Florimond, un peu embarrassé de sa personne, accueillait avec plaisir l'idée d'une expédition guerrière au-devant des Iroquois.

L'armée montée sur des canoës soit de trois, soit de dix, soit de douze pagayeurs, quitta Québec sous les vivats et disparut vers le sud, gagnant l'embouchure de la rivière de la Chaudière. Pour parer à toute éventualité, une partie de la flottille continuait vers les Trois-Rivières au cas où la ville serait menacée par les partis de guerre qu'on avait vus rôder vers Saint-François.

Le gouverneur avait remis la responsabilité militaire de la cité au major d'Avrenson.

Joffrey de Peyrac emmenait avec lui le comte d'Urville et une vingtaine de ses hommes.

— Si vous voyez notre seigneur Outtaké, dit Angélique à Peyrac avant de le quitter, rappelez-lui combien je me suis toujours considérée honorée par le cadeau du Wampum qu'il m'a fait envoyer et qui a été brodé par les Mères du Grand Conseil iroquois qui avaient résolu de nous sauver de la famine, l'an dernier. Dites-lui que je le conserve précieusement dans un coffre à portée de ma main, afin de pouvoir retrouver des forces en contemplant ce gage d'amitié.

Et comme chaque fois qu'il s'éloignait, elle se retenait de lui montrer ses craintes.

Elle avait trop appris à l'aimer au cours de cet hiver.

Les confidences, les disputes, les réconciliations, les heures d'amour, les projets, les rêves de réussite, de paix, de retour en France, mais au fond desquels demeurait informulée leur seule et unique aspiration primordiale à leur satisfaction de vivre : demeurer côte à côte et tous les jours que Dieu feraït.

Comment lui expliquer tout cela ? Elle levait ses beaux yeux vers lui. Et comme d'habitude il semblait la deviner et se moquer un peu d'elle.

— Prenez bien garde à vous, dit-il. Je ne veux pas entraver votre esprit d'indépendance, ma belle audacieuse, en attachant à vos pas une escorte. Mais j'aimerais savoir que lorsque vous vous promenez dans la ville, vous avez au moins à votre ceinture l'un de vos pistolets... et prêt à tirer.

77

M. de La Ferté et M. de Bardagne buvaient ensemble au *Navire de France*.

— Nous avions l'hiver pour la conquérir, disait le duc d'une voix qui commençait à sombrer de temps à autre dans un murmure. Et voici que l'hiver s'en va. Lâche hiver qui nous a trahis. Il nous persuada que la conquérir serait facile. Nous l'aurions cru, n'est-ce pas ? Elle est proche et pourtant, plus nous nous en approchons et plus nous la perdons de vue, comme si nous ignorions tout du jeu de la séduction. Tous ces pièges que nous lui tendons elle les brise comme baguettes. Qu'avions-nous appris avant de la connaître ? Et auprès de quelles femmes ? Pour nous trouver si dépourvus ? Vous verrez, Monsieur l'Envoyé du Roi, vous aussi vous vous heurterez à l'incompréhensible. Vous vous casserez le nez contre le miroir sans tain derrière lequel vous avez cru l'entrevoir.

— Cessons de boire, dit brusquement Bardagne.

— Que faire d'autre dans cette ville maudite ?

Par la fenêtre ouverte, Vivonne jeta un regard morne

et désabusé sur le fleuve gonflé qui roulait au ras des quais. La stupeur de la mort hivernale, les affres de la résurrection dans le fracas des eaux et des glaces faisaient place à une sorte de convalescence maussade, rancunière envers la violence des souffrances endurées.

Le doux mois de mai, au Canada, avait mine terreuse et hâve.

L'hiver venait à peine de relâcher son emprise. La neige ne se retirait que lentement des hauteurs, des vallons, des sous-bois. La boue gagnait sur les rives au versant est des prairies. Mais les signes de renouveau se refusaient. Pas un brin d'herbe, la terre se renfrognait ne se voulant pas sauvée, ni libérée, remâchant sa méfiance.

Québec elle-même, la ville, subissait la contagion de cette humeur. Avec ennui, elle découvrait son désordre : barrières brisées, gouttières arrachées, seuils descellés, et s'examinait telle une femme se découvre blême, échevelée et vieillie, dans son miroir après une longue maladie.

L'absence des hommes et l'inquiétude des Iroquois étaient prétextes à vaguer. On ne se décidait pas à se mettre au travail et personne n'avait encore eu l'idée de rendre la liberté aux cochons dans les rues.

Angélique s'était fait faire pour le printemps une robe dans un velours léger, vert comme une feuille tendre, avec l'idée que cela hâterait le renouveau. Le mercier gardait quelques pièces de tissu en réserve, pour une saison où, lasses de leurs gros vêtements d'hiver, les femmes étaient souvent saisies d'un désir de changement qu'elles payaient n'importe quel prix. Chez la dentellière, elle avait fait l'acquisition d'un grand col arachnéen, garni de fleurons en pointe, dont on pourrait admirer le travail quand elle se promènerait dans les rues avec sur les épaules une simple cape ou un mantelet.

Il n'y avait pas trois jours que l'armée était partie que déjà l'on trouvait le temps long. Déjà l'on s'inquiétait d'être sans nouvelles.

Angélique aussi avait ouvert sa fenêtre malgré l'air que l'on disait « cru ». Elle admirait d'en haut le fleuve qui avait repris ses jeux diversifiés. Aujourd'hui, le vent soufflait. Une brume s'échappait du fleuve que la pointe des vagues entraînait en haillons blancs, en aigrettes, ce qui donnait à la surface de l'eau l'aspect d'un plumage d'oiseau rebroussé par le vent.

Ce mouvement folâtre des flots évoquait les nefs dansant joyeusement à leurs crêtes et penchait les voiles rondes et pleines, s'avançant joyeusement vers l'Amérique.

Déjà le sort en était jeté.

Leur sort.

Et si le Roi se prononçait contre eux, elle reconnut que, malgré ses forces nouvelles qui la rendaient moins vulnérable, elle ne verrait pas sans tristesse se détourner d'eux les amis qu'ils s'étaient faits au Canada. Elle ne quitterait pas sans déchirement Québec-la-Française où elle avait retrouvé son passé, sa jeunesse et le meilleur d'elle-même. Oui, le Roi de France pouvait encore leur faire beaucoup de mal.

Et une fois de plus elle regretta ces signes avant-coureurs du printemps qui allaient briser leur isolement. Deux mois encore, un peu plus ou un peu moins, mais sûrement, des voiles blanches apparaîtraient à la pointe de l'île d'Orléans... Déjà l'hiver de Québec serait passé. Et, malgré tout, son rêve s'était réalisé car elle avait vécu un hiver merveilleux.

Les mains dans les poches, la pipe à la bouche et son bonnet de laine rouge enfoncé jusqu'aux yeux, le fils de la Polak montait la rue. Exemple réussi et rebondi d'un mélange normand et auvergnat, touché d'une pointe de gouaille parisienne et forgé au blizzard du Canada.

— Que veux-tu, petit joufflu ? le héla-t-elle de sa fenêtre.

Il venait de la part de sa mère, Janine Gonfarel du *Navire de France,* lui mander l'avis que M. de Bardagne et M. de La Ferté s'étaient battus en duel.

Il fallait toujours quelques secondes à Angélique pour associer le nom de Vivonne à celui de La Ferté et lorsqu'elle comprit son sang ne fit qu'un tour.

— Que me bailles-tu là ?

Elle le rejoignit dans la rue, le pressa de questions.

L'envoyé du Roi et le duc buvant de compagnie au *Navire de France* s'étaient pris de bec comme d'habitude. Le ton avait monté. Mme de Peyrac semblait être l'objet de leur différend, car ce nom revenait fréquemment sur leurs lèvres écumantes.

Lequel des deux l'avait vouée le plus furieusement aux gémonies et lequel des deux avait réclamé à l'autre réparation de cet outrage envers une femme admirable, les témoins ne pouvaient le départager encore.

Toujours est-il qu'ils étaient sortis sur la place, avaient tiré l'épée et croisé le fer. M. de La Ferté avait été blessé. On l'avait porté en son logis où le médecin Ragueneau, que le jeune Gonfarel venait de quérir en passant, devait être déjà à son chevet.

— Et Monsieur de Bardagne?

Selon toute apparence, il était encore bien vivant tout de suite après que M. de La Ferté fut tombé. On avait eu la plus grande peine à l'approcher car il faisait des moulinets avec son épée, promettant de pourfendre l'univers entier qui, pour contenir des êtres aussi vils que ceux qui l'entouraient, méritait d'être détruit jusqu'au dernier homme. Puis, soudain faisant un bond de côté, il s'était élancé et s'était perdu dans la foule, et comme il parlait de se jeter au fleuve, ses amis s'étaient élancés à sa poursuite, sans pour autant le rattraper.

Angélique commença par se rendre chez le duc de Vivonne. Elle devinait qu'il était arrivé ce qui était prévu et inévitable, mais qu'elle avait espéré ne voir éclater qu'au retour des navires, lorsqu'un courrier royal révélerait au pauvre Bardagne ses erreurs.

Elle trouva le frère d'Athénaïs, maussade, devant sa cheminée tandis que le médecin lui pansait le bras.

— Que lui avez-vous raconté? lui lança-t-elle haletante et déjà prête à le tancer.

Vivonne considérait, à la cuisse, la déchirure maculée de sang de sa culotte de soie.

— Cet imbécile n'aurait-il pas pu ne me blesser qu'une fois?

— Ce n'est pas un imbécile ! Que lui avez-vous dit pour le mettre dans cet état ?

Eh bien ! TOUT. Il lui avait tout dit... Que s'il n'avait pas tellement et continuellement envie de se gausser de lui il en aurait pitié, car, en effet, c'était pitié de voir un homme de plus enchaîné à une femme, à cette femme ! Car ils étaient tous enchaînés. Enchaînés à du vent... Car elle n'était même pas garce ou haïssable, ni perverse ni provocante. Elle était INACCESSIBLE ! Et pourtant dès qu'elle levait les yeux sur vous elle semblait vous donner vos chances...

— Mais qu'est-ce qu'elle a ?... Qu'est-ce qu'elle a donc qui nous détruit ? s'était-il écrié, saisissant Bardagne par son jabot. Tous, vous, moi, le Roi lui-même...

— Le Roi ? avait répété Bardagne, ahuri.

— Quoi ! Vous ne savez pas ? Oui, le Roi ! La folie du Roi pour elle, l'or, les bijoux à ses pieds, les fêtes les plus somptueuses et, en échange... elle devenait la Révoltée du Poitou.

— Qu'est-ce que vous dites ? avait hurlé Bardagne.

Et il avait reculé, pâle comme la mort.

— Eh oui ! avait ricané Vivonne, pourquoi l'imaginait-il donc tellement inoffensive cette jeune femme aux yeux de sirène et aux sourires enjôleurs, derrière laquelle il bêlait comme un bouc, à laquelle il n'avait cessé de faire la cour depuis son arrivée, tombant en extase au premier regard, celle-là même qui à peine six années auparavant avait galopé à travers toute une province en appelant les paysans à la révolte contre le Roi de France. Ce même Roi dont il était lui, Bardagne, l'envoyé chargé de mission spéciale, croyait-il que le Roi la portait dans son cœur, cette femme qui lui avait tenu tête, massacrant ses soldats, dressant contre lui, le monarque, des villes vassales du royaume ?

Eh bien ! Oui, le Roi la portait dans son cœur la Révoltée ! Et c'est elle qu'il revoit parmi toutes ses dames quand il s'arrête au sommet du bassin de Latone. Elle est là... Ses bijoux... sa peau qui en porte le reflet, si douce, transparente, lumineuse, qu'on voudrait irrésistiblement y poser les lèvres...

C'est alors que le comte de Bardagne s'était dressé en disant :

— Sortons, Monsieur. Nous allons nous battre.

Dehors il avait dégainé et foncé sur lui sans presque lui laisser le temps de se mettre en garde.

— Ces gens de petite noblesse ferraillent sans grandeur. J'étais à terre qu'il me frappait encore. Je ne comprends pas pourquoi je suis tombé car ce coup au bras n'était rien.

— Vous étiez ivre. Vos paroles en font foi... Et j'estime que Monsieur de Bardagne s'est montré bien clément en ne vous portant pas de coups plus mortels étant donné ce que vous lui aviez fait.

— Que lui ai-je fait à votre préféré ? A votre toutou...

— Vous l'avez blessé gravement en lui faisant mesurer sa bévue et pressentir le mécontentement du Roi à son endroit. Il aurait été toujours temps qu'il la connaisse. Et maintenant, où il est impuissant à se défendre dans l'extrémité où nous sommes rendus par les fatigues de l'hiver, je crains qu'il n'attente à sa vie.

— Mais non ! Je parie qu'il est bien tranquillement chez lui à se vanter auprès de ses larbins de m'avoir égratigné et à vous attendre pour vous faire son récit. Oh ! cette robe verte...

— Qu'a-t-elle cette robe verte ?

— Elle vous va ! Vous êtes merveilleuse. Mais attention, ma chère, trop simple. Le Roi vous voudra plus somptueuse.

— Le Roi me voudra sans doute morte ou embastillée, et votre sœur plus encore... Cessez de parler du Roi.

S'il n'avait été blessé, Angélique l'aurait saisi par son jabot de dentelle et l'aurait secoué. Elle éclata en imprécations.

— Qu'êtes-vous pour vous permettre de maltraiter votre entourage sans raison ? Rien ! Rien à mes yeux, je vous le dis crûment. Vous vous croyez tout permis. Vous traitez des gens qui vous valent bien comme des pions de jacquet qu'on secoue dans un cornet. Vous n'avez ni cœur, ni conscience, ni charme et vous n'êtes même pas sûr de votre fortune. On connaît l'orgueil des Rochechouart, mais ni vous ni votre sœur ne m'avez jamais impressionnée, et je vous ai toujours pris pour ce que vous êtes : de brillants insolents, avides, orgueilleux, ignorants, sans cœur, ni rien. Votre blason vous tient lieu d'entrailles et vous croyez que le nombre de vos quartiers de noblesse peut remplacer la noblesse de caractère qui est la seule attachante. C'est vous qui êtes un imbécile d'imaginer que la méchanceté de votre esprit ne finira pas par vous nuire. Vous pouvez compter sur moi pour vous faire regretter d'être un inutile aussi nuisible. C'est à cause de personnages de votre espèce qu'on ne peut jamais rien vivre d'heureux. Vous empoisonnez jusqu'aux beautés de Versailles. Je vous le ferai payer cher, je vous le promets. Peut-être demain. Le Roi me recevra à la Cour. Vous le savez. Et alors prenez garde que je ne venge mes amis. Si vous êtes de mes ennemis, je vous écarterai...

— Ne me parlez pas ainsi. Je tiens trop à vous, s'écria Vivonne en se dressant si brusquement qu'il trébucha sur sa jambe blessée et que le médecin bousculé faillit tomber dans le feu.

— Ne bougez donc pas ainsi, Monseigneur, je ne peux arriver à vous panser.

— Vous vous exagérez les choses. Je n'ai rien contre vous, Angélique, disait le duc. Et peu m'en chaut des intrigues que votre retour suscitera. Vous connaissez Versailles. C'est le jeu. On jouera chacun pour soi sa partie et tant pis si Athénaïs perd. Je suis peut-être son frère, mais elle a tort de s'imaginer qu'elle est toujours la Reine. Si elle l'avait été, je n'aurais pas eu besoin de m'exiler et de me faire oublier quelque temps pour me sortir d'un mauvais pas. Vous avez raison. Elle aussi s'est usée en intrigues épuisantes et avilissantes, pour la défense et le maintien de plaisirs et d'honneurs dont on n'a même plus le temps ni le goût de jouir. Vous, vous êtes neuve. Si vous revenez à Versailles, je parie pour vous. Car le Roi aussi est las de ceux qui l'entourent. C'est pourquoi il n'a pu vous oublier. C'est pourquoi il se tourne vers cette bigote de Maintenon, la veuve Scarron... Ha! Ha! Je ne suis pas si sot, ni si mauvais que vous le croyez. Si vous gagnez, je ne vous nuirai pas.

— Bien, j'en prends note, dit-elle, calmée par ses protestations. Mais vous êtes prévenu.

En se retournant pour quitter la pièce, il lui parut sentir braqué sur elle, comme autant de pistolets, au moins trois paires d'yeux pleins de haine.

La chambre où elle était entrée en coup de vent était sombre et seulement éclairée par le feu dans la cheminée. Occupée de Vivonne, et de lui servir ce qu'elle avait sur le cœur depuis longtemps, elle n'avait pas pris garde aux autres personnes présentes, en dehors du médecin. Or Saint-Edme était là ainsi que le baron de Bessart, et le laquais, barbier, homme à tout faire et sans doute homme de main, qui leur était dévoué et qui tenait la cuvette pendant que l'on nettoyait les blessures du gentilhomme.

Le petit discours de celui-ci, assurant à Angélique qu'il se désolidariserait de sa sœur à l'occasion, ne semblait pas avoir eu l'heur de leur plaire. La maîtresse du Roi les avait peut-être à sa solde, se les attachant soit par des largesses, soit par des menaces de dénonciations de leurs crimes, ou vols ou escroqueries ou dettes de jeu.

L'impression qu'elle emporta de ces regards furibonds qui la fixaient comme sortis de la pénombre de la tapisserie ne lui fut pas agréable.

« J'ai signé mon arrêt de mort, se dit-elle, mais tant pis, advienne que pourra. »

Elle s'essoufflait en gravissant trop vite la côte de la Montagne. Elle était en souci pour Bardagne. Ce qu'elle savait de lui et du tour qu'avait pris son caractère depuis qu'elle l'avait connu à La Rochelle ne l'encourageait pas à se montrer optimiste comme le conseillait Vivonne.

Bardagne était un imaginatif. Il tenait plus à ses illusions qu'à des réalités décevantes. Les joies les plus grandes il les devait en bonne partie à des mirages qu'il se forgeait et qu'il entretenait par les effets d'un caractère enthousiaste et légèrement présomptueux.

Amoureux il lui était loisible, grâce à l'illusion qu'il

avait de la personne aimée d'en créer un être à sa convenance. Ce qui est toujours plus facile et plaisant que de s'accommoder de l'être lui-même, pas toujours malléable. Et tout cela lui avait fort réussi dans le passé, tant qu'il ne s'était agi, pour lui, que de séduire les châtelaines du voisinage de sa propriété berrichonne ou les demoiselles des villes de garnison ou celles de La Rochelle où il avait connu quelques déboires avec les jeunes filles de la société protestante, jalousement défendues par leurs pères furieux de voir un papiste oser tourner autour d'elles avec la prétention de les débaucher ou, ce qui était encore pis, de les épouser. La seule pensée d'une telle alliance faisait dresser les cheveux sur la tête des dignes calvinistes. Mais sa position de représentant du Roi aux affaires religieuses lui avait pourtant permis de mener, dans la citadelle protestante du royaume de France, une vie fort agréable. Comme le marquis de Ville d'Avray, il trouvait alors la ville belle, n'ayant guère eu l'occasion de tomber du haut de ses rêves. Angélique, servante d'un huguenot, lui avait posé une énigme. Et c'est encore par l'illusion qu'il avait essayé de la résoudre. Aujourd'hui tout pour lui volait en éclats.

Angélique en courant pénétra dans le petit parc de la Closerie et remonta l'allée. Le sous-bois gardait encore des traces de neige.

Dans le vestibule de la maison, elle trouva le premier officier de M. de Bardagne qui errait comme une âme en peine au milieu d'un désordre affligeant. Il redressait et remettait çà et là en place une chaise, un tabouret, tandis que le secrétaire pliait des vêtements et les déposait l'un après l'autre dans des coffres et dans des malles de cuir bouilli.

M. de Bardagne était arrivé deux heures plus tôt d'un air hagard disant qu'il quittait sur-le-champ « ces lieux maudits ».

— Où est-il allé ?

Il avait annoncé qu'il réemménageait dans l'habitation qu'on lui avait allouée à son arrivée et qui était une petite gentilhommière à l'écart de la ville, au sein des plaines d'Abraham. Il n'avait voulu prendre que quelques vêtements, ses armes personnelles, deux livres.

— Mais ce logis des plaines d'Abraham doit être humide et peu confortable ! Pourquoi ne l'avez-vous pas accompagné ?

— Il a exigé que je reste là pour garder la demeure. Veiller à la mise en caisses de ses livres, préparer le déménagement, ne pas laisser sans surveillance les gens de maison et des cuisines. Mais ce n'est que prétexte. Il veut surtout être seul. Il n'avait requis que son valet de chambre. Un homme de peine, gardien là-bas, aidera le domestique pour ce soir.

Angélique demanda l'heure.

Il était cinq heures de l'après-midi et il faisait encore clair. Les journées se prolongeaient.

— Je vais aller le visiter et peut-être vous le ramènerai-je calmé !

— Oh ! oui, Madame, faites cela je vous en prie, vous seule pouvez quelque chose pour lui. Nous, ses amis, l'avons senti tellement atteint, comme si c'était lui qui avait reçu ce coup d'épée dans ce duel et non Monsieur de La Ferté.

— Que s'est-il passé ?

— L'ignorez-vous, Madame, vous qui êtes la cause de cette rencontre ?

— Peut-être ! Mais je n'y ai pas assisté. J'ignore ce qu'ils se sont dit avant de se jeter le gant au visage.

— J'avoue que je l'ignore aussi. Mais j'en devine assez pour savoir que toute intervention de votre part lui sera bienfaisante. Vous êtes mêlée à son émotion car cet amour qu'il vous porte, comme il me l'a répété bien des fois, a peut-être ruiné sa vie. Mais il craint maintenant qu'il n'ait ruiné sa carrière, ce qui pourrait l'amener à un geste fatal car il est très attaché au service du Roi.

— Il va sans doute me recevoir fort mal ?

— Non ! Vous savez le prendre.

Angélique repassa par chez elle prévenir qu'on ne l'attende pas pour le souper. Elle ne trouva personne. Tout le monde se promenait à la recherche des premiers crocus par les prés découverts. Elle chargea un des gardes du bastion d'avertir Yolande, quand elle rentrerait avec les enfants, de ne pas s'inquiéter si son absence se prolongeait. Elle avait différentes démarches à entreprendre dans la soirée.

Elle avait tout d'abord pensé se rendre au *Navire de France,* mais le plus urgent était de savoir quel était l'état moral de Nicolas de Bardagne.

Elle se hâta vers les plaines d'Abraham.

Celles-ci, prolongeant les hauteurs du Mont-Carmel et marquant le point le plus élevé du promontoire, étaient encore en partie recouvertes de longues plaques de neige. On pouvait cependant, après avoir dépassé le jardin du Gouverneur, trouver des sentiers tracés par le passage des piétons, paysans ou Indiens qui, regagnant à pied le Cap Rouge, les campements de Sainte-Foy ou de Lorette, préféraient emprunter les plaines plutôt que de suivre le cloaque embourbé de la Grande Allée.

Comme elle s'avançait vers le couchant, Angélique fut frappée de l'aspect du ciel. Les couleurs ardentes mais claires et limpides qu'elle avait admirées ce tantôt se muaient en un tableau étrange.

Au-dessus d'un horizon obscur baignant dans une encre d'un noir intense dessinant à la plume la longue frise des silhouettes d'arbres de l'impavide forêt se déroulant sans fin là-bas, les lueurs de cuivre et d'or d'un incendie immobile emplissaient le ciel d'un brasier immense. Aux franges de ce brasier des nuages bistrés et charbonneux se déployaient et se déroulaient en volutes comme d'une épaisse fumée fuligineuse, exhalée par quelques matières lourdes et suffocantes, envahissant l'espace dans une forme torturée qui affectait celle d'un éventail, ces nébuleuses se déchirant, se dispersant, happaient l'or du crépuscule au-delà, l'entraînaient et le diluaient dans un ciel sali de charpies brunes et sanglantes, de courants d'ombre et de pourpre sombre, de pans de rideaux déchirés, poussés par un vent gigantesque et solennel dont on voyait la direction et l'élan, mais non le mouvement, car rien ne bougeait. Le ciel médusé s'ouvrait sur le feu de l'enfer sans qu'on en perçût l'approche. Tout se répandait sans se déplacer, comme naissant insidieusement de profondeurs inconnues. Or, à la pointe de ces plumes noires arrachées marquant le pourtour de l'éventail, le feu reprenait, écarlate, dispersant en explosions multiples, étincelles et braises de rubis.

On eût dit que flambaient là-bas à l'ouest, dans les tourbillons figés d'un cataclysme, des villes géantes et condamnées, détruites par une apocalypse sans rémission.

« Il va arriver quelque chose », se dit Angélique le cœur serré d'angoisse, devant la beauté de ce coucher de soleil. Elle n'en avait encore jamais vu d'aussi beau et d'aussi inquiétant.

Qu'allait-il arriver ?

Les êtres semblaient bien petits, minuscules, des fourmis affolées. La mort était au bord d'un geste et qu'importe que ce fût celui qui marquerait la fin du monde ou le geste unique d'une épée s'enfonçant dans un cœur et marquant la fin d'une seule vie. La vie n'était que paillettes, que fétus, mais dans son essence, plus encore que ce souffle grandiose de la Nature.

La vivacité de son sang coulant dans ses veines lui parut un miracle en face de la fragilité de ce qui en maintenait le cours. La Vie ! Rien ne méritait qu'on se privât d'un tel trésor, d'une telle certitude, d'un secret d'une si haute importance, d'une si grave promesse.

Elle allait expliquer cela à Bardagne et saurait lui remettre la tête sur les épaules. Qu'importait ce mélange de noms, de mensonges et de tragédies ; il existait, elle existait. Le Roi ? qu'importe... La vie. La vie ne se réduisait pas aux froncements de sourcils d'un roi.

De loin elle aperçut, dans son enclos, la maison et ralentit le pas. Il fallait redescendre sur terre. Si Vivonne avait réellement tout dit au pauvre Nicolas, elle comprenait l'humiliation qui accablait l'envoyé du Roi.

Malgré une certaine étourderie dans ses propos, de la naïveté dans ses présomptions, Bardagne n'était pas un sot. Angélique se doutait qu'aucun raisonnement fallacieux de sa part ne viendrait cette fois adoucir l'humiliation qui lui avait été infligée lorsqu'au dire de

Vivonne la sottise de la lettre qu'il avait envoyée au Roi lui était apparue. Cette fois, son imagination jouerait dans le sens pessimiste et risquait de l'entraîner au désespoir.

Aussi, Angélique, apercevant la fumée qui s'échappait de l'habitation, n'en était-elle pas moins mortellement inquiète tandis qu'elle s'approchait de la barrière clôturant le jardin. La demeure isolée dans les plaines d'Abraham ne comportait qu'un seul étage, dont les volets restaient fermés. On n'avait repoussé que ceux du rez-de-chaussée dans cet emménagement hâtif. Du côté des cuisines, elle entendit couper des bûches sur un billot.

Elle commença par faire le tour de la maison pour trouver les fenêtres du salon ou de l'appartement où l'envoyé du Roi avait pu s'enfermer pour cacher son déplaisir. En approchant son visage d'une vitre derrière laquelle se devinait la lueur d'une flambée, la vision à laquelle elle s'attendait était de voir se balancer à hauteur de ses yeux les pieds et les jambes d'un cadavre pendu aux solives. Elle poussa un soupir de soulagement. Elle était arrivée à temps. M. de Bardagne était assis dans un fauteuil non loin du feu.

Cependant la pénombre de la pièce ne permettait pas de surprendre l'expression de ses traits. Son attitude était celle d'un homme prostré mais, selon toute apparence, il n'avait encore avalé aucune médecine décisive. On devinait qu'il méditait tristement et offrait l'image de ce que serait désormais l'existence de ce fonctionnaire malchanceux, vivant les jours d'une disgrâce solitaire, au fond de sa province. Quelqu'un dut frapper à la porte car elle le vit relever légèrement la tête. Le valet entra apportant un flambeau. L'ayant posé sur une table, il voulait ajouter des couvertures au lit préparé à la hâte. On voyait que Bardagne l'en dissuadait, désireux d'être seul. L'homme se proposa encore, voulant aider son maître à retirer ses bottes et à se débarrasser de son baudrier et de son épée. De nouveau, Nicolas de Bardagne l'éloignait avec impatience.

Lorsque le domestique se fut retiré, Angélique revint vers la façade de la maison, y pénétra. Le valet avait regagné l'office et on l'entendait parler avec l'homme de peine qui cassait du bois.

Elle alla jusqu'au fond du vestibule où s'ouvrait la porte de l'appartement. En la découvrant debout devant lui, Nicolas de Bardagne ne marqua aucune réaction. Les mouvements des flammes accentuaient les ombres de ses traits creusés. Il avait vieilli de dix ans et ses yeux étaient mornes.

Angélique se débarrassa de son manteau et de ses gants qu'elle jeta sur un coin de la table. Comme il ne lui proposait pas de s'asseoir, elle chercha des yeux un siège, mais il la cloua sur place par un brusque sursaut.

— Ne m'approchez pas, fit-il d'un ton farouche.

Puis, très sombre :

— ... Maudit soit le jour où je vous ai rencontrée !

— Qu'ai-je à voir avec ce duel dont on vient de me porter la nouvelle ? demanda Angélique connaissant très bien la réponse mais ne voulant pas se laisser impliquer d'emblée dans les querelles de ces insupportables gentilshommes.

— Vous le savez ! Et cela ne m'étonne guère de vous que vous ayez la hardiesse et la mauvaiseté de venir joindre vos moqueries à celles des autres.

— Qui se moque de vous ?

— Le duc de La Ferté.

— Vous l'avez corrigé. Vous voilà quittes. Quant à moi, je ne me suis jamais moquée de vous.

— Oh ! vraiment, fit Bardagne avec un sourire amer. Croyez-vous que ce qu'il m'a dit et qui m'a révélé en quel mépris vous me teniez s'effacera jamais de ma mémoire ? Il m'a dit que VOUS, que j'imaginais d'humble condition, ce que vous me laissiez croire, aviez été une des grandes dames de Versailles. Que vous paraissiez à la Cour sous le nom de Madame du Plessis-Bellière, que vous étiez veuve d'un grand personnage de cette famille apparentée aux Condé. Il m'a dit que vous aviez été aimée du Roi... et il m'a dit enfin que vous étiez cette femme rebelle dont le Roi m'avait entretenu. La Révoltée du Poitou... Et moi ! Moi ! N'ai-je pas écrit au Roi, à Tadoussac, une lettre où j'affirmais à La Reynie qu'en aucun cas vous ne pouviez être cette femme.

Je confiai la lettre à Monsieur de Luppé, commandant du navire de guerre *Maribelle* qui continuait vers l'Europe. Le Roi a donc lu déjà mon rapport et compris l'étendue de ma sottise et de ma naïveté.

— Ne faites pas une montagne d'une telle bévue! Qui n'en commet point?

— Ma carrière est finie, brisée.

— Vous avez rendu d'autres services et prouvé vos qualités de multiples façons. Ne rapportez-vous pas à Monsieur Colbert ce magnifique travail que vous avez rédigé au cours de l'hiver, un rapport qui fait le point sur l'état actuel de la colonie, ses nécessités, ses ressources?

— J'ai tout jeté au feu, fit-il avec un geste vers le foyer. Peu m'importe la colonie. Qu'elle périsse ou qu'elle vive! Peu m'importe Monsieur Colbert et le rapport que je lui préparais.

— Quel dommage! Vous êtes trop impulsif. Vous auriez ainsi pu attirer l'attention du ministre...

— Peu m'en chaut! Tout est fini. Je donnerai ma démission au Roi et me retirerai dans mes terres.

— Mais non! Vous ne pouvez vous retirer ainsi. Vous êtes si attaché à la fonction publique et au service du Roi.

Il secoua la tête.

— Non! tout est fini. Ce n'étaient que des hochets. Je retournerai en Berry.

— Secouez-vous, fit-elle, agacée de lui voir ces airs de malade languissant. Ne dirait-on pas que c'est vous qui avez été touché et non le duc? Il est pourtant assez mal en point.

Nicolas de Bardagne la fixa avec une acuité d'oiseau de proie.

— Lui vous a eue sous ses baisers... Et Desgrez... Et le Roi... Et moi je ne suis qu'un pantin.

— Pourtant s'il ne s'agit que de baisers, vous n'avez pas à vous plaindre.

— Aucun homme ne peut être bafoué plus que je ne l'ai été. Je comprends maintenant le sourire sardonique de Monsieur François Desgrez lorsque je lui disais en parlant de la passion que vous m'aviez inspirée :

« J'irais jusqu'à l'épouser. » Quoi ? Vous étiez la Révoltée du Poitou, et moi, pendant ce temps, assuré de votre innocence, je couvre trois feuillets de mon écriture, évitant de les dicter à mon secrétaire pour que rien ne transpire, et je me confonds en protestations pour assurer de mille façons à Sa Majesté, qu'en aucun cas, la femme qui vit aux côtés du comte de Peyrac, épouse ou concubine, au sujet de laquelle Sa Majesté m'a chargé d'enquêter, ne peut être cette grande dame qui a porté les armes contre son souverain et qu'Elle recherche... Et tout en écrivant, je souris. Ne suis-je pas bien sûr de mon fait ? La femme aux côtés du comte de Peyrac, je la connais... C'est une humble servante, à laquelle j'ai eu l'occasion de fournir de l'aide à La Rochelle, cette femme bien que catholique, s'étant fourvoyée à servir chez les Huguenots, malgré les interdictions proclamées...

— Vous lui avez écrit tout cela ?

— Oui...

— Seigneur ! gémit-elle, accablée.

— Ce que je ne lui ai pas dit, continua Bardagne qui débitait son récit du ton monocorde d'une psalmodie funèbre, c'était que j'étais amoureux fou de cette femme...

— Ç'aurait été le comble !

Elle retint mal une gaieté intempestive devant le visage ravagé du malheureux épistolier qui poursuivit, sondant les perspectives déprimantes découlant de sa déplorable missive.

— Peut-être le Roi le savait-il déjà ?

— Quoi donc ?

— Qui vous étiez... Ou s'en doutait-il et voulait-il me le voir confirmer ?

Il réfléchit encore et chaque mot de sa lettre au monarque le brûlait comme au fer rouge car il s'imaginait le Roi les lisant, soupçonnant dans ses maladresses une intention détournée de le tromper ou pis de se moquer de lui.

— ... On me tranchera la tête !

Puis se ravisant.

— ... Non, on ne tranche pas la tête à un aussi piteux

personnage! On m'enverra aux galères! Même pas! La paille humide des cachots de la Bastille... Que dis-je! Des culs-de-basse-fosse du Châtelet! Voilà ce qui m'attend! Mais plus que tout, reprit-il après un moment de silence, c'est de comprendre combien vous vous êtes ri de moi à Tadoussac. N'avez-vous pas profité vous aussi du *Mirabelle* pour envoyer un message en Europe? Et à qui? Au sieur Desgrez, ce policier infâme. Est-ce vrai?

— Oui.

— Vous m'avez trahi!

— En quoi donc?

— Je vous avais dit que ce tortueux policier avait agi d'une manière inconcevable envers moi. Pire encore que je ne l'imaginais, car me laissant croire qu'il me choisissait et me recommandait au Roi pour mes mérites, il me faisait envoyer EXPRÈS au Canada parce qu'il supposait que je vous y trouverais.

— Raison de plus pour moi de le reprendre en main, puisque ses déductions à mon endroit se révélaient justes. Vos confidences, ce soir-là, à Tadoussac, m'avaient prouvé que notre sort se débattait à Paris. On s'occupait de nous. Le moment était venu d'indiquer dans quelle direction nous souhaitions voir évoluer les événements car, à partir du moment où l'on refait surface, il faut veiller à bien se faire connaître, à dissiper les malentendus, ne pas laisser accréditer de mauvaises légendes, faire comprendre enfin qu'on a des armes en main et de quelle sorte.

Il l'écoutait avec une moue dégoûtée.

— Je reconnais bien là vos calculs et vos ruses et quand je vous vois devant moi, assurée et sans scrupule ni remords, combien je regrette ce soir brumeux où je vis descendre d'une carriole une fine et misérable créature, frissonnante et tremblante, les yeux baissés, tenant dans ses bras une enfant bâtarde qu'elle dérobait avec honte aux regards et aux questions normales qu'il était de mon devoir de lui poser sur son état, sa raison d'être dans la ville...

Angélique avait commencé par se demander de quelle créature misérable il parlait, pour se souvenir ensuite que Bardagne se trouvait présent le soir où elle était arrivée à La Rochelle avec Maître Berne, qui, par charité, l'avait fait sortir de la prison des Sables-d'Olonne. Elle portait dans ses bras Honorine et elle sentais encore dans son dos sous sa robe la plaie suintante de la fleur de lys qu'y avait apposée le fer du bourreau.

En ce temps-là, c'est vrai, elle gardait l'habitude de tenir les yeux baissés, afin qu'on ne remarquât pas leur couleur dont le signalement avait été donné.

— Que de regrets j'ai de ce soir-là, de cette heure-là, soupira Bardagne, et pourtant je ne savais pas que ma destruction était en marche, j'étais alors un homme heureux, peu accoutumé à me pencher sur moi-même. Je ne me suis aperçu de rien. J'aimais les femmes, les honneurs, le bon vivre... Ma vie, soudain, pour avoir rencontré l'éclair de vos yeux, a pris un autre cours. Bientôt ce fut trop tard, je me disais comme un adolescent à sa première aventure : « C'est donc cela l'Amour... »

Sous son regard accablé, qui semblait l'accuser, lui revinrent les réflexions du Père de Maubeuge.

« Les femmes qui ont reçu en apanage la beauté connaissent un destin à part. Elles vivent quelque chose de singulier. Elles peuvent comme par mégarde, par leur seule apparition, détourner le cours d'une vie... »

— A partir de ce moment, continuait-il, tout n'a été que folie, démence, inconséquence. Je ne fus désormais qu'un polichinelle dont vos complices, dirigés par vos mains habiles, tiraient les ficelles. Vous avez dû bien rire lorsqu'à Tadoussac je vous reprochais de vous être laissé pervertir à épouser un gentilhomme d'aventure, tentée que vous fûtes par ses richesses et aussi de vous élever à un plus haut degré dans la société. Soit ! Je suis assez intelligent pour comprendre qu'étant donné votre rang de naissance originelle, épouser un pirate ne représentait pas pour vous une ascension, fût-il couvert d'or et de perles. Mais au contraire une déchéance... Si ce pirate n'avait été, lui aussi, de haut rang ! Puisque sous son nom se cachait le comte de

Peyrac, familier de l'entourage du trône. Donc tout s'accordait sous le masque de la comédie que vous me présentiez. C'est bien cela, n'est-ce pas ?

— C'est même encore plus compliqué, mon pauvre ami, soupira-t-elle.

— Et vous vous en amusez ! Vous jouez des cœurs comme un baladin de ses torches de lumière.

Angélique vit que la colère le tirait de son apathie. Et elle commença à s'énerver à son tour.

— Pouvais-je vous raconter ma vie ? s'écria-t-elle. Entre deux portes ? deux arrestations ? deux navires ? deux abordages ? Pouvais-je à Tadoussac vous empêcher de vous jeter sur votre plume pour écrire au Roi ce qui vous passait par la tête ? Vous n'écoutez jamais rien de ce que je vous dis. Vous n'écoutiez jamais rien de ce que j'essayais de vous expliquer si cela ne correspondait pas à vos désirs. Au fond, Nicolas, il a toujours été très difficile de vous dire la vérité... Il y a eu plusieurs raisons à cela... Souvent nous nous sommes trouvés dans une situation qui la rendait dangereuse à énoncer, pour vous, pour moi... Et aussi parce que vous êtes trop sensible, trop généreux, trop désireux que les choses soient comme vous les rêvez. L'on sent que cette vérité va vous abattre, vous achever, comme en ce moment, par exemple... Et l'on se tait, l'on ment et l'on s'enferre pour vous épargner. Oui ! Nicolas, il est très difficile de vous dire la vérité, parce que surtout vous ne voulez pas l'entendre.

Mais Nicolas de Bardagne ne parut pas ébranlé par ses reproches.

— Vous chercherez en vain de fallacieuses excuses à vos fourberies, répliqua-t-il. Vos cartes ont été abattues et tout me devient clair. Je m'étonnais que vous n'ayez pas apprécié l'offre que je vous avais faite d'aller jusqu'au mariage. C'était pour moi une mésalliance que j'étais prêt à assumer pour l'amour de vous. Et maintenant je comprends votre refus surprenant. Vous me dédaigniez parce que vous me trouviez d'un rang trop bas pour vous. Quand on a été l'épouse d'un grand du royaume, quand on a été la maîtresse du Roi...

— Quand on a eu sa tête mise à prix et quand on est

recherchée par toutes les polices de ce Roi... Oui! on peut avoir des raisons de se taire...

Et comme il marquait un temps d'arrêt dans sa diatribe, un peu décontenancé de la réplique.

— ... Laissez donc le Roi tranquille. Il n'a rien obtenu de moi et je n'ai jamais été sa maîtresse.

— Pourquoi?

— Il ne me plaisait pas.

Elle dit cela d'une façon hautaine et légère comme pour rappeler qu'en ce domaine de l'amour, il n'y a plus de roi et que seule la femme est souveraine.

Bardagne en fut choqué comme d'un crime de lèse-majesté.

— Quelle femme êtes-vous donc pour vous permettre de tenir tête au Roi ainsi?

Et la voyant rire.

— ... Vous ne respectez rien! cria-t-il.

Et comme elle continuait de rire en le regardant avec un mélange de tendresse et d'insolence et qu'il ne pouvait s'empêcher de la trouver admirable et bouleversante, il retomba dans son désespoir.

— ... Et c'est vous, murmura-t-il, vous qu'il a fallu que je rencontre au tournant de ma vie! Sous cette coiffe anodine de servante laborieuse! Toutes les apparences de la modestie, de la diligence, de la vertu la plus sévère. Je vous ai aimée comme aucun homme n'a jamais aimé une femme.

— Tout le monde dit ça.

— Pour moi, c'était vrai! Et dans la mesure où vous m'accusez d'idéaliser la vie, reconnaissez que je n'étais pas né pour de tels tourments, ni pour être victime d'une si parfaite mascarade, et connaître une si complète désillusion. Vous m'avez détruit.

Une souffrance si poignante vibrait dans sa voix qu'elle eut un élan vers lui. Mais il se dressa subitement.

— N'approchez pas! intima-t-il de nouveau.

Ses yeux clairs brillaient d'un feu intolérable.

— ... Je vous ai trop désirée! Ma vie s'est usée de délices et de douleurs. J'ai voulu croire longtemps que ce que vous m'aviez inspiré signifiait quelque chose et lorsque je vous ai retrouvée il m'est apparu que la réponse me serait donnée... Mais encore une fois, c'était pour mon mal. Maintenant je vous vois dans tout ce que vous avez de dangereux. De destructeur. Et vous me faites horreur. Allez-vous-en !

Sur le coup Angélique perdit patience et se laissa entraîner dans les tourbillons de son indignation devant tant d'injustice.

Il était évident, dit-elle froidement, que M. de Bardagne avait de la diction, le goût du verbe et le sens de la tragédie. Et qu'il s'entendait fort bien à accuser les autres de tous les déboires qu'il s'attirait à plaisir sous les prétextes d'une passion qu'elle lui avait prétendument inspirée, bien que sans aucune provocation de sa part. Mais n'en déplaise à ses souvenirs attendrissants et à ses regrets, elle préférait, ELLE, être aujourd'hui ce qu'elle était et non plus une femme aux yeux baissés. C'est entendu, il l'avait connue misérable, pourchassée, traquée, et il en gardait un regret déchirant, mais qu'il ait la bonté de lui permettre, à elle, de ne point partager sa nostalgie... Car c'était son droit de n'avoir plus voulu demeurer miséreuse, comme c'était son droit de redresser fièrement la tête maintenant qu'elle avait retrouvé son rang, comme il le lui reprochait. Et que son enfant n'était plus considérée comme une bâtarde, plus dépouillée et sans défense dans son innocence qu'un chien galeux... Et qu'aujourd'hui l'enfant sans nom s'appelait Honorine de Peyrac. Et qu'aujourd'hui la petite bâtarde de La Rochelle allait aux ursulines entourée d'amitiés. Mais de tout cela il ferait en vain appel à sa conscience pour en avoir des regrets. Et tant pis pour lui, Bardagne, s'il tenait à la considérer, ELLE, comme une criminelle ayant voulu sa mort, alors qu'elle avait toujours eu beaucoup d'amitié pour lui. Eh bien ! elle s'en passerait, de son amitié. Il ne s'imaginait pas qu'elle pourrait en être affectée au point de regretter de n'être plus cette pitoyable créature que lui regrettait tant, prouvant ainsi qu'il n'avait jamais eu aucun vrai amour pour elle, car il ne valait pas mieux que tous les autres hommes qui ne pouvaient aimer les femmes que lorsqu'elles étaient à leur merci et sans défense contre leur tyrannie...

Lorsqu'elle s'arrêta, essoufflée, elle comprit rien qu'à son visage qu'elle avait parlé en vain et qu'en lui rappelant son propre destin, en invoquant le droit d'avoir des goûts personnels, de faire ses choix, elle ne parvenait qu'à augmenter sa douleur en démontrant le peu de place qu'il avait tenue dans sa vie amoureuse. Combien minime la part qu'elle lui accordait, heureux encore était-il qu'elle ne l'écartât pas avec ennui comme le plus importun des insectes troublant ses aises.

Il était très pâle.

— On aime! murmura-t-il comme il aurait gémi une sourde plainte. On aime! Et l'amour va ailleurs!... A d'autres qui ont déjà reçu toutes les réponses, ou pour qui ce n'est pas aussi important. Parce que cet amour a envahi tout votre être et qu'on ne peut survivre sans lui, on croit qu'il vous est destiné. Un jour, il faut comprendre qu'il s'éloigne... Un jour, il faut admettre que ce ne fut qu'un rayon de soleil qui passait, l'effleurement d'une étoile et quelquefois, rien... Et que l'on ne vous a même pas *vu*...

— Vous vous laissez entraîner une fois de plus par votre imagination, Nicolas de Bardagne, protesta-t-elle. Vous savez très bien que vous avez été *vu* par moi... Et même davantage...

— Allez-vous-en! répéta-t-il, le doigt tendu vers la porte.

Angélique rassembla ses gants et reprit son manteau.

— C'est bien! Je m'en vais! Je reviendrai quand vous serez plus raisonnable.

Elle sortit. Ayant traversé le jardin obscur, elle se tint près de la barrière, regardant devant elle la vaste étendue des plaines d'Abraham. Un vent frais descendait en longues coulées du sommet du Mont-Carmel.

Le crépuscule et les nuages aux couleurs torturées et fulgurantes du couchant avaient fait place à une nuit sereine, pure et noire, sauf en ce point du ciel où brillait la lune déjà haute.

Quelques petits nuages très blancs, des nefs, des

nacelles nacrées, isolées, détachées les unes des autres, naviguaient lentement, entraînées dans un même mouvement insensible. La terre semblait refléter ce ciel noir et blanc par l'alternance des traînées de neige aux flancs des combes et au creux des vallonnements, contrastant avec les zones ténébreuses du sol découvert.

« Pauvre Nicolas », se dit-elle tout en marchant. « Pourquoi m'en veut-il tant ? »

Elle était triste qu'il se montrât si fâché contre elle. Mais elle reviendrait demain et le reprendrait. Elle saurait lui démontrer qu'elle n'avait jamais cherché à le tromper et à le faire souffrir avec autant de ruse méchante qu'il lui prêtait. Elle le convaincrait de l'estime et de l'affection qu'elle avait toujours eues pour lui. Elle lui ferait mieux comprendre qu'il avait surtout été victime dans leur rencontre de ses charges officielles puisque représentant le Pouvoir à La Rochelle comme en Canada, elle, la réprouvée, se trouvait dans l'obligation, quoi qu'elle en eût, de se méfier et de se garder de lui.

Méditant les consolations qu'elle prodiguerait dès demain à son cher Bardagne, amoureux transi et impénitent, mais dont la constance et le fiévreux désir n'avaient pas été sans la troubler à la longue, et dont elle s'apercevait que le sentiment profond et indéfectible lui manquerait, Angélique remontait doucement le versant incliné des plaines qui la mènerait un peu en dessous du Mont-Carmel. Alors, de là, elle redescendrait vers la ville par le jardin du Gouverneur, puis la Place d'Armes.

Si elle n'avait pas marché les yeux à terre, elle les aurait aperçus depuis un moment déjà. Mais cela n'aurait pas changé grand-chose au péril qui la menaçait, car elle était en plein milieu des plaines désertes, hors de portée de voix et de tout secours. Cependant, ils avaient dû bien s'amuser de la voir venir tranquillement vers eux, plongée dans sa rêverie...

Soudain, levant les yeux, elle les avait découverts se profilant au sommet du tertre qu'elle gravissait. Trois silhouettes d'hommes détachées en noir sur le clair de lune.

La distance était désormais trop courte pour qu'elle eût à s'interroger sur leur identité. Assistés du laquais aux larges épaules qui tenait sa rapière, le baron Bessart et le comte de Saint-Edme l'attendaient l'épée à la main.

78

Maudissant sa légèreté, elle pouvait se dire qu'elle aurait dû prévoir ce traquenard. Quittant la demeure du duc de Vivonne peu d'heures auparavant et croisant le regard haineux de ses comparses, elle avait pensé : « J'ai signé mon arrêt de mort ! » Ils l'avaient suivie et ils l'attendaient à l'écart de la ville, au sein de ce désert où ses appels s'envoleraient sans aucun espoir d'être entendus.

Son cœur cogna.

« Il m'avait dit de prendre au moins une arme ! »

— Assassins !... hurla-t-elle, farouche. Tel l'animal acculé n'en crache pas moins sa colère ou l'Indien qui pousse un cri de guerre pour effrayer l'ennemi.

Déjà elle avait fait demi-tour et dévalait la pente en sens inverse. Surpris, tout d'abord, ils s'élancèrent derrière elle. Puis il arriva un incident qui lui permit de mettre rapidement une plus grande distance entre elle et ses poursuivants. Elle buta contre une plaque de neige, tomba, et son manteau glissant sur la glace, elle fut entraînée jusqu'au bas de la coulée. Elle atterrit un peu brutalement contre la terre. En se relevant elle craignait de s'être foulé la cheville et fit quelques pas incertains. Elle vit que devant sa soudaine disparition au long de la plaque de glace, ils avaient marqué un temps d'arrêt hésitant à suivre la même voie. L'apercevant en contrebas, ils reprirent leur chasse, en contournant la neige. Elle chercha tout son souffle pour lancer un appel.

— Monsieur de Bardagne ! Au secours !

Elle saisit ses jupes à pleines mains et reprit sa course, les yeux fixés sur la masse sombre, piquée d'une lueur roussâtre, que lui paraissait être au loin dans son enclos la demeure de l'envoyé du Roi.

Derrière elle, elle entendait le galop sourd de leurs bottes sur le sol spongieux et qui se rapprochait. Les devinant sur ses talons et sur le point d'être rejointe, elle fit volte-face. Elle les affrontait les mains nues. Ses regards cherchaient en vain une arme, ne serait-ce qu'une pierre à jeter dans leur direction comme on fait pour écarter les loups. Mais il n'y avait rien et même pas un reste de neige proche pour accomplir le geste dérisoire de leur en lancer dans les yeux. La voyant devant eux et les attendant, le baron Bessart et le laquais qui arrivaient les premiers firent halte, essoufflés. Ils se tenaient à quelques pas, en arrêt, l'observant.

Le baron guettait avec une joie mauvaise, ménageant le temps, pour permettre de les rejoindre au vieux Saint-Edme, qui brandissait son épée, grotesque roi Lear délirant dans le clair de lune, se hâtant sur ses jambes torses de pantin désarticulé, les yeux flambant du plaisir anticipé de la mise à mort...

Rassemblant ses forces, Angélique lança à nouveau un cri déchirant.

— M. de Bardagne ! Votre épée ! VOTRE ÉPÉE !

— Trop tard, Madame, dit Bessart, les lieux sont déserts. Personne ne peut vous entendre : vous allez mourir !

— Mais... Que vous ai-je fait, misérables ? Comment osez-vous perpétrer ce crime contre moi ? Vous en rendrez raison.

— A qui ?

— Au Roi ! lança-t-elle, sachant que cette évocation pouvait les faire trembler.

— Le diable nous garde de vous laisser approcher le Roi, gronda-t-il. C'est bien pour cela que nous sommes ici. Pour vous en empêcher à jamais.

Et il fit un pas en avant.

Elle recula d'autant, ne les quittant pas des yeux et

les maintenant encore à distance par cet éclair impérieux de son regard vert qu'elle savait assez terrible et inquiétant pour subjuguer un instant, les rendre méfiants, peu sûrs de leur victoire, mais ils se rassuraient vite, voyant qu'elle était sans conteste et, enfin, visiblement à leur merci.

L'horrible vieillard arrivait haletant, claudiquant, et l'on percevait, le précédant telle une claquette diabolique, son ricanement sénile.

— Hé! Hé!... Hé! Hé!... Trop tard, la belle! Trop tard! Hé! Hé!...

— Vous allez mourir, répéta le baron, les yeux luisants d'une froide résolution. Et il fit encore un pas ainsi que le laquais.

Ils s'appliquaient à la cerner ne sachant ce qu'elle leur réservait. Ils se méfiaient d'elle. L'attention qu'ils lui portaient, se réjouissant, se repaissant à l'avance des derniers instants qui allaient la leur livrer, les empêcha de voir fondre sur eux, comme l'aigle, comme la foudre, le comte de Bardagne, l'épée haute.

Tombé du ciel, il fut soudain entre eux. D'un coup, il trouait la poitrine du laquais qui chut d'une masse en arrière sans avoir à peine le temps de pousser un : han! d'agonie.

Se retournant, il croisa le fer avec Bessart. En quelques passes il faisait sauter l'arme du baron qui n'était pas très fort à ce jeu, lui enfonçait son épée jusqu'à la garde dans le ventre, la retirait en projetant une giclée de sang, puis lui traversait la gorge de la pointe acérée.

Il remonta de quelques pas pour atteindre Saint-Edme qui s'était arrêté et battait des bras, impuissant, comme une chauve-souris aveuglée. Il n'eut qu'à l'effleurer pour le jeter à bas. De coups portés avec la même fougue justicière, il le clouait au sol, le transperçait de part en part, le ventre, le cœur, la gorge, le frappant en tous points mortels, comme dans la crainte de ne pouvoir vraiment venir à bout de la bête venimeuse.

Enfin, haletant, il se recula et attendit, surveillant les

trois corps affalés pour y surprendre un dernier sursaut de vie.

Des trois, c'était le comte de Saint-Edme, le plus massacré, qui remuait encore. Il redressa tout à coup sa tête hideuse dont la perruque de guingois avait glissé, découvrant un crâne déplumé de vautour. Son regard de verre se ternit. Il vomit un flot de sang puis retomba en arrière, raide et sans vie.

Le valet de M. de Bardagne et l'homme de peine arrivaient en courant sur les traces de leur maître, l'un armé d'un pistolet, l'autre d'un bâton.

— Nous voici, Monsieur, criait le domestique. Avez-vous besoin d'aide ?

Quand ils furent proches, Bardagne leur montra d'un doigt impératif les trois cadavres, puis leur désignant au loin le rebord de la falaise à la limite sud des plaines d'Abraham :

— Garrottez-les, attachez-leur une pierre au cou et jetez-les au fleuve.

Dans le clair de lune, le gentilhomme apparaissait blême de partout. Blanc de visage, blanc de regard, blanc d'une rage démesurée, qui irradiait de lui.

— Au fleuve ! Au fleuve, la charogne !

— Bien, Monsieur.

— Dix écus pour votre peine à chacun... et ne vous faites pas surprendre ! Dix autres écus pour votre silence...

— Bien, Monsieur, à votre service et au service du Roi, répondit le valet qui avait toujours été très fier d'appartenir à la maison d'un envoyé du Roi en mission spéciale et auquel il ne déplaisait pas de jouer un rôle dans des exécutions sommaires et secrètes.

Quant à l'homme de peine, un matelot resté à Québec parce qu'il cuvait son vin dans un trou lorsque son navire, le dernier, avait mis à la voile, c'était un gars qui en avait vu d'autres et pour vingt écus il aurait été capable d'oublier qu'il avait tué sa propre mère.

Aussitôt les deux bonshommes s'affairèrent avec célérité, empoignant les corps inertes soit par l'encolure, soit par les pieds, et commencèrent de les traîner derrière eux jusqu'à l'habitation.

La terre renaissante boirait le sang.

Nicolas de Bardagne, après les avoir regardés s'éloigner, se tourna vers Angélique et resta figé, la croyant prise de folie devant son expression extatique.

— Vous riez !

— Ce n'est rien, dit-elle. Non, je ne ris pas, mais quel plaisir, n'est-ce pas ? Quel plaisir !

— Oui, comprit-il. (Il regarda la pointe de son épée qui brillait ensanglantée sous la lune.) Oui... c'est vrai ! Moi aussi j'ai eu un plaisir... presque luxurieux, à les détruire...

Les sourcils froncés, il se rapprocha d'elle.

— Ces hommes qui vous ont attaquée, je les ai reconnus. Ils appartiennent à la maison du duc de La Ferté. Dois-je comprendre que ce serait lui qui les aurait dépêchés pour vous tuer ?

— Non ! Non ! fit-elle précipitamment, car devant l'expression qu'il affichait en posant cette question, elle le devinait capable de courir sur-le-champ jusqu'à Québec, de défoncer la porte du logis de Vivonne blessé et d'égorger celui-ci dans son sommeil.

» Non ! Ce n'est pas lui... Je m'en porte garante... Ces forbans ont agi à son insu... Ils... Ils me l'ont dit... Ils voulaient me tuer parce que... Ils craignaient que... que je les dénonce... au... au...

Elle dut s'arrêter car sa voix sous l'effet du froid et de la frayeur éprouvée se mettait à chevroter.

Le comte de Bardagne ayant remis son épée au fourreau s'élança vers elle.

— Pardonnez-moi ! Vous défaillez ! Je suis une brute.

Il la serrait contre lui.

— Merci à Dieu, j'ai pu arriver à temps. J'étais sorti de la maison pour vous suivre des yeux à travers la haie. J'ai entendu vos appels. Le vent les a portés vers moi...

Il l'étreignait.

— ... Ah ! mon amour, quelle terreur à l'idée qu'il puisse vous arriver malheur ! Que deviendrait le monde si vous disparaissiez ?

La soutenant, il la ramena jusqu'à l'habitation. Le

vent s'apaisait dès franchie la barrière et, dans le vestibule, Angélique se sentait déjà mieux.

Venant de l'office on entendait les deux serviteurs qui étaient venus chercher des cordes et qui, tout en saucissonnant solidement les corps dont ils avaient la charge, se transmettaient à mi-voix leurs consignes : « On va d'abord s'occuper du gros... Le vieux ne pèse rien. On n'aura qu'à faire deux voyages... On va prendre la traîne... »

Nicolas de Bardagne quitta un instant Angélique et elle l'entendit leur dire :

— Ne leur dérobez ni hardes ni bijoux. Je ne veux pas qu'un seul objet en recel puisse mettre sur leur piste. Vous aurez encore dix écus de plus pour vous dédommager du butin. Mais sachez que si l'un d'entre vous me désobéit — et cela s'apprend sans faute quelque jour — ne serait-ce qu'en gardant une bague ou un mouchoir par-devers lui, je le lui ferai payer de sa vie.

— Bien, Monsieur, répondirent les deux voix unanimes.

Angélique dans la chambre-bibliothèque avait elle-même remis du bois sur les tisons. Nicolas de Bardagne entra, vint à elle, l'aida à se dépouiller de sa mante boueuse. Il retirait son baudrier et le jetait avec son épée sur un coin de table. En entendant le choc du fourreau sur le bois, Angélique revit la scène qui venait de se dérouler dans les plaines d'Abraham. L'éclair de cette épée brandie, le sang qui giclait, tout à coup, elle s'aperçut qu'elle pleurait, non pas de crainte, ni d'horreur, mais de joie, de cette joie irradiante et brutale qui l'avait saisie, transportée, et qu'elle n'avait pu extirper d'elle-même tant sa gorge était serrée — mais c'était un sentiment de justice, de victoire, de triomphe dont la violence l'étouffait quand elle avait vu les trois scélérats pourfendus, transpercés par cette lame brillante, virevoltante, quand elle avait vu l'horrible Saint-Edme abattu comme un sinistre vampire flasque, dans les pans de son manteau.

Avec quelle fureur Bardagne les avait-il occis ! Avec quelle frénésie ! Elle avait entendu le fer pénétrer dans les chairs. Les hoquets et les râles, et ce qui l'avait bouleversée tout ce temps-là, c'était la conscience d'assister à un moment du justice enivrant, action de châtiment mérité et qui avait paru jusqu'alors irréalisable, et qui pourtant s'accomplissait et qu'elle pouvait contempler de ses yeux.

Terrassé! Transpercé! Immonde! Enfin! Pour une fois... Jusqu'alors tout spectacle de violence, même justicière, lui avait été pour le moins pénible, l'accablait comme si elle s'était sentie responsable de ce mal du monde.

Mais cette fois, c'était différent. Parce qu'elle était devenue différente.

Elle s'accrocha aux épaules du gentilhomme.

— J'ai toujours aimé saint Michel, dit-elle entre deux sanglots, mais maintenant je le comprends. On ne peut pas toujours... les laisser... être les plus forts...

Elle entoura de son bras le cou de Bardagne et cacha son visage contre sa peau vivante, recherchant sa tiédeur d'homme robuste.

— J'aurais dû le prendre comme dévotion... saint Michel...

Il ne comprenait rien à ce qu'elle balbutiait à propos de saint Michel. Mais il la sentait se blottir dans ses bras, et lorsqu'elle leva sur lui ses yeux brillants de larmes heureuses, il y put lire une tendresse qui le rendit hagard.

— Il faut... Il faut, dit-il, que vous buviez quelque chose pour vous réchauffer, pour vous remettre.

Mais c'est elle qui le retenait et attirait son visage vers le sien et qui prenait sa bouche. Alors il eut des gestes de viol pour écarter son corsage, découvrir ses épaules.

Elle se recula, voulut le repousser.

— Ecoutez-moi, Nicolas...

Il devint blême.

— Non! Non! Vous jouez de mon désir... Vous m'affolez avec cette coupe près de mes lèvres. Et puis vous vous dérobez encore.

— Je dois vous dire...

— Non !... Cette fois je ne vous laisserai pas me berner.

— Ecoutez-moi donc, à la fin, Nicolas de Bardagne, cria-t-elle en tapant du pied. Vous m'avez sauvé la vie, mais ne voyez-vous donc pas que je suis à bout ?... Tenez-vous tranquille. Et écoutez-moi... JE SUIS MARQUÉE A LA FLEUR DE LYS ! Entendez-vous : marquée à la fleur de lys !

Il l'examina les yeux fous et fut long à comprendre.

— Oui, insista-t-elle, marquée au fer rouge, comme les assassins, les prostituées, les voleuses.

— En tant que rebelle du Roi ?

— Oui ! le défia-t-elle.

Elle prit la main de Bardagne et la glissa sous son aisselle nue.

— Là ! Sentez-vous ?

Du bout des doigts, il reconnut, sur la chair satinée du dos, l'abjecte flétrissure : le sceau de la fleur de lys. Elle tressaillit sous le frôlement de sa main fraîche.

— La reconnaissez-vous, la fleur de lys ?

Il demanda, la voix courte :

— Pourquoi me dévoiler cela maintenant ?

— Pour que vous n'ayez pas à le découvrir vous-même, tout à l'heure...

Il fixait sur elle un regard vacillant, incrédule. Ses lèvres tremblaient. Effroi devant la révélation de la terrible marque ? Ou joie démesurée à lire sur ses traits bouleversés un trouble égal au sien, une promesse...

— Est-ce... Est-ce pour cela ? chuchota-t-il d'une voix rauque, presque mourante, que vous vous refusiez à moi, à La Rochelle ?

Elle n'y avait pas songé. Mais il lui apparut aussitôt qu'elle ne pouvait qu'acquiescer. La suggestion, logique après tout, calmerait les blessures d'amour-propre qu'elle lui avait infligées autrefois par ses dédains.

— Oui ! Que faire d'autre ? J'étais une réprouvée et vous, vous étiez le Lieutenant du Roi.

— C'est mal ! Vous n'auriez pas dû !... Vous auriez dû... me faire confiance...

Il l'attirait à lui, l'étreignait à la briser.

Lentement, il glissa devant elle, à genoux.

— Ô ma belle servante !

Un sanglot vibrait dans sa gorge. Elle sentit ses bras durs comme un cercle de fer autour de ses reins. A la pointe de son ventre, la charge de ce front viril incliné devant sa féminité comme celui de l'adorateur devant l'idole fit lever en elle un vertige. Ses doigts se crispèrent dans les cheveux de l'homme à genoux. Mais au lieu de repousser cette tête lourde et vaincue, elle la serrait contre elle.

De sa bouche brûlante, il l'avait menée au plaisir. Et maintenant, éclairé par la lumière du feu qui déclinait, rougeoyant, il l'aidait à achever de se dévêtir. Nu et dans toute la vigueur d'un besoin charnel qui ne se démentait point et ne s'était pas encore entièrement assouvi, il avait des gestes lents de somnambule, mais doux, dévotieux.

Lentement, il la guida vers le lit et ils s'étendirent. Ils se regardaient, oppressés par cette totale liberté de leur chair, de leurs membres nus et qui pouvaient se nouer et se rejoindre suivant les impulsions d'un désir qui, à n'être plus contraint, s'effrayait. Ils le laissaient monter en eux, à bonds souples, tel un animal s'apprivoisant peu à peu. Leurs mains machinales, à caresser, leur étaient plus indifférentes que leurs lèvres. Ils s'embrassèrent d'un de ces baisers dévorants dont la fièvre s'était emparée d'eux souvent et qu'ils pouvaient enfin échanger sans redouter de frustration. Et qu'ils pouvaient enfin prolonger jusqu'à la limite de leurs souffles et de leurs forces.

Longuement, âprement, avidement, ils s'embrassaient tandis que leurs membres se nouaient dans une étreinte de plus en plus convulsive, jusqu'à la douleur, jusqu'au paroxysme. Tandis que les yeux clos, roulés dans le ras de marée obscur, ils s'abandonnaient aux gémissements profonds et lascifs que leur arrachait l'effervescence intérieure d'une jouissance qu'ils ne s'étaient jamais imaginée pouvoir être si complète entre eux.

— Vous êtes loyale ! Comme vous êtes loyale ! disait Nicolas de Bardagne dans la nuit.

Que voulait-il signifier ? Qu'une fois l'ultime frontière franchie, elle se livrait loyalement au plaisir ? Pourquoi ne l'aurait-elle pas fait ? Elle était bien dans ses bras.

L'expérience qu'ils avaient tous deux de l'amour et qui finit par donner aux gestes une sorte de familiarité, leur permettait de s'y livrer sans hésitation ni gêne en cette première rencontre.

Bardagne était un partenaire sans monotonie. Sensuel, actif et poussé par le délire qui s'emparait de lui quand il réalisait que c'était ELLE qui était là, qu'il caressait, embrassait, possédait, il alternait des crises de sombre désespoir soutenant sa fougue amoureuse par l'idée qu'il allait la perdre et qu'elle se plaisait à calmer de caresses et de mots tendres, avec des crises d'émerveillement et de joie qui l'entraînaient à se repaître de chaque parcelle de son corps, accompagnées d'exigences qu'il fallait combler, de paroles d'adoration qui la faisaient rire. En plein discours, emmêlés l'un à l'autre, ils plongeaient dans le sommeil comme dans un puits, se réveillaient avec la chair de l'autre sous les lèvres et déjà repris par la griserie de ce contact.

Dans une de ces courtes périodes d'inconscience, elle rêva des hommes qui la poursuivaient pour la tuer. Elle se réveilla en poussant un cri. Mais déjà il était penché sur elle et la couvrait de baisers pour la rassurer.

Elle se dit avec délectation que les sordides et libidineux malfaiteurs étaient morts. Et qu'elle, était vivante. Elle recevait, au creux d'une nuit enjôleuse, les caresses d'un homme épris. Il y aurait toujours de l'amour pour elle ! De la vie !

Et les autres n'étaient plus que de froids cadavres au fond des eaux glacées.

Avec un élan de tendresse et de reconnaissance pour l'homme qui était là, elle se blottit contre sa poitrine où elle entendait battre un cœur fervent.

Le rose tremblant de l'aube luisait aux carreaux. En se réveillant dans un état de languissante euphorie, elle voyait Nicolas de Bardagne, debout devant l'âtre, qui jetait sur les cendres chaudes de la veille du menu bois et des bûches. Dans la pénombre, sa nudité révélait ce qu'avait annoncé sa chevelure et sa moustache châtaines : une peau très blanche. Il luisait comme un marbre tandis qu'il revenait doucement s'asseoir au bord du lit. Elle s'assit également, les bras autour de ses genoux, et ils restèrent appuyés l'un à l'autre dans un état de fraternelle fatigue.

Les doigts de l'envoyé du Roi caressaient la meurtrissure de la fleur de lys, la détaillant machinalement avec une sorte de pitié voluptueuse.

— Que de détresses, murmura-t-il, que de bonheurs perdus pour de vaines rigueurs, que de joies immolées à des peurs sans objet, que d'injustices commises pour le service des princes ! Alors qu'il suffisait d'aimer... de s'aimer... Pourquoi n'avoir pas vu clair à temps ? Pourquoi m'avez-vous laissé m'enferrer dans mes erreurs ?

— Réfléchissez ! A quoi cela aurait-il servi que je vienne troubler votre conscience de parfait fonctionnaire ?

— Oui ! C'est vrai ! Et vous m'aviez bien jugé. J'étais un naïf, ennemi de la réalité, craignant que sa lumière cruelle ne détruise des illusions qui me convenaient. Je voyais à servir mon Roi une sorte de devoir religieux, dont les charges plus hautes récompenseraient le zèle. Or, les chemins que j'ai suivis étaient faux. Je n'avais pas compris que pour plaire en haut lieu et parvenir tant soit peu ne serait-ce qu'à améliorer le train de sa maison, il fallait être justicier, inquisiteur, et non pas philosophe et libertin.

Touchée de la tristesse qui vibrait dans sa voix, elle effleura de sa joue son épaule ronde et lisse. La chair de Bardagne contre la sienne lui faisait du bien et aussi le calme de cette heure furtive.

Etayés l'un à l'autre, dans la faiblesse de leur nudité, Adam et Eve mélancoliques, heureux de l'être, ils échangeaient à petites phrases des souvenirs, que les licences voluptueuses de la nuit semblaient avoir vidés de leur contenu amer.

— ... J'étais stupide. Je tablais sur les âmes de bonne volonté et non sur leur sombre intolérance... Les huguenots eux-mêmes que je voulais ramener pour leur paix dans le chemin de l'obéissance à Dieu et au Roi, et persuader que mon amitié et des colloques intelligents suffiraient à les éclairer, comme ils me méprisaient... Vous souvenez-vous des Manigault ?

Elle inclina la tête.

— Je m'étais laissé séduire par la joliesse et la gentillesse de leur fille aînée, Jenny. Bien loin de les honorer, je comprends aujourd'hui que ma demande en mariage les avait scandalisés : un papiste impur souhaitant leur fille. Ils se sont empressés de la marier à Joseph Garret, un benêt, mais appartenant à la R.P.R., la religion prétendue réformée...

Malgré les dispositions qu'il montrait à regarder avec plus de courage la face noire de la vie, Angélique ne jugea pas utile de l'informer que les Manigault avaient émigré, qu'ils se trouvaient à Gouldsboro, toujours guère moins fanatiques, et surtout que la pauvre Jenny Manigault avait disparu à jamais au tréfonds de la forêt américaine, enlevée dès les premiers temps de leur débarquement par une petite tribu d'Indiens pillards du Haut-Kennébec.

L'esprit de Bardagne demeurait à La Rochelle.

— Et c'est alors que vous êtes apparue, plus trompeuse et plus mensongère que les autres.

— C'est votre faute, je vous l'ai déjà dit. Parce qu'à vos yeux j'étais née le jour où vous m'aviez vue pour la première fois. J'avais surgi tout d'une pièce des pavés de La Rochelle avec mon panier à linge d'une main et ma petite fille de l'autre. Avant vous, je n'avais pas vécu, il ne m'était jamais rien arrivé. Quant à mon avenir, il ne pouvait s'ordonner qu'autour de votre bon plaisir. N'est-ce pas vai ?

— Oui, vous avez raison, ma belle servante. Je reconnais mon égoïsme absolu. Vous vous êtes imposée à moi d'une façon si entière que je ne voyais que vous, telle que vous étiez, là, dans les rues de La Rochelle. Jamais je ne me posais de questions sur votre passé.

— Dieu merci, que vous ne vous soyez pas posé de questions sur mon passé... Si vous l'aviez fait, j'étais perdue.

— Je vous aurais protégée, dit-il faiblement.

— Non! Pas en ce temps-là... Vous auriez été horrifié de mes crimes et vous m'auriez livrée à la justice du Roi.

Il secouait la tête doucement.

— Non! Horrifié? Peut-être! Mais vous livrer? Jamais!

— Baumier l'aurait fait pour vous. Il fouinait partout comme un rat. Il avait déjà soupçonné bien des choses. Il avait fait venir François Desgrez de Paris afin de me confronter avec lui. Il pensait que Desgrez me reconnaîtrait comme la Révoltée du Poitou.

Elle ajouta rapidement, le sentant frémir au seul nom de Desgrez.

— Et vous?... Baumier vous avait écarté afin de pouvoir m'arrêter en toute quiétude. Il savait que votre faiblesse pour moi lui arracherait sa proie.

Doucement, pour le calmer, elle flatta sa cuisse blanche et dure.

— Vous voyez? J'ai bien fait de mentir!

Sous la caresse légère de sa main, il gémit, comme fouaillé par les pulsions d'un trop puissant désir. Et la renversant de nouveau sur la couche, il la reprenait dans ses bras et la possédait, une dernière fois, avec une fureur désespérée.

A l'instant de quitter sa demeure, elle lui demanda une arme. Elle s'était montrée trop oublieuse des conseils de prudence. Ses plus dangereux ennemis étaient peut-être morts la veille au soir, mais elle ne voulait plus courir de risque... Il proposait de l'accompagner, elle refusa.

Le jour était levé, elle ne souhaitait pas être rencontrée de si tôt matin en sa compagnie. Il lui prépara un pistolet à deux canons et lui remit une petite provision de poudre et de balles. Elle était debout devant lui, ayant revêtu sur sa robe de velours vert, sa mante que le valet avait brossée.

Elle leva les yeux vers lui.

— Alors! Consolé?

— De votre absence? Jamais. De l'amertume? Peut-être... Un jour!

— A la bonne heure! Je vous retrouve, mon cher ami de La Rochelle, fringant, content de vivre.

Il secoua la tête avec mélancolie.

— Non! Hélas, quand vous parlez ainsi, il m'est impossible de me reconnaître... Vous avez fait de ma vie insipide et légère une étrange fête douloureuse et enivrante. Etais-je né pour ces tourments? Je ne sais. Mais je ne reviendrai jamais en arrière. Et maintenant, il va falloir survivre! Quelle douleur!

— Pour commencer vous allez traverser l'océan et repasser en France.

— Ah oui! la traversée... Quelle chose affreuse! Vous avez raison. Voici un excellent dérivatif aux peines de l'amour. Et ensuite, il faudra affronter Versailles...

— Vous noircissez votre position. Si le Roi s'est montré clément à notre égard, que pourra-t-il vous reprocher?

— Vous vous leurrez... Ma position ne dépend pas du choix que fera le Roi de vous pardonner ou de vous condamner. Quelles que soient les décisions de Sa Majesté à votre endroit, qu'Elle se félicite de pouvoir vous rappeler près d'Elle, ou au contraire de vous avoir retrouvée pour laisser retomber sur vous son sceptre justicier et pour montrer au monde quel prix doivent payer ceux ou celles qui lui sont rebelles, moi je ne serai toujours en cette histoire qu'un fonctionnaire ridiculisé, qui s'est laissé gruger et qui, par des affirmations pour lesquelles il n'avait pas pris assez de garanties, a révélé son incompétence. Nulle issue pour moi autre qu'une entrevue où je n'aurai qu'à baisser le front et à subir le sarcasme royal. Notre souverain sait fustiger.

— Soit! Mais pour votre aide en ce pénible moment, j'aimerais vous donner un viatique. Souvenez-vous, Nicolas, si méprisant et acrimonieux qu'il se montre à votre égard, que le Roi a partagé avec vous un rêve commun, et que, dans cette partie-là, vous avez gagné car vous avez reçu plus que lui...

— Ce sera en effet, consolant, dit Bardagne en relevant la tête.

Et ses yeux brillèrent.

— Peut-être le considérant dans sa gloire, le Roi m'inspirera-t-il, en tant qu'homme, un peu de pitié.

— Voilà qui est bien pensé ! Et je me targue que ce souvenir vous aidera à demeurer digne et froid devant lui.

— Eviterai-je la Bastille ? soupira-t-il, je ne souhaite plus qu'une chose, me retirer dans mes terres.

Comme la veille, il parla de ses aspirations au calme des champs, à l'intimité de sa gentilhommière. Il en sentait à l'avance le baume sur ses blessures seul apte à en calmer la douleur lancinante. Il retrouverait avec joie sa bibliothèque, fort bellement constituée d'œuvres de choix par un aïeul ami des belles-lettres et qui avait connu Montaigne. Ses serviteurs qui l'aimaient se réjouiraient de le revoir dans la demeure familiale délaissée. On y avait toujours fait bonne chère. Le voisinage n'était pas déplaisant. Il se promènerait, retrouverait des coins de forêt, des vallées, des coteaux dont la pensée le réjouissait comme celle de revoir des amis. Toutes les saisons du Berry étaient douces, même l'hiver, blanc, léger.

— J'augure bien de vos projets, lui dit-elle après l'avoir écouté, et je vous quitte presque envieuse des jours que vous vous préparez dans votre campagne et rassurée sur votre compte. Votre finesse d'esprit et votre goût épicurien du plaisir vous aideront à vous bâtir une existence des plus heureuses.

Elle lui mit les bras autour du cou.

— Au revoir, mon vaillant saint Michel !

— Pourquoi saint Michel ?

Mais la réponse lui importait peu. Tout ce qu'elle disait d'imprévu, de fou et de charmant, il ne pouvait l'accueillir sans basculer dans un monde flou et trouble, enchanteur et cruel à force d'être inaccessible, à force de s'éloigner lentement vers le fond d'un horizon où il ne la rejoindrait plus. Et paraissait soudain bien fade l'avenir qui l'attendait, là-bas, et qu'il venait de décrire avec satisfaction. Il fallait s'arracher d'elle ! Il le FALLAIT...

Des deux mains, il repoussait la chevelure d'Angélique de chaque côté de son visage afin de l'isoler dans le creux de ses paumes, d'embrasser d'un suprême regard son front, ses yeux, sa bouche un peu chaude, un peu déformée car gonflée par l'acharnement de leurs baisers. Jamais il ne pourrait s'arracher ! Jamais ! Mais il le FALLAIT.

Et d'une voix brisée, comme succombant sous le poids d'un sentiment à la fois délectable et déchirant où bonheur et tristesse infinis se mêlaient :

— Doux cœur ! Adieu ! Vous avez ravi mon âme !

79

Angélique remontait par les plaines d'Abraham et à cet endroit même où elle avait failli mourir, elle s'arrêta. C'était le matin et l'air avait une douceur fraîche au parfum de fumée. Les longues coulées de neige s'amenuisaient. Si la journée était tempérée, le soleil chaud, elles disparaîtraient à vue d'œil en s'évaporant.

A cet emplacement, la terre était piétinée, la boue malaxée par le va-et-vient des bottes se révélait plus sombre en certains endroits.

Angélique considéra ces seules traces du combat de la nuit et fut prise d'une éperdue reconnaissance vers la bonté du Ciel à son égard. Elle était en vie et les autres étaient morts. Jamais elle n'avait cru si proche sa dernière heure.

Elle se remit à marcher, en serrant contre elle, en elle, comme un trésor précieux ce mot : la vie. La vie qui d'un instant à l'autre peut vous être retirée, la vie, don sans pareil, qu'elle possédait encore, qui rendait souple et heureux son corps. Le matin gardait les reflets du soleil levant. Au loin des nuages bleuâtres, éclatés, s'alignaient au-dessus d'un lac de cuivre rose d'une sérénité totale et, surgissant des vallées, des brumes étales à ras de terre rosissaient. Le jour allait pâlir. Il était encore clair et frais. En contrebas, les clochers et toits de Québec dressaient leur petit peuple de girouettes et de croix.

Angélique commença de descendre vers la ville. Quelqu'un sortit de derrière un ou deux arbres isolés, parut se mettre en travers du sentier pour l'attendre. Elle posa sa main sur la crosse de l'arme que lui avait donnée Bardagne. Toute silhouette bougeant sur les plaines d'Abraham lui inspirait de la méfiance. Mais en reconnaissant le jeune Anne-François de Castel-Morgeat, elle reprit sa marche sans appréhension.

Le jeune homme la regardait venir d'un air sombre. Elle le héla et lui adressa un sourire en approchant, mais il ne se dérida pas. Elle vit qu'il était très pâle, les traits crispés et en proie à une si violente émotion qu'il ne pouvait parler.

— Que se passe-t-il, Anne-François? s'informa-t-elle, inquiète.

Il retrouva brusquement la parole et dans l'effort qu'il fit pour cela sa rage éclata et les traits déformés de colère, il s'écria :

— Ah! La belle partie de cartes! On échange les rois et les dames, et le valet, qui ne compte pas, est rejeté de partout.

Puis d'une voix sourde :

— ... Supporter les hommages dont vous êtes entourée, et savoir que je nourris un rêve impossible, mais me consoler en me disant que seule votre vertu était en cause, voilà ce qui jusqu'alors m'a aidé à ne pas devenir fou. Mais vous vous êtes donnée à ce Bardagne. Lui, lui il avait ses chances... Et pourquoi? Pourquoi? Pourquoi pas moi? Puisque vous n'êtes même pas une femme fidèle.

Surprise de cette brusque tirade, elle ouvrait la bouche, afin d'y répondre, mais il la devança.

— Ne niez pas. Je me promenais. Je vous ai vue sortir de cette maison là-bas...

— Vous êtes trop souvent là où l'on ne souhaiterait

pas vous voir, Monsieur de Castel-Morgeat, fit-elle sèchement.

— Oh! oui, cela est vrai! s'exclama-t-il avec un rire désenchanté. Je vois beaucoup trop, beaucoup trop de choses, pour mon malheur...

Il murmura en la regardant avec une douleur qui le vieillissait :

— On aime... et l'amour va ailleurs... Et l'on s'aperçoit que l'on reste seul, négligeable, dépouillé de ce qui hier faisait notre force et notre assurance, injustement puni.

Il avait les mêmes mots que Nicolas de Bardagne. Comme si de l'avoir aimée en vain ne lui avait fait découvrir de l'amour que sa seule cruauté. Elle le regretta chez un être si jeune.

— Mon pauvre Anne-François, pourquoi vous êtes-vous mis cette folie en tête ? Il est trop tôt pour vous. Le monde est plein de jeunes filles souriantes...

— ... et sottes! Et sans expérience! Oui, j'aurais pu m'en contenter. Pourquoi êtes-vous venue ? Pourquoi étiez-vous parée de tant de vertus et de charmes pour me faire croire à la réalité de cette femme qui porte en elle tous nos rêves et qui n'existe pas ? Je ne suis plus un enfant et vous savez fort bien que je vous ai aimée comme un homme peut aimer une femme. Sans cesse mon espoir oscillait entre l'impossible rêve de parvenir à vous émouvoir ne serait-ce qu'une nuit et cette certitude qui à la fois m'accablait et augmentait mon amour pour vous que vous ne pouviez être comme les autres, une femme volage et insensible... Quel effondrement! Vous étiez le soleil et vous n'aviez pas le droit...

— Pas le droit de quoi ?

— De décevoir à ce point.

— L'exigence des uns ne crée point l'obligation des autres, Anne-François. Voici bien des choses que vous devez apprendre de la vie... si vous désirez obtenir l'indulgence des femmes. Ne craignez rien. Vous n'êtes plus un enfant car vous vous conduisez déjà bien en homme dans votre intransigeance égoïste. Parce que vous aimez, vous n'admettez point de ne pas être payé de retour. Or l'amour est un jeu, en effet, où le sort distribue les cartes selon son bon plaisir et il est perdant celui qui ne sait pas être beau joueur.

— Comment l'être lorsque votre vie dépend d'une réponse, d'un regard, et qu'un mot trop dur peut vous mener au désespoir ?

— Mais c'est là le jeu de l'amour, mon pauvre enfant.

— Cessez de me plaindre, je ne suis pas un enfant.

— Vous avez toutes les forces, reprit-il avec rancœur. Même celle, coupable, de vous présenter sans remords, sans gêne et sans crainte. Cela augmente mon amertume, car je comprends que j'avais mes chances. Que si vous n'avez pas jeté les yeux sur moi, c'est parce que je ne vous intéressais pas. Vous ne suivez que votre bon plaisir comme toutes les femmes. Peu vous importe de provoquer la passion, la détresse ou la jalousie.

— Oh ! la jalousie ! fit Angélique, excédée. Ne pourrais-je l'oublier quelques heures. Laissez-moi continuer ma route, Anne-François.

Il s'écarta lentement et tandis qu'elle reprenait sa marche dans le sentier et passait devant lui, ses yeux la suivirent en l'étudiant comme s'il eût voulu tout garder d'elle en un suprême regard.

— Votre pouvoir est sans limite, dit-il. Entre autres, vous avez fasciné mon père au point qu'il n'a même pas osé vous faire la cour.

— Assez de sottises, Anne-François. Votre famille s'est mêlée un peu trop de nos affaires à mon goût, j'aurais aimé, au moins, en garder un souvenir amical, mais si vous continuez sur ce ton, cela me sera impossible.

Il voyait qu'il avait perdu, qu'il s'était aliéné, par des mots exécrables, jusqu'à cette tendresse indulgente qu'elle lui vouait parce qu'il était l'ami de son fils Florimond et qu'elle le trouvait jeune et beau.

La déception lui tordit le cœur, lui donna envie de tuer et il se sentit, enfin, plus fort qu'elle.

— Je pourrais vous renvoyer le reproche, Madame, fit-il avec un sourire supérieur, quant à la gêne et aux déplaisirs causés par votre famille à la mienne, car, s'il m'est cruel, à moi, de vous dédaigner, de vous imaginer dans les bras de Monsieur de Bardagne, croyez qu'il ne m'est guère moins pénible d'imaginer ma mère dans ceux de Monsieur de Peyrac.

Angélique, voulant clore un dialogue qu'elle estimait stupide et sans issue et lui faire savoir qu'elle ne le craignait point, s'éloignait. Elle se trouvait à quelques pas déjà, lorsque les derniers mots l'atteignirent. Elle s'immobilisa et se retourna. Elle était devenue très pâle. Cependant, elle dit froidement :

— Expliquez-vous !

Et elle revint sur ses pas pour l'entendre. La lumière qui frappait son visage la rendait translucide. Jamais elle ne lui avait paru aussi belle. La sévérité avec laquelle elle le toisait l'humilia. Elle le sommait de s'expliquer comme un enfant qui, à la suite d'une bévue, s'attire un blâme des grandes personnes. Décidément, elle était d'une force que rien ne pouvait entamer et il la haïssait.

— Oui ! ma propre mère, s'écria-t-il. Elle et votre époux. Je les ai vus ensemble un jour où vous étiez à l'île d'Orléans. Je me trouvais au manoir de Montigny, en bas... Je sais tout ce qu'ils ont fait ce jour-là... Et Euphrosine Delpech aussi le sait, la pécore... Je l'ai aperçue qui guettait la sortie de ma mère dehors, si longtemps qu'elle en a eu le nez gelé... Demandez-le-lui. Ah ! la belle partie que voilà : deux rois, deux reines et tant pis pour le valet qui ne compte pas...

Cette image l'obsédait.

Il haletait, se demandant quelles preuves donner encore.

— C'est, peu après, que Monsieur de Peyrac lui a fait remettre un bibelot de prix, la coupe d'or et d'émeraude.

Soudain elle le gifla, violemment, mais avec la prestesse cinglante d'un fouet.

Il se tenait la joue et eut de la peine à reprendre ses esprits. Lorsqu'il se redressa, elle était loin déjà dans la descente vers la ville.

80

Angélique après avoir longé le jardin du gouverneur était rentrée dans la ville par la Place d'Armes. Elle la traversa très droite, en marchant comme une somnambule.

Les mots prononcés par Anne-François de Castel-Morgeat sonnaient dans sa tête. Ils étaient inscrits dans sa rétine en lettres de feu. Elle ne voulait pas se les répéter, ni les déchiffrer. Mais déjà, et malgré elle, montait en arrière-pensée la certitude que tout ce qu'il avait dit, c'était vrai ! C'ÉTAIT VRAI ! Parce qu'elle l'avait toujours su, senti, vu. Elle l'avait vu dans les yeux sournois d'Euphrosine Delpech lorsqu'elle lui avait soigné son nez gelé.

Elle l'avait senti dans le trouble de Sabine certain jour où, se trouvant au château Saint-Louis, elle avait remarqué la petite coupe d'or et qu'elle avait songé : « Tiens ! quand donc la lui a-t-il remise ? »

Elle pouvait même dire qu'elle l'avait su à l'habileté avec laquelle Mme de Castel-Morgeat avait répondu à sa question, quand elle s'était enquise des raisons de l'ecchymose qu'elle portait à la tempe. Trop habile et insouciante pour une fois. La garce !

Angélique marchait sans prendre garde aux personnes qu'elle croisait. Elle n'aspirait qu'à une seule chose : atteindre la maison, s'enfermer dans sa chambre. Alors, seulement, elle réfléchirait.

Comme elle arrivait à la place de la Cathédrale, un cortège qui traversait lui barra la route. Venant de chez les ursulines, une foule nombreuse escortait les chariots et les brancards sur lesquels on avait chargé les pièces du retable de sainte Anne, brillantes d'un or pur et tout neuf, et s'apprêtait à descendre la côte de la Montagne pour gagner l'embarcadère du Sault-au-Matelot.

Ce jour était celui choisi pour mener le nouveau retable achevé à l'emplacement des miracles, sis à l'extrême nord de la côte de Beaupré, non loin du petit cap. On allait le monter dans le nouveau sanctuaire, une chapelle de pierre remplaçant celle de bois dédiée à sainte Anne et qui avait brûlé.

Accompagnée du sculpteur, de ses fils et de ses apprentis, des prêtres qui donneraient la bénédiction, de nombreux « obligés » de sainte Anne parmi lesquels Eloi Macollet, sauvé des eaux, la petite Ermeline, sauvée d'une existence grabataire ou des dangers de ses fugues selon les avis et que portait sa nourrice noire, entourée de pieuses personnes qui chantaient des cantiques, l'œuvre d'art allait être chargée sur deux grandes barques qui attendaient dans le port. Monseigneur l'Evêque viendrait plus tard en grande pompe pour l'inauguration qui aurait lieu sans doute au mois d'août, jour de la fête de sainte Anne.

Angélique attendit, l'esprit ailleurs, que la foule s'écoulât.

— Venez-vous avec nous, Madame de Peyrac ? la priait-on au passage.

Elle dit : « Non », machinalement. La procession passée, elle franchit le ponceau devant le couvent des jésuites et commença de monter sa rue.

Elle n'entendit pas le cri aigu de la petite Ermeline qui, l'ayant aperçue, glissa des bras de Perrine et disparut comme une souris par les venelles avoisinant la rue de la Fabrique. Sa mère et la négresse se lancèrent à sa poursuite en espérant la rattraper avant que les barques missent à la voile.

Au port les préparatifs de départ furent vite accomplis parmi la sympathie de la population. Les moins dévots reprenaient de bon cœur les cantiques. Une première grande barque fut vite pleine, occupée par ceux qui tenaient les reliquaires, les statues, le tabernacle.

Mme de Mercouville et la nourrice Perrine ne revenant pas avec Ermeline, les deux autres enfants Mercouville, qui étaient déjà montés à bord, renoncèrent à être de ce voyage-ci et redescendirent, cédant leurs places à d'autres.

— Dis-moi, demandait le jeune Gonfarel à Eloi Macollet, qu'est-ce qu'ils racontent aujourd'hui les sorciers de l'île d'Orléans avec leurs fumées ?

Un apprenti tenait dans chaque bras une statue. En les recouvrant d'or, les ursulines avaient dessiné au poinçon sur les robes des broderies du plus bel effet. Jamais on n'avait vu des statues aussi royales.

La grande embarcation dressa son unique voile presque carrée aussitôt gonflée de vent et s'éloigna rapidement, chargée d'or superbe et miroitant, de prêtres et d'ouvriers qui chantaient des cantiques.

Sauf Macollet désigné pour accompagner le « tombeau » sur une autre barge et qui, la main sur les yeux, déchiffrait les messages des sorciers de l'île d'Orléans.

Des mariniers armés d'une gaffe rapprochèrent un bachot sur lequel le « tombeau », pièce maîtresse du soubassement, pourrait être arrimé plus solidement.

— Hé! dis donc, Eloi, donne-nous un coup de main, grogna l'un d'eux, au lieu de rêvasser à regarder le paysage.

Mais Eloi Macollet ne rêvassait pas. Le visage sévère, soudain durci, la main en auvent sur ses yeux aigus, ses sourcils broussailleux froncés, il fixait les nombreux petits nuages blanchâtres qui, comme des houppettes rondes, montaient par intermittence de différents points de l'île d'Orléans. Ses lèvres remuaient au fur et à mesure qu'il décriptait le message.

— Qu'est-ce qu'ils disent, Eloi ? insistait le gamin.

— C'est ma foi vrai, remarqua enfin l'un des mariniers, ils sont bien bavards aujourd'hui les gens de l'île. Qu'est-ce qu'ils racontent à c't' heure, Eloi, toi qui sais lire les signes ?

— Ils appellent au secours ! répondit le vieux.

81

Angélique était rentrée chez elle par l'arrière de la maison et traversait la grande salle. La matinée devait être déjà fort avancée car Suzanne était là, qui, manches retroussées, avait entrepris d'astiquer les cuivres au blanc d'Espagne, en chantonnant parce qu'il y avait du soleil.

Angélique répondit du bout des lèvres au salut de la gentille Canadienne, grimpant quatre à quatre les marches du petit escalier, elle se jeta dans sa chambre comme dans un refuge où elle allait enfin pouvoir reprendre conscience.

« Bien fait pour toi! Ça t'apprendra! »

Appuyée au mur, elle se répétait cette phrase avec une amère ironie.

« Bien fait pour toi! Ça t'apprendra! »

Elle ne savait pas exactement pourquoi le coup terrible qu'elle avait reçu lui paraissait fatal et mérité. Non, ce n'était pas cela qui lui faisait marmonner « Bien fait pour toi!... » mais l'immensité de sa sottise qui n'avait rien vu. Maintenant, elle était trahie. Elle avait tout perdu.

En envisageant d'un coup d'œil la chambre exiguë, le grand lit où elle avait connu avec lui tant de nuits éblouissantes, elle fut frappée en plein cœur. La vue du petit réchaud de faïence sur lequel, tant de soirs ou de matins glacés, ils avaient réchauffé en riant du rhum ou du vin à la cannelle et aux épices lui fut insoutenable. La douleur montait qu'elle jugula d'un accès de rage folle. Attrapant le fragile réchaud, elle leva haut le bras et le fracassa au sol en mille morceaux.

— Madame! crie Suzanne d'en bas, que se passe-t-il?

Angélique se contint.

— Ce n'est rien! répondit-elle avec calme. Ce n'est qu'un objet qui s'est brisé.

Et très doucement, en maîtrisant la violence qui la faisait trembler, elle réussit à fermer la porte sans bruit.

« Oui, songeait-elle, un objet qui s'est brisé. Mon cœur qui s'est brisé. » Elle alla appuyer son front contre la vitre. La main sur sa bouche entrouverte, elle retenait un cri, un gémissement qui ne pouvait encore se transformer en sanglot.

« Joffrey et Sabine... Non ce n'est pas possible! Ce n'est pas vrai! Si, c'est vrai! C'est vrai! »

La transformation de Sabine, soudain belle et apaisée, lui criait la vérité. Et chez elle, au château Saint-Louis, il y avait désormais la petite coupe d'or et d'émeraude qu'elle y avait remarquée. Ce présent réservé à Mme de Castel-Morgeat qu'il n'avait pas jugé opportun de lui remettre après le fâcheux coup de canon et que, soudain, il lui avait fait porter sans raison. Sans raison? Maintenant, elle savait la raison. Quand était-ce? Vers ce moment-là, alors qu'elle était à l'île d'Orléans.

Quand elle eut bien retourné dans sa tête ce détail de la petite coupe d'or et compris que la remise qui en avait été faite et sans bruit à Sabine de Castel-Morgeat signait une réconciliation fort complète entre Gascons et ne lui permettait plus de douter, Angélique crut qu'elle allait mourir.

Jamais! Non, jamais elle ne supporterait l'idée, l'image de Joffrey penchant vers Sabine le même sourire que vers elle! Non! Pas le même sourire!

« Oh! mon Dieu! Que vais-je devenir? »

L'idée qu'elle avait été cette nuit même entre les bras de Bardagne l'effleura, mais Bardagne, pour elle, ce n'était pas grand-chose. Cela n'avait aucune importance. Rien ne serait arrivé si ces cloportes immondes ne l'avaient mise à bout de nerfs en essayant de l'assassiner bassement.

Tandis que Joffrey ne faisait jamais rien par mégarde.

Elle eut un sanglot, et appuya son front contre la vitre froide. Elle regardait ce paysage qui lui avait inspiré si souvent tant d'allégresse et elle le trouvait détestable. Lui aussi l'avait trahie. Il lui avait laissé croire que la vie était belle, que l'on pouvait ressusciter de tout. Maintenant elle le trouvait effrayant dans sa morne et impavide immensité. Le brouillard qui s'élevait en nappes traînantes et grises au long de la côte de Beaupré lui apparut lugubre, triste haleine d'une terre malsaine promise à la mort et qui lutterait en vain.

« Je savais qu'il allait arriver quelque chose. »

La douleur qu'elle ne voulait pas laisser parvenir jusqu'aux rives de sa conscience lui causa un malaise qui l'étourdit. Des vibrations intérieures l'envahissaient. Son atterrement se muait en angoisse. « Je savais qu'il allait arriver quelque chose! Quelque chose de terrible!»

Luttant pour ne pas s'évanouir, elle se détourna de la fenêtre, voulant gagner son lit pour s'y étendre.

Alors elle vit Outtaké sur le seuil de la porte. Outtaké, l'Iroquois, le chef des Cinq-Nations.

Ce ne fut qu'une vision. Il disparut presque aussitôt. La porte restait close et ne s'était pas ouverte. Mais elle l'avait vu comme présent avec son haut cimier de mèches encollées de résine, et à ses oreilles ses pendentifs de vessie de chevreuil gonflées et peintes en rouge. Et sa face jaune-brun pâle, sa poitrine puissante, matachiée de peintures de guerre. C'était lui.

«Outtaké! C'était Outtaké l'Iroquois! Je l'ai vu!»

Son cœur s'était mis à battre irrégulièrement, mais d'une peur nouvelle. Pourquoi était-elle soudain victime d'une si précise évocation? Tout ce qui était arrivé depuis la veille au soir lui avait brouillé l'esprit. A moins que...

Ses yeux revinrent vers la fenêtre, examinant ces brumes lointaines qui, au lieu de monter lentement et d'envahir le ciel, s'étalaient et s'épaississaient à ras de la terre et des eaux. Ce qu'elle avait pressenti tout à l'heure d'anormal et de sinistre dans ce paysage transformé pouvait-il se révéler exact? Les écharpes de brumes grises qu'elle avait jugées horribles, cachaient-elles en réalité l'horreur?

Elle les scrutait avec attention, paralysée par un pressentiment, mais ne voulant pas encore y accorder foi. Çà et là, pourtant, elle discerna des lueurs de brasiers.

Les établissements de la côte de Beaupré flambaient.

Elle comprit.

Tandis que l'armée les cherchait au sud, les Iroquois arrivaient par le nord. Et si elle avait vu Outtaké sur le seuil de la porte, c'est qu'il était aux portes de la ville.

Elle se jeta sur le palier, hors de la chambre.

— Suzanne! hurla-t-elle, cours! cours vite! cours jusque chez toi! Ta mère! Tes enfants! Les Iroquois! Les IROQUOIS!

Suzanne à son visage ne prit pas la peine de prononcer un mot et s'élança dehors.

Angélique la vit remonter le champ en pente derrière la maison. Angélique regardait autour d'elle. Il fallait penser vite. N'entendait-on pas déjà s'élever la rumeur du cri de guerre des Iroquois ? Elle rentra dans sa chambre et ouvrit le coffre qui se trouvait au pied du lit. Fébrilement, elle écarta les vêtements et y trouva rangé le collier de Wampum que lui avait fait parvenir l'hiver dernier, par l'intermédiaire de Tahountaquéte, le conseil des Mères des Cinq-Nations. Elle l'examina; large et long, sa mosaïque blanche et bleu sombre, ses franges de cuir. L'on ne cessait de dire qu'elle possédait là l'un des plus beaux traités d'alliance.

« Outtaké ! Outtaké ! Donne-moi leurs vies ! Comme je t'ai donné la tienne ! »

Elle roula le bandeau de coquillages et le mit sous son bras. Le silence de la maison lui parut trop serein, lourd d'une tragédie qui allait éclater.

Elle descendit dans la grande salle, ouvrit des portes. Les enfants avaient été conduits aux ursulines, mais où était Adhémar ? Et Yolande ? Peut-être en bas à traire la chèvre ? Elle prit un mousquet dans le râtelier dressé pour les armes près de la porte d'entrée et descendit à la cave à la recherche de quelqu'un de la domesticité. Elle trouva Yolande et Adhémar tous les deux enlacés sur le tas de paille et plongés dans une active séance de réconciliation.

En l'apercevant, ils poussèrent un cri de terreur. Terreur bien vaine car elle n'enregistrait de la scène que la bonne fortune de les avoir trouvés.

— Vite ! Vite ! leur dit-elle, levez-vous, les Iroquois arrivent... Vous allez vous charger de la défense de la maison. Fermez toutes les issues. Et les trappes du grenier. Mettez les vantaux. Retirez les échelles. Toi, Yolande, tu te posteras à la fenêtre du premier étage sur la rue afin de couvrir la maison de Mademoiselle d'Hourredanne s'ils débouchent par le chemin de la Closerie. Toi, Adhémar, tu surveilleras de mon cabinet de médecine s'ils viennent par les hauts de Montigny...

— Oui... Ma... me... Madame, répondit Adhémar qui reboutonnait son uniforme en claquant des dents.

En sortant elle s'avisa qu'elle n'avait pas pensé aux deux hommes qui tenaient sentinelle dans le petit fortin construit à l'emplacement de la maison des Banistère. Sortis sur la plate-forme, ils s'interrogeaient sur les raisons qui avaient fait jaillir de la maison, comme un diable d'une boîte, la servante de Mme de Peyrac et l'avaient lancée à la remontée du champ plus vite qu'une poule d'eau pourchassée par le renard.

Angélique les avertit, que l'un restât à son poste, que l'autre allât donner l'alarme, après avoir toutefois prévenu en premier lieu les gens de la maison de M. de Bardagne. Que ceux-ci prissent le guet armés derrière la haie de la Closerie, prêts à toute éventualité.

Elle courait maintenant sur les traces de Suzanne. Elle traversa le terre-plein devant le manoir de Montigny et trouva les hommes qui l'occupaient en état d'alerte.

— Votre servante vient de passer en nous avertissant qu'un parti d'Iroquois montait vers Québec, dit le quartier-maître qui les commandait.

En toutes circonstances, il chiquait son tabac avec calme. A tout hasard, il avait envoyé deux hommes alerter les autres postes qui dépendaient de lui. Le restant des hommes s'occupait à hisser sur une planche montée de quatre roues une petite bombarde venant d'un des navires désarmés de Peyrac.

— Nous allons nous porter au-devant d'eux.

Ils tinrent un rapide conciliabule. Angélique préconisait de suivre le rebord du plateau pour les attendre sur les hauteurs. S'ils n'étaient pas encore parvenus jusque-là, les défenseurs pourraient se retrancher dans la métairie de Suzanne, une fois les enfants et la famille ramenés sur Québec, en lieu sûr. Elle avait vu de sa fenêtre flamber Château-Richer, mais l'ennemi n'avait peut-être pas encore atteint Beauport.

— Il faut les empêcher de gravir la côte qui mène vers la ville.

— Où allez-vous, Madame ? cria le quartier-maître en la voyant s'élancer pour les précéder.

— Je vais au-devant d'Outtaké! Il faut que je le trouve. Il faut que je lui parle!

— Comment une femme n'a-t-elle pas peur de ce terrible sauvage? demanda l'un des jeunes mousses, qui était assez effrayé à l'avance de la première rencontre qui s'apprêtait pour lui avec les Iroquois, ces Indiens tant redoutés.

— Elle l'a soigné, blessé et mourant à Katarunk, l'an dernier. Une femme n'a jamais peur d'un homme dont elle a pansé les blessures et dont elle a tenu la vie entre ses mains. Allons, maintenant, dit-il.

Et ils s'engagèrent sur la route assez bien tracée qui menait vers la campagne. Un peu plus loin, ils aperçurent un attroupement au milieu duquel se trouvaient Angélique et Suzanne arrêtées.

— Les Berrichons! leur cria-t-on comme ils approchaient. C'est un p'tit gars de chez eux qu'est arrivé!

L'enfant, hagard, tremblait de tous ses membres, racontait en phrases grelottantes comment une bande de démons panachés avait surgi en silence, encerclé la maison, fracassé les montants des fenêtres à coups de hache car un « engagé » avait mis à temps la barre à la porte. Lui, l'enfant, se trouvait dans la petite cabane à l'écart : le lieu d'aisances. De sa cachette, il avait vu scalper son père, sa mère, son oncle, les « engagés », il avait vu ses jeunes frères et sœurs jetés vivants dans les flammes de leur propre maison.

Suzanne eut un cri d'agonie.

— Mes enfants!

Arriverait-elle à temps pour leur épargner ce sort? Elle reprit sa course, courant comme seule peut courir une fille canadienne qui a dans son hérédité une mère et peut-être une grand-mère qui, elles aussi, ont dû gagner de vitesse sur l'Iroquois soudain surgi le tomahawk levé, alors qu'elles travaillaient aux champs.

Les hommes des demeures avoisinantes commençaient d'accourir portant fusils ou haches. On entendit enfin du côté de Québec sonner le tocsin et des roulements de tambour. Et des coups de mousquet dans le lointain claquaient en direction des récollets.

Angélique, sans égaler Suzanne, courait à en perdre

le souffle. Talonnée par la crainte d'arriver trop tard pour sauver la famille Legagne. Si les Iroquois avaient atteint la concession des Berrichons, c'est qu'ils avaient déjà coupé le promontoire, marchant sur Sainte-Foy et Lorette où ils massacreraient les familles huronnes. A Cap Rouge, Barssempuy les recevrait dans son fort bien défendu. Mais la ville serait encerclée.

En approchant de la lisière du plateau, Angélique entendit crier une femme, c'était Suzanne. Des amis la retenaient, la suppliant de demeurer à l'abri sous le couvert des arbres. De là se découvrait un grand champ en pente au revers duquel on pouvait apercevoir les toits de l'habitation des Legagne. Une âcre fumée montait déjà en tourbillons.

— Mes enfants! Mes enfants! criait Suzanne en se tordant les bras de désespoir.

Elle voulait s'élancer, traverser le champ en direction de sa ferme qui flambait. Mais les hommes la retenaient.

— Tu n'auras pas plutôt sauté hors des fourrés qu'ils te planteront une flèche en plein cœur. Ils sont là. Ils sont partout.

On ne voyait rien encore. Des mouvements furtifs parmi les broussailles ne trahissaient qu'un jeu d'ombres ou de vent et pourtant le bois en face de l'autre côté de la pente se peuplait de présences. Ce n'était pas le moindre des prodiges de la forêt canadienne que ce rassemblement de bouleaux, d'ormes, de hêtres et de sapins aux troncs parfois minces, pût dissimuler derrière chacun d'eux un sauvage aux aguets.

Ils étaient là.

Les hommes avaient mis en position le petit canon et préparaient la mèche.

— On peut leur lâcher deux ou trois bordées dans le bois en face, cela fera de la viande hachée au passage et leur donnera peut-être envie de se retirer. Nous courrons alors jusqu'à la ferme.

— Et s'ils s'élancent au contraire sur nous? Nous allons être submergés... Combien sont-ils? Nous l'ignorons?

— Non! Attendez! Ne tirez pas! dit Angélique.

Elle s'était donné le temps de reprendre son souffle.

Les habitants et soldats qui se trouvaient assemblés à l'abri des arbres ignoraient ce qu'elle avait l'intention de faire. Ils n'en crurent pas leurs yeux en la voyant s'élancer à découvert, les bras levés, présentant l'écharpe de Wampum.

— Outtaké! Outtaké! Donne-moi leurs vies!

Elle se trouva seule dans l'espace dénudé. Exposée, vulnérable, le soleil faisant miroiter ses cheveux et les reflets de sa robe verte.

— Une vraie cible! s'écria quelqu'un. Elle est perdue!

— Non, pas avec ce Wampum entre les mains. Nul n'oserait.

Angélique courait. Malgré la terre durcie et encore glissante, elle se déplaçait avec rapidité pour parvenir de l'autre côté du champ.

— Outtaké! Outtaké! Donne-moi leurs vies!

Tout en courant et criant ainsi, ce qu'elle enregistrait, elle s'en souviendrait plus tard, c'était que l'herbe devant elle perçait la boue de petits brins verts d'une fraîcheur arrogante. Elle courait, en criant et en découvrant, sans la voir, la première herbe de printemps. Elle parvint de l'autre côté. Elle se retrouva au bord du talus abrupt, ne pouvant le franchir. Des volutes de fumée roulèrent vers elle. Derrière le rideau épais où se glissaient en soubresauts des flammes sourdes encore indécises, on voyait s'agiter les silhouettes emplumées des sauvages se livrant au pillage.

« Les Iroquois! Ils sont déjà là! » se dit-elle. Mais elle avait eu le temps d'entr'apercevoir les enfants de Suzanne vivants qui se tenaient au milieu de la cour entourés de guerriers et la vieille grand-mère dans son fauteuil qui agitait sa canne.

Elle revint, toujours courant, vers le milieu du champ.

— Outtaké! Outtaké! Donne-moi leurs vies!

Elle se tournait dans toutes les directions pour lancer son appel car elle était certaine qu'il était là, proche.

Le mousse posa vivement la main sur la manche du quartier-maître. Il tremblait.

— Regarde! Là-haut, frère! En lisière du bois...

Angélique revenait vers eux, elle voulait avertir Suzanne que ses enfants étaient encore vivants. De l'abri des halliers, ils lui adressèrent des signes véhéments, lui désignant le sommet du champ : là-bas! là-haut!

Elle se retourna et elle le vit.

Outtaké, le chef des Cinq-Nations. C'était lui. Sa silhouette, plus courte que celle de Piksarett mais qui donnait pourtant une impression de puissance, se détachait parmi les arbres comme s'il eût été de la même essence. Son immobilité lui conférait une apparence d'idole tutélaire.

C'est ainsi qu'elle l'avait aperçu la première fois à la lisière de la forêt, le soir de Katarunk.

En s'avançant, elle reconnut le haut cimier de sa mèche de scalp mêlée de pointes de porc-épic et de queues de moufettes noires et blanches, dressé sur son crâne d'un jaune-brun rasé de près. Il avait, comme à Katarunk, son collier de dents d'ours, ses pendants d'oreilles peints en vermillon. Sous le bariolage des peintures de guerre, on devinait sa face lisse, impassible, que ne déformait jamais aucun rictus de haine, aucune crispation dans l'effort. Il laissait aux tracés noirs, bleus et rouges dont il se matachiait, le soin d'exprimer à l'ennemi les effrayants sentiments de colère et de détestation dont son âme était remplie. Impassible visage. Impérieuse volonté.

En s'avançant, elle reconnaissait surtout le regard, seule vie noire et brillante qui imposait et transperçait, mais lentement, par sa fixité.

« Quelle cruauté dans ce regard! »

Etait-ce de la cruauté? Sa marche vers lui, le collier de Wampum sur ses mains tendues, la ramenait vers ses premiers jours au Nouveau Monde où ils étaient seuls, elle et Joffrey, face à face avec la forêt, face à face avec les Indiens. Sa vue rendait proche le drame dont il avait été le principal héros par la suite.

Tout cela, à s'en souvenir sous le regard fixe du chef mohawk qui la regardait monter vers lui, l'emplit de courage.

Arrivée à quelques pas, elle commença par déposer le bandeau de porcelaine devant lui à ses pieds, puis se relevant, elle s'interrogea sur ce qu'elle devait faire pour lui témoigner son respect.

« Elle lui a fait la révérence, écrivit plus tard Mlle d'Hourredanne, c'est ce qu'on m'a dit... A ce barbare ! Comme à la Cour ! »

Il ne bougeait toujours pas.

Angélique décida de parler la première.

— C'est une bonne chose de te revoir, Outtaké !

— Parles-tu sincèrement ? fit la voix rauque qui paraissait sortir des arbres.

— Tu le sais.

Un éclair plus meurtrier que celui qui jaillit de la lame d'un couteau traversa le regard d'idole impassible.

— Je voulais TE voir, s'écria Outtaké frémissant de colère, et voici que ce puant renard de Narrangasett, Piksarett, se trouve sur ma route, il casse la tête de mon meilleur guerrier sakahese. Ensuite, chaque nuit, il pénètre dans notre camp pour lever la chevelure d'un guerrier. Ainsi, il exaspère notre colère et nous promîmes d'aller nous venger de ces crimes à Québec.

— Tu savais pourtant que Ticonderoga s'y trouvait et moi-même.

— Je voulais te voir. Mais cela ne m'empêcherait pas de rappeler au passage qu'on ne provoque pas impunément le chef des Cinq-Nations.

Elle se demandait en le retrouvant si farouche, s'il n'était pas devenu encore plus sauvage que l'an dernier. Elle vit à sa ceinture des scalps dont le sang coulait le long de ses jambières de peau.

Outtaké lui lança un bref regard acéré.

— Voici des Français qui ne me tromperont plus,

dit-il. (Puis après un silence.) ... Qui sont-ils ceux-là dont tu veux que je te donne la vie ? s'informa-t-il rogue.

Angélique désigna la ferme au revers du coteau.

— Des femmes, des enfants dans cette habitation.

L'ombre d'un autre sauvage se dessina entre les arbres aux côtés du chef, qui, presque sans remuer les lèvres, dut lui transmettre un ordre.

Peu après, les enfants de Suzanne apparurent en bas, à l'autre bout du champ.

Outtaké regarda s'avancer avec un mépris amer les quatre garçonnets que quelques Iroquois escortaient en riant et en ébauchant une danse du scalp et en lançant des insultes et des moqueries en direction du bois où ils savaient que se tenaient cachés les Français.

Effarés, mais courageux, les petits Canadiens s'avançaient bravement et montaient la prairie pieds nus pour aller plus vite, mais tenant à la main, en enfants dociles, leur paire de sabots. L'aîné, Pacôme, âgé de dix ans, portait sur son bras le bébé d'un an. Ses deux frères plus jeunes se cramponnaient à son sarrau.

— Graine de guerriers, murmura le chef iroquois. Devenus grands, oublieux de ma miséricorde, ils viendront nous poursuivre jusque dans nos vallées pour nous faire la chevelure. Je connais les serpents de fourberie qui dorment en ces cœurs de Normands !

Lorsque les enfants furent proches de l'orée du bois, Suzanne n'y put tenir. Elle se précipita, les attrapa, les arracha en grappe dans ses bras et les traîna tous ensemble pour les mettre à l'abri de la ramée.

Après quoi, une palabre se présenta à propos de la grand-mère. Elle était impotente, ne pouvait marcher, et il était hors de question qu'on pût demander aux Iroquois de la porter vers les siens dans son fauteuil. Angélique eut quelque peine à décider deux volontaires parmi les Français qui s'abritaient sous les arbres.

— Ces coyotes vont nous faire la chevelure...

Enfin le quartier-maître et un vieil homme qui avait été coureur de bois, ce Marivoine qui poussait le cri de guerre des Iroquois lorsqu'il était saoul, s'avancèrent.

Ils eurent droit, tandis qu'ils revenaient portant le

fauteuil où se débattait la vieille très agitée, à un cortège de cabrioles et de quolibets plus fournis encore. Les Iroquois trouvaient ce spectacle d'hommes portant une femme du plus haut comique. Au milieu de la sarabande, les deux volontaires n'en menaient pas large, mais la grand-mère continuait à insulter et à menacer les sauvages de son bâton, ce qui les enchantait. La grand-mère et ses insultes leur plaisaient beaucoup.

Pendant ce temps, la ferme flambait. Suzanne était trop heureuse de serrer contre elle ses quatre enfants vivants pour se plaindre d'avoir perdu la maison bâtie par son père. On reconstruirait... Sa tante et les valets de ferme avaient été tués et scalpés. Mais les petits étaient vivants.

— Mène-les vite à la maison...

Angélique revint vers Outtaké. Et lui-même reculait dans le bois. Il y avait de nouveau le silence à part quelques coups de mousquets lointains. Avait-il déjà donné des ordres ? Les Iroquois s'éloignaient insensiblement, comme reflue la marée.

Au loin les coups de feu s'espaçaient et cessèrent peu à peu.

— Je voulais te voir, dit Outtaké. Je me suis approché de Québec et je t'ai appelée.

— Je sais. Mais tu m'as appelée trop tôt. La ville aurait pu t'appartenir si tu n'avais pas projeté vers moi ton image.

— Qui te dit que je voulais entrer dans cette ville ? Je ne veux pas frapper les Français au cœur. Seulement les avertir de ma ruse et de ma puissance. Pourquoi font-ils alliance avec un putois comme ce Piksarett ? Pourquoi n'ont-ils voulu commercer les peaux de castors qu'avec les Hurons ? Et pourquoi nous ont-ils méprisés ? Peut-être sans la traîtrise de Piksarett n'y aurait-il pas eu de sang versé aujourd'hui.

— Peut-être !

On voyait que l'idée de pénétrer dans Québec lui répugnait. La crainte de l'homme blanc aux morsures venimeuses et toujours renouvelées avait fini par avoir raison de sa foi en eux-mêmes. Leurs ruses ancestrales les plus secrètes, il arrivait que les Français les déjouassent. Aussi se serait-il gardé, affirma-t-il, de pénétrer dans cette ville piège. Le but de l'expédition : TE VOIR.

— Je voulais te voir et tu étais à Québec avec ton époux Ticonderoga. Québec... il faut parfois se prouver que l'on connaît encore tous les chemins. Il y a des lunes et des lunes, j'étais jeune. Les Français sont venus porter la guerre jusque dans les vallées des Mohawks près de Niagara. Nos bourgs des Longues Maisons ont flambé. C'est de cette campagne avec Monsieur de Tracy qu'ils m'ont ramené prisonnier. J'ai vu Québec. Et puis ils m'ont fait traverser l'océan.

Il resta pensif quelques instants comme recherchant les souvenirs de ce qu'il avait connu de l'autre côté de l'océan.

— Ce n'était rien de courir le cerf dans leur bois de Boulogne, dit-il. Ils ont vu que les fils de la vallée des Mohawks avaient les jambes les plus rapides de l'univers et ils disaient « c'est de valeur ! » tous ces Français parmi leurs hautes maisons de pierres où ils se perdent. Mais ensuite ils m'ont envoyé aux galères. Ils m'ont envoyé aux galères, moi Outtaké, fils d'un capitaine des Mohawks, nation des Cinq-Nations de la vallée des trois dieux. Est-ce que tu sais ce que fut ma vie aux galères ? Tout le jour à pousser sur une pagaie géante. L'eau de cette mer était salée comme un acide pour brûler les plaies des hommes... J'étais plongé dans un univers de démons qui sans me voir ni me connaître me harcelaient de leur importune agitation. Leurs barbes étaient immondes. Ils étaient impudiques, hurleurs et sans cesse la proie d'une colère abjecte. L'Oranda, le Grand Esprit, n'existait pas pour eux. Ils étaient incapables d'en concevoir même l'idée. Le Grand Esprit les avait rejetés comme la propre ordure de l'enfer.

Voilà ce que le grand chef lui confia sous les ramures du petit bois dans son français choisi à la tonalité monocorde et jacassante.

— Je te comprends, Outtaké.

Angélique avait de la difficulté à imaginer Outtaké, cet être libre des forêts américaines, plongé dans la fosse puante de la chiourme, parmi ces rebuts d'humanité qu'étaient les galériens et dont l'horrible compagnie semblait l'avoir plus impressionné que les coups de fouet des comites, les chaînes aux pieds, la nourriture immonde, et le labeur pénible de la rame.

Elle se demanda quel pouvait être le fonctionnaire imbécile qui avait perpétré, en envoyant aux galères cet ennemi des Français, une erreur aussi aberrante et lourde de conséquences.

— Mais que fait-elle? Que fait-elle? grommelait, en s'impatientant sous les arbres, un capitaine de la milice qui était accouru avec six bons citoyens armés et que l'on avait retenu de force.

Il fallait attendre, lui disait-on, que Mme de Peyrac ait fini de dialoguer là-bas avec le chef des Iroquois, Outtaké.

— Outtaké? Au bout de mon fusil et je ne le tirerais pas!

— Tiens-toi tranquille! Ils sont nombreux et peuvent nous submerger. Madame de Peyrac tient conseil, tu sais que les conseils des Indiens ça peut durer des lunes.

Le milicien soupirait. Il en avait assez de rester là avec les autres, accroupis comme des squaws autour d'une bombarde inutile, alors qu'on abandonnait le sort de la guerre à une femme.

— Mais que fait-elle? Que fait-elle? De quoi parlent-ils? Peut-on imaginer une aussi fine dame conversant avec un aussi farouche et si crasseux barbare, comme sur le seuil d'un salon? Comment ne lui a-t-il pas encore cassé la tête d'un coup de tomahawk?

— A Katarunk, elle l'a porté dans ses bras, blessé, et a sauvé sa vie. C'est le pouvoir des femmes sur l'homme le plus farouche.

— Monsieur le gouverneur d'Arreboust est venu me délivrer, reprenait Outtaké, continuant pour Angélique la chronique de ses voyages et de ses vicissitudes en ces étranges contrées du Royaume de France. Mais ayant vu où il m'a trouvé, il doit comprendre lui-même que je ne peux être désormais qu'un ennemi des gens de sa race.

Il ne demandait pas d'approbation. Il voulait faire entendre combien était inéluctable la lutte qui l'opposait aux Français.

— Pourquoi ont-ils la force ? C'est-à-dire celle de Satan ?

— Outtaké, je crois entendre dans le son de ta voix comme un regret brûlant. Je sais le conflit qui s'est partagé vos cœurs. Et j'en vois l'expression en ceci : que si tu es l'ennemi des Français, tu n'es pas pour autant l'allié des Anglais. Tu n'aimes pas les Anglais. Tu n'as pas de goût pour soutenir leurs entreprises, ni même leur commerce. Tu n'échanges les fourrures avec eux qu'avec répugnance. Tandis que les Français, c'est autre chose. Tu ne les haïrais pas tant ces Français, Outtaké, si tu ne savais à quel point vous êtes frères et combien aurait pu être bonne l'alliance entre les Iroquois et les Français. Les Nouveaux-Anglais jalousent les Français pour cela. Je les ai entendus se plaindre : « C'est presque incroyable à quel point les Iroquois sont enclins à s'allier aux Français », disaient-ils. Ils déplorent souvent que « la nature semble avoir implanté dans le cœur des Français et des Indiens une affection réciproque... »

— Cela est de valeur, reconnut gravement Outtaké. Il est vrai que si je cherche l'hospitalité, je préfère encore cabaner dans la demeure d'un colon français, fumer avec lui le calumet devant son feu, que d'entrer chez le plus riche propriétaire anglais ou flamand, d'Orange ou de Manhatte. Mais ce sont ces fauves de Hurons qui ont tout emmêlé. Bien avant que les Français n'arrivent, ils avaient décidé de se les garder quand ils viendraient afin de les entraîner contre nous avec leurs bâtons à feu. Ils ont réussi à convaincre Champlain et nous avons été ennemis à jamais. C'est pourquoi nous exterminerons les Hurons jusqu'au dernier. Et pour les Français je dirai volontiers : il est trop tard. Le cours du fleuve ne peut remonter de lui-même à sa source. Mais vous êtes venus, Ticonderoga et toi, Kawa, vous qui êtes Français d'une autre espèce, vous êtes venus sans adopter les rancunes des vôtres. C'est pourquoi vous qui êtes venus les mains pures du sang de nos frères et qui avez essayé d'éviter le sang entre nous et nos frères d'âme les Français, vous nous apportez l'espoir. Je ne trahirai pas ta confiance et je ne rendrai pas vains vos efforts qui, à Katarunk, vous ont fait tenir tête à l'armée iroquoise assoiffée de vengeance avec votre seul courage, craignant moins la mort que de voir trahie l'alliance. Oui, tu as raison, Kawa. Je sais où se trouve la racine du feu qui nous consume. Nous sommes trop proches avec les Français, trop semblables, dans le courage comme dans la ruse. Nous ne cessons dans nos guerres de rivaliser de cruauté et de traîtrise. A qui trompera l'autre. A qui se montrera le plus audacieux, et le plus habile. Que dis-tu de ma surprise d'aujourd'hui ? On annonce les Iroquois dans le sud, Tahountaquéte, chef des Ouneïouts, envoie des émissaires. L'armée d'Onontio va au-devant du grand Outtaké. Mais, pendant ce temps, le grand Outtaké a franchi avec mille guerriers le Saint-Laurent, là où il saute comme un petit torrent à peine différencié des rivières, et par le pays des Missiquois, il a gagné la rivière des Outaouais... Il passe sans déprédation et épargne ces Outaouais primitifs et sots, afin que l'alarme de ce passage ne soit point portée aux Français. Les canots sur la tête ou portés par dix ou douze braves selon la taille, ils vont, franchissant les saults, de rivières en lacs, et malgré les fondrières de l'hiver, les glaces encore présentes, Outtaké gagne les sources de la rivière du Gouffre, découvre le Saint-Laurent à la Baie Saint-Paul, y jette ses canots enfin libres de suivre les courants, et arrive sous Québec PAR LE NORD... Est-ce bien ainsi que les choses se sont passées ?

— C'est bien ainsi que les choses se sont passées, acquiesça-t-elle.

— Nul n'y a songé ?

— Nul n'y a songé

— Même pas toi ?

— Même pas moi.

— Ni Ticonderoga ?

Elle eut une hésitation.

— Je ne peux savoir ce qu'il a songé... Mais il est parti vers le sud avec Onontio. S'il soupçonna que tu devais venir par le nord, il ne parla pas.

Outtaké affecta une expression condescendante.

— Ne soyez pas humiliés, Blancs, de voir vos dons de divination et de prescience mis en défaut par un Indien comme Outtaké. Il n'est pas un Indien comme les autres. Il est le dieu des nuages, qui converse avec l'Oranda. Il y a d'excellents devins, jongleurs et vision-naires, parmi vous, qui voient et devinent, flairent le vent, et comptent avec l'invisible. Mais Outtaké est le plus fort pour brouiller les esprits à distance, les endormir, les égarer, et Dieu sait que l'esprit des Fran-çais se laisse facilement égarer.

Il eut un rire indulgent et dédaigneux comme s'il avait parlé à des enfants étourdis.

— ... Je vins donc, et je fus aux portes de Québec avec mon armée, comme l'eau se répand dans les roseaux au temps des pluies et que la rivière est sou-dain au seuil des cabanes sans qu'on l'ait vue s'avancer. Et je dis : Québec se souviendra de ce jour où j'ai tenu sa vie dans mes mains.

— Québec se souviendra de ce jour, répéta-t-elle.

Anxieuse, elle pensait aux colons de la côte de Beau-pré et de l'île d'Orléans qui avaient reçu le premier choc et se demandait avec angoisse à quelles têtes appartenaient les chevelures sanglantes qu'il portait à sa ceinture. Guillemette ? Les enfants de Saint-Joa-chim ?

— Ne t'attriste pas, Kawa, fit-il ayant suivi son regard. L'homme ne prouve qui il est qu'en ayant le courage d'affronter et de donner la mort... Et, ce qui est pis, d'affronter de tout perdre de son œuvre, de ses titres et de ses richesses. Il donne la mort mais il com-mence par se la donner à lui-même, en la prévoyant comme possible. Il porte des blessures à son ennemi, mais il a commencé par se porter des blessures à lui-même, par la perte anticipée de tout ce qui lui est cher et qu'il met dans la balance de son combat. Tel est le destin de l'homme depuis qu'il naît au monde.

Il étendit ses bras musclés, oints de graisse d'ours et cerclés de petits bracelets de plumes.

— Vois! Nos corps et nos cœurs sont couverts de cicatrices, c'est le destin de notre chair.

Suivant du regard son mouvement, elle leva les yeux, et en même temps, elle aperçut aux branches arides des arbres de l'hiver, une multitude de gouttes vertes qui perlaient. Les premiers bourgeons.

Un vent d'une douceur de zéphir passait. Le silence était trop complet. Les guerriers du chef iroquois s'étaient éloignés et, en le voyant seul près d'elle, elle fut saisie d'une crainte.

— Prends garde qu'on ne te capture! dit-elle en regardant de tous côtés.

La face d'Outtaké se fonça et il reprit son apparence terrifiante, ses yeux lançaient des éclairs.

— Veux-tu dire qu'on oserait porter la main sur moi alors que je suis en train de débattre de la paix avec toi et avec une écharpe de Wampum d'une telle valeur entre nous?

Il frémissait d'indignation.

— ... Vois à quel degré de félonie peuvent atteindre tes frères les Français, puisque toi-même tu peux les croire capables de commettre un tel déshonneur!

Il gronda et, avançant le bras, il posa sur l'épaule d'Angélique sa main graisseuse, maculée du sang des scalps qu'il avait le matin même « levés » sur des crânes de Français, ces frères maudits, trop aimés, trop redoutables, trop décevants...

— ... Qu'ils prennent garde eux aussi! Je peux t'emmener en otage.

— Non! protesta-t-elle. J'ai parlé ainsi parce que j'ai craint pour toi, mais j'ai parlé comme une femme... sans réfléchir.

— Tu as craint pour moi? répéta-t-il en s'adoucissant.

— Oui! Parce que je me suis aperçue que tes guerriers s'étaient éloignés et que tu te trouvais seul. Mais je connais ta force. J'ai mal jugé de mes frères et me suis mal conduite en doutant de leur loyauté. Personne ne prépare de piège à ton endroit, Outtaké, j'en fais le serment. Ce jour n'est pas celui de la ruse et de la trahison. La population de Québec est sans défense car beaucoup de soldats sont partis avec le Gouverneur. Les femmes et les enfants de Québec te béniront pour ta générosité si tu renonces à accomplir sur eux ta vengeance.

— Je n'irai pas plus loin que la lisière de ce champ, affirma-t-il avec force. Telle est ma volonté pour te complaire.

Dans le bois en face, ils avaient tressailli en voyant la main du sauvage se poser sur l'épaule d'Angélique.

— Il a porté la main sur elle !

— Il va l'emmener en captivité !

Mais le quartier-maître du *Gouldsboro* continuait à mâcher sa chique de tabac et à prêcher le sang-froid.

— Ne compliquez pas la mission de Madame de Peyrac. C'est une personne qui sait ce qu'elle fait, comme son époux notre amiral.

Et Jacques Vignot, le charpentier qui se trouvait parmi eux, ricana.

— Elle en a vu d'autres, l'an dernier à Katarunk. J'y étais. — Il tira sur ses cheveux. — J'ai donné moins cher alors de cette tignasse-là, qu'aujourd'hui, et pourtant nous en sommes tous sortis.

Outtaké avait retiré sa main de l'épaule d'Angélique.

— Telles sont mes intentions, je t'en informe. Je vais rejoindre Ticonderoga et Onontio. Mes deux grands frères français sauront-ils retenir ces bâtards de Hurons et d'Abénakis, acharnés à vouloir détruire notre peuple, le Peuple de la Longue Maison ?

— Ils les retiendront. Abénakis et Hurons leur obéiront. Outtaké, tu es resté trop longtemps éloigné du côté de ton fief de Niagara, à garder le grand sault qui protège votre vallée secrète... Tu ne vois plus comment se distribuent les forces des nations indiennes. Les Hurons, par vos coups, peut-être, mais c'est ainsi, ne sont plus qu'un peuple décimé et ne peuvent subsister qu'à l'ombre des Français. Les Abénakis sont des baptisés pour la plupart. Ils sont moins ennemis de l'Iroquois qu'alliés des Français.

— Hon! grogna-t-il. Je me méfie des Abénakis que la Robe Noire a dressés contre nous. Ils sont nombreux, grands guerriers sans parole... Vois Piksarett, cette belette sournoise...

— Ne le nomme pas... Tu sais, toi-même, qu'il est en dehors des traités. Ne fais pas porter un trop lourd fardeau à ton peuple, par la manœuvre d'un seul. Tu connais Piksarett? Il est comme le glouton, le diable des bois. Il est seul et ne poursuit qu'un but, le sien, et nul ne sait quel est ce but...

Les yeux du Mohawk se plissèrent jusqu'à n'être qu'une mince fente brillante et mouvante comme le mercure. C'était sa façon de sourire ou de marquer sa gaieté.

— Je vois que tu nous connais bien, tous tant que nous sommes, Indiens, peuple des forêts. Soit, je me rends à tes raisons. Je n'en veux pas à Piksarett.

— Et tu lui es même reconnaissant de t'avoir donné une raison pour venir sous Québec, manifester ta force et l'habileté de tes campagnes.

— Tu nous connais bien! approuva encore l'Iroquois avec satisfaction.

Ses traits continuaient de s'éclairer de cette onde de sourire amusé.

— Ce fut ainsi, je n'en disconviens pas.

Il resta silencieux.

Puis il désigna le collier de Wampum à leurs pieds.

— Reprends ce collier et continue à garder par lui la parole des Mères des Cinq-Nations. On saura désormais qu'il est bon d'être de vos alliés. Et la paix pourra régner encore aux rives de la Mohawk. Et maintenant, je vais aller vers Onontio et Ticonderoga. Je vais réclamer les « rassades » et les « branches » des traités par lesquels ils doivent m'assurer de leur parole.

— Je sais qu'ils ont emporté de nombreux Wampums et plus encore de cadeaux à te remettre.

— J'aime à l'entendre. Et toi, femme, reprends ce collier. Garde-le comme un signe entre nous. Au moins, tant que tu vivras et qu'il y aura ce collier entre nous, il y aura de l'espérance. J'ai dit !

Angélique se pencha pour ramasser l'écharpe de coquillages dont le dessin sur fond blanc représentait les Mères du Conseil iroquois, rangées autour de leur présidente, envoyant une pluie de haricots destinés à nourrir les Blancs de Wapassou qui allaient mourir de faim dans leur fort de bois, isolé par l'hiver.

Lorsqu'elle se releva, Outtaké avait disparu. Il s'était effacé comme une ombre sans qu'elle ait surpris un frôlement de son pied sur le sol, ni le craquement d'une ramille écartée.

Et l'on aurait cru avoir rêvé le passage des Iroquois sans cette odeur de fumée et de chair brûlée qui montait du ravin.

Son Wampum roulé sous le bras, Angélique redescendit le champ en pente. Elle se sentait légèrement abasourdie. « Ce ne sont que de pauvres sauvages, se dit-elle, de pauvres sauvages déconcertés, inquiets, cherchant l'Etoile de leur univers bouleversé. »

Elle marchait les yeux baissés et, cette fois, elle voyait nettement, elle voyait partout devant elle ces petits brins d'herbe froissés qui pointaient entre des morceaux de glaise dure que leur force frêle avait repoussés.

— Et maintenant, la voilà qui s'en revient comme si elle était allée cueillir la primevère, chuchota le milicien confondu.

On leur avait bien dit que la Dame du Lac d'Argent n'était pas comme les autres. « Oui ! Certain ! Elle n'était pas comme les autres ! »

Angélique découvrit le sous-bois rempli de têtes avides, de faces stupéfaites, car tandis qu'elle palabrait là-haut avec Outtaké, le contingent des défenseurs s'était grossi de tous ceux qui, pouvant porter armes, avaient couru vers les points menacés pour défendre les arrières de la ville.

— Outtaké m'a donné sa parole, leur dit-elle. Il se retire. Il épargne Québec. Il ne reviendra pas.

Comme elle revenait vers la ville, entourée de ceux qui avaient assisté à sa rencontre avec le chef des Iroquois, une femme sortit d'une maison pour se jeter à ses genoux.

— Vous êtes allée au-devant de ce barbare, comme sainte Geneviève au-devant d'Attila. Vous avez sauvé la ville comme elle sauva Paris... Dieu vous bénisse !

C'est ainsi que Mlle d'Hourredanne présenta les choses dans un courrier qui se révéla une véritable chronique heure par heure.

La Haute-Ville était dans l'agitation. Il arrivait sans cesse des nouvelles de différents points de la bataille vers lesquels s'étaient portés spontanément, et sans avoir le temps de requérir des ordres, tous ceux qui, dans un instant de leur vie quotidienne, avaient été saisis, avertis, de ce qui se tramait. Certains par un pressentiment, d'autres par une odeur, une rumeur lointaine, un aspect du ciel. Avec l'Iroquois comme avec l'incendie, c'était une question de rapidité. Il fallait courir sus sans attendre...

La Basse-Ville sur son front de mer et la Mi-Ville à mi-côte demeurèrent presque à l'écart du drame malgré le tocsin. Le temps de monter s'informer et déjà les défenseurs refluaient, ramenant leurs blessés, entourant les rescapés des massacres environnants qui, par miracle, s'étaient cachés ou s'étaient enfuis à temps.

Suzanne vint au-devant d'Angélique en criant de loin :

— Il est sauvé ! Il est sauvé !

— Qui ?

— Notre Cantor !

C'est ainsi qu'Angélique apprenait en même temps qu'une escouade composée des jeunes gens de la Haute-Ville s'était portée en courant à la rencontre des Iroquois, qu'elle avait été décimée dans un combat corps à corps à coups de hachettes et de tomahawks, mais que Cantor qui en faisait partie revenait sain et sauf.

Elle défaillit de peur rétrospective et de soulagement.

— Madame, venez vite vous asseoir dans la maison.

Le jeune Alexandre de Rosny avait été tué et aussi un fils de seize ans de M. Haubourg de Longchamp.

Le but des jeunes gens qu'entraînait Cantor avait été de se porter au secours d'une bastide, construite aux avancées de Québec par M. de Peyrac, et où trois de ses hommes luttaient, interdisant le passage à coups de mousquets. Ils allaient être submergés lorsque les jeunes arrivèrent. Leur intervention avait permis de tenir en respect plus de deux cents Iroquois, sauvant ainsi les campements des Hurons de Lorette et de Sainte-Foy qui avaient eu le temps de se retrancher sous les directives des pères jésuites qui desservaient leurs paroisses.

Soudain, les Iroquois s'étaient retirés dans les bois et avaient disparu.

Angélique s'informa des ursulines et de leurs enfants. Dès la première alarme, le monastère avait été aussitôt entouré de soldats et de défenseurs, mais l'ennemi n'ayant pu avancer au-delà de la bastide des gens de Peyrac, du côté de Sainte-Foy toute la ville en fait était restée calme. Pour l'heure aux Ursulines, les religieuses s'y livraient à l'action de grâces, tandis que les enfants mangeaient leurs tartines de mélasse comme d'habitude.

Dans la maison, il y avait beaucoup de monde, les enfants de Suzanne qu'on réconfortait, le voisinage qui s'informait. Angélique monta et s'enferma dans sa chambre, comme elle l'avait fait quelques heures auparavant, dans un moment qui paraissait incroyablement lointain.

Cantor était sauvé. La ville était sauvée. Outtaké s'était retiré.

Elle jeta le collier de Wampum sur son lit et le contempla de loin comme dans un rêve : « Merci ! Merci ! aux Mères des Cinq-Nations », dit-elle, une bonne fois comme pour en finir. « J'irai un jour dans la vallée des cinq lacs pour les remercier. »

Elle était épuisée. Comme dédoublée. C'était arrivé et le pire danger était passé. Mais elle n'était pas heureuse. Ses yeux tombèrent sur les débris du petit réchaud de faïence qu'elle avait brisé dans un accès de colère impuissante et le souvenir lui revint de la catastrophe qui n'avait cessé de la ronger en sourdine et de lui mordre le cœur, tandis qu'elle courait au-devant d'Outtaké pour l'arrêter, comme sainte Geneviève au-devant d'Attila. Mais sainte Geneviève, elle, n'avait pas au cœur une peine si cuisante. La douleur se réveillait comme celle d'une blessure engourdie par le choc.

La vie allait reprendre et avec elle il lui faudrait faire face à une vision corrosive. Joffrey la trahissant. Joffrey penchant vers Sabine de Castel-Morgeat ce même sourire qui la bouleversait. Lui... Lui, qui était son tout. Sans lequel elle ne pouvait vivre, il ne l'aimait plus, elle l'avait lassé...

Là, sa pensée s'arrêta, car elle trouvait à ce qu'elle imaginait un ton faux. Déclarer qu'il ne l'aimait plus et qu'elle l'avait lassé, c'était de la mauvaise tragédie qui rendait un son creux. Cela ne valait pas plus que si on avait voulu la convaincre que Nicolas de Bardagne avait pour elle plus d'importance que Joffrey. Or, elle l'aurait volontiers rayé d'un trait de plume, effacé d'un souffle si elle l'avait pu, le pauvre Bardagne.

Mais Lui ! Lui ! c'était différent. Il n'était pas comme une femme étourdie... Elle fut exaspérée à l'idée qu'il eût pu éprouver du désir pour Sabine de Castel-Morgeat, d'autant plus qu'elle avait été la première à remarquer la beauté originale de la grande dame toulousaine. Elle était parvenue à ses fins, l'hypocrite ! Alors qu'elle-même chaque jour se croyait plus assurée de l'amour de son mari et s'épanouissait dans son rayonnement, la belle dame toulousaine s'occupait de le détacher d'elle.

« Bien fait pour toi ! Ça t'apprendra ! »

La catastrophe forait son trou brûlant dans son cœur. Jamais plus... jamais plus rien ne serait comme avant. Elle ne pouvait détacher les yeux de ces débris de son rêve à ses pieds, signe d'une réalité que le jeune Anne-François vindicatif lui avait jetée au visage dans une aurore si belle. Quand cela ? Il y avait très longtemps dans une autre vie... Une autre vie si belle ! si belle ! Et qu'elle avait perdue...

Une voix l'appelait au-dehors, avec des accents déchirants.

— Angélique! Angélique!

Une voix détestée.

— Angélique! Angélique! Par pitié!

La voix se rapprochait montant de la rue. La voix de Sabine de Castel-Morgeat.

Angélique redressa la tête, ne pouvant en croire ses oreilles. Comment osait-elle, la misérable!

L'appel maintenant ne venait plus de la rue mais de l'intérieur même de la maison. De grands cris mêlés de sanglots qui s'élevaient au sein d'une rumeur de voix apitoyées, prodiguant des adjurations au calme et à l'espérance, des mots de conseil et de consolation, de grands cris mêlés de sanglots.

— Angélique! Angélique! Au secours!

Angélique sortit lentement de sa chambre et vint sur le palier d'un pas tremblant qui se posait comme sur un sol cotonneux. Elle aperçut, en bas, dans la grande salle, parmi les bonnets blancs des commères, de Suzanne et de Yolande, parmi les soldats et les voisins tenant encore leurs mousquets en main, les enfants et les rescapés enveloppés dans des couvertures devant le feu et que l'on réconfortait à coups de bols de cidre, de soupe et de vin chaud, elle aperçut Sabine de Castel-Morgeat qui tendait les bras vers elle.

— Angélique! Venez! Venez vite! Je vous en supplie! Anne-François! Mon fils! Mon enfant! Il est terriblement blessé! Il se meurt! Nul chirurgien n'ose approcher ses plaies... Vous seule! Vous seule pouvez le sauver!

Angélique penchée au-dessus de la balustrade de l'escalier se cramponnait des deux mains à la rampe et fixait sur Mme de Castel-Morgeat des regards fulgurants. Elle n'avait rien entendu.

— Comment osez-vous franchir le seuil de ma maison? Et m'adresser la parole après ce que vous m'avez fait? dit-elle d'une voix étouffée. Comment avez-vous seulement le front de vous présenter devant moi sans rougir?

Sabine déjà pâle devint livide. Ses prunelles dilatées

s'attachèrent à la physionomie d'Angélique comme si elle était la proie d'une apparition effrayante. Et elle comprit qu'il était arrivé ce qu'elle n'avait cessé de craindre : qu'Angélique n'apprît un jour cet unique moment de faiblesse hors du temps et de la vie qu'elle avait connu dans les bras de Joffrey de Peyrac. Ce moment qui n'appartenait pas à la vie, à leurs vies, et qui ne changeait rien ou si peu au cours des choses. Sauf qu'elle, Sabine, avait été sauvée.

Trop bouleversée par le danger mortel dans lequel se trouvait son fils, elle n'eut pas le temps de feindre comme l'autre fois, de se redresser en protestant contre l'accusation.

Et Angélique, voyant se peindre sur ses traits tous les symptômes de la culpabilité, sentit son cœur s'arrêter, se figer comme serré dans une poigne de glace.

Elle n'entendait plus rien. Un grondement de torrent ronflait à ses oreilles, emplissait sa tête. Elle se cramponnait à la rampe pour ne pas tomber.

Les paroles suppliantes de Sabine ne lui parvenaient plus.

— Angélique, ne refusez pas de sauver mon fils... Ne condamnez pas mon enfant à cause de moi ! Mon seul fils, mon amour, ma vie !

Elle n'entendait que cette voix honnie qui disait des mots effrayés, parmi lesquels se glissait celui d'amour.

— Taisez-vous !

Sentant la partie perdue et folle de crainte pour son fils, Sabine se laissa glisser à genoux sur le dallage, levant vers Angélique ses mains jointes si serrées que ses doigts blanchissaient, translucides.

— Pardon ! Pardon !

Et Angélique lui en voulut à mort. Par son abaissement qui était un aveu, Sabine ne lui laissait même plus l'espoir d'un doute. Elle avait toujours su que c'était vrai. Pourtant, à cet instant qui la condamnait sans rémission, elle crut mourir de douleur.

— Vous m'avez pris mon mari ! hurla-t-elle.

« Imbécile ! songeait-elle, tu sais bien qu'elle ne t'a rien pris du tout. » Mais elle ne se possédait plus. Il fallait qu'elle trouvât quelque chose à crier sinon elle allait étouffer de rage et de chagrin.

— Taisez-vous! Relevez-vous! Et quittez ma demeure! Vous me répugnez!

Sabine continuait à lever vers elle ses deux mains jointes tremblantes.

— Venez! Venez! répéta-t-elle d'une voix brisée qui avait de la peine à franchir ses lèvres.

— Non!

— Mon fils! Mon enfant! Ma fierté!

— Non!

— Il va mourir...

— Eh bien! qu'il meure, ce petit crétin!

Madame de Castel-Morgeat demeura sans voix. Frappée au cœur, elle se vit au sein d'un cauchemar où s'effondrait son instable univers, malgré tout tant aimé. Elle vit dans cette femme qui se penchait vers elle une inconnue cruelle, ce n'était pas Angélique. Angélique avait disparu. Peut-être n'avait-elle jamais existé? Bientôt Anne-François aussi ne serait plus qu'une ombre loin d'elle.

Elle laissa retomber ses mains. Elle se releva péniblement. Debout au milieu du cercle muet des assistants médusés, elle cherchait des yeux le moyen de rompre l'emprisonnement de ces regards et de fuir.

Quelqu'un se précipita pour lui ouvrir la porte sur la rue.

Il lui fallait retourner vers Anne-François, le retrouver avant qu'il ne la quitte. Il avait besoin d'elle. Il l'appelait peut-être.

Elle traversa la salle, descendit les marches qui menaient au petit vestibule et sortit. On s'écartait devant elle comme devant le symbole du deuil, du désespoir et de la malédiction.

Lorsqu'elle eut quitté la maison le voile qui brouillait la vue d'Angélique parut se dissiper. Elle se retrouva au sommet de son escalier dominant l'assemblée qui ne soufflait mot.

Il lui apparut qu'elle n'avait jamais tant dit et tant fait de sottises dans un si court instant. Et devant l'expression de stupeur des personnes présentes, l'idée lui vint que son infortune n'avait jamais été soupçonnée de quiconque, en dehors des protagonistes, de la Delpech et du fils jaloux, et que c'était elle qui venait — en chaire, pour ainsi dire — d'en informer Québec.

Tant pis. D'avoir crié lui avait fait du bien. Soudain elle prenait conscience des regards levés vers elle, emplis d'ahurissement, d'incompréhension. Des visages simples et candides.

Sa colère l'abandonnait, la laissant vidée de rancœur, ne sachant même plus pourquoi elle avait eu si mal. Il n'y avait vraiment pas de quoi. Elle était lasse.

Elle avait dit des choses horribles : « Qu'il meure, ce petit crétin ! »

Elle imagina Florimond mourant, perdant la vie qu'il aimait tant. Son regard chercha celui de Suzanne, la femme courageuse si franche, si jeune, si « nature », une sœur de cœur à son image.

— Suzanne, que dois-je faire ?

— Madame, vous ne pouvez laisser mourir ce bel enfant.

Angélique haussa les épaules. C'était bien là une protestation de mère. Les mères, elles étaient toutes les mêmes. Comme elle ! Elles aimaient la beauté. Tout être jeune était beau, le prolongement de la vie qu'elles avaient donnée, défendue. La mort d'un homme les frappait dans la continuité de leur œuvre et le sens de leur combat. Souvent avec le fils qui disparaît c'est l'échec d'une vie de femme, le non-sens de tant de soins et de rêves.

— Je vais le faire, dit-elle, mais que c'est dur, Suzanne, que c'est dur !

— Madame, vous le pouvez.

— Donne-moi ton Pacôme pour me porter mon sac...

Elle entra dans son cabinet aux plantes, choisit ce qui lui était nécessaire.

Suzanne lui mit son manteau sur les épaules.

Dans la rue, Angélique fut surprise d'apercevoir Sabine de Castel-Morgeat ayant à peine dépassé la maison de Mlle d'Hourredanne. Ecrasée par la douleur, elle n'avançait qu'à pas défaillants, courbée en deux comme une vieille femme, et devant s'appuyer au mur.

Angélique la rejoignit et lui prit le bras en disant :

— Dépêchez-vous !

Avec le petit Pacôme, chargé du sac de médecine, courant sur leurs talons, la Haute-Ville les vit ainsi passer, ce qui infirmerait plus tard les ragots faisant état d'une terrible querelle qui aurait éclaté entre elles.

En chemin, Angélique s'informa des blessures d'Anne-François.

— Il est blessé au ventre. Et comme vous avez recousu...

— Toutes les blessures ne sont pas les mêmes... Rien ne dit que je pourrai, cette fois, quelque chose...

Dans la grande salle du conseil du château Saint-Louis on avait posé des paillasses à terre et on y avait amené les premiers blessés dont le jeune Castel-Morgeat. Les dames de la Sainte-Famille, Mme de Mercouville à leur tête, avaient apporté tout ce qu'il fallait pour les premiers soins.

Elles rapprochèrent tables et escabeaux de l'endroit où gisait le blessé, déposèrent cuvettes et linges, tandis que l'on apportait des cuisines des chaudrons remplis d'eau.

Il était difficile de comparer le cas du jeune homme à celui d'Aristide. Ses blessures étaient multiples et il avait reçu des coups à la tête. Il n'était pas imbibé d'alcool comme le vieux pirate, ce qui n'avait pas nui à celui-ci et semblait avoir aidé à sa guérison. Mais il n'avait pas attendu aussi longtemps les tripes à l'air que le frère de la côte. En agissant vite, on pouvait espérer que sa jeunesse saine et robuste ferait le reste.

— Qu'attendez-vous ? Qu'attendez-vous ? gémissait Sabine de Castel-Morgeat en se tordant les mains.

Angélique eut envie de la faire enfermer à double tour en quelque chambre éloignée. Elle bouleversait les courants bénéfiques qu'elle essayait d'établir autour du blessé par sa pensée confiante. Elle fit signe à Mme de Mercouville et lui murmura que si quelqu'un pouvait s'occuper de Mme de Castel-Morgeat, ce serait charité.

— J'y vais.

— Non ! J'ai besoin de vous.

— Je m'en charge, dit la douce Mme de Beaumont.

— Je vous accompagne, renchérit Bérengère-Aimée de La Vaudière.

C'était méritoire de sa part. Elle n'aimait pas se sacrifier, ni manquer le premier rôle. Mais toutes ces horreurs, ce sang, ces plaies la faisaient défaillir.

Une seule personne n'aurait pu venir à bout de Mme de Castel-Morgeat rivée au chevet de son fils. Mais elle ne put résister à deux. Bérengère eut aussi l'idée d'envoyer chercher Mme Le Bachoys. Toutes trois elles entraînèrent Mme de Castel-Morgeat à l'église, prièrent une bonne heure avec elle, mais comme on amenait les morts pour l'absoute au milieu des sanglots et que le glas commençait de sonner à notes lugubres, elles l'emmenèrent aider à l'installation des réfugiés, puis à l'Hôtel-Dieu où elles aidèrent à préparer les marmites de soupe qui s'imposaient.

Angélique s'était mise au travail. Tandis qu'elle faisait bouillir les plantes et trempait ses instruments de chirurgie dans son bocal d'*Aqua Vitae*, Mme de Mercouville la remercia intensément à mi-voix de lui avoir sauvé la vie ainsi qu'à plusieurs de ses enfants.

— J'ai fait de mon mieux, dit Angélique. Le chef iroquois m'avait des obligations. Je pouvais espérer qu'il m'écouterait.

— Ce n'est pas cela !

Mme de Mercouville parlait d'une intervention plus directe, plus personnelle : la rencontre qu'ils avaient faite d'elle alors qu'ils descendaient au port avec les pièces du tabernacle de sainte Anne et qui avait déterminé ce petit furet d'Ermeline à se précipiter à sa suite leur avait fait manquer le premier bateau. Deux de ses enfants qui étaient déjà montés à bord étaient redescendus à quai, pour attendre leur mère et la nourrice. Or, le bruit courait que la grande barque en question avait été assaillie au large de l'île d'Orléans par une nuée d'Iroquois dont les canots avaient soudain surgi de derrière un promontoire et que tous ses occupants avaient péri.

— *Deo gratias !*

La main de Dieu était sur les survivants épargnés par le hasard d'une rencontre bénéfique, la sienne.

Elle devait passer plusieurs heures au chevet du jeune Castel-Morgeat. Des nouvelles arrivaient, qui bourdonnaient autour d'elle et de son aide compétente, Mme de Mercouville.

On racontait que les barbares avaient dû contourner le couvent des récollets solidement défendu par ses moines dont Loménie avait pris le commandement. Cette résistance avait retardé l'avance de l'ennemi et lui avait causé beaucoup de dommages. Ville d'Avray pleurait son bel Alexandre.

— Mon enfant! Mon enfant! répétait-il.

On avait évité de lui montrer le corps, car le courageux adolescent avait été scalpé, mais le marquis s'en doutait, et sa douleur redoublait à la pensée de cette chevelure blonde pendue à la ceinture d'un sauvage.

Les mères ursulines avaient fait dire qu'elles gardaient à dormir les petites élèves de la ville, afin de leur éviter de rentrer dans des maisons bouleversées par des deuils et la triste vue des blessés et des morts.

Honorine devait être enchantée de cette diversion à la vie quotidienne. On saurait plus tard qu'elle avait solidement attendu l'Iroquois avec son arc et ses flèches.

Les hommes de Peyrac qui avaient pris part à la défense de la ville furent acclamés dans les cabarets où on les entraîna pour leur payer des tournées sans nombre. Le pieux Marivoine ne cessait de faire le récit de la rencontre de Mme de Peyrac et de l'effrayant chef des Cinq-Nations.

— Si vous l'aviez vue avec son collier de Wampum, courant partout comme une hirondelle verte...

— Tu as connu des hirondelles vertes, toi?

Angélique parvenait enfin au bout de son labeur. Il lui avait fallu réduire chaque blessure l'une après l'autre, prévenir leur évolution, soutenir les forces du jeune homme inconscient. Le jour tomba alors qu'elle coupait à la lueur des premiers flambeaux le dernier fil qu'elle avait passé pour rapprocher les bords béants d'une plaie ouverte à la cuisse par un coup de hache. Puis elle barda d'emplâtres de mille-feuilles et de consoudre, cataplasmes à la fois émollients et cicatrisants.

Sabine de Castel-Morgeat était venue se rasseoir auprès de son fils. Elle était calme, voyant qu'il respirait encore et paraissait moins souffrir.

Mme de Mercouville partit voir sa maisonnée.

Bérengère proposa d'aider au rangement.

M. d'Avrensson, le major commandant Québec en l'absence de M. de Frontenac, vint s'informer de l'état du blessé.

Angélique se lavait les mains. Elle était épuisée. Elle but coup sur coup deux grands verres d'eau fraîche et se sentit mieux.

Puis un jeune soldat entra d'un air affolé en disant que les Iroquois, poussant leur cri de guerre, et remontant le fleuve dans leurs canots, s'avançaient sur la ville.

82

C'était impossible, lui répliqua-t-on. Les Iroquois étaient partis.

Oui ! Mais ils revenaient, dit-il. Ils revenaient par le fleuve.

— Outtaké m'a donné sa parole, s'écria Angélique.

— Venez voir !

Le soldat les entraîna sur la grande terrasse qui courait tout au long de la façade sud du château, dominant le Saint-Laurent et permettant d'observer un vaste cercle d'horizon.

Vers le nord-ouest, là où gîtait l'île d'Orléans, au fond d'un crépuscule bleuâtre plus opaque d'être imprégné des fumées qui continuaient à s'y accumuler, s'élevant des ruines des hameaux et des habitations, des myriades de lumières semblaient danser, s'allumant et s'éteignant comme des lucioles.

Un grondement sourd s'élevant à intervalles réguliers roulait par vagues jusqu'à eux.

— Ecoutez! Leurs « sassakoués »! Leurs cris de guerre! dit le jeune soldat, tremblant.

On aurait aimé lui démontrer que le roulement était celui de l'orage, et ces lueurs traversant la nuit et pointillant la surface de l'eau par intermittence, des éclairs. Mais, las, il fallait déchanter.

S'éclairant de torches, plusieurs canoës débouchaient des deux bords de l'île d'Orléans et convergeaient pour se rassembler au milieu du fleuve à la pointe sud de l'île.

L'agitation de la ville se manifesta. Les fenêtres s'ouvraient. Un murmure naquit, s'amplifia en bouffées chaotiques et inquiètes, que perça soudain venant de la Basse-Ville un long cri aigu de femme effrayée.

« Ils reviennent! »

On aurait voulu croire aussi qu'il s'agissait encore d'une démonstration spectaculaire d'intimidation, voire d'adieu.

Mais la masse au loin bougeait et l'on devina qu'une fois rassemblée dans le fond de la nuit, maintenant profonde, la flottille iroquoise s'ébranlait et entreprenait sa marche vers Québec. On ne pouvait plus douter de leur progression. Les cris se faisaient plus audibles. Il y avait parfois une interruption dans ce grondement continu, un point de silence, puis montait et roulait longtemps une nouvelle explosion de clameurs.

Dans la Haute-Ville, du côté de la Place d'Armes, une rumeur de panique battit les portes devant la cour d'honneur du château Saint-Louis. Les femmes et les enfants des Hurons du campement Sous-le-Fort, désertant leurs wigwams et leur palissade, suppliaient qu'on les laissât entrer se mettre sous la protection des soldats du gouverneur.

— Qu'on les laisse entrer! autorisa d'Avrensson. L'approche de leurs plus féroces ennemis qui ont décimé leur nation les rend fous.

« Ce n'est pas possible, se répétait Angélique en se tordant les mains. Outtaké m'a promis... »

Que lui avait-il promis, au fond? Elle n'en savait plus

trop rien. Que cachaient ces discours qu'il avait débités de sa voix rauque et monocorde ? Que n'avait-elle pas su discerner derrière ses menaces, ses conseils et ses allusions ?

« Nous rivalisons d'audace et de ruse ! » La victoire serait à celui qui tromperait et tromperait encore et le mieux et le plus sournoisement, l'ennemi irréductible.

« Ah ! Je ne comprendrai jamais rien à ces Indiens. »

Il y avait encore quelque chose à entreprendre, elle en était certaine, mais quoi ?

Elle se féliciterait plus tard que M. d'Avrensson, par un heureux hasard, se fût trouvé au château à ce moment précis. Car il allait faire une réflexion qui mettrait fin à sa perplexité.

Ce Gascon courageux était venu au Canada comme enseigne dans le régiment de Carignan-Salière. Il avait participé à la campagne de M. de Tracy et avait une longue expérience de la guerre iroquoise.

La tête penchée, il écoutait avec attention, et il dit subitement :

— Ce ne sont pas leurs « sassakoués »... Ce ne sont pas leurs cris de guerre !...

— Alors qu'est-ce que c'est ?

— Des cris, des insultes, des moqueries. Ils chantent. Ils chantent des menaces... Ils rappellent le mal qu'on leur a fait. Mais ils ne poussent pas leurs cris de guerre.

— Vous en êtes certain ?

— Certain !

Angélique posa sa main sur le poignet de l'officier. Elle le serra convulsivement.

— Monsieur, je sens... je sens et je comprends ce qu'ils veulent... Ils veulent passer... A Katarunk, déjà, c'est ce qu'ils demandaient : qu'on leur laissât franchir le Kennébec pour retourner chez eux... LE PASSAGE ! Je sens et je comprends les intentions d'Outtaké... Mais le fourbe s'est bien gardé de relever mes inconséquences lorsque je lui disais : Va rejoindre Onontio... Et je m'imaginais ne plus le revoir... Il ne m'a pas rappelé que, pour ce faire, il était obligé de remonter le fleuve jusqu'à l'embouchure de la Chaudière, c'est-à-dire de passer sous Québec... Et il doit se réjouir de la frayeur qu'il nous a causée... Il attend peut-être que dans notre affolement nous rompions la trêve... Major, je vous prie, envoyez des estafettes en toutes directions, qu'on ne tire pas un coup de mousquet... Pas une flèche... Prévenez les bedeaux des églises, surtout pas de tocsin... Et faites courir les émissaires par les rues afin de rassurer les habitants et de donner vos ordres. Qu'on éteigne toutes les lumières dans toutes les maisons... et tous les feux du port. Que rien n'attire l'attention des guerriers iroquois qui ne leur paraisse une provocation, ni ne réveille leurs instincts de meurtre et de pillage. Une ville morte, obscure, voilà le visage que nous devons leur offrir. Une ville insensible à leurs cris. Une ville qui ne les craint point et qui les regarde passer dignement. Ils passeront, Monsieur d'Avrensson, puis ils s'en iront et nous serons saufs.

Sa main sur le poignet du major le brûlait.

Galvanisé, il s'élança au-dehors. Il réunit ses officiers qui eux-mêmes envoyèrent messagers et soldats porteurs des consignes.

Dominant les sourdes clameurs, on entendit s'abattre sur la ville, comme la grêle, des bruits de volets ou de vantaux précipitamment rabattus ou placés, des galopades dans les rues, des aboiements promptement étouffés, tandis que les maîtres tiraient leurs chiens à l'intérieur, les exhortations lancées par les militaires ou les archers de venelles en place.

— Barrez-vous ! Barrez-vous !

Et les barres de fer ou de gros bois étaient posées en travers des portes.

L'on allumait, en le plaçant sous le boisseau, le cierge de la Chandeleur. La femme et les enfants s'agenouillaient, le chapelet aux doigts devant la statue de la Vierge Marie. L'homme quel qu'il fût et quoi qu'on en dît, ressortait mousquet, balles et poudre. S'il prenait fantaisie à cette horde cannibale de débarquer sur les rives de Québec, il faudrait bien défendre la ville pied à pied, rue par rue, maison par maison.

Artisans, commerçants, boutiquiers, ils avaient tous une arme. Ainsi le voulait la vie au Canada.

Angélique était retournée sur la terrasse du château Saint-Louis. Son cœur battait la chamade. « Qu'Outtaké ne me trompe pas, supplia-t-elle, qu'il ne me trahisse pas ! » Elle n'était qu'une femme, bien peu de chose...

M. d'Avrensson revint.

— Madame, il me faut camoufler quelques tireurs au bord du fleuve... pour parer à toute éventualité.

— Vous me garantissez leur sang-froid ?

— Je choisirai les plus âgés et les plus disciplinés. Moi seul, s'il faut tirer, donnerai le signal. Et je resterai ici, afin d'évaluer avec vous, du château, les dangers auxquels nous devrons faire face.

Il repartait.

— Attendez !... De l'encre, une plume ! jeta-t-elle à un domestique qui passait.

Elle griffonna un mot rapide, qu'elle ne prit pas la peine de cacheter et qu'elle remit au major.

— Ayez la bonté de faire porter ce pli à Monsieur de Barssempuy qui commande le fort sous le Cap Rouge. Il faut qu'il soit averti et qu'il ait le courage de laisser passer les Iroquois sans coup férir.

On soufflait les chandelles, on couvrait les feux. Les torches de résineux ou de goudron au coin des places ou sur le port étaient retirées de leurs anneaux et plongées dans l'eau ou le sable. Les lanternes décrochées.

La ville s'éteignit.

La ville se tut.

Angélique avait demandé qu'on amenât des flambeaux pour illuminer la grande salle du conseil et aussi des torches à planter aux quatre coins de la terrasse.

— Mais vous avez dit qu'il fallait tout éteindre, gémit Bérengère.

— Sauf ici. Au sommet du Roc. Le palais du gouverneur doit être éclairé. Il faut qu'Outtaké voie flotter les étendards et les insignes du Roi de France. Et il faut qu'il me voie. Et qu'il sache que je le regarde partir à la tête de ses guerriers et que je l'admire.

— L'admirer ! s'écria la femme du procureur avec un

rire hagard, vous êtes folle! Vous allez vous faire massacrer.

— Aucune arme n'a assez de portée pour nous atteindre sur cette terrasse. Si vous avez peur, partez. Réfugiez-vous dans une chambre.

— Non! Non! Je veux rester avec vous. Vous êtes la seule qu'il respecte et qui peut nous protéger par votre ascendant.

Sabine de Castel-Morgeat était très calme. Elle alla humecter le front et les lèvres d'Anne-François, toujours inconscient mais qui lui parut apaisé. Puis elle revint et alla se placer auprès d'Angélique qui se tenait au centre de la longue galerie en belvédère, les mains sur la balustrade.

— C'est vrai, vous avez raison, dit-elle. (Elle ajouta :) Vous êtes admirable.

— Vous êtes indomptable! bégaya Bérengère.

Les deux femmes dans leur instinct devinaient que si le terrible sauvage ne l'apercevait pas, assistant à son départ glorieux et tonitruant, il pouvait être saisi d'une sombre et dangereuse fureur.

Ayant distingué une femme jusqu'à lui parler en égal, il ne souffrirait pas que, par son absence, elle parût lui manifester de la crainte ou de la méfiance. Voire du mépris, ce qui serait pis que tout. C'était encore une épreuve à laquelle il la soumettait. Et, par bonheur, elle l'avait compris à temps.

Enfin! Elles espéraient qu'elle ne se trompait pas. Comment savoir avec ces sauvages versatiles et sans honneur.

Mais ELLE, elle savait et elles se sentaient calmées et héroïques, rien qu'à la regarder.

Des écailles leur tombaient des yeux. Elles découvraient, nouveau, ce beau visage dont elles avaient tant jalousé la séduction. Ce regard vert, qu'elles n'avaient voulu croire que destiné à prendre ces benêts d'hommes au piège, brillait du feu d'une intelligence dont elles bénirent le ciel d'en voir Angélique gratifiée. Elle les sauverait. Leur sort, leurs vies, celles des êtres qu'elles chérissaient, dépendaient d'elle. Il n'était plus temps de se dire qu'elle avait tout reçu injustement, qu'elle leur avait tout volé et qu'elle retenait de façon imméritée l'attention des hommes et l'amour exclusif de celui qui était le plus captivant de tous : Joffrey de Peyrac.

Toutes ces pauvretés s'écroulèrent dans leurs cœurs vaincus et désemparés.

Elles s'avisèrent de ses traits tirés que marquaient la fatigue et l'inquiétude. Depuis le matin, elle n'avait cessé de courir et de se dépenser sans compter. Il ne fallait pas s'étonner qu'elle fût quelque peu échevelée.

Domptant la peur viscérale qui la tenait recroquevillée sur elle-même, Bérengère s'approcha d'elle et, d'une main tremblante, commença de lui arranger les cheveux.

Angélique qui, penchée à la balustrade, essayait de deviner les mouvements de la flotte iroquoise, laquelle semblait s'être arrêtée, eut un geste impatient pour écarter la jeune femme. Mais Mme de La Vaudière s'entêta et composa en quelques touches une coiffure parfaite, entreprise qui eut l'avantage de la distraire un instant de ses angoisses. Sabine de Castel-Morgeat, après être rentrée à l'intérieur du château, revenait avec le manteau d'Angélique. La nuit était froide.

Angélique, sentant sur ses épaules frissonnantes la tiédeur du vêtement, prit conscience de la présence des deux femmes.

— Merci ! dit-elle.

Elle les regarda l'une après l'autre.

— Retirez-vous si la vue de ce spectacle vous est par trop insoutenable.

Mais elles secouèrent la tête.

— Ne sont-ils pas arrêtés ? demanda à voix basse Sabine de Castel-Morgeat avec espoir.

— Hélas ! Je crains que ce ne soit que pour se rassembler.

A l'entrée du goulet où se rétrécissait le fleuve, entre la pointe de Lévis et l'avancée du Cap Diamant aux flancs duquel s'érigeait Québec, la flotte iroquoise avait fait halte afin de se subdiviser. Et maintenant, elle reprenait sa progression sur quatre pirogues de front, avec une grande pirogue unique en tête. A un bord de celle-ci, un « jongleur » encorné sous le mufle et la peau d'un bison brandissait le totem des représentants de la nation dont les embarcations suivaient.

En discernant cet animal velu à l'avant du premier canot qui apparut dans la lueur des torches, Bérengère poussa un cri étouffé et s'agrippa à Angélique.

— Nous allons mourir! Nous allons tous mourir!

— Ne regardez pas.

La femme du procureur enfouit son visage dans ses mains. Elle ne savait pas s'il lui fallait mieux se boucher les yeux ou les oreilles. Elle faisait tour à tour l'un ou l'autre suivant ce qui la terrifiait le plus. De temps en temps elle ne pouvait s'empêcher de regarder entre ses doigts, fascinée par le spectacle hallucinant, puis horrifiée, elle se détournait et se cachait contre l'épaule d'Angélique.

83

Le hurlement clamé par mille bouches en colère, et multiplié par l'écho, sauta à la face de Québec silencieuse et aveugle.

— Vous nous avez trahis, Français!

— Vous avez frappé la paume de nos mains ouvertes, alors qu'elles se tendaient pour vous accueillir!

Point n'était besoin de comprendre les paroles, les entendre suffisait à vous hérisser le poil.

— Il reste encore des lumières sur le port.

Le vieux Topin courait le long des grèves et des berges pour éteindre ses pots à feu. Il avait envoyé ses fils et ses aides.

— Barrez-vous! Barrez-vous! Les v'là! Filez-vous dans la première cache venue.

Il ne lui restait plus qu'un brasero à charbon de terre au bout d'un môle de bois. Et comme il y parvenait, leurs rugissements le recouvrirent comme le ferait une bordée de neige soufflée par un vent terrible. Il rentra la tête dans les épaules. Les premiers canots parvenaient à sa hauteur.

Drossés par le courant, ils passèrent si proches qu'il put voir, comme à les toucher, leurs faces hideuses, leurs yeux cruels tournés vers lui et leurs bouches ouvertes qui clamaient des insultes.

Il y avait dans chaque canot un archer, les pennes de la flèche pincées sur la corde de son arc.

Topin abandonna son pot à feu. Eteindre ? Pas éteindre ? Cela ne servait à rien. On était éclairé comme en plein jour avec ces torches. Et ces animaux-là ne voyaient-ils pas dans la nuit !

Il tourna bride, courut vers les maisons du bord de l'eau qui jamais ne lui avaient paru si lointaines. Aucune flèche ne le rattrapa pour se planter entre ses omoplates, et il put s'engouffrer sain et sauf dans la première maison — celle de Le Bachoys qui osa entrebâiller sa porte et la referma aussitôt.

Il était apparent que les pagayeurs essayaient de se maintenir en bon ordre dans le milieu du fleuve. Ils peinaient. Les courants contraires étaient forts et les pagaies, à la pelle en forme d'amande, creusaient, comme on laboure, l'eau noire tressée de tourbillons.

La sueur de l'effort ruisselait sur l'échine et les bras des guerriers. Ils trouvaient, à énumérer leurs rancœurs, un sursaut d'énergie pour lutter contre ce fleuve aussi dur, mauvais et redoutable, que ceux-là, dont les flots baignaient la cité orgueilleuse. Cité muette qui se taisait dans l'ombre.

— Nous vous avons accueillis dans nos wigwams. Nous avons tué nos chiens fidèles pour vous nourrir. Nous les avons mis à bouillir dans les marmites du festin d'hospitalité... Mais vous aviez encore leur graisse à la bouche, que vous avez bouté le feu à nos cabanes et à nos champs...

Quatre par quatre, les pirogues de différentes tailles s'avançaient. Parfois l'une s'isolait, où se trouvait le sorcier à peau de bison brandissant un totem.

Angélique se souvint des différents emblèmes des

Cinq-Nations : le Loup, le Chevreuil, l'Ours, le Renard et l'Araignée.

Contre elle, Bérengère gémissait et récitait des prières : « Seigneur, ayez pitié de nous. Sainte Marie, Mère de Dieu, priez pour nous pauvres pécheurs, maintenant et à l'heure de notre mort ! »

— Voici Outtaké, dit Angélique en tressaillant.

Elle sentit la main de Sabine de Castel-Morgeat s'agripper à la sienne. Il se tenait, seul debout, au centre d'une grande pirogue, où se trouvait porté le signe de la Tortue, emblème de la confédération iroquoise. Il émanait de lui une force inquiétante. Il leva les yeux et la vit.

Il la vit. Seule éclairée. Là-haut ! A l'avancée de l'orgueilleuse demeure d'Onontio, et serrant contre elle, pour les protéger, deux de ses sœurs terrifiées. Il la vit. Et elle était bien Kawa, l'étoile fixe de la légende, brillante et sans crainte. Elle le regardait partir. Cela l'exalta. Car cette fois elle l'avait vu dans toute sa puissance et sa gloire, elle l'avait vu avant que la puissance des Iroquois ne s'éparpille. Elle le voyait, tel qu'il était, ce dieu des nuages qui conversait avec les esprits. Il n'était pas qu'un guerrier qui se glisse dans la forêt comme le croient les Blancs, mais le chef d'une nation.

Comme il passait devant le sombre Roc où la lueur des torches révélait les maisons muettes, il se réjouit qu'elle les eût rejetés dans les ténèbres, les couards, ne voulant garder la lumière que pour elle et pour lui. C'était un hommage, elle lui exprimait qu'elle le trouvait grand et le seul « de valeur » dans cette nuit où tous les chiens et les chacals se terraient.

Alors, il se déchaîna, bras ouverts et levés vers la ville, hache et tomahawk brandis.

— Je vous détruirai, Normands... J'arracherai les croix que vous avez plantées... Je vous y lierai pour la torture... J'ouvrirai vos poitrines et je mangerai vos cœurs...

La voix rauque portait loin et faisait retentir les falaises.

— Avec mes dents je vous arracherai un à un les ongles de vos doigts... Avec mes dents les plus aiguisées, je trancherai vos phalanges et je les cracherai avec mépris dans le feu comme une chique de tabac pourri... Je ferai bouillir vos carcasses dans les chaudières de guerre et j'en verserai l'eau pour empoisonner les rivières de mes ennemis...

Pour ceux qui comprenaient, il y avait de quoi se faire craquer les jointures sur la crosse des fusils et vingt fois épauler et viser, dans la tentation de « tuer » cette voix haineuse, d'en avoir fini avec le plus grand ennemi de la Nouvelle-France.

Pour ceux qui ne comprenaient pas, c'était presque plus éprouvant. Cette voix dans la nuit râpait l'échine et pétrifiait de terreur.

— Le démon ! Le démon ! Qu'il se taise ! suppliait Bérengère en se cramponnant à Angélique et en se cachant le visage contre son épaule.

On se mit à craindre que les guerriers, surexcités par ces cris de haine et ces appels au meurtre, ne détournassent leurs pirogues du milieu du fleuve afin de gagner les rivages et de s'y ruer, assoiffés de scalps.

M. d'Avrensson en fut ébranlé.

— Faut-il faire tirer ? demanda-t-il d'une voix sourde.

— Non ! Non ! Pour l'amour du ciel, ne voyez-vous donc pas ? Ils partent ! ILS PARTENT !

Et lui aussi, Outtaké passa. Insensiblement, sa barque l'emmenait au-delà de Québec. Il se tut. Il resta longtemps à guetter la silhouette éclairée, au sommet de la montagne.

C'était le dernier songe. La plus irréalisable vision dont il avait rêvé pour clôturer son expédition guerrière, une expédition qui avait été la plus folle et la plus périlleuse qu'il ait jamais menée, et dont il redoutait de ne pouvoir en monter d'autres aussi prodigieuses pour le renom des Iroquois. Car les forces des Iroquois déclinaient. On les rejetait loin, vers la vallée sacrée où ils demeuraient et où ils resteraient les derniers guerriers libres.

Le passage de la flotte iroquoise de près de trois cents canots parut durer une éternité.

Peu à peu la tension de la ville se relâcha. Par la

374

fente de l'huis ou des volets entrouverts, on se mit à examiner avec plus d'attention le spectacle étonnant qu'offraient ces longs canots noirs glissant sous une pluie d'étincelles tombées des torches qui miroitaient à la surface de l'eau luisante et faisaient briller les panaches dressés des chevelures iroquoises, plantées de plumes et de pointes de porc-épic.

Les regards commencèrent à essayer de discerner si les barbares n'emmenaient pas avec eux des captifs, razziés sur les côtes de Beaupré ou de l'île d'Orléans...

Ce ne fut que vers la fin, tandis que l'obscurité comme un sombre sillage s'avançant à leur suite se refermait sur les dernières pirogues, que l'on distingua, jeté au fond d'un canot, un homme garrotté et, debout près de lui, deux petits enfants qui criaient et pleuraient en tendant les mains vers la ville.

Cet instant où Québec frémit, impuissante, derrière ses volets clos, et celui où le chef des Cinq-Nations se dressa dans toute sa superbe à la lumière des torches, s'exposant, cible haïe et provocante, furent les deux instants au cours de ce défilé interminable où Angélique crut la partie perdue. Elle s'arrêta de respirer, s'apprêtant à chaque seconde à entendre claquer un coup de mousquet, à voir s'effondrer l'un de ces guerriers orgueilleux qui voulaient savoir jusqu'où irait la patience des Normands. Le temps stagnait. On aurait dit que la flottille iroquoise resterait là toujours à remonter le courant sous Québec. Pourtant à un moment, il fallut pour la suivre des yeux tourner la tête vers l'amont.

Puis au premier coude du fleuve, la masse compacte des embarcations commença à se fondre, à s'amenuiser. Enfin les derniers canoës de l'arrière-garde disparurent.

Longtemps encore dans le noir du ciel au-delà des contreforts du Cap Rouge, la lueur des torches et la rumeurs des cris flottèrent. Puis la clarté mourut, les clameurs s'éteignirent.

Une nuit opaque, remuée d'un vent aux senteurs fauves, aux relents âcres de fumées, de graisse et de carnage, retomba sur la ville et son fleuve, les enveloppa comme d'une aile duveteuse et ample, et les ramena doucement, sauvés, au sein des ténèbres et du silence.

Là-haut, sur la terrasse du château Saint-Louis, Angélique desserra son étreinte, laissa retomber ses bras et poussa un profond soupir.

En écho, lui répondirent deux autres soupirs aussi profonds.

Angélique de Peyrac, Sabine de Castel-Morgeat et Bérengère-Aimée de La Vaudière s'entre-regardèrent.

Elles s'aperçurent que tout au long de cette terrible épreuve, elles n'avaient cessé de se cramponner l'une à l'autre, priant, pleurant, s'encourageant. Sabine avait été la plus silencieuse, Bérengère la plus effrayée, mais Angélique savait qu'à les soutenir, à les serrer contre elle dans un élan convulsif de protection, elle avait trouvé la force de supporter sans faiblir la tension de cette heure terrible.

Elles poussèrent toutes trois un nouveau soupir et dirent ensemble : « Merci, mon Dieu ! »

Personne ne dormit beaucoup dans Québec cette nuit-là.

La Basse-Ville qui les avait contemplés de plus près, ces démons peinturlurés et hurlants, se remettait de ses émotions dans les tavernes. On y emmena les enfants. On leur donna à boire. Ils burent du vin, de l'eau-de-vie, de la bière, les enfants du Nouveau Monde qui ne craignaient plus rien. Et qui garderaient à jamais le souvenir d'une nuit où, dans un hourvari d'enfer, ils avaient vu de leurs yeux un millier d'Iroquois défiler sous Québec en chantant des insultes aux Français.

84

Le duc de Vivonne, autrement nommé M. de La Ferté, blessé, fiévreux et fort mal en point, ne connut de l'attaque et du passage des Iroquois que l'abandon total dans lequel le laissa sa domesticité.

Cela avait déjà commencé par l'absence du baron Bessart et du vieux Saint-Edme. Réveillé après un premier sommeil douloureux et ne pouvant se rendormir, il les avait appelés l'un ou l'autre, pour faire une partie de jacquet. Bien qu'on fût au cœur de la nuit, on trouva leurs chambres vides. Au matin, ils n'étaient pas encore rentrés.

De plus le laquais qui lui faisait la barbe et sur la vigueur duquel Vivonne comptait pour l'aider à se déplacer dans l'incommodité de ses blessures n'était pas là non plus.

Ayant envoyé aux nouvelles son valet de chambre, puis le secrétaire que Carlon avait mis à sa disposition et qui se présentait, ceux-ci s'en furent et ne revinrent point. Vivonne finit par envoyer l'un après l'autre le maître d'hôtel, le cuisinier et le gâte-sauce. Les coquins disparurent à leur tour.

Il avait passé la journée seul à pester sans pouvoir trouver une position supportable ou même se traîner pour se nourrir, dormant et se réveillant péniblement dans la même solitude, ne mettant plus son espoir que dans la visite du chirurgien qui avait promis sa visite mais qui, lui non plus, ne vint pas. Vers le soir, le marmiton était rentré très excité, le nez barbouillé de noir, disant qu'une armée d'Iroquois avait investi Québec, qu'on s'était battu comme des diables et que Mme de Peyrac avait sauvé la ville.

Vivonne qui souffrait beaucoup demanda où était le chirurgien.

Il pansait les blessés de la bataille.

Les autres serviteurs revinrent enfin, sauf le valet qui avait trouvé le moyen de recevoir une flèche en allant aider à la défense d'une redoute.

Vivonne tempêtait : il n'avait pas amené cet imbécile de France pour qu'il se fasse blesser dans une guerre d'Iroquois et juste le jour où son maître et bienfaiteur était lui-même douloureusement immobilisé et avait le plus besoin de ses services. On le soignait lui, le valet, tandis que le duc était oublié dans un coin comme une charogne.

Sa fièvre montait, ses blessures suppuraient, son

bras et sa jambe étaient enflés. Il hurla qu'il les enver-
rait tous aux galères et qu'il prendrait plaisir, en tant
qu'amiral des galères du Roi, de les regarder ramer.

Où étaient le baron Bessart et le comte de Saint-
Edme ? Quand est-ce que quelqu'un allait se décider à
lui donner à boire ? Est-ce qu'ils n'avaient pas bientôt
fini de le regarder avec des yeux ronds ? Il regrettait
que les Iroquois ne les aient pas tous écorchés...

Les serviteurs revinrent sur terre, oublièrent les Iroquois, et s'empressèrent auprès de leur maître avec
dévouement. Rafraîchi, pansé tant bien que mal par le
maître d'hôtel, ayant absorbé un bouillon que le cuisinier et le marmiton s'empressèrent de lui réchauffer
après avoir rallumé les feux, Vivonne se sentit mieux et
très fatigué. Le secrétaire le quitta en lui assurant qu'il
pouvait dormir en paix. Le danger était passé. Mais
dans la nuit, il fut en proie à d'horribles cauchemars.
Un râle rauque de bête envahit ses rêves, le terrifiant
jusqu'à la moelle. En vain se bouchait-il les oreilles et,
se croyant éveillé, le même hurlement ne cessait de le
hanter, lui tordant les entrailles de peur. Et quand il se
rendormait il voyait au sein de ce charivari infernal
ramper vers lui des monstres et, soudain, il pensa aux
sorcières et au poison et il comprit, ruisselant de sueur,
qu'il était mort et se trouvait en enfer pour tous les
crimes qu'il avait commis. Au matin, ouvrant un œil
atone sur une aube grise et glacée, il fut long à se
persuader qu'il était encore en vie et que les formes
inquiétantes et bossues qui l'entouraient ne dissimulaient que les fauteuils, tables ou consoles de son
salon-bibliothèque où l'on avait dressé son lit et non
pas quelque recoin de l'antichambre de Lucifer. Prolongement du cauchemar cependant, sa demeure était à
nouveau irrémédiablement silencieuse, froide et
déserte, ses appels vains, sa solitude complète, son
abandon intolérable, mais les songes absurdes continuaient de lui coller à la peau, bien qu'il s'évertuât de
reprendre pied dans la réalité. Le marmiton surgissait
à son chevet. Les yeux exorbités, il lui chuchotait que
toute la nuit l'armée iroquoise avait défilé sous Québec
en poussant des hurlements affreux, qu'ils avaient failli

tous périr et que Mme de Peyrac avait encore sauvé la ville.

Le duc de Vivonne referma les yeux. Ce délire annonçait sa fin. En homme des champs de bataille qui a vu mourir bien des braves, il fit un effort pour flairer ses blessures, persuadé que l'odeur nauséabonde qui s'en dégageait appuierait son diagnostic de la terrible gangrène, génératrice de fièvre élevée et des fantasmes qu'elle suscite. Il fut étonné de ne rien déceler de semblable et de se sentir plus ingambe. Sans difficulté, il s'assit au bord de son lit et comprit qu'il allait mieux et que ses plaies étaient en bonne voie de guérison. Le gâte-sauce, affirmant sa présence réelle en lui apportant un bol de bouillon, le confirma dans l'impression que la vie continuait et que le plus dur était passé.

Tout en buvant rêveusement son bouillon et en lui trouvant des saveurs dont il avait oublié l'agrément depuis sa prime jeunesse, il commença à réfléchir en stratège à cette succession d'événements confus, et finit par fixer son attention sur le seul fait concret qui lui parût suspect et inquiétant : où étaient passés le comte de Saint-Edme et le baron Bessart, ainsi que le laquais Anselme dont la disparition coïncidait avec la leur ?

Il retournait cette question dans sa tête et était sur le point, faute de mieux, d'envoyer le gâte-sauce, toujours seul et unique membre de sa domesticité, chez Mme de Campvert, qui avait peut-être une idée sur ce qui était advenu aux trois personnages en question, lorsque M. de Bardagne se présenta chez lui et l'avertit d'emblée qu'ils étaient morts et qu'il les avait tués de sa propre main, action dont il se félicitait hautement.

— Vous vous tairez, Monsieur, lui dit l'envoyé du Roi en le toisant froidement, sur la disparition de vos compagnons. Je souhaite pour votre bien que vous n'ayez pris part d'aucune façon dans l'élaboration du dessein criminel qui m'a contraint à les occire. J'aimerais être assuré que vous ne le leur avez rien suggéré, ni surtout commandé, car sachez que non seulement ma vindicte trop exaspérée pourrait vous mettre un jour en danger de mort, mais que si vous gardiez par-devers vous l'intention de poursuivre les mêmes projets homicides que vos larbins, je suis décidé à mettre tout en œuvre pour vous en écarter et vous décourager.

— Qu'ont-ils fait ?

— Ils ont attaqué Madame de Peyrac, alors que seule, sans escorte et sans arme, elle traversait à la nuitée les plaines d'Abraham. Ils l'attendaient délibérément, ayant résolu pour un motif que j'ignore de la supprimer. Je suis arrivé à temps et j'ai réglé leur sort. Ne cherchez point à les venger. Et sachez aussi que rien ne m'arrêtera s'il s'agit pour moi de dénoncer les ennemis de Madame de Peyrac ou de les mettre hors d'état de nuire. Je n'ignore pas, Monsieur de La Ferté, que derrière votre patronyme se cache celui d'une illustre famille et il m'appert que plus élevé est le rang, plus grande est la dépravation. Je ne suis certes qu'un modeste gentillâtre, mais mes fonctions me donnent accès auprès du Roi, et quel que soit votre degré de parenté avec lui et dussé-je passer le reste de mon existence sur la paille humide des cachots de la Bastille ou même y laisser ma vie, rien ne m'empêchera de révéler vos agissements à Sa Majesté, si dès lors on essaye de causer le moindre tort à Madame de Peyrac.

Vivonne l'écoutait bouche bée. A la fin de ce discours, il se dressa lentement, et passa la main sur son visage mal rasé.

— Par les flammes de Belzébuth ! Elle a décimé ma maison : Argenteuil d'abord, et maintenant Saint-Edme, Bessart, le domestique...

Puis il éclata de rire comme se le doit un grand seigneur qui, en renversant le cornet de dés, vient de s'apercevoir qu'il a perdu terres et châteaux et qu'il ne lui reste plus que sa chemise.

— Ohé ! faquin, cria-t-il tourné vers l'office, apportenous du bon vin et deux timbales, j'en ai assez de ton bouillon. Avouez, Monsieur, reprit-il s'adressant à Bardagne, que tous les tourments causés par une femme comme celle-là sont peu de chose à côté des réjouissances et divertissements qu'elle nous procure. L'existence est si ennuyeuse. Au moins, nous aura-t-il été épargné de la trop bâiller, grâce à la rencontre que nous fîmes l'un et d'autre d'une femme unique.

De son bras valide, il versa le vin.

— Buvons à cet ange exterminateur, et calmez vos alarmes... De quoi me servirait un crime aussi vain dont mes nuits, par la suite, seraient hantées... Et mes jours combien déserts ! Je m'efface... Je ne demande rien d'autre que de la rencontrer parfois et qu'elle me fasse rire...

Il but.

— ... Qu'ai-je été rêver ? Elle ne sera plus jamais pour moi ! J'aurais dû le comprendre plus tôt. Il faut se contenter du souvenir.

Lorsque la boisson eut fait son effet :

— Cette attaque des Iroquois vient à point et me permettra de satisfaire à vos exigences. Si l'on me demande où sont passés les gens de ma maison, je dirai qu'étant allés se promener aux champs l'autre matin, ils ont été enlevés par les éclaireurs ennemis et emmenés captifs en Iroquoisie...

A la pensée de Saint-Edme et du baron Bessart, prisonniers des Iroquois et attachés au poteau de tortures, le duc de Vivonne se mit à rire tellement qu'il en pleurait.

— Croyez-moi, comte, mais je finirai par regretter ce pays de sauvages et cette fille du bout du monde !

85

On n'avait encore aucune nouvelle des gens de l'île d'Orléans et des enfants de Saint-Joachim.

Angélique voulait se rendre là-bas. Sur le port elle trouva une grande barque prête à tendre la voile. Le vieux Topin lui aussi entreprenait d'aller s'enquérir des victimes de la descente iroquoise. Le marinier et ses fils étaient armés. Avec les soldats cela ferait un bon contingent. A part eux, il n'y avait personne sur la place de l'anse du Cul-de-Sac.

La ville, épuisée, dormait enfin, derrière ses volets clos.

Deux portefaix sortirent d'un abri de planches pour aller se laver le visage au fleuve.

Apprenant le but de l'expédition, ils retournèrent à leur cabane et revinrent portant sur l'épaule des bêches et des pioches en disant : « On ne sait jamais ! Y aura peut-être des tombes à creuser. » Ils montèrent à bord.

Angélique avait pris avec elle son sac de médecine, du linge en prévision de blessés à panser, des pommades pour les plaies, les brûlures...

Un objet insolite, comme un grand coffre échoué sur la grève, attirait l'attention. C'était le soubassement destiné au tabernacle de Sainte-Anne-de-Beaupré, le maître-autel en forme de tombeau, oublié là depuis la veille et dont les rocailles et les volutes brillaient de tous leurs ors à la douce lumière du matin.

La veille, Eloi Macollet, le coureur de bois miraculé, qui s'était chargé de le porter en barque à Sainte-Anne, l'avait abandonné là, lorsque, après avoir déchiffré les signaux de fumée, il avait compris que l'île d'Orléans appelait au secours.

Janine Gonfarel l'avait vu s'embarquer avec quelques gaillards résolus, ayant troqué le chapelet pour le fusil, et mettre le cap sur la grande île.

Macollet et ses compagnons avaient-il assisté de loin à la capture de la grande barque qui était partie la première, emportant le sculpteur Le Brasseur, des pèlerins et divers éléments du tabernacle destinés au retable ? Avaient-ils été témoins du massacre de ses occupants ? Avaient-ils subi le même sort ?

Un bon vent gonflant la voile, la barque de Topin arriva dans le temps le plus rapide aux abords de l'île d'Orléans. Ils croisèrent devant l'anse de Sainte-Pétronille ne voulant pas aborder, car ensuite il ne leur resterait plus assez de temps pour se rendre à Saint-Joachim et, après avoir constaté l'état des lieux, en revenir avant la nuit.

Les parages semblaient déserts. Angélique regarda vers la mi-côte en direction du manoir de Guillemette dans les arbres et, à son grand soulagement, crut voir s'élever un filet de fumée d'allure assez benoîte.

— J'aperçois quelqu'un, dit l'un des mariniers.

C'était Eloi Macollet qui les avait vus.

La marée était haute, ils purent s'approcher et se crier les nouvelles les plus notables.

C'était la pointe sud qui avait le plus souffert. Macollet, arrivant dans sa barque, avait longé l'île et s'était approché des Iroquois en chantant son chant de paix. Il avait eu la chance d'être reconnu par un de leurs grands capitaines — ce qui lui avait permis de parlementer pour obtenir la vie sauve pour les habitants qui s'étaient réfugiés dans les hauts de l'île où ils se retranchaient sous la conduite d'hommes entraînés aux embuscades, tels que Maupertuis.

L'ordre de se retirer était parvenu aux sauvages et tous en glapissant s'étaient rejetés dans leurs canots pour aller s'embosser au large, derrière le Cap Tourmente et au-delà où le reste de leur flotte les attendait.

On les avait vus revenir à la nuit et, une fois encore, les survivants de l'île avaient attrapé leurs chaudières et étaient remontés vers les hauts. Mais ce ne fut que pour mieux jouir du spectacle de tous ces canots remontant le Saint-Laurent à la lumière des torches.

— Et Guillemette ?

— Vivante ! Sa maisonnée aussi.

Il déclina l'offre de se joindre à eux. Il avait son bateau et reviendrait sur Québec demain.

— C'est aussi bien comme ça, fit remarquer le vieux Topin lorsqu'il eut remis le cap en direction de Beaupré, je n'ai rien voulu dire parce que, ces choses-là, on les apprend toujours assez tôt, mais il paraît qu'il y a eu aussi du dégât sur la côte de Lauzon et que Cyprien Macollet, son fils, aurait été tué.

Vers la fin de la matinée, ils approchèrent des « battures » silencieuses des environs de Saint-Joachim. Auparavant, brillant au soleil, s'était montré le clocher de Sainte-Anne-de-Beaupré. La nouvelle église n'avait pas été incendiée.

Maintenant le Cap Tourmente dressait, tout proche,

sa masse bleue de deux mille pieds de hauteur dont la base baignait dans une vaste nappe de fumée stagnante qui s'étirait sur la plaine, continuant d'être alimentée par différents foyers de ruines disséminés de loin en loin. Ayant abordé à un petit môle de bois émergeant de touffes de roseaux blanchis de sel, ils s'avancèrent, le cœur serré, vers les bâtiments encore éloignés, dont malheureusement ils voyaient fumer les murs noircis.

En s'approchant par un sentier bientôt élargi, ils entendirent les meuglements des vaches, égaillées par les prairies. Au moins le troupeau n'avait pas entièrement péri dans les étables en flammes. Les vaches avaient pu s'enfuir. Ou bien elles avaient été menées dehors les jours précédents par le fermier, leur donnant enfin la clé des champs après l'hiver. La neige s'était retirée depuis longtemps de ces plaines. On n'en voyait plus que dans les sous-bois au sommet des côtes.

La plus grande maison à deux étages, sur la droite, offrait du dehors un aspect intact.

Ils se dirigèrent tout d'abord, en traversant la cour, vers les bâtiments qui avaient subi des dommages. Ceux de bois, presque entièrement consumés, n'étaient que carcasses charbonneuses. Les murs de pierre de la petite ferme n'entouraient plus de leurs pans aux créneaux noircis que le vide désordonné des ruines, plafonds et planchers s'étaient effondrés, ainsi que le toit. Les conduits de cheminées dressés sur le socle des grands âtres paraissaient veiller comme des sentinelles dénudées et misérables.

Enfin il y avait la chapelle, vers laquelle ils se dirigèrent avec appréhension.

Les Iroquois n'y avaient pas mis le feu. Etait-ce pour que rien ne fût effacé du spectacle qu'ils y trouveraient ?

En avertissement tragique, ils virent devant, à quelques pas, tombé les pattes raides, le grand dogue de l'abbé Dorin, qui avait dû se dresser pour avertir, en aboyant, de l'approche silencieuse de l'ennemi et qui avait été transpercé d'une flèche.

Les habitants de Saint-Joachim avaient été surpris, rassemblés à l'heure de la messe.

L'aumônier, ses servants qui étaient de jeunes élèves artisans de l'école des Arts et Métiers, de quinze à seize ans, les assistants parmi lesquels les fermiers, les « engagés » qui leur servaient d'aides, l'abbé Dorin, des professeurs du Séminaire et de l'école, avaient été tués, à coups de couteau, de hache ou de casse-tête, et scalpés.

— Où sont les enfants ?

Angélique regardait avec appréhension du côté de la grande demeure qui respirait le calme. Faudrait-il y découvrir pour victimes des garçonnets de six à dix ans ?

— Je manque de courage, dit-elle aux militaires qu'elle avait amenés. Allez-y, vous, Messieurs, qui êtes accoutumés aux horreurs des champs de bataille.

Entrés dans la maison, l'arme au poing, les soldats reparurent peu après sur le seuil en criant : Personne.

Vide, la grande ferme était dans un ordre miraculeux. Au dortoir, toutes les petites paillasses alignées se présentaient bien bordées. Au réfectoire, la longue table était mise, les écuelles de bois disposées de place en place, flanquées chacune d'une tranche de pain bis, aussi large qu'une assiette.

Dans les salles de cours et à l'atelier, les tables, les escabeaux, le matériel de ferronnerie ou de charpenterie, de peinture ou de sculpture sur bois, paraissaient attendre les élèves.

— Où sont les enfants ?

— Les Iroquois les ont peut-être emmenés en captivité.

— Non ! Ils n'ont pas emmené de prisonniers, à part l'homme et deux enfants aperçus dans le canot et qui venaient de Lauzon.

Ils revinrent au milieu de la cour et firent un appel de mousqueterie.

Puis avec courage, les hommes entreprirent de sortir les cadavres, une quinzaine en tout, et de les aligner devant la chapelle, tandis que les deux débardeurs commençaient de creuser des fosses.

De temps en temps, on tirait un coup de feu.

Une heure plus tard un mouvement se dessina au pied de la montagne. On les vit venir. Ils étaient là, tous en vie. Une trentaine de petits séminaristes vêtus de noir, avec, à leur tête, le jeune et blond Emmanuel, leur ange gardien qui les avait sauvés.

Tout d'abord c'était à son initiative qu'ils devaient de s'être levés ce jour-là bien avant l'aurore. Il avait obtenu la permission du supérieur, la veille au soir, de leur faire admirer le lever du soleil du haut du Cap Tourmente.

Dans la nuit encore profonde, après avoir bien rangé leur dortoir, et s'être assis sur le seuil pour chausser leurs souliers, ils étaient partis en bande vers la grosse masse sombre du cap, leur voisin, leur génie tutélaire, qui se devinait en plus obscur sur un ciel opaque. La lune était couchée.

Neals Abbal, qui était l'un des grands, surveillait l'arrière-garde. Tandis que la nuit devenait grise, ils avaient grimpé parmi les roches. Là-haut, assis au bord de la falaise, serrés les uns contre les autres, ils avaient vu l'astre du jour se lever, se mirant dans le fleuve-mer dont la vaste étendue se confondait avec le ciel.

Vers le nord, au-delà du cap, le Saint-Laurent s'ouvrait déjà sur sept à huit lieues de large.

C'est dans cette immensité rose bleutée qu'Emmanuel avait vu soudain surgir, comme un nuage d'insectes malfaisants, les canots de la flotte iroquoise.

C'était tout d'abord comme un cauchemar. Il se frotta les yeux. Des centaines de canots indiens... Ils arrivaient par le nord... Puis il les vit s'abattre contre le rivage étroit au pied de la montagne. La moitié débarqua et se dirigea vers Beaupré. L'autre resta là à garder les canots. Ils avaient des armes. Et il reconnut leurs chevelures : c'étaient des Iroquois.

Alors Emmanuel saisit les deux plus jeunes enfants par la main et s'élança :

— Suivez-moi! Vite! Vite! et sans bruit. Neals, ferme la marche!

Il grimpe le plus qu'il peut. Il s'éloigne vers l'arrière

des sommets, s'enfonce dans les bois, puis redescend et suit le bord de la falaise. Il connaît par là les vestiges d'un ancien poste de guet que les broussailles ont recouvert, dissimulant la tranchée aux regards. Il y fait se glisser les enfants. Ils y sont tous allongés, couchés dans la fosse, hors de vue.

Parfois, Emmanuel risque un œil au-dessus du rempart de terre et de mousse qui referme la cachette. Il aperçoit au loin la plaine où églises et maisons brûlent marquant la progression des Iroquois vers Québec.

Vers le milieu du jour, son instinct en alerte sent l'approche d'êtres humains. Il les flaire au silence des arbres, à l'odeur, au vent devenu muet. Entre les branches, il aperçoit à quelques pas des silhouettes de guerriers iroquois qui défilent comme des ombres entre les branches, suivant le chemin des crêtes. Leurs panaches au sommet du crâne étincellent. Les traits de peinture rouges et noirs accentuent leur expression cruelle.

De ses deux mains étendues, Emmanuel a fait signe aux enfants de cesser d'exister.

Par quel miracle de l'espèce nouvelle qui se développait dans le sang de ces petits coloniaux, leur donnant la ruse instinctive des bêtes des bois, purent-ils se tenir sans souffle et comme en transe, absents à eux-mêmes ? Les fauves au flair exercé passèrent à deux pas sans soupçonner les oisillons tapis dans les fourrés.

Voyant le petit Marcellin frémir à la vue de ceux qui avaient enseigné son enfance et dont il avait partagé les chasses et les fêtes, Emmanuel lui avait doucement posé une main sur les yeux et l'autre sur la bouche. Ainsi les Iroquois passèrent comme des fantômes.

Un ordre mystérieux semblait les refouler vers le lieu où ils avaient abordé et où les attendaient leurs embarcations.

Il pensa qu'ils n'avaient voulu que du pillage et des scalps. Mais ils ne jetèrent pas toutes leurs forces dans cette opération. La plupart étaient restés en attente gardant les canoës à l'abri des criques, au-delà du Cap Tourmente.

Au soir, Emmanuel aperçut dans le lointain bleu

brouillé du crépuscule les multiples lumières des canots, constellant d'étoiles la grande surface d'eau où ils se ressemblaient au-delà de l'île d'Orléans.

« C'est maintenant qu'ils marchent sur Québec », avait-il songé, atterré.

La nuit était venue et avec elle le brouillard montant des failles humides. L'obscurité était profonde. Les enfants dormirent dans le ravin glacé, lourdement, comme des pierres, comme des bêtes, hivernent.

Emmanuel priait : « Que deviendrons-nous si nos frères de Québec sont tués ? Que Dieu protège nos armes ! »

Le soleil s'était levé, les enfants s'étaient éveillés. Les brumes se dissipaient, découvrant de nouveau le fleuve, mais des hauteurs où ils se trouvaient, ils ne pouvaient discerner si Québec était ou non anéantie.

Rien ne bougeait dans la plaine. Des fumées continuaient de s'élever çà et là des habitations incendiées tout au long de la côte. Enfin ils avaient entendu des coups de feu. Ils avaient repéré une voile en lisière des battures. Des silhouettes de militaires, des hommes armés se dirigeaient vers la grande ferme. Parmi elles, une femme, ce qui avait achevé de les rassurer. On les cherchait, on venait à leur secours.

Ils quittèrent leur cachette et entreprirent la descente abrupte vers la plaine. Ils étaient là maintenant, frissonnant dans leurs vêtements souillés de terre et découvrant les cadavres alignés devant la chapelle. Comprenant à quel horrible sort ils avaient échappé, ils demeuraient figés, muets, contemplant ceux qui, hier, étaient leurs maîtres vivants ou leurs frères d'étude ou de jeu. Ces amis, ces protecteurs dont dépendaient l'animation de leurs vies, le mouvement des heures, le lever, le travail, le manger, le coucher, la prière. Avec ces corps immobiles à la tête sanglante, retirés de la vie, c'était l'existence rompue, la loi bouleversée, le retournement sur la face macabre du destin... Les Iroquois avaient donné la mort.

Angélique et ses compagnons cherchaient en vain à les entraîner pour les arracher à leur contemplation morbide.

— Venez ! Venez, enfants, insistaient-ils. Venez, votre réfectoire vous attend... La grande ferme est debout. Elle vous reste.

Ils ne bougeaient pas, effrayés. Le jeune Emmanuel découvrant parmi les morts l'abbé Dorin, son père spirituel, qui avait pris en main sa formation de futur prêtre, était accablé d'un chagrin profond.

Soudain l'adolescent releva la tête, semblant tendre l'oreille, tandis qu'une expression bouleversée se peignait sur ses traits.

— Ecoutez !

Angélique craignait que sous l'effet des épreuves sa raison ne vacillât, hantée par la peur de voir surgir à nouveau les horribles assassins, tomahawks levés.

— Non, le rassura-t-elle vivement, n'ayez aucune crainte, Emmanuel. Vos cruels ennemis se sont éloignés et de longtemps ils ne reviendront plus. Je m'en porte garante.

— Ce n'est pas cela, fit-il fébrile, écoutez ! ÉCOUTEZ !

Le visage illuminé, lentement, il leva le bras et le tendit en direction du sud d'où commençait de sourdre un appel lointain.

— Couâ ! Couâ !

— Les grandes oies blanches, cria-t-il avec des sanglots dans la voix. Les grandes oies blanches du Cap Tourmente. Elles arrivent ! ELLES ARRIVENT !

Et elles apparurent, s'inscrivant dans le ciel en un premier vol ramé angulaire.

Puis d'autres formations presque invisibles encore s'annoncèrent par l'écho assourdi de leurs clameurs.

— Couâ ! Couâ !

Les enfants, oubliant tout : terreur, fatigue et faim, s'élancèrent et coururent vers les marais en poussant des cris de joie.

Et lorsque le premier vol, comme se laissant tomber tout droit des hauteurs du ciel, s'abattit à quelques pas d'eux, sur les rives saumâtres du Cap Tourmente, ils se mirent à sauter et à applaudir, criant aux oies des souhaits de bienvenue.

Elles s'abattirent, si lasses qu'elles n'avaient même

plus la force de s'effrayer de ces petits gnomes noirs qui dansaient parmi elles en frappant des mains, en ouvrant leurs bras comme s'ils avaient voulu les embrasser, sans se soucier des durs becs cornus des jars, parfois presque aussi hauts qu'eux.

Dans un tourbillon neigeux, elles se laissaient tomber comme mortes, exténuées.

Trois mille deux cents miles depuis les Carolines, sans haltes, sans étapes, sans autre repos que les nappes glissantes de l'azur, négligeant bois et prairies au-dessous d'elles et les tentations de la forêt du Maine, se déroulant sans fin, déjà verdoyante, incrustée de ses milliers de lacs de saphir.

Une seule pensée dans les petites têtes rondes des oies, au bout des longs cous tendus comme flèches : le Cap Tourmente, l'escale d'amour avant les terres du Grand Nord.

L'ayant atteint, elles repliaient enfin leurs ailes qui n'avaient cessé depuis trois ou quatre jours de se déployer et de battre en cet ample et régulier mouvement du vol migratoire, soutenu, vigoureux, persévérant, et elles se laissaient tomber au pied du promontoire comme pour y expirer.

Mais ayant touché terre, elles se ranimaient aussitôt et, après avoir accompli quelques petits pas infirmes, on les voyait redresser leurs cous altiers afin d'envisager et de reconnaître d'un œil vif les horizons du fleuve, l'ombre du Cap Tourmente et de l'île d'Orléans se mirant dans les eaux puis, rassurées, elles se mettaient à fouailler la vase à la recherche de leur scirpe d'Amérique bien-aimé, rhizome délectable qu'elles ne trouvaient qu'en ce lieu.

Les « voiliers », selon l'appellation commune que l'on donnait aux différents groupements de vol des oies sauvages, ne cessaient d'arriver, naissant du ciel, tourbillonnant, plongeant, se posant. Une barque où se trouvait Mme de Castel-Morgeat aborda au milieu d'un ballet d'ailes claquantes et de cacardements assourdissants.

Les occupants de l'esquif eurent du mal à mettre pied à terre et à se frayer un chemin dans la cohue des

« sauvagines » de plus en plus nombreuses et dominatrices.

La progression des arrivants à grands moulinets de bras et de coups de chapeau fut lente.

Angélique, en apercevant de loin celle qu'elle commençait de nommer en son for intérieur et avec amertume « sa rivale », pensa : « Anne-François est mort. »

Sabine de Castel-Morgeat en la découvrant dans ces lieux parut la première surprise.

— Votre fils ? s'informa Angélique.

— Il va bien... Enfin aussi bien que l'on veut m'en persuader... Je ne vous savais pas ici.

Mme de Mercouville, dit-elle, avait voulu l'éloigner du chevet du jeune homme où elle se consumait à guetter la respiration de celui-ci.

— Alors j'ai pensé qu'il fallait faire quelque chose pour les victimes de la côte de Beaupré. Seul vaquer à m'occuper de la misère des autres me détourne de la mienne.

Avec l'aide d'une courageuse amie, dame de la Sainte-Famille, Mme Barbeau, qui l'accompagnait, elle avait frété une embarcation pour Saint-Joachim et l'avait mise à la disposition de M. de Bernières, directeur du Séminaire. Celui-ci était présent avec deux de ses coadjuteurs et des domestiques.

Les ecclésiastiques arrivaient à point pour chanter le De Profundis au-dessus des sépultures fraîchement creusées, où l'on s'apprêtait à descendre les morts.

Prières et cantiques s'élevèrent faibles et tristes, ayant quelque peine à dominer le concert cacophonique des oies sur les rivages.

Mme de Castel-Morgeat avait apporté du linge et des vêtements frais lavés et repassés que lui avaient remis les sœurs lavandières de l'Hôtel-Dieu. Les collerettes plissées, amidonnées, étaient empliées comme des crêpes sur la table après avoir été sorties d'un petit coffre rond en peau de loup marin dans lequel on les transportait.

Des marmites d'eau avaient été mises à chauffer sur le feu. Les dames aidèrent le brave jeune homme,

Emmanuel, et le secrétaire de M. de Bernières, à décrasser la petite compagnie. Ensuite les garçonnets enfilèrent leurs grosses chemises de lin rudes et chaudes pour la nuit et on les mena au lit. Les petits séminaristes canadiens allaient dormir bercés par la mélopée aigre et rauque des oies sauvages revenues.

Il fut décidé qu'une embarcation allait faire retour sur Québec. Angélique et Sabine y prirent place. Angélique ramenait Marcellin qui s'était accroché à elle et Mme de Castel-Morgeat prit sur ses genoux, enveloppé dans une couverture, un enfant qui grelottait de fièvre et qui requérait des soins pressants.

Il faisait jour encore lorsque Topin dressa la voile, mais on ne pourrait atteindre Québec avant la nuit.

A mi-chemin, ils croisèrent un convoi de barques, se dirigeant vers Saint-Joachim. Dans la plus grande se trouvait Mgr de Laval. Des nouvelles furent lancées d'un bord à l'autre. Ceux qui revenaient parlèrent d'abord des enfants sauvés, puis nommèrent les morts.

Tandis que les esquifs se maintenaient à distance par les rames, Angélique remarqua dans une chaloupe, à la remorque de la barque épiscopale, un homme dont le visage ne lui parut pas inconnu.

Il se tenait assis, avec une femme et des enfants, autour d'un gros ballot de forme indistincte que tous, y compris les gamins, semblaient entourer de précautions afin de lui éviter les chocs.

— N'êtes-vous pas le meunier de Château-Richier? lui demanda-t-elle.

— Si fait, répondit l'homme hilare...

Malgré les tragédies récentes, il se montrait fort joyeux.

Le jour où Angélique avait fait sa première visite à l'Evêché, elle avait rencontré ce garçon qui venait de signer avec Mgr de Laval un bail sur les deux moulins de son fief en échange par année de six cents livres tournois, de six poulets et d'un gâteau.

— Ne dit-on pas que Château-Richier a souffert de l'Iroquois?

— Oui-da! Mon moulin est en cendres. Mais moi, je suis sauf et ma famille aussi.

Il devait la vie à son gâteau annuel. Voulant offrir à l'évêque un chef-d'œuvre d'importance, il était venu l'avant-veille à Québec avec les siens, afin de profiter du four plus vaste d'un collègue et de choisir des confiseries pour la décoration.

Sans se préoccuper des bruits de guerre, il avait brassé, pétri, enfourné, garni et décoré durant tout ce temps, et ce n'est pas pour regarder passer les Iroquois qu'il aurait pris le risque de laisser brûler le fruit d'un tel travail. Son moulin avait flambé, mais lui et les siens étaient saufs et son gâteau réussi.

Maintenant, on portait le chef-d'œuvre à Saint-Joachim. Il souleva la nappe qui le recouvrait afin de montrer à ces dames l'appétissante merveille, décorée de pralines et de pâte d'amande.

— Les enfants vont être consolés, dit Sabine.

Laissant s'éloigner le convoi, leur barque reprit sa route en direction de Québec.

La nuit n'était pas tout à fait tombée. Un dernier « voilier » de sauvagines pointait dans le ciel d'or. Les côtés du triangle flottaient comme des rubans noirs, formés par chacun des oiseaux s'efforçant de maintenir leur alignement aussi net que possible, le dessin de leur figure aussi purement tracé, des extrémités de l'ouverture jusqu'à la grande oie de tête. Et de très haut, tombaient des nues leurs salutations joyeuses.

— Couâ! Couâ! Couâ!

Angélique sentait que Sabine de Castel-Morgeat était désireuse de lui parler et elle détournait ostensiblement la tête. Elle avait vécu ces deux journées sans avoir le temps de penser. Cela ne l'empêchait pas d'éprouver par moments comme un coup de poignard aigu, un élancement sournois.

Elle ne savait pas ce qui allait arriver, quand elle retrouverait le temps de réfléchir...

Elle rencontra, fixés sur elle, les grands yeux noirs pathétiques de Sabine et leur beauté lui fut insupportable.

Pourquoi fallait-il qu'elle se trouvât assise à côté de cette femme dans cette barque?

Par la faute d'un vent contraire et du reflux de la

marée, on dut rester longtemps à louvoyer sous Québec, tandis que Topin se débattait avec sa voile carrée, et lui reprochait d'avoir pris des habitudes de paresse, au cours de l'hiver. « Tu es restée trop longtemps en quenouille, pendarde! Finis de lanterner... »

Dans la nuit, Québec se dressait, ombre noire où s'allumaient, une à une, en espalier, les lampes des maisons.

A la fin de l'automne, du château arrière du *Gouldsboro* dansant sur les flots, Angélique l'avait aperçue pour la première fois, Québec, la petite capitale perdue du royaume de Nouvelle-France.

Sa douleur se réveilla comme si elle avait touché un point sensible, sans pouvoir diagnostiquer où se trouvait le mal et de quelle nature il était.

En ce qui la concernait le défi avait été relevé, la partie gagnée.

« Tu es une triomphante », disait Guillemette.

Mais ne payait-elle pas trop cher ses victoires?

Le prix était à la hauteur du défi.

« Aurai-je le courage? » se demanda-t-elle.

A nouveau ses regards croisèrent ceux de Sabine de Castel-Morgeat.

— Angélique, écoutez...

— Non! fit celle-ci en détournant la tête, farouche. Ne m'exaspérez pas.

— Il faut pourtant que je vous dise... Que vous sachiez.

— Non! fit encore Angélique mais avec moins de conviction. Laissez-moi, je suis fatiguée.

Elle se sentait les paupières lourdes. Elle mourait de sommeil.

Le balancement de la houle qui les faisait danser comme un bouchon devant la ville, en attendant que le vent, soudain tombé, voulût bien reprendre son souffle, avait raison de sa résistance. Elle était envahie d'une incoercible envie de dormir.

— Vous n'en pouvez plus! Vous en avez trop fait!

Certes, se dit-elle avec ironie, deux jours de galopades effrénées, à traiter avec le plus sauvage des Iroquois, à panser les blessés, à naviguer, à enterrer les morts et tout cela sur la lancée d'une nuit d'amour fougueuse et d'un sinistre attentat où elle avait failli laisser sa vie, il y avait de quoi être fatiguée. Sa tête s'inclina malgré elle, frôlant les cheveux blonds de Marcellin endormi contre son sein.

Les yeux clos, elle se mit à faire des projets très précis sur la conduite qu'elle allait tenir dès qu'elle toucherait le port. Pour commencer, elle ne prêterait l'oreille à aucune requête. S'il se trouvait par là, sur la place, un carrosse, elle monterait dedans — fût-il celui de Madame le Procureur — et se ferait conduire chez elle en la Haute-Ville.

En passant, elle demanderait à Boisvite de son alcool de poires. Elle le verserait dans du lait très chaud avec du sirop d'orgeat. Ayant bu, elle s'insinuerait dans son lit, les rideaux de l'alcôve bien tirés.

Et puis, elle dormirait, dormirait, dormirait...

Elle entendit la voix de Sabine murmurer :

— Il faut que vous le sachiez, Angélique... Il faut que vous n'en doutiez jamais... Pour lui, il n'y a que vous, que VOUS.

86

— Qu'on me trouve Eloi Macollet et si possible, que personne ne lui apprenne la triste nouvelle avant moi.

La mort de Cyprien Macollet, son fils, avait été confirmée.

Macollet arriva en sifflotant une chanson de route.

Les événements dans la bonne tradition printanière le rendaient guilleret.

Il revenait de l'île d'Orléans et ne savait rien.

— Vous a-t-on informé, lui demanda Angélique, qu'un parti iroquois, des Oneïouts, ont traversé le fleuve et causé du malheur sur la côte de Lauzon ?

Il s'arrêta de siffler et s'assombrit.

— Nenni ! J' savais point.

— Votre fils est mort, Eloi.

Elle lui conta aussitôt comment le gros et paisible corroyeur avait tenu tête aux sauvages plus de deux heures. Il avait couru d'un coin à l'autre de sa demeure barricadée pour enfiler le canon du fusil dans tous les interstices des murs qui en étaient troués convenablement aux bons endroits comme il se doit pour une habitation de colon canadien.

Par la fin, les barbares avaient réussi à défoncer la porte, s'étaient emparés de l'enragé défenseur, l'avaient tué à coups de hache et de tomahawk, et scalpé.

— Votre fils vous avait déçu, Eloi, mais il est mort en héros, bien digne de vous.

Il l'avait écouté debout, en silence.

— Ce n'était pas un mauvais gars, fit-il, mais l'on n'était pas plus père et fils qu'un cerf des bois ne l'est d'un bœuf de labour. Je l'avais conçu pour ainsi dire par ordre du Roi, comme j'avais été contraint d'épouser la mère. Fallait obéir aux ordonnances. Si passé dix-huit ans, un gars n'avait pas convolé, il était mis à l'amende. On me retirait mon permis de voyageur, on me reprenait ma concession et jusqu'aux terres que j'avais acquises avec mes deniers. Bon! Je me suis marié avec une Fille du Roy. Elle a pas eu à se plaindre. Je lui ai donné la ferme, je lui ai fait un enfant, mais sitôt l'affaire réglée, je suis parti aux Grands Lacs pour plusieurs années. La fille que j'avais épousée devait être vaillante, car elle a bien fait prospérer la métairie et bien élevé son fils. Je suis revenu de temps en temps. Mais c'est surtout après qu'elle fut morte que j'ai renoué avec le gars. Il était marié déjà.

Il se tut. Puis interrogea à voix basse.

— Et la Sidonie?

— Elle ne l'a pas quitté durant la bataille, lui passant les armes chargées. Quand les ennemis sont entrés, elle s'était réfugiée dans le grenier dont elle avait relevé l'échelle. Par la trappe, elle tirait sur eux ses dernières munitions. Avant de grimper, elle avait rempli et emmené avec elle un pot de braises. Quand elle n'eut plus de cartouches, elle lança par l'ouverture, dans la salle, des bottes de paille sur lesquelles elle jeta les braises. Le feu prit. Renonçant au pillage, les Indiens s'enfuirent. Alors elle a remis l'échelle, elle est redescendue et elle a réussi à coups de seaux d'eau du puits à éteindre l'incendie.

Il l'avait écoutée, haletant.

— Alors ! Vivante ?

— Vivante.

— Merci à Dieu ! s'écria-t-il.

Il se laissa tomber sur un escabeau.

— ... J' vous l'avais dit, c'est du chiendent, la Sidonie !

Il tournait son bonnet rouge machinalement sur sa tête scalpée.

— C' pays de malheur ! C' pays de malheur ! répétat-il.

Puis les larmes lui jaillirent des yeux.

Quand il eut pleuré tout son saoul, il releva la tête et vit, à travers ses yeux brouillés de larmes, Angélique assise près de la table, et son chat sur la table, qui le regardaient tous deux du même regard songeur, doux et compréhensif.

— Macollet, c'est vous qu'elle aime, dit Angélique. Elle vous a toujours aimé et — je ne sais si c'est une idée erronée de ma part, mais les femmes ont souvent de si bizarres détours dans leur conduite quand le sentiment les guide — je me demande si elle n'a pas épousé votre fils pour se rapprocher de vous... attirée par vous... votre réputation. C'était créer une situation sans issue... Elle vous aimait et ne le savait pas... Elle ne vivait que quand vous étiez là et tout le temps vous filiez aux bois ou alors vous couriez après vos voisines. Vous ne pensiez pas à elle. C'était votre bru. Maintenant, elle est libre. Et même si vous ne le saviez pas, il y a un instant, vous l'aimez aussi, je viens d'en voir l'aveu sur votre visage.

— Vingt dieux ! jura-t-il, les curés vont crier à l'inceste.

— Vous n'êtes père que par alliance... Vous pouvez l'épouser...

Il secoua la tête.

— Ça ne peut pas se faire. Un vieux et une jeunesse.

— Bast ! Un vieux qui ne dédaigne pas tant que ça

les jeunesses à ce qu'il m'a semblé! Macollet, cela ne vous empêchera pas de repartir aux bois tant que vous serez capable de pagayer sur les rivières et de porter votre canot sur la tête... Mais au moins, à cette femme de trente ans qui s'est consumée pour vous, vous lui aurez donné un enfant... C'est ce qu'elle m'a dit.

Eloi Macollet se dressa, retrouvant sa vivacité habituelle.

— J' promets rien d'avance! Mais faut que j'aille voir ça de plus près... De toute façon, avant de m'en aller, je dois lui donner de l'aide pour rebâtir la maison.

Maintenant Angélique allait-elle pouvoir pleurer pour son compte?

Mais une silhouette d'ours s'encadra dans la porte ouverte, obstruant l'entrée. C'était Eustache Banistère.

Le chat, qui s'était levé pour accompagner Angélique à son appartement, se remit en boule, ramenant l'une contre l'autre ses petites pattes fourrées. C'était un manège qui durait depuis le matin et qui avait commencé dès la première heure avec l'arrivée des blessés qui venaient montrer leurs blessures, puis de gens en larmes qui venaient conter leurs deuils, et qui avaient tiré du lit Mme de Peyrac, laquelle, rentrée fort tard la veille de Saint-Joachim, avait pu quand même dormir quelques heures d'un sommeil sans rêves.

Le visiteur du moment, c'était Eustache Banistère à peine sorti de l'hôpital. Une fois qu'il eut ramené la lumière à l'intérieur de la pièce, en franchissant le seuil et en dégageant la porte pour s'avancer de quelques pas, il annonça qu'il n'avait pas voulu partir pour les Grands Lacs sans saluer Mme de Peyrac, son ex-voisine. Il lui montra le document qu'elle lui avait obtenu établi par d'Avrensson. « Lieutenant Général pour le Roi en la Nouvelle-France, représentant Monsieur de Frontenac empêché, certifie avoir donné congé au Sieur Banistère, lui signifiant d'accompagner les Sauvages, du lieu dit Sault-Saint-Louis jusqu'au lac des Illinois et au-delà jusque, et si longtemps qu'il le jugera à propos pour le service du Roi et le bien du pays, et pourra aller ou envoyer hiverner avec eux, s'il y trouve sa sûreté et quelque avantage pour le bien public. Fait à Québec le 10 mai 16..., signé Duqueylac d'Avrensson et signé de ses armes. » Le tout était contresigné par l'Evêque et par le nommé Basile, négociant, qui le commanditait.

Banistère emmenait son aîné avec lui.

Auparavant, il avait fait son testament.

Il était prêt pour la route, superbe dans son pantalon de grosse toile que retenaient plusieurs tours de sa large ceinture de laine, tissée en dessins fléchés de fils coloriés aux longues franges. Il était chaussé de ses fameuses bottes en peau d'élan artistement brodées en poil de porc-épic de diverses couleurs et ornées de petits cylindres de métal d'où s'échappaient des touffes de poils de chevreuil teints en rouge.

Il avertit qu'il cédait ses concessions attenantes au marquis de Ville d'Avray parce qu'il savait que c'était lui qui en profiterait.

Restait l'affaire Euphrosine Delpech. Angélique l'interrompit en lui disant qu'elle n'était pas au courant et qu'Euphrosine ne l'intéressait pas. Banistère déplorait que son greffier-sculpteur Le Basseur fût mort. Mais il avait pu établir auparavant avec lui un soigneux mémoire qui attaquait le procureur Tardieu pour avoir laissé tomber en désuétude sa demande de lettres de noblesse. Comme il laissait une abondante provision d'écus entre les mains de Basile, la chicane serait alimentée et le procureur allait avoir du fil à retordre. Banistère démontrait ainsi que son nom indien « Ackhirahes » (Il-cogne-fort) était bien porté.

Ayant dit, Banistère poussa un appel rauque et son gamin, qui se tenait dehors, se présenta toujours farouche, serrant sur son cœur un magnifique morceau de pain bénit du jour de Pâques. Il était de tradition de le conserver aussi longtemps que possible et les « voyageurs » ne manquaient jamais de l'emporter, ne devant le manger qu'à la dernière extrémité, dernier lien du « coureur de bois » avec son église et sa paroisse.

L'enfant était chaussé de bottes d'élan, le bonnet de laine enfoncé jusqu'aux yeux. Son père le lui fit ôter d'une bourrade, ce qui était un maximum de civilité à obtenir de sa part.

Le chien niaiseux sortit de sous le four à pain en remuant la queue.

87

Tout au long de ces trois jours qui virent le passage des Iroquois, Angélique, par moments, quand elle refaisait surface, suffoquait, se rappelant que, quelque part dans un coin de son âme, elle souffrait beaucoup. Mieux valait que Joffrey fût au loin, car la douleur venait de lui.

En s'apercevant qu'elle se félicitait de son absence, elle fut désespérée. Fallait-il comprendre que leur amour était mort ? On répétait qu'elle avait sauvé Québec et tout le monde l'encensait. Mais en elle, un ressort allait se casser.

La ville épargnée, le jeune Anne-François hors de danger, les petits garçons de Saint-Joachim ayant fait honneur à leur gâteau, les grandes oies blanches revenues, Angélique se plongea dans ses larmes.

— Mais pourquoi a-t-il fait cela ? s'écria-t-elle à voix haute dans le silence de sa petite chambre.

Pourquoi ne l'aurait-il pas fait ? Il l'avait toujours fascinée par la liberté de ses actes. Il n'y avait pas d'homme plus libre au monde...

Mais les raisonnements ne pouvaient rien contre l'amertume qui l'envahissait lorsqu'elle repensait aux circonstances dans lesquelles l'homme qui lui était le plus cher s'était détourné d'elle, ne serait-ce qu'une heure. Elle n'avait pu renoncer à se torturer en recherchant avec exactitude où et quand cela s'était passé. En fait, elle le savait, puisque Anne-François n'en avait pas fait mystère. C'était au château de Montigny, le jour déjà lointain où elle était allée à l'île d'Orléans visiter Guillemette la sorcière. Et précisément elle s'y était rendue pour demander à Guillemette des conseils ou une médecine afin de calmer les nerfs de Mme de Castel-Morgeat. C'était le comble! Tandis qu'elle se dévouait, préoccupée de l'état proche de la folie dans lequel se trouvait la femme du gouverneur militaire, elle... il...

Angélique se jetait sur son lit et enfonçait son visage dans son oreiller pour ne pas crier, hurler. Tout le monde s'était moqué d'elle.

Ce jour-là, elle était à l'île d'Orléans et Guillemette la sorcière qui savait, qui, voyante, ne pouvait pas ne pas savoir, avait eu le front de lui dire : « Tu es une femme heureuse! » Car elle savait sans nul doute. Parlant de Sabine de Castel-Morgeat, ne lui avait-elle pas dit avec un sourire dont elle comprenait maintenant l'ironie : « Ne t'inquiète pas pour elle, elle va être sauvée. » Et, pour détourner ses soupçons, dissiper les ondes de son instinct à elle, Angélique qui, même de loin, pourrait être avertie de la félonie qui se consommait, la sorcière, hypocrite, avait retenu son attention par toutes sortes d'artifices, la captivant de récits et de confidences, comme on raconte des histoires à un enfant pour lui faire avaler une médecine. Et sur le point de la quitter elle lui jeta n'importe quelle sottise pour nourrir à faux son imagination, afin que, intriguée par l'énigme, Angélique ne s'aperçoive pas de ce qui se passait sous son nez : « Il ne faut pas qu'il aille à Prague. »

Prague! La capitale de la Bohême qui venait là comme « un cheveu sur la soupe » pour brouiller son entendement. Ah! Ils s'étaient bien gaussés d'elle, tous, derrière leurs amabilités. Jusqu'à Mme de Mercouville qui l'avait encouragée à s'éloigner en lui donnant le scapulaire de Sabine, feignant d'être préoccupée pour celle-ci.

Et les allusions de cette vipère d'Euphrosine qui avait dû se réjouir, car elle avait su, presque vu... Et Angélique lui avait soigné son nez gelé, comme une sotte qu'elle était, contente de rendre service, de soulager alors qu'on exploitait sa bonté, tous ces jaloux et ces envieux ne lui sachant aucun gré des soins qu'elle dispensait.

Angélique, le visage dans son oreiller, se voyait

entourée de traîtres et de traîtresses qui s'étaient gaussés d'elle tout en lui prodiguant des amabilités afin de profiter des avantages de son amitié. Ulcérée, elle repassa tous leurs actes par le crible d'un machiavélisme raffiné où elle voyait Joffrey et Sabine aidés par la ville entière la tromper, jusqu'au moment où sa loyauté l'obligea à se rappeler qu'elle était partie pour l'île d'Orléans sur un coup de tête, sans avertir personne, et que s'il y avait eu machiavélisme on ne pouvait en accuser que le hasard, grand maître en l'art de la farce.

Elle se releva en titubant. Elle ne pouvait plus soulever les paupières, tellement elles étaient gonflées mais se sentait un peu calmée.

En découvrant le reflet de son visage tuméfié par les larmes, elle se dit qu'il y en aurait au moins pour une bonne heure de soins avec compresses, crèmes et cataplasmes, avant de pouvoir retrouver une figure convenable.

Comme elle recommençait à pleurer, elle comprit que masques et compresses ne serviraient de rien si elle ne parvenait pas à retenir les pensées déplorables qu'elle se forgeait comme à plaisir. Avait-elle le droit de retenir prisonnier un homme comme Joffrey de Peyrac ?

Mais ses appels à la résignation demeurèrent sans effet. Elle ne pouvait empêcher ses larmes de couler et elle se disait qu'il y avait quelque chose de brisé en elle.

— Pourquoi pleures-tu ? dit la Polak.
— Je ne pleure pas.
— Tu crois que je ne vois rien. Tiens assieds-toi. Bois ! Mange ! Je t'ai préparé du veau. On en tue rarement. Mais au printemps, faut manger de la viande de printemps.

La pensée du veau rendit Angélique plus triste encore et elle secoua la tête.

— ... Marquise, pas un homme ne mérite qu'on se prive d'un bon plat. Tous les mêmes, les hommes. Tu devrais le savoir.

Angélique n'avait pas envie d'entendre la Polak philosopher sur les hommes et mélanger Joffrey avec les voyous qu'elle avait aimés dans sa vie dont cette canaille de Calembredaine ou, si brave fût-il, son Gonfarel d'aujourd'hui.

Elle se leva pour s'en aller.

— Marquise, prends garde... Réfléchis un peu avant d'enfourcher ton destrier des grands jours et de partir au galop sans savoir où ça te mène... Des fois que tu verrais un peu trop la paille qui est dans l'œil de l'homme qui t'aime et pas la poutre qui est dans le tien.

— Que sais-tu ?

— Rien ! Mais j' me doute !

Il fallait reconnaître que ce n'était qu'incidemment que l'effleurait la pensée de Bardagne. Le souvenir de la nuit qu'elle avait passée dans ses bras avait été emporté comme par un raz de marée. Elle n'y pensait pas ou peu. Et chaque fois c'était toujours avec sérénité ou satisfaction. Incapable de le regretter. Cet acte avait été important pour elle. Mais elle ne concevait pas qu'il puisse avoir sur sa vie aucune incidence grave.

La jalousie de Joffrey ? Dieu ferait qu'il ne sache rien car cela n'en valait pas la peine. Bardagne n'était pas Colin. Lui seul, Joffrey, comptait pour elle.

A la réflexion, passée la première blessure d'amour-propre à la pensée des mauvaises langues et des sourires, ce qui restait et qui la torturait c'était le doute. N'avait-elle pas commencé de craindre auparavant que son amour pour elle s'attiédisse ? Elle se souvenait d'une fois où ils s'étaient aimés. C'était un après-midi au château de Montigny. Au cours de cette étreinte, elle avait éprouvé un plaisir indicible. Quand elle y songeait, elle devait s'avouer qu'elle avait cru un instant voir s'entrouvrir le ciel. Et c'était au sein d'une telle félicité qu'elle avait commencé de craindre qu'il ne se détachât d'elle. N'avait-elle pas senti comme une subite absence en lui, comme s'il refusait de la suivre dans son extase ?

La vie est naturellement injuste et se plaît à jouer avec les cœurs comme avec un bilboquet. N'est-ce pas au moment où l'amour atteint son paroxysme qu'il est sur le point de mourir ?

A ressasser ce souvenir, s'établit sa conviction pleine et entière que si Joffrey l'avait trompée ce n'était pas parce qu'il aimait Sabine, mais parce qu'il ne l'aimait plus, elle.

Certains mots d'Anne-François parlant de son amour pour elle lui revenaient en mémoire. Le jeune homme avait usé des mêmes termes que Bardagne, déchirants. « On aime... et l'amour va ailleurs! » Elle comprenait maintenant leur douleur. Sous vos yeux l'être qu'on aime regarde dans une autre direction et s'irradie d'une autre présence. A la pensée que Joffrey pourrait aimer ailleurs, Angélique partageait la douleur de ses amoureux et les prenait en pitié, contraints d'accepter de brûler d'un amour qui ne serait jamais payé de retour et qu'on ne pouvait arracher de son cœur qu'en le coupant par le tranchant de la hache et qui demeurait toujours comme un moignon pantelant et sensible.

— Je ne survivrai pas. J'en mourrai! J'en mourrai!

Pour elle, il n'y avait que Joffrey. Il était là, son souvenir, sa présence, son être entier, tout lui, en elle, avait été ainsi dès la première fois. Les amours passagères ne signifiaient rien. La pointe de la flèche ne pouvait pas être arrachée... « Il n'y a que toi. »

Une estafette arriva apportant des nouvelles de l'armée. Le messager racontait sa terreur quand il s'était vu entouré d'Iroquois qui remontaient la Chaudière. Outtaké l'avait fait comparaître devant lui : « Je vais rejoindre Ticonderoga, je te laisse la vie. »

Dans les nouvelles qu'il apportait, M. de Frontenac confirmait qu'ils étaient aux alentours du Lac Bleu mais aucuns pourparlers n'étaient encore engagés.

Il y avait un pli de Joffrey de Peyrac pour Angélique mais elle le déchira avec rage en menus morceaux, sans le lire, puis le regretta aussitôt.

La semaine qui suivit fut pour Angélique celle des larmes intarissables.

Cependant, le printemps éclatait. Et l'on comprenait l'exclamation de la Polak : « De quoi se saouler! »

De Beauport à Saint-Joachim, trois mille pommiers en fleur qui explosaient au flanc de la côte de Beaupré. Du rose, du blanc, une odeur à mourir de suavité...

Partout dans les jardins, une neige d'aurore. Les joues de l'île d'Orléans étaient roses et blanches comme celles d'une jeune fille, d'une jeune fille normande.

Angélique expliquait par l'effet des senteurs capiteuses qui s'exhalaient dans l'air tiède ses paupières rougies et le mouchoir qu'elle portait trop souvent à son visage. On la plaignit. Beaucoup de personnes souffrent au printemps d'affections diverses : rhumes, dit des foins, furoncles, fièvres...

Ville d'Avray apparut un après-midi. C'était sa première promenade depuis son accident. Il boitillait, son visage était défait et son élocution embarrassée.

— On boit trop dans cette ville. La chaleur est venue s'ajouter à mon chagrin pour me pousser à boire afin d'étancher ma soif et oublier ma douleur. Mais je suis en train de me rendre malade et vous m'abandonnez.

— Je vais vous faire une soupe à l'oignon. On l'appelle « soupe de l'ivrogne » comme vous le savez car l'oignon a la propriété de dissiper les vapeurs de l'alcool et de clarifier les humeurs.

Au moins pendant qu'elle éplucherait les oignons, elle pourrait s'essuyer les yeux, sans qu'il s'interrogeât sur ses paupières gonflées. Il était d'ailleurs inattentif, ne pensant qu'à Alexandre et il comprenait qu'elle le pleurât avec lui.

— C'était un ange, un vrai ange. Je le sais. Je l'ai compris maintenant. Il a vécu le destin des anges qui sont envoyés en mission sur cette terre. Les anges qui s'incarnent, aiment leur corps. Ils ont tant souhaité de l'avoir. Ils sont beaux. Ils ont toujours un comportement ailé. Et ils meurent souvent de mort violente, jeunes, en accomplissant l'acte héroïque et miraculeux pour lequel ils sont venus.

Après avoir ainsi beaucoup parlé, il conclut.

— ... Je pars. Je quitterai la Nouvelle-France par le premier navire. Et tant pis si le Roi y trouve à redire... Comment a-t-il osé imposer un tel exil à un être de ma sensibilité? Tout ça pour une potiche de Chine. Il n'a pas d'entrailles. J'irai à Saint-Cloud. Monsieur me protégera et plaidera ma cause. On ne peut subsister dans ces contrées sauvages sans devenir aussi sauvage. Ils auront des racines de sang ceux qui garderont le pays. Il leur a fallu sacrifier les chevelures de leurs enfants les plus chers... Moi, l'un me suffit... J'emmènerai mon fils, mon petit Chérubin. J'ai besoin de me retremper dans un pays civilisé... Peut-être nous retrouverons-nous à Versailles, chère Angélique ?

Durant cette période, elle n'envisagea pas d'aller demander conseil au Père de Maubeuge. Il l'aurait regardée avec une lueur moqueuse dans ses yeux bridés et lui aurait rappelé que les femmes très belles ont un destin singulier, ce qui ne les empêchait pas d'être trompées comme les autres, et qu'elle était le cœur du cyclone, ce qui ne lui évitait pas les tempêtes intérieures.

Et pourtant c'était très douloureux. Sa vie, cette vie qu'elle s'était donné tant de peine à rebâtir, lui était arrachée par lambeaux, mettant sa chair à vif.

« Il faut que je reste belle, se disait-elle en sanglotant devant son miroir. J'étais si heureuse ! Si heureuse ! »

Elle regrettait les derniers mois vécus.

Il y avait eu des disputes entre eux, mais qui ne semblaient surgir que pour leur donner l'occasion de s'expliquer, de se connaître mieux et de découvrir en des réconciliations exquises la force sans cesse renouvelée de leur désir. N'était-ce pas en un des plus beaux moments d'extase qu'elle avait cru apercevoir en lui une réticence, un recul... Alors qu'ils... s'envolaient. Ensemble, tous deux ! Le sommet est proche du précipice. La roche Tarpéienne où l'on peut se briser les reins, est proche du Capitole où les citoyens de Rome parvenus à la gloire risquaient de voir prononcer la sentence qui les condamnerait.

— J' te comprends pas, disait la Polak. J' t'aurais pas crue si compliquée, Marquise... C'est d'être à l'aise qui t'a gâtée. Pour quelques miettes qu'on a enlevé de la table, toutes ces pleurnicheries ! Que crains-tu ? Tu crois que ça se quitte facilement une créature comme toi ? Vingt dieux ! Ça me ferait bien plaisir, mais ça m'arrivera pas. Tu séduiras, toujours!... Ça émane de toi par les yeux, par les lèvres, par la peau... La peau, c'est par là que ça passe l'amour... Et ça ne meurt qu'avec nous. Tu crois que ça s'oublie la peau des anges? Tu crois qu'un homme quand il est habitué à cette peau il peut s'en passer? Même s'il le veut? Et il ne le veut pas, ton homme!

Elle faisait claquer son pouce contre l'index.

— ... Y'a rien, j' te dis! Pas ça! C'est toi qui creuses ta tombe avec tes simagrées!

88

— Ma petite amie! Ma petite amie!

De son éventail qu'elle tenait tout droit comme un plumeau, Mme Le Bachoys lui tapotait l'épaule.

La cathédrale était déserte. Devant le maître-autel M. Gaubert de La Melloise priait, assurant son heure d'adoration du Saint-Sacrement.

Dans l'ombre de l'église où elle venait d'entrer afin de soustraire à la lumière du jour son visage altéré, Angélique reconnut la large face au teint vermeil de la brave dame et ses yeux bleus qui lui souriaient avec indulgence.

— Allons! Allons, ma petite amie, fit-elle de sa bonne voix grondeuse. Est-ce raisonnable, ces yeux rouges? Vous! Vous! Une séductrice! Une femme qu'on ne peut s'empêcher d'aimer dès qu'elle paraît? Si vous n'étiez si aimable, les autres femmes vous haïraient car non seulement vous détournez d'elles les regards de leurs admirateurs, mais vous avez enchaîné le cœur d'un homme que toutes vous envient. Vous aurait-il blessé de quelque façon? J'ai peine à le croire...

— Que vous a-t-on dit? s'informa Angélique humblement.

— Rien! Sauf que je ne vois qu'une dureté ou une légèreté venant de Monsieur de Peyrac pour vous faire verser ainsi des pleurs...

Confiante en la bonté de son interlocutrice, Angélique laissa entendre qu'elle avait des raisons de le croire infidèle. Elle s'embarrassait dans ses griefs. Elle ne voulait pas retenir son mari prisonnier, dit-elle, mais les circonstances dans lesquelles la chose était arrivée l'avaient blessée... Elle y voyait de la désinvolture, un manque de cœur. On avait profité de son absence à l'île d'Orléans...

— Ma chérie! On voit bien que vous n'avez pas l'expérience d'être trahie, s'exclama Mme Le Bachoys. Vous sauriez que quelles que soient les formes ou les circonstances, c'est toujours ulcérant. Si cela se passe sous votre toit en votre absence, c'est une insulte. Au loin, dans la discrétion, c'est d'une hypocrisie révoltante. Quoi qu'on fasse c'est toujours d'une lâcheté sans pareille de la part de l'homme, d'une traîtrise inimaginable de la part de la femme. Il n'y a pas d'adultère élégant.

— En somme, vous l'excusez? dit Angélique, tout en pensant que son aventure au fin fond des plaines d'Abraham avait tout de même mieux sauvegardé les apparences.

— Et vous, ma chère enfant, vous excuseriez-vous? Dans le même cas?

Sous le franc regard, Angélique ne chercha pas à feindre l'indignation vertueuse.

— Oui, reconnut-elle, car je sais que rien ne peut entamer mon amour pour lui... Il ne s'agirait que d'une incartade.

— Qui vous dit qu'il n'en est pas de même pour Monsieur de Peyrac? Incartade, avez-vous dit? Un petit écart! Une petite déchirure dans le contrat? Mais de quelle sorte de contrat?

Angélique devait s'avouer que Mme Le Bachoys parlait d'or. Elle aussi était parvenue à la même conclusion. Mais là où tout versait dans la catastrophe, c'est qu'elle avait acquis la conviction qu'il ne l'aimait plus... Ou qu'il l'aimait moins.

Elle se remit à pleurer.

M. Gaubert de La Melloise, de son prie-Dieu du deuxième rang devant le maître-autel, tourna la tête, dérangé dans ses prières par ce bourdonnement de chuchotements et de sanglots qui venaient du fond de l'église.

— Voyons! Voyons! la gronda Mme Le Bachoys. Essayez de vous confier clairement. Dites-moi ce qui vous tourmente. Y aurait-il quelque chose que vous auriez observé ou que vous vous seriez imaginé, qui vous entraînerait à attacher plus de gravité qu'il ne faut à cette histoire... ancienne, il me semble?

Angélique finit par avouer sa seule et unique crainte d'un malheur près duquel le reste avait perdu de l'importance et qu'elle aurait même oublié, si cette inquiétude n'en avait pas été renforcée. Elle craignait d'avoir commencé de perdre son amour. Et elle parla du signe sur lequel elle étayait son pronostic. Cette subtile réticence au sein d'une brûlante étreinte, comme si tout à coup il avait voulu être ailleurs, s'en aller. Oh! Ce n'avait pas été aussi accentué, définitif... Ne révélait-elle pas un affaiblissement du sentiment amoureux qu'elle lui inspirait?

— Au contraire!

Mme Le Bachoys paraissait tout à fait rassurée et même enchantée par son histoire. Selon elle, Angélique interprétait à tort une réaction très masculine qui n'était qu'un aveu du pouvoir qu'il lui reconnaissait, de l'intensité du bonheur qu'il éprouvait près d'elle.

— Vous ne vous êtes peut-être pas tout dit... Ma petite amie... Les hommes ont peur de l'extase. Ils s'en méfient. Sauf les très jeunes gens... ou les êtres mystiques. Ils ont peur de ce lâchage, de ce laisser-aller, de cette disparition de toute... assurance. Ils veulent conduire l'attelage. S'affirmer... Leur sang-froid se trouve menacé. Ils ont peur de l'égarement ou d'une faiblesse qui serait mal interprétée. De paraître accablé ou frappé par la foudre...

— Vous croyez donc que sous la violence et l'émerveillement du plaisir qui s'emparait de lui et qui m'habitait aussi, il eût voulu s'en défendre?

— Ce n'est pas impossible. Les grands maîtres ès arts en volupté, doués pour l'amour et pour le dispenser, peuvent redouter de se fondre en une femme, de confesser l'abandon en des bras si faibles et si dangereux. Ils nous prêtent plus de calculs que nous n'en sommes capables... S'ils savaient... Nous autres femmes nous gardons le secret de nos... ravissements. C'est un secret entre Dieu et nous. Nous les cachons à nos confesseurs de peur d'être jugées et vouées à l'enfer. Certains hommes s'imaginent que rien ne nous est accordé que d'une manière diffuse. Mais c'est pourquoi il nous est plus facile de perdre les sens, de perdre la tête, de nous laisser embarquer pour Cythère sans idée de retour. Oh! Oui, ma chère, nous sommes favorisées.

— Je comprends ce que vous voulez dire. J'ai maintes fois été heureuse, folle et ravie par l'amour mais, ce jour-là, il m'a semblé que j'étais sur le point de mourir sans regret. Car je mourais de joie.

— Personnellement, je m'évanouis, dit Mme Le Bachoys.

A l'idée de cette grosse femme tombant en pâmoison sous les yeux effarés d'un amant, Angélique se mit à rire. Mais Mme La Bachoys ne se vexa pas et partagea sa gaieté.

— Oui! Vous imaginez combien la situation peut être embarrassante pour un honnête homme qui a fait de son mieux pour mener... disons, l'affaire à bien et avec le plus grand sang-froid dont il se glorifie. Le voici donc tout quinaud se croyant coupable... d'autant plus que ces messieurs sont jaloux de l'ampleur de nos transports...

Elles rirent de plus belle.

Cette fois M. Gaubert de La Melloise estima la dissipation outrageante et se leva dans l'intention d'y mettre fin. Le temps qu'il eût effectué sa génuflexion et descendu la nef, Angélique et Madame Le Bachoys, pour échapper aux remontrances, s'étaient sauvées sur le parvis.

Elles se donnèrent le bras et descendirent les marches.

— Faisons quelques pas sur la place. Promenons-nous à l'ombre des cerisiers en écoutant murmurer le ruisseau. Que disais-je? Oui, je m'évanouis, et abandonne ainsi le nautonier sur la rive, ce qui le rend furieux. Et vous, quels sont vos aveux ?

— Que voulez-vous dire ?

— Que lui avez-vous manifesté ? Que lui avez-vous avoué ? Que lui dites-vous des sentiments qu'il vous inspire ?

Alors Angélique se souvint des paroles d'amour qu'il prononçait souvent. Combien il avait mis tout en œuvre, à Gouldsboro, à Wapassou, ici même pour la ramener à lui, la réveiller, la consoler. Et lui, se rendant accessible à elle, lui disait : « Je suis tombé amoureux de cette nouvelle femme que vous êtes devenue. J'ai pu vivre sans vous. Maintenant, je ne le pourrais plus... »

Quelle réponse avait-elle donnée à ces discours ?

Parfois, il lui était arrivé dans l'excès de tendresse d'avoir envie de franchir on ne sait quelle mauvaise honte, timidité ou peur, et de le combler de paroles, peut-être naïves, mais qui auraient essayé de traduire tout ce qu'il était pour elle. Elle aurait voulu se jeter à ses genoux, ou le serrer dans ses bras, l'embrasser dans un élan possessif et fougueux que lui inspiraient sa vue et sa présence.

— Mais... il n'aimerait peut-être pas cela, fit-elle.

— Que vous disais-je ? Il y a beaucoup de barrières dans nos êtres qui s'opposent à notre bonheur. Vous avez encore bien des chemins à suivre, de découvertes à faire... Il n'y a que les amants qui se connaissent bien, qui savent qu'ils ne se connaissent guère et qu'il leur reste des trésors. On croit toujours qu'on est amoureux et l'on s'aperçoit, quand on regarde en arrière, qu'on l'était peu et que c'est alors, maintenant, qu'on est amoureux... et puis plus loin encore... nous attendent des révélations infinies. On dit et l'on répète : je suis amoureux. Mais même pour une seule personne le mot change. Il reste semblable, mais opposé sur des vérités différentes et que nous sommes seuls à connaître et à définir. Quelles vérités ? J'ai ma petite idée là-dessus... Elles sont différentes, ai-je dit !... Pas très variées et pourtant multiples par des développements et les résonances que nous leur donnons, chacun de nous, en nos cœurs...

» L'orgueil des hommes leur tient lieu de corset, dit-elle encore. Comme pour les femmes, ils ne le quittent qu'à regret et non sans gêne dans l'amour. Ils le délacent avec plus d'appréhension qu'un guerrier ôtant sa cuirasse sous le feu de l'ennemi. Notre Peyrac n'a jamais été ainsi, même lorsqu'il n'était qu'un jeune Gascon audacieux... et impatient de goûter à tous les fruits de l'existence, les plus variés et les plus beaux. Je connais sa vie, je me la suis fait raconter plusieurs fois en détail. Mais il préférait prendre l'amour pour un divertissement et un art et vous lui avez appris ce qu'il savait fort bien, lui poète, lui troubadour, que l'amour mord au cœur. Vous l'avez introduit dans un domaine dont il se doutait qu'il existait mais où il croyait pouvoir se dispenser de pénétrer. Cette force qui a disposé de lui peut l'avoir, de temps à autre, rendu... difficile. Mais il y a des paliers, des étapes, qu'un homme comme lui ne peut pas regretter d'avoir franchis.

Mme Le Bachoys fit quelques pas d'un air songeur.

— J'avoue qu'il m'impressionne... Il m'aurait bouleversée si... j'ai préféré vous le laisser. Il y a des feux qu'il ne faut pas essayer de détourner vers soi... Je me connais... A moi, une fois ne m'aurait pas suffi. Et il n'est pas certain qu'il aurait voulu m'en accorder plus... J'aurais dépéri... Vous voyez cela !

Elle hocha la tête en riant.

— ... Vous êtes pour lui la femme inoubliable. De cela il ne guérira pas ! Et il le sait. Un homme comme lui, c'est normal qu'il s'en défende, mais vous... vous pouvez faire tout ce que vous voulez... Même continuer à faire la sotte... Cela ne changera plus rien... Bienheureuse ! Bienheureuse êtes-vous !

Elle regardait Angélique avec douceur et sous le regard un peu voilé des beaux yeux bleus qui brillaient dans ce visage réjoui et couperosé, Angélique se demandait si elle n'avait pas devant elle celle qui aurait pu être sa seule rivale à Québec.

89

« Bienheureuse! Bienheureuse êtes-vous! » avait répété Mme Le Bachoys à Angélique avant de la quitter, après lui avoir administré un petit coup amical de son éventail en plumes de dindon sauvage. « Bienheureuse vous qui avez tout reçu! »

Par un message de la Mère Supérieure des ursulines, Angélique sut que l'on désirait la voir au monastère. Elle s'y rendit, faisant trêve à son chagrin, envisageant que les mères désiraient parler d'Honorine, de ses progrès en lecture peut-être, de ses sottises sûrement.

Les petites filles dansaient sous les pommiers en fleur : « Alouette! Gentille alouette! »

La Mère Supérieure lui dit tout d'abord qu'elle et ses sœurs avaient regretté de ne pouvoir la remercier aussitôt de vive voix d'avoir sauvé leurs vies.

— Notre clôture, Madame, nous est parfois un sacrifice lorsque nous souhaiterions courir à nos amis pour leur baiser les mains.

Mère Madeleine avait eu l'heureuse inspiration de la demander pour lui communiquer certaines recommandations du Seigneur. On pouvait donc la couvrir de bénédictions et l'assurer de prières quotidiennes pour elle et les siens.

Honorine, affirmait-elle, était leur enfant préférée. L'on n'avait avec elle aucune difficulté si l'on s'adressait à son cœur.

Derrière la grille, la Mère Madeleine l'attendait et lui adressa un sourire de connivence.

— Je ne voudrais pas, chère dame, que vous payiez trop cher les mauvais coups que votre vaillance porte au démon. Il se venge toujours, sachez-le. Les grandes faveurs que le Ciel nous accorde, ne peuvent l'être, sans que nous soyons contraints d'abandonner à notre insatiable ennemi un petit lambeau de nous-mêmes afin de calmer sa voracité. Ainsi l'on détourne son attention des enjeux plus graves et j'ai toujours remarqué que le prix de cette obole était minime.

Cette fois, Angélique ne demanda pas : « Que savez-vous ? » Elle comprenait que Mère Madeleine avait deviné qu'elle traversait une crise douloureuse.

Elle dit qu'à son sens la dîme qu'il lui était demandée de verser au démon pour avoir reçu la grâce de sauver Québec ne lui paraissait pas tellement minime. C'était difficile à expliquer à une religieuse.

Pour simplifier les choses, elle confessa à Mère Madeleine, assurée de sa discrétion, qu'elle avait appris récemment une infidélité de son mari.

— L'infidélité ? Est-ce donc, vraiment toujours, la preuve d'un manque d'amour ? demanda Mère Madeleine en haussant les sourcils d'un air naïf.

» ... Ne versez pas trop de pleurs. Vos amis, vos fils sont saufs, votre petite fille est sauve. Votre époux bien-aimé est sauf. Bénissez le ciel ! Au niveau des bonheurs terrestres, il n'y a que la mort qui est irréparable.

Décidément, tout le monde semblait se mettre d'accord pour ne pas la trouver à plaindre. Il y a des êtres qui ne sont pas faits pour inspirer la pitié. Aussi bien n'était-elle pas seule à pleurer dans Québec. On dénombrait les morts.

Parmi les premières victimes, les occupants de la barque qui avait emporté les éléments du tabernacle de sainte Anne. Sabordée à coups de hache, la barque avait coulé. Quelques pièces flottant au gré des flots furent retrouvées.

Des prédelles, c'est-à-dire des degrés de l'autel, longues épaves d'or aux entrelacs de blé et de vigne, aux rinceaux de feuilles d'acanthe, furent aperçues suivant le courant par des mariniers qui changèrent de cap afin de les rejoindre et de les haler jusqu'à Québec. Le dôme et sa croix dansèrent longtemps sur la crête des vagues puis allèrent s'échouer sur la côte nord de l'île d'Orléans, presque dans la crique d'où avaient surgi les canoës ennemis fonçant sur la grande barque avec des cris horribles. Ce qui parut un signe.

Sous le petit cap, au plus serré des oies, furent retrouvés les deux reliquaires poussés là sans doute par les ailes de leurs anges, car on les retrouva ensemble. Ainsi l'œuvre ne serait pas dépareillée. Enfin, juste au pied de la nouvelle chapelle, vinrent s'échouer la custode frappée du pélican eucharistique, la statue de sainte Anne et, un peu plus loin, dans les roseaux, le corps du sculpteur transpercé de flèches.

On l'enterra donc par là, un peu plus haut, près de l'endroit miraculeux, dans l'ombre des rochers dressés, chevelus de broussailles, de buissons de raisins d'ours et de petits pins baumiers aux racines légères. Suivant les saisons, l'appel des oies sauvages, le chant du fleuve berceraient son sommeil éternel. S'y mêlerait au cours des siècles l'ample rumeur ne cessant de grandir des foules pèlerines qui viendraient de plus en plus nombreuses et ferventes s'agenouiller en ce lieu et suspendre, en ex-voto, aux murs et aux voûtes du sanctuaire, des béquilles et des petits navires (1).

Aux ursulines, on lui avait parlé de la mort, durant l'hiver, de la petite Jacqueline, la petite Indienne que son père chef montagnais avait amenée le jour de la première tempête. Il est difficile d'élever ces enfants des forêts. Lorsqu'elles sont trop petites pour s'enfuir, elles s'étiolent.

Une autre mort survenue, comme par mégarde, fut celle du Père Loubette. Il était mort. Et comme il était mort durant les journées iroquoises, on se demanda, avec horreur, s'il n'était pas mort parce qu'une fois de plus, dans le bouleversement et le hourvari général, on l'avait oublié. Mais aussi, pourquoi, gémissait-on, refusait-il de se faire porter chez les dames augustines de l'Hôtel-Dieu ? Quand on est grabataire ! Cependant son visage serein, ses paupières closes, le sourire narquois qu'il gardait au coin de ses lèvres rigides rassurèrent les consciences angoissées. Il était mort sans souffrir, affirmait-on. Cela se voyait... Comme on s'endort. Son calumet de pierre rouge était posé à ses côtés, ainsi que la lettre contenant son testament. Il laissait tout ce qu'il possédait à Mme de Peyrac soit son calumet et

(1) Sainte-Anne-de-Beaupré, pèlerinage catholique d'Amérique, lieu de nombreux miracles et qui est considéré comme le Lourdes américain.

son vaisselier de bois de chêne travaillé au couteau et à la gouge du temps où les chênes de la forêt américaine n'appartenaient pas encore au Roi de France et que les braves colons pouvaient s'y tailler, sans encourir de sanctions, de beaux meubles pour y ranger leur primitive vaisselle de bois, de calebasse ou d'écorce de bouleau.

Il la priait de remettre sa tabatière de fer-blanc et de menues bricoles de cuir, sachets, ceintures, gris-gris indiens, à un certains Beaupars qui avait hiverné avec lui en Gaspésie. Dans un codicille malicieux, ajouté avec demande de n'être lu que deux jours après la première lecture, il ajoutait qu'il laissait libre son héritière, Angélique, de faire don, si elle le voulait, au marquis de Ville d'Avray du calumet de pierre rouge.

Cela mit un baume sur la douleur du marquis et sur la déception qu'il avait éprouvée pendant deux jours. Il avait fait une scène à Angélique à propos de ce calumet, ce qui prouvait qu'il commençait à reprendre goût à la vie. Le don du calumet le rendit à lui-même. Il se battit en duel avec Monsieur Tardieu de La Vaudière qui lui avait fait infliger de lourdes amendes parce qu'il n'avait pas de murets coupe-feu à son toit, « comme si j'en avais besoin étant donné que je ne suis mitoyen de personne », et qu'il n'avait pas procédé en temps voulu au pavage de la rue, devant son seuil. Le marquis trouva que la coupe était pleine. Il fut blessé au bras.

— A peine étais-je remis de mon entorse !

Un autre duel prévu, attendu, redouté, eut lieu également.

Le dogue allemand de M. de Chambly-Montauban et le glouton de Cantor de Peyrac se trouvèrent un jour face à face. L'affaire fut rondement menée. La tête du dogue se retrouva perchée à la fourche d'une branche sur la Place d'Armes. A l'autre extrémité de la Haute-Ville, le corps décapité, hissé lui aussi, fait assez rare, dans les branches de l'orme du carrefour, intrigua ceux des chiens du petit campement qui avaient échappé à ses crocs.

Lorsque les Québecois avaient appris comment avait fini le chien de l'abbé Dorin qui était si brave et qui avait été tué d'une flèche iroquoise devant l'église où priait son maître, alors que celui de M. de Chambly-Montauban survivait et continuait de casser allègrement l'échine des chiens indiens de rencontre, ils ne s'étaient pas privés de grommeler : « Ce sont toujours les meilleurs qui s'en vont ! »

Ils se réjouirent en secret.

M. de Chambly-Montauban en fit toute une histoire. Mme Le Bachoys le secoua. Un chien était un chien et son dogue allemand la plus odieuse créature qui fût. L'attachement qu'il lui portait, s'amusant de sa férocité, était malsain, car il n'avait même pas réussi à en faire une bonne bête et c'était coupable.

Le glouton, le diable des bois, avait rendu justice. Les Indiens de la ville eux-mêmes en convenaient. Elle lui signifia encore qu'il était temps pour lui de penser aux choses sérieuses, c'est-à-dire à se déclarer auprès de leur fille aînée et de la demander en mariage car ayant assez papillonné bêtement, il devait apprendre à faire convenablement l'amour, plutôt que de décevoir sur ce point ses nombreuses conquêtes comme le bruit lui en était revenu.

Il est bon de signaler que ces événements se déroulèrent au cours d'environ trois semaines.

Venant du sud et doublant le Cap Rouge, une flottille de canots et les voiles de grosses barques firent croire au retour de l'armée. Ce n'était que les Trifluviens et les Montréalais qui arrivaient avec leurs bonnets blancs et leurs bonnets bleus. Ils remontaient du fond de la nasse du Saint-Laurent où on les avait oubliés derrière leur blizzard.

Tout ce qui grouillait en amont et qui avait été étouffé, effacé par l'âpreté de l'hiver, surgissait à grand bruit comme un peuple de gentils animaux sortant de leurs tanières et flairant le soleil.

Les nouvelles se déversaient sur les quais comme on l'aurait fait d'une pêche gonflant des filets pleins à craquer. De Québec, l'on aurait cru que tout le monde dormait là-bas au creux des blizzards. Mais pensez-vous ! Il s'en était passé des choses : naissances, morts, mariages, querelles, crimes, disparitions, ruines, réussites... La voix des peuples enterrés s'élevait avec la même animation que le bruit des eaux libérées.

Ça courait et cascadait. Ce n'étaient pas des nouvelles, ni des récits, ni des annonces, c'était un chant, un chant de voyageur au fil du fleuve.

Par ce premier convoi, le baron d'Arreboust était revenu. Il était déçu et désespéré. Cet hiver à Montréal se soldait par un échec. Il avait multiplié les démarches pour rencontrer sa femme qui vivait en recluse, c'est-à-dire entièrement emmurée dans une cellule qui ne communiquait que par un guichet avec le monde extérieur. Les religieuses de l'hôpital de Jeanne Mance s'occupaient de sa subsistance.

Mme d'Arreboust avait distribué une grande part de sa fortune aux œuvres et aux couvents.

Son époux n'avait pu pénétrer qu'une fois jusqu'à sa cellule, ne faisant que l'entrevoir à peine, tandis qu'elle lui reprochait de ne pas demeurer fidèle au sacrifice qu'ils avaient décidé ensemble et qu'il commettait une mauvaise action en venant lui rappeler par sa présence les plaisirs du monde auxquels elle avait renoncé afin de mieux servir Dieu.

Le timbre de la voix qui lui était parvenu par cette ouverture lui avait paru affaibli et chevrotant et il s'était retiré, mortellement inquiet.

— Il ne vous reste plus qu'à vous occuper de cette petite malheureuse, dit Mlle d'Hourredanne à Angélique après qu'elle eut reçu le baron accablé.

» Trente ans, ravissante et recluse ! Comprenez-vous cela ? Le Père d'Orgeval l'a enfermée. Il était son mauvais génie. Il était le mauvais génie de bien des gens. Mais vous avez brisé le charme. Et, grâce à vous, l'on se met à regarder du côté de l'amour avec plus d'indulgence. L'on rêve à l'aventure... une petite aventure une seule fois. Il faudra que vous vous rendiez un jour à Montréal pour voir Camille et pour la sortir de son trou.

— Et vous ?

Mlle d'Hourredanne rosit légèrement et regarda Angélique d'un air coupable.

— Que voulez-vous dire?

— Et vous, Cléo? Quand allez-vous sortir de votre lit?

— Moi? Mais je n'ai point d'amour qui m'attende à ma porte comme Camille d'Arreboust.

— Et l'intendant Carlon! Ne savez-vous donc pas qu'il se consume pour vous depuis des années? On me l'a dit. En tout cas, il est visible aux yeux de tous qu'il ne saurait se passer de votre compagnie et que vous êtes son rêve secret.

— Il ne me parle que de potasse et de chantier naval. Et si je veux hausser le débat, nous nous disputons parce que je suis janséniste et qu'il est gallican.

— Il n'ose pas franchir la barrière des mots ordinaires. Et il s'abrite derrière eux afin d'avoir prétexte de rester près de vous, même au prix d'une dispute.

— J'aime ces hommes timides, fit Mlle d'Hourredanne en rosissant plus encore.

Elle poussa un soupir.

— Il est trop tard, Angélique. Moi, je n'ai plus trente ans.

— Mais vous êtes ravissante.

Angélique lui tendit les deux mains.

— Levez-vous! Il fait très beau. Le soleil brille et l'intendant est au palais. Il ne s'agit que d'une promenade. Levez-vous! Et faites-lui la surprise de lui rendre visite...

Enfin des militaires et quelques Hurons apportèrent des nouvelles de l'armée. La jonction avec le reste des Iroquois s'était faite. On travaillait à enterrer la hache de guerre. Le trésor des Iroquois contiendrait neuf colliers de Wampum, deux de rasade, c'est-à-dire de perles et non de coquillages, treize branches de Wampum. En outre une branche qui voulait dire « que le lieu des os des Abénakis soit respecté » et une autre « que l'enveloppe de leurs os soit aussi respectée ». Ils n'avaient encore voulu s'engager à rien pour les Hurons.

Angélique reçut une missive personnelle de son mari. Cette fois elle l'ouvrit.

« On me rapporte, Madame, que la faveur publique vous destine aux autels. Patronne d'une ville que vous avez sauvée comme sainte Geneviève le fit de Paris, voilà qui nous fait mesurer, ce me semble, la distance parcourue depuis que, sur ce même rivage, vous avez débarqué, lançant à la Nouvelle-France votre défi. Aujourd'hui vous avez triomphé de tous les mauvais bruits et votre victoire est entière... »

Il lui prodiguait toutes sortes de paroles de tendresse et parlait d'Outtaké. Il ne prévoyait pas que le retour fût possible avant deux semaines.

— Qu'il reste là-bas ! Je ne veux plus le voir !

Elle ne put s'empêcher de rectifier.

— ... Oh ! si, qu'il revienne. Mais le plus tard sera le mieux. J'aurai le temps de me composer un visage.

M. d'Arreboust lui avait apporté de Montréal une lettre de Mlle Bourgeoys. La religieuse assurait Angélique de son bon souvenir, parlait de l'hiver, se félicitait qu'il eût été d'un « beau froid ». Les élèves et les sœurs se portaient bien. Elle avait demandé des renseignements sur son ancienne élève, cette fillette du nom de Marie-Ange qui ressemblait à Angélique de façon surprenante. D'ici peu elle serait à même de connaître l'origine de cette famille... Angélique, d'abord surprise, demeura songeuse. Mlle Bourgeoys semblait envisager qu'une telle ressemblance ne pouvait être due qu'à des liens de parenté.

Peu de personnes dans son entourage s'étaient exilées en Amérique, sauf son frère aîné Josselin qui avait disparu quand elle avait huit ou dix ans, en criant bien haut qu'il voulait de l'aventure et, aussi, croyait-elle se souvenir, un oncle, mais tous deux étaient partis en se laissant entraîner par un pasteur protestant fanatique, ce qui avait brisé le cœur de son grand-père, lequel, à l'avenir, avait exigé qu'on ne prononçât jamais devant lui le nom des transfuges. Elle revit en pensée ses frères, ses sœurs, le château de Monteloup, sa nombreuse et impécunieuse famille dispersée à tous vents : l'un jésuite, l'autre pendu, elle aux antipodes...

Mlle Bourgeoys terminait en l'assurant de l'affection

qu'elle lui portait et qui les unissait toutes deux en Jésus-Christ.

« Bien que prévenue contre vous, écrivait-elle, vous savez que la confiance que vous m'avez inspirée a été spontanée.

» Il ne m'a pas été facile, je l'admets, de reconnaître, au vu de nos existences si dissemblables en apparence et aux buts si contraires, que nos vies se chauffaient à la même flamme qui magnifie tout, qu'elle brûle pour un être ou pour la Sainte Majesté de Dieu : l'Amour.

» Car il y a plusieurs sortes d'amour parmi le monde : l'amour des étrangers, l'amour des passants, l'amour des pauvres, l'amour des associés, l'amour des amis, l'amour des parents... et enfin l'amour des amants... On est touché de compassion pour les étrangers, quand on apprend que leur pays est opprimé et saccagé. On aime les passants, parce qu'ils apportent quelque gain, les pauvres, à qui on donne le superflu, les associés, car leur perte est dommageable... les amis, parce que leur conversation plaît et est agréable... les parents, parce que l'on en reçoit du bien ou que l'on craint d'être châtié par eux... Mais il n'y a que l'amour des amants qui pénètre le cœur de Dieu et à qui rien n'est refusé. Cet amour se trouve rarement, il est vrai. Mais c'est le véritable amour. Car il ne connaît pas ses intérêts ni même ses besoins. La maladie et la santé lui sont indifférentes, la prospérité ou l'adversité, la consolation ou la sécheresse, tout lui est égal. Et il donne sa vie avec plaisir pour la chose aimée... »

Ainsi donc, tout le monde parlait d'amour y compris Mlle Bourgeoys.

Et c'était le moment où Angélique s'en croyait à jamais dépossédée.

La lettre de la pieuse femme porta à son comble son désespoir. Hélas! c'en était fini de l'amour des amants... Pour la première fois de sa vie, Angélique doutait du pouvoir de ses charmes.

M. de Chambly-Montauban annonça son mariage avec la fille aînée des Le Bachoys. On le félicitait. Il répondait : « Oui, la mère est très bien. »

Angélique rencontra Mme Le Bachoys.

— Ma fille oubliera Pont-Briand. Elle n'aurait pas été heureuse avec lui.

Elle soupira.

— ... Ah! Ce Pont-Briand! Vous avez eu tort de le dédaigner.

Angélique dit qu'elle ne voyait pas pourquoi. Il lui avait déplu souverainement.

— Vous êtes trop éclectique dans votre choix des hommes, ma chère. Il est vrai que celui que vous avez fait votre maître vous rend difficile. Pourtant, ce n'est pas la crainte qui vous arrête.

— A Wapassou, les conditions n'étaient pas les mêmes, ni en moi ni en dehors. Nous étions isolés, au fond des forêts. Ici, à Québec, nous sommes plus forts.

— Québec, c'est Québec. Le vent souffle où il veut, dit Mme Le Bachoys et, à Québec, il emporte souvent nos bonnets par-dessus les moulins.

Le vent soufflait, les moulins tournaient, le bonnet de Mme Le Bachoys s'envolait...

D'un seul coup, comme ils étaient venus, tombaient au sol les pétales des pommiers.

C'était l'été. Le soc de la charrue ouvrait la terre. Les semailles commençaient.

L'île d'Orléans, au loin, avait des nonchalances de squale échoué, de crocodile affalé, veillant d'un œil. Derrière la brume de chaleur, elle était embuée comme un songe et paraissait inhabitée, déserte comme ce premier jour où Cartier la vit et la nomma « île de Bacchus » à cause de ses vignes sauvages.

En Canada, il n'y avait que deux saisons. Huit mois de glace et quatre de chaleur torride, avec, à la charnière de ces deux extrêmes, dix jours d'une explosion de fleurs : le printemps; d'un déploiement de draperies pourpres, rouges, roses et or : l'automne.

Il faisait une chaleur étouffante. Angélique marchant, absorbée dans ses pensées, se trouva, impromptu, devant Sabine de Castel-Morgeat.

C'était celle-ci qui l'avait abordée.

— Les travaux de réfection de ma maison sont achevés, lui dit l'épouse du gouverneur militaire. M'accompagneriez-vous afin que je puisse vous en faire les honneurs?

Angélique s'attendait si peu à l'invite qu'elle demeura coite, dans l'impossibilité de décider ce qu'elle devait faire.

— J'ai remeublé mon salon. Et, dans quelques jours, Anne-François pourra être logé dans une chambre plus confortable, à condition que vous autorisiez son transport comme sans danger du château Saint-Louis.

Sabine n'exagérait-elle pas un peu? Parce que la descente des Iroquois les avait obligées, malgré elles, à garder des relations normales, s'imaginait-elle que ce qu'elle avait fait était nul et non avenu?

— Madame Le Bachoys m'a touché un mot à votre sujet, dit vivement Sabine.

— A quel propos? demanda Angélique, sur la défensive.

— Elle m'a dit que nous vous devions tant que nous en devenions ingrats. Qu'elle s'était posé la question si à votre tour vous n'aviez pas besoin d'aide et qu'elle m'estimait la personne la plus habilitée pour le faire de la plus efficace façon. Madame Le Bachoys est une personne d'une délicatesse infinie et nullement cancanière. J'ai compris son intention. Ne voulez-vous pas que nous parlions un peu?

La maison reconstruite des Castel-Morgeat se dressait un peu en retrait de la Prévôté, au sommet d'un jardin dont les grilles ouvraient sur la Grande Allée.

Du salon où Sabine introduisit Angélique on avait une vue sur les lointains, plus belle encore si possible que du château Saint-Louis. Le soleil entrait et faisait briller agréablement le bois des meubles que Mme de Castel-Morgeat avait enfin pu réintégrer dans leurs murs. Angélique n'aperçut pas la petite coupe d'or et d'émeraude.

— Qu'avez-vous à me dire? demanda-t-elle froidement.

— Vous me trouverez peut-être prétentieuse si je vous dis que je vous ai fait venir pour vous parler de moi. Cependant je le ferai. Car je crois que c'est là ce qui peut donner la plus juste estimation de ce qui vous a fait de la peine et ainsi contribuer à vous délivrer de tout souci et vous rasséréner.

— Vous en parlez à votre aise, maugréa Angélique, amère.

Elle vit Sabine de Castel-Morgeat se retenir de pouffer, puis soudain s'exclamer :

— Oh! Angélique! Est-ce possible? Vous! Vous! Qui?

— Vous allez dire comme Madame Le Bachoys : « Vous, une séductrice? »

— Mais oui! en effet! Ne connaissez-vous pas vos armes? Qui peut entrer en lutte avec une femme qui possède votre beauté?

— La beauté n'est pas tout, fit Angélique en touchant son visage d'un air malheureux.

— Sans doute. Mais c'est souvent beaucoup. Ne soyez pas ingrate envers la nature qui, en vous parant de telles grâces à votre berceau, vous a épargné tous ces travaux et ces efforts pour plaire auxquels sont astreintes vos sœurs moins favorisées.

— Vous n'avez pas à vous plaindre en ce domaine, je vous l'ai dit maintes fois.

— Soyez-en remerciée. Mais malgré votre bonté, et malgré votre découragement passager, nulle d'entre nous ne se fait d'illusions, vous garderez la palme quelle que soit la partie à laquelle vous vous engagez, comme femme vous possédez l'arme première... Angélique, pardonnez-moi d'insister, mais êtes-vous réellement aussi meurtrie que vous semblez le témoigner ou bien jouez-vous un peu la comédie?

Angélique sentit de malencontreuses larmes lui remonter aux paupières..

— Je suis très misérable! affirma-t-elle.

Devant le ton puéril de son assertion, Mme de Castel-Morgeat ébaucha un sourire et Angélique frémit. Si Sabine se mettait à rire et à sourire, elle allait acquérir trop de charme. Et si, par-dessus le marché, Angélique lui laissait l'avantage de la grandeur d'âme et de l'aimable caractère, avec, en plus, celui de ses origines toulousaines, alors, oui, cette fois, elle pourrait devenir une rivale inquiétante. Mais alors Angélique n'aurait à s'en prendre qu'à elle-même car elle aurait en se cantonnant dans une attitude chagrine « creusé sa tombe », comme disait la Polak. Il était temps encore...

— Vous payez vos fatigues et vos émotions, dit doucement Sabine. Vous allez vous reprendre. Ne voulez-vous pas vous asseoir ?

Angélique attira un fauteuil.

— Alors ? fit-elle en s'asseyant, je vous écoute. Parlez-moi de vous...

— Angélique, quand, il y a quelques jours, j'ai vu mon fils renaître à la vie et vos paroles me confirmant qu'il était sauvé, vous avez fait cesser le cauchemar dans lequel j'avais vécu depuis l'instant où on me l'avait ramené mourant, j'ai su que je recevais du Ciel tout ce que je pouvais souhaiter de meilleur en cette vie. Comme elle m'a paru simple désormais, cette vie, après qu'il m'a fallu envisager de la poursuivre, des années et des années, avec le glaive de la perte de mon enfant, de mon fils unique au cœur, la perspective de souffrir ce vide qu'on ne peut combler, une absence irrémédiable qui vous rejette à jamais du côté de la mort car avec votre enfant un peu de vous-même est descendu au tombeau. Oh ! certes, je ne l'ignore pas, je ne vais le retrouver petit garçon bien à moi que le temps de sa convalescence. Et puis, il guérira et il partira. Mais n'importe quand on sait qu'un jour on peut entendre de nouveau son pas vif résonner, le voir surgir devant soi, vivant. Combien la vie m'a paru belle et facile de la vivre ! Je saurai calmer les exigences de mon imaginaire. Je ne réclamerai plus rien d'elle que ce qu'elle pourra me donner. Je suis heureuse, Angélique. Et je ne peux supporter l'idée que par un contre-coup injuste et qui n'aurait pas dû être, car vous n'auriez jamais dû le savoir Angélique, vous souffriez, vous à qui nous devons tant.

Sabine croisait et décroisait ses doigts. Ce qu'elle avait à dire n'était pas facile, mais elle avait décidé d'aller jusqu'au bout.

— ... Il faut que dans la mesure du possible vous sachiez ce qui est arrivé afin de ne pas vous exalter dans de fausses imaginations. C'est impensable que cela ait transpiré et soit parvenu jusqu'à vous, car ce ne pouvait être que par hasard et sans lendemain.

« Si elle savait à qui je dois la bonne nouvelle », pensa Angélique. Mais elle serra les lèvres et ne dit rien.

— ... Les détails de ce qui a précédé mon incursion à Montigny se perdent dans un brouillard confus. Je sais seulement que j'étais folle, sur le point de perdre la raison et que je ne peux m'empêcher de considérer qu'il m'a sauvée en agissant comme il l'a fait. C'est assez humiliant pour une femme que de le reconnaître, mais il y a eu dans son geste une grande part de bonté...

— Une bonté qui ne se souciait guère de moi.

— Vous êtes très forte, Angélique, et moi j'étais faible et perdue... Je vais me taire car je vois combien ce que je vous dis est déplaisant pour vous... Je voudrais cependant vous donner encore ma pensée sur ce point.

« De toute façon, c'est toujours ulcérant », se raisonna Angélique se rappelant les conseils de Mme Le Bachoys.

— Continuez, dit-elle à voix haute.

— Vous êtes très forte, Angélique. Je ne sais si vous avez toujours été ainsi. Il se peut que vous ne soyez parvenue à cet état que subitement et récemment... Mais je sentais tellement que vous étiez la plus forte. Et lui aussi. Peut-être aurait-il manifesté plus de... scrupules, s'il n'avait été certain que vous n'étiez devenue très forte... L'on pouvait espérer que vous ne sauriez jamais, mais il a pris le risque parce que, en tout état de cause, il vous faisait confiance. Il vous devine en tout, vous accepte... au point d'être séduit par ce que d'autres pourraient appeler vos... défauts. Libéralité que vous ne pratiquez pas avec autant de largesse à son endroit... encore que vous ne l'aimeriez pas autant s'il était autre... et moins hardi...

Voyant que ses propos mettaient Angélique au supplice, Sabine de Castel-Morgeat se tut.

— Ce n'est pas facile de parler, reprit-elle après un silence. Les mots que nous employons peuvent ne pas s'appliquer aux mêmes évidences. Et je crois que si nous ne voulons pas tomber dans la maladresse, tout abîmer et envenimer, il est préférable de se taire... Il suffirait de comprendre, admettre que parfois certaines choses arrivent et se vivent sur un autre plan, ce qui leur ôte leur importance et leur signification communes, comme si le fait disparaissait, comprenez-vous ? Il arrive que nous nous trouvions en face de mortels précipices et dans l'impossibilité de les franchir dans le temps. Alors le fait disparaît. Et pour nous sauver, il se peut qu'un dieu pitoyable à nos infirmités nous cache momentanément la profondeur du gouffre. Je ne sais si je m'exprime bien, je ne suis pas savante.

« Pas savante... », pensa Angélique. « Mais intelligente et intuitive. »

— Nous devons avoir l'humilité de ne pas toujours vouloir essayer de suivre pas à pas ce que l'on nous a indiqué comme la perfection et que nous confondons avec la volonté de Dieu, continuait Sabine. Dieu est parfois plus miséricordieux que nous-mêmes pour nos consciences... plus tendre que nous-mêmes pour nos cœurs... Pauvres êtres que nous sommes, fragiles et livrés aux ruses fallacieuses du Malin, qui va jusqu'à se servir de notre disposition au Bien pour nous perdre. Lui, devine dans son intelligence perverse, combien l'amour est parfois une force qui peut transformer, grandir et magnifier les êtres, et il travaillera à nous en écarter. Il n'ignore pas que, même l'amour charnel, prétexte à tant de crimes, peut être aussi un instrument de salut.

Elle se ravisa.

— ... Soit ! Plus un mot là-dessus !

Elle se mit à rire.

— ... Nous risquerions de ranimer la querelle d'Aquitaine. Vos projets ?... Monsieur de Peyrac et vous-même allez-vous regagner la France ?

— Comment le savoir ? Cela dépendra de la décision que le Roi aura prise à notre égard et il est impossible de la prévoir. Monsieur de Frontenac a insisté sur l'intérêt que la Nouvelle-France aurait à garder de bonnes relations avec nous en Amérique. Le Roi peut y souscrire, comme il peut nous déclarer la guerre. Et il y a le contentieux de notre passé à l'un et à l'autre.

— On dit que le Roi vous a aimée. Il peut se féliciter de votre retour.

— Il pourrait aussi se féliciter de ma mort. Rien n'est plus incertain que ce qui nous attend. Les courriers qui arrivent peuvent aussi bien nous combler des grâces du Roi que contenir l'ordre de nous arrêter sur-le-champ. Nous verrons bien. Et vous, quelles sont vos intentions ?

— J'aimerais encourager Anne-François à revenir en France au service du Roi. Ces folles randonnées dans les forêts où il court tant de dangers, si elles me rendent fière de lui, me tourmentent. Il ne s'y affine pas. Rompu au métier des armes, il pourrait briguer un poste d'officier dans un des corps de la Maison du Roi qui servent à Versailles. Quant à moi, Monsieur de Castel-Morgeat me laisse libre de décider. Je resterais volontiers au Canada. Je me suis attachée à la société coloniale et il me plairait d'y poursuivre mes œuvres mais, cette fois, sans y apporter ce désir de plaire ou cette peur de déplaire qui me rendaient sensible à la moindre critique ou à la moindre imperfection de ceux que j'obligeais. Je les aimais, mais je les aimais mal, parce que je ne m'aimais pas assez. Je suis tentée également de retrouver nos terres. Nous avons de belles demeures au sein d'une contrée assez aride mais où le soleil brille toute l'année et nous possédons à Narbonne un bel hôtel où l'on peut réunir une société choisie.

— Vous pourriez y régner comme ces princesses d'Aquitaine protectrices des arts et des lettres et attirant l'amour des jeunes poètes, éveillant de grandes passions.

Sabine secoua la tête en riant.

— Non ! Je suis quelqu'un de sage... Trop peut-être, quoiqu'il n'y paraisse pas toujours. Mais je sais que si j'avais eu dans les veines un sang de même nature que celui de ma tante Carmencita, je me serais autrement battue que par le repli, pour cet amour que vous me « voliez ». Je ne souhaite rien de plus que ce que je possède aujourd'hui. J'ai trouvé en mon époux un amant qui me convient et ainsi mon besoin de vertu et d'approbation extérieure se trouve contenté. Je suis heureuse. Le monde de l'amour ne m'est plus fermé. Derrière moi, j'ai avec mon mari une longue vie commune bien que tumultueuse. J'ai devant moi avec lui à rattraper le temps perdu dans un domaine qui m'était inconnu et dont je m'étais volontairement écartée. Je me sens devenue une vraie femme, meilleure parce que plus vivante. Je suis heureuse.

En l'écoutant l'inquiétude d'Angélique augmentait. L'affirmation de la personnalité de Sabine de Castel-Morgeat dans la mesure où elle se révélait intéressante, droite et sensible, la menaçait.

Devinant ses sentiments sur son visage et désireuse de les prévenir et de les dissiper, car elle les jugeait, en se fiant à sa propre sérénité, déraisonnables, Sabine de Castel-Morgeat chercha à la rassurer autrement.

— Me croirez-vous, Angélique, si je vous affirme que j'ai pris conscience de la sottise de ce rêve d'amour ancien sur lequel j'ai follement fondé mon existence ? J'ai traversé trop d'épreuves ces derniers temps. Si cela peut vous rassurer, Angélique, me croirez-vous si je vous affirme que cet amour s'est tout à fait dissipé en mon cœur. Je garde beaucoup d'estime et d'amitié pour Monsieur de Peyrac, mais, soyez tranquille, je ne l'aime plus.

— Vous avez tort, dit Angélique, et je ne vous crois pas.

Sabine la fixa, interloquée, puis éclata de rire. Décidément, si elle commençait à se montrer gaie et facétieuse, Québec allait gagner une grande femme du monde de plus.

— Angélique, vous êtes admirable. Eh bien ! oui, vous devinez juste. Il n'est guère possible de s'arracher un tel amour du cœur, surtout quand celui qui vous l'inspirait non seulement n'a pas démérité de l'image que l'on en conservait, mais hélas ! a renforcé encore par ses mérites le bien-fondé de l'attachement qu'on lui gardait. Je voulais seulement dire, et là, croyez-moi, que je me sens aujourd'hui capable d'échapper à la hantise, à la tyrannie de ce sentiment, que j'ai acquis la sérénité et la force de lui donner sa place secrète en moi, et qui n'exigera rien du dehors. Ce qui veut signifier que vous n'avez rien à redouter de moi, Angélique, et que vous pouvez déjà faire fi des appréhensions qui vous rongent et qui sont ridicules et injustes. Car je prends note de la réaction que vous venez d'avoir. Vous êtes la première outrée à la pensée qu'on pourrait ne plus l'aimer. Vous convenez vous-même qu'il est difficile d'empêcher les imaginations féminines de battre la campagne à sa vue, alors sachez être plus sereine, et montrez plus d'indulgence pour celles qui, moins heureuses que vous, n'ont pu être l'élue de ce grand séducteur... et savent qu'elles ne pourront jamais l'être. Cela dit... J'ajouterai que je vous comprends de trembler un peu, Angélique. C'est un si énigmatique personnage.

— Le Père de Maubeuge le trouve simple et sans mystère.

— Pour le Père de Maubeuge, soit! Ils sont bien du même acabit. Mais pour nous autres femmes... Il n'empêche que de vous voir craindre ma pauvre séduction, vous qui êtes née avec ce don irrésistible que je vous enviais de dominer les cœurs, n'est pas sans me flatter. Mais je n'abuserai pas de cette revanche. Je ne veux pas vous voir malheureuse et je vais vous donner une grande preuve d'amitié. Si vous me promettez d'oublier, de ne jamais revenir même par un mot, une allusion, même une pensée, sur ce qui vous a tant blessée, je vous ferai de mon côté une promesse qui calmera, je gage, vos alarmes bien vaines. Quelle que soit la décision que prendra le Roi à votre sujet, je m'engage à choisir pour ma propre route celle qui m'écartera de la vôtre. Si, par un injuste sort, Sa Majesté demeure aveugle à vos qualités et refuse son pardon, vous contraignant à demeurer au Nouveau Monde, je ferai comprendre à Monsieur de Castel-Morgeat que je souhaite regagner la France. Si, en revanche, comme je l'espère, votre réhabilitation est entière et que vous vous embarquiez et voguiez, heureux, vers l'Ancien Monde, j'encouragerai mon mari à demeurer au Canada... Je saurai me plier à ce qui sera choisi et m'en accommoderai, ne souffrant que d'un seul et cruel sacrifice : celui de ne plus jamais vous revoir l'un et l'autre, mais sachant que si je renonce effectivement à votre amitié, c'est pour mieux la garder dans votre cœur, Angélique.

— Merci, dit Angélique, la gorge serrée. Vous êtes très généreuse.

— A condition que vous le soyez aussi. Souvenez-vous de ce que j'exige de vous. L'oubli pur et simple de cette affaire, même en sa présence et, bien entendu, l'abandon de telles réflexions moroses et non fondées dont vous encombrez votre esprit, en ce moment. Ne vous diminuez pas par des mesquineries indignes de vous, des jalousies ou des craintes sans objet. Restez vous-même, je vous en prie. Restez celle dont nous avons besoin. Restez vous, Angélique.

— Et qu'est-ce donc qu'être Angélique ?

— Nul ne sait... seulement que sans elle, le soleil s'éteindrait...

Angélique ne répondit pas. Elle alla vers la fenêtre et regarda le paysage dont elle s'était emplie la vue tant de fois, guettant les subtils changements qui ne cessaient de s'y jouer comme si, au gré des lignes mouvantes, des couleurs, des reflets et des lumières, des passages de l'ombre au jour, de la tempête au ciel pur, elle eût reçu les réponses auxquelles aspirait son âme.

« ... Devant toi... toujours... la vie... »

Elle tressaillit.

— Sabine ! dit-elle d'une voix changée. Venez ! Venez vite !... Il me semble...

Mme de Castel-Morgeat se précipita.

— Regardez ! Là-bas !

Surgissant du pastel bleu pâle de la brume qui au loin estompait les contours, une aile blanche d'oiseau palpitait, éclatante, puis une autre, une autre encore, qui apparurent avançant et se déployant, et grandissant au sein du fleuve, avec une douce, dansante et lente solennité.

— Les navires..., dit Mme de Castel-Morgeat d'une voix étouffée. Les navires de France ! Les navires de France...

Une rumeur montait de la ville, car, depuis d'autres observatoires, les voiles avaient été aperçues.

Angélique saisit le bras de celle qui se trouvait à ses côtés.

— Et s'ils apportaient notre condamnation ?

— Alors nous vous défendrons, s'écria Sabine de Castel-Morgeat, nous vous défendrons tous...

S'il le fallait, elle était prête une fois de plus à tirer du canon.

DOUZIÈME PARTIE

LA LETTRE DU ROI

90

Angélique courut chez elle et y trouva rassemblés les principaux officiers commandant les navires de M. de Peyrac : Erikson, Vanneau, Cantor... chacun accompagné de six hommes, tous étaient vêtus sans ostentation, mais armés de mousquets ce qui, dans la ville qui continuait à demeurer en alerte depuis la venue récente des Iroquois, ne pouvait passer pour une provocation.

— Ce sont les ordres de Monsieur de Peyrac en cas de l'arrivée des premiers courriers de France en son absence, rappela Barssempuy qui arriva peu après.

La garde de la maison et du château de Montigny devait être renforcée. La garnison des fortins construits sur la Saint-Charles, au Cap Rouge et en différents lieux à l'arrière de la ville avait été doublée et mise en état d'alerte, et M. de Barssempuy avertit Mme de Peyrac, tout en la priant de l'en excuser, qu'elle-même et ses enfants ne devaient plus se déplacer sans escorte.

« Précautions inutiles, j'en suis convaincu, avait ajouté le comte, mais précautions qu'il est préférable d'observer. »

Angélique les laissa prendre tous les dispositifs qu'ils voulaient. Les enfants qui étaient accourus de toutes les directions, Honorine, Chérubin et Marcellin sautaient de joie et d'impatience. Suzanne se désolait de ne pouvoir enfiler à ses quatre garçons les habits du dimanche, disparus dans l'incendie. A Québec, chacun essayait, à l'arrivée du premier navire, de se vêtir à son avantage et c'en était devenu presque une tradition.

Coquetterie bien inutile. En arrivant sur les quais noirs de monde, Angélique comprit qu'elle aurait pu être parée comme une châsse et se déplacer avec tout un arsenal sans attirer l'attention. Personne ne remarquait plus personne.

Le premier navire venait de jeter l'ancre dans la rade.

Et les flancs de l'arche commençaient de vomir leur contenu, magma d'humanité, d'animaux, de bagages et de marchandises, que la Mer des Ténèbres avait ballotté de longs jours dans la solitude des eaux recouvrant la terre disparue.

Faisant force rames, les chaloupes déversaient sur les rives de Québec l'habituel contingent de soldats abrutis ou gouailleurs dans leurs uniformes avachis, tenant leurs armes à bout de bras, d'immigrants hâves et éperdus, d'ecclésiastiques en noir solidement groupés, de voyageurs fourbus, de voyageurs hilares rentrant au pays et qui commençaient de crier à deux toises du rivage qu'ils en avaient assez de Paris et de ses rues puantes et des fonctionnaires grincheux et que rien ne valait la bonne terre du Canada, de familles attendues par les leurs : pères, mères venant rejoindre leurs enfants établis et qui pleuraient en découvrant leurs petits-enfants sur la grève leur faisant des signes de bienvenue, de saintes femmes modestes, miraculeusement nettes et propres, la coiffe blanche empesée comme il en sort toujours des plus insalubres coques de navires, de bébés nés en mer, de malades aux gencives sanguinolentes — scorbut — ou désincarnés par la malnutrition que l'on transportait dans des bâches ou par les bras et par les pieds et que l'on posait là, à même le sol, ouf! D'hommes d'affaires attendus suivis d'un valet et d'un secrétaire, négociants, marchands, actionnaires et dirigeants de la Compagnie marchande des fourrures, quelques faces patibulaires qui, se mêlant aux hommes d'équipage, essayaient de se glisser parmi les immigrants et qui étaient aussitôt repérés par les sbires de Garreau d'Entremont ou les archers de Carbonnel, mis en place. Enfin, reconnus de loin, dorures scintillantes et panaches au vent, les grands seigneurs, les officiels, les envoyés du Roi et des ministres, convoyant le courrier diplomatique et administratif.

Des barques et des radeaux amenaient des chevaux hennissants, des chèvres bêlantes, des porcs hurlants comme si on n'en avait pas assez au Canada, et qu'ils « n'auraient pas mieux fait de les faire manger en mer à leurs passagers, ces bestiaux, plutôt que de nous débarquer des mourants ! »

Les caporaux recommençaient à brailler et à ranger leurs soldats. Fini le mal de mer, coquins ! Tenez-vous droits !

Les enfants des immigrants se réunissaient aussi et se montraient du doigt leurs premiers Indiens.

La population québécoise s'effaçait, disparaissait, se muait en un corps nouveau, s'infiltrant, se dispersant et se mêlant aux arrivants, jusqu'à ce qu'il n'y eut plus qu'une seule et même foule agitée, caquetante, se racontant, se plaignant, se perdant en effusions, réclamant à cor et à cri son courrier.

Et pour la première fois Mlle d'Hourredanne était au port et recevait des mains du capitaine la cassette contenant les lettres écrites par son amie La Belle Herbière, veuve du Roi de Pologne.

Des amis qui, la veille, dans Québec, se seraient arrêtés longuement pour discourir entre eux de la douceur du temps, s'ignoraient. Les gens se croisaient, se recroisaient et se croisaient encore sans se voir. A plusieurs reprises Angélique rencontra M. de Bardagne, Ville d'Avray, Vivonne sans qu'il n'y eut de part et d'autre rien de plus qu'un regard rapide et indifférent échangé.

Elle fut hélée par un homme de mine agréable mais qu'elle ne reconnaissait pas car elle ne s'attendait pas à le voir débarquer d'un navire venant de France. Elle ne saurait que deux jours plus tard qu'il s'agissait du baron de Saint-Castine, leur voisin de la côte du Maine, monté à bord au courant d'une escale dans le Golfe Saint-Laurent, et qui venait s'informer de son coffre de scalps anglais.

Elle vit le duc de Vivonne s'entretenir longuement à voix basse avec un personnage élégant qui devait le renseigner sur les poursuites et les accusations qui avaient été élevées et entreprises contre lui et s'il pouvait les espérer définitivement étouffées et peut-être avec elles, par la même occasion, le dénonciateur. Vivonne semblait satisfait, se redressait et retrouvait son maintien arrogant et cette manie exaspérante des courtisans de toujours parler pour un seul, en remuant à peine les lèvres tout en jetant à droite et à gauche des regards méfiants comme s'il était d'une importance capitale que leurs propos ne soient pas surpris par le menu fretin.

Il entraîna l'individu que suivaient de nombreux domestiques portant les bagages. Le duc avait toujours son bras en écharpe car sa blessure se guérissait mal. Il boitait légèrement.

Ville d'Avray aussi boitillait et avait un bras en écharpe, suite de son duel. Cela ne l'empêchait pas de courir partout.

Angélique aperçut Bérengère-Aimée de La Vaudière qui sanglotait, échouée sur un ballot et appuyée contre une malle. La lettre qu'elle venait d'ouvrir lui annonçait dès les premières lignes que sa mère était morte.

— Mais lisez! Lisez tout! lui intimaient Euphrosine Delpech et Mme de Mercouville.

— Mais, elle est morte, gémissait Bérengère.

— Mais vous saurez de quoi! Si sa fin a été heureuse, cela peut vous apporter consolation.

Mme de La Vaudière se reprit, lut tout et s'effondra évanouie. Son père était mort aussi.

Sur le couvercle de la malle, deux négrillons assis, les jambes pendantes, la face grise encore de malaise sous leurs turbans à aigrettes, portant une livrée de page en satin rose un peu fripée et des souliers à boucles d'argent, roulaient des yeux blancs, effrayés. Un homme à l'allure d'intendant de grande maison réclamait partout Monsieur de Ville d'Avray.

La duchesse de Pontarville, l'informa-t-il quand il l'eut trouvé, lui envoyait deux petits Maures ainsi qu'il l'en avait priée, pour le service de sa maison. En échange, elle lui demandait de soutenir au Canada les affaires de l'homme qui les avait accompagnés et de lui obtenir, pour elle, des actions de la compagnie qui avait le monopole des fourrures.

— Mais je repasse en France, MOI! s'écria Ville d'Avray... Je viens de perdre un être cher par la faute des Iroquois, Monsieur... Comment voulez-vous que je demeure dans cet atroce pays? Si vous avez du cœur, vous devez le comprendre?

— Oui, Monsieur.

— Alors, que vais-je en faire de ces pages?

— Et moi, Monsieur, que vais-je en faire? Je m'embarque dans l'heure.

Car l'agitation de l'arrivée était multipliée encore par la présence de ceux qui voulaient partir par le premier vaisseau et qui s'étaient déjà installés sur le quai avec leurs bagages, afin, dès que le bâtiment serait vide, de pouvoir monter à bord pour retenir leurs places.

Entre autres, le mercier Jean Prunelle et sa femme encadraient solidement leur fille qu'ils confiaient à un ménage ami, ayant décidé de l'envoyer en France chez une tante religieuse dans un couvent où elle apprendrait à ne pas se conduire en Indienne en recevant de nuit, dans sa soupente, des jouvenceaux trop agiles.

L'intendant Carlon entouré de ses commis s'affairait, aveugle et sourd à tout. Il triait des sacs, mettait de côté des enveloppes bardées de cachets, des paquets, des rouleaux, des cassettes. Il s'éleva un différend entre lui et le secrétaire de M. de Frontenac qui refusait de lui remettre deux plis sous prétexte qu'ils étaient expressément réservés à M. de Frontenac et qu'il était souligné — de la part du Roi — que ces plis devaient être remis en main propre, que le Gouverneur devait seul en briser les cachets et en prendre connaissance en premier lieu, avant toutes autres informations.

— Pour ce qui est de les garder en attendant le retour de Monsieur de Frontenac, mes mains valent bien les vôtres, disait Carlon furieux. Je suis intendant de la Nouvelle-France et donc habilité pour recevoir les plis de la plus haute importance en son absence et en prendre connaissance à son défaut.

Un des nouveaux arrivants qui paraissait représenter l'autorité la plus élevée de la délégation convoyant les dépêches du royaume s'approcha.

— Je sais de quoi il s'agit. C'est une question délicate dont Sa Majesté m'a touché deux mots afin qu'il en soit fait de ses volontés comme elle le souhaitait. Elle tient essentiellement à ce que ce soit Monsieur de Frontenac qui brise les cachets de ces ordonnances, ce qui n'implique aucune méfiance vis-à-vis de Monsieur l'Intendant, ni d'intention de le tenir à l'écart. Mais l'affaire traitée l'a été personnellement entre Sa Majesté et Monsieur de Frontenac et le Roi désire qu'elle se conclue par ses soins et dès l'instant même où il entreprendra d'ouvrir les dépêches de Versailles. C'est assez fâcheux que Son Excellence soit en campagne ainsi que le gentilhomme qui est concerné dans ces lettres : Monsieur de Peyrac. Sa Majesté était d'une impatience à ce sujet! Pour un peu il m'aurait fallu avoir des ailes comme un goéland afin d'être arrivé plus vite!

Angélique qui allait et venait et commençait à se sentir déçue de n'avoir aperçu aucun visage de connaissance parmi les débarqués, « mais qui avait-elle espéré au juste? » et de n'avoir été recherchée pour aucune remise de courrier, — elle était persuadée que Desgrez se manifesterait, au moins pour lui accuser réception de sa lettre — entendit prononcer le nom de Peyrac et s'approcha du groupe. Jean Carlon la désigna.

— Voici justement Madame de Peyrac. Madame, je vous prie, laissez-moi vous présenter Monsieur de La Vandrie, conseiller d'Etat au Conseil des Affaires et Dépêches, messager exceptionnel du Roi auprès du Grand Conseil de la Nouvelle-France.

Monsieur de La Vandrie ôta son chapeau à grandes plumes perché sur sa perruque et fit un profond salut de cour, jambes cambrées, accompagnant sa révérence d'un triple et savant circuit aller et retour de son panache. Cependant après avoir exécuté deux nouveaux plongeons, il ne dit mot et se redressa d'un air guindé. Manquait-il d'une certaine aisance avec les dames malgré son haut rang ? Ou n'aimait-il pas voir celles-ci s'immiscer dans les affaires sérieuses ? Il marquà que c'était à M. de Peyrac qu'il en avait et que sa femme ne pouvait évidemment l'intéresser, en se tournant vers l'intendant et le secrétaire en disant : « J'ai pour ce gentilhomme également un chargement à lui faire parvenir », il sortit d'un sac deux enveloppes épaisses qui étaient plutôt des paquets que des missives.

— Monsieur de Frontenac doit les lui remettre lui-même. Je vous remets tout ce courrier, Monsieur l'Intendant, à charge pour vous d'y veiller comme sur la prunelle de vos yeux et de respecter, c'est évident, les desiderata de Sa Majesté en ce qui concerne leur remise, leur lecture, etc. Mais il est certain qu'étant donné l'importance que le Roi y attache, la place de ces documents est normalement entre vos mains.

Le secrétaire s'en alla, furieux. Il était habitué à l'omnipotence que lui conférait sa place auprès du plus haut personnage de Québec et de Nouvelle-France, le Gouverneur. Et voilà ! Il suffisait que cette clique de Versailles arrive pour qu'on se fasse traiter comme des larbins.

Nonobstant les tempêtes essuyées, les alertes aux pirates et aux banquises, la menace des calmes plats qui avaient été le pain quotidien de ses soixante jours de traversée, M. de La Vandrie donnait l'impression d'arriver tout droit de Versailles. Plus ! Il sortait du palais même, du cabinet du Roi.

Pour tout dire, il portait sur lui le reflet de la personne royale et de la confiance qu'il en recevait au point qu'il semblait nimbé comme d'une poudre d'or impalpable qu'il se serait bien gardé d'épousseter. C'était un bel homme, droit et majestueux. La morgue mêlée d'une pointe infime d'excentricité qui caractérise l'homme de cour lui seyait. Subrepticement, on notait dans sa présentation et jusque dans l'affectation de son langage, ces détails inusités qui donneraient le ton de la mode nouvelle.

— Les perruques ne se portent-elles pas plus courtes ?

— Le chapeau de castor est plus petit... Mais les plumes d'autruche plus volumineuses.

Les pans de la cravate, jusqu'ici en « papillon », prenaient les proportions en « ailes de moulin ». Les talons rouges étaient plus hauts. Les basques de l'habit plus juponnantes.

L'on guignait dans sa direction. Et personne n'était tout à fait tranquille après cet hiver pas comme les autres, car ce serait à lui sans doute que « l'espion du Roi », l'invisible, l'insoupçonnable espion dont on savait qu'il existait, mais qu'on ne pouvait jamais être sûr d'avoir démasqué, allait faire son rapport. Et sachant que désormais toute parole prononcée pouvait prolonger son écho jusque dans l'antichambre du Roi, retenue et méfiance se propageaient comme une risée de vent, sur une mer tranquille, ombrant les visages. On sentait que par la porte ouverte l'« au-delà » monarchique, despotique, mais dispensateur de privilèges, s'engouffrait... Chuchotements et commentaires allaient bon train. C'était la première fois, remarquait-on, qu'en la personne de M. de La Vandrie, le Canada recevait l'un des trente conseillers d'Etat ou secrétaires d'Etat. On apprenait qu'il était également familier du Ministre de la Guerre, Louvois, qui se remettait sur lui du gouvernement de sa charge de Surintendant des Postes.

De même, il n'était jamais arrivé de voir déléguer, pour l'escorte du courrier royal et administratif, un officier appartenant à cette glorieuse création de Louis XIV qui y apportait toute son attention, appelée « La Maison du Roi », effroi de l'Europe sur les champs de bataille. Et l'on sut qu'il s'agissait d'un officier choisi parmi l'une des trois compagnies françaises des gardes du corps, servant les plus proches de la personne du Roi, accompagné de deux « anspessades (1) » à hallebardes courtes et d'une douzaine de leurs subalternes.

(1) Grade ancien de brigadier.

C'était autre chose que la canaille militaire, composée de recrues ramassées ivres mortes dans les cabarets, qu'on leur envoyait communément à titre de soldats.

Ces hommes étaient des hommes qui, chaque jour, voyaient passer Sa Majesté, entendaient sa voix, observaient ses gestes et son habillement, car de se tenir muets et raides comme des piquets, les gardes du corps, cela ne les empêchait pas d'avoir des yeux.

Les Québécois s'arrêtaient et faisaient cercle pour admirer les uniformes.

Fallait-il croire que le Roi commençait à s'intéresser à sa colonie lointaine pour lui envoyer tout ce beau monde ?

Angélique n'était pas plus enchantée que le secrétaire de Frontenac de ce M. de La Vandrie. Que fallait-il croire ? Son comportement proche de la goujaterie, envers une femme, était-il inconscient ou intentionnel ? Que savait-il ou soupçonnait-il qui le rendait muet et gourmé en face d'elle ? Peut-être rien ? Peut-être plus ? Il était évident que tous ces bonshommes, chargés de missives ultra-secrètes, qui décidaient, tranchaient le sort, élevaient ou abaissaient ceux auxquels elles étaient destinées, en connaissaient peu ou prou le contenu.

Ainsi Bardagne ne fut pas long à apprendre que sa lettre maladroite expédiée en novembre par le *Maribelle* avait porté ses fruits amers. Un jeune fonctionnaire attaché au cabinet de Monsieur Colbert, qui avait demandé qu'on le lui envoyât et qu'il retrouva à un coin de rue alors qu'il allait monter dans un carrosse pour gagner le palais de l'intendant, n'attendit pas qu'ils fussent en présence dans un endroit plus digne et plus confortable pour lui faire comprendre sa disgrâce. M. de Bardagne s'étant nommé, l'autre l'avertit aussitôt qu'il était démis de ses fonctions, lui montra les papiers qui attestaient de ce verdict, lui signifia qu'il n'avait plus à se mêler de rien. Il lui parlait de ce ton mi-dédaigneux, mi de pitié qu'inspirent les pestiférés du pouvoir, ceux qui, abandonnés de la chance, se révèlent coupables d'avoir misé sur la mauvaise carte. Il lui signifia qu'une partie de son voyage de retour serait retenue sur sa cassette personnelle.

— Je m'en moque, répondit Bardagne.

L'autre eut un sourire pincé.

— Oh! Monsieur, est-ce bien politique de votre part de vous montrer méprisant des bontés de Sa Majesté alors que vous auriez pu revenir à fond de cale ou même aux fers? Je comprends à votre réflexion ces rigueurs envers vous dont je ne m'expliquais pas toutes les raisons. Sachez que j'ai reçu ordre de recueillir des renseignements sur votre conduite comme envoyé du Roi en Nouvelle-France. Ce que j'en dirai peut alourdir ou alléger par la suite votre dossier. Et à peine ai-je abordé à Québec que déjà l'on m'informe que vous fréquentiez quotidiennement, presque jour et nuit, une maison mal famée.

— Une maison mal famée? répéta Bardagne ahuri.

— Le *Navire de France,* fit le fonctionnaire après avoir jeté un coup d'œil sur un papier.

— Mais, Monsieur, s'écria Bardagne, je me rendais là parce que j'y rencontrais mes amis.

— Parfait! Je ne vous le fais pas dire, ricana l'autre.

Nicolas de Bardagne ouvrit la bouche pour se défendre. Mais sur le point d'expliquer comment l'amitié en laquelle la noble dame de Peyrac tenait la tenancière du lieu, ainsi que divers incidents arrivés en cours d'année, dont l'accident du marquis de Ville d'Avray, avaient entraîné l'exode d'une partie de la société la plus aristocratique de la Haute-Ville, en cette auberge dite « mal famée » de la Basse-Ville, et qu'on y avait vu fréquenter tout au long de l'hiver de grands noms et des meilleurs jusqu'au Lieutenant de Police : M. Garreau d'Entremont, il se retint. Il haussa furieusement les épaules. Comment faire comprendre à ce jocrisse, à ce blanc-bec pâle encore de son mal de mer et qui entrait dans la carrière en s'imaginant qu'il allait mieux servir le Roi que tous les autres avant lui, comment lui faire apprécier de quelle façon circulait le sang de Québec de la Basse-Ville à la Haute-Ville et de la Haute-Ville à la Basse-Ville, durant l'interminable saison des glaces. Comment lui rendre accessible ce qui pouvait se vivre dans ce réceptacle d'effervescence qu'était le *Navire de France,* les querelles des Acadiens, les yeux verts d'Angélique de l'autre côté de la table à travers la fumée des pipes, Janine Gonfarel tournant ses soupes, le marquis de Ville d'Avray et le bel Alexandre...

C'était indescriptible et inexplicable. Et ce prétentieux n'était pas digne qu'il lui en suggérât seulement l'idée.

Il puait les officines des grands commis, les Le Tellier, Colbert et compagnie, le bras robin du Roi. Il suait les relents de leurs intrigues soucieuses, de leurs calculs pointilleux et acrobatiques, leur suffisance de bourgeois laborieux à l'odeur d'encre, au bruit de plumes grinçantes. Qu'il se fût déjà informé de ces mœurs prouvait son caractère fouinard. Il avait dû prendre ses renseignements auprès de l'« espion du Roi » qui, par les résultats révélés, était sans doute un de ces dévots rancis du Saint-Sacrement, avides de ronger par la base la réputation de leurs semblables.

Au cours de sa carrière, Nicolas de Bardagne avait appris qu'il ne fallait pas se préoccuper outre mesure de ces ragots de sacristie, des espions.

Il prit la mesure de son adversaire et le jugea piètre. Il n'en était, c'était visible, qu'à sa première suppléance : il se gonflait, accoutumé à asseoir son importance sur celle d'appuis aujourd'hui fort lointains. Il pourrait, si on le malmenait, protester : « Je vais en référer à Monsieur Colbert. » Ce ne serait pas demain.

— Monsieur, peu m'importent les décisions que vous m'apportez, dit Bardagne en fourrant les documents dans la poche de son habit. C'est votre conduite qui m'importe. Vous manquez de tact et de prudence en oubliant que vous venez de traverser l'océan et que vous vous trouvez fort loin de vos protecteurs. Et je doute que vous ayez dans ce sac que vous tenez là, des mandats vous assurant l'accueil sans réserve des « principaux » de ce pays. On ne vous a chargé que de quelques petites besognes sans éclat comme de signifier sa disgrâce à un homme tel que moi qui ne l'ignorais pas, infortune que vous ne manquerez pas de connaître un jour à votre tour, car ce mouvement d'aller et de retour est aussi régulier que celui des marées, pour qui sert le Pouvoir. Je vous aurais apprécié si vous aviez su attendre d'être revenu sur vos rivages pour me manifester votre mépris. Vous avez beaucoup à apprendre. Et vous allez commencer par juger de l'influence en Nouvelle-France d'un homme qui a su s'y faire des amitiés. Non seulement ne comptez pas sur moi pour vous accueillir et veiller à votre confort, mais sachez que je m'arrangerai pour que vous ne trouviez ici ni feu ni lieu !

Il le quitta sans prendre congé et entama la remontée de la côte de la Montagne. Il allait commencer par aller parler à Mlle d'Hourredanne qui ferait comprendre à Carlon qu'il n'avait pas à recevoir ce jean-foutre de mince importance, même dans ses communs : A la rue, le fonctionnaire du Roi !

De temps à autre dans son ascension, Nicolas de Bardagne s'arrêtait et se retournait, contemplant comme il se doit l'horizon.

Il se calmait.

L'été arrivait, plein de vols d'oiseaux, de gibier dans les forêts, de poissons dans les rivières.

Il se mit à penser à sa gentilhommière du Berry, où la vie serait plus douce, plus mesurée. Ses beaux livres, d'aimables voisinages, un lieu pour y rêver, pour méditer, se souvenir des douleurs et des espoirs, des joies illusoires et des joies ineffables. Il se disait : Adieu ! Adieu, ma belle servante ! Adieu, mon amour ! Adieu, Québec !...

Jusqu'à lui montait la rumeur de la foule qui s'agglutinait en bas sur les rives.

Et seul dans la montée vers la Haute-Ville, il ne pouvait retenir ses larmes.

91

Fort avant dans la nuit les gens du *Gouldsboro* groupés autour d'Angélique discutèrent dans la petite maison.

Angélique commentait l'attitude que M. de La Vandrie avait eue en l'apercevant et elle y cherchait des raisons d'espérer. Il ne s'était pas montré aimable, empressé, mais il s'était montré courtois, respectueux. D'où on pouvait déduire que le Roi n'avait pas laissé retomber son sceptre sur leurs têtes de façon péremptoire. En attendant, on parlait dans le vide.

La grosse enveloppe était là, dans Québec, aux mains de Jean Carlon, lourde d'une décision que seule pouvait leur signifier la voix de Frontenac.

Quels seraient les ordres qui les attendaient ? Sévérité du Roi ? Clémence du Roi ?

En tout état de cause, ils s'arrêtèrent au projet d'envoyer un homme au-devant de M. de Peyrac pour l'avertir de l'arrivée des navires et d'une réponse du Roi statuant sur son sort.

Angélique, ayant pris un court repos, fut réveillée par des appels. On avait signalé que les premiers canots de l'armée ramenant M. de Frontenac se montraient sous Québec.

Au port, la presse était encore pire que la veille. Les nouveaux arrivants parlaient d'Iroquois, de guerre et de « pawas(1) ». Ils sentaient la forêt et la graisse d'ours car, au bord des rivières, il fallait déjà commencer à se défendre contre les maringouins. Les gens de Québec, eux, n'avaient en tête que les nouvelles de France et les Iroquois étaient oubliés.

— A-t-on vu Monsieur de Peyrac ?

Personne ne pouvait lui répondre. Tout ce qu'on savait c'est qu'il n'avait pas débarqué avec M. de Fron-

_____
(1) Conseil de guerre — jamboree.

tenac. Car M. de Frontenac était déjà là-haut, au château Saint-Louis, à ouvrir les missives de France.

Angélique fut saisie de panique. Redoutant un peu la minute précédente de se trouver en face de son mari, la pensée qu'il ne faisait pas partie de ce convoi, qu'il ait pu prolonger sa rencontre avec Outtaké pour le plaisir de palabrer ou, ce qui était pis, qu'il lui ait pris l'idée, se trouvant au quart du chemin, de descendre jusqu'à Wapassou, lui causa une déception cruelle. Elle était proche du désespoir. Elle voulait le voir, seulement le voir. Le reste lui était égal. Tant pis pour la réponse du Roi et ce qui s'était passé récemment entre eux ou il y avait des siècles. Elle voulait le revoir. Sans lui la vie n'était plus la même et rien de ce qui arrivait, aussi agréable et incomparable que ce soit, ne valait la peine sans lui.

Suivie de son escorte, elle remonta jusqu'à la Haute-Ville et se rendit directement au château Saint-Louis, et dès l'entrée, elle tomba sur Frontenac qui se précipita vers elle, illuminé, les bras levés.

— Ah! ma chère, chère amie! Vous arrivez à point nommé!... Ah! comment vous dire ma joie... Ce jour est le plus beau de ma vie.

D'une main, il pressait les deux siennes à les lui broyer, de l'autre il brandissait une liasse de parchemins.

Il n'avait pas attendu d'être débotté et de s'être rafraîchi pour faire sauter les cachets du courrier royal et ainsi, le teint brûlé par le soleil, suant et rayonnant sous sa perruque tant soit peu de travers, il manifestait une exubérance et une jubilation juvéniles.

— Le Roi! répétait-il, le Roi...

— Eh bien?

— Il me couvre de lauriers... Ah! enfin! Pour une fois! C'est plus que je n'en pouvais espérer! Croyez-moi si vous le voulez. Dans une lettre dont chaque terme me touche, Sa Majesté me répète qu'elle n'a eu de longtemps un serviteur aussi dévoué que moi et qui sache aussi bien, malgré la distance et le peu d'avis dont je puis disposer, étant loin du soleil, pour soutenir mon jugement, deviner en quelle direction orienter ma politique. Lui, mon souverain, afin de lui être le plus agréable possible. J'ai dû relire deux fois sa lettre pour y croire. Ouf! quel soulagement. J'avoue que, jusqu'au dernier moment, je tremblais, ne pouvant décider si je me ferais sacquer ou non pour l'initiative que j'avais prise d'accueillir mon ami le comte de Peyrac.

Il s'interrompit et parut la découvrir.

— ... Vous êtes ici! C'est bien! Je n'aurai pas besoin de vous faire chercher. Quelques membres du Grand Conseil, dont Monsieur l'Intendant, m'attendaient pour m'accueillir au château Saint-Louis. J'ai fait convoquer les autres. Ils sont tous là. Je veux donner lecture aussitôt de la lettre du Roi... Non, pas celle dont je viens de vous parler à mon sujet... Celle qui concerne Monsieur de Peyrac... Je lirai la mienne après, bien entendu. Mais il est stipulé que tout ce qui a trait aux décisions prises par le Roi vis-à-vis de mon cher ami Peyrac doit être lu en présence du Conseil. On n'attend plus que le comte votre époux. Ah! Le voici!

Joffrey de Peyrac venait d'apparaître sur le seuil, entouré de toute sa garde : les Espagnols, Kouassi-Bâ, les officiers de sa flotte, une escouade de matelots en uniformes blancs.

— Venez! cria Frontenac, ralliant tout le monde d'un grand geste. Venez, mon cher ami, l'heure de gloire a sonné.

Angélique pensa qu'elle ne s'habituerait jamais à ces retrouvailles publiques et mondaines qui l'obligeaient à la retenue, alors qu'elle avait envie de courir comme une amoureuse se suspendre à son cou. Dans ces occasions, elle se sentait figée jusqu'à avoir l'air presque hostile, parce que ce qui arrivait ne lui semblait pas vrai. Elle ne pouvait y croire que si elle le serrait dans ses bras.

— Un bienheureux hasard me permet de vous trouver enfin, lui dit Peyrac en s'approchant d'elle et en lui baisant la main. Ma chérie, ajouta-t-il en voyant le regard fixe qu'elle posait sur lui comme si elle ne le reconnaissait pas, ne vous attendiez-vous pas à me voir revenir avec Monsieur le Gouverneur ou bien dois-je comprendre avec douleur que ma vue vous cause une pénible surprise?

— Non! Non! protesta-t-elle. Pourquoi en serait-il ainsi? C'est le saisissement et la joie de vous voir alors que, personne ne pouvant me dire où vous étiez, j'ai craint que vous ne soyez reparti pour Wapassou.

— Folle imaginative! Quand donc vous persuaderez-vous qu'il me pèse d'être loin de vous et que je ne multiplie jamais à plaisir les jours qui me séparent de vous revoir. J'ai mis pied à terre au Cap Rouge, sous le fort près duquel mouillent nos navires. Je trouvais plus rapide de passer par là afin de vous rejoindre dans votre maison de la Haute-Ville que d'aller aborder à Québec et de traverser une ville où j'aurais été retenu à chaque pas... Mais l'on m'a dit que vous étiez déjà au port, puis ensuite que l'on vous avait vue au château Saint-Louis, où Monsieur de Frontenac me faisait appeler à grands cris.

— Mais que faites-vous? Que faites-vous? les héla ce dernier... N'êtes-vous pas impatients d'entendre lecture de ces documents par lesquels se tranche votre sort?

Joffrey posa sa main sur la taille d'Angélique et ils entrèrent ensemble dans la salle du conseil qui était pleine de monde. M. de La Vandrie était là entouré de sa suite et leurs vêtements de cour contrastaient avec la casaque poussiéreuse de Frontenac.

L'entreprenant gouverneur n'en avait cure. Il avait devant lui un monceau de papiers et de parchemins, de rouleaux déployés, d'enveloppes ouvertes, dans un mélange de rubans de différentes couleurs, les « lacs » qui aidaient à briser les cachets de cire dont les éclats avaient sauté par terre sous la vigueur d'une poigne impatiente.

— Aidez-moi, imbécile! dit-il à son secrétaire qui le regardait les bras ballants. Débarrassez-moi de tout cela! Non, pas celle-ci... C'est la lettre du Roi. Vous ne vous rendez donc pas compte que je vais donner lecture d'un document qui a plus d'importance et qui aura plus de retentissement dans l'Histoire qu'un traité de paix avec l'Angleterre... et savez-vous pourquoi? Parce que jamais la grandeur, la magnanimité, l'esprit de mesure et de justice de notre Roi n'y apparaîtront de façon aussi éclatante.

Il pria Joffrey et Angélique d'aller se placer en face de lui à l'autre extrémité de la grande table qu'il présidait.

Son valet de chambre, qui ne l'avait pas vu reprendre haleine depuis son arrivée au château, voulut lui présenter un verre de vin, mais il l'écarta.

— Non! Nous boirons après... Mais alors, nous boirons bien.

Il s'informa : « Qu'attendait-on ? »

On attendait l'Evêque, lequel on ne pouvait être certain de toucher, car il était allé dire sa messe à Château-Richier.

— Tant pis pour l'Evêque.

Quelques conseillers protestèrent.

— Tant pis pour l'Evêque, tonna Frontenac, je referai une lecture solennelle plus tard avec tout le Conseil présent et le protocole voulu, mais il est impossible d'attendre. Sa Majesté l'a exigé : Proclamation à haute et intelligible voix dès que les sceaux seront brisés. C'est donc ainsi, comme pour nous, la satisfaction du Roi que nous soyons au plus tôt avertis de la joie qu'il éprouve à retrouver en son royaume un homme de grand mérite, des honneurs dont il souhaite le combler ainsi que sa famille, j'ai nommé Monsieur le comte de Peyrac, notre grand voisin des frontières en Amérique, notre hôte à Québec durant cet hiver auquel nous devons ainsi qu'à Madame de Peyrac mille bienfaits, ne serait-ce que de nous avoir permis à tous en ce jour de servir Sa Majesté au mieux de sa volonté et de son bon plaisir.

« *Nous, Louis, par la grâce de Dieu, Roi de France et de Navarre, à tous présents et à venir, salut...* »

Par le timbre de Frontenac, la voix du Roi se faisait entendre. Venue de si loin, elle avait en cette salle du château Saint-Louis, sur le roc sauvage, la résonance à la fois solennelle et impressionnante que l'on prête à celle des dieux, faisant entendre, à travers la nue, leurs oracles.

De tous ceux qui étaient présents, Joffrey était le seul

qui ne paraissait pas troublé jusqu'à en être un peu égaré d'une émotion intense, d'un regret presque religieux.

Angélique qui tenait sa main ne la sentait ni trembler ni frémir, et pourtant ce qu'ils entendaient était incroyable.

Le Roi lui rendait tout. Il lui reconnaissait ses droits, ses titres. Il ne faisait allusion au procès que comme à une action inique, suscitée par des envieux et menée par des incompétents et à laquelle il n'avait pu en ce temps-là, trop jeune, apporter l'examen nécessaire.

Il se réjouissait que la présence de M. de Peyrac au Nouveau Monde lui ait enfin fourni l'occasion de réparer les torts causés à un des plus grands seigneurs du Royaume, dont il n'avait jamais eu à se plaindre.

Suivaient les détails de toutes les faveurs et biens qu'il lui accordait.

Un long paragraphe était accordé à la position du comte de Peyrac en Amérique et, là encore, le Roi se félicitait de ses services et de sa présence. Au passage, M. de Frontenac et les membres du Grand Conseil, nommés expressément, recevaient leur part de compliments et de félicitations.

En achevant la lecture de cette épître mémorable, la voix de Frontenac tremblait. Il laissa retomber les parchemins et, quittant sa place, il alla à Joffrey de Peyrac.

— Frère de mon pays, vous avez gagné, dit-il en lui ouvrant les bras.

Dans sa lettre, le Roi n'avait pas parlé d'elle. Rien de plus que les quelques passages où il notifiait que le comte et la comtesse de Peyrac étaient attendus à Versailles, seraient reçus tous deux avec la plus grande satisfaction par leur souverain, etc.

De nombreuses pièces annexes étaient destinées à Joffrey qui s'enferma avec Frontenac pour les examiner, les entériner et en prendre possession.

Angélique l'attendit en se promenant sur la terrasse et elle réfléchissait à une attitude royale sans doute voulue, qui, à la fois, la rassurait, mais ne lui semblait pas normale. Elle avait aussi escompté que le policier

Desgrez, personnage très influent car étant le bras droit de M. de La Reynie, s'était occupé de les « soutenir » auprès du Roi. Il avait obtenu de celui-ci plus de ce qu'ils étaient en droit d'espérer.

Quant au Roi, il savait qui elle était, mais affectait de ne la considérer désormais que comme la comtesse de Peyrac. Elle crut comprendre qu'il avait décidé d'effacer le lourd contentieux de la Révoltée du Poitou. C'était plus simple ainsi.

Elle aurait voulu serrer Joffrey dans ses bras et lui dire : « Enfin ! Enfin ! mon cher prince ! Justice vous est rendue ! »

Mais c'était une trop écrasante et subite gloire, un trop éclatant bonheur. Elle réalisait peu à peu.

La nouvelle de leur reconnaissance par le Roi se répandait et on leur faisait énormément de frais. Tout le monde les félicitait. Ce n'était pas flagornerie. Mais ceux qui avaient eu le courage de se mettre de leur bord s'autorisaient à pavoiser, heureux de se sentir parmi les élus et méritant de l'être. Il fallait parler, raconter, questionner...

On acclama M. de Frontenac lorsqu'il sortit accompagné de M. de La Vandrie et de sa belle escorte. Les nouveaux arrivants trouvaient la ville agréable. Qu'avaient-ils redouté de ce pays de « sauvages » ? Ils étaient reçus somptueusement et ils ne pouvaient faire deux pas dans les rues sans se faire applaudir comme des princes du sang.

Un seul se plaignait. C'était celui sur lequel Bardagne avait jeté l'anathème. Il réussit à aborder M. de Frontenac afin de protester. Il n'avait pu trouver un coin pour s'abriter, sauf le toit d'un méchant hangar, que lui avait accordé, sans plus, le représentant d'une compagnie marchande ayant des obligations envers M. Colbert. Il devait ses malheurs à M. de Bardagne autour duquel la ville avait fait front.

Frontenac qui, dans l'allégresse générale, avait « d'autres chats à fouetter », ne l'écouta que d'une oreille distraite et le rabroua. « Vous n'êtes jamais contents, vous autres de l'entourage de Monsieur Colbert ! Où va-t-il donc recruter ses jeunes commis ? Les fils de magistrats et de bourgeois sont-ils de nos jours plus gâtés que les fils de ducs ? Ceux-ci sont habitués de bonne heure à souffrir l'inconfort pour le service du Roi. Le Canada est un pays rude, Monsieur. Je recommanderai à notre ministre des Colonies de ne pas nous envoyer à l'avenir des femmelettes ! »

Ainsi ce n'était pas l'une des moindres métamorphoses suscitées par l'air du Canada que d'avoir fait de Nicolas de Bardagne, fonctionnaire doux et consciencieux, un homme acerbe, vindicatif et presque rebelle, mais qui, ayant traversé les tourments de l'hiver, s'était fait aimer de tous à Québec.

Une nouvelle lecture solennelle de la lettre du Roi en présence de l'Evêque et des deux fils, Florimond et Cantor, fut donnée dans l'après-midi.

Angélique n'y assista pas. Elle se trouvait à ce moment au couvent des jésuites, dans la bibliothèque aux beaux instruments scientifiques, aux grands livres ouverts sur des lutrins.

Le Père de Maubeuge l'avait fait mander d'urgence, pour *une rapide entrevue,* souligna-t-il.

— Je ne veux pas, Madame, lui dit-il, avec sur son visage de mandarin chinois on ne sait quelle expression qui pouvait la faire qualifier de souriante, je ne veux pas vous arracher à l'allégresse de vos amis, mais sachant que les journées qui vont suivre vont passer à la vitesse de l'éclair, j'ai voulu, alors qu'il était temps encore, ménager les quelques minutes qui me permettront tout d'abord de vous assurer de ma grande joie en Jésus-Christ pour l'heureuse issue de vos tribulations à vous et à votre époux. Je n'ai pas besoin de m'étendre sur mes sentiments. La longue amitié qui me lie à Monsieur de Peyrac me permet plus qu'un autre de mesurer combien tout ce qui vous advient aujourd'hui a de providentiel, bien que mérité par la patience et le courage avec lesquels vous avez supporté l'un et l'autre des fortunes adverses.

» Cela dit, nous voici sur le seuil de la séparation...

Le reste de la journée se passa à échanger des récits de guerre iroquoise avec des projets de retour, d'évocation du palais du Gai Savoir dont on rebâtirait les roses murailles, avec l'importance des Wampums que le chef des Cinq-Nations avait remportés dans ses bourgs aux Longues Maisons. L'on ne cessa de sauter du Nouveau Monde à l'Ancien et plus d'une fois Outtaké se trouva dans une même bouche comme assis aux côtés de Louis XIV ce qu'il eût pour sa part estimé bien normal : le Roi est très bon! Outtaké s'est montré clément! Sa Majesté sait prêter l'oreille aux conseils de sagesse... Le Sauvage a bien voulu nous écouter...

Chacun venait à eux.

Invités dans toutes les maisons, Joffrey et Angélique se rendirent chez quelques amis puis lancèrent une invitation pour la soirée au château de Montigny et, cette fois, la Polak y vint avec son Gonfarel.

Il était fort tard quand ils purent refermer leur porte sur l'intimité de la petite maison que Joffrey se déclarait impatient de retrouver, parce que là seulement, répéta-t-il, Angélique lui appartenait. Elle voulait parler, mais il l'interrompit.

— Nous avons assez parlé, dit-il en la prenant dans ses bras, Oh! Seigneur! Est-ce là l'existence mondaine qui nous est promise de l'autre côté de l'océan?

— Ne craignez rien, je saurai m'en défendre.

— Et tout d'abord je rétablirai au Gai Savoir un sain équilibre des travaux et des jeux qui doivent combler les aspirations de l'être humain lorsque enfin il se trouve pour un temps, si bref soit-il, à l'abri des dangers et de la nécessité. Je remettrai le temps à l'horloge du plaisir et pour ce faire j'inverserai les heures. Je désignerai la nuit pour festoyer entre amis, danser, chanter, s'enchanter de musique et de fins discours, et le jour pour aimer... dans le silence des chauds après-midi où tout repose alors que le soleil est aussi brûlant et brasillant que les cœurs et les corps...

» Ainsi continuerai-je, avec la plus belle des femmes, la défense de l'amour...

La ville continua à être agitée toute la nuit. Dans la soirée un quatrième navire, venu de Honfleur, avait encore jeté l'ancre.

92

— Il y a un homme âgé qui a débarqué par ce navire de Honfleur, hier soir, lui dit Suzanne tout en commençant à plonger les éléments de la soupe dans le chaudron. Je suis sûre qu'il vient pour vous, Madame.

Elle continua :

— ... Personne ne sait qui il est. Aucune famille ne le réclame ni ne le connaît. Et il n'a pas dit s'il devait continuer sur les Trois-Rivières ou sur Montréal. Il est vêtu simplement, sévèrement. Il s'est présenté au *Navire de France*.

— Comment sais-tu qu'il vient pour moi ?

— Je le sens.

Angélique pensa à Desgrez. Parfois, durant l'hiver, elle avait envisagé la venue, avec les navires de printemps, de l'entreprenant Desgrez qui, ayant reçu sa lettre et sachant où la trouver, ne craindrait pas de s'embarquer pour la joindre. On s'explique mieux de vive voix que par lettre surtout quand il s'agit de secrets dangereux, de crimes et de complots contre le Roi. Suzanne avait dit : « Un vieil homme », mais pour une jeunesse comme la petite Canadienne, un homme de quarante ans pour peu qu'il montre des tempes grises pouvait être désigné sous l'épithète d'homme âgé.

Elle essaya de le lui faire décrire.

— Il est grand ? Robuste ? Carré d'épaules ?

— Non, vous dis-je, c'est un vieil homme. Plutôt petit... mais parce que voûté par l'âge. Il a dû être grand et mince. Il a l'air... (Elle hésita...) Je ne sais pas moi... de quelqu'un comme un homme de loi.

« Baumier », se dit Angélique avec un battement de cœur. « Quoi de plus proche d'un homme de loi qu'un policier chafouin. »

— Il s'est présenté au *Navire de France* où il n'y avait pas un trou. Mais Madame Gonfarel lui en a trouvé un parce qu'il lui a plu.

Ce n'était pas le policier Baumier. La Polak l'aurait

flairé et il ne lui aurait pas plu. Et puis que viendrait faire Baumier ici ?

— Qu'est-ce qui te fait dire qu'il vient pour moi ?

— Une idée... et je crois que Madame Gonfarel a eu la même. C'est des choses qu'on sent...

Angélique sourit. Elle ne faisait pas fi des intuitions de ces dames. Mais cela lui semblait peu probable que quelqu'un venu de France, autre que le courrier du Roi, y vînt pour s'intéresser à eux et surtout à elle comme avait l'air de le dire Suzanne.

Néanmoins, elle se tint devant le miroir.

« Je dois me faire belle. »

Elle arrangea ses cheveux, examina son visage. Les discours de Bérengère sur la vieillesse n'avaient pas été sans éveiller ce petit pincement au cœur, inévitable à toute femme qui voit passer le cours du temps. « Vous ressemblerez à une fée ! » avait-elle dit. Soit ! Mais le plus tard possible. Elle se sourit, parce que tout ce que pouvait lui renvoyer le reflet du miroir, c'était l'assurance qu'elle était au zénith de sa beauté encore intacte, seulement plus affinée avec une expression plus sereine. Il n'y avait que ses cheveux pâles, mais elle les avait depuis de longues années et quiconque l'aurait connue, même à la Cour, ne s'en montrerait pas surpris.

Suzanne, du palier du premier étage où elle s'était rendue pour balayer les chambres, l'appela à mi-voix.

— Madame ! Madame ! Le voici ! Il monte la rue...

Angélique la rejoignit à la fenêtre ouverte.

— Le voyez-vous là-bas, ce vieil homme en noir qui porte un sac de tapisserie à la main et un rouleau sous le bras ?

Angélique se pencha à son tour. Elle ne souffla mot, mais Suzanne, contre elle, la sentit tressaillir. Au bout d'un instant elle se détourna, dévala l'escalier et courut tirer la porte de la rue.

Le vieillard aux cheveux blancs sous son chapeau rond, dans son manteau sombre dont le collet ne laissait apercevoir de clair qu'un simple rabat de lingerie sans garniture, marchait les yeux à terre car il était en effet légèrement voûté, ce qui ne l'empêchait pas de gravir la rue d'un pas alerte, malgré son sac de voyage encombrant et le grand rouleau enveloppé de toile gommée qu'il portait sous l'autre bras.

Un peu avant d'arriver à la hauteur de la maison de Mlle d'Hourredanne, il redressa la tête afin de chercher du regard la demeure qu'on lui avait indiquée. Et il vit Angélique au milieu de la rue qui l'attendait. Derrière elle, le grand orme traversé de soleil lui faisait une auréole de verdure.

Le vieil homme fit halte. Il ne s'écria pas en lui-même comme l'avait fait le vieillard Siméon : « Rappelez-moi, Seigneur, à vous, puisque j'ai vu briller ce jour, je n'ai plus qu'à mourir. » Mais comme le prêtre du temple, il comprenait qu'il avait attendu et attendu ce jour, gardant la certitude secrète qu'il ne pourrait mourir sans avoir su ce qu'elle était devenue et sans l'avoir revue.

Elle n'avait pas changé. Elle avait toujours cette même expression de droiture et de gentillesse qui lui attirait les cœurs et il éprouva un sentiment de fierté et de victoire à la découvrir plus belle encore.

Et malgré lui, car c'était un homme austère et rigide, un sourire étira ses lèvres parcheminées.

Angélique descendit vers lui, les mains tendues.

— Je vous salue, Monsieur Molines. Soyez le bienvenu en Nouvelle-France.

— Molines, dit-elle, aurais-je jamais imaginé que je vous reverrais au Canada... C'est fou! Comment avez-vous osé vous lancer dans une aussi pénible traversée à votre âge?

— Depuis que j'ai commencé à m'intéresser aux affaires de votre père et que vous alliez sur vos huit ans, dit l'intendant Molines, vous avez toujours pensé que j'étais très vieux. Or, lorsque quelque dix années plus tard je me préoccupai de vous marier à Monsieur de Peyrac, j'approchais des cinquante ans et aujourd'hui, je n'en ai pas encore soixante-quinze...

— Ainsi va le temps, dit Angélique en riant. Une petite fille qui lève le nez pour regarder un grand monsieur sévère le croit très vieux. Et puis peu à peu au cours de la vie c'est elle qui le rejoint.

Elle l'avait fait asseoir dans le petit salon auprès du poêle de faïence désormais éteint.

Elle se tenait devant lui, absurdement heureuse et ne pouvant en croire ses yeux, reprise par cette sensation mêlée de respect et de culpabilité qu'elle avait toujours éprouvée devant le docte intendant. Respect pour ses compétences, culpabilité parce que chaque fois qu'elle avait eu affaire à lui, cela avait été pour qu'il l'oblige à quelque chose de difficile et qu'elle ne voulait pas accomplir. Et il arrivait par ses raisonnements à la convaincre et à lui faire dire oui de sa propre volonté et elle en demeurait irritée, désespérée, et en admiration devant son habileté.

C'était son enfance, son adolescence, son mariage à Toulouse, son second mariage avec Philippe du Plessis-Bellière dont il était l'intendant, qui se levaient à ses yeux avec la présence de l'intendant Molines qui, après avoir posé soigneusement le rouleau qu'il portait contre le mur, ouvrait son sac de tapisserie posé à ses pieds et en tirait une enveloppe blanche scellée de cire.

Il se redressa, lui lança un bref regard incisif qui la fit frissonner tant il ressuscitait pour elle une époque qui n'était plus qu'un songe et il lui tendit le pli.

— J'ai à vous remettre cette lettre de la part du Roi.

— Du Roi ! répéta Angélique.

— Asseyez-vous, dit Molines en lui désignant un siège en face de lui.

Elle obéit machinalement tenant en main le pli à l'épais cachet où elle reconnaissait le contre-sceau de Louis XIV avec les anges de la Gloire et de la Fortune soutenant l'écusson à trois fleurs de lys sommé d'une couronne et d'une croix.

— Ouvrez...

Elle tira sur le ruban et rompit la cire.

Elle était impressionnée à l'idée que le Roi avait touché cette lettre. C'était sa main qui, après l'avoir écrite, l'avait cachetée. Il avait voulu être seul dans son cabinet aux tentures bleu et or qu'elle connaissait si bien et il avait lui-même tourné le bâton de cire sur la flamme.

Elle déploya le feuillet. Elle vit la signature : Louis. Il n'y avait que quelques mots d'écrits, elle lut.

« *Pour vous, ma belle amie, j'ai créé des merveilles.* »
Louis.

Elle resta là, tenant aux deux coins, haut et bas, la feuille blanche qui frémissait entre ses doigts afin qu'elle demeurât ouverte devant elle.

« *Pour vous, ma belle amie, j'ai créé des merveilles.* »

Soudain elle sursauta.

— Molines !... La date ? C'est une erreur. Elle est de près de six ans en arrière.

— Cette lettre, en effet, fut écrite par le Roi à votre intention il y a six années. C'était elle que je vous rapportais après m'être rendu à Versailles après avoir remis à Sa Majesté votre lettre de soumission. Dans cette lettre — vous souvenez-vous ? — vous lui demandiez grâce, lui promettant de revenir à la Cour à condition qu'il délivrât votre province et vos terres de la soldatesque qui venait vous humilier jusque sous votre toit dans votre château du Poitou : Le Plessis.

» Vous étiez prisonnière et maltraitée et j'en avertis le Roi répondant aux questions qu'il me posait.

» Le Roi aussitôt donnait des ordres et, par moi, vous envoyait cette lettre que vous tenez aujourd'hui entre vos mains. Il était prêt à toutes les concessions pour vous revoir.

» Mais, lorsque je parvins au Plessis vous savez le spectacle que j'y ai trouvé : des ruines fumantes, l'héritier du domaine, Charles-Henri, mort, vous disparue.

» Dès que je le pus, je retournai à Versailles pour ramener au Roi sa lettre désormais inutile et que je ne pouvais vous remettre ignorant où vous vous trouviez.

» « Elle a pris les armes contre moi, dit Sa Majesté d'une voix altérée. Je ne peux plus rien pour retenir mon bras justicier contre elle... Cette femme doit être vaincue... Sa tête vient d'être mise à prix... »

» Le Roi déposa dans un tiroir de son cabinet secret le pli désormais inutile. Cependant, avant que je ne m'éloigne, il me fit promettre de demeurer son intermédiaire entre vous et lui si l'occasion s'en présentait.

» Ainsi les années ont passé dans le tumulte des armes, de grandes misères, de grands tourments... Maintenant la province est apaisée... j'ai fait reconstruire le château du Plessis et mes affaires sont prospères. Je vous donnerai tous les détails en temps utile, mais sachez dès maintenant que, par ordre du Roi, le domaine vous reviendra avec licence de le faire passer par héritage sur la tête d'un de vos enfants(1).

» Donc les années avaient passé. Après l'écrasement de la révolte, le silence s'était fait sur votre personne. A plusieurs reprises, je cherchai à retrouver votre trace, mais toutes les pistes s'arrêtaient brusquement. Nul ne pouvait dire si vous étiez morte ou vivante. Je me doutais que Sa Majesté, de son côté, poursuivait ses recherches, mais n'ayant rien à lui communiquer, je me cantonnais dans une réserve prudente. Il est à noter cependant que les dragons du Roi, chargés de faire abjurer sous violence les personnes de religion protestante, avaient été retirés des campagnes, ce qui permit un relèvement plus rapide des régions ruinées par la guerre.

— Ma révolte n'a donc pas eu que des conséquences désastreuses pour ma pauvre province?

— Non... Certainement. Elle vous a dû de pouvoir respirer et d'échapper à la persécution religieuse. Le Roi gardait l'œil sur le Poitou comme s'il avait espéré que sa mansuétude allait vous faire sortir du bois...

» Enfin, vers le mois de janvier de cette année, je reçus un appel de Sa Majesté me demandant de me rendre de toute urgence à Versailles.

— Et vous êtes remonté sur votre mule, comme naguère?

— Une autre mule, mais tout aussi vaillante... Non! cette fois, Sa Majesté m'envoya un carrosse afin que je puisse me rendre auprès d'Elle au triple galop et, sitôt arrivé, dans mes vêtements de voyage, je fus introduit dans le cabinet particulier du Roi. Je décelai, dès l'en-

(1) Cf. *Angélique se révolte*, J'ai lu n° 2492.

trée, comme une lumière inhabituelle sur ses traits. « Je sais où elle est, me dit-il, elle est au Canada... »

» Je crus comprendre que la nouvelle lui en avait été donnée par ses services de police et je crois plus sûrement par ce François Desgrez que vous connaissiez quelque peu. Le Roi ne se préoccupait pas de savoir comment cet habile adjoint de Monsieur de La Reynie se trouvait en possession du renseignement. Il savait enfin que vous étiez en vie et qu'il pourrait vous revoir, ce qui était devenu au cours des années sa hantise. Il reprit dans le tiroir où il l'avait déposé le pli toujours scellé : « Rien n'est changé à ce que je lui mandais alors... »

» Je devais partir pour vous joindre par le premier navire cinglant vers l'Amérique. Je devais vous remettre la lettre secrètement. Je fis donc mes préparatifs. Je préférais ne pas monter à bord du vaisseau qui emportait le courrier officiel, craignant que ces officiers ou fonctionnaires qui le convoyaient ne me reconnussent pour m'avoir rencontré dans les couloirs du palais, à Versailles.

» J'allai m'embarquer à Honfleur. Mon navire a eu quelque retard par la rencontre d'une banquise qui nous a contraints à dévier de notre route pour l'éviter.

— Mais... dit Angélique dont les sentiments se bousculaient, je vous avoue... quelque chose me choque dans tout cela... je suis touchée que le Roi me garde une si fidèle passion, mais il ne semble pas se souvenir que je suis mariée... mariée à Monsieur de Peyrac... Il semble assuré que je vais lui tomber aussitôt dans les bras... Pour qui se prend-il ?

— Il se prend pour le Roi, Madame, répondit Molines avec douceur.

— Que s'imagine-t-il donc que je suis ? C'est moi, de tous ses sujets, qui lui ai porté les coups les plus durs... et qui ne seront peut-être pas les derniers...

Elle pensait moins en disant cela à sa rébellion, qu'à la lettre qu'elle avait envoyée à Desgrez et par laquelle le Roi un jour apprendrait que sa maîtresse bien-aimée, la belle Athénaïs de Montespan, était une criminelle et une sorcière.

— Il devrait se méfier de moi... Il ne sait donc pas de quoi je suis capable ?

— Il le sait... Mais, pour cela aussi, vous êtes en son cœur une douleur et une délectation à laquelle il ne veut pas, il ne peut pas renoncer. Alors, dans le tourment de n'avoir pu vous briser, il lui renaît l'espoir de pouvoir vous apprivoiser... Il veut vous combler. Il vous rend vos titres, vos terres, il accorde tous les pardons à vous et à votre époux, dans le seul espoir que pour cela vous allez penser à lui avec un peu plus d'indulgence et au moins avec reconnaissance, qu'il aura même à distance le pouvoir de ramener un sourire sur vos lèvres, de remplacer un peu dans votre cœur la rancune que vous y gardiez, par un peu d'amitié envers lui. Si vous l'aviez vu, il y a bientôt six années alors que je venais pour la première fois à Versailles lui porter votre lettre de reddition et qu'il imaginait que bientôt vous seriez près de lui, vous comprendriez à quel point pour lui, souverain maître de tout, vous représentiez... que dirai-je ?... Oui, c'est cela !... Vous représentiez... le salut. Et tout en sablant cette missive que vous tenez là entre vos mains, il me répétait comme un très jeune homme amoureux sous le coup de l'anxiété :

« *Vous lui direz, Monsieur Molines, vous lui direz, n'est-ce pas ? combien Versailles est beau !* »

Angélique se sentit la gorge serrée par cette évocation.

Parce qu'il régnait depuis très longtemps, on oubliait que ce souverain, écrasé d'une gloire et de charges à l'image pesante de son lourd manteau de Cour de velours bleu brodé de lys et d'or, à collet et doublure d'hermine et traîne de plusieurs aunes et de sa perruque élevée rehaussant sa majesté, n'avait pas encore quarante ans. Il ne redeviendrait jeune que si elle revenait.

— Versailles est très beau, n'est-ce pas ? demanda-t-elle à Molines.

— Sa Majesté me recevait dans son cabinet. Et je ne suis pas très entendu sur les détails, mais... en effet, Versailles est très beau.

461

« *Pour vous, ma belle amie, j'ai créé des merveilles.* »

Le duc de Vivonne le lui avait laissé entendre. Pendant ces dernières années la pensée, l'image d'Angélique étaient devant les yeux du Roi quand il commandait ses statues de marbre à Coysevox, ses toiles et ses fresques à Le Brun, et qu'avec Le Nôtre il examinait le dessin de ses jardins, les mille et mille fleurs des parterres.

— Pourquoi, grands dieux ! m'aime-t-il toujours ?

— C'est là une question qui me paraît oiseuse, Madame... Et plus encore lorsqu'on se trouve en votre présence. Alors, l'on n'a aucune difficulté à reconnaître comme des plus naturelles la constance du Roi à votre souvenir.

— Molines, vous tournez mieux les compliments qu'un petit-maître de la Cour ! Vous n'aviez pas ces talents naguère !

— C'est vrai ! Mais l'âge venant, je me permets d'agrémenter de quelques fantaisies la tournure austère de mon esprit...

— Cher Molines !... dit-elle en le regardant avec douceur.

Molines détourna les yeux. Ce n'avait jamais été dans ses habitudes de se laisser attendrir par un regard. D'ailleurs, ce n'avait jamais été dans ses habitudes de se laisser attendrir par quoi que ce soit.

Mais avec l'âge, comme il venait de le dire, il lui arrivait d'accorder à son cœur quelques fantaisies.

— Ne dit-on pas que le Roi a une nouvelle maîtresse ? reprit Angélique. La marquise de Maintenon.

Molines eut un petit ricanement.

— C'est la douleur que lui ont causée votre rébellion et votre absence qui l'a incité à se tourner vers les charmes discrets de cette dame avec laquelle il n'est pas question de libertinage. Elle est sérieuse, quoique fort belle, et l'agréable gouvernante des enfants du Roi. Il se repose près d'elle. Enfin elle vous a connue jadis et il essaye d'avoir sur vous, par elle, quelques anecdotes. Mais malgré les agréments de cette liaison toute platonique et qui est pour lui un apaisement dans sa vie harassante, trop réglée, toujours en représentation comme un dieu exposé, un acteur sur les tréteaux de foire, je ne ferai pas grand cas de Madame de Maintenon dès que vous reparaîtrez à la Cour.

Ayant prononcé ce petit discours, Molines remit ses papiers dans le sac n'en gardant qu'un seul qu'il consulta sans avoir besoin de mettre des besicles.

— C'est bien cela, dit-il. Après vous avoir vue, je dois demander audience à Monsieur le Gouverneur, et lui faire part dans le privé de quelques messages personnels pour lui de la satisfaction de Sa Majesté pour l'habileté avec laquelle il a mené ce « rapprochement » qui s'imposait pour la Nouvelle-France avec Monsieur de Peyrac et pour l'amabilité de l'accueil qu'il vous fit. En bref, Monsieur de Frontenac a misé sur la bonne carte.

— Je m'en réjouis pour lui.

— Quant à vous, nommez-moi sur l'heure les personnes que vous souhaitez voir écartées de votre route et de celle de votre famille, de Monsieur de Peyrac et de sa maison, comme de la vôtre, voire de vos amis — c'est écrit là — comme dangereuses, ayant cherché à vous nuire ou susceptibles de le faire encore, afin qu'elles soient aussitôt mises hors d'état de le faire par décision du Gouverneur, hors de toutes consultations du Conseil par arrestation, même condamnation si le délit l'exige, en dehors de toutes considérations d'Etat, particuliers, fonctionnaires ou ecclésiastiques. Nommez-les-moi et aussitôt vos ennemis seront châtiés.

— Avez-vous ce pouvoir ?

— Le Roi me l'a donné.

— A vous, un protestant ?

— Notre Roi lorsqu'il s'agit d'efficacité ne regarde pas de trop près à la position, ni à la religion, de celui qui lui semble le plus apte à le mieux servir. En de douloureuses circonstances qui lui tiennent à cœur plus — ou presque plus — que son sceptre même, puisqu'il s'agit de vous, il m'a jugé. Il sait que je lui suis dévoué, et le plus habile à plaider sa cause auprès de vous, car il a compris que vous m'écoutiez volontiers, comme un père qui sait parler à un enfant difficile un langage qui lui est accessible. Il a été jusqu'à me dire :

« Monsieur Molines, cette jeune femme est la plus rétive à laquelle j'ai eu affaire de tout mon règne. Pourtant elle n'est pas ce qu'on appelle une entêtée. Mais les raisons pour lesquelles elle se dresse contre moi me demeurent obscures. Vous seul pouvez la persuader de la sincérité de ma passion. Et qu'elle comprenne bien que ma faveur la mettra à jamais elle et les siens à l'abri de l'infortune et de l'adversité. Je saurai me contenter, si elle ne veut m'accorder plus, du simple bonheur de la voir, la voir apparaître, savoir qu'elle va venir, attendre chaque jour le plaisir que suscite à chaque fois sa beauté toujours surprenante et qu'elle rehausse par le goût imprévisible et toujours parfait de ses atours, me contenter seulement de la mener dans mes jardins, de m'entretenir parfois avec elle de tous sujets qui nous inspireraient, de politique, de guerre ou de commerce, car son intelligence est grande et son jugement des plus fins, me contenter d'entendre son rire, une repartie jetée de sa voix harmonieuse... Vous le lui direz, Monsieur Molines, et vous la convaincrez. »

» Voici donc ce langage que m'a tenu Sa Majesté. Or, vous me demandez, Madame, comment moi, huguenot et modeste intendant provincial, j'ai le pouvoir d'intimer au Gouverneur de la Nouvelle-France l'ordre d'arrêter ou de mettre à pied toutes personnes que vous m'aurez nommées. C'est parce que c'est à vous qu'il est remis, Madame, ce pouvoir. Sa Majesté veut que vous compreniez que la toute-puissance, même au-delà de la sienne, est désormais entre vos mains.

Angélique passa le bout de ses doigts, à plusieurs reprises, sur son front, écartant ses cheveux comme si elle eût ressenti le besoin d'écarter un rideau afin d'y voir clair.

Elle était un peu écrasée par cette avalanche d'égards. Elle se leva et marcha de long en large en pressant ses mains l'une contre l'autre.

— Molines ! Molines ! Que dois-je faire ?

— Vous seule le savez, Madame. Vous seule êtes maîtresse de votre destin.

— Molines, vous m'avez toujours conseillée, et à vous revoir, je retrouve la confiance que vous m'inspiriez. J'avais foi en vous parce que je crois... que nous avons la même sorte de conscience. Molines, que dois-je faire ?

Mais l'intendant se déroba encore avec un demi-sourire.

— Je pense que vous m'entendez fort bien, Madame, lorsque je vous dis : vous seule pouvez en décider. Car vous seule savez ce que vous voulez faire de votre vie, ce qui compte à vos yeux, les buts qui vous sont chers et ce que vous êtes prête à sacrifier pour les atteindre. Vous n'êtes plus une enfant et vos durs combats de chef de guerre vous ont appris l'art de la stratégie, qui consiste surtout à projeter à l'avance en imagination les éléments d'une bataille, les obstacles prévisibles, à prévoir le pire afin de s'en garder, et puis aussi mesurer le gain de cette bataille afin de savoir s'il y a l'obligation de s'y livrer, ou s'il se révèle que vous deviez la payer un prix trop lourd, savoir à temps s'y dérober. Il ne faut pas négliger non plus que certaines possibilités ne se découvrent que sur place, que le hasard est un individu facétieux, qui aime se mêler à nos entreprises, et qu'il n'est pas mauvais de parfois s'en remettre à lui, ce qui s'appelle prendre des risques.

— A condition qu'il ne s'agisse pas d'utopie.

Pourrait-elle se plier à la vie de la Cour, brillante et superbe, mais requérant toutes les forces, une attention de chaque instant ? Il fallait tendre à être remarquée du Roi. On exigerait chaque instant de leur vie. Elle eut la vision de cette rencontre à Versailles, du regard du Roi sur elle, la Cour entière suspendue à leurs lèvres. Où serait Joffrey alors ? Joffrey debout en face de ce Roi qui la voulait ! La sensation qu'elle avait éprouvée avait été celle d'un vide près d'elle, comme si, une fois de plus, par l'intolérance de ce monarque, Joffrey avait été effacé et rejeté, disparu...

— Molines, vous qui les connaissez tous deux, imaginez-vous Monsieur de Peyrac en face du Roi ? Un homme comme mon époux qui s'est sauvé de tout lui-même, se battant avec acharnement mais avec ses armes à lui, ne voulant jamais supplier, s'abaisser, parvenant toujours, si bas qu'il soit tombé, à se retrouver au sommet, au-dessus des autres. Lui, devant ce Roi!

— Un Roi qui a dit : « Il me semble qu'on m'ôte ma gloire quand, sans moi, on peut en avoir! »

Angélique frissonna.

— Je comprends, dit-elle. Le Roi a changé.

La fonction pervertissait l'homme. Malgré l'esprit de justice, le goût du bien et la réelle grandeur de caractère qu'il y avait en ce prince, il était devenu ce Roi tout-puissant, il ne pouvait plus s'incliner aujourd'hui. Il l'avait fait jadis, jeune homme bouleversé dans la ferveur d'un grand amour, celui qu'il avait voué à vingt ans à l'adorable nièce du cardinal Mazarin, Marie Mancini. L'impitoyable ministre avait brisé tout cela. Le cardinal ne se préoccupait guère de voir sa nièce étourdie hissée au sommet des honneurs et il l'avait exilée rapidement. Pour Mazarin qui avait protégé la minorité du petit roi, celui-ci était destiné à devenir un grand roi, et devait, pour raison d'Etat, épouser une princesse de sang royal afin de consolider les alliances du royaume.

En larmes, le jeune Louis s'était incliné devant la raison d'Etat.

Plus maintenant.

De nouveau en proie à un amour qui semblait transmuter toute la grisaille et le poids de sa vie en or pur, il ne pouvait renoncer car il avait perdu l'habitude du renoncement.

Il avait perdu jusqu'à la notion du renoncement. Il voulait que les êtres plient et c'était en lui une volonté qui ne souffrait pas d'exception et dont la rigueur ne pouvait être remise en question. Il était comme un gouvernail bloqué dans une seule direction.

Ayant pour sa part apporté ce qu'il regardait comme des concessions et ce jusqu'à la limite de ce qui ne lui coûtait pas ou peu, il estimait que c'était aux autres de trouver la solution des conflits insolubles et d'aplanir des obstacles dressés devant son bon plaisir par l'abolition totale de leur volonté ou de leurs désirs les plus légitimes.

On l'aurait étonné en lui disant qu'il agissait alors avec tyrannie.

En tout il ne voyait pas d'autre issue. Car il était convaincu que lorsqu'il exigeait ou décidait quelque chose c'était pour le mieux et pour le bien.

Ne venait-il pas de se déclarer Roi « de droit divin » c'est-à-dire désigné par Dieu comme jadis les prophètes, pour mener les peuples et de ce fait, devant être écouté, comme prononçant par ses lèvres les volontés d'un créateur juste et bon ?

— Molines, murmura-t-elle, le Roi peut-il encore être sauvé ?

Le vieil intendant leva un sourcil et ne répondit pas.

Et Honorine que deviendrait-elle ? Angélique l'aperçut jouant près de la cheminée et alla à elle.

L'enfant se leva et la regarda venir. Angélique lui prit les mains. Le décor était simple. La pierre de l'âtre était tiède. Les braises chuchotaient sous le chaudron. Les ustensiles brillaient sous l'auvent de la cheminée.

Que ferait-elle d'Honorine ? Honorine au tendre cœur et qui, à l'exemple des chevaliers du temps jadis, rêvait de pourfendre les méchants et souffrait de sa faiblesse. Mais Angélique était là qui comprenait et lui prêtait sa force et qui ne craignait point d'aller dans la tempête couper les chaînes d'un pauvre chien pour le soustraire à son martyre. On n'oublie jamais une mère capable de ces choses-là que les grandes personnes refusent toujours obstinément aux enfants.

Elles se regardèrent, les mains dans les mains, les yeux dans les yeux et scellèrent leur alliance de femmes et le vieux Molines, les observant de loin, se félicitait d'être là et d'avoir su envoyer promener les fâcheux et les oiseaux de mauvais augure qui lui prédisaient naufrage et capture par les pirates. Sa famille l'avait retenu par les basques : « À votre âge, vous êtes fou ! Traverser l'océan ! » Sa fille, son gendre, son fils, sa bru, et toute la ribambelle d'enfants et la vieille gouvernante qui avait continué à tenir son ménage après le décès de son épouse. Il avait répondu : « Service du Roi ! »

Soixante-quinze ans, c'était un âge pour tout commencer. Il n'y a guère de choix : ou la descente vers la tombe ou une nouvelle naissance...

Angélique revint vers lui avec l'enfant.

— Je vous présente ma fille, Honorine de Peyrac.

Elle reprit place près de lui et elle tenait les yeux baissés tandis qu'elle caressait les longs cheveux cuivrés qui s'échappaient du béguin vert brodé.

Molines, sans souffler mot, estimait l'âge de l'enfant.

Un coude appuyé aux genoux de sa mère, le menton dans sa main, Honorine considérait Molines avec sagacité.

— J'ai un arc et des flèches, lui dit-elle.

— Je vous en félicite, demoiselle.

— Mon père est un grand chef de guerre.

— Votre mère aussi l'a été. Je fus témoin de ses exploits.

— Je sais, dit Honorine avec un sourire entendu. Et elle appuya sa joue contre le bras d'Angélique. Une transformation s'était faite en elle depuis le sauvetage du chien.

— Quelle réponse vous donner, Molines ? murmura Angélique en serrant la petite contre elle. Hier, j'étais folle de joie. Nous faisions des projets de retour. Et maintenant je ne sais plus. Il me semble que l'on nous attire aussitôt dans un piège. Pardonnez-moi de paraître hésiter. Vous avez entrepris un très long voyage et je m'adresse des reproches à la pensée que vous pourriez revenir avec le sentiment d'avoir échoué dans votre mission.

— Je reconnais dans ce scrupule votre gentillesse native. Mais ne vous tourmentez pas pour moi, Madame. Je vous dirai que cette mission au-delà des mers est venue à point pour faciliter mes projets de départ. Elle m'a permis d'accomplir cette première traversée aux frais de Sa Majesté et il n'y en aura pas d'autre. Dès que vos navires vogueront vers l'Europe, je considérerai ma mission terminée et je me mettrai en quête d'un lieu où m'installer au Nouveau Monde.

Angélique ouvrit de grands yeux.

— Vous voulez demeurer en Amérique, vous, Molines ? Mais ne venez-vous pas de me dire que le Poitou est fort paisible et que vos affaires sont des plus prospères ?

— Elles le sont, en effet... Et je pourrais même dire que, par ce jeu bizarre des circonstances qu'on ne peut toujours prévoir, elles ne l'ont jamais été autant. Mais je suis de confession protestante et le Roi va révoquer l'Edit de Nantes...

93

— Révoquer l'Edit de Nantes! se récria Angélique. L'Edit qui donne la liberté de pratiquer leur religion aux protestants au même titre et avec les mêmes droits de citoyenneté que les catholiques? C'est impossible! Le roi Henri IV, le grand-père de notre souverain actuel, l'a établi pour que tous les Français qu'ils soient huguenots ou catholiques ne soient plus que les mêmes sujets d'un seul roi!

— L'Edit va être révoqué, répéta Molines. Les jésuites ont su convaincre le Roi qu'il n'y avait plus de protestants en France, parce qu'ils étaient tous convertis.

— Mais on ne révoque pas un édit comme cela! C'est un crime. Et le Parlement, si soumis qu'il soit au Roi et même à la majorité catholique, ne peut s'incliner.

— Cela ne se fera peut-être pas aisément, ni demain, mais cela se fera. Alors les Français de confession réformée deviendront pires que des pestiférés ou des lépreux en leur propre pays. Ils seront ruinés, ne recevant plus l'autorisation de commercer. Leurs enfants seront bâtards car les pasteurs ne pourront plus être officiers d'Etat pour l'enregistrement des naissances ou des mariages.

— C'est impossible! s'écria derechef Angélique. Le Roi ne peut pas faire cela!... Il ne peut pas faire cela à son grand-père.

Cette exclamation tellement féminine arracha à Molines un demi-sourire.

— Oui! répétait en écho la petite voix d'Honorine, s'il fait cela à son grand-père, je le tuerai...

Le vieil homme secoua doucement la tête. Qu'importait la tendresse des femmes, pensait-il, et leur sens de l'honneur et de la loyauté souvent taxé de folie.

Le roi Louis XIV trahirait son grand-père Henri IV. Le meilleur roi que la France eût jamais élevé sur le trône.

Un roi humain avant tout, soucieux de paix et de réconciliation et qui avait fait promulguer cet édit de tolérance afin d'arrêter l'effusion de sang des guerres de Religion. Mais le fanatisme et la volonté de violence auraient raison de sa sagesse. Le poignard de Ravaillac que l'on disait guidé par la main des jésuites avait percé son cœur. Et l'Edit n'aurait été appliqué tant bien que mal que pendant moins de quatre-vingt-dix ans. La France recommencerait à se vider de son sang. L'on recommencerait à voir des êtres bannis se réfugier dans les forêts, se glisser sous les ronces des frontières ou s'embarquer sur des plages perdues afin d'aller offrir à des nations voisines ou à des terres lointaines leurs forces vives, leurs talents et l'avenir de leurs enfants à naître.

— Je suis vieux, dit Molines, mais la vie a encore pour moi des charmes et de l'intérêt. Je peux vivre les années qui me restent de façon active et profitable et je ne tiens pas à consacrer mes suprêmes forces à pourrir en prison ou à recevoir des coups de bâton et de botte tandis qu'on me braillera aux oreilles : Abjure !... Ou encore à aller ramer aux galères où ma pauvre carcasse ne ferait pas long feu... Surtout je ne veux point de la vie qui s'annonce pour les Français réformés dans leur propre patrie et donc pour mes enfants et mes petits-enfants. Eux, c'est toute leur vie qu'ils auront à passer misérables, opprimés, pourchassés, soit dans l'inconfort d'une conscience avilie par l'abjuration, soit contraints à affronter les dangers d'un exil devenu presque impossible car les frontières seront fermées et surveillées et déjà aujourd'hui tout Français réformé qui est pris sur le chemin de Genève est arrêté et jeté en prison sans autre forme de procès.

Parce que autrefois l'intendant Molines s'occupait d'elle et de ses frères et sœurs comme de ses pupilles,

470

Angélique oubliait toujours qu'il avait lui aussi des enfants, une famille. Elle se souvint d'un garçon et d'une fille, petits huguenots pâlichons, fort ennuyeux, avec lesquels on ne pouvait jouer à rien d'amusant.

— ... Mes enfants essayent de me convaincre que je suis un vieillard pessimiste, que l'injustice ne va pas triompher et qu'eux, en tout cas, sauront tirer leur épingle du jeu. Sottises ! La partie est trop fortement engagée, les esprits trop influencés pour qu'il y ait possibilité de retour en arrière. Aussi ai-je donné mes ordres car je suis encore vivant et chef de la famille. Les laissez-passer du Roi et les soutiens qu'il m'accorde momentanément m'ont permis d'effectuer certaines opérations de transfert, via la Hollande. De plus, les miens doivent s'évertuer de gagner, par groupes différents et sous prétexte de visites familiales, La Rochelle.

— La Rochelle ? Est-ce prudent ? C'est une cité où les huguenots sont très surveillés.

— Cela dépend des périodes. En ce moment, c'est la pagaille. Il y a eu durant quelques années une équipe de convertisseurs zélés qui a rendu la vie intenable à mes coreligionnaires. Puis soudain on les a abandonnés à leur sort et les jésuites de la ville ont reçu l'ordre de ne s'occuper que de leurs élèves des collèges ou de leurs pénitents. C'est une opportunité à ne pas négliger. D'autre part, des départs se font à partir des ports du Brouage ou des Sables-d'Olonne au nord de La Rochelle, les bourgs de cette côte saintongeaise et vendéenne demeurant de majorité protestante. Il se peut que venant de Hollande un navire jette l'ancre dans l'un ou l'autre de ces petits ports où l'embarquement de nos familles se fera plus aisément.

— En quel lieu d'Amérique comptez-vous les faire venir ? La Nouvelle-France vous est aussi fermée. Les lois contre les religionnaires y sont appliquées avec plus de sévérité qu'en France, si possible. Monseigneur de Laval est très rigoriste là-dessus et, en général, tous ces messieurs du Grand Conseil. Il est arrivé que les matelots protestants de certains équipages reçoivent l'interdiction de descendre à terre.

— Je n'ignore pas ces vexations. C'est pourquoi je

me réjouis de mon sauf-conduit royal qui me permet de me promener librement pour la première et dernière fois dans les rues de cette charmante capitale de notre colonie d'Amérique.

— Il n'y a malheureusement aucune chance pour les protestants ici. Il arrive que l'on soupçonne parmi les nouveaux immigrants, surtout parmi les jeunes gens célibataires qui semblent s'être embarqués pour fuir quelque chose, l'un ou l'autre, d'appartenir à la religion prétendue réformée. S'ils en sont convaincus, c'est l'abjuration immédiate ou le pilori, la prison et dès le premier navire ils seront renvoyés à fond de cale. La plupart prennent les bois et gagnent La Nouvelle-Angleterre.

— C'est ce que je compte faire, mais sans prendre les bois. J'ai établi une correspondance avec des protestants français de New York. Cette ville qui a été hollandaise est ouverte à toutes les confessions. Dès que j'en aurai terminé avec ma mission près de vous, je vais reprendre la mer. Je me suis informé d'un itinéraire possible. Je me ferai déposer sur la côte est du Canada et de là en cabotant d'un navire à l'autre je finirai bien par contourner la Nouvelle-Ecosse et gagner le Massachusetts et, par terre, La Nouvelle York.

— C'est un long et pénible voyage, Molines, dans des contrées quasi désertes. Nous les connaissons bien puisque nous y avons nos établissements. Attendez que nous soyons sur notre départ pour regagner Gouldsboro, notre port d'attache sur les rives du Maine. Nous vous prendrons avec nous. Vous pourrez rencontrer là-bas de vos coreligionnaires de La Rochelle qui y font grandir une active cité commerçante. Ensuite, l'un de nos navires pourra vous conduire jusqu'à Boston ou jusqu'à New York.

Elle s'aperçut qu'en parlant ainsi sans réflexion, elle venait de donner sa réponse à Molines quant à la décision pour elle de ne pas retourner en France.

94

Elle resta alors quelques instants indécise, comme absente, et portant tout l'effort de sa volonté à ne pas trahir son désarroi, à ne pas exprimer tout haut la nostalgie qui tout à coup la déchirait.

« Tu ne reverras jamais le royaume! Tu ne reverras ni les beautés de Versailles, ni les campagnes de ton enfance, ni le château du Plessis-Bellière se mirant dans l'étang... Mais non, c'est impossible, Joffrey doit retourner prendre possession de son fief... Et le Roi nous attend, il ne souffrira pas que nous répondions par le dédain à des grâces si abondantes... Oh! Molines, que dois-je faire? »

Elle se retenait de répéter tout haut cette interrogation angoissée, à laquelle il avait déjà répondu. Et elle aussi, avait donné sa réponse. Ne venait-elle pas de dire : « Nous vous conduirons à la Nouvelle York, lorsque nous retournerons dans nos établissements de Gouldsboro », sanctionnant sa décision intérieure. Mais cela voulait dire : Adieu! Adieu à jamais notre pays de France... Oh! Molines, que dois-je faire? »

L'intendant Molines ne semblait pas se préoccuper de la tempête qui se déchaînait dans le cœur d'Angélique. Une fois de plus, il avait ouvert son grand sac de tapisserie à ses pieds et, incliné, il en explorait avec méthode le contenu.

— Que cherches-tu dans ton grand sac? demanda Honorine qui suivait ses mouvements avec le plus grand intérêt. La fillette avait toujours éprouvé une sympathie spontanée pour les vieillards et il n'y avait rien d'étonnant à ce que Molines, avec son autorité puritaine, sa sagesse non dénuée de hardiesse, ses façons un peu compassées, déférentes, lui plût.

— Je cherche un objet que j'ai apporté pour votre mère, demoiselle, répondit-il, et je gage qu'il ne sera pas non plus sans vous plaire.

Il se redressa en tenant quelque chose enveloppé soigneusement dans de la toile gommée bien cousue et lorsqu'il eut fait sauter les fils de la lame d'un petit couteau, on trouva encore des peaux souples à dérouler. Enfin, il tendit l'objet dégagé, un petit coffret oblong au couvercle arrondi, à Angélique.

— Oh ! s'exclama-t-elle. Ma boîte à trésors !

Elle la tenait sur ses genoux et reconnaissait le cuir repoussé, la petite clé dorée, et Molines expliquait qu'à son retour, quand il n'avait plus retrouvé que les ruines fumantes du château du Plessis, il y avait cependant une aile à peu près intacte, celle où heureusement se trouvait la chambre de la châtelaine et, dès lors, il avait jugé bon en attendant la réfection complète du château d'en retirer quelques bibelots ou meubles, qu'il avait mis à l'abri dans sa propre demeure, dont ces deux objets, dit-il en désignant aussi le rouleau accoté au mur, qui n'avait pour elle il le savait que valeur de souvenir, mais que pour cette raison même il avait voulu lui apporter dès qu'il lui avait été possible de la joindre en Amérique.

— Ma boîte à trésors !

Sous l'œil brillant de convoitise d'Honorine, elle en souleva le couvercle. Les objets étaient là, jalons de sa vie. Entre la plume du Poète Crotté et le poignard de Rodogone l'Egyptien, elle voyait la turquoise de Bachtiari-Bey et, à côté, ce caillou noirâtre c'était un morceau de la « moumie » du vieux Savary. C'était peut-être à cause de ce résidu de concrétions minérales de la liqueur sacrée des Persans, la « moumie », qu'il s'échappait de la cassette une petite odeur fanée, une petite odeur de mort. Ces objets l'attendrirent, mais quand elle les souleva et les regarda les uns après les autres, elle les trouva comme allégés de leur contenu douloureux. Ce qu'ils évoquaient ne lui inspirait plus ni regrets, ni remords, ni souffrance. Si dramatiques, ou magnifiques qu'elles fussent, les images que leur vue faisait lever en sa mémoire ne la touchaient plus que comme le rappel d'une vie qui avait cessé de la faire souffrir pour se muer en ce qu'elle était simplement, c'est-à-dire : sa vie passée. Sa vie passée avec ses bonheurs et ses malheurs, mais passée.

Et si le passé venait de perdre un peu de son charme

si mystérieux, ses forces à elle débarrassées comme d'un fardeau pesant lui apparurent plus neuves pour le présent.

« Tu vois, semblaient lui dire ces objets, dans leur docile matérialité, tout s'arrange, on survit, et rien n'a été jamais aussi terrible, aussi insurmontable que tu ne l'as cru sur le moment. »

— Merci, Molines, fit-elle avec un sourire.

Elle se réjouissait de pouvoir montrer la célèbre « boîte à trésors » à Honorine, et de cette cassette mythique enfin retrouvée, elle lui ferait don, et Honorine s'envolerait au septième ciel, plus comblée que la plus comblée des impératrices, et elle se croirait parvenue au sommet de tout ce qu'elle pouvait attendre de meilleur de la vie et ne se déplacerait plus qu'avec ses deux coffrets sous chaque bras, celui de sa mère et le sien.

— Et cela ? demanda Angélique intriguée en voyant Molines prendre le rouleau et en couper les fils pour écarter l'enveloppe. C'était la toile d'un tableau que le vieil intendant déroula puis, se levant, alla appuyer au rebord d'une console afin qu'on pût le regarder de loin.

Se détachant avec ses vifs coloris dans la pénombre du petit salon, Angélique reconnut le tableau qu'elle avait commandé à son frère Gontran, le peintre, lorsqu'elle habitait Paris, et qui représentait le portrait de ses trois fils. Il y avait là Florimond vêtu de rouge âgé de dix à onze ans, Cantor que Gontran avait peint de mémoire car, à cette époque, le petit garçon, ayant suivi comme page le duc de Vivonne sur les galères du Roi, avait disparu en Méditerranée et, entre eux, Charles-Henri, le fils qu'elle avait eu de Philippe du Plessis-Bellière. Debout sur un « carreau » de tapisserie, le bébé de deux ans, dans sa robe blanche, ses boucles blondes s'échappant de son béguin brodé, étendait ses petits bras afin d'effleurer de ses doigts potelés et comme pour s'assurer de leur présence, l'un et l'autre de ses demi-frères qui de chaque côté lui souriaient avec gentillesse. Charles-Henri, l'enfant qui devait mourir à quatre ans, égorgé par les soldats du Roi.

Elle se disait qu'elle l'avait moins aimé que ses

autres fils, c'est-à-dire qu'elle n'avait pas eu le temps de s'en occuper. En ce temps-là, elle était requise, accaparée par le Roi et les fêtes de la Cour et l'enfant vivait en province, au château du Plessis-Bellière avec sa nourrice Barbe. Ensuite, quand elle s'y était trouvée en exil, les persécutés du Poitou venaient frapper à sa porte, et la présence de l'enfant lui était une crainte supplémentaire. Il lui rappelait ce mariage qu'elle avait fait pour se hisser jusqu'à la Cour, alors que son premier mari, son seul amour, était vivant de par le monde, sans qu'elle le sût.

Il lui rappelait par sa fragilité, sa propre fragilité à elle qui s'était attiré la colère du Roi et qui était responsable des malheurs qui allaient s'accumuler sur cette tête innocente.

« Prends garde au cygne, mon petit ! » C'était un jour où de la fenêtre du château elle l'avait aperçu devant l'étang. Il regardait un cygne qui s'avançait vers lui et le bel oiseau avait une attitude menaçante. Elle avait franchi l'escalier en courant. Elle avait couru, couru, craignant que l'animal ne se jette sur l'enfant et ne l'entraîne sous les eaux.

« Prends garde au cygne, mon petit ! »

Elle avait pris la menotte ronde du petit garçon et l'avait écarté de l'étang. Ils étaient remontés ensemble au château. Elle lui parlait en lui faisant des recommandations de prudence et il lui répondait d'une voix flûtée en trottinant à ses côtés.

— Oui, ma mère ! Oui, ma mère !

Ce jour-là, elle avait senti qu'il était vraiment son fils. Il lui était entré dans le cœur le pauvre petit et elle avait compris que si, de le regarder souvent l'oppressait d'une émotion pénible, c'est qu'elle tremblait pour lui, l'enfant de Philippe, et qu'elle était accablée, au fond d'elle-même, par la tristesse de son destin.

Alors, elle avait écrit au Roi, elle avait fait sa soumission, elle était prête à tout, lui disait-elle, à condition qu'il la sauvât de la tragique situation dans laquelle elle se trouvait, livrée avec ses fils aux exactions de l'armée dans sa province persécutée. Et elle avait remis la lettre à Molines et Molines était parti sur sa mule vers Paris, malgré les routes peu sûres, afin de porter le message à Versailles...

Mais la nuit suivante, c'était le drame. Les dragons du gros et terrible Montadour pénétraient dans le château du Plessis-Bellière, tuaient, violaient, incendiaient... Le petit Charles-Henri était mort, la gorge tranchée, dans les bras de sa nourrice.

Non, tout n'avait pas tourné si bien. La vie n'accorde rien sans prélever son tribut. Il y a quand même eu un enfant mort, se dit-elle. C'est la blessure inguérissable qui vous appartient en propre et qu'on ne peut confier à personne. Et se confier n'apaiserait rien. « L'enfant m'appartenait en propre... Que serais-tu devenu, petit garçon, si l'on ne t'avait égorgé ? »

C'était aussi l'enfant en robe blanche que regardait Molines.

— J'ai voulu vous apporter ce tableau, dit-il, car c'est la seule effigie que nous possédons du dernier des Plessis-Bellière, descendant de la branche issue de Eudes III, compagnon de Saint Louis. Je ne pouvais la laisser derrière moi.

Leurs regards se rencontrèrent. Ils se turent.

— Vous voyez bien, Molines, dit-elle enfin. Vous voyez bien que je ne peux pas aller au Roi. C'est impossible ! Comme pour vous d'abjurer...

Quelqu'un toussota près d'eux.

— J'ai songé que peut-être l'honorable vieillard aimerait qu'on lui serve un breuvage, émit la voix de Suzanne, il fait tellement soif dans notre pays...

Comme sortant d'un songe, ils considérèrent la jeune femme de Nouvelle-France, accorte et souriante devant eux.

Elle ébaucha une petite révérence.

— Oh ! tu as raison, s'exclama Angélique. Monsieur Molines, je vous reçois bien mal. J'ai été tellement bouleversée à votre vue. J'oublie les fatigues que vous venez d'endurer et que nous sommes au Canada et non pas au Plessis ou à Monteloup, à deux pas de votre demeure.

— Vous servirai-je du vin ? proposa Suzanne, ou de

l'eau-de-vie de cidre de Banistère ou de la bière de la brasserie de Monsieur Carlon ?

— Rien de tout cela ! refusa le voyageur. Je préfère vivre en bonne santé. Si vous en avez, une « piquette » de pommes bien allongée d'eau fera l'affaire.

Suzanne descendit à la cave chercher une cruche de cervoise, qu'on appelait aussi « bouillon ».

Ils continuaient de regarder le tableau des trois enfants, peint par Gontran de Sancé de Monteloup, frère d'Angélique.

— Votre frère était un grand artiste, reprit Molines de sa voix qui était demeurée très nette, seulement un peu plus sèche et feutrée. C'est un hasard étrange et malchanceux qui l'a fait naître dans une noble famille et désigné pour le métier des armes et le service du Roi et non pour broyer des couleurs comme un artisan.

» S'il avait été mon fils, il aurait pu faire une carrière ascendante. Il serait devenu un des assistants bien en place de M. Le Brun, lui-même fils d'artisan.

» Mais votre père, le baron, était pauvre et votre frère révolté. Issu de ce haut lignage qui remonte aux premiers rois capétiens d'Ile-de-France, il était contraint de descendre et il est descendu au plus bas. Il a rejoint le peuple des asservis et a fini par être pendu.

Molines hocha la tête à plusieurs reprises.

— ... Ah ! Vous n'étiez point des individus faciles vous autres, tous tant que vous étiez. Les enfants de Sancé de Monteloup, issus du baron Armand et de la douce Adeline. Un couple simple. Mais voici qu'ils ont mis au monde une portée de jeunes loups avides. Il y avait de tout dans votre bande : des sauvages destriers, des ours intolérants, d'indomptables cavales... Il arrive ainsi qu'à travers les siècles et les générations la quintessence d'une race, de ses forces et de ses singularités, se retrouve, se rassemble en une seule famille. Vous étiez tous différents et pourtant tous semblables par quelques points. C'est pourquoi je vous ai regardés grandir avec intérêt, amusement et admiration.

— Vous situez Gontran parmi les ours intolérants ?

— Oui... mais visité des dieux et pouvant transmettre en images les rêves toujours imprécis des mortels.

C'est pourquoi je crois que devant son chevalet, ou sur ses échafaudages, tandis qu'il peignait les plafonds de Versailles parmi ses compagnons ouvriers, il a su être un homme heureux.

— Et Josselin ? Notre frère aîné. Lui aussi était un ours intolérant ! A dix-sept ans, il s'est enfui pour les Amériques...

— Oui, et sa disparition n'est pas sans soulever des complications dans la succession, pour votre frère Denis qui a repris les domaines. Car il était l'héritier par droit d'aînesse et sa mort n'a jamais été annoncée. C'est pourquoi il est aussi dans mes projets au Nouveau Monde de retrouver sa trace. J'ai su qu'il n'avait pu demeurer parmi les adeptes du pasteur Rochefort, car, étant catholique, il n'avait pas sa place parmi eux. Nous aussi, huguenots, nous ne sommes pas tendres pour nos adversaires... Il se peut qu'on le retrouve, ou sa descendance, en Nouvelle-France.

— J'ai quelques idées là-dessus, dit Angélique. Mais je vous en parlerai plus tard. Il y a trop d'affaires à régler pour le moment. Je suis tout étourdie.

Suzanne revenait pour leur verser à boire et ils burent ensemble en silence tandis que le soleil entrait par la porte ouverte.

95

— Est-ce tout ? demanda Angélique en regardant avec soupçon le sac inépuisable duquel l'intendant Molines, comme un joueur de tours du Pont-Neuf, venait d'extraire pour elle le meilleur et le pire, la puissance et la condamnation, l'enfance, la rébellion, les reliquats de sa vie, les catastrophes de l'Histoire en marche, le portrait d'un enfant mort, le souvenir d'un frère pendu et peut-être d'un frère vivant comme elle au Nouveau Monde.

Malgré l'abondance et la variété de ses livraisons, il ne semblait pas en avoir terminé et, cette fois, il exhibait une autre lettre plus modeste d'aspect qui succéda dans ses mains à celle du Roi.

— C'est le billet dont m'a chargé pour vous Monsieur Desgrez, qui malgré son titre sans prétention n'en est pas moins l'adjoint de Monsieur de La Reynie, afin de vous le faire parvenir.

Angélique retint un élan de plaisir au vu de cette lettre et s'écarta un peu pour en prendre connaissance. Elle ne s'était pas trompée en envisageant que Desgrez se manifesterait.

Mais les lignes du policier la déçurent. D'un ton protocolaire et guindé, il avisait Madame de Peyrac qu'il avait bien reçu les ordres qu'elle lui avait mandés, qu'il s'était empressé d'en référer au Roi et qu'il espérait qu'elle était satisfaite de l'empressement avec lequel il avait servi sa cause. Elle pouvait en voir l'heureux résultat dans les courriers, dont il savait qu'ils arriveraient en même temps que ces lignes, pour leur apporter les plus heureuses nouvelles. Il terminait en l'assurant de son respectueux dévouement qui lui resterait fidèle, plein et entier, et réitérait qu'il prenait sur lui de témoigner de la joie de Sa Majesté à la pensée de la revoir bientôt, joie dont, en serviteur zélé d'un maître plein de bontés, il se réjouissait d'être l'instigateur..., etc.

Elle fronça un peu les sourcils. Elle était déçue... Elle eût même trouvé à ses tournures de phrases un relent de flatterie écœurante, si l'exagération et la redondance des formules ne lui eût fait soupçonner que le vrai Desgrez montrait par là le « bout de l'oreille »... Après un moment de réflexion, elle reconnut qu'elle ne pouvait guère attendre une autre lettre d'un fonctionnaire de haut rang ayant servi d'intermédiaire entre le Roi et celle qu'il fallait considérer de « l'extérieur » comme une de ses favorites, s'étant montrée sinon volage, pour le moins vagabonde et rentrant enfin au bercail royal.

Elle-même quand elle lui avait écrit ne l'avait-elle pas fait en termes voilés, procédant par allusions, dans l'impossibilité de s'exprimer franchement ?

Alors elle comprit que la vie passait, que la roue tournait, que les amitiés se développent ou meurent au

gré du sort. Le Roi changeait et devenait plus irréductible. Desgrez changeait et devenait plus inabordable.
C'était comme si les cœurs fougueux de jadis, peu à
peu, à l'image de certains éléments vivants de la mer,
se recouvraient par étapes de couches opaques et pier-
reuses, qui les rendaient plus lourds, moins transpa-
rents. Elle pouvait imaginer que rencontrant Desgrez à
Versailles, il lui aurait présenté la même face rigide que
celle qui se devinait derrière les mots. S'il restait un
peu de l'ancien Desgrez en lui, peut-être se serait-il ris-
qué à lui adresser subrepticement un clin d'œil, à supposer qu'un instant ils fussent seuls, hors du faisceau
des mille regards du Roi, des courtisans, des valets, des
pages, des gardes...

Molines présenta son verre à Suzanne qui s'approchait avec la cruche à la main.

— Encore de cette boisson, ma fille. Elle me
convient à merveille.

— Mangeriez-vous un morceau, Monsieur ? s'enquit-
elle. Je vous vois traiter d'importantes affaires sans
discontinuer. Vous devez être fatigué.

— Que nenni ! Le travail m'a toujours soutenu
autant qu'un repas, et de plus mon hôtesse de l'auberge sur le port m'a honoré ce matin d'un potage aux
fèves et de divers jambons auxquels je n'ai pas eu tout
l'héroïsme suffisant pour résister. Surtout après le bis-
cuit de mer arrosé de cidre pourri que l'on déguste sur
les navires, de telles agapes pantagruéliques vous per-
suadent que si, il faut bien le croire, on a touché ici la
terre d'Amérique, on y retrouve la doulce France en ce
qu'elle a de meilleur : le contenu de ses marmites.

— Resterez-vous avec nous, Monsieur ? s'enquit la
jeune Canadienne. L'air du Canada est si bon, et les
eaux si miraculeuses, on y vit jusqu'à cent ans !

Le vieillard à cheveux blancs, qu'elle sentait actif et
entreprenant, lui plaisait.

— Non, fit Molines, en secouant la tête, et croyez,
ma petite, que je le regrette, mais je ne peux pas m'installer en Nouvelle-France...

— Pourquoi donc ?

Il sourit, un peu amer.

— Parce que je suis marqué de la tache originelle !

Tandis qu'Angélique repliait lentement la lettre de Desgrez, Molines retira encore de son inépuisable sac une planchette percée, au coin droit, d'un trou dans lequel il enfonça un flacon d'encre. Il dévissa le bouchon et posa cette écritoire portative sur ses genoux. D'autre part, dans un plumier de bois il avait pris une plume d'oie soigneusement taillée. Il la plongea dans l'encre et la tint en l'air, prêt à écrire.

— Oublions la tache originelle, fit-il. Pour lors, je suis au Canada, loin de tout contrôle et bardé de sauf-conduits signés du Roi lui-même qui me rendent intouchable et qui contraignent les plus élevés de ces fonctionnaires papistes à s'incliner devant ma sombre dégaine de parpaillot. Et vous, vous êtes la toute-puissante bien-aimée d'un souverain qui a appris à se faire obéir. Profitons-en, Madame.

Il eut un sourire patelin, qu'il affichait lorsqu'il méditait un mauvais tour à exécuter sous le couvert des lois, lesquelles se verraient contraintes de l'entériner.

— ... Les libéralités de Sa Majesté demeurent en vigueur jusqu'à nouvel ordre. Et cet ordre n'est pas près de nous rejoindre. Nommez-moi vos ennemis, Madame. Dans quelques heures ils peuvent être suspendus de leurs fonctions, arrêtés, jetés en prison...

Angélique se sentit prise au dépourvu.

Quelques semaines auparavant elle eût peut-être nommé Saint-Edme et Bessart, afin qu'ils soient mis hors d'état de nuire, et renvoyés en France sous surveillance, avec demande d'incarcération à l'arrivée, mais ils étaient morts et elle devinait que Vivonne, sous son faux nom, méditait de négocier son retour à la Cour dans le sillage de leur protection. Garreau d'Entremont ? C'était un bon policier honnête. Il refermerait son dossier Varange.

Bérengère-Aimée de La Vaudière et son tatillon de mari ? Avait-elle vraiment à se venger d'eux ?

Le jésuite, qui leur avait déclaré la guerre, avait disparu au fond des forêts et sa conspiration pour leur nuire à Québec avait fait long feu.

« Québec! Chère petite ville. Toi qui me resteras afin que je puisse venir y respirer l'air de France... »

Angélique secoua la tête.

— Je n'ai personne à vous nommer, Molines, ici nous n'avons que des amis...

96

— Bien! fit Molines avec regret.

Il referma son plumier, son encrier et jusqu'à son grand sac en tapisserie une fois qu'il y eut remis ces divers objets. Puis il entreprit de fouiller dans les poches de son gilet et de son habit.

— Ah! voici! Encore un message! Je ne sais s'il vous concerne.

Il lui présentait un morceau de papier froissé et sali.

— A l'heure où sur les quais de Honfleur je m'apprêtais à monter à bord de mon navire, un pauvre hère toucha mon bras et me dit : « Je sais où vous allez, grand-père. Quand vous la verrez, remettez ce message à la Marquise des Anges. » Sur l'instant je crus aux importunités d'un ivrogne ou d'un mendiant. Mais ce vocable de Marquise et le mot « ange », je ne sais pourquoi, me firent penser qu'il y avait peut-être corrélation avec votre personne. Votre vie a été si mystérieuse et je ne peux me vanter d'en connaître tous les détours.

— Vous avez bien fait.

Angélique tendit la main et prit le billet. L'écriture lui était inconnue. Il n'y avait pas de signature.

Elle lut.

« *Sous le pont Notre-Dame, la Seine coule verte et murmurante.*
Elle t'attirait en ce matin,
Tu y voyais briller des fleurs et des jardins.

Tu oubliais, à sa lumière,
Combien noire et malodorante
Est la vase des rivières
Et pour finir tes misères
Tu rêvais de ce lit-là
Je vins et te pris dans mes bras
Mais souviens-toi
Et connais-toi
Car pour t'épargner ce lit-là
Je ne serai pas toujours là. »

C'était dans le style des chansons que le Poète Crotté composait à « vingt la douzaine » et que le père Hurlu- rot et la mère Hurlurette braillaient au coin des rues, en pleurant et en s'accompagnant d'un violon.

Si elle n'avait pas su que le poète des bas-fonds de Paris était mort depuis longtemps, bel et bien mort et pendu, elle aurait certifié que cet écrit émanait de lui. Mais si ce n'était lui, c'était à coup sûr d'un frangin de la Cour des Miracles, quelqu'un qui pouvait connaître à la fois son surnom de Marquise des Anges et savoir ce que Molines allait faire au Canada.

Le nom du scripteur était caché derrière le souvenir évoqué, seulement connu d'elle et de lui. Qui pouvait être ce « lui » ? Qui était venu et l'avait prise dans ses bras... pour lui faire oublier... les misères... qui lui don- naient envie de mourir et se laisser aller au fil de la Seine « verte et murmurante... » Sur le pont Notre- Dame... Un pont que l'on traversait par une ruelle, étroite, entre deux rangées de maisons à pignon. Qui donc habitait sur le pont Notre-Dame ?

Le nom surgit dans un éclair, avec le souvenir : DES- GREZ.

Un jour de la fenêtre de sa chambre, elle avait regardé la Seine, en rêvant de mourir. Et il était venu. Et à sa façon, il lui avait redonné goût à la vie, ce policier du diable.

Elle sourit.

Dans la lettre officielle signée de sa main et qui pou- vait être interceptée par des espions, il n'avait exprimé que des lieux communs. Ces phrases anodines ne l'engageaient à rien, elles montraient simplement qu'il connaissait Madame de Peyrac. Mais ce billet-là anonyme c'était le clin d'œil de l'ami.

Mais aussi un avertissement. Et la preuve qu'il ne se déplaçait que dans un réseau de méfiance et de pièges, qui l'obligeait aux combinaisons les plus hasardeuses afin de l'atteindre et de lui faire entendre son avis.

Or, son avis c'était... qu'il y avait danger pour elle à revenir.

Dans l'autre lettre, il s'empressait, se félicitait que Madame de Peyrac fût bientôt de retour.

Dans ce billet, il lui rappelait qu'elle pourrait bien finir ses jours dans la Seine... Façon de dire que sa vie était menacée.

Cependant il comprenait sa tentation.

> *« Tu y voyais briller des fleurs et des jardins...*
> *Et tu oubliais... combien noire et malodorante...*
> *Est la vase des rivières... »*

Un avertissement ! « A elle d'en tenir compte. Elle pouvait revenir, mais à ses risques et périls.

Il ne lui disait pas : « Méfie-toi ! » Mais « Connais-toi ! »

Il voulait dire : « Si tu es de force, si peu t'importe de replonger dans les noires et glaciales vilenies. Si ton armure est aujourd'hui d'un métal si bien trempé qu'aucun des coups qu'on te portera ne pourra plus t'atteindre, ni te pousser au désespoir et au dégoût, comme en ce jour-là où tu étais prête à te jeter dans la Seine pour en finir avec la vie. Si, au sein des jardins et des fleurs qui cachent tant d'intrigues et de dangers, tu te sens faite pour vivre la gloire qui t'attend, n'ayant rien d'autre à perdre que ta vie et prête à cela pour te trouver au sommet dans le rayonnement du Roi, alors reviens ! Mais sache que tu seras seule, car, moi, Desgrez, je ne serai pas toujours là... »

Il voulait qu'elle comprenne qu'il n'était lui-même qu'un policier avançant dans les souterrains fangeux du crime où sa vie et ses plans étaient sans cesse remis en question, qu'il était menacé aussi bien par les rapières des truands qu'il pourchassait, que par le poison des sorcières qu'il débusquait, et dans la meilleure perspective, par la disgrâce et l'éloignement obtenus à force d'intrigues des grands qu'il commençait à inquiéter.

En somme, il voulait lui faire entendre qu'il pourrait encore moins la défendre qu'autrefois. Il était dans une position trop fragile. Trop surveillé et trop fort et trop redouté. Et pourrait-il se permettre seulement devant le Roi ce clin d'œil de l'amitié ancienne ? Ou une brève rencontre au coin d'une rue obscure, le manteau couleur de muraille sur le visage, elle masquée, pour se dire : « Salut, Marquise des Anges !... » — « Salut, grimaud du diable... » Fini tout cela... Il approchait des « intouchables ». Il allait prendre dans ses rets la déesse de l'Olympe, Athénaïs...

Quant à Angélique, elle ne se faisait pas d'illusions. Le Roi ne renoncerait pas à sa conquête. Les premières joies et griseries du retour passées, les escarmouches recommenceraient. Le Roi saurait vite qu'il n'était pas aimé comme il rêvait de l'être. La souffrance l'aigrirait. La jalousie, l'envie envers son rival, toujours détesté : Joffrey de Peyrac.

Et tout recommencerait.

Et il serait trop tard pour courir vers les rivages et tendre les bras vers la mer en suppliant tout bas : « Emmène-moi ! Emmène-moi ! »

Ce n'était pas la peine d'avoir tant souffert pour gagner la liberté.

Quand elle cessa de dialoguer en pensée avec le policier Desgrez et que, relevant les yeux, elle s'évada en même temps de la maison du pont Notre-Dame et des ruelles ténébreuses de Paris où résonnaient l'écho des lames entrechoquées et les cris d'agonie; quand elle cessa de voir couler la Seine « verte et murmurante » et de respirer les émanations de sa vase nauséabonde, à l'odeur du péché des hommes, elle vit que l'intendant Molines était parti. Il avait annoncé qu'il allait visiter le Gouverneur.

La tablée de midi semblait nombreuse et animée. A

part les enfants, elle ne remarqua personne de ceux qui y avaient pris place.

Malgré les instances de Suzanne, elle ne put avaler une bouchée, ce qui lui prouva qu'elle avait profondément changé, car autrefois les émotions lui donnaient faim. Elle monta jusqu'à sa chambre, s'assit devant sa petite table et écrivit.« *Mon amour, il faut que je vous parle, il faut que je vous voie. Je ne sais plus que faire. Où vous irez, j'irai. Où vous demeurerez, je demeurerai. Vous êtes mon seul amour... »*

Puis elle déchira la missive en craignant que Joffrey ne la jugeât aussi folle que sibylline. Elle griffonna un autre mot à son adresse : « *Pouvez-vous me recevoir dans l'après-midi?* » qu'elle fit porter au château de Montigny.

Peu après Kouassi-Bâ se présenta avec un pli cacheté contenant la réponse du comte où celui-ci, en termes volontairement solennels, avertissait la comtesse de Peyrac qu'il la recevrait volontiers en son manoir de Montigny en fin d'après-midi, entre la fin des vêpres et le début du salut, soit de 5 heures à 6 heures.

Il affectait de répondre sur le même ton gourmé qu'elle avait adopté.

« Il plaisante, se dit-elle en froissant le papier. S'il savait à quel point tout cela est grave... Je ne vois pas d'issue. »

Reprenant le message, elle y posa ses lèvres. « Je l'adore! » Elle n'aurait pas voulu peser sur sa vie, ni se montrer désemparée au moment où, fort et vainqueur après une lutte tenace et longue, il touchait enfin au but. Elle aurait voulu se taire, revenir aux premières illusions de la veille. Mais la visite de Molines l'obligeait à regarder en face la réalité d'un avenir qu'elle ne percevait que trop clairement entre les chausse-trappes de l'acceptation et les conséquences désastreuses du refus.

Un bruit ténu au-dehors lui fit lever les yeux. Il pleuvait malgré le soleil et, à travers la dentelle verte des feuillages, les jeux du prisme étaient de nacre et de perles.

Angélique attendit l'heure du rendez-vous en retournant entre ses doigts une monnaie d'or très ancienne, du règne de Béla III de Hongrie qu'elle avait retrouvée au fond de la cassette aux trésors. La pièce lui avait été donnée par le prince rebelle Ragosci, celui qui un jour lui avait dit : « Vous avez la tête de l'archange vengeur, incorruptible, celui qui tient le glaive de la justice et tranche les liens visqueux des compromissions. Votre regard transperce. Les êtres se sentent nus devant vous. Il n'y aura pas de prison trop profonde pour éteindre cette lumière-là. Prenez garde ! »

On frappa à la porte et c'était Bérengère, sanglotante.

— Ne ruinez pas nos vies !

— Mais... l'idée ne m'en a jamais effleurée.

— Vous le pouvez maintenant. Le comte de Peyrac et vous avez tous pouvoirs désormais.

— Qui vous l'a dit ?

— Le bruit s'en répand.

— On exagère. Il s'affirme seulement que la politique de Monsieur de Frontenac a été approuvée par le Roi et qu'il désire nous voir à Versailles.

— On raconte beaucoup plus que cela, murmura Bérengère.

Elle secoua la tête, répondant à des réflexions personnelles qu'elle avait dû ressasser dans l'amertume.

— J'avais raison de savoir que cet homme triompherait, le comte de Peyrac. J'ai l'intuition de ces choses-là. Ah ! que je le déteste.

— Pourquoi ?

— Il m'a dédaignée.

— Ce n'est pas faute pourtant d'avoir ménagé vos efforts.

— Il m'a fait vraiment souffrir par son indifférence.

— Vous ne voudriez pas que je vous en plaigne ?

— Vous seule comptiez pour lui.

— Devrais-je le regretter ?

Percevant enfin la nuance ironique, Bérengère leva les yeux au-dessus de son mouchoir.

— C'est étrange ! fit-elle. Mais vous êtes tous deux si remarquables qu'on éprouve de la difficulté à vous considérer comme mari et femme... Vous êtes liés, mais par d'autres liens que celui du contrat conjugal. On vous sent complices, amis, amants. C'est différent. C'est autre chose. Sans cesse, j'oubliais qu'il était votre époux.

— J'aurais souhaité que vous vous en souveniez plus souvent. Votre jeu parfois m'a déplu.

— Etait-ce un jeu? Ou bien alors c'est que je m'y suis laissé prendre presque aussitôt. J'imaginais mal qu'il puisse exister un homme tel que lui, un vrai homme. Je me suis conduite comme une péronnelle éblouie, mais il m'a quand même parlé, n'est-ce pas? Et quand il me parlait, il s'adressait à moi? Et il me voyait?

— N'en doutez pas! C'est un galant homme.

— Alors, j'aurai eu cela, dit la jeune femme tristement. Mais j'étais folle. J'aurais dû comprendre que près de vous je n'avais aucune chance. En toute circonstance, vous demeurez éclatante et belle. Moi, dans six ans j'aurai l'air d'un pruneau sec. Le froid m'est nuisible...

— Moins que de vous tourmenter de l'aspect que vous aurez dans six ans.

— J'ai vingt-huit ans. C'est tard si l'on n'est pas encore parvenu à faire parler de soi pour espérer un jour briller. Et pourtant, j'aurais tellement voulu connaître, ne serait-ce que pour un temps, la souveraineté de la célébrité. Avancer sous le feu des regards qui vous font exister. L'admiration, la jalousie, l'envie, la haine peut-être, mais n'est-ce pas délicieux ces désirs qui crépitent autour de vous comme un feu, et qui vous apprennent que vous êtes belle, vivante, riche, toute cette gloire autour de votre personne, unique? Et que vous avez connue vous, cela se sent, et c'est pourquoi vous séduirez toujours. N'avons-nous pas besoin, nous autres femmes, de connaître cela, au moins une fois dans notre vie?

— Oui, vous avez raison.

Bérengère renifla, étonnée.

— J'ai raison?

— Mais oui, ma chère enfant.

— Oh! ne faites pas votre duègne. Cela ne vous va

pas du tout. Vous qui dominez le monde vous pouvez vous permettre de mépriser ces rêves qui me sont inaccessibles.

— Vous n'avez déjà pas mal joué votre partie et je vous approuve de vouloir poursuivre ce chemin. Toute femme, en effet, a besoin d'y réussir un jour. Mais, en ce qui concerne les hommes, je voudrais vous faire une remarque. On s'étonne de vous voir envieuse, car vous avez un époux jeune, beau, bien fait... assidu à faire carrière.

— Il est assommant.

— Pas autant que vous ne voulez vous en persuader afin de vous donner bonne conscience... Il est même, lui aussi... très distrayant à sa façon... Il plairait en haut lieu. Pourquoi ne brigueriez-vous pas tous deux des charges qui vous feraient graviter dans les parages du trône ? Les gens industrieux y sont bienvenus... et les jolies femmes aussi.

— Il faut de la fortune.

— On m'a dit que vos parents étaient morts. N'allez-vous pas toucher votre part d'héritage ?

Bérengère-Aimée sécha ses larmes et commença de réfléchir à la question.

— Vous nous recommanderiez ?

— Dans la mesure de notre influence. Mais n'y comptez pas trop. Faites confiance plutôt à vos charmes et à vos ambitions. Vous avez de la naissance et vous plairez sans y tâcher. Cependant je pourrai vous donner une lettre pour une ancienne amie : Madame de Maintenon, qui est la gouvernante des jeunes princes du sang.

— Vous feriez cela pour moi ?

— Oui ! Et maintenant cessez de penser à moi, à ce que je suis et à ce que vous n'êtes pas. Avertissez votre mari et préparez vos bagages. Et n'oubliez pas : c'est à la porte de Madame de Maintenon qu'il faut frapper.

97

La pluie traversée de soleil tombait encore lorsqu'elle atteignit le manoir de Montigny.

En pénétrant dans l'appartement de Joffrey, elle rabattit en arrière la large capuche de sa mante et ses cheveux perlés d'humidité, ses joues mouillées accentuaient l'effet de fraîcheur et de vivacité qui émanait de sa personne.

Sans savoir pourquoi, cela lui parut incroyable de trouver là Joffrey de Peyrac qui l'attendait.

— Ah! qu'il me tardait de vous voir, s'écria-t-elle. J'ai compté les minutes qui me séparaient de ce rendez-vous.

— Et pourquoi ne pas l'avoir devancé?

— Je vous sais très occupé et requis par mille tâches maintenant que...

— Quelle retenue soudaine vous saisit?

— Je voulais être certaine de vous trouver...

— Voilà qui est nouveau! Vous ne vous êtes jamais embarrassée que je sache auparavant de me chercher à travers la ville et de me trouver où que je fusse, dès l'instant où vous le souhaitiez...

— Je voulais aussi être assurée que vous disposiez d'une heure à m'accorder.

— Que signifie ce langage? Suis-je devenu pour vous un ministre dans l'antichambre duquel vous devez prendre rang? Dieu merci! Nous n'en sommes pas encore là.

Angélique se mit à rire.

— Oui, Dieu merci! Nous ne sommes pas encore à Versailles.

Et son regard se remplit de sa vue. Dieu merci! il était encore à elle. Elle pouvait encore le préserver, le retenir.

La lumière tendre du soleil qui entrait à flots par la fenêtre, tamisée par les feuillages, ajoutait une douceur à l'aménité de son brun visage, à la gaieté mordante de son chaud regard.

Dans ce halo rayonnant, elle l'imagina, comme dans la vision qui la hantait depuis le matin, lorsqu'il se tiendrait debout devant le roi, parmi l'étincellement des miroirs, des ors et des marbres de ce palais édifié pour la gloire de Louis XIV et sous les yeux de cette Cour imbécile.

D'un élan elle courut à lui, l'entourant de ses bras.

— Oh! mon chéri! Mon chéri! Non, jamais! Cela est impossible! Mon amour!

Elle enfouit son visage dans les plis de son vêtement, et elle l'étreignit comme si elle se fût cramponnée au seul pilier inébranlable qui demeurât solide alors que la terre tremblait, le seul arbre indéracinable dans la tempête, la seule bouée dans la mer démontée. Elle se réfugiait contre son cœur, dans l'obscurité du bien-être et la tiède et familière odeur qui émanait de lui, son parfum d'homme qui le décrivait de façon si subtile mais impérieuse aussi, vivant, et elle en était grisée comme du plus capiteux des parfums d'Orient qui troublent l'esprit et les sens. C'était tout le charme de leur vie commune, des étreintes merveilleuses et des bonheurs et des douleurs qu'elle avait connus par lui qu'elle respirait dans ses bras et qui l'étourdissaient et la faisaient défaillir, annihilaient sa pensée.

Il la serra plus fermement contre lui comme pour la soutenir et se persuader qu'elle était là, réfugiée en lui. Elle sentit que son visage s'inclinait et qu'il posait sa joue contre ses cheveux.

— Ainsi, fit-il, le Roi ne renonce pas?

— Il ne renonce pas, s'écria-t-elle avec désespoir. Il me veut! Il me veut!... Il ne renonce pas et il ne renoncera jamais...

— Vous avouerai-je que je le comprends et qu'à sa place j'en ferais autant?

Angélique poussa un gémissement consterné.

— Mais tout cela est grave, Joffrey. Il n'y a pas de quoi plaisanter.

— A mon sens je ne vois pas où se situe la tragédie.

— Mais, ne comprenez-vous pas? Il exigera que je vive à Versailles, que je sois sans cesse présente, que j'assiste à toutes les cérémonies et que je lui donne mon avis en tout, que je sois la plus belle, la mieux parée, la plus enviée, admirée...

— Et ces perspectives d'une souveraineté sans égale ne vous enchantent-elles pas ?

— J'ai goûté de leurs enchantements ! En vérité j'aurais retrouvé Versailles avec joie car l'on ne peut s'imaginer rien de plus beau, séduisant, enchanteur, oui, que ce que le Roi, fils du Soleil, a su créer pour le plaisir des yeux, la volupté de vivre, pour donner à goûter à ceux qui l'entourent ce qu'il y a de plus raffiné et de plus nouveau dans l'expression des arts et de la fête. Mais il me faudra payer trop cher la jouissance de ces agréments. Le Roi me couvrira de présents et de faveurs, d'honneurs et de prépondérances, au point que je ne pourrai plus respirer...

— Ni courir d'un pied léger où bon vous semble, je comprends... Mais ne noircissez-vous pas le tableau ? Le Roi devenu sage ne pourra-t-il se contenter de vous apercevoir, accepter que vous ne soyez que l'une des parures de sa Cour, sans autre exigence ?

— Non ! Je ne le crois pas. Je connais le Roi, sa complexion et son orgueil ne font pas de lui un amoureux qui se contente de sourires, de flatteries et de dérobades. J'ajouterais que je porte au Roi trop d'estime pour jouer auprès de lui ce jeu déshonnête... et dangereux. Je n'y serais pas habile... Bien vite, le Roi saura qu'il n'est pas aimé comme il le souhaite et il ne pourra le souffrir... et tout recommencera...

— Et pourtant, dit Peyrac d'un air songeur, je pressens que la passion du Roi est devenue au cours des années d'une nature si avide et transcendante qu'il est prêt à toutes les concessions pour seulement vous revoir. Et peut-être ne vous revoir qu'une fois.

— Il se l'imagine mais... je sais qu'il se leurre... Et qu'une fois que le piège se sera refermé sur nous, il voudra toujours plus.

Soudain, elle s'écarta de son mari avec effroi.

— ... Dois-je comprendre que vous êtes prêt à me livrer au Roi d'un cœur serein ? Ah ! vous ne m'aimez plus ! Je le savais. Eh bien, partez ! partez ! Allez reprendre vos fiefs. Je ne vous suivrai pas...

Puis elle se jeta dans ses bras en l'étreignant de nouveau.

— ... Non! Non! Je ne pourrai pas... Où vous irez, j'irai... Où vous demeurerez, je demeurerai... Et il arrivera ce qui arrivera... Mais je ne peux pas vivre sans vous.

Joffrey de Peyrac referma ses bras autour d'elle.

— Ne tremblez pas ainsi, mon amour. J'ai voulu éprouver votre attachement pour moi... Les dieux ne m'auront donc pas été défavorables jusqu'au bout, puisque m'ayant suscité un rival en tout plus heureux que moi, ils l'auront marqué d'une disgrâce sans appel : ne pas vous plaire. L'étincelle mystérieuse jaillit ou ne jaillit pas. Tout l'or du monde ne peut l'acheter. Le Roi aujourd'hui est sincère. Il se croit pour l'heure capable de plus d'abnégation qu'il n'en montrera quand vous serez devant lui. Et vous avez raison de ne pas vous leurrer... Et de prévoir les dangers qui naîtront de ces dispositions ambiguës.

— Mais qu'allons-nous faire?

— Tout dépend de votre volonté, ma chère. Et soyez assurée qu'elle ne sera contrainte en rien. Rester? Partir? Vous êtes libre d'en décider. Et votre décision sera celle qui me conviendra, car je considérerai votre jugement comme le signe de ce qu'il est juste, équitable, prudent et heureux d'accomplir. Ainsi s'exécutent les guerriers iroquois lorsque le Conseil des femmes a décidé de la guerre ou de la paix, et aussi de quitter un lieu pour un autre, d'abandonner un village pour en bâtir un nouveau, des séparations entre familles, entre tribus, du temps de repos ou du voyage... toutes décisions acceptées par l'homme, car la femme n'est-elle pas reliée aux astres et aux forces telluriques, et de ce fait « avertie » mieux que le brave qui est né pour frapper... Encore que je soupçonne ces dames de profiter parfois de la docilité de leurs guerriers pour contenter une envie de bougeotte, un besoin de visite à des amis lointains, ou cette irrésistible curiosité qui vous pousse à aller voir derrière la montagne là-bas si le maïs n'y vient pas plus doré... Mais ces caprices font le charme des femmes.

— Et... Et vous ? balbutia-t-elle. Vos intentions ? Vos projets ?

— Ils dépendent de votre bon plaisir.

— Et si je souhaitais revenir à Versailles ?

— Je vous accompagnerais...

— Malgré tous les dangers ?

— Malgré tous les dangers...

— Et l'ennui de cette vie si peu faite pour vous ?

— C'est vous qui êtes faite pour moi et vous ne m'ennuyez jamais. Ecoutez encore... Nul ne peut m'accuser d'avoir gaspillé mes talents, de ne pas les avoir fait fructifier. J'ai mené toutes les luttes et me suis accordé toutes les satisfactions qu'un homme peut rêver. Si aujourd'hui celle de vous voir, de vivre à vos côtés, de vous avoir près de moi pour le bonheur de mes jours et de mes nuits, domine les autres, je ne m'en priverai pas.

Il prit son visage dans ses mains.

— Où vous irez, j'irai ! Où vous demeurerez, je demeurerai...

— Vous êtes fou ! Aucun homme ne peut tenir un tel langage.

— Pourquoi ? Au nom de quelle sottise ? N'ai-je pas satisfait maintes fois aux conventions qu'impose la servitude de maître ? La vie recommence sans cesse. Mais je sais aussi qu'elle n'est pas sans fin... Une nouvelle page s'ouvre pour nous... N'est-ce pas mon droit de ne vouloir la vivre qu'avec vous, sans perdre un instant de vous ?

Elle le fixait d'un air incrédule, presque hagard.

— C'est à vous de décider, répéta-t-il, prononcez-vous, Madame !

Angélique eut brusquement l'impression qu'au fond d'elle-même une porte s'ouvrait comme poussée par un grand vent frais plein de soleil. A cette clarté, elle vit ce qu'elle souhaitait.

Joffrey insistait.

— Parlez ! Quel est votre bon plaisir, Madame ?

98

— Restons en Amérique, dit-elle, nous y avons des amis, des gens qui ont besoin de nous, qui ont besoin de votre science, et de votre bon vouloir. Lorsque j'aurai par trop la nostalgie de la France, je viendrai à Québec et Mademoiselle d'Hourredanne me lira les derniers potins de Versailles. Et nous devons aussi aller à Salem, et à La Nouvelle York et à Orange. Car Outtaké m'attend aux Cinq-Nations. Je sais qu'il m'attend pour me montrer un jour la vallée des Cinq Lacs. Comment ai-je pu oublier un instant l'espérance de ce pauvre sauvage ?

— Nous irons.

— Et puis je voudrais aussi que nous ayons encore un enfant.

— Nous l'aurons !

Comprenant alors que ce qu'elle venait de dire scellait leur sort de ce côté de l'océan, Angélique ferma les yeux et s'abandonna dans ses bras, prête à défaillir sans qu'elle pût comprendre si la vague qui la soulevait et l'emportait venait d'une sensation cruelle ou délicieuse. A nouveau l'Europe s'éloignait comme un gros radeau pesant, dans des brumes lourdes et qu'elle éprouvait malsaines, hostiles.

Elle pensa avec un sentiment de victoire : « Ainsi, il n'ira pas à Prague ! » Et peu à peu lui apparut la signification de ce qui venait de se passer.

L'homme qu'elle serrait dans ses bras avait jeté dans la balance avec désinvolture tout ce qui faisait sa vie, tout ce qui pouvait le tenter, lui apparaître dans un sens ou l'autre désirable, prometteur pour lui.

Il ne se désintéressait pas de ses œuvres, il était prêt à les poursuivre où qu'il fût, mais il proclamait que la seule chose qui comptait pour décider de sa voie, c'était ce qu'elle déciderait, elle, Angélique, parce que pour lui c'était elle seule qui comptait.

Elle s'entendit rire, d'un rire en cascade, si gai, si spontané, qu'elle en fut comme surprise.

— Je suis folle de rire ainsi. Que m'arrive-t-il ?

— C'est le rire du bonheur, fit-il.

Il se pencha et l'examina avec une tendresse infinie.

— ... J'aime tant vous entendre rire... Longtemps ce ne fut que trop rare... Puis, c'est plus souvent ici que je vous ai vue joyeuse... Mais ce rire-là, c'est la première fois que je vous l'entends... C'est le rire de la joie d'aimer, de la joie d'être. Il fuse irrésistible et presque malgré soi. Il signifie que quelqu'un en vous, presque inconnu, vient de recevoir une réponse d'amour qu'il attendait sans l'espérer, une assurance dont il doutait, et qu'il en ressent... une délivrance.

— Oui, c'est vrai. Je dois me retenir pour ne pas rire à perdre haleine.

— C'est le rire des femmes quand elles s'envolent.

— Ah ! Vous êtes trop savant sur les femmes.

— C'est que je les possède toutes en une seule : VOUS !

Une délivrance... Oh ! Merveille ! Mais que pouvaient comprendre, seuls, lui et elle.

— Oh ! Joffrey, nous sommes fous. Nous rions et pourtant ne venons-nous pas de déchaîner sur nous la colère du ciel ?

— La colère de l'Olympe, voulez-vous dire, comme ces amants trop charnels et trop absorbés l'un par l'autre qui oublient, dans leur adoration mutuelle, celle qu'ils doivent aux dieux, délaissés là-haut dans leurs nuages, amants imprudents qui attirent sur eux les foudres vengeresses.

— Joffrey, j'ai peur. C'est vrai, je me sens éperdue de bonheur et comme grisée, mais je ne peux m'empêcher de mesurer les conséquences de notre geste. C'est facile de dire : Nous renonçons, nous ne reverrons pas le royaume de France, nous ne retournerons pas au pays de notre enfance et de notre jeunesse, nous ne rebâtirons pas nos demeures ruinées et nous serons heureux de notre bonheur à nous. Mais le Roi nous attend. Il nous a comblés de faveurs. Pouvons-nous, après avoir été l'objet d'une aussi éclatante réhabilitation, nous dérober ? Il ne met pas un instant en doute que nous n'accourrions à son appel, au moins pour le remercier et lui manifester notre reconnaissance. J'ai noté qu'aucune cérémonie de vassalité ne semble exigée de votre part... ni de la mienne, mais il attend que le comte de Peyrac vienne reprendre possession de ses biens et moi de mon douaire. Pour nous rétablir dans nos droits, quantité de pièces ont dû être exhumées, examinées, signées, contresignées, quantité de lois avancées, contournées, et elles le furent car le Roi l'exigeait. Comment va-t-il supporter notre désaffection? Je retourne en vain ce dilemme dans ma tête, depuis ce matin. Plus encore peut-être que de ne pas nous voir nous présenter lui sera sensible l'affront que nous lui infligeons en faisant fi de ses bontés et de sa clémence. Et comment échapper, ne serait-ce que pour conserver viables ici, en Amérique, nos alliances, et le fruit de nos travaux, aux manifestations incalculables de sa rancœur?

Cette fois, Joffrey ne semblait pas prendre ses remarques à la légère.

Il la laissa aller et elle prit place dans un des grands fauteuils, tandis qu'il réfléchissait tout en marchant de long en large.

— En effet! acquiesça-t-il, on ne refuse pas le pardon d'un Roi, on ne fait pas fi de sa magnanimité, on ne considère pas comme négligeable le temps et les soins qu'il a apportés à l'examen de vos affaires, sans l'offenser gravement. J'y ai songé, moi aussi. Comment, me suis-je demandé, ne pas répondre à son invite, et ne point le blesser par le refus de ses faveurs, ajoutant à cela un débat inextricable, car en dédaignant ce qu'il nous rend, nous laisserons des biens à l'abandon, des charges non remplies, un désordre auquel on ne peut remédier rapidement et dont le Roi sera tenu responsable... Sa colère est inévitable... A moins que...

Il alla jusqu'à la fenêtre, se pencha comme s'il guettait quelqu'un. Puis revint.

— J'y ai songé et je crois avoir conçu un plan qui, tout en réservant notre liberté, ménagera son amour-propre de souverain, quelqu'un peut m'apporter la solution.

Retournant se pencher à la fenêtre, il eut une exclamation satisfaite.

— Le voici!

99

Peu d'instants plus tard, un pas vif fit sonner le dallage du vestibule. D'alertes jambes escaladèrent les marches de l'escalier, et la porte ouverte dans un élan, sur le seuil apparut Florimond.

— Vous m'avez fait demander, mon père?

Joffrey de Peyrac lui sourit. Il marcha au-devant de son fils et se tint devant lui, examinant la physionomie franche et hardie du jeune homme qui, au cours des dernières années, l'avait assisté dans ses travaux et ses expéditions.

— Mon fils, voici que le Roi de France nous a rendu nos titres, terres et fortune. Je ne dirai pas la gloire, car notre gloire nous l'avons gagnée sur les routes du monde. Quant aux honneurs... Vous avouerai-je que les honneurs et les emplois qui m'attendent à Versailles ne me semblent guère convenir à un gentilhomme d'aventure, accoutumé à ne devoir qu'à lui-même sa fortune et à ne pas se connaître de maître. C'est l'homme que je suis devenu... La réussite de travaux de mon goût compense pour moi les plus flatteuses manifestations de déférence. J'aime tenir mon renom de ma valeur et non pas le devoir à la valeur de celui qui me protège. En revanche, je gage que le zèle et l'ardeur d'une vie commençante s'accommoderaient fort bien des mêmes honneurs et charges. La souplesse sied à la jeunesse lorsque celle-ci a l'intelligence de reconnaître qu'elle a tout à apprendre. Vous êtes mon héritier. Vous avez prouvé à maintes occasions votre vaillance. L'expérience vous a permis d'acquérir cette sagesse à laquelle je faisais allusion, savoir se taire à bon escient et parler de même.

» Point n'est besoin d'attendre ma mort pour que vous jouissiez de votre héritage et que vous receviez la responsabilité du titre et du fief. Il suffit que je m'en démette volontairement entre vos mains. Ce que j'ai fait, dans les pages ci-présentes, abdiquant en votre faveur pour tout ce que je possède en France. Vous êtes bien plus habilité que moi-même, aujourd'hui, pour remplir auprès du Roi les charges qui incombent à un grand du royaume. Vous vous embarquerez par l'un des prochains navires qui mettront à la voile. Monsieur de Saint-Castine, qui regagne la France pour lui aussi recueillir un héritage dans le Béarn, vous servira de mentor. Demandez à votre frère Cantor de vous accompagner, au moins pour la première année. Vous vous aiderez mutuellement. Choisissez aussi quelques compagnons parmi les jeunes gens de votre entourage afin de composer votre maison. J'ai en France des amis aussi fidèles que secrets, financiers, négociants, qui, alertés, mettront dès votre arrivée à votre disposition carrosses, chevaux, domestiques et bourse bien garnie.

» Vous allez mener joyeuse vie, Monsieur. Mais tout d'abord il vous faudra, au grand galop, vous présenter à Versailles pour rendre hommage au Roi.

Et devant le visage stupéfait de Florimond, il rit.

— Il est temps que vous viviez ce pourquoi vous êtes né, jeune seigneur! Votre apprentissage fut rude, mais vous n'avez pas regimbé à forger vos armes au feu de l'adversité. Vous avez sondé le cœur cruel des hommes et, par le fruit de l'expérience, vous avez acquis une foi justifiée dans la réussite de vos desseins et une prudence qui vous évitera d'en concevoir d'insensés, de chimériques ou de mauvais.

» Je me réjouis de pouvoir nantir votre jeunesse des moyens qui permettront à vos forces neuves de donner toute leur mesure. Votre haut rang et votre richesse ajouteront au crédit que vous attire votre bonne mine. Les papillons seront nombreux à venir s'ébattre autour d'une si belle flamme. Vous apprendrez à y choisir vos amis et vos amours. Car je me réjouis aussi de mettre à la disposition de votre jeunesse la liberté de jouir des beautés et des plaisirs de la vie. Plaisirs dont vous êtes seul à savoir lesquels vous conviennent et vous enchantent de préférence. Plaisirs des sens? de l'esprit? de l'activité bénéfique?

» Inutile de vous rappeler que vous ne devez user qu'avec circonspection du plaisir des « beaux duels » et ne consacrer au jeu que ce que la mode de la Cour exige... Car, ne vous leurrez pas, jeune homme, vos responsabilités seront lourdes. La restauration de vos domaines, le renouveau du Languedoc, le rôle d'ambassadeur du Nouveau Monde que vous ne cesserez jamais de tenir afin que les efforts que nous poursuivons ici au Canada comme sur nos territoires ne soient pas à la merci d'une politique indifférente. Et enfin la tâche la plus délicate et difficile, mais qui assoira votre réputation là où il faut qu'elle se fasse connaître et qu'elle s'élève : redonner de la gaieté à cette Cour dont le Roi encore jeune se laisse assombrir par le poids de l'étiquette et les remontrances de ses jésuites. Je me suis informé. Monsieur de Saint-Aignan a fait son temps comme Maître des Plaisirs du Roi. Veillez, dès que vous toucherez terre, à briguer cette charge. N'hésitez pas à intriguer et à distribuer l'or à pleines mains pour l'acquérir car vous avez toutes les qualités pour y exceller. Vous y brillerez tant et si bien que le Roi, qui a souci de ses amusements et de la beauté des divertissements qu'il offre à ses courtisans, ne pourra plus se passer de vous. Vous vivrez à la Cour. C'est là le champ de bataille de vos premiers combats...

» Mais nous discuterons à loisir de ces détails et de vos projets. Voici les parchemins qui vous font comte de Peyrac de Morrens d'Irristru et d'autres lieux. Dès demain, par l'office de Monsieur le Gouverneur qui représente Sa Majesté, ces décisions seront entérinées et vous entrerez légalement en possession de vos titres. »

Le discours de Peyrac que le comte avait développé avec intention avait permis à l'adolescent de se ressaisir, puis de prendre conscience de ce que lui annonçait son père et peu à peu de tout le changement de vie qui allait en découler pour lui. Il frémissait comme un navire dont le vent va gonfler les voiles et qui tire sur son ancre. Il comprenait qu'il allait rentrer au royaume de France, jeune gentilhomme plein de gloire, qu'il allait retrouver la Cour dont il connaissait les rouages et les ressources et dont l'existence brillante lui plaisait et qu'il allait pouvoir s'avancer parmi ses pairs sans craindre le mépris et le doute.

La joie illuminait ses traits.

Il mit un genou en terre pour prendre le parchemin qu'on lui tendait et il dit avec ferveur :

— Merci, mon père ! Vous me donnez la vie une seconde fois. Je ne décevrai pas vos espérances.

Puis comme il se relevait, son regard se dirigea vers sa mère. Il lui sourit avec cette spontanéité enfantine qui est encore celle des très jeunes gens pour qui le visage de la mère reste nimbé d'une lumière à jamais différente. Mais presque aussitôt il s'assombrit et son expression radieuse fut remplacée par une autre plus réfléchie et grave.

Après avoir reposé les documents sur la table et médité un peu, il revint vers le comte.

— Parlons franc ! Vous me donnez la vie, mon père. Mais peut-être aussi m'envoyez-vous à la mort. Le Roi que nous servons est un roi intraitable. Or, ce n'est pas moi qu'il attend. Il peut, s'apprêtant à voir venir vers lui le comte et la comtesse de Peyrac, s'estimer grugé par la substitution et se dédire de ses promesses.

— Il ne se dédira pas, affirma Peyrac. Il ne se dédira pas et surtout envers vous, un nouveau féal. Ce qu'il serait peut-être prêt à reprendre à moi, au moindre sujet de mécontentement que je lui donnerais, à vous vassal docile et subjugué, il le laissera. Le Roi ne me revoyait pas avec plaisir. Je lui rappelais des gestes d'autorité excessive dont il se garderait aujourd'hui, si c'était à recommencer. Il n'éprouve plus le besoin de se comporter comme il le fit au début de son règne, alors qu'il se sentait faible et qu'il craignait la puissance des grands. Or, l'on n'aime jamais à voir surgir le fantôme de ce qui vous apparaît avec le recul du temps et l'aplanissement des embûches, comme une erreur ou une injustice qu'on a commise, voire une mauvaise action. Le nouveau comte de Peyrac lui permettra d'être en accord avec sa générosité.

— Et s'il me faisait arrêter ?

Florimond se voyait déjà à la Bastille.

— Non, le rassura Peyrac, le Roi ne peut plus se permettre de ces impulsivités. Un peuple entier le regarde... Que crains-tu, coureur de bois ? Tu te feras annoncer, tu t'avanceras au milieu de la Cour, beau et magnifique, suivi de ton frère et des jeunes gens de ta maison, tous magnifiquement vêtus et l'épée au côté et de quelques-uns des gentilshommes cadets de famille dont tu te seras assuré les services et qui porteront les couleurs de ta livrée. Sur ton passage un murmure d'admiration et de flatteries s'élèvera et tu ne seras pas arrivé devant Sa Majesté que déjà la plupart des personnes présentes se féliciteront de ta venue à la Cour. Tu t'inclineras devant le Roi, et tu lui remettras cette missive qui lui porte ma réponse. En voici à peu près la teneur dans une forme brève :

« Sire, pénétré des effets de votre bonté, j'ai cru ne pouvoir faire mieux pour vous prouver ma reconnaissance que de vous envoyer mon fils. En lui je vous envoie la jeunesse, Sire, en place d'un homme qui jadis aurait volontiers dépensé ses forces à votre service, mais qui fut contraint de les disperser sur les chemins de l'adversité en des tâches qui le rendent peu apte aujourd'hui à remplir près de votre généreuse Majesté les devoirs d'un homme de Cour. En revanche, un sang neuf coule dans les veines du comte Florimond de Peyrac. Celui-ci a déjà appris en votre Cour à connaître, aimer et admirer son souverain. Il se considère comme le plus humble et le plus redevable de vos sujets et vous aurez en lui à vos côtés un gentilhomme de bonne race, soucieux de vous plaire, heureux de vivre dans votre rayonnement et propre à vous servir avec dévouement, habileté et promptitude... »

— Le Roi sera-t-il dupe ?

— Le Roi n'est jamais dupe... Mais... Il est diplomate. Je garde ici, en Amérique, la possibilité de devenir un ennemi pour la Nouvelle-France, si l'on me considère comme tel, moi ou mes fils. Alors que dans le cas contraire je mets entre ses mains, par les tiennes, une province docile, le Languedoc, à son service une aide financière dans l'Ancien ou dans le Nouveau Monde. Il ne dira rien... Il reconnaîtra le geste... et pèsera l'avantage qu'il peut en retirer en tant que roi de France. A ta vue, il aura tôt fait de savoir qu'il préfère ce comte de Peyrac à l'autre.

— Soit! concéda Florimond, je veux bien admettre que le Roi, le premier mouvement de surprise passé et ayant pris connaissance de votre lettre, se satisfera et même se réjouira de me trouver devant lui à votre place. En effet, le Roi ne m'inspire point de crainte. Lui et moi nous avons des souvenirs communs. Je fus page à sa Cour. Que de fêtes où je me trouvais à ses côtés, à le servir parfois presque uniquement, n'hésitant pas à lui jeter une réflexion qui l'amusait, car il aime être distrait et il apprécie la hardiesse des plus jeunes pages si elle s'allie au respect et à la célérité dans le service. Au camp de Tabaux, sous Dole, je fus son échanson et il l'avait souhaité et demandé expressément. Sa mémoire est surprenante. Il me reconnaîtra et je ne doute pas qu'il en soit touché. Pour moi d'abord car il est attaché à ceux qui gravitent autour de lui et il remarque jusqu'aux plus humbles de ceux qui le servent avec goût. Mais aussi il en sera touché parce qu'il sait de qui je suis le fils.

Florimond soupira profondément. Il se tourna de nouveau vers Angélique.

— ... Je n'étais qu'un enfant mais je savais bien vers qui se dirigeaient les regards du Roi. Et je ne crois pas me tromper en affirmant que c'est vous surtout, ma mère, qu'il a souhaité revoir. Et ne voyant pas venir celle qu'il attend, sa colère ne risque-t-elle pas d'être à la mesure de sa déception?

— Sa colère n'éclatera pas devant la Cour, dit le comte. Ce n'est pas dans les façons du Roi. Or tu seras à genoux devant lui pour « l'aveu » et « l'hommage ». On ne frappe pas un homme à genoux. Tu prononceras ton serment de vassalité. Il recevra tes mains dans les siennes. Il te recevra toi, Florimond, comte de Peyrac. Et lorsqu'il t'aura reçu, tu pourras te relever. Le Roi est noble. Il aime le courage.

» Alors tu ne craindras pas de le regarder dans les yeux, si terrible que soit l'éclair que tu y découvriras, tu le regarderas sans insolence mais droit, avec franchise, avec intérêt pour sa personne et avec amitié, et non pas comme un monarque tout-puissant dont tu redoutes la colère, mais comme l'homme qu'il sera à cet instant, violemment ému d'une déception qu'il ne peut manifester aux mille yeux qui le guettent...

La voix de Peyrac baissait afin de ne se faire entendre que de son fils.

— ... Il faut avoir pitié des princes, Florimond, comme de tous les hommes, et tu ne dois jamais cesser de te sentir frère de leurs incertitudes. En te relevant, tu auras pris garde de ne pas te laisser écarter par les fâcheux afin de te trouver au plus près de lui et que les paroles que tu as encore à prononcer ne soient entendues que de lui seul et non pas de ces curieux qui se bousculent, avides, alentour, et tu lui glisseras à mi-voix d'un ton pressant : « Sire, pourrais-je rencontrer Votre Majesté en particulier ? Car j'ai à lui communiquer, dans le secret, des nouvelles de ma mère, la comtesse de Peyrac. »

— Bien ! dit Florimond.

Il croyait vivre la scène où il serait le point de mire des yeux des courtisans, jaloux et envieux, et éprouvait, de cet affrontement anticipé avec le Roi, autant d'excitation que pour un duel.

— Bien ! Continuez, mon père, je vous prie.

— Je suppute qu'à partir de ce moment, ces quelques mots prononcés commenceront d'apaiser dans le cœur du Roi les violents remous dont il est la proie. Il reprendra son rôle. La Cour se remettra en mouvement. Peut-être ira-t-on visiter les jardins ? Mais je prévois que le Roi n'aura de cesse d'être débarrassé des importuns et de trouver diverses raisons pour se retirer, et te retenir toi, et toi seul, dans la solitude de son cabinet de travail.

— Et là que lui dirai-je mon père ? Que lui dirai-je dans le secret ?

— Viens !

Le comte passa un bras autour des épaules de Florimond et l'entraîna vers la fenêtre.

Ils étaient de taille identique et leurs silhouettes, se détachant en sombre sur la clarté de l'été, révélaient à la fois leur ressemblance et leur différence. Celle du père qui offrait un aspect plus abrupt, hésitant entre la robustesse et la maigreur, un grand corps vigoureux, taillé à angles plus rudes, avec pourtant une élégance d'attitude où se lisait un défi, ce défi que depuis l'enfance l'homme qui se nommait Joffrey de Peyrac n'avait cessé de proclamer afin d'obliger son corps marqué de blessures à dominer son infortune, au point qu'il était devenu plus fort, plus souple et plus séduisant que d'autres mieux favorisés par le sort. Près de lui s'élançait, déliée, la longue forme intacte du jeune homme, neuve, dans sa perfection.

Et tous deux étaient si pleins de fougue et de vie contenues qu'à seulement regarder leurs épaules rapprochées un courant de joie passait et de confiance en ce qu'ils entreprenaient.

Peyrac contempla, sans les voir, les grands lointains impavides. Puis, insensiblement, il tourna la tête et fixa le fin profil du garçon que la lumière ciselait comme dans le bronze d'une médaille.

Son fils! Qui à treize ans avait bravé de grands dangers pour le retrouver.

Il éprouva de l'ivresse. Ivresse de vivre! Ivresse d'aimer et d'être aimé! Ivresse de voir un être jeune poursuivre le chemin et se charger d'une part de vos rêves, de vos ambitions et de vos espérances.

Lui, Joffrey de Peyrac, abordait avec surprise mais aussi délectation un point de son existence qui s'ouvrait sur une page encore plus confuse et indéchiffrable que les autres, mais dont il savait seulement qu'il la vivrait enfin, sans recours et sans partage avec la femme qu'il adorait.

Les dons du bonheur ne sont que furtifs. Il faut être aux aguets et ne pas ignorer l'éclat qui brusquement jaillit du ciel et vous éblouit, ni que l'instant n'a souvent de valeur qu'à être vécu, sans le ternir de la pensée du lendemain, ni vouloir s'assurer de sa pérennité, car tout est mouvant...

Florimond, à son tour, détacha ses yeux de l'horizon, et, tourné vers son père, il croisa ce regard sombre et brillant où s'embusquaient tous les défis, toutes les audaces, et n'en était que plus allègre.

— Que dirai-je au Roi? insistait l'enfant, que lui dirai-je, mon père, dans le secret?

506

La main de Joffrey de Peyrac accentua sa pression sur l'épaule mince afin de l'attirer plus près, et, avec la douceur qu'il eût témoignée à une femme, il posa ses lèvres sur la tempe du jeune paladin, du messager qui emportait avec lui les rejets de l'avenir.

— Tu lui diras, murmura-t-il, tu lui diras qu'ELLE REVIENDRA UN JOUR!

Grands romans

La littérature conjuguée au pluriel,
pour votre plaisir. Des œuvres de grands
romanciers français et étrangers,
des histoires passionnantes, dramatiques,
drôles ou émouvantes, pour tous les goûts...

ADLER Philippe
Bonjour la galère !
1868/1
Les amies de ma femme
2439/3

ANDREWS™ Virginia C.
Fleurs captives
Dans un immense et ténébreux
grenier, quatre enfants vivent
séquestrés. Pour oublier leur
détresse, ils font de leur prison le
royaume de leurs jeux, le refuge
de leur tendresse, à l'abri du
monde. Mais le temps passe et le
grenier devient un enfer. Et le
seul désir de ces enfants devenus adolescents est désormais de
s'évader... à n'importe quel prix.

- Fleurs captives
1165/4
- Pétales au vent
1237/4
- Bouquet d'épines
1350/4
- Les racines du passé
1818/5
- Le jardin des ombres
2526/4
La saga de Heaven
- Les enfants des collines
2727/5
Les enfants des collines, c'est
l'envers de l'Amérique : la misère à deux pas de l'opulence.
Dans la cabane sordide où elle
vit avec ses quatre frères et
sœurs, Heaven se demande
comment ses parents ont eu
l'idée de lui donner ce prénom :
«Paradis». Un jour, elle apprendra le secret de sa naissance, si
lourd que la vie de son père en
a été brisée, mais si beau qu'elle
croit naître une seconde fois.

- L'ange de la nuit
2870/5
- Cœurs maudits
2971/5
- Un visage du paradis
3119/5
- Le labyrinthe des songes
3234/6
Ma douce Audrina
1578/4
Etrange existence que celle
d'Audrina ! Sur cette petite fille
de sept ans, pèse l'ombre d'une
autre : sa sœur aînée, morte il y a
bien longtemps dans des circonstances tragiques et qu'elle est
chargée de faire revivre.

Aurore
Un terrible secret pèse sur la
naissance d'Aurore. Brutalement séparée des siens, humi-
liée, trompée, elle devra payer
pour les péchés que d'autres
ont commis. Car sur elle et sur
sa fille Christie, plane la malédiction des Cutler...

- Aurore
3464/5
- Les secrets de l'aube
3580/6
- L'enfant du crépuscule
3723/6
- Les démons de la nuit
3772/6
- Avant l'aurore
3899/5 (Avril 95)

ATTANÉ Chantal
Le propre du bouc
3337/2

AVRIL Nicole
Monsieur de Lyon
1049/2
La disgrâce
1344/3
Isabelle est heureuse, jusqu'au
jour où elle découvre qu'elle est
laide. A cette disgrâce qui la
frappe, elle survivra, lucide,
dure, hostile, adulte soudain.

Jeanne
1879/3
Don Juan aujourd'hui pourrait-il
être une femme ? La belle
Jeanne a appris, d'homme en
homme, à jouir d'une existence
qu'elle sait toujours menacée.

L'été de la Saint-Valentin
2038/1
La première alliance
2168/3
Sur la peau du Diable
2707/4
Dans les jardins
de mon père
3000/2
Il y a longtemps
que je t'aime
3506/3
L'amour impossible entre
Antoine, 14 ans, et Pauline, sa
belle-mère.

BACH Richard
Jonathan Livingston
le goéland
1562/1 Illustré
Illusions/Le Messie
récalcitrant
2111/1
Un pont sur l'infini
2270/4

Grands romans

BELLETTO René
Le revenant
2841/5
Sur la terre comme au ciel
2943/5
La machine
3080/6 (Mars 95)
L'Enfer
3150/5

Dans une ville déserte et terrassée par l'été, Michel erre. C'est alors qu'une femme s'offre à lui, belle et mystérieuse...

BERBEROVA Nina
Le laquais et la putain
2850/1
Astachev à Paris
2941/2
La résurrection de Mozart
3064/1
C'est moi qui souligne
3190/8
L'accompagnatrice
3362/4
De cape et de larmes
3426/1
Roquenval
3679/1
A la mémoire de Schliemann
3898/1 (Avril 95)

BERGER Thomas
Little Big Man
3281/8

BEYALA Calixthe
C'est le soleil qui m'a brûlée
2512/2

BLAKE Michael
Danse avec les loups
2958/4

BORY Jean-Louis
Mon village à l'heure allemande
81/4

BRAVO Christine
Avenida B.
3044/3

BROUILLET Chrystine
Marie LaFlamme
- Marie LaFlamme
3838/6

En 1662, à Nantes, la mère de Marie est condamnée au bûcher. Pour sauver sa fille, elle lui fait épouser un riche et cruel armateur, Geoffroy de St Arnaud. Mais Marie aime Simon

TERROIR

Romans et histoires vraies d'une France paysanne qui nous redonne le goût de nos racines.

BRIAND Charles
De mère inconnue
3591/5
Le destin d'Olga, placée comme domestique chez des paysans angevins et enceinte à 14 ans.

CLANCIER G.-E.
Le pain noir
651/3

GEORGY Guy
Voir aussi page 26
La folle avoine
3391/4
Orphelin, Guy-Noël vit chez sa grand-mère, une vieille dame qui connaît tout le folklore et les légendes du pays sarladais.

JEURY Michel
Le vrai goût de la vie
2946/4
Une odeur d'herbe folle
3103/5
Le soir du vent fou
3394/5
Un soir de 1934, alors que souffle le vent fou, un feu de broussailles se propage rapidement et détruit la maison du maire...

LAUSSAC Colette
Le sorcier des truffes
3606/1

et pour conquérir sa liberté, elle est prête à tout. Même à s'embarquer pour la Nouvelle-France, qui va devenir le Canada...

- Nouvelle-France
3839/6 (Mai 95)

BULLEN Fiona
Les amants de l'équateur
3636/6

MASSE Ludovic
Les Grégoire
Histoire nostalgique et tendre d'une famille, entre Conflent et Vallespir, en Catalogne française, au début du siècle.

- Le livret de famille
3653/5
- Fumées de village
3787/5
- La fleur de la jeunesse
3879/5 (Mars 95)

PONÇON Jean-Claude
Revenir à Malassise
3806/3

SOUMY Jean-Guy
Les moissons délaissées
3720/6
Mars 1860. Un jeune Limousin quitte son village natal pour aller travailler à Paris, dans les immenses chantiers ouverts par Haussmann. Chaque année, la pauvreté contraint les gens de la Creuse à délaisser les moissons... Histoire d'une famille et d'une région au siècle dernier.

VIGNER Alain
L'arcandier
3625/4

VIOLLIER Yves
Par un si long détour
3739/4

Grands romans

BYRNE BEVERLY
Gitana
3938/8 (Juin 95)

CAILHOL ALAIN
Immaculada
3766/4 Inédit

Histoire d'un écrivain paumé, en proie au mal de vivre. Un humour désespéré teinte ce premier roman d'un auteur bordelais de vingt ans, qui s'inscrit dans la lignée de Djian.

CAMPBELL NAOMI
Swan
3827/5

CATO NANCY
Lady F.
2603/4
Tous nos jours sont des adieux
3154/8
Sucre brun
3749/6
Marigold
3837/2

CHAMSON ANDRÉ
La Superbe
3269/7
La tour de Constance
3342/7

CHEDID ANDRÉE
La maison sans racines
2065/2
Le sixième jour
2529/3

Le choléra frappe Le Caire. Ignorante et superstitieuse, la population préfère cacher les malades car, lorsqu'une ambulance vient les chercher, ils ne reviennent plus. L'instituteur a dit : «Le sixième jour, si le choléra ne t'a pas tué, tu es guéri.»

Le sommeil délivré
2636/3
L'autre
2730/3
Les marches de sable
2886/3

L'enfant multiple
2970/3
Le survivant
3171/2
La cité fertile
3319/1
La femme en rouge
3769/1

CLANCIER GEORGES-EMMANUEL
Le pain noir
651/3

Le pain noir, c'est celui des pauvres, si dur, que même les chiens n'en veulent pas. Placée à huit ans comme domestique chez des patrons avares, Cathie n'en connaîtra pas d'autre. Récit d'une enfance en pays Limousin, au siècle dernier.

CLERC CHRISTINE
Jacques, Edouard, Charles, Philippe et les autres
3828/5

CLÉMENT CATHERINE
Pour l'amour de l'Inde
3896/8 (Avril 95)

Le roman vrai des amours de Nehru et de Lady Edwina Mountbatten, l'une des plus grandes dames de l'aristocratie anglaise, femme du dernier des vice-rois des Indes britanniques.

COCTEAU JEAN
Orphée
2172/1

COLETTE
Le blé en herbe
2/1

COLOMBANI MARIE-FRANÇOISE
Donne-moi la main, on traverse
2881/3
Derniers désirs
3460/2

COLLARD CYRIL
Cinéaste, musicien, il a adapté à l'écran et interprété lui-même son second roman Les nuits fauves.
Le film 4 fois primé, a été élu meilleur film de l'année aux Césars 1993. Quelques jours plus tôt Cyril Collard mourait du sida.
Les nuits fauves
2993/3
Condamné amour
3501/4
Cyril Collard : la passion
3590/4 (par J.-P. Guerand & M. Moriconi)
L'ange sauvage (Carnets)
3791/3

CONROY PAT
Le Prince des marées
2641/5 & 2642/5
Le Grand Santini
3155/8

CORMAN AVERY
Kramer contre Kramer
1044/3

DAUDET
Voir page 23

DeMILLE NELSON
Le voisin
3722/9

DENUZIERE MAURICE
Helvétie
3534/9

A l'aube du XIXᵉ siècle, le pays de Vaud apparaît comme une oasis de paix au milieu d'une Europe secouée par de furieux soubresauts. C'est cette joie de vivre oubliée que découvre Blaise de Fonsalte, soldat de l'Empire, déjà las de l'épopée napoléonienne. De ses amours clandestines avec Charlotte, la femme de son hôte, va naître une petite fille aux yeux vairons.

La Trahison
des apparences
3674/1

Grands romans

DHÔTEL ANDRÉ
Le pays où l'on n'arrive jamais
61/2

DICKEY JAMES
Délivrance
531/3

DIWO JEAN
Au temps où la Joconde parlait
3443/7

1469. Les Médicis règnent sur Florence et Léonard de Vinci entame sa carrière, aux côtés de Machiavel, de Michel-Ange, de Botticelli, de Raphaël... Une pléiade de génies vont inventer la Renaissance.

DJIAN PHILIPPE
Né en 1949, sa pudeur, son regard à la fois tendre et acerbe, et son style inimitable, ont fait de lui l'écrivain le plus lu de sa génération.

37°2 le matin
1951/4

Se fixer des buts dans la vie, c'est s'entortiller dans des chaînes... Oui, mais il y a Betty et pour elle, il irait décrocher la lune. C'est là qu'ils commencent à souffrir. Car elle court derrière quelque chose qui n'existe pas. Et lui court derrière elle. Derrière un amour fou...

Bleu comme l'enfer
1971/4
Zone érogène
2062/4
Maudit manège
2167/5
50 contre 1
2363/2
Echine
2658/5

Crocodiles
2785/2

Cinq histoires qui racontent le blues des amours déçues ou ignorées. Mais c'est parce que l'amour dont ils rêvent se refuse à eux que les personnages de Djian se cuirassent d'indifférence ou de certitudes. Au fond d'eux-mêmes, ils sont comme les crocodiles : «des animaux sensibles sous leur peau dure.»

DOBYNS STEPHEN
Les deux morts de la Señora Puccini
3752/5 Inédit

DORIN FRANÇOISE
Elle poursuit avec un égal bonheur une double carrière. Ses pièces (La facture, L'intoxe...) dépassent le millier de représentations et ses romans sont autant de best-sellers.

Les lits à une place
1369/4

Pour avoir vu trop de couples déchirés, de mariages ratés (dont le sien !), Antoinette a décidé que seul le lit à une place est sûr. Et comme elle a aussi horreur de la solitude, elle a partagé sa maison avec les trois êtres qui lui sont les plus chers. Est-ce vraiment la bonne solution ?

Les miroirs truqués
1519/4
Les jupes-culottes
1893/4
Les corbeaux et les renardes
2748/5

Baron huppé mais facile à duper, Jean-François de Brissandre trouve astucieux de prendre la place de son chauffeur pour séduire sa dulcinée. Renarde avisée, Nadège lui tient le même langage. Et voilà notre corbeau pris au piège, lui qui croyait abuser une ingénue.

Nini Patte-en-l'air
3105/6
Au nom du père et de la fille
3551/5

Un beau matin, Georges Vals aperçoit l'affiche d'un film érotique, sur laquelle s'étale le corps superbe et intégralement nu de sa fille. De quoi chambouler un honorable conseiller fiscal de soixante-trois ans ! Mais son entourage est loin de partager son indignation. Que ne ferait-on pas, à notre époque, pour être médiatisé ?

Pique et cœur
3835/1

DUBOIS JEAN-PAUL
Les poissons me regardent
3340/3
Une année sous silence
3635/3
Vous aurez de mes nouvelles
3858/2 (Février 95)

DUNKEL ELIZABETH
Toutes les femmes aiment un poète russe
3463/7

DUROY LIONEL
Priez pour nous
3138/4

EDMONDS LUCINDA
En coulisse
3676/6

ELLISON JAMES
Calendar girl
3804/3

FIELD MICHEL
L'homme aux pâtes
3825/4

2499

Achevé d'imprimer en Europe (France)
par Brodard et Taupin à La Flèche (Sarthe)
le 18 mai 1995. 6563 L-5
Dépôt légal mai 1995. ISBN 2-277-22499-5
1er dépôt légal dans la collection : janvier 1983

Éditions J'ai lu
27, rue Cassette, 75006 Paris
Diffusion France et étranger : Flammarion